Samothrake
Athos
Lemnos
ÄGÄISCHES MEER
Lesbos
Mytilene
Chios
Samos
Mäander
Naxos
Rhodos
Knossos
r e t a

Heinrich Alexander Stoll Der Traum von Troja

H Schliemann

HEINRICH ALEXANDER STOLL

Der Traum von Troja

Lebensroman Heinrich Schliemanns

Mit zahlreichen Abbildungen

MITTELDEUTSCHER VERLAG
HALLE · LEIPZIG

Mit einem Nachwort von
Professor Burchard Brentjes

ISBN 3-354-00265-4

3. Auflage
Lizenz-Nr. 444-300/103/87 · 7001
Printed in the German Democratic Republic
Typografie: Klaus Nitsch
Gesamtherstellung: Karl-Marx-Werk Pößneck V 15/30
Best.-Nr. 639 033 1

01200

MEINER MUTTER ZUGEEIGNET

αἲ γὰρ ὑπ' ἠελίῳ τε καὶ οὐρανῷ ἀστερόεντι
ναιετάουσι πόληες ἐπιχθονίων ἀνθρώπων,
τάων μοι πέρι κῆρι τιέσκετο Ἴλιος ἱρὴ
καὶ Πρίαμος καὶ λαὸς ἐϋμμελίω Πριάμοιο.
Il. IV, 44

Denn was unter der Sonne und unter dem Himmel der Sterne
Irgend erscheinet von Städten der sterblichen Erdebewohner:
Hoch vor allen ehrte ich Ilios' heilige Feste,
Priamos selbst und das Volk des lanzenkundigen Königs.

PROPYLAION

Ἄνδρα μοι ἔννεπε, μοῦσα πολύτροπον, ὃς μάλα πολλὰ
πλάγχθη . . .
Od. I, 1

Sage mir, Muse, die Taten des vielgewanderten Mannes,
Welcher so weit geirrt . . .

Die Altertumswissenschaft, die Archäologie, hat erst spät Popularität erreicht, später noch als andere Wissenschaften. Großtaten auf den Gebieten der Medizin beispielsweise oder der Naturwissenschaften werden volkstümlich, weil jeder in irgendeiner Weise damit in Berührung kommt, Nutzen davon hat oder Fortschritte machen kann, die er ohne diese Entdeckung oder Erfindung nicht machen würde. Die Altertumswissenschaft, die Wissenschaft des Spatens, die die Spuren lang zurückliegender Jahrtausende sucht und aus dem Sande der Wüste, aus der Tiefe der Erde gräbt, bleibt zumeist eine Angelegenheit der Fachleute und weniger Interessenten. Zu ihnen gesellt sich aber die Schar der Museumsbesucher und der Reisenden, die teils durch das steigende Bildungsniveau, teils durch bewußtes Herangeführtwerden an die Kunstschätze, teils durch populärwissenschaftliche Anregungen mit den Kulturen der Vergangenheit wesentlich vertrauter geworden sind als noch vor fünfzig Jahren. Dabei liegt die Gründung des ersten Volksmuseums schon über zwei Jahrhunderte zurück, und auch das Museum des Louvre in Paris ist schon im Jahre 1789 von der Revolution bewußt als Musée national, Museum der ganzen Nation, gegründet worden.

Jahrelang hatten die größten Schätze aus der Blütezeit des griechischen Altertums, die von Lord Elgin geraubten Giebel und Friese des Parthenon, unbeachtet im Britischen Museum gestanden. Außer den Gelehrten kümmerte sich niemand um sie. Plötzlich setzte ein Wandel ein, und die Säle des Museums füllten sich mit Besuchern aus London und aus ganz England. Es war keineswegs ein Wunder geschehen. Keine Gottheit hatte den Engländern die Binde von den Augen genommen und die Betrachter für die Größe und Schönheit der Marmorwerke des Pheidias empfänglich gemacht. Die erkannten sie erst viel später und nach viel öfterem Sehen, und dann erst wurden die Skulpturen der Antike ein tatsächlicher Besitz des Volkes. Den Anstoß dazu, überhaupt ins Museum zu gehen und die sogenannten Elgin Marbles anzusehen, hatte etwas ganz anderes, unendlich Nüchternes und Praktisches gegeben. Bekanntlich ist England das klassische Land der Rindviehzucht und der Pferderennen, und so waren die Züchter und die Sportsmen darauf gekommen, daß auf einer der alten griechischen Marmorplatten vom Nordfries, dem Opfer für Pallas Athene, eine Reihe von Rindern und auf einer anderen vom Westfries Reiter und Pferdebändiger dargestellt waren. Daß diese Tatsache den Anstoß geben konnte, ein ganzes Volk für die Altertumswissenschaft zu interessieren und zu begeistern, mag heute fast lächerlich klingen. Aber schließlich kommt es nicht so sehr auf den Weg an, sondern auf das Ziel, das erreicht wird.

Den Älteren unter uns ist noch eine Zeit im Gedächtnis, in der die Archäologie eine Volkstümlichkeit erreichte, die wochen- und monatelang alle Rekorde und Filme und sonstigen Tagesereignisse in den Hintergrund treten ließ: die Auffindung des Tut-ench-Amun-Grabes im Jahre 1922. Alle Welt sprach von Tut-ench-Amun, dessen Namen sie vorher nie gehört hatten. Die Illustrierten füllten ihre Seiten mit Bildberichten, die Zeitungen brachten täglich mit großen schreienden Schlagzeilen das Neueste aus dem Tal der Könige und dachten sich nebenher eine zugkräftige Gruselgeschichte vom Fluche des Pharao aus, an dem sie in ratenweisen Sensationen die Ausgräber Howard Carter und Lord Carnarvon samt ihren vollzähligen Familien hinsterben ließen. Die Museen für ägyptische Altertümer in aller Welt freuten sich des plötzlichen Andrangs der Massen, und die schöne Nofretete wanderte nach langer Museumsruhe plötzlich in Tausenden von Abgüssen in die Schaufenster, nicht etwa als Tut-ench-Amuns Schwiegermutter, sondern weil Ägypten große Mode war. Es war, wir können es nicht anders ausdrücken, ein wahrer Pharaonen-Rummel ausgebrochen, der bei allem Unwürdigen und Konjunkturbedingten den unleugbaren Nutzen brachte, daß Millionen Menschen allerlei Wissenswertes über die altägyptische Kultur und Kunst erfuhren.

Wenn wir heute die vergilbten Bände der Zeitungen aus den siebziger oder achtziger Jahren des vorigen Jahrhunderts aufschlagen, finden wir, daß damals eine ähnliche Welle der Sensation, der Begeisterung, des allgemeinen Interesses an einer archäologischen Tat durch die Welt ging, wie wir sie in den zwanziger Jahren erlebten. Damals war Schliemann der meistgenannte Mann zweier Kontinente, und sein Troja war das Thema Nummer eins.

Die Frage liegt nahe, warum das so war. Das neunzehnte Jahrhundert ist das Zeitalter der großen Entdeckungen und Funde der Altertumswissenschaft. Keine und keiner von ihnen trat so in den Mittelpunkt des allgemeinen Interesses wie die Ergebnisse von Schliemanns Arbeit. Zugegeben, es sind kaum andere Funde gemacht worden, die eine so revolutionierende, so weittragende Bedeutung gehabt haben wie die Schliemanns, aber das ließ sich nicht schon im Augenblick der Entdeckung feststellen, schon gar nicht von der Mehrzahl derer, die sich daran begeisterten.

Um die gleiche Zeit, als Schliemann in Troja arbeitete, fand Humann im etwas südlicher gelegenen Pergamon den berühmten Altar. Zum Abtransport der Funde nach Berlin wurde unter anderem ein Schulschiff der Kaiserlichen Marine verwendet, und einer der Seekadetten schrieb seinen Eltern einen beglückten Brief über Humann und den Pergamon-Altar. Er war nicht wenig verwundert, als er einige Wochen später einen unwilligen Brief seines Vaters erhielt, der dem Sohn Vorwürfe über seine mangelhafte Bildung machte: der Ausgräber heiße keineswegs

*Hu*mann, sondern, wie man nun ja endlich wissen müsse, *Schliemann*, und außerdem heiße es nicht Pergamo*n*, sondern Pergamo*s*, und das bedeute die Burg von Troja!

Der Gründe dafür, daß Schliemanns Name und Werk in den siebziger Jahren die aller anderen Archäologen verdunkelten, sind es mehrere.

Zweifelsfrei sprach der Reichtum seiner Funde mit. Er holte nicht ein einzelnes kostbares Stück oder auch eine Handvoll aus den Tiefen der Erde hervor, wie andere es fanden. Das Goldgewicht seiner Funde war nur nach Kilo zu messen – so wie fünfzig Jahre später im Grabe des Pharao. Dadurch wurde er in den Augen der Masse der Zauberer, der Schatzsucher, der Goldgräber, der das in Fleisch und Blut und in lebendiger Gegenwart war, was man nur aus den ungezählten Schatzsagen und Märchen kannte, die seit Jahrhunderten im Volke von Mund zu Mund gehen. Ein Götterbild, ein königlicher Palast, ein Tempel wird niemals eine solche allgemeine Begeisterung und Anteilnahme erwecken wie ein unglaubwürdig großer märchenhafter Schatzfund.

Der zweite Grund ist ganz anderer Art. Wer ist König Eumenes von Pergamon, dessen Gigantenaltar Humann fand? Wer ist der kretische Minos, dessen Palast Evans aufdeckte? Wer ist Königin Schub-ad, die Leonard Woolley ihrem fünftausendjährigen Grabesschlaf entriß? Wenige sind es, die genaue Vorstellungen mit diesen Namen verbinden und daher die Bedeutung der Funde für die Forschung zu würdigen wissen. Schliemanns Lebenswerk dagegen galt einem Gebiet, das der Allgemeinheit vertraut war. Selbst in entlegenen Dorfschulen war um jene Zeit vom Trojanischen Krieg die Rede gewesen, von dem heldenhaften Kampf einer überfallenen Stadt, die sich zehn Jahre lang gegen erdrückende Übermacht hielt und schließlich nur durch eine List überwältigt werden konnte, von Hektor und Achilleus und der schönen Helena, von Agamemnon und Klytaimnestra und wie die Gestalten der griechischen Sage alle heißen. Und das alles, so bewies Schliemann durch seine Funde, war eben keine bloße Sage, sondern Tatsache. Was Wunder also, daß sich das Volk für diesen Mann begeisterte, zumal sich dann schnell genug herumsprach, daß die Fachgelehrten ihm seine Beweise nicht glauben wollten.

Hier müssen wir wohl auch bemerken, daß im Gegensatz zu so unendlich vielen Personen und Ereignissen des Altertums, die vergessen wurden, bis man in unserer Zeit wieder auf ihre Spuren traf, der Kampf um Troja niemals aus der Erinnerung der Menschen verscholl. Im fünften nachchristlichen Jahrhundert dichtete der byzantinische Poet Euenos seine schönen Verse von Trojas Nachruhm:

Fremde, seht! Mich, die berühmte
heil'ge Stadt von Ilion –
um die turmbewehrten Mauern
weit genannt vor alters schon –

hat verzehrt der Zeiten Asche.
Aber sieh – ich lebe fort!
Denn wie erzgefügte Tore
ist Homer mir Schutz und Hort.

Nimmer wird der Trojawürger
fällen mich, der Griechenspeer.
Nein, in aller Griechen Munde
leb' ich fort und meine Ehr.

Das ganze europäische Mittelalter kannte Homer nicht. Seine Dichtungen waren verschollen und unbekannt, aber schon im ausgehenden zwölften und das ganze dreizehnte Jahrhundert hindurch gab es in Deutschland Sänger genug, die den Trojanischen Krieg nachdichteten – bis hin zu Konrad von Würzburg im vierzehnten Jahrhundert –, also lange vor der Wiederentdekkung der antiken Welt durch die Renaissance. Schließlich ist es kein Zufall, daß Volkssage und Volksdichtung die Trajansstadt Hagens zu Tronje-Troja wandelten und daß im langobardischen Sagenkreis Hugdietrich das Reich von Alten-Troja beherrschte.

Der dritte Grund ist, so meinen wir, in Schliemanns Leben zu suchen. Wer durch beispiellosen Fleiß, nie erlahmende Ausdauer, unerhörte Zähigkeit aus nichts etwas geworden ist, wer alle Widerstände überwindet, obwohl sie unüberwindlich scheinen, und wer dabei dann noch vom Glück begünstigt wird und Abenteuer erlebt, wie sie sonst nur dem Helden eines Romans oder des Märchens zufallen, dem gehört die Neigung der Menge. Schliemanns Leben ist an manchen Punkten ein modernes Märchen, ist die Odyssee eines Bürgers des neunzehnten Jahrhunderts, deren Skylla der türkische und der griechische Beamte, deren Charybdis der deutsche Professor ist. Das darf in seiner Auswirkung auf die lesende und hörende Menschheit jener Tage nicht gering angeschlagen werden.

Hinzu kommt noch etwas, was in diesen Zusammenhang gehört und was man ruhig einmal aussprechen soll. Schliemann hatte in seiner Kaufmannszeit den Wert der Reklame kennengelernt und verstand sie auch dann zu gebrauchen, als er längst Handelshaus und Börse hinter sich gelassen hatte. Genauso wie wir nicht zu verschweigen gedenken, daß er als Mensch oft schrullenhaft und kauzig war, brauchen wir nicht zu verbergen, daß er zeitweise in London einen, sagen wir es mit modernem Wort, Reklameagenten für sich beschäftigte. Und abgesehen davon war er stets eifrig bemüht, der Presse vieler Länder sofort die neuesten Ergebnisse seiner Grabungen mitzuteilen – und wehe der Redaktion, die diese Berichte nicht auf der ersten Seite brachte!

Diese Gründe reichen gewiß aus, um die beispiellose Volkstümlichkeit Schliemanns und seines Werkes in seiner Zeit zu erklären. Zweifellos geht ihre Wirkung auch noch bis in die Gegenwart hinein, allen schlechten Büchern zum Trotz, die über Schliemann geschrieben worden sind. Aber daß der Glanz seines Namens heute noch nicht erloschen ist, beruht nicht nur darauf, sondern hat letzten Endes eine andere Ursache. Der zeitliche Abstand hat es nämlich klar erkennen lassen, daß Schliemann kein vorübereilender Komet war, sondern ein Stern, der heute noch leuchtet.

Als Schliemann am 4. Januar 1891 im Saal seines Athener Hauses aufgebahrt lag, zu seinen Häupten eine Büste Homers, war zu der Trauerfeier alles versammelt, was in der damaligen Welt Rang und Namen hatte: der Hof, sämtliche Minister, das vollzählige diplomatische Korps, die Vertreter der Akademien und Universitäten Europas. Viele Ansprachen wurden gehalten. Jeder der Redner nahm den Toten für sein Land in Anspruch: die Deutschen reklamierten ihn als ihren Landsmann und dazu noch gesondert die Stadt Berlin als ihren Ehrenbürger, die Engländer als Doktor von Oxford und Angehörigen ihrer größten gelehrten Körperschaften, die Amerikaner als den Mann »echt amerikanischen Pioniergeistes und mit dem großen, zähen Sinn des amerikanischen Privatmannes« begabt, die Griechen als den Freund und Künder ihrer Vorzeit – und so einer nach dem anderen. Dörpfeld sprach nur wenige Worte: »Ruhe aus in Frieden, du hast genug getan.«

Dem freilich hätte Schliemann im Leben gewiß nicht zugestimmt, denn keiner sah so deutlich wie er selbst die Lücken, die sein Werk gelassen hatte, das letzten Endes ein Torso geblieben war. Allerdings ein gewaltiger Torso, denn, wie Virchow dann wenige Wochen später in der Berliner Trauerkundgebung ausführte, »er hat Großes gewollt und Großes vollbracht. Er hat die Ungunst der äußeren Verhältnisse durch treue und umsichtige Arbeit zu überwinden gewußt und in aller Bedrängnis des geschäftlichen Lebens die Ideale nicht aufgegeben, welche in die Brust des Knaben gepflanzt waren. Was er erreicht hat, ist von ihm durch eigene Kraft erzwungen worden. Unter allen Wechselfällen ist er sich selbst treu geblieben. Seine einzige Sorge war das Streben nach höherer Erkenntnis.« Das ist wohl der schönste Nachruf, den Schliemann bekommen hat. Als sich nach der Feier in Athen der Leichenzug in Bewegung setzte, wurde er, den Berichten der Zeitungen nach, der größte, den die Stadt gesehen hat. Denn jetzt waren nicht nur die gekrönten Häupter da und die Exzellenzen und die Professoren. Auch diejenigen folgten dem Sarge, die den Toten als ihren Wohltäter priesen, seine treuesten Helfer, Arbeiter aus der Troas, aus Charwati und aus Tiryns. Sie alle wollten ihrem Effendi das letzte Geleit geben, ebenso wie das Volk von Athen den Mann ehren wollte, dem es die Auferstehung seiner ältesten Kulturdenkmale verdankte.

Wenn wir heute Schliemanns Grab besuchen, so finden wir es, über dem Lärm des nahen Rangierbahnhofes, am Rande des Friedhofs, wo Griechenland fünf tempelähnliche Ehrengräber für besonders verdiente Männer errichtet hat. In der Mitte ragt das Monument Schliemanns, in der Art lykischer Fürstengräber angelegt. Der Architekt Ziller, der des Forschers Athener Haus entwarf, baute auch die letzte Wohnung für Heinrich Schliemann.

Der Unterbau aus gewaltigen bläulichen Quadern, in dem hinter der bronzenen, mit mykenischen Motiven geschmückten Tür die Grabkammer liegt, scheint die harte realistische Willenskraft des großen Toten ausdrücken zu wollen. Darüber erhebt sich, Symbol des Romantischen in ihm, ein weißer Marmortempel, ein dorischer Amphiprostylos mit vier Säulen an jeder Front. Sie tragen den Architrav und einen Triglyphenfries, dessen Metopen auf goldenem Grunde trojanische Gefäße und Geräte darstellen. Der breite Fries zwischen Unterbau und Tempel zeigt auf der einen Seite die Kyklopenmauern, auf der zweiten und dritten Szenen aus der Odyssee und aus der Ilias, auf der vierten die Ausgrabungen Schliemanns. Zwischen den mittelsten Säulen der Wegseite erhebt sich eine große marmorne Büste des Toten.

Auf das Gesims oberhalb der Büste hat Griechenland zwei Worte geschrieben:

ΗΡΩΙ ΣΧΛΙΜΑΝΝΩΙ,
DEM HEROS SCHLIEMANN

Ein Heros ist kein Theaterheld in mächtiger Pose. Ein Heros ist kein Gott. Ein Heros ist ein Mensch, der mehr geleistet hat als andere Sterbliche, ein Mensch, der irgendwelche Fesseln gesprengt hat. Prometheus ist ein Heros, denn er schenkte den Menschen das Feuer. Herakles ist ein Heros, denn er besiegte die Gewalten der Tiefe. Lysandros ist ein Heros, denn er führte sein Volk aus dem Elend des Peloponnesischen Krieges in eine bessere und friedliche Zukunft. Schliemann fand ein Jahrtausend griechischer Geschichte und ließ die Steine sprechen; er rang dem Schoße der Erde ab, was sie seit undenklich langer Zeit bewahrt und verborgen hatte. Auch in seiner Heimat ist sein Andenken nicht gestorben. In Schwerin hat man ihm ein Denkmal gesetzt, mit dem sich eine spaßige Schülertradition verbindet. Es ist eine einfache Bronzebüste, die vor der heutigen Erweiterten Oberschule, dem früheren Friedrich-Franz-Gymnasium, steht, mit dem Gesicht zur Schule hin. Bisweilen bemerkt nun der um den Pfaffenteich Schlendernde, daß Schliemann sich umgewandt hat und der Schule den Rücken zeigt. Dann weiß man, daß ihn schon wieder ein Fall von eklatanter Unwissenheit empört hat. Während der Abiturientenprüfung gar pflegt der bronzene Schliemann ganz zu verschwinden, und um diese Zeit sieht der Spaziergänger nur den nackten Steinsockel mit dem Namen.

In Fürstenberg lebt er in der Erinnerung der wenigen Nachkommen seiner Freunde; außerdem gemahnt eine Gedenktafel an ihn, die aber nach dem Brand des Hückstaedtschen Hauses im Neubau so unglücklich angebracht ist, daß sie kaum jemand liest. In Neustrelitz ist seine Schule nach ihm benannt. In Kalkhorst sprach ich vor Jahren noch mit einer alten Frau, die sich sehr genau dessen erinnerte, wie der junge Schliemann im Pavillon des Pfarrgartens gesessen und, statt mit den anderen Kindern zu spielen, seine griechischen Vokabeln gebüffelt hat. Schliemanns Anwesenheit in Kalkhorst lag damals schon über hundertzwanzig Jahre zurück, und außerdem hat er in Kalkhorst noch gar nicht Griechisch gelernt, aber das ist eben ein besonders hübsches Beispiel von Legendenbildung, aus dem, wenn wir lange genug warten, sogar noch eine Sage werden kann.

Das Hückstaedtsche Haus in Fürstenberg ist abgebrannt und das Kalkhorster Pfarrhaus wie auch das Geburtshaus in Neubukow durch pseudogotische Neubauten ersetzt. Auch in Ankershagen hat sich in dem Jahrzehnt, seit dieses Buch zum ersten Male erschien, manches verändert. Das Silberschälchen ist zugeschüttet worden. Der alten Linde, in der der Autor noch die stark verwachsenen Initialen sah, das ganze H und das halbe S, hat ein Sturm nur wenig gelassen und auch diese »Inschrift« genommen. Aber das Schloß Henning Bradenkirls mit seiner Turmruine ist noch da, die unveränderte kleine Kirche, das Grab der Mutter und, als Hauptstück, der Pfarrhof, um dessen Restaurierung die mecklenburgische Landeskirche in den letzten Jahren besorgt war. Eine bronzene Gedenktafel am Pfarrhaus stiftete der Rat des Kreises.

Der Rat der Stadt Neubukow veranstaltete zu Schliemanns 150. Geburtstag, zu dem auf Anregung des Verfassers und des

Paul List Verlages die Deutsche Post eine Sondermarke herausgegeben hatte, eine würdige Gedenkfeier, verbunden mit einer vorbildlichen Ausstellung über Schliemanns Leben und Werk, die von Dr. K. Zimmermann vom Archäologischen Institut der Universität Rostock zusammengestellt war; sie wurde dann auch bei der Gedenkfeier der Berliner Akademie und im Stendaler Winckelmann-Museum gezeigt.

Aber das handelt nur von der Außenseite der Erinnerung. Wichtiger ist die Frage, ob Schliemanns Lebenswerk als solches noch lebendig ist oder ob beispielsweise dieses Buch schon eine Art Ausgrabung darstellt. Gewiß, viele Einzelzüge sind in unserm schnellebigen Jahrhundert in Vergessenheit geraten, andere durch die bereits erwähnten schlechten Bücher über Schliemann verzerrt und mißdeutet. Sein Werk als solches aber, und damit sein Name, sind heute so lebendig wie eh und je und werden es bleiben, solange es Menschen gibt, die Geschichte und Leben der Vorzeit studieren, und solange es eine archäologische Wissenschaft gibt. So wie heute noch im Grunde jeder Praktiker der Archäologie ein Schüler Dörpfelds und seiner Methoden ist, so bleibt Heinrich Schliemann ihrer aller Ahnherr, denn ohne sein Draufgängertum, ohne seinen Mut, ohne seine Überzeugungskraft und ohne seinen Glauben an Berufung und Ziel würde diese Wissenschaft sich nicht so schnell entwickelt haben, wie sie es getan hat. Daran ändert die Tatsache nichts, daß vieles erst aus dem Gegensatz zu Schliemann entstanden ist. Ohne den Traum von Troja, den ein armer kleiner Dorfjunge träumte, gäbe es möglicherweise noch heute kein Troja. Und eine Altertumswissenschaft im heutigen Sinne ist ohne Schliemanns Pionierarbeit nicht denkbar.

Den Nekrolog der Bayrischen Akademie der Wissenschaften hielt ihm Heinrich von Brunn, der ihn damals mit Garibaldi in Parallele setzte. Aber wir können Schliemann vielleicht besser noch mit einer anderen historischen Gestalt vergleichen, mit Kolumbus. Wird die Tat des Kolumbus dadurch geringer, daß er den Seeweg nach Indien suchte, und auch überzeugt war, Indien gefunden zu haben? Sinkt Schliemanns Bedeutung dadurch, daß er irrte und den Schatz des Priamos in den Händen zu halten glaubte, als er den Schatz eines Herrschers gefunden hatte, der tausend Jahre vor Priamos lebte? Und daß er das Grab Agamemnons und dessen goldene Maske zu finden glaubte, während auch sie um einige Jahrhunderte älter sind? Kolumbus bleibt für alle Zeiten der Wiederentdecker Amerikas. Schliemann bleibt für alle Zeiten der Mann, der Troja fand und der uns ein Jahrtausend griechischer Geschichte oder besser gesagt Menschheitsgeschichte schenkte. Und diesem Menschen schulden wir Ehrfurcht und Dankbarkeit, von der seine Irrtümer, seine Schrullen, seine menschlichen Fehler und Schwächen nichts abzubrechen vermögen.

ERSTES BUCH

Der Traum eines Dorfjungen

οὐδέ όε πάγχυ γε μῆτις Ὀδυσσῆος προλέλοιπεν,
ἐλπωρή τοι ἔπειτα τελευτῆσαι τάδε ἔργα.
Od. II, 279

Und verließ dich nicht völlig der Geist des großen Odysseus,
Dann ist Hoffnung genug, du wirst das Werk noch vollenden.

Erstes Kapitel

Paradies und Höllenfahrt

ξεῖνε, τὸ μέν σε πρῶτον ἐγὼν εἰρήσομαι αὐτή.
τίς, πόθεν εἰς ἀνδρῶν;
Od. VII, 237

Hierum muß ich dich, Fremdling, vor allen Dingen befragen:
Wer und von wannen bist du?

1 Luise Schliemann sitzt unter der Linde. Obwohl der Korb neben ihr randvoll von zerlöcherten Strümpfen ist – wenn man acht Kinder zur Welt gebracht hat, von denen sechs den ganzen lieben langen Tag herumlaufen, kann man mit Strümpfestopfen die meiste Zeit verbringen –, hat sie die Hände einen Augenblick in den Schoß sinken lassen. Heute hat sie sozusagen Zeit und darf es einmal tun, ohne durch einen Ruf aus dem Hause aufgejagt zu werden, ohne ein strafendes Wort für ihr Nichtstun zu hören. Müde und blaß sieht sie aus und so schmal und klein, als ob ein kräftiger Wind sie wegpusten könnte. Gestern ist sie sechsunddreißig geworden und fühlt sich doch wie eine alte Frau. Sechzehn Ehejahre zählen doppelt und jedes Kind noch ein Jahr mehr.

Aber sie hat es selbst so haben wollen. Ihr Vater hat abgeraten, hat dringend widerredet, obwohl er einsehen mußte, daß seine Tochter in dem kleinen Sternberg kaum andere und bessere Bewerber hatte als den jungen, selbstbewußten, von Leben übersprudelnden Konrektor. Lieber eine alte Jungfer werden als den heiraten, hatte er gesagt. Aber sie hatte es besser gewußt damals. Nie wird sie es vergessen, wie ihr Vater, als sie im vorigen Jahr zuletzt zu Hause gewesen war, sich plötzlich an seinem Schreibtisch zu ihr umgedreht hatte, daß sein schmaler Kopf mit den langen seidenweißen Haaren in den Schatten rückte: Bist du nun wirklich glücklich, mein Kind? – Ja, Vater. Ach, trotz des Schattens hatte sie in seinen Augen gelesen, daß er ihr sekundenlanges Zögern richtig gedeutet hatte und die hastige Röte, die ihr vom Halse her in die Wangen geflutet war. Kein Wort mehr hatte er gesagt, sich still wieder umgedreht und in seinen Papieren gewühlt, als suche er ein verlorenes wichtiges Aktenstück.

Vater war sehr klug gewesen und sehr menschenkundig. Sonst hätten die Sternberger ihn ja auch nicht so dringend gebeten, sein Rektorat niederzulegen und ihr Bürgermeister zu werden. Er muß es wohl schon damals erkannt haben, was für ein Mensch Ernst Schliemann war: sehr begabt, aber faul, ein Mensch, der den Eindruck zu erwecken versteht, daß er alles kennt und alles weiß: der seinen Beruf nicht als Berufung betrachtet – weder den des Lehrers noch den des Pastors –, sondern nur als Mittel zum Zweck eines guten und bequemen Lebens; der nur sich selbst sieht, seinen Vorteil, sein Behagen, sein Vergnügen; der blind und taub ist für alles, was in anderen Menschen vorgehen könnte, was für Gedanken und Wünsche in ihnen wachsen, gleichviel, ob es seine Schüler sind oder seine Kinder, seine Tagelöhner oder seine Frau; der allen, die mehr sind als er, einen Buckel macht und mit eleganten Gesten und konzilianten Reden ganz unaufdringlich um den Bart geht, ob es nun Herr von Oertzen ist oder der Herr Superintendent aus Parchim, und der für alle, die unter ihm stehen, der haushoch Überlegene ist, der sie in wenigen gutgelaunten Augenblicken wohlwollend am Rockknopf faßt und auf die Schultern klopft, sonst aber mit seiner mächtigen Leiblichkeit an die Wand quetscht und aus dem Wege schiebt, wobei es ihm nicht einmal bewußt wird, wenn er ihnen mit seinen breiten, schweren Stiefeln auf die Füße tritt.

Bei Gott, es ziemt sich nicht für eine christliche Ehefrau, solche aufsässigen Gedanken zu haben. Jedermann sei untertan der Obrigkeit, die Gewalt über ihn hat, und wie das Weib ihres Leibes nicht mächtig sei, sondern der Mann, so sei er auch ihres

Denkens Herr, denn der Mann ist des Weibes Haupt. »Ein Weib soll stille sein«, sagt der Apostel Paulus, und damit meint er gewiß nicht nur den Mund, »und es mag, da durch ein Weib die Sünde in die Welt gekommen, nur selig werden durch Kinderzeugen und wenn es bleibt in der Liebe und der Heiligung samt der Zucht.« Beschämt senkt Luise Schliemann ihren Kopf und greift eilig in ihren Korb mit den zerrissenen Strümpfen.

Es ist heiß, viel zu heiß eigentlich für einen zwanzigsten Mai. Hinter den Ulmen, nach Friedrichsfelde zu, ballt sich langsam ein dichtes schwarzblaues Gewölk zusammen, und es scheint, als wolle zum Abend noch ein Gewitter kommen. Hoffentlich fährt Ernst rechtzeitig von Penzlin weg. Wenn er das Gewitter unterwegs aufladen muß, wird er es gewiß zu Hause fortsetzen. Die Luft ist so gespannt, daß man auch die fernen Geräusche scharf und klar vernimmt: die kräftige Stimme des Inspektors, der hinten auf dem Gutshof einen Tagelöhner abkanzelt, das Hü und Hott der Knechte, das Schimpfen einer Frau, die sich im Garten mit dem schnell wachsenden Unkraut herumärgert.

Frau Schliemann horcht zum Hause hinüber. Dort ist alles still. Die kleine Luise schläft wohl noch oder, wenn sie aufgewacht sein sollte, spielt sie stillvergnügt mit ihren rosigen Zehen.

Seltsam, daß die anderen so ruhig geworden sind. Mindestens eine Viertelstunde muß es schon sein, daß sie ihren Spiellärm nicht mehr hört. Da waren sie drüben am Silberschälchen und ließen Boote aus Baumrinde und aus Papier schwimmen. Nun, schließlich sind sie alt und verständig genug, auf sich selber aufzupassen. Obendrein sorgt die Älteste schon dafür, daß kein Unheil geschieht. Merkwürdig, von wem mag Elise diese säuerliche, schulmeisterliche Art geerbt haben, die so gar nicht zu ihren dreizehn Jahren paßt? Eigentlich ist sie schon jetzt, als Kind, eine Tante, die zu nichts anderem taugt, als auf dem Sofa zu sitzen und übelzunehmen.

»Wo sind die Kinder?«

Luise Schliemann schrickt vor der scharfen Stimme auf, die plötzlich hinter ihr erklingt. Auf leisen Sohlen ist die Schwägerin in den Garten gekommen, die seit Jahren schon in Ankershagen wohnt, um der Pastorin im Haushalt zur Seite zu stehen, wie es heißt.

»Im Garten, liebe Artemisia«, antwortet sie und denkt ganz schnell wie jedesmal, wenn sie die spitznasige und knopfäugige alte Jungfer anredet: Wie in aller Welt mag der selige Pastor in Gresse auf diesen wenig christlichen Namen verfallen sein?

»Das kann ich mir denken, daß sie im Garten sind, wenn sie sich weder im Hause noch auf dem Hofe befinden. Ich will mich beileibe nicht in deine pädagogischen Angelegenheiten mischen, teuerste Luise, noch gar deine diesbezüglichen Maximen kritisieren. Nein, gewiß nicht! Aber ich finde, du hast doch den ganzen Tag nichts zu tun und solltest wirklich ein schärferes Auge auf deine Kinder haben.«

»Kinder erziehen sich am besten selbst, hat mein Vater immer gesagt.«

»*Mein* Vater, dein seliger Schwiegervater, war anderer Ansicht, aber der war ja schließlich nur Pastor und nicht Rektor und Bürgermeister. Elise kann auch nicht auf alles aufpassen, und, wie du bemerkt haben dürftest, lieben die anderen es sehr, sich ihrer Aufsicht zu entziehen. Doris und Wilhelmine sind wirklich nicht mehr in einem Alter, daß sie mit den Tagelöhnerkindern spielen können, ohne ihre Sprache und ihr Savoir-vivre zu ruinieren, und Heinrich hat sowieso einen beklagenswerten Hang zum Gemeinen. Kein Wunder, da er andauernd mit dem alten Wöllert zusammensteckt und sich alberne Spukgeschichten erzählen läßt! Ich möchte wirklich wissen, wie auf diese Weise einmal angesehene Menschen und nützliche Mitglieder der Gesellschaft aus deinen Kindern werden sollen und wie du achtbare Schwiegersöhne für deine Töchter finden willst.«

»Das soll nicht meine Sorge sein, Artemisia. Ist das Ansehen so wichtig? Hauptsache, sie werden glückliche Menschen, und dafür brauchen sie zunächst eine glückliche und unverbogene Kindheit. Im übrigen« – nein, bei aller Sanftmut kann sie sich diesen Stich nicht verkneifen –, »was die Schwiegersöhne für Dütz und Minna anlangt, so beweist du selbst ja am besten, daß man auch ohne Mann zufrieden leben kann.«

Artemisias schmale Lippen werden zu papierdünnen Strichen,

aber es scheint ihr doch wohl geraten, dieses Thema auf eine gelegenere Zeit zurückzustellen. Wortlos und eilig geht sie über den Hof ins Haus, während Luise ein Paar Strümpfe zusammenrollt und ein anderes aus dem Korb nimmt.

Und da werden auch die Kinder wieder hörbar, mit Gesang sogar. Hinten vom Pieverstorfer Weg kommen sie durch das Gebüsch gekrochen und bilden nun, am Silberschälchen vorbei, eine feierliche Prozession. Die Mutter wendet sich ihnen entgegen und sieht, wie sie dicke Sträuße in den Händen tragen: die letzten Himmelsschlüssel und Butterblumen, Küchenschellen und Schaumkraut und Feuernelken und gelbe Schwertlilien. Aus voller Kehle singen sie, Heinrich natürlich anderthalb Töne daneben wie immer und der kleine Ludwig im schrillsten Diskant.

Die Melodie gehört dem »Vom Himmel hoch«, aber der Text ist wirklich kein Choral.

»Er hatt' auf dieser schönen Welt
nicht einen einz'gen Dreier Geld,
drum mördert er 'nen reichen Mann:
ein jeder nährt sich, wie er kann!«

Eine zweite Strophe hat die ebenso moralische wie logische Dichtung nicht. Oder die Kinder haben sie wieder vergessen, denn sie wiederholen die erste so lange, bis sie bei der Mutter sind und ihr ihre Blumengaben auf den Schoß legen.

Luise Schliemann ist eine sehr gute Mutter und darum eine mäßige Pädagogin: sie erregt sich nicht darüber, daß der milchige Saft der Butterblumen Flecke in ihr blaues Kleid machen könne und daß die liebkosenden Schmutzfinger der Kinder Spuren hinterlassen. Sie lacht auch hell über das Lied und erkundigt sich nur wißbegierig, wo sie es aufgeschnappt hätten.

»Bei dem Leierkastenmann vorgestern. Er kam vom Penzliner Jahrmarkt durchs Dorf«, rufen Dütz und Minna einstimmig. »Ist es nicht schön, Mutti?«

»Wunderschön, Kinder.«

»Mutti, erzähl 'ne Geschichte«, bettelt Ludwig, während Elise, nach der musikalischen Ausschweifung wieder streng und sachlich, den Strumpf aufhebt, der der Mutter vom Schoß gerutscht ist, und ihn kritisch betrachtet.

»Guck mal, was ich gefunden habe«, fährt Heinrich dazwischen und holt nacheinander ein unvorstellbar schmutziges Taschentuch, Bindfaden, ein Messer, einen rostigen Nagel, einen fast noch lebendigen Frosch aus der Hose. »Hier!« Und damit legt er ihr eine kinderhandtellergroße rotbraune Scherbe auf das Knie, in die unter einem Streifen aus Punkten und Strichen rohe Wellenlinien eingeritzt sind.

»Das ist wohl ein Stück von einer alten Urne«, sagt die Mutter, »weißt du, ein Gefäß von den Menschen, die hier früher einmal wohnten, vor langer, langer Zeit. Am besten zeigst du es Vater heute abend. Er kann dir wohl mehr darüber erzählen.«

»'ne Geschichte, Mutti«, mahnt Ludwig, der sein Anliegen keineswegs vergessen hat und schon ungeduldig hin und her trat, während die Scherbe betrachtet wurde, die ihm durchaus wertlos erscheint.

»Nach dem Abendbrot, Kinder. Jetzt ist es zu spät. Hört ihr, der Küster stößt schon die Betglocke. Geht schnell ins Haus, und wascht euch, damit Tante Artemisia nicht schilt. Heinrich, da geht es nicht ins Haus! Wohin willst du noch?«

»Zu Prange. Gleich ist er mit dem Läuten fertig.«

»Na gut. Aber nicht länger als eine halbe Stunde, hörst du? Sonst wirst du bis zum Essen nicht mehr fertig.«

Heinrich ist damit zufrieden. In einer halben Stunde kann man viel zuhören.

»'n Abend, Prange«, ruft er schon von weitem, als er unter den breiten Kastanienzweigen über die Feldsteinmauer klettert und auf den Turm zu läuft, aus dem der alte Küster gerade heraustritt.

»Na, Hinnerk«, sagt der gemütlich und schüttelt ihm die Hand. »Lange nicht gesehen, was? Wie geht's dir denn?«

»Gut, Prange. Erzählst du mir nun die Geschichte von Henning Bradenkirl?«

»Jung, die hab' ich dir doch schon erzählt.«

»Och, das ist schon so lange her, mindestens drei Wochen – na, zwei aber ganz gewiß! Ich hab' sie schon wieder beinah vergessen«, schwindelt er, um sein Anliegen dringlicher zu machen. Aber das war falsch spekuliert, denn nun spielt Prange den Beleidigten von wegen schlechten Zuhörens, und Heinrich muß erst viel bitten und betteln, bevor der Alte sich erweichen läßt.

»Na, denn man los«, sagte er dann endlich, zieht eine pralle Schweinsblase aus der Tasche, stopft sich eine Pfeife, holt aus einem anderen Beutel Zunder und Stein und schlägt Feuer. »Also das war so. Bevor der Herr Hauptmann Helmut Leopold von Oertzen auf Blumenow Ankershagen kaufte – das werden so Jahrener achtzig her sein –, gehörte es ebenso wie all die anderen Güter der Umgebung den Herren von Holstein. Einer von diesen, lange, lange her, war der Ritter Henning, ein richtiger Gottseibeiuns, der nichts im Sinne hatte als Fressen und Saufen, Rauben und Brennen und Plündern.«

»Raubritter hieß das damals«, wirft Heinrich ein, der sich auf einen halbversunkenen Grabstein gesetzt hat.

»Sollte es auch heute noch heißen«, knurrt der Alte halblaut. »So ein Raubritter war Henning von Holstein also. Du weißt, die Straße von Waren nach Neubrandenburg geht oberhalb von unserm Dorf vorbei, bei Möllenhagen und Marin, und die von Güstrow nach Fürstenberg und Gransee unterhalb. Da saß nun immer ein Posten auf dem Turm der Ritterburg und einer auf einem andern Turm, der auf dem Wartensberg stand, und sobald sie nun einen Wagenzug oder etwas anderes Gutes auf den Landstraßen sahen, schlugen sie Alarm, und Henning mit seinen Reitern hastewaskannste auf sie los, und Totschlagen und Ausplündern und wieder Zurücksein war eins. Sogar einen unterirdischen Gang gab's von der Burg an den Specker See, so daß der Räuber durch ihn ganz unvermutet auftauchen oder wieder verschwinden konnte, wie es grade nötig war.

Es dauerte nicht lange, da war überall im Lande große Furcht vor ihm, und nur mit Heulen und Zähneklappern zogen die Kaufleute und Reisenden die Straßen bei Ankershagen vorbei und taten's auch nur, wenn sie wirklich keinen Umweg machen konnten. Natürlich kam die Beschwerde auch bald vor den Herzog, der ja der Lehnsherr des Ritters war und ihm deshalb zu befehlen hatte. Na, und der verwarnte den bösen Henning und gab obendrein allen Reisenden, die ihn drum baten, einen Geleitsbrief. Wenn einer diesen herzoglichen Schutzbrief vorzeigte, mußte Henning ihn wohl oder übel laufenlassen, denn sonst wär's genauso gewesen, als wenn er sich gegen den Herzog vergangen hätte.

Das wurmte den Räuber natürlich mächtig, und er sann auf Rache. Nichts war einfacher als das. Der Herzog hatte ihn doch verwarnt. Also schrieb er ihm einen langen Brief und sagte: Was da alles gegen mich vorgebracht ist, ist meist ausgestunkene Lüge, und ich kann dir das ganz gut beweisen, wenn du willst.«

»Hör mal, Prange, sagte der Ritter denn ›du‹ zum Herzog?«

»Na gewiß, damals sagten noch alle Leute ›du‹ zueinander, und außerdem war der Herzog doch der Landesvater.«

»Wenn schon. Weißt du, als mein Vater den Großherzog zum Paten für unseren kleinen toten Franz gebeten hat, hat er aber gar nicht ›du‹ geschrieben, sondern Königliche Hoheit.«

»Heutzutage ist das eben anders, Hinnerk, bloß nicht besser. Also weiter sagte er: Am besten ist es, wir unterhalten uns mal mündlich über all den Kram. Da können wir uns viel besser auseinanderverposamentieren, und da kannst du auch gleich meine Leute fragen, daß hier in Ankershagen alles in bester Ordnung ist und daß ich ein guter und gerechter Herr bin. Und eine größere Freude kann es gar nicht für mich geben, als wenn ich dich bei mir begrüßen und bewirten kann.

Der Herzog bekam den Brief, glaubte den Anfang beinah und den Schluß ganz und kroch, so lang er war, auf die Leimrute und machte sich mit seinem Gefolge auf den Weg.

Der Ritter rieb sich die Hände, daß sein Plan so schön gelang. Er rief alle seine Totschläger und Raufbolde zusammen und hielt im Saal einen großen Rat, und sie tranken dazu aus vollen Krügen den besten Wein. Da wurde dann beschlossen, wo und wie sie dem Herzog auflauern wollten und wie sie ihn dann zwicken und zwiebeln würden, bis er viele tausend Goldstücke herausrückte und einen heiligen Eid dazu, daß er Henning nie wieder etwas in den Weg legen würde.

Nun wollte es aber ein Zufall, daß an ebendem Tage und zu ebender Stunde eine Kuh kalbte. Das ist nichts Besonderes, sagst du. Ist es auch nicht. Aber diese Kuh kriegte gleich drei Kälber auf einmal, und da war es ja selbstverständlich, daß der Kuhhirte seinem Herrn gleich Meldung machte. Er ging in die Burg, und als er wartete, bis er seinen Bericht anbringen konnte, hörte er von dem geplanten Überfall auf den Herzog. Da ließ er Kälber Kälber sein und schlich sich eilig zur Burg hinaus und dem Herzog entgegen. In einem Dornrämel zwischen Wendorf und Kleinplasten versteckte er sich. Da mußte der Herzog ja vorbeikommen und war noch weit genug vom Platze des Überfalls entfernt. Bald kam er auch und kehrte schnurstracks wieder um, als er von dem braven Hirten den verbrecherischen Plan Hennings erfahren hatte, und schenkte ihm zur Belohnung für seine Treue die goldene Kette, die er um den Hals trug.

Aber die wurde zum Unglück für ihn. Denn als er die Geschichte erst unter dem Siegel strengster Verschwiegenheit seiner Frau erzählt hatte, wußte es am nächsten Morgen die Gevatterin und am Abend dann das ganze Dorf. Henning schäumte vor Wut. Er ließ den Hirten greifen und in den Saal bringen. – Sag mal, Hinnerk, warst du schon mal im Schloß?«

»Gewiß, öfters schon.«

»Auch im Saal?«

»Ja.«

»Na, dann weißt du ja die Stelle, wo man nachher den Kamin vermauert hat, um die Spuren der Untat zu tilgen. Aber das war vergebliches Bemühen. Soviel Mörtel und Kalk sie auch draufgeschmiert haben, die Fugen des Kamins sind bis auf diesen Tag zu sehen. Aber damals war er natürlich noch offen, und in dem Feuerloch stand eine riesige eiserne Bratpfanne, in der die ganzen Ochsen für den Ritter und seine Gesellen gebraten wurden. Auf diese Pfanne ließ Henning den unglücklichen Hirten werfen und bei lebendigem Leibe braten. Und als die Stricke durchgeschmort waren und er sich noch ein klein wenig rühren konnte und herauszukrabbeln suchte, stand Henning vor dem Kamin und stieß ihn hohnlachend mit dem Fuß in die Glut zurück, bis er tot war. Und von dem Tage an hieß er nur noch Henning Bradenkirl.

Bald darauf aber kam der Herzog wirklich nach Ankershagen.

Diesmal hatte er seine Soldaten mitgebracht und belagerte und stürmte die Burg. Als Henning nun sah, daß er nicht entkommen konnte, packte er alle seine Schätze in eine große Kiste, vergrub sie in seinem Garten neben dem runden Turm, und dann sprengte er sich mit diesem Turm in die Luft. Die Trümmer liegen ja heute noch hinter dem Schloß.«

»Und die Schätze, Prange?«

»Die liegen auch noch da. Viele Leute haben versucht, sie zu heben, zuletzt ja wohl der Herr Landrat von Oertzen. Aber keiner hat sie gefunden, denn man sagt, daß ein ungeheurer schwarzer Hund mit feurigen Augen, so groß wie Wagenräder, sie bewacht.«

»Was du nicht alles weißt, Prange«, sagt Heinrich nach einer Pause atemloser Ergriffenheit.

Der alte Küster lächelt bitter und steckt seine Pfeife in die Tasche. »Ja, Jung, ich hätt' wohl was anderes werden können als Tagelöhner und Küster. Kennst du den Schulmeister Prange in Zahren? Das ist mein leiblicher Bruder, und er hat bestimmt nicht solchen guten Kopf wie ich. Aber er war der Jüngste von uns und so schwach, daß er nicht mal Schneider werden konnte, geschweige denn Knecht auf dem Hof. Da hat der gnädige Herr dann ein paar Taler gegeben, daß der Junge lernen konnte. Und ich . . .«

Doch das scheint seinem kleinen Hörer nicht sehr wichtig. »Aber Prange, wie ist es denn nun mit dem Bein von Henning Bradenkirl? Mein Vater sagt, das ist Unsinn, aber Wilhelm Pleß und Hannes Brügmann und Jochen Wolgast haben gesagt, es stimmt doch.«

Prange kratzt sich hinter den Ohren. Gegen den Pastor zu reden ist nicht gut. Aber sei es drum: die Geschichte ist zu schön, um kurz als unwahr abgetan zu werden.

»Komm, Hinnerk«, sagt er, schließt die Kirche noch einmal wieder auf, in der es schon dämmrig wird, und führt den Knaben an dem dicken Mittelpfeiler vorbei vor den Altar. »Siehst du, wie die Steine hier in der Mitte etwas eingesackt sind? Da drunter liegt Henning Bradenkirl begraben. Hundert und hundert und hundert Jahre lang ist zur Strafe für seine Missetat sein linkes

Bein in einem schwarzen Seidenstrumpf aus dem Grab herausgewachsen, sooft man es auch wieder abgeschnitten hat.«

»Wo hat man denn das Bein gelassen?«

»Weiß ich es? So alt bin ich nun auch noch nicht, Hinnerk, daß ich die ganze Zeit dabeigewesen wäre. Gewiß haben sie's wieder eingegraben.«

»Merkwürdig«, sagt Heinrich nachdenklich. »Daß das Bein nachwächst bei einer so schweren Sünde, ist ja klar. Aber der Strumpf auch? Das glaube ich nicht, Prange.«

Doch jetzt wird der Küster böse. »So«, spottet er, »das glaubst du nicht! Mit deinen sieben Jahren willst du mich alten Mann von siebzig zum Lügner machen? Schäm dich, das hätt' ich nicht von dir erwartet!«

»Sei nicht böse, Prange«, sagt der Kleine und streichelt dem Alten die Hand, die so hart ist wie ein Brett, »aber daß der Strumpf auch nachwächst, ist unmöglich.«

»Du Dreikäsehoch mußt es ja wissen. Aber du wirst schön deinen naseweisen Schnabel halten, wenn ich dir sage, daß ich es selbst gesehen habe.«

»Oooch, Prange«, kommt es zwischen Zweifel und Bewunderung. »Ist das auch wirklich wahr? Wiß und wahrhaftig?«

»Ick will up ewig Düwel un Füerfräter sien, wenn't nich wohr is«, beteuert der Küster energisch. »Als wir so halbwachsene Driebenkiels waren, Peter Hüppert und ich, haben wir selbst einmal das Bein abgeschnitten, mit einem alten Küchenmesser von meiner Großmutter. Hat die nachher geschimpft, oh, oh, oh — drei Tage Regenwetter waren's im Hause!«

»Und habt ihr das Bein auch eingegraben?«

»Nö«, antwortet Prange kurz. »Damit haben wir die Birnen abgehauen von Herrn Pastor von Schröders Baum, weißt du, dem, der gleich an eurem Stall steht.«

»Und dann?«

»Ja, dann hat es sich allmählich dabei verbraucht, so genau weiß ich das nicht mehr. Als dann keine Birnen mehr abzuhauen waren, haben wir es wohl irgendwo liegenlassen, und so ist es denn abhanden gekommen.«

»Ist das Bein dann wieder nachgewachsen?«

»Nein, Hinnerk, dann ist es nie mehr gewachsen.«

»Warum?«

»Du fragst auch mehr, als ein Dutzend Schlauköpfe beantworten können. Warum? Das weiß ich nicht. Aber, da fällt mir ein: Herr Pastor von Schröder war ein ganz kluger Mann und konnte wohl mehr als Brot essen. Umsonst hat ihn der preußische König gewiß nicht geadelt. Der wird es wohl gebannt haben. Aber«, setzt er plötzlich hinzu, »frag das Fräulein von Schröder lieber nicht danach. Ich glaube, das wäre ihr peinlich.«

»Heinrich!«

»Ach herrje, Tante Artemisia! Na, tschüs auch, Prange, und vielen Dank!«

»Dor nich för«, antwortet der Alte und schließt schmunzelnd die Kirchentür zu.

Heinrich ist schon nicht mehr zu sehen. Wie ein Blitz ist er ins Haus, in die Küche, mit den Händen in die große allgemeine Waschschüssel gefahren und saust nun in die Eßstube.

»Nett, daß du uns auch noch die Ehre gibst«, sagt der Vater, der inzwischen zurückgekehrt ist. Daß er den Wagen überhört hat! Aber da waren sie wohl gerade in die Kirche gegangen. Gottlob, Vater ist guter Laune, und deshalb begnügt sich Tante Artemisia mit einem Schnellfeuerwerk strafender und anklagender Blicke. Die strafenden zielen auf Heinrich, die anklagenden werden an die Mutter und an eine unsichtbar an der Stubendecke schwebende Gottheit verteilt.

»Vater«, fragt Heinrich und legt den Löffel wieder auf den Tisch, obwohl die Erdbeeren so unglaublich rote und verlokkende Inseln in dem Meer der sahnigen Milch bilden. »Kannst du in der Kirche alles machen, was du willst, oder darf dir da einer reinreden? Die Juraten vielleicht?«

»Die Juraten!« antwortet der Pastor wegwerfend. »Das würde mir gerade noch fehlen! Natürlich kann ich alles machen, sofern es vernünftig ist.«

»Das freut mich«, sagt Heinrich beruhigt und ißt hastig ein paar Löffel, um dann energisch fortzufahren: »Dann mußt du morgen die Steine vorm Altar aufgraben lassen.«

»Warum denn das?« Der Pastor ist sehr verdutzt, obwohl er

gerade von seinem ältesten Sohn allerhand absonderliche Gedanken gewöhnt ist.

»Damit wir feststellen können, warum das Bein von Henning Bradenkirl nicht mehr nachwächst.«

Ärgerlich wirft der Pastor seine Serviette auf den Tisch, indes seine Schwester empört den Kopf schüttelt. »Hat der verteufelte Prange dir wieder Flausen in den Kopf gesetzt? So eine alberne Spökenkiekerei! Na warte, mit dem werd' ich morgenden Tags derart Fraktur reden, daß ihm seine Märchen vergehen!«

»Nein, Vater«, hastet Heinrich hervor und wird nur ganz wenig rot – er muß den Freund doch schützen!, »die Jungens haben es gesagt.« (Und er tröstet sich damit, daß diese Fassung ebenfalls der Wahrheit entspricht.)

»Ernst!!!« (Fräulein Artemisia Schliemann beherrscht die seltene Kunst, mehrere Ausrufungszeichen hintereinander zu sprechen.) »Ich habe schon öfters gesagt, daß es gar nicht guttut, wenn die Kinder dauernd mit den Dorfgören zusammenstekken.«

»Unsinn, Mising«, antwortet der Pastor wider Erwarten und ist glücklich von dem gefährlichen Thema abgelenkt. Denn nun zitiert er, nicht ohne Bosheit, das schöne Wort von Pastors Kind und Müllers Vieh und betont, daß er seine Kinder nicht zu Duckmäusern und Frömmlern machen wolle und daß sie eben deshalb nicht auf das Pfarrhaus beschränkt werden dürften. »Nächstes Jahr wird Elise vierzehn. Bei Heldts und bei Meinckes in Zahren sind die Kinder auch bald soweit. Dann machen wir einen netten Zirkel mit Tanzstunde.«

Artemisia ist sprachlos, aber Doris und Minna sind außer sich vor Freude und hüpfen schon im Vorschuß um den Tisch, während Elise und Heinrich dieser Aussicht vorläufig keinen besonderen Reiz abgewinnen können. Dann beginnt es zu donnern, und die Kleinen fangen an zu weinen.

2 Das Jahr geht schon mit schnellen Schritten dem Herbste zu. Es ist ein gutes Jahr gewesen, und die riesigen Scheunen des Gutshofes sind so stramm voll Korn, daß sie es kaum fassen können. Nun sind die strapazierten Gutsleute beim Kartoffelracken,

und ganz gegen die Gewohnheit regnet es nicht dazu; jeden Tag ist das strahlendste Wetter.

Die häuslichen Schulstunden sind schnell überstanden. Denn da der Vater unverändert der Meinung ist, seine Frau habe ja gar nichts zu tun, zumal Artemisia ihr das eigentliche Regiment und eine kräftige Magd aus einem der Nachbardörfer ihr die groben Arbeiten abnehmen, hat er ihr den Unterricht der Kinder übertragen. Eine Rektorstochter muß das schließlich können, und da die kleine Luise auch schon entwöhnt ist, müßte die Frau sich sonst vielleicht langweilen, da man ja doch nicht den ganzen vollen Tag Klavier spielen oder Romane lesen kann.

Nur die Lateinstunden für Heinrich hat er sich selbst vorbehalten. Wenn sie auch nicht besonders regelmäßig sind – man hat ja noch einiges andere zu tun –, zwei- oder dreimal in der Woche wird doch etwas daraus, und da der Junge gern und gut lernt und mit wahrer Leidenschaft sein mensa dekliniert und sein amo konjugiert, lernt er doch schließlich nicht weniger, als wenn er zur Schule ginge. Der kleine Ludwig darf auf dem Schemel daneben sitzen und zuhören. Vielleicht bleibt gleich etwas hängen, so daß man in zwei Jahren, wenn er soweit ist, die Anfangsgründe schon voraussetzen kann. Das Rechnen geht bei Heinrich auch ganz gut, wie kleine improvisierte Prüfungen erweisen, und seinen Katechismus und die Gesänge kann er wie am Schnürchen. Er hat ein gutes Gedächtnis, ohne Zweifel, und kann es vielleicht einmal weiterbringen als sein Vater. Bloß im Schreiben schludert er, und nicht nur mit der Schrift. Was hatte er sich neulich geleistet? »Der Fur peitztscht seihre.« Gräßlich! *Fuhr* ohne h und das *-mann* ganz ausgelassen, das überzählige *tz* in *peitscht* und *seine Mähre* zu einem Wort zusammengezogen, weil er schon an das zweite dachte, als er das erste noch nicht fertiggeschrieben hatte. Aber daran ist nicht so sehr der Junge schuld als die mangelhafte Aufsicht der Lehrerin. Wer weiß, was die wieder im Kopf gehabt hat.

»Na lauf, morgen machen wir weiter.«

Heinrich läßt es sich nicht zweimal sagen. In einem Husch ist er die Treppe hinauf, wirft seine Hefte auf die Kommode unter dem Fenster und ist schon wieder unten. Was nun?

Ein Jammer, daß Prange erst gestern die Geschichte vom Silberschälchen erzählt hat. Da hat man unterm Fenster, gleich am Anfang des Gartens, einen Teich und hat nie gewußt, daß er beileibe kein gewöhnlicher Teich ist. O nein! Eine geheimnisvolle verzauberte Jungfrau wohnt darin, und am Mittag des Johannistages steigt sie daraus hervor und auch in manchen nicht näher zu bestimmenden Mondnächten. Ein silbernes Schälchen in der Hand, schwebt sie dann über dem Wasser und wartet darauf, erlöst zu werden. Die Mittagsstunde ist nicht weit, aber der Johannistag um so mehr, und so wird man leider bis zum kommenden Jahr warten müssen. Immerhin und für alle Fälle könnte man beim nächsten Vollmond wach zu bleiben versuchen. Der Wein am Giebel ist so stark, daß man gut und unbemerkt daran hinunterklettern kann. Dann könnte man die Jungfrau erlösen und dabei auch gleich feststellen, wie sie es fertigbringt, durch die dicke Entengrütze des Teiches aufzusteigen, ohne über und über schmutzig und grün zu werden.

Einen Haken hat dieser nächtliche Ausflug allerdings. Im Gartenhaus spukt Vaters Vorgänger, Herr Pastor von Rußdorf, und es ist gewiß kein Vergnügen, wenn es plötzlich hinter einem poltert und mit Steinen wirft und dann ein leibhaftiger Pastor dasteht, der schon sechs Jahre im Grabe liegt. Eine hübsche Schrift hat er gehabt, wie wenn Meisen im Schnee hüpfen, so zierlich und regelmäßig. Wenn er wirklich kommt, müßte man wohl weglaufen, denn Tote sind schon nicht angenehm, wenn sie still und steinern daliegen, geschweige denn, wenn sie mit Steinen werfen und womöglich reden. Aber Weglaufen ist feige, und Jungens dürfen nicht feige sein. »Salve!« wird man dann wohl am besten sagen und eine schöne Verbeugung machen, den linken Fuß etwas zurück und mit einem kleinen Bogen der rechten Hand. Dann freut er sich sicherlich über das Latein und ist ganz friedlich. Und dann könnte man ihn in aller Bescheidenheit fragen, warum er denn eigentlich spukt, denn das weiß nicht einmal Prange. Und als man die verwitwete Frau Pastorin danach gefragt hat, weinte sie gleich los, und Fräulein Justina brachte einen eilig zur Tür und sagte: »Du bist ein gräßlicher Junge, ein richtiger Flegel.«

»Tag, Herr Gendrich!« ruft er dem Jäger zu, der ihm entgegenkommt und wie wild nach seinem braungefleckten Hund pfeift. Als Heinrich vorüber ist, fliegen ihm ein paar Erdbrocken um die Ohren, und dann sieht er auch einen eifrig wedelnden Stummelschwanz. Der Rest des Hundes steckt in einem Fuchsbau. ›Piep du man‹, denkt er und dreht sich nach dem Jäger um. Aber der ist schon weitergegangen.

Zwischen Schlehenhecken zwängt sich der Junge durch und läuft einen Ackerrain entlang und dann über eine federnde Wiese. Zweimal bleibt er stehen und sieht großen Ringelnattern nach, die sein Schritt aufgestöbert hat. Dann liegt auch schon der Hügel vor ihm, der mitten aus dem Acker aufsteigt, kreisrund und von dunklen Kiefern bestanden.

Da ist ein alter Heidenkönig begraben, hat Peter Hüppert gesagt, und Vater hat es bestätigt. Gestern haben die Knechte die Stoppel gepflügt, und da will Heinrich schnell einmal nachsehen, ob sie dabei nicht vielleicht scharf an den Rand des Hügels gekommen sind und ein Schwert oder eine Krone ausgepflügt haben. So etwas kommt nämlich manchmal vor.

Es ist noch gar nicht lange her, hat Peter Hüppert erzählt, da haben die Knechte in Rumpshagen dicht bei der Kirche auch so einen Hügel angepflügt und einen großen Topf mit Knochen kaputtgemacht. Am Nachmittag hat Herr von Gundlach dann den Berg aufgraben lassen – und was haben sie nicht alles gefunden! Töpfe, einen nach dem andern, große und kleine, und Ringe darin und Armbänder und große Kreise wie eingeschlafene Schlangen, aber alles dick voll Grünspan, und als Schönstes dann drei riesengroße hölzerne Fässer voll Bier. Das war Bier von den alten Römern, die von Romulus und Remus abstammen und die so fließend Latein redeten wie wir Plattdeutsch. Freilich, Vater hat gesagt, ich soll mir nicht so viele Bären aufbinden lassen und das mit dem Bier sei Unsinn. Wenn ich nachdächte, käme ich selbst darauf, daß das Holz längst verfault sein müßte in den anderthalbtausend Jahren. Na ja, aber vielleicht hat er das bloß gesagt, weil er kein Bier mag und bloß Wein trinkt und oft schimpft, daß Ankershagen eine Weinpfarre sein soll und doch bloß zu Dünnbier reicht? Wenn sich sogar die Menschen ein paar tausend Jahre in der Erde halten, wie die in Ägypten, von denen Vater in einem dicken Buch ein Bild hat, warum sollen sich dann nicht auch vielleicht römische Fässer halten?

Überhaupt, wenn man mal richtig nachgrübe, nicht nur so einen Stich tief oder zwei wie im Garten, da würde man wohl sein blaues Wunder erleben. Die ganze Erde muß doch voll sein von Schätzen. Bloß andere Augen müßte man haben, die in die Erde reingucken können. Als im Frühjahr der alte Doktor Kortüm bei uns war, während ich krank war, hat er mich auch nur angesehen durch seine funkelnde Brille und dann gesagt: »Erstens hat das Kind einen verdorbenen Magen, und zweitens ist seine Lunge ziemlich schwach.« Und dabei sitzen Magen und Lunge doch tief drinnen, und rein nichts ist von ihnen zu sehen! So einen Blick sollte man haben wie der Sanitätsrat, aber nicht für die Kaldaunen, sondern für die Erde!

Nein, auch die gründlichste Betrachtung spricht nicht dafür, daß die Knechte das Riesengrab angepflügt haben. Es ist noch rundum heil und ganz.

O Gott, da läutet Prange schon wieder Mittag. Aber es ist noch zu schaffen. Querfeldein springt der Junge wie ein Hase über den Acker und freut sich, daß er seine Holzpantoffeln nicht angezogen hat und sie also nicht staubig werden können. Und die Hände sind auch ganz sauber, abgesehen von ein bißchen Tinte am Mittelfinger. Die ist eben nicht abgegangen, beschließt er, falls Tante Artemisia fragen sollte, weil Elise den Bimsstein weggemöhlt hatte.

Gleich nach dem Essen ist er wieder draußen, diesmal auf seinem Lieblingsplatz, dem Hünengrab, das halbwegs zwischen dem Pfarrgehöft und dem Schloß liegt, gleich seitab der Dorfstraße steil aus der Wiese steigend. Dunkelgrün und mit blauen Beerentellern bilden dicke Fliederbäume einen wahren Wall zu seinen Füßen. Schon der Flieder – wie es wohl kommt, daß die süßen lila und weißen Blütensträucher im Garten genauso heißen, die doch ganz anders aussehen? Danach muß man mal Vater fragen – gibt dem Hügel etwas Heiliges. Suhrweyersch, die uralte Urgroßmutter von Freund Karl, sagt, den Menschen bringe es Unglück, im Holunderschatten zu sitzen, und bloß die

Hühner könnten ihn vertragen, und sie will auch nicht, daß man Spielzeug aus seinen Zweigen schnitzelt, obwohl sich das weiche Holz mit dem korkigen Kern so gut dazu eignet. Sie sind für die Toten gewachsen, sagt sie, denen man zwei Ästchen in den Sarg legen muß, mit einem ungefärbten Wollfaden zum Kreuze gebunden, damit die Mächte der Unterwelt keine Gewalt über sie bekommen.

Halbwegs auf dem Hügel, nach der Wiese hin, steht eine mächtige Eiche und oben eine schmale, zierliche Birke, deren Blätter nun schon wie lauter kleine goldene Dukaten sind. Oben Gold und unten Gold: denn in diesem Hügel hat ein alter Heidenkönig einmal sein liebstes Kind begraben in einer Wiege aus purem Golde. Auch darüber wird man einmal mit Vater reden müssen. Wie kann man dauernd über Geldmangel stöhnen, wenn einem überall Schätze unter den Füßen liegen, hier die goldene Wiege und drüben unter dem Turm Henning Bradenkirls Kiste?

Aber jetzt werden diese Gedanken zurückgestellt, denn nun schlägt Heinrich, nachdem er sich in Sand und Gras zurechtgekuschelt hat, das mitgebrachte Buch auf. Sehr schnell geht es ja noch nicht mit dem Lesen, aber wenn man immer darauf warten soll, bis Vater oder Mutter einmal Zeit zum Vorlesen haben, kann man wohl alt und grau werden, bevor man weiß, wie die abenteuerliche Geschichte von Odysseus weitergeht. Hauptsache, daß Vater nicht merkt, daß man gerade dieses Buch aus dem Regal gezogen hat, das er besonders in Ehren hält. Der Mann, der den Homer übersetzt hat, Voß heißt er und war einmal Hauslehrer drüben auf dem Schloß, hat es nämlich Herrn Pastor von Schröder geschenkt, und Fräulein Olgartha hat es dem Vater gegeben, da sie mit ihren zweiundachtzig Jahren doch nicht mehr drin lesen kann.

Ja, das war's, hier geht es weiter –

Sprach's, und eilend begann der gottbegnadete Sänger,
Wie das Heer der Achaier in schöngebordeten Schiffen
Von dem Gestade fuhr, nach angezündetem Lager
Aber die andern, geführt vom hochberühmten Odysseus,

Saßen, von Troern umringt, im Bauche des hölzernen Rosses,
Welches die Troer selbst in die Burg von Ilion zogen ...

3 »Nein, Heinrich, jetzt darfst du Vater nicht stören. Er arbeitet. Sicher hat er vergessen, daß er dir heute eine Lateinstunde geben wollte. Morgen ist auch noch ein Tag.« Zärtlich fährt Luise Schliemann dem Kind über seine glatten dunkelblonden Haare. »Wohin willst du?« fügt sie hinzu, als er sich wortlos, seine Hefte auf die unterste Treppenstufe legend, zur Haustür wendet.

»Zu Fräulein von Schröder, Mutter. Sie hat mir versprochen, daß ich das große Bertuchsche Bilderbuch besehen darf, und meine Hände sind ganz gewiß sauber. Ich hab' sie mir heute schon viermal gewaschen.«

Frau Schliemann lächelt. »Versuche nur, Heinrich, ob es nicht auch ohne den Besuch geht. Du warst doch gestern erst drüben und darfst das alte Fräulein nicht zu oft stören. Bleib nur hübsch zu Hause heute. In einer Stunde ist sowieso schon Abendbrotszeit, und wenn du das große Bilderbuch vorhast, vergißt du doch wieder Zeit und Stunde. Was macht Ludwig?«

»Sitzt in der Wohnstube und malt ein Bild für dich zu Weihnachten – oje, das darf ich ja nicht verraten.«

»Ich habe kein Sterbenswörtchen gehört. Aber wie wär's, wenn du ihm dabei ein bißchen zur Hand gingest? Nüsse für den Weihnachtsbaum müssen auch noch vergoldet werden. Oder willst du mir lieber beim Wolleaufwickeln helfen?«

»O ja, gern, Mutter! Dabei erzählst du mir auch was, ja?«

»Gewiß, dir und Dütz und allen andern, die zuhören mögen. Und vorher lege ich ein paar Äpfel ins Ofenröhr. Bratäpfel mögt ihr doch alle gern. Und nun ruf die andern in meine Stube, aber schön leise, damit du den Vater nicht störst.«

Sacht klappen die Türen, und man hört nur noch, wie der Wind im Schornstein singt gleich einem kranken Kinde und wie er manchmal eine Handvoll Schnee gegen die Flurfenster wirft.

Pastor Schliemann sitzt an seinem Schreibtisch. Wie eine Wolkenbank steht der blaugraue Rauch aus seiner langen Pfeife in der Luft. Vor dem Sitzenden liegt ein Buch, das der Buchhändler aus Neubrandenburg geschickt hat. Es handelt von dem Untergang der Städte Herculaneum und Pompeji und von ihrer seltsamen Auferstehung aus der Lava. Das ist spannender als jeder Roman von Walter Scott oder die phantastischen Geschichten von Hoffmann, von dem die Leute jetzt soviel hermachen, ganz zu schweigen von dem Geheimrat von Goethe, der grausam langweilig ist.

Aber von den versunkenen Städten zu lesen bleibt doch nur ein recht kümmerlicher Ersatz. Reisen müßte man können, nach Italien, und mit eigenen Augen sehen, wie man nun Pompeji ausgräbt. Aber ich sitze hier auf meinem Dorf wie die Auster an ihrem Felsen. Apropos, Austern habe ich auch noch nie gegessen. Wenn man den Literaten trauen kann, müssen sie sehr wohlschmeckend sein.

Herrgott, warum bin ich bloß Pastor geworden? Weil mein Vater einer war und mein Großvater und weil jeder einen Stall voll Kinder hatte, so daß er kein Rittergut kaufen konnte. Schiffsreeder und Kaufleute wie die Voreltern in Wismar und Lübeck, das wäre doch etwas Besseres gewesen. Das Amt niederlegen, um nicht jeden Sonntag das predigen zu müssen, was man selbst nicht glaubt und was die meisten Zuhörer auch nicht glauben? Leicht gesagt. Ich schlage mich schon durch und finde trotz meines Alters jeden Tag einen Posten als Reisebegleiter bei einem jungen Herrn von Adel, mit dem ich dann durch die Welt führe, als wäre auch ich ein großer Herr. Aber wovon soll dann Luise mit den Kindern leben? Von den lächerlichen paar hundert Talern vielleicht, die der alte Bürgermeister ihr hinterlassen hat? Vor sechzehn Jahren war sie das hübscheste Mädchen von ganz Sternberg, und die Leute dachten, ich hätte eine Bombenpartie gemacht. Hic ulula sedebat – dor harr ne Uhl säten. Ich tauge nicht fürs Land. Ich bin nun einmal kein Bauer, und darum bringt der Acker nicht halb soviel wie bei meinen Vorgängern. Menschen brauche ich, Geselligkeit, eine Whistpartie des Abends und einen herzhaften Männerwitz dazu. Himmeldonnerwetternochmalzu, was hätte unter anderen Umständen, in einer anderen Umgebung aus mir werden können ...

Hastig trinkt er sein Glas leer und gießt wieder nach.

Er zieht die linke Seitenlade seines Schreibtisches auf, in der die alten Papiere aus der Jugendzeit liegen, angegilbt schon, aber von der gleichen engen, teigigen Schrift mit den großen Schleifen bedeckt, die er auch jetzt noch schreibt.

Da ist ein Heft, das er mit neunundzwanzig schrieb, als er doch noch auf des Vaters immer wiederholten Rat und im Interesse einer sicheren Versorgung das Studium der Theologie aufgenommen, nein, fast schon abgeschlossen hatte. »Die meisten Weiber sind Gemälde außer dem Hause, Glucken in ihren Zimmern, wilde Katzen in ihrer Küche, Heilige, wenn sie beleidigen, Teufel, wenn sie beleidigt werden, Komödiantinnen in ihrer Wirtschaft und Hausweiber nirgends anders als in ihren Betten. Das weibliche Geschlecht gab die erste Idee der Lotterie, wo tausend Nieten auf einen Treffer kommen.«

Er lacht dröhnend auf und blättert weiter: Himmel, was für eine Glut, was für ein Wille zu Bildung, zu Macht, was für ein funkelnder Glanz von Leidenschaft und Skeptizismus. »Das Kreuz ...«, nein, das will er jetzt nicht lesen, morgen muß er sich an die Adventspredigt machen.

Da sind die Zeugnisse des Konsistorialrats. Na ja, von Frömmigkeit steht kein Wort drin. Der alte Pietist war ein schlauer Fuchs. Desto mehr von schönen Kenntnissen. Als er diese Blätter bekam, war er schon einunddreißig und wurde damit auch gleich Konrektor in Sternberg.

Sternberg. Als man noch Lehrer in Altona war, vor dem theologischen Studium, in der wildesten Jugendblüte und die Weltstadt Hamburg vor den Toren – das war etwas anderes gewesen als Sternberg mit den vernagelten mecklenburgischen Dickköpfen. Kein bißchen Esprit, keine Entspannung, keine Unterhaltung, wenn nicht mal jedes ungerade Jahr Landtag war, und für die Herren Landstände war der Konrektor ein kleines Stück Dreck, mochte er auch tausendmal mehr Geist haben als alle rotröckigen Ritter zusammengenommen. Dazu dann dauernd den alten Bürgermeister Bürger und den Superintendenten Passow, die einem auf die Finger sahen und genau aufpaßten, daß auch ja keine Stunde ausfiel.

Ach, die lieben Stunden! Vier biblische Geschichte nach Seilers Erbauungsbuch, vier Katechismus, zehn Buchstabieren und Lesen für die Kleinen, zwei Vorlesen aus Rochows Kinderfreund samt Durchkauen und Abfragen. Durchnehmen der Sonntagspredigt am Montag, vier Stunden Bibellesen, vier Schreiben, vier Rechnen, zwei Orthographie mit Übungen, eine Geographie, eine Naturgeschichte nach Fröbing. Und dann ein paar Stunden Latein für drei oder vier Privatisten. Dazu dann einmal im Monat die Predigt und in Abwechslung mit dem Rektor das Kantorat im Gottesdienst und bei Beerdigungen.

Luci, der Rektor, der dann Pastor in Jördenstorf wurde, war ein gescheiter Mann, aber da sein Horizont nicht über die blaugelbroten Grenzpfähle hinausging, war er ganz zufrieden mit seinem Los. Ich aber kannte die Welt und saß nun mit meinen Gedanken in dem Nest, in dem Fuchs und Hase sich gute Nacht sagten, und als einzige Emotion gab's den Ärger mit dem Schulgeldeintreiben und den Eltern, die ihre Kinder angeblich dringend für die Arbeit brauchten und doch bloß den Schulschilling einsparen wollten.

Und das Gehalt erst! 30 Taler aus der Ökonomie der Kirche. 6 Gulden 24 Schilling Holzgeld. Speisegeld als Ablösung des Rundherumessens. 40 Taler von der Stadt. Aus Armenkasten und Klingelbeutel 5 Taler. Aus der verkappten Bettelei des Neujahrssingens etwa 20 Taler. Aus den kirchlichen Akzidentien wie Begräbnissen und dergleichen rund 30 Taler. Na, und dann all der Kleinkram, das Maigeld aus Hl. Geist, das Landtagsdouceur, das Fischgeld aus dem Elendenstift, das herzogliche Gnadengeschenk, der Faden Buchenblankholz, der Torf, die Weidefreiheit und der Sandacker und nicht zu vergessen der Anteil am Schulgeld, summa summarum 200 Taler pro anno.

Was ist denn das? Ach du lieber Gott, die Schuldenaufstellung! Nicht daran denken . . . In Altona fängt die Liste an, und in Ankershagen hört sie auf, vorläufig wenigstens.

Heinrich hat schon recht: Henning von Holsteins Schatz

müßte man heben oder die goldene Wiege. Jammerschade, daß das bloß Phantastereien sind.

Was denn? Zum Essen? Ist gut, ich komme schon. Und nach dem Essen erzähle ich dem Jungen dann von Pompeji und male ihm aus, wie es wäre, wenn wir in ein paar Jahren mal hinreisten und uns die Buddelei ansähen. Da ist doch mehr zu finden als bei uns, wo's bloß alte Töpfe gibt. Na, wer't mag, de mag't woll mögen.

4 Und dann haben die Kinder, hat Heinrich genug gewartet. Es ist Weihnachten. Wenn man vom Pfarrhof zur Kirche hinübergeht und oben auf dem Hügel eine kleine Weile stehenbleibt, in dem knisternden Schnee und unter den grün und rot und blau funkelnden Sternen, sieht man von allen Seiten her die gelben Blinzelaugen der Laternen herankriechen, mit denen die Leute zum Heiligabendgottesdienst kommen. Sonst sind sie nicht sehr fürs Kirchengehen, und den weniger Eifrigen hat es auch schon die Art ihres Pastors abgewöhnt, aber Weihnachten geht jeder, das ist keine Frage ... Von Wendorf kommen sie den Feldweg heran und von Friedrichsfelde, von der Glashütte und der Mühle, und auch die ganze Familie des Pächters Heldt kommt vom Schlosse, aber da sie sich beinahe zur Ritterschaft rechnet, fährt sie die paar hundert Schritte im Wagen.

Prange läutet im Schweiße seines Angesichts, und damit es recht festlich und nach Weihnachten klingt, hilft ihm heute Peter Wöllert, der Totengräber, und daß dem das eine Bein fehlt, stört ihn dabei gar nicht. Dann sitzt man in der Kirche, dick eingemummelt in Mäntel und Decken, die Beine in fellgefütterten Fußsäcken, die bis an die Hüften reichen, und unten drin liegt ein Backstein, der vorher den halben Tag lang die Hitze des Ofenröhrs in sich aufgespeichert hat.

Wie weißer Rauch bleiben die Lieder vor den Mündern der Menschen hängen, und die Orgel kann die Kälte auch nicht vertragen und quietscht noch asthmatischer als gewöhnlich. Hoffentlich macht es der Vater mit der Predigt gnädig, aber das steht ernstlich zu hoffen, denn erstens ist er nie fürs lange Predigen, und zweitens weiß er, daß heute jeder, er selbst auch, möglichst bald an den festlich gedeckten Eßtisch und dann unter den Tannenbaum möchte.

Wenn die Kirche voll ist, merkt man erst, wie merkwürdig sie gebaut ist. Schön sind die dicken Pfeiler in der Mitte schon, aber wenig zweckmäßig, denn wer nicht an den Wänden entlang sitzt, kann weder die Kanzel noch den Altar sehen, vor dem heute die beiden Tannenbäume brennen, die der Jäger gestern aus dem Gutswald gebracht hat und die so prachtvoll duften. Zu Hause nachher wird es aber noch viel schöner riechen, denn dahinein mischt sich dann die Wärme des Ofens, die Äpfel, das Marzipan, Mutters gute Seife, Vaters Tabak, Tante Artemisias Mandelkleie und Lavendelwasser und, nicht zu vergessen, über allem ein Hauch des Festbratens.

Was ich wohl zu Weihnachten geschenkt bekomme? Na ja, Schuhe und Strümpfe ziemlich gewiß. Mit einem neuen Anzug wird es wohl nichts werden, denn dann müßten wenigstens zwei von den Mädels auch neue Kleider kriegen, damit sie nicht plärren und vier Wochen lang maulen, und soviel Geld haben wir nicht. Scheußlich, daß man immer an das Geld denken muß, weil man so arm ist. Ein neues Hemd werde ich aber wohl bekommen, denn das bisherige sonntagsche hat schon große Flicken auf den Ellbogen, und unten ist es auch schon angestückt. Und hoffentlich, hoffentlich ein Buch! Aber was für eins? Voriges Jahr bekam ich von Vater das große Tierbuch mit den vielen schönen Bildern. Am besten wäre ja eins von der alten Zeit, von Pompeji oder Odysseus oder so was Ähnliches. Aber das gibt es wohl bloß für Gelehrte, die Griechisch und Lateinisch können. Und außerdem sind sie natürlich auch viel zu teuer für uns. Tante Artemisia sagt, wegen Vaters dummen Pompejibuchs müßten wir einen geschlagenen Monat lang nur Pellkartoffeln mit Schusterstipp essen. Als wenn es darauf ankäme, was man ißt! Na ja, ehrlich, alle Tage Braten wäre bestimmt nett, aber das andere ist doch viel wichtiger! Schade, daß Vater kein Griechisch kann. Die anderen Pastoren können es alle. Dann könnte ich auch Griechisch schon bei ihm lernen und nicht erst, wenn ich in drei oder vier Jahren aufs Gymnasium nach Neustrelitz komme.

Da legt die Mutter dem Jungen ganz sacht die Hand auf das Knie. Sie merkt, daß er kein Wort von der Predigt hört. Beschämt schluckt der Kleine und heftet seine Augen ganz fest und groß auf die Kanzel und ist die letzten fünf Minuten so aufmerksam wie kein zweiter in der Kirche. Dann kommt das Amen und Gesang und Gebet und nochmals Gesang und der Segen, und dann kann man sich aus den Decken wickeln und die steifen Glieder endlich wieder in Bewegung bringen.

Auf dem großen Eßtisch brennen zur Feier des Tages die geerbten Zinnleuchter, die so blank glitzern, als wären sie schieres Silber. Heute trinkt nicht nur der Vater seinen Wein, sondern alle, und sogar die Kinder bekommen ein kleines Gläschen voll, vorsorglich mit Wasser vermischt. Aber es schmeckt wunderbar und berauschend, eben ganz nach Weihnachten.

Heute wird so gut und so viel gegessen wie im ganzen Jahre nicht, und heute ist auch das Fleisch nicht bloß für Vater, sondern für alle, und so unvorstellbar reichlich, daß das Bauchweh für die ganzen Feiertage gesichert ist. Aber das schadet nicht. Dafür ist eben Weihnachten. Heute gibt es auch die Suppe vorher statt hinterher, wie es sonst in Mecklenburg üblich ist, aber obwohl sie köstlich nach Mark und Kräutern duftet, darf man nur wenig davon essen, denn wo sollte man sonst alles Gute lassen, das noch kommt? Gefüllte Rinderbrust und eine goldbraune Gans und ein riesiger Karpfen mit richtigem Moos auf dem Kopf. Das beruhigendste aber ist der Gedanke, daß man dafür keine neuen Schulden machen mußte, denn die Gans stammt vom eigenen Hof, der Ochse ist auf dem Gut geschlachtet, und den Karpfen hat heute früh Fischer Sievert geschenkt.

Heinrich ist längst mit dem Essen fertig. Er rutscht ungeduldig hin und her und kratzt verzweifelt mit den Füßen an den Stuhlbeinen. Aber der Vater ißt noch mit der größten Ruhe und dem größten Behagen nach der Anstrengung in der kalten Kirche. Es sieht so aus, als solle kein Happen Fleisch an den Knochen und Gräten übrigbleiben, obwohl Nero es sicher gern sähe, wenn noch recht viel dranhinge, und der schwarze Kater gleichfalls. Elise ißt auch noch, jedoch schon sehr langsam; eigentlich kann sie nicht mehr, aber sie stopft immer noch nach, denn erstens gönnt sie es den anderen nicht recht, und zweitens weiß man nicht, wann es wieder zu essen geben wird. Außerdem könnte – siehe Pompeji – Ankershagen in der Nacht plötzlich untergehen, und man hätte rein nichts vom Sparen und Aufbewahren gehabt.

Aber dann ist es endlich soweit. Vater vergräbt sein dunkelrotes, fettglänzendes Gesicht in der Serviette und schiebt seinen Stuhl zurück.

Leise geht Mutter hinaus. Während die Mädchen den Tisch abräumen, von der Tante wortreich und energisch angeleitet, steckt sie nun in der Wohnstube den Tannenbaum an. Viel zu lange dauert das, aber wenn es wieder vierundzwanzig Kerzen sind wie im vorigen Jahr, braucht es natürlich seine Zeit.

Da, das Glöckchen läutet, und man zieht eilig und nach Rang und Alter über den Flur. Die kleine Luise kräht das Glück ihrer zweieinhalb Jahre über die feierlichen Lichter laut heraus und muß erst beruhigt werden. Aber statt daß man sich nun auf die Geschenke stürzen könnte, bleiben sie noch eine viel zu lange Zeit beglückendes und beängstigendes Geheimnis. Obwohl man schon den ganzen Abend in der Kirche gesungen hat, geht es noch einmal damit los. Dann sagt Elise schnell und lustlos die Weihnachtsgeschichte auswendig her. Dann wird wieder gesungen. Zum Glück hat der Vater schon drüben genug gepredigt und sagt nur gemütlich: »Na, nun mal ran an den Tisch.«

Schon von der Tür aus hat Heinrich ein Buch auf seinem Platz gesehen, und das ist nicht etwa ein gewöhnliches Buch, sondern ein mächtig dickes. Mit einem Hechtsatz springt er nun darauf los – o Gott, Bilder auch noch eine ganze Menge! Aber erst das Titelblatt: Dr. Georg Ludwig Jerrer, Bischof von Seeland und Professor der Theologie zu Kopenhagen. Die Weltgeschichte für Kinder. Vierte Auflage. 1828. Bei Campe in Nürnberg.

Mit fliegenden Händen blättert der Beglückte darin – die Sintflut und Moses und die alten Griechen und Römer – alles, alles ist da. Das ist ja kein Buch, das ist ein Schatz, das ist die ganze weite Welt in zwei Pappdeckel gepreßt.

»Ja, Heinrich«, sagt der Vater und legt dem Jungen seine schwere Hand auf den Kopf, »das Buch habe ich dir geschenkt, damit dein Denken nicht auf Irrwege kommt durch all das Zeug, was du hörst, und durch das, was du obendrein auswendig lernen mußt. Hier wirst du sehen, daß die Geschichte von der Sintflut ein Märchen ist und die Geschichte von Noah eine Flunkerei. Da steht's, siehst du, daß Noah nichts war als ein lustiger Trinker, der seine Neigung zum Wein auf viele seiner Nachkommen vererbte.« Er lacht schallend. »Und dann der grandiose Schwindler Moses und Salomo, der Schuft. Merk dir nur rechtzeitig, mein Junge, wie die Weltgeschichte wirklich aussieht und ihre Helden und Heiligen. Je früher, desto besser.«

Verwirrt hat Heinrich zugehört. Nun freut er sich, daß Vater weitergeht und daß er Ludwig ein Spielzeug erläutert. Er nimmt sein neues Buch, kriecht schnell unter dem Tannenbaum hindurch und setzt sich an die andere Seite, wo er ganz ungestört ist.

Stunden sind vergangen. Schon längst sind die Kinder zu Bett geschickt, die Dienstleute und die Tante in ihre Stuben verschwunden. Pastor Schliemann und seine Frau sitzen nebeneinander auf dem Sofa, sie blaß und schmal wie eine Kerze, die sich selbst verzehrt, er breit und gewaltig wie ein Berg voll Glut und Feuer.

Heute fühlt auch er sich ganz wohl und zufrieden, und unerschöpfbar erzählt er gelesene Tatsachen, Erlebnisse, Gedanken. Endlich fällt ihm auf, daß seine Frau ihm gar nicht mehr antwortet.

»Bist du müde, Luise?«

»Sehr, Ernst.«

»Nanu, ich noch gar nicht. Ich verstehe dich nicht. Hast doch den ganzen Tag nichts zu tun gehabt.«

»Meinst du wirklich, Ernst? Du hast wohl nicht gemerkt, daß ich jeden Tag um fünf aufstehe und mittags nie Zeit habe, mich eine Stunde aufs Ohr zu legen wie du? Und daß ich höchstens noch mal am Sonntag eine abgestohlene halbe Stunde an mein Klavier komme, hast du wohl auch nicht gehört, und daß die Bücher von der Leihbibliothek seit dem Juni ungelesen daliegen, nicht gesehen. Ach, Ernst . . .«

Unbehaglich rückt er auf seinem Platz. »Gott, Lowising, nu

wein man nicht gleich. Hast recht, das habe ich alles nie gemerkt. Ich denk' immer, du lebst wie Gott in Frankreich. Na, dann wollen wir mal ins Bett gehen. Die Lichter sind auch schon zum zweitenmal runtergebrannt.« Mit mächtigem Schnaufen bläst er die Kerzen aus, zuerst die, die oben am Baum brennen. Da hört er plötzlich einen tiefen, schmerzlichen Seufzer.

»Nanu, was ist denn das? I, da soll dich doch der Deubel frikassieren! Luise, stell dir das vor! Sitzt der Junge hinterm Baum und liest! Na, nun komm schon mal her, du junger Sünder!«

Mit zerwühltem Haar, hochrot im Gesicht kommt Heinrich unter der Tanne hervorgekrochen. Er lacht verlegen, denn er merkt aus Vaters Stimme, daß er keine Schelte bekommen wird. Die Mutter nimmt seinen Kopf zwischen ihre schmalen kühlen Hände und küßt ihn. »Du hast mir noch gar nicht gesagt, ob du den neuen Anzug leiden magst.«

»Was für einen Anzug, Mutter?«

Sie läßt die Arme sinken und sieht ihren Mann an. »Hältst du so was für möglich, Ernst? Hast du deine Geschenke denn überhaupt noch nicht angesehen, Junge?«

Er schüttelt nur kurz den Kopf und sagt: »Sieh mal her, Vater – das Bild«, und während er es dem Vater hinhält, erläutert er es für die Mutter: »Das ist nämlich Troja. Es brennt, weil die Griechen es erobert haben. Alle haben sie totgeschlagen, den alten König Priamos und den kleinen Astyanax, und die Frauen haben sie gefangen weggeführt. Bloß den Aineias haben sie nicht gekriegt. Hier geht er grade aus dem Skaiischen Tor heraus. Seinen alten Vater Anchises hat er auf dem Rücken, und seinen kleinen Askanios führt er an der Hand. Na, das weißt du vielleicht noch, Vater hat's ja mal erzählt. Aber eins hast du falsch erzählt, Vater: du hast gesagt, die Griechen hätten Troja so kaputt gemacht, daß kein Stein übriggeblieben sei. Das kann nicht stimmen. Der Herr Doktor Jerrer muß Troja noch gesehen haben. Sonst hätte er es ja nicht hier abbilden können.«

Der Vater lacht. Dann sagt er: »Mein Sohn, das ist ein erfundenes Bild. Das hat der Maler sich so ausgedacht, bloß aus seiner Phantasie. Aineias ist ja auch darauf. Du wirst wohl nicht behaupten wollen, daß er auch den gesehen hätte, nicht wahr? Siehst du, und genauso hat er sich Troja ausgedacht.«

Einen Augenblick grübelt der Junge. »Na ja. Aber hat Troja denn wirklich so ungeheuer dicke Mauern und so große Türme gehabt wie auf dem Bilde?«

»Das ist wohl möglich.«

»Aha«, fährt der Achtjährige siegessicher fort. »Wenn einmal solche Mauern dagewesen sind, so können sie gar nicht ganz vernichtet sein. Die Griechen sind ja auch gleich nach dem Brand wieder nach Hause gefahren. Natürlich sind die Ruinen dann weiter versackt. Das ist ja schon der eine alte Grabstein am Chor drüben und Henning Bradenkirls Turm auch.«

»Gewiß, mein Junge, aber der Grabstein liegt erst hundert Jahre und der Turm vielleicht dreihundert. Troja aber ist vor dreitausend Jahren zerstört oder vor noch mehr Zeit, so genau weiß man das nicht. Verlaß dich drauf, Heinrich, davon ist nichts mehr zu sehen.«

»Das ist möglich. Aber *da* sind die Mauern, bloß daß der Schutt und der Staub und die Erde sie zugedeckt haben. Weißt du was, Vater?« sagt er und richtet sich in einem plötzlichen Entschluß steil auf, das Buch Jerrers so fest unklammernd, daß die Knöchel weiß aus der Haut springen. »Wenn ich groß bin, werde ich Troja ausgraben!«

Dröhnend lacht der Vater. Er muß sich den Bauch halten, so schüttelt es ihn, und dann muß er sich die hellen Tränen aus den Augen wischen. »Du bist – du bist – ja total . . .« Total verrückt will er sagen, aber ebenso plötzlich wie seine Heiterkeit ausgebrochen war, verstummt sie wieder, als er die stolze Haltung seines Jungen und das unbändige Leuchten in seinen Augen sieht. »Schon gut, Heinrich«, sagt er so leise, wie er nur kann. »Grabe du Troja aus. Das ist ein edles Lebensziel.«

»Aber zunächst gehst du einmal schlafen, mein Kind«, sagt die Mutter, »und das Buch läßt du lieber hier unten, sonst liest du womöglich noch die ganze Nacht und verdirbst dir die Augen.«

»Nein, Mutter, ich verspreche es: ich werde jetzt nicht mehr lesen. Darf ich es dann doch mitnehmen? Damit ich es morgen früh gleich habe, wenn ich aufwache.«

»Na schön, Heinrich. Gute Nacht.«

»Gute Nacht, und ich danke auch vielmals für das Buch. Und für den Anzug auch.«

5 Gut hat der Winter angefangen, und gut geht das neue Jahr weiter. Schneller als gedacht ist die geplante Tanzstunde Wirklichkeit geworden, da sich gerade zur rechten Zeit ein in Neustrelitz abgetakelter alter Tanzmeister bei dem entfernt verwandten Pächter Meincke in Zahren eingefunden hat. Muß man ihn schon aus Gnade und Barmherzigkeit durchfüttern, soll er auch etwas dafür leisten. Luise Meincke wird sowieso dreizehn und muß nächstes oder übernächstes Jahr konfirmiert werden. Also wird es höchste Zeit für die Tanzstunde, und die fünf Jahre jüngere Minna soll ruhig mithüpfen, das kann nie schaden. Bei Schliemanns Elise ist es auch an der Zeit, und Heldts August ist sogar schon in den besten Flegeljahren. Dazu all die jüngeren Kinder einschließlich der Heldtschen aus Pieverstorf – das gibt bald den ganzen Saal voll munter gackernder und scharrender Kücken, die nun unter den nicht immer wohlwollenden Augen der gluckenden Mütter das Tanzen und das feine Benehmen lernen.

Heinrich Schliemann ist todunglücklich, denn wie er nie lernt, wann er beim Singen rauf- oder runtergehen muß mit der Stimme, weiß er auch nie, wann der rechte Fuß vorgesetzt und der linke in elegantem Bogen geschleift wird. Es kommt ihm so vor, als habe er hundert Füße. Die runde Frau Meincke in ihrem aus den Nähten platzenden schwarzen Seidenkleid meint freilich, er habe nur zwei, aber zwei linke, genauso wie ihre kleine Minna. Da ist es denn nur natürlich, daß die älteren Kinder, die besser tanzen können oder es sich zum wenigsten einbilden, die beiden Linkschen nicht als Partner haben wollen, so daß sie zumeist aufeinander angewiesen sind. Damit sind sie auch recht zufrieden. Minna kennt nichts Besseres, als still zuzuhören und zu nickköppen, wenn Heinrich ihr die Wunder der Geschichte und die Geheimnisse der Erde erklärt, und Heinrich ist glücklich, daß er endlich jemanden gefunden hat, der unermüdbar zuhört und nicht immer durch törichte und abwegige Fragen unterbricht, wie es die Spielkameraden des Dorfes leider oft tun.

Und schließlich gibt es ja nicht bloß zu reden, sondern auch zu erleben. Wenn das Tanzen bei Heldts in Ankershagen stattfindet, kann man zunächst das Schloß erforschen – »siehst du, Minna, das ist der Kamin, in dem der Kuhhirte gebraten wurde. Und nun gehen wir nach draußen. Auf der Gartenseite ist nämlich oben zwischen zwei Fenstern des ersten Stocks das Bild von Henning Bradenkirl. Das hat auch sein Geheimnis, denn weil doch das unschuldige Blut an dem Raubritter klebte, will keine Farbe daran haften, sooft Herr von Oertzen auch versucht hat, das Bild übermalen zu lassen.«

Wenn die Jugend sich im Pfarrhaus trifft, kann man mit leichtem Schaudern das Eis probieren, unter dem die verzauberte Jungfrau mit ihrem silbernen Schälchen sitzt, und unter der Linde stehen, an deren Wurzeln der Anker des Fischers hängenblieb – »siehst du, da hab' ich im Sommer mit der großen Holzaxt mein H. S. eingehauen« –, oder man kann, wenn Vater über Land ist, in das Amtszimmer schleichen und in den alten Kirchenbüchern blättern und in den krausen verblaßten Schriften der alten Zeit viele Namen finden, die es auch heute noch gibt.

Oder man kann auch schnell über den Hof laufen in das gemütliche niedrige Witwenhaus zu dem Fräulein von Schröder, das sich trotz Blindheit und hohen Alters immer freut, wenn die Kinder kommen. Auf alle Fragen aus Ankershagens Vergangenheit versteht die alte Dame erschöpfende Auskunft zu geben; das ist schließlich kein Wunder, denn ihr Vater und ihr Großvater waren hier nacheinander und fast hundert Jahre lang Pastoren. Feierlich sehen sie, in Öl gemalt, von den Wänden, und neben ihnen hängen ihre Frauen. Die Großmutter ist aus altem Adel, eine Preen, aber die Mutter – das ist das schönste Bild, das es gibt. Heinrich vermutet, daß es von Raffael gemalt ist, so wunderbar erscheint es ihm. Zuerst hatte er sogar an Zeuxis oder Apelles gedacht, aber da die Frau Pastorin ja erst 1795 gestorben ist, hat er diese Zuschreibung doch wieder verwerfen müssen. Die Rechnung mit Raffael kommt eher hin. Im übrigen hat das Bild eine erstaunliche Ähnlichkeit mit Minna. Minna findet das allerdings gar nicht, nachdem sie sich in dem danebenhängenden Spiegel gründlich geprüft hat – sie hat dunklere Haare als die Gemalte, sie hat eine runde Nase und jene eine lange –, aber Heinrich läßt doch nicht von seiner Meinung, und da das Bild ja nun angeblich von dem berühmten Raffael ist, stimmt Minna ihm endlich geschmeichelt zu.

Schön ist es auch, gemeinsam bei dem alten Totengräber und Dorfschneider zu sitzen. Er hat bloß ein Auge und ein Bein, und darum nennen ihn die Leute Peter Hüppert – »aber sag Wöllert zu ihm, Minna, das hört er lieber« –, und kann, wie alle Alten im Dorf, weder lesen noch schreiben. Aber sogar der Vater hat gesagt, wenn Peter Hüppert Schulen gehabt hätte und Universitäten, so wäre er zweifelsfrei ein großer Gelehrter geworden. Er hat auch ein wunderbares Gedächtnis, und mehr als einmal hat er es bewiesen, indem er dem Pastor die eben gehaltene Predigt Wort für Wort wiederholte. Bis an seinen zahnlosen Mund und bis unter seine strähnigen, dünnen weißen Haare ist er voll von Witzen und Geschichten und wiederholt sie nur dann einmal, wenn man dringend darum bittet. So zum Beispiel die wundersame Storchengeschichte.

Das ist nun schon viele Jahre her, da hatte Peter Hüppert einen guten Einfall, wie er endlich das Rätsel lösen könne, wohin die Störche im Herbst fliegen. Husch, eine Leiter geholt und auf die Pfarrscheune geklettert. Schnell ein Pergamentblatt aus der Tasche, auf das Küster Prange mit seiner schönsten Schrift gemalt hatte, daß wir, Schneider Wöllert und Küster Prange aus Ankershagen in Mecklenburg-Schwerin, den Hausbesitzer, auf dessen Dach unser Storch im Winter wohnt, freundlich bäten, uns den Namen seines Landes mitzuteilen – und diesen Zettel einem Storchenjungen ans Bein gebunden. Nun, was soll man sagen? Im Frühjahr kam der Storch zurück und hatte ein anderes Pergament am Bein, und darauf stand geschrieben:

Schwerin – Mecklenburg ist uns nicht bekannt.
Das Land, wo sich der Storch befand,
nennt sich Sankt-Johannes-Land.

»Wo ist das, Peter Hüppert?«

»Tje, Hinnerk«, grient der Alte, »das hab' ich ja nun leider nie rausgekriegt. Der damalige Herr Pastor hat es nicht gekannt und dein Vater auch nicht.«

»Von hier aus ist das auch schlecht zu sagen«, meint Heinrich nachdenklich. »Da muß man eben um die ganze Welt reisen und suchen. Was meinst du, Minna, wollen wir das nicht tun und Sankt-Johannes-Land suchen, wenn wir groß sind?«

»Ich denke, dann willst du Troja ausgraben?« sagt Minna zurückhaltend und mißtrauisch, denn wenn es schon eine Tagesreise bis Neustrelitz ist, wie weit und unbequem mag es dann erst sein, um die ganze Welt zu fahren!

»Natürlich, aber das dauert ja nicht so lange. Da können wir vorher oder hinterher reisen.«

6 Man sollte es nicht für möglich halten, wie schnell die Zeit vergeht. Eben brauchte man noch Stiefel und hohe Überschuhe, wenn man von den Tanzstunden nach Hause watete, und nun hat man selbst den einfachsten Ländler schon wieder vergessen und die Melodie jener Française immer noch nicht im Kopfe.

Die Heumahd ist vorbei, und es gibt eine kurze Atempause bis zur großen Ernte. Da haben die Kinder des Dorfes, die noch bis in die letzten Tage zusammen mit den Großen in den Wiesen das Heu wenden und bergen mußten, endlich wieder ein wenig Zeit zum Spielen, und seitdem Heinrich Schliemann, obwohl bei weitem nicht der Älteste und noch weniger der Stärkste, die Führung der Schar übernommen hat, gibt es immer Abwechslung. Wie langweilig war es doch gewesen, jahraus, jahrein immer nur Trull und Kuhlsäg zu spielen oder Preußen und Franzosen!

Wenn wenige Zeit haben, spielt man nun den Riesenkönig, und in einem schnell gebuddelten Loch wird mit der größten Feierlichkeit ein toter Vogel oder eine Maus beigesetzt, in einer Schachtel, die, mit weihnachtlichem Goldpapier beklebt, mühelos als die unschätzbare goldene Wiege zu erkennen ist.

Kommen mehr, so spielen sie Henning Bradenkirl. Aber der brave Hirte will meist nur bis zur Ehrenkette mitmachen; bei der Bratpfanne gibt es gewöhnlich schon Schwierigkeiten, und bei den unentbehrlichen, wirklichkeitsnahen Fußtritten kommt es zum Streit. Schatzvergraben ist wieder leichter und findet stets allgemeinen Beifall, zumal das ja unbedingt bei den Ruinen des Turms gemacht werden muß und es nicht unmöglich wäre, beim Eingraben doch einmal Hennings echte Kiste zu finden.

Wenn aber einmal alle Kinder zuhauf kommen, wird auf allgemeinen Wunsch der Trojanische Krieg wiederholt. Daß Minna die schöne Helena ist, steht außer jedem Zweifel, obwohl Dütz meint, sie selbst sei viel geeigneter für diese Rolle. Paris ist Karl Suhrweyer, Priamos Wilhelm Pleß, dem es als Sohn des angesehenen Mühlenpächters nicht schwerfällt, königliche Grobheit und Herrschertalent zu entwickeln. Hannes Brügmann ist der listenreiche Odysseus, denn als Sohn des Zimmerers kann er aus ein paar Latten und Brettern im Handumdrehen das hölzerne Pferd hinzaubern, und Wilhelm Bülow, der Schusterssohn, muß wegen seiner Größe Ajax machen. Dütz ist Hekabe und wird dadurch befriedigt, daß sie zwar alt, aber immerhin eine Königin ist und sich voll herz- und ohrenzerreißenden Schmerzes über die Leichen aller edlen Trojaner werfen darf. Frieda Heldt darf Briseïs und Chryseïs zugleich sein und Fritz Sievers, der Fischerssohn, als der Älteste von allen Menelaos spielen. Der Rademacherjunge Hannes Harms ist Patroklos, und sein Freund Achilleus ist Heinrich, wenn er nicht gerade Hektor ist, der sonst Krischan Heldt zufällt. Daß Heinrich zusätzlich alle Götter darzustellen hat, versteht sich von selbst, denn die Gottheit muß ja die Fäden in der Hand behalten und dafür Sorge tragen, daß nicht etwa die Griechen siegen, wenn Homer den Trojanern den Sieg verleiht. Leicht ist es nicht, eine solche Fülle der Aufgaben sicher in den kleinen Fäusten zu halten, aber es gelingt, und es macht eine unsagbare Freude, das bedruckte Papier ins Leben zu übersetzen.

Leider dauert das Glück nicht lange, denn nach der ersten Neuheit verlieren die Dorfkinder den Spaß daran. Heinrich kommandiert zuviel und fährt empört dazwischen, wenn Odysseus und Agamemnon sich in die Haare fahren und wenn Briseïs plötzlich Paris zu heiraten begehrt und ihm vorschlägt, die olle dämliche Helena an Priamos abzutreten, Patroklos könne dann ja wieder lebendig werden und Hekabe kriegen.

Schließlich geht das ganze schöne Spiel in Gram und Rauch auf wie die heilige Ilios, als Krischan Tädcke eines Nachmittags kategorisch erklärt, alle Namen seien appeldwatsch und katholsch, und Hektor hießen bloß die Hunde, nicht aber ein Christenmensch. Und obwohl er gerade Diomedes war und Heinrich dessen Freundin Athene und obwohl er einen Kopf größer und ein gut Stück breiter war als Heinrich, hat dieser sich auf ihn gestürzt und ihm die Nase blutig gehauen und das Schienbein aufgeschlagen und obendrein eine gänzlich untrojanische Skalplocke ausgerissen.

Aber nicht alles ist verloren. Minna Meincke ist treu geblieben. Sie bringt die Namen auch fast gar nicht mehr durcheinander, und so spielen die beiden allein den Kampf um Troja weiter.

Oft auch lassen sie Vergangenheit Vergangenheit sein, sitzen unter der Birke auf dem Hünengrab und sprechen von der Zukunft.

Zunächst werden sie heiraten und dann die goldene Wiege und Hennings Raubritterschatz heben, um nicht jeden Schilling dreimal umdrehen zu müssen, wenn sie darauf in die weite Welt gehen und das Sankt-Johannes-Land suchen und Troja ausgraben.

»Du machst doch bestimmt alles mit, Minna?«

»Heilig und gewiß, Heinrich!«

»Nur schade, daß wir noch nicht gleich los können. Wir sind noch zu jung, und da lassen sie uns doch nicht. Ich muß ja auch erst Griechisch lernen. Die Hauptsache ist, sagt Vater, daß man das Ziel nicht aus dem Auge läßt. Und dann darf man die Hoffnung nicht verlieren. Weißt doch, was an der Turmtür unter dem alten Anker angeschrieben steht: Wir begehren aber, daß euer jeglicher denselben Fleiß beweise, die Hoffnung festzuhalten bis ans Ende, welche wir haben als einen festen und sicheren Anker unserer Seele. Und außerdem: ich muß ja noch nach Neustrelitz aufs Gymnasium. Dann mußt du mir treu bleiben, Minna, hörst du? Ach so, das hätte ich beinahe vergessen – wenn man sich die Heirat verspricht, gibt man sich einen Kuß.«

Minna rückt schnell zur Seite. »Muß das wirklich sein?«

»Das muß«, sagt er und hat vor lauter Ernst Runzeln oberhalb der Nase. »Sonst ist es nicht ehrlich gemeint und gilt nicht.«

»Na, denn man los«, antwortet Minna und rückt wieder heran. Vorsichtig legt Heinrich einen Arm um ihre Schultern und sieht sich plötzlich mit Erstaunen in ihren Augen gespiegelt, und ganz ernst und noch immer mit den Runzeln auf der Stirn küßt er Minnas Wange.

7 Während vom Morgengrauen bis in die Nacht der fröhliche Takt der Drescher vom Gutshof in das Pfarrhaus klingt, sieht es dort nicht fröhlich aus.

Der Vater geht oft wortlos und schlechtgelaunt durch das Haus, denn allmählich beginnen seine Schulden ihm ernstliche Sorgen zu machen. Die Mutter erwartet wieder, und so mühselig es ihr die letzten beiden Male schon gefallen ist, so droht sie dieses Mal zusammenzubrechen. Täglich wird sie stiller und durchscheinender. Immer seltener klingt ihr schwer gewordener Schritt durch das Haus. Oft sitzt sie in ihrem Lehnstuhl am Fenster, die Hände ineinander verkrampft, und sieht aus dem Fenster, auch wenn nichts anderes zu sehen ist als ein paar Hühner, die im Schnee scharren.

Jedesmal, wenn die laute Stimme der neuen Magd durch das Haus schallt, zuckt sie zusammen. Sie hat es schon lange kommen sehen, und als sie die sechzehnjährige Fieken Behnke zum erstenmal mit üppigen Brüsten und wippenden Röcken in die Küche treten sah, hat sie gewußt, daß mit ihr das Unglück in das glückarme Haus gekommen ist. Sie hat ihren Mann gebeten, angefleht: »Dieses Mädchen nicht«, aber er ist fast grob geworden, ob sie ihn etwa für einen Schürzenjäger halte, den eine stramme und wohlversorgte Leiblichkeit vom rechten Wege ablocken könne. Das war im Sommer gewesen. Sie hat ihn jetzt, im November, noch einmal das gleiche gebeten, da sie die wissenden Händedrücke, die mitleidigen Augen der Dorfbewohner nicht mehr ertragen kann, und er hat es rundweg abgeschlagen. »Fieken ist tüchtig«, hat er gesagt, »und alles, was sie anfaßt, wird gut und schnell erledigt. Und ausgerechnet jetzt sollte sie gehen, wo Artemisia, die dumme Gans, ihren Koffer gepackt und dich in deinem Zustand im Stich gelassen hat? Nein!« Von dem anderen, dem Unaussprechbaren, hat er dieses Mal aber nichts mehr gesagt.

Luise Schliemann weiß genau, was ihr bevorsteht. An diesem Tage schreibt sie an Elise, die sie, schon zu alt für das, was vorgeht, zu Verwandten gegeben hat, einen Brief:

»Solltest Du von meinem Tode benachrichtigt werden, so gräme Dich nicht viel, sondern freue Dich vielmehr, daß ich ausgelitten habe auf dieser für mich so undankbaren Welt, wo alles Dulden, Bitten und Beten zu Gott um Änderung meines herben Schicksals doch nichts hilft. Ich muß schließen, weil ich beim Schlachten der Schweine bin und es mir so, so sauer wird. Deine verlassene Mutter.«

Still leidet sie weiter. Ihre Kerze ist fast heruntergebrannt, als sie am dreizehnten Januar ihr neuntes Kind zur Welt bringt, das Paul heißen soll.

Noch einmal, zum letztenmal, füllt sich das Pfarrhaus mit angesehenen Gästen. Alle drei Patrone der zur Pfarre gehörenden Kirchen stehen Pate: der Rittergutsbesitzer Paul von Frisch auf Möllenhagen, der Rittergutsbesitzer Friedrich von Gundlach auf Rumpshagen, der Rittergutsbesitzer Ulrich Strecker auf Ankershagen, das er vor wenigen Tagen gekauft hat, ein Gutsglasersohn und Mann einer Schneidertochter, der gleich Gundlach als Glashüttenmeister reich geworden ist. Noch einmal füllen sich die Gläser mit rotem Wein, noch einmal werden sie gehoben, auf Freundschaft, Glück und Gesundheit getrunken, aber sie klingen spröde, als hätten sie einen Riß.

Drei Monate später liegt Luise Schliemann im Sarge und wird an einem stürmischen, wolkenschweren Märztag neben dem Kirchturm begraben. In schwarzen Feiertagskleidern stehen die Bewohner der Dörfer und Höfe um die offene Gruft. Aber als die Leute wieder in ihren Katen, die Gutsherren in ihren Schlössern sitzen, fallen so manche bittere Worte über den Mann, der so herzzerreißende Trauerworte sprach, die ihm niemand mehr glaubt.

Nun ist der Zusammenbruch nicht mehr aufzuhalten. Die Meinckes und die Heldts und was sonst im Pfarrhaus verkehrt hatte, verbieten ihren Kindern, mit den Kindern des Pastors zu spielen, ja auch nur zu sprechen. Wenn sie durchs Dorf oder, ostentativ, zur Kirche von Groß Vielen oder Lukow fahren, sind die Bewohner des Pastorats Luft für sie, und wenig später ist es soweit, daß der Konsistorialrat Flörke aus Parchim kommt, die Akten und Kassen versiegelt und dem Pastor jede Amtstätigkeit verbietet.

Heinrich ist den ganzen Tag und die ganze Nacht allein und weiß nicht, weshalb man ihn ausgestoßen hat, warum man ihm mehr Haß zeigt als dem bösen Thersites. Die goldene Wiege ist nun erst ganz tief versunken, und die Schätze Henning Bradenkirls sind so unwichtig wie das Silberschälchen. Immer und immer wieder steht er im Witwenhaus vor Olgartha von Schröders Bildnis und weint in sich hinein, der Freundin nach, die nur eine halbe Stunde entfernt lebt und doch verloren ist, als wäre auch sie gestorben.

Dann, als die Stimme von Fieken immer schriller wird und ihr Röckewippen immer aufdringlicher, als sie den älteren Mädchen in einer großen Szene klarmacht, nun hätten sie ihr zu gehorchen, und als sie gar wenig nach dem Begräbnis aus zwei Kleidern der Mutter eins für ihren Sonntag schneidert und die Spitzenärmel in die Soße tunkt, als sie ganz selbstverständlich Mutters Ringe und Ketten trägt, als sie dann für den Alltag schwere Atlaskleider bekommt und seidene und samtene Umhängetücher, wie Mutter sie nie gehabt hat, da beginnt er, der Neunjährige, zu begreifen. Und nun sitzt er jeden Tag an dem Grabe der Mutter und weint.

Zu neuen Ufern

ϑεὸς δὲ τὸ μὲν δώσει, τὸ δ' ἐάσει,
ὅττι κεν ᾧ ϑυμῷ ἐϑέλῃ. δύναται γὰϱ ἅπαντα.
Od. XIV, 444

Gott gibt uns dieses, und jenes versagt er,
Wie's seinem Herzen gefällt; denn er herrschet mit Allmacht.

1 Heinrich ist zum Vater gerufen, der, solange das Disziplinarverfahren nicht entschieden ist, im Hause wohnen, wenn er auch nach wie vor sein Amt nicht verwalten darf.

Der Junge bleibt an der Tür stehen, die Hände hinter dem Rücken, mit dem rechten Fuß die linke Wade kratzend.

»Hm ja —«, hustet der ehemalige Pastor von Ankershagen und bläst einen dicken Mund voll Rauch gegen die trüb brennende Rüböllampe.

Er schiebt sein Weinglas hin und her und kann den Anfang nicht finden.

»Komm mal her, Heinrich«, sagt er endlich ungewöhnlich leise, schwenkt sich im Stuhl herum und nimmt den Jungen zwischen seine Knie. »Du denkst vielleicht, ich wüßte nicht, wie schwer dir dieses verfluchte Jahr geworden ist. Ich bin nicht blind, mein Junge. Die Mädchen heulen ein paar Wochen, und dann ist alles, wenn nicht vergessen, so doch in eine Schachtel getan und in der untersten Kommodenschublade weggelegt. Du bist anders. Du bist wie deine Mutter und auch schon genauso durchsichtig wie sie. Heinrich, ich möchte gern, daß du einmal einsiehst, daß dieses einunddreißiger Jahr auch für mich nicht leicht gewesen ist.«

Er wartet eine Weile, aber der Junge antwortet nicht und starrt auf die Wand, genau auf die Nase des Großherzogs.

Mit einem brunnentiefen Seufzer gibt der Vater seinen Vorsatz auf, das Verstehen seines Kindes zu erringen. »So geht es nicht weiter. Du verkommst mir hier. Die älteren Mädchen kommen in den nächsten Tagen aus dem Hause, zu unseren verschiedenen Verwandten. Für dich habe ich an meinen Bruder geschrieben, an Onkel Friedrich in Kalkhorst. Heute kam seine Antwort. Er ist einverstanden, daß du dorthin kommst. In der nächsten Woche gehst du, gleich nach Weihnachten. Für ein Jahr oder zwei. Dort ist ein Hauslehrer, der dich auf das Gymnasium vorbereiten kann. Ich glaube, es wird dir in Kalkhorst gefallen. Adolf geht schon in Wismar aufs Gymnasium, und Emil und Julius sollen im nächsten Jahr hin, haben also ungefähr den gleichen Lehrplan wie du. Ich fürchte allerdings, sie werden dir auch im Wissen voraus sein wie an den Jahren. Aber du wirst sie schnell einholen. Die andern sechs wirst du ja dort kennenlernen. Ich habe sie auch noch nicht gesehen. Das einzige Mädchen, Sophie, ist genauso alt wie du. Tante Magda wirst du gewiß gern leiden mögen . . .«

2 Die neuen Eindrücke, die so rasch wie in einem Kaleidoskop auf die Augen einstürmen, lassen den Abschiedsschmerz fast schon hinter dem Peckateler Berg versinken, von dem aus zum letztenmal der Ankershäger Kirchturm zu sehen ist.

Eine halbe Stunde später, in Neustrelitz, wartet am Posthaus ein kleines Männchen auf den Jungen, das trotz seiner Jugend – es kann kaum älter sein als zweiundzwanzig – wie ein Greis aussieht und das ihn mit einer seltsamen Mischung aus Verlegenheit und Grandezza lateinisch begrüßt und sich als der Kandidat Andreß vorstellt. Zum Glück kann er auch Deutsch, und zum Glück ist bis zum Abgang der Post noch eine Stunde Zeit, so daß Heinrich etwas von der Residenzstadt zu sehen bekommt. Da Herr Andreß sich voll bescheidenen Stolzes als Sohn des Großherzoglichen Mundkochs kundgibt, kennt er alle Leute, und so kann Heinrich mit dem Bewußtsein in den Wagen steigen, nicht nur das Schloß, das Kollegiengebäude, den gerade fertig gewordenen merkwürdigen Turm der Stadtkirche und das ehrfurchtgebietende Gymnasium Carolinum, sondern auch den Herrn Geheimen Staatsrat von der Lühe (auf dem Balkon seines neuen Hauses), den Herrn Hofprediger Doktor Glaser (in vollem Ornat auf der Straße) und sogar Ihre Hoheit, die Herzogin Wilhelmine Auguste (spazierenfahrend), samt hochdero Gouvernante von ferne kennengelernt zu haben.

Zwei Tage später ist man in Kalkshorst, und nachdem man erst gelernt hat, die Namen der Vettern auseinanderzuhalten, ist das beste Einvernehmen schon eingeleitet. Und als in einem arbeitsreichen Vierteljahr die vielen Wissenslücken ausgefüllt sind, ist es auch schon wieder Frühling geworden, und man kann endlich darangehen, sich in Kalkhorst näher umzusehen.

Kalkhorst ist auch ein Gutsdorf wie Ankershagen, aber größer, und die Häuser, in denen die Tagelöhner wohnen, sind ebenfalls geräumiger – nicht solche traurigen, verwahrlosten Backsteinkaten, sondern neuer und mit schmucken Fachwerkgiebeln, aber auch in ihnen hängt einem die Decke immer gleich über dem Kopfe, aber auch sie sind so eng, daß man sich nicht umdrehen kann, ohne ein paar der vielen Kinder umzustoßen.

Die Kirche ist der reinste Salomonische Tempel, so prachtvoll ausgeziert mit Deckenbildern und Schnitzereien und Wappen, daß es noch erheblich schwerer wird, der Predigt zu folgen, als in Ankershagen. Im Garten ist ebenfalls ein großer Teich, nur unverzaubert, und die zusammengewachsenen Linden hinten an der Mauer sind fast so schön wie die Ankerlinde. Dicht am Teich steht ein hübscher achteckiger Pavillon, in dem man in aller Stille seine lateinischen Vokabeln lernen kann, die der gute Herr Andreß zaghaft und mit zittrigen Händen aufgegeben hat, und in den Ferien sitzt auch Vetter Adolf im ganzen Stolz seiner vierzehn Jahre dort und memoriert Homerverse, und das ist eine Musik, die einem ganz anders eingeht als Orgelspiel und Gesang und auch als das Klavierspiel von Kusine Sophie, die sich dem gleichaltrigen Vetter besonders eng angeschlossen hat.

Das allerschönste in Kalkhorst ist aber der Kirchturm, aus dessen Schalluken man weit über das Land blickt. Es ist wie ein riesiger See, dessen Wellen in Weiden und Wäldern, Weizenschlägen und Wiesen erstarrt sind.

Aber wenn man die nördliche Luke aufmacht, ist das Meer da – im Sommer wird man jeden Tag baden gehen, sagen die Vettern –, endlos, graugrün, mit weißmähnigen Poseidonspferden und darüber die weißen Segel der Fischerboote und der großen Schiffe, die links aus der Lübecker Bucht kommen und in fremde Länder ziehen, nach Dänemark und Schweden und dem riesigen fernen Rußland, und dahinter eine grünweiße Küste mit Türmen und Häusern, und das ist auch schon ein fremdes Land, ist Holstein, das dem König von Dänemark gehört. Wie weit die Welt ist, hat man in Ankershagen gar nicht geahnt. Aber dadurch ist Troja plötzlich viel näher gerückt. Sophie ist auch ganz entschieden dafür, daß Heinrich es einmal ausgraben soll, und selbst der stolze Vetter Adolf verhält sich keineswegs so ablehnend, wie zu befürchten stand, sondern sagt sogar einen Haufen griechischer Verse her, die man leider noch immer nicht versteht. Denn Herr Andreß ist für die Ordnung, und sie gestattet noch keinen griechischen Unterricht.

Aber diese traurige Unwissenheit wird bald beseitigt werden, denn kaum hat Vater sein diesjähriges Weihnachtsgeschenk erhalten, einen viele Seiten langen lateinischen Aufsatz über den Trojanischen Krieg, schreibt er zurück: »Du hast in diesem Jahr so fleißig gelernt, daß ich alles nur Erdenkliche versuchen will, um Deine weitere Ausbildung zu sichern. Zum Herbst 1833 wirst Du demnach in das Gymnasium Carolinum zu Neustrelitz eintreten. Du wirst am besten tun, mit dem Kandidaten Andreß zurückzureisen, der Dich gleich in das Quartier bringen wird, das für Dich bestimmt ist.«

So geschieht es auch, und hier erlebt Heinrich eine große Überraschung. Denn der Hofmusikus Laue, bei dem er wohnen soll, ist mit Meinckes verwandt, und daher trifft er in diesem Hause mit Ernst zusammen, Minnas Bruder, und da die Zahrener wohl inzwischen eingesehen haben, daß das Kind für den Vater leiden zu lassen Unrecht sei, sollen die beiden Jungen sogar im gleichen Zimmer wohnen.

Die gefürchtete Prüfung geht dank dem trefflichen gelehrten

Andreß so gut vonstatten, daß der Zwölfjährige sogleich in die Tertia aufgenommen wird. Wieder gilt es, sich umzustellen, ganze neue Bilder sich zu eigen zu machen, neue Freunde zu finden.

Mit Ernst Meincke kommt allerdings keine Freundschaft zustande, und sehr oft muß der alte Papa Laue abends seine Klarinette oder sein Horn beiseite legen, weil der Streit in der Dachkammer ihn unten im Wohnzimmer seine eigenen Harmonien nicht mehr hören läßt. Und dabei ist der Grund so nichtig: sie sitzen am gleichen Tisch, die beiden Tertianer, und machen ihre Hausaufgaben, jeder mit einer kleinen Ölfunzel vor sich. Nach einiger Zeit fängt Heinrich an, den Docht seiner Lampe tiefer zu schrauben, um zu sparen. Ernsts Lampe genügt ja auch wirklich für beide. Aber Ernst äugt mißtrauisch auf Heinrichs Sparmanöver, »Schmutziger Geizkragen!« schreit er dann in aufsteigender Wut und bläst sein Lichtlein aus – und schon beginnen die Fäuste zu sprechen.

Ernst kann und kann es nicht begreifen, daß sein Kamerad im Grunde gar nicht geizig ist. Und doch muß er es sein. Denn in Ankershagen sieht es von Tag zu Tag trüber aus. Es scheint, als werde der mehrjährige Prozeß nicht besonders günstig ausgehen und der Vater bald brotlos werden. Da muß man doch mit jedem Pfennig rechnen, den man nur irgend ersparen kann.

Dieses Knappen und Geizen ist nicht nur für Ernst Meincke ein Anstoß, sondern auch für manche anderen Klassengefährten. Das Neustrelitzer Gymnasium hat einen guten Ruf; also muß es jeder Junge besuchen, dessen Eltern auf Reputation halten, und naturgemäß geben in der kleinen Residenz die Söhne des Hof- und Landadels den Ton an. Da ist es nicht gut, wenn man dauernd zurückstehen muß, bei der Beschaffung der teuren Bücher, bei den Ausflügen und Spielen, in der Kleidung und schließlich sogar noch in der Qualität der Schreibhefte und Stifte.

Heinrich Schliemann wird recht einsam inmitten der Menge. Allein ist er, wenn er an freien Nachmittagen oder sonntags durch das Tor mit den großen Bronzehirschen in den Tierpark tritt, allein, wenn er im Zierker See badet, allein, wenn er seinen großen Plänen nachhängt.

In Kalkhorst sind sie ihm noch begehrenswerter, noch glühender geworden. Der Kandidat Andreß mag, wenn er vor Erwachsenen steht, ein schrulliger Sonderling sein, der seine Schüchternheit, seine redeverschlagende Angst nie so weit überwinden kann, daß er auf die Kanzel steigt und das zweite Examen macht. Vor Heinrich aber ist er ein anderer gewesen: der Mentor, der den jungen Telemach in die große Welt führt, die er kennt und liebt, die Antike.

Was ist Neustrelitz denn schon? Die Residenz eines Großherzogs? Was will das gegen Troja heißen! Was ist das vielbewunderte Schloß? Eine Hundehütte gegen den Palast des Priamos! Und der alte Großherzog Georg könnte – mit allem Respekt zu reden – doch höchstens Bratenwender beim göttlichen Achilleus sein!

Ein inneres Fieber frißt den Tertianer auf. Mit unglaublicher Gier reißt er den Lehrstoff in sich hinein. Für sich allein, im Walde und am See, abends bei Ernsts Lampe liest er, jetzt im zweiten Monat des Schulbesuchs, schon das, was erst im nächsten Jahr in der Klasse dran sein wird, und mit beharrlicher Überwindung allen inneren Widerstrebens geht er einem älteren Schüler so lange um den keimenden Bart, bis dieser verspricht, ihm zu Ostern die griechische Grammatik und den Homer billig zu verkaufen. Darauf muß mit doppelter Entschlossenheit und verdreifachter Entsagung gespart werden. Von Ostern ab wird er wirklich Griechisch lernen, und das ist dann endlich die erste Stufe auf der goldenen Leiter, die geradewegs auf den lichtstrahlenden Olympos führt.

Als die Titanen einst, in grauer Vorzeit, beschlossen hatten, den Berg der Götter zu stürmen, währte der Krieg zwischen Zeus und den Seinen auf der einen und den Titanen auf der anderen Seite zehn Jahre wie der Kampf um Troja. Endlich gewann Zeus den Beistand der hundertarmigen Riesen, die ungeheure Felsen auf die Titanen schleuderten. Hochauf wallte das Meer, die Erde stöhnte, der Himmel ächzte, und der hohe Olymp wankte vom schneeigen Gipfel bis zu seinen Wurzeln. Geballte Blitze flogen aus Zeus' Hand, der Donner brüllte, die Wälder standen wie lodernde Fackeln, und glühender Dampf hüllte die Titanen ein. Zeus hatte gesiegt. Die Titanen stürzten und wurden so tief in die Tartaros hinabgeschleudert, wie der Himmel über der Erde hoch ist.

Zehn Jahre brauchte Zeus zu seinem Sieg über die Titanen. Zehn Jahre kämpften die Griechen, um Troja in den Staub zu werfen. In einer kleinen Viertelstunde erringen die dunklen Mächte des Schicksals ihren ersten Sieg über den zwölfjährigen Heinrich Schliemann. Gerade drei Monate besucht er das Gymnasium, als ein Brief aus Ankershagen ankommt. Der Prozeß ist beendet, der Vater entlassen, obwohl er in der Rostocker Zeitung bekanntgeben darf, daß seine Kassen alle gestimmt haben. Der Traum ist aus. Das Lernen ist beendet, das Griechische ist in eine unerreichbare Ferne gerückt wie die Fruchtzweige über dem Kopfe des Tantalos.

Bedauernd schütteln der Direktor und die Professoren die Köpfe. Das ist zwar sehr traurig, denn der Junge hat gute Anlagen und einen eisernen Willen, aber wer lernen will, muß dafür bezahlen. Verschenken kann man die Wissenschaft nicht. Nebenher aber sind sie ganz froh über diesen Ausgang, denn wie können sie wohl den Neustrelitzer Notabeln zumuten, ihre Kinder auf derselben Bank mit einem Jungen sitzen zu lassen, dessen Name anrüchig ist? Er kann nicht dafür? Nun wohl, deshalb entläßt man ihn ja auch mit vielen guten Wünschen vom Gymnasium.

Aber man stirbt nicht so leicht, mag der Schlag auch noch so hart sein. »Ho me dareis anthropos ou paideuetai – wer nicht geschunden wird, wird auch nicht erzogen«, murmelt der Kandidat Andreß, als Heinrich ihm sein Geschick erzählt und hinzufügt, daß er nun auf die billige Realschule übergehen wird, um der gesetzlichen allgemeinen Schulpflicht zu genügen.

Es ist etwas in ihm zerbrochen, was nie wieder heilen wird, aber äußerlich ist er noch ganz und fügt sich sogar leichter in die neue Umgebung, als er es erwartet hatte. Hier haben die Kameraden keinen Dünkel auf das Geld oder den Titel ihres Vaters, hier ist er unter den Söhnen der Neustrelitzer Handwerker, der Sergeanten, der Lakaien. Hier sieht ihn keiner über die Achsel an, weil sein Vater ein weggejagter Pastor ist. Hier spottet niemand über Schuhe mit löchrigen Sohlen und Flicken in den Kleidern, wenn sie nur sauber sind. Noch einmal gibt es einen kleinen Stoß, als der Herr Hofmusikus Laue ihm eröffnet, daß im bevorstehenden Konfirmandenunterricht für den Pensionär des Hofmusikerhauses von Rechts wegen die Hofgemeinde und Hochehrwürden Herr Hofprediger Doktor Glaser zuständig sei; andererseits aber wolle bedacht werden, ob er als Schüler der Realschule wohl unter die Herren Gymnasiasten passe. Schliemann zieht die Lippen eng ein und sagt fest: »Ich will lieber mit meinen Klassenkameraden konfirmiert werden.« Laue fällt ein Stein vom Herzen.

Im übrigen ist Heinrich die Konfirmation recht gleichgültig. Sein Vater hat ihm gründlich die Neigung zur Kirche verdorben.

Er hat seinen Entschluß nicht zu bereuen, denn nun hat er auf einmal wieder Freunde, sogar mehr, als er gebrauchen kann. Nun ist er wieder der König des Spiels, wenn es in die Wälder um den Zierker oder Glambecker See geht, denn niemand weiß so gut wie er die Rollen zu verteilen, wenn der Kampf der Helden vor Troja nachgestaltet wird. So gern Heinrich auch wieder einmal Hektor wäre, er kann es nicht sein, denn da er einen Patroklos gefunden hat, muß er Achilleus bleiben. Der Patroklos heißt Wilhelm Rust, ist zwei Jahre älter als er und der Sohn eines früheren Distriktshusaren, der jetzt Großherzoglicher Kammerlakai ist.

Wilhelm verdankt er auch einen großen und festlichen Tag: da darf er mit dem Freunde an der Hand des goldglitzernden Lakaien durch das Schloß gehen, während der Großherzog auf Reisen ist. Lange steht er vor den Statuen, die die Götter und die Helden seines Traumes darstellen, am längsten aber vor einem Schrank mit edelgeschwungenen Vasen. Rote Figuren sind darauf und schwarze, und in winzigen Buchstaben – ach, wenn man sie doch lesen könnte! – steht neben jeder Gestalt geschrieben, wen sie darstellt. Aber Heinrich weiß es auch ohnedem und erklärt munter drauflos. Und wenn es auch nicht immer richtig sein mag, was der Junge sagt, sieht doch Wilhelm mit andächtiger Bewunderung auf den Freund hinunter und gehen dem Herrn Kammerlakai die Augen über, bis er ganz gerührt ein dickes

Schlüsselbund aus seiner samtenen Tasche zieht, den Schrank öffnet und dem Erklärer, nicht aber seinem eigenen Sohn, gestattet, alle die kostbaren Vasen in die Hände zu nehmen, die vor ehrfürchtiger Erschütterung ganz leise beben.

Auf Flügeln wie die rosenfingrige Eos fliegt die Zeit. Das Kapitel, das Neustrelitz heißt, steht unmittelbar vor dem Abschluß. Vierzehn Jahre ist Heinrich Schliemann alt, als er eines Mittags mit dem Abgangszeugnis in seiner Dachstube steht. Er kann zufrieden sein. Immer wieder wird darin sein Fleiß gerühmt, und auch jedes einzelne Fach bekommt ein kleines, bescheidenes Lob. Nur daß die Sprache bisweilen zu schwülstig sei und die fehlende Klarheit der Gedanken oft durch ein etwas verwirrtes Durcheinander ersetzt werde, wird getadelt. Der Tadel ist berechtigt, das weiß er selbst. Mit diesem Zeugnis in der Hand soll er nun wieder einen neuen Lebensabschnitt beginnen. Die Laues haben ihm eine Lehrstelle im nahen Fürstenberg vermittelt. Tütendreher soll er werden ... Aber wenn man nicht drüberweg fliegen kann, muß man eben durch den Berg hindurch. Vielleicht erstickt man nicht drin, vielleicht scheint auf der anderen Seite doch noch die Sonne Homers.

Da kommen Schritte die enge Treppe herauf. Das wird Ernst sein, der glückliche Gymnasiast. Aber er scheint nicht allein? Die Tür geht auf, Ernst steckt seinen grinsenden dicken Kopf durch die Ritze – »na, da bist du ja«, sagt er bloß und zieht den Kopf wieder zurück. Dann öffnet sich die Tür ganz, und Minna tritt in die Kammer, während ihr Bruder mit schrillem Pfeifen abwärts poltert.

Da stehen sie, Heinrich schmal und mager in seinem Konfirmationsanzug am Fensterchen, Minna an der Tür, tiefrot das rundliche Gesicht, sehr gewachsen, fast so groß wie der Freund, den sie seit fünf Jahren nicht mehr gesehen hat, in einem schmucklosen schwarzen Kleid. Sie sehen sich an, und plötzlich brechen beiden Tränen aus den Augen. Sie stürzen aufeinander zu und fallen sich in die Arme. Sie versuchen zu sprechen, aber ihre Erregung ist zu groß und kann nicht zu Worten werden.

Als wieder Schritte auf der Treppe laut werden, gehen sie auseinander und trocknen sich hastig die Augen. Minnas Eltern treten ein – ein paar banale Sätze, ein Händedruck, und Heinrich ist wieder allein.

Dann erst beginnen die Gedanken wieder zu arbeiten: er weiß es jetzt mit einemmal, daß das keine Kinderspielerei war, weiß, daß Minna ihn noch liebt, daß er Minna liebt. Gleich einer Stichflamme schießt ein wilder Ehrgeiz in ihm hoch. Was ich wollte, für mich und Minna wollte, liegt zerschlagen. Aber auch aus Trümmern kann man ein Neues bauen. Und ich werde es bauen. Auch als Tütendreher und Heringsbändiger kann ich meinen Weg machen, kann es zu etwas bringen und mich Minnas würdig erweisen.

Schwer atmend, legt er sein Zeugnis in die perlengestickte Reisetasche, die die Kalkhorster Kusine ihm zum Abschied geschenkt hat, und ist bereit, sein neues Leben zu beginnen und zum Siege zu führen, um Minnas willen.

Purgatorium

ἀργαλέον, βασίλεια, διηνεκέως ἀγορεῦσαι,
κήδε' ἐπεί μοι πολλὰ δόσαν θεοὶ Οὐρανίωνες.
Od. VII, 241

Schwer, o Königin, ist es, dir alle Leiden von Anfang
Herzunennen, die mir die himmlischen Götter gesendet.

1 Im Grunde ist Fürstenberg ein Nest, wenn man aus der Haupt- und Residenzstadt des Ländchens kommt, denn mit seinen noch nicht zweitausend Einwohnern kann es wirklich nicht viel Staat machen. Um so mehr allerdings mit seiner Lage zwischen Seen und Wäldern und noch viel mehr dadurch, daß überall um die Stadt herum plötzlich die Grenze läuft, so verwickelt, daß man es wahrscheinlich nie lernt, wo Mecklenburg-Strelitz aufhört und wo Preußen anfängt. Dadurch blüht auch der Schmuggel, denn viele Produkte sind im Strelitzschen billiger als jenseits der Grenze, und da die Havel obendrein gerade in Fürstenberg schiffbar wird, ist die Stadt mit ihren fünf Dutzend Schiffseignern ein wichtiger Handelsplatz, und in ihren Mauern lebt ein regerer kaufmännischer Geist als in anderen Orten gleicher Größe.

Kurz vor dem Berliner Tor duckt sich das breite, helle Haus Nummer 213, dem der magere, blasse Junge mit der Reisetasche zustrebt und über dessen einer Tür ein etwas ausgeblaßtes Schild hängt:

Waarenhandlung von Ernst Ludwig Holtz.

Der Junge ist die drei Meilen von Neustrelitz zu Fuß gekommen

– denn woher sollte er Geld zum Fahren nehmen? Und für Böcke, wie man die nichtzahlenden Fahrgäste nennt, hatte der Platz nicht gereicht, so voll war der Berliner Omnibus gewesen.

Nun ist der Junge redlich müde. Wie wird der Empfang sein? Als er aus Neustrelitz hinausging, hüpften links im Straßengraben zwei Lämmer. Das war eigentlich ein gutes Zeichen. Aber das eine war ein schwarzes, und das könnte möglicherweise die gute Vorbedeutung wieder aufheben. Nachdenklich sieht er an dem Hause in die Höhe, das ihm für fünf Jahre Heimat werden soll oder doch jedenfalls Arbeitsstätte.

Vor freundlich gerafften Gardinen stehen Fuchsien und Pelargonien auf den Fensterbrettern. Entschlossen hebt er den Fuß, mit Bedacht den linken zuerst, und geht über die drei flachen Stufen zum Laden hinauf, dessen Tür sich mit einem gellenden und aufgeregten Bimmeln öffnet.

Ein großer, dicker Mann von ungefähr sechzig Jahren läßt gerade einer Kundin zähen Sirup in einen braunen Henkeltopf laufen. Bescheiden, ja sogar ein wenig ängstlich bleibt der Junge im Hintergrund stehen. Trotz der nahen Mittagsstunde ist es dämmrig im Laden, der nur durch ein kleines Fenster zur Straße und eines nach dem Hofe hin Licht empfängt; dadurch wird es in der Mitte niemals richtig hell. Als die Kundin sich wortreich verabschiedet, schreit die Glocke wieder wie ein getretenes Ferkel. Der Junge zuckt zusammen und tritt zögernd an den Ladentisch.

»Na, mein Junge?« sagt der Kaufmann mit einem fragenden Blick, aber als er die Reisetasche sieht, fährt er fort, ohne erst eine Antwort abzuwarten. »Aha, ich sehe schon, du bist mein neuer Lehrling Schliemann aus Neustrelitz. Daß ich dein Prinzipal bin, hast du dir wohl schon gedacht, wie? Schön, daß du so pünktlich kommst. Pünktlichkeit ist nicht nur die Höflichkeit der Könige, sondern auch die erste Tugend eines Lehrlings. Dein Kollege kommt erst morgen. Na, Benecke ist ja ein Hiesiger und wird den rechten Termin nicht verpassen. Geh jetzt in die Wohnstube, Heinrich – hier, hier durch die Tür mit der grünen Gardine –, und melde dich bei deiner Prinzipalin, mache ihr einen schönen Kratzfuß – Frauen halten auf so etwas, und außerdem ist Höflichkeit in jeder Lebenslage die zweite Tugend eines jeglichen, der sich des Kaufmannsstandes befleißigen will. Meine Frau wird dir deine Kammer zeigen, in der du deine Sachen einräumen kannst. Dein Bett – na ja, unter dem Arm kannst du es nicht gut tragen – kommt doch heute noch an? Wenn es dann in etwa einer Viertelstunde läutet, so heißt das, daß Grete, unsere Magd, in der Küchentüre steht und eine emeritierte, doch wohlklingende Kuhglocke schwingt, worauf sich alle Hausgenossen in der Eßstube versammeln, um ›die Hände zum lecker bereiteten Mahle zu strecken‹. Ja, da staunst du? Du dachtest wohl gar, wir Kleinstädter wüßten nichts von klassischer Bildung? Nach der Mahlzeit bist du frei, da deine Lehrzeit ja erst morgen beginnt. Ich rate dir, das Angenehme mit dem Nützlichen zu verbinden und den Nachmittag darauf zu verwenden, unsere Stadt kennenzulernen, dabei jedoch nicht blöde zu sein, sondern die jeweils Vorüberkommenden höflich anzusprechen und nach der Bedeutung etwa auffallender Bauwerke sowie nach den Straßennamen zu fragen, viele sind es ja nicht, damit du dich gleich überall auskennst, wenn später einmal Kommissionen zu machen wären. Ah, guten Tag, meine verehrteste Frau Doktorin«, wendet er sich zu einer Frau, die soeben unter Glöckchengezeter eingetreten ist, »womit kann ich Ihnen dienen?«

Verwirrt schiebt Heinrich sich aus der gewiesenen Hintertür und stolpert einen dämmrigen, engen Flur entlang. Er ist wahrhaftig nicht auf den Mund gefallen, aber wie ein Mensch ohne Punkt und Komma so lange reden kann und dabei doch so kurzatmig aussieht, scheint ihm kaum faßlich. Ob das zum Beruf gehört und ob er das auch lernen muß?

Frau Holtz offenbart sich als eine betuliche alte Frau, die den neuen Hausgenossen freundlich, fast mütterlich willkommen heißt und im übrigen recht wortkarg ist. Die Eheleute zusammengenommen ergeben das richtige Mittelmaß der Rede, denkt Heinrich kurz, als er seine Hemden und Strümpfe in die Schieblade einer etwas wackligen Kommode legt, über die Bücher und Hefte, die sein eigen sind. Dann tritt er an das schmale Fenster: ein sehr enger gepflasterter Hof, eine steinerne Kellertreppe mit halbgeöffneter schwerer Luke, ein Stall, Lagerhäuser und, wenn man sich auf die Zehen stellt, ein baumbeschatteter Wasserlauf, der wohl die Havel ist.

Beim Mittagessen fließt das Redebächlein des Lehrherrn munter weiter, ohne daß er dabei der leiblichen Nahrung vergäße, und ganz beiwegelang erfährt Heinrich, warum die Stadt beim Durchwandern stellenweise so leer erschien: seit dem sechzehnten Jahrhundert hat eine Kette von Stadtbränden sie immer und immer wieder in Schutt gelegt. 1797 sind 152 Häuser von den 225 vorhandenen abgebrannt und 1807 der westliche Teil mit 103 Häusern und der Kirche. Das behält er gleich, denn sein Zahlengedächtnis ist ausgezeichnet. Schwieriger wird es mit der Verwandtschaft sein, denn es hat den Anschein, als wenn ganz Fürstenberg miteinander versippt sei. Vorläufig behält er bloß drei Namen von Vettern des Prinzipals: Gley, weil es auch in Möllenhagen einen Tagelöhner dieses Namens gab (mit dem man aber nicht verwandt ist), Buttermann, weil es sich so lustig anhört, und Hückenstaedt, weil die wieder mit dem Brüzer Pastor verwandt sind.

2 Wie gesagt, der Lehrling hat seine wenigen Bücher mitgebracht, weil er gedacht hat, er werde in den freien Stunden auf eigene Faust weiterlernen können. Aber schnell kommt er zu der Erkenntnis, daß daraus nichts werden wird. Gewiß, er kann sich wie ein Sohn des Hauses fühlen und wird als solcher behandelt, aber er ist auch Lehrling, und dessen Zeit ist von morgens fünf bis abends zehn oder gar elf voll besetzt, die erste und die letzte Stunde mit Fegen und Scheuern, Holzmachen und Einheizen, Aufräumen und Zuckerklopfen – und wenn das alles getan ist, sinkt man wie ein Stein ins Bett, und das rechte Bein schläft schon, wenn vom linken noch der Strumpf abgezogen wird. Am Sonntag aber muß man den halben Vormittag im Gottesdienst verbringen – Frau Holtz hält streng darauf –, und daß der in dem schönen Saal des Schlosses gehalten wird, tröstet keineswegs über die ewige bleischwere Müdigkeit des Heranwachsenden hinweg, die den Rest des freien Tages zu verschlafen gebietet.

Trotzdem ist Heinrich Schliemann nicht unzufrieden. Es

macht doch irgendwie Spaß, die Vielfalt der Waren unterscheiden zu lernen, ihre Preise zu merken und zu versuchen, den Kunden nicht bloß das Geforderte abzuwiegen, sondern darüber hinaus ihnen noch etwas anderes anzuschwatzen.

Als er zum erstenmal der Frau Stadtrichter von Bülow einen Korb nach Hause trägt und zum Dank dafür einen Dreier empfängt, will glühendrote Scham die Hand auf den Rücken ziehen – aber dann streckt sie sich doch der abgegriffenen Münze entgegen, denn wenn man auf seine Arbeit keinen Schilling und auch bloß einen Teil der notwendigen Kleidung erhält und alles vom Vater erbitten muß, der nun mit seiner Abfindungssumme in Gehlsdorf sitzt und damit einen Kramladen gegründet hat, braucht man jeden Pfennig, gleichviel, wie und woher er kommt.

Ja, oft, wenn er zwischen dem Zureichen eines Salzherings und dem Abwiegen von Schmierseife Zeit hat und die Talglichter auf lange Schnüre zieht, damit sie wie Girlanden an die Wand gehängt werden können, gehen die Gedanken zum Vater. Statt eine Pension zu erhalten, hat er ein paar tausend Taler Abfindung bekommen und in der Rostocker Zeitung wieder eine Anzeige erlassen, daß er keineswegs vom Amte suspendiert sei, sondern es freiwillig verkauft habe. Aber sein Name ist dadurch auch nicht besser geworden, denn unverändert lebt er mit Fieken Behnke zusammen, die er noch immer nicht geheiratet hat.

Es dauert nicht lange, da kommt ein neuer Arbeitszweig hinzu, als wenn die bisherigen noch nicht gereicht hätten. Herr Holtz richtet eine Brennerei (und damit verbunden einen Ausschank in der Hinterstube) ein, und nun müssen jeden Tag, den Gott werden läßt, soundso viel Scheffel Kartoffeln durchgedreht werden. Benecke, der andere Lehrling, und Heinrich teilen sich in die Arbeit. Sie ist anstrengender als jede andere, denn das stundenlange Drehen der Mühle fordert alle Kraft des Körpers und frißt in der Eintönigkeit auch alles Denken auf; außerdem aber kann und kann der Lehrling die Übelkeit nicht überwinden, die ihm der zugleich strenge und süßliche Geruch in Kopf und Magen jagt.

Im Winter stirbt, ganz plötzlich, Herr Holtz. Mitten im Reden fällt er um und ist tot. So dürfen die beiden Jungen schon viel früher selbständig verkaufen, als sie erwarten konnten. Ein ganzes langes Jahr dreht sich die Kartoffelmühle und das Gleichmaß der Tage unter Frau Christinens Regentschaft, bis ein Handlungsdiener aus Neubrandenburg auftaucht, der Theodor Hückstaedt heißt und Haus und Laden kauft.

Eine Woche vor Weihnachten ist es, da ruft er Schliemann in sein kleines Kontor hinter dem Laden und gibt ihm sein Aktenheft. »Lies das!«

Gehorsam tritt der Fünfzehnjährige an die Lampe und liest. »Zu wissen sei hiermit, daß unterm heutigen dato zwischen der Witwe des Kaufmanns Ernst Ludwig Holtz, Christine Holtz geborener Voß zu Fürstenberg, als Verkäuferin einerseits und dem Handlungsdiener Herrn Hans Theodor Hückstaedt zu Neubrandenburg als Käufer andererseits, beide für sich und ihre Erben, nachstehender unwiderruflicher Verkauf- und Kaufkontrakt wohl verabredet, geschlossen und niedergeschrieben wurde . . .« Hm, denkt er, interessant, 3500 Taler Gold . . . »Paragraph 7: Die beiden jungen Leute, Benecke und Schliemann, welche jetzt in der Handlung als Lehrlinge vorfindlich, übernimmt der Käufer und erfüllt die desfallsigen Verpflichtungen gegen dieselben . . . Urkundlich ist dieser Kontrakt in duplo ausgefertigt und von beiden Kontrahenten in Gegenwart von Notar und Zeugen eigenhändig unterschrieben worden. Fürstenberg, den 15. Dezember 1837.«

Der Lehrling läßt die Blätter sinken und sieht abwartend auf seinen neuen Prinzipal.

»Was fällt dir daran auf, Heinrich?«

Daß ich genauso mit verkauft werde wie der in Paragraph 6 erwähnte Kleiderschrank und Mauerkessel in der Hinterstube, möchte er sagen, aber das will Herr Hückstaedt gewiß nicht hören. Er räuspert sich: »Daß 3500 Taler eine Menge Geld ist. Bis Sie die herausgewirtschaftet haben, wird viel Zeit vergehen, Herr Hückstaedt. Fürstenberg ist klein, und der Gewinn ist es auch. Es ist doch schon eine seltene und festliche Ausnahme, wenn wir mal für zehn Taler an einem Tage verkaufen.«

»Sehr gut«, lobt Hückstaedt. »Ich sehe, daß ich dich richtig eingeschätzt habe. Was ist nun die Folge deines Gedankens?

Daß wir viel mehr und viel angestrengter arbeiten müssen als bisher, denn natürlich will ich so bald wie möglich mein eigener Herr sein. Ich will es in einem halben Jahr schaffen, hörst du? Aber eigentlich hatte ich eine ganz andere Antwort auf meine Frage erwartet. Nun? Du kommst nicht darauf? Daß du sozusagen mit zum Hause gehörst, Heinrich. Vorläufig bleibt ja noch alles unverändert, und Tante Holtz ist auch weiterhin die Hausfrau, die dich ja keineswegs als einen fremden, gleichgültigen Lehrling ansieht. Wenn ich dann selbst über kurz oder lang heirate, dann sollst du auch bei uns zu Hause sein. Das wollte ich dir sagen. Sieh mal, mein Vater ist auch Pastor, und ich bin bloß zehn Jahre älter als du. Deswegen wäre es komisch, wenn ich dir sagen wollte, du solltest dich als mein Sohn fühlen. Aber wie ein Bruder, Heinrich. Und wenn du Wünsche oder Klagen hast, so kommst du damit sofort zu mir. Noch etwas: ich habe neulich den Eindruck gehabt, daß du dem nachtrauerst, was du hättest lernen und werden können. Das ist falsch. Damit verdirbst du dir dein Leben. Mit Wenns und Abers kommst du keinen Schritt vorwärts. Du mußt nicht die Eventualitäten sehen, sondern die Realitäten, die Tatsachen. Nun wirst du Kaufmann und nicht Pastor oder Professor oder sonst etwas Gelehrtes. Deine Aufgabe ist es, ein guter Kaufmann zu werden, und das wirst du nur, wenn du deine Träume ein für allemal begräbst. Klar? So, nun geh wieder an deine Arbeit und hole mit Benecke einen Sack Salz aus dem Keller.«

Das sind gute und ehrliche Worte, und Theodor Hückstaedt beweist auch, daß er sie gut und ehrlich gemeint hat. Auch dann handelt er nach ihnen, als er ein paar Jahre darauf Christiane Gley heiratet, die Tochter des Mannes, dem fast der ganze Fürstenberger Acker gehört.

So wird das Leben des Lehrlings wohl besser und klarer, aber es wird nicht anders, auch nicht, als Engel und Jordan als neue Lehrlinge eintreten, die ebenfalls Fürstenberger sind und zu Hause wohnen. Immerhin gibt es dadurch ein klein wenig mehr Betrieb und minuten- und viertelstundenlang eine Ablenkung von dem Einerlei.

Man bummelt einmal am Sonntagabend mit den Gefährten

am Iserdieck entlang und über die Amtsfreiheit zum Röblinsee, man badet auch im Schwedt- oder Baalensee, man beobachtet den regen Wagenverkehr am Zollhaus zwischen Fürstenberg und dem preußischen Ravensbrück, man streift in den Maibergen und im Myrrenbruch den Mädchen nach.

Und neunmal im Jahr feiert man, indem man soviel wie möglich von den berühmten Butterterminen mitzukriegen sucht. Die riesige Butterremise liegt ja gleich unterhalb des Hofes, und dort laden die Fuhrleute aus Mecklenburg unzählbare Zentner goldgelber Butter ab, die die Schiffer dann nach Berlin und Magdeburg verfrachten. Sechzehntausend Zentner pro Jahr sind ein mächtiger Berg, den man sich kaum vorstellen kann, und jedes Pfund kostet sieben Schilling. Das ist auch ein Berg Geld, dessen Höhe man sich noch weniger klarzumachen vermag – denn Hückstaedt ist froh und preist das Jahr als reichgesegnet, wenn er für dreitausend Taler umgesetzt hat.

Ach ja, immer das Geld ... Wenn an den Vorabenden der Buttertermine die Fuhrleute mit ihren roten Westen und in den langen, bis über die Waden reichenden blauen Röcken mit den buntbestickten Brustlätzen, mit Schirmmützen und Schaftstiefeln feiern und bei Denckert tanzen, nachdem sie sich bei Lemcke oder auch in Hückstaedts Hinterstube etwas Mut angetrunken haben – wenn die Karussells dudeln und die Leierkästen quaken und die Äffchen darauf herumhüpfen, dann möchte man schon gern einmal mithalten können. Nicht im Trinken freilich, denn die tägliche Kartoffelmühle und der tägliche Spritgeruch verekeln es einem gründlich, doch in der Fröhlichkeit. Aber wie soll man diese Volksfeste mitfeiern, wenn man keinen Pfennig auszugeben hat? Trinkgelder sind sehr selten, und öfter als drei-, viermal im Jahr gibt es sie kaum, denn die wenigen Honoratioren schicken gewöhnlich ihre Dienstboten zum Einkaufen, und die übrigen Käufer sind selbst arm.

Um zwei Dinge dreht sich das Denken, die beide mit dem Vater, beide mit dem düsteren Tor hinter der Kindheit zusammenhängen. Warum habe ich nicht lernen und mir jene Bildung erwerben können, ohne die man es zu nichts bringt? Weil wir kein Geld hatten. Und warum hatten wir kein Geld? Weil Vater ein

Knecht seiner Begierden war, Begierden nach Wein, nach üppigem Leben, nach Weibern, von denen Fieken nicht das erste war, wie man nun weiß. Also kommt es im Leben darauf an, Herr zu werden erstens über die Armut, indem man viel Geld verdient, zweitens über die Begierden, so daß man Herr seines Geldes bleibt und es so anwenden kann, daß es einen wirklichen und bleibenden Nutzen stiftet. Mäßigkeit, Ehrlichkeit, bürgerliche Unantastbarkeit, das müssen die Ziele sein, und am Ende dieses Weges mag dann wohl Minna stehen und warten, Minna, die Unvergessene, die Unvergeßbare.

Mäßigkeit und Ehrlichkeit kann man hier in Fürstenberg lernen. Aber sonst? An Geld ist nicht zu denken, nicht einmal an den bescheidensten Wohlstand. Und wenn man das – oder den – nicht hat, wird man in vierzig Jahren noch immer nicht selbständig sein können, sondern für eine Handvoll Taler im Jahr ein ewiger Kommis bleiben, zwischen Kartoffelmühle, Heringen, Seife, Salz und Rüböl.

Herr Hückstaedt hat gut reden und Bescheidenheit und Entsagung predigen, wenn man ihm von der unbedingten Notwendigkeit des Reichwerdens spricht. Er ist zufrieden. Und doch könnte auch er mühelos einen Schritt weiter sein. Einmal hat Heinrich ihm einen Gedanken entwickelt, der ihm gekommen ist: in Fürstenberg gibt es drei namhafte Läden, deren Besitzer sogar nahe miteinander verwandt sind. Wie einfach wäre es, wenn sie da ihre Bestellungen in Rostock oder Hamburg gemeinsam aufgeben würden! Wieviel würde man da nicht am Einkaufspreis sparen – denn je mehr man bestellt, desto billiger wird die Ware –, wieviel auch an Provisionen und an Fracht! Aber das sei unmöglich, meinte Herr Hückstaedt, das sei unschicklich. Nur ja nicht aus der Gewohnheit, aus dem Trott heraus, sowenig wie aus dem Drehen der Kartoffelmühle.

Ja, das Drehen hat er gründlich gelernt, das Drehen der Mühle und der Tüten, den pfennigweisen Verkauf und den talerweisen Einkauf, das Schwatzen mit der Kundschaft. Darüber hinaus hat er eigentlich nicht viel gelernt, sieht er nun am Ende seiner Lehrzeit.

Die fünf Jahre sind vertan in zermürbendem Gleichmaß. Um

Gottes willen, nein! Nicht Hückstaedt ist daran schuld, im Gegenteil, der hat ihn gefördert, wie er nur konnte, und solange man lebt, wird man ihm und seiner Frau dankbar sein. Fürstenberg trägt die Schuld, die kleinen, kleinlichen Umstände.

Kann er sich mit dem, was er hier gelernt hat, in Rostock oder Hamburg um eine Stellung bemühen, um sich in ihr dann weiterzubilden und zu vervollkommnen? Kaum. Wenn man wenigstens Buchführung gelernt hätte, aber in Fürstenberg besteht die Buchführung in einem Schulheft, in dem die Posten leicht zusammenzurechnen sind.

Fünf Jahre vertan in der Stickluft des engen Ladens und der Schankstube daneben.

Schliemann gibt sich einen Ruck. Er will in ein anderes Leben. Der Amtmann von Türkshof wirbt Auswanderer für Amerika. Amerika ist das Land der Zukunft, sagt er, und wer hier einen Schilling erwirbt, der bekommt dort drüben ein funkelndes Goldstück.

Abends sitzt Heinrich mit den Kameraden, mit Ruthenberg und Engel, zusammen. Ein Krämer in Gransee hat Schliemann ein Angebot gemacht, bei ihm als Gehilfe einzutreten. Sechzig Taler im Jahr bietet er, eine märchenhafte Summe für den, dessen Vermögen aus drei oder vier Schilling besteht. Dem gegenüber steht die große Lockung Amerika. Gemeinsam wird beraten, gemeinsam die Antwort nach Gransee entworfen: eine glatte Ablehnung. Statt dessen unterschreibt der Achtzehnjährige den Türkshöfer Vertrag. Mit dem nächsten Schiff wird er nach New York gehen.

Aber der Vater versagt Zustimmung und Reisegeld und schreibt dazu einen bitterbösen, groben Brief von Leichtsinn und Gewissenlosigkeit und Dummheit. Statt in die Ferne zu segeln und sein Glück zu versuchen, dreht Schliemann weiter seine Kartoffelmühle.

Alles ist flachgewalzt wie ein Acker. Aber eine Saat, die man daraufstreuen könnte, gibt es nicht.

3 Ein windiger Februarabend. Herr Hückstaedt ist über Land, und die Kameraden sind längst nach Hause gegangen. Heinrich sitzt und rechnet die Kupferstücke der Tageskasse auf.

Danach beginnt er aufzuräumen. Da der Prinzipal nicht anwesend war, haben die Lehrlinge manche Arbeit liegenlassen. Desto mehr ist nun zu tun. Der Nachtwächter hat schon längst die zehnte Stunde ausgesungen.

Da werden draußen unsichere Schritte laut, und eine unsichere Stimme ruft, ob noch jemand da sei. Als Schliemann sein Ja antwortet, geht die Tür auf, und ein junger Mann taumelt in den Laden. Es ist ein bildhübscher Kerl mit wilden, dunklen Augen unter dem seidigen Blond der Locken. Einen schönen hellblauen Rock hat er an, dessen talergroße Messingknöpfe in dem spärlichen Schein der Lampe wie Gold blitzen.

»Zu trinken«, sagt er und stolpert gegen den Tisch. »Hoppla«, ruft er, als er mit einer Heringstonne zusammenstößt. »Nun, junger Mann, beliebt's bald? Sonst kriege ich mein Maß nicht schnell genug voll. Was starrst du mich an? Ich bin noch lange nicht betrunken. Ach so, du denkst, ich hätte kein Geld? Wie Heu, mein Lieber, wie Heu. Denn da ich weder Rittergutsbesitzer noch Pferdehändler bin, habe ich das auch nicht. Nein, nein«, lacht er, »etwas ist doch noch vorhanden. Hier, fünf, sieben, zehn Schilling. Das ist alles. Na, vorläufig langt es, und nachher schafft Gott weiter Rat. Gott ist groß, mein Teuerster, und der alte Niederhöffer ist sein Prophet. Darum verläßt er mich auch nicht – Gott meine ich, nicht etwa den alten Niederhöffer. Der hat die Nase voll von seinem Filius und betrachtet mich als nicht vorhanden.«

»Meinen Sie etwa Herrn Pastor Niederhöffer in Röbel?«

»Gerechter Strohsack, kennst du den etwa? Eheu, scilicet o popoi, so superfeine Bekannte hätte ich einem Heringsbändiger in Fürstenberg gar nicht zugetraut. Oh, nicht beleidigt sein, mein Lieber. So war es nicht gemeint. Aber sag, woher kennst du den redlichen Pfaffen?«

»Ich bin aus Ankershagen und heiße Schliemann«, kommt leise die Antwort.

Der späte Gast lacht schallend und schüttet das zweite Glas in die Kehle. »Par nobile fratrum! Da passen wir beide ja zusammen wie der Handschuh zur Hand! Der Sohn eines rausgeschmissenen Pastors und der rausgeschmissene Sohn eines Pastors! Na prost, mein Junge, carpe diem, zu deutsch: sauf, solange du was kriegen kannst. Oder wie der große Philosoph Seneca so richtig bemerkt: Gallia est omnis divisa in partes tres, zu deutsch: unter drei Schnäpsen lohnt es überhaupt nicht anzufangen.«

»Sie brauchen mich nicht zu verhöhnen, Herr Niederhöffer«, sagt Schliemann und gießt das dritte Glas ein. »Ich habe zwar fast alles wieder vergessen, was ich als Kind gelernt habe, aber so viel weiß ich doch noch, daß das letzte von Caesar stammt und der Anfang des Bellum Gallicum ist.«

Niederhöffer zieht sich an der Tischkante in die Höhe und streckt eine schmale, nicht sehr saubere Hand über den Tisch. »Verzeih mir, mein Lieber. Zum zweitenmal. Ein drittes Mal wird's nicht nötig sein. Haben sie dich auch aus der Schule gefeuert?«

»Nein, ich mußte abgehen.«

»Warum? Dumme Frage, ich weiß schon. Armut schändet nicht, sie ist bloß lästig, aber Dummheit ist eine Schande. Wie weit bist du auf dem Gymnasium gekommen?«

»Bis in die Tertia.«

»Tatüt, das ist nicht viel. Ich bin immerhin bis zur Prima gediehen, aber dann hatten sie in Neuruppin genug von mir, die Tugendwächter. Mein braver Erzeuger kassierte mich wieder ein und steckte mich nach Güstrow zu Müller Dettmann. Zwei Jahre hab' ich's bei dem ausgehalten, denn Güstrow ist eine Stadt, in der man leben kann. Seitdem bin ich ehrlicher Müllergesell auf Wanderschaft. Na, krieg' ich noch ein Glas?«

Schliemann schüttelt den Kopf.

»O popoi, o popoi ...«

»Was heißt das, Herr Niederhöffer?«

»Ach richtig, bis zum Griechischen bist du nicht mehr gekommen. Schade, denn das ist eine sehr schöne Sprache, die ich weder versoffen noch verhurt habe. Na, wie soll man's übersetzen – ›o weh!‹ vielleicht.«

Eine Flamme, die tief unter der Asche geglüht hat, leckt mit zitterndem Züngeln hoch. »Können Sie noch griechische Dichter auswendig?«

»Soviel du willst, mein Bester. Hast du eine Ahnung, wieviel hundert Homerverse ich zur Strafe auswendig lernen mußte!«

»Ach bitte, sprechen Sie mir doch ein paar. Bitte!«

Niederhöffer öffnet schon geschmeichelt den Mund, als ein plötzlicher Gedanke ihn innehalten läßt. »Umsonst ist der Tod, und selbst der kostet, wie wir Pastorensöhne am besten wissen, eine Unmenge kirchlicher Gebühren. Gib mir zu trinken, und ich spreche dir Homer.«

»Einen Augenblick!« ruft Schliemann und rennt, nicht ohne die Flasche mitzunehmen, im Finstern in seine Kammer. Unter den Hemden zerrt er ein abgeschabtes Beutelchen hervor, das sein ganzes Vermögen enthält. Drei Stufen auf einmal nehmend, springt er zurück. Der Müller hat es sich inzwischen auf der Salzkiste bequem gemacht und streckt seine langen, geraden Beine weit in den Laden. Schliemann füllt ihm das Glas. Niederhöffer trinkt, und dann beginnt er zu sprechen.

Wie mächtige Brandungswellen rollen die klassischen Verse. Schliemann hat die Augen geschlossen, um keine Silbe zu verlieren. Seine Ohren, sein Mund, seine Haut, sein ganzer Körper saugen sie ein wie ein verdurstetes Feld den Regen. Erschreckt fährt er auf, als die Stimme verstummt.

»Noch einmal«, bettelt er tonlos, aber statt einer Antwort schiebt der Müllergesell ihm nur das leere Glas über den Tisch. Und wieder die göttliche Musik der Hexameter. Und wieder das Verstummen, das Glas, Homer.

»Weiter!« fleht Schliemann und gießt ein. Mit schwerer Hand faßt Niederhöffer zum Glas, leert es und beginnt zum viertenmal. Plötzlich springt er auf. Er taumelt nicht mehr, ist nicht mehr vom Schnaps trunken, sondern von Dichtung. Mitgerissen, berauscht von den Versen steht er da. Seine Augen sprühen blaue Blitze, sein Haar leuchtet wie eine Aureole, seine schlanken Finger formen die Worte mit, sein Leib bebt wie eine Birke im Sturm. Als er endet, fällt ihm der Kopf auf die Brust.

Die Stille der Nacht ist ungeheuer.

»Ich habe kein Geld mehr«, flüstert Schliemann endlich, aber Niederhöffer wehrt mit der Hand ab. »Ich will nicht mehr«, murmelt er, geht plötzlich auf Schliemann zu, wirft ihm die Arme um die Schultern, küßt ihn – und schon klappt die Tür hinter ihm in das Schloß.

Zum erstenmal in fünf Jahren vergißt Schliemann den Laden zu verschließen. Wie im Traum stolpert er die Treppe hinauf. Mechanisch streift er die Kleider ab und läßt sich auf sein Bett fallen.

Und da zerbricht ein Damm. Ihm ist, als habe er die Gottheit gesehen, als habe er ihre Stimme vernommen, und ein Schluchzen bricht aus ihm, in dem alles Leid, alle Leere, alle Last wegschmelzen und fortgespült werden. Und groß und leuchtend wie einst auf dem Hünengrab von Ankershagen steht die Zukunft vor ihm, goldhell und strahlend und voll göttlicher Trunkenheit. Zum erstenmal seit Jahren faltet er die Hände und betet aus glühendem Herzen um diese Zukunft.

Schliemann glaubt nicht an Wunder, aber er hofft auf eines, wenn er wieder die Pfennige der Kunden einstreicht, wenn er Gänge und Besorgungen zu verrichten hat, wenn er die grauenhafte Kartoffelmühle dreht.

Eines Tages, nicht einmal lange nach dem nächtlichen Erlebnis, ist das Wunder da, wenn es auch zunächst ganz wie ein Unglück aussieht. Als er an einem trüben, naßkalten Herbstmorgen die eben angekommenen Waren im Keller an Ort und Stelle bringt, als er dabei ein riesiges Faß anhebt und in eine Ecke zu rollen versucht, rutscht es ihm aus den Händen. Durch die Brust sticht ein grellrotes Flammenschwert, und stöhnend bricht er zusammen, indes Blut aus dem Munde stürzt.

Schliemann, dessen Lehrzeit sowieso schon um ein halbes Jahr überschritten ist, packt sein Bündel, das kaum schwerer geworden ist, als es vor fünfeinhalb Jahren war, und wandert, auf das herzlichste verabschiedet und ein glänzendes Zeugnis in der Tasche, aus dem Strelitzer Tor hinaus, bis zum preußischen Zollhaus von den Freunden begleitet, die keinen Augenblick daran zweifeln, daß Heinrich das Glück finden wird.

ZWEITES BUCH

Der schiffbrüchige Odysseus

αἴ κέ ποθι Ζεὺς
δώῃ τόνδε γ' ὄλεθρον ὑπεκφυγέειν καὶ ἀλύξαι.
Od. XII, 215

Vielleicht verstattet Kronion
Zeus, daß wir durch die Flucht doch diesem Verderben entrinnen.

Auf der Suche nach dem Glück

ἀέκοντα δέ σ' οὔ τις ἐρύξει
Φαιήκων· μὴ τοῦτο φίλον Διὶ πατρὶ γένοιτο.
Od. VII, 315

Doch wider Willen soll niemand
Von den Phaiaken dich halten: das wolle Gott nicht gefallen!

Als Heinrich Schliemann durch Malchin wandert, steht, um die letzte warme Sonne des Herbstes ins Zimmer zu lassen, irgendwo ein Fenster offen, und drinnen singt eine schon etwas zittrig gewordene dunkle Frauenstimme. Schliemann hat kein Interesse für Gesang, für Musik überhaupt, und doch will es der Zufall, daß er gerade unter dem Fenster ein paar Worte des Textes hört: Dort, wo du nicht bist, dort ist das Glück.

Er schüttelt den Kopf, als er weitergeht. Das kann nicht richtig sein. Denn wenn man das Glück an dem einen Orte nicht trifft, muß man ihm eben zu einem anderen nachgehen. Die Hände in den Schoß legen und warten, daß es zu einem komme, das darf man freilich nicht. Aber wenn man ihm nur beharrlich genug nachläuft, wird, nein, muß man es ja irgendwann einmal am Rockzipfel erwischen.

Gut zwanzig Meilen sind es von Fürstenberg bis Rostock, dem vorläufigen Ziel. Hier will er zunächst bleiben. Erstens muß er mit dem Vater über das mütterliche Erbteil abrechnen, das ihm nach einer Mitteilung von Schwester Elise noch zusteht. Zweitens hat es keinen Zweck, sich mit dem, was man in Fürstenberg gelernt hat, in einer größeren Handlung – die allein Aussicht auf

Fortkommen bietet – zu bewerben. Vor allem fehlen die Kenntnisse der Buchführung. Das muß schleunigst nachgeholt werden, und in Rostock, so hat man erfahren, gibt es jemanden, der für nicht allzuviel Geld einen Kursus erteilen kann.

Von fern schon grüßen die sieben Türme der alten Hansestadt über das flache Land des Warnowtals. Ob dort vielleicht schon das Glück zu Hause ist, das es bloß zu treffen und zu halten gilt? Im ersten Augenblick scheint es so, denn als der Wanderer in der landbekannten Warenhandlung von Saniter & Weber in der Kleinen Wasserstraße vorspricht, bietet man ihm gleich das Bleiben an, denn die Empfehlung Hückstaedts ist ebenso warm, wie sein Zeugnis gut ist. Damit ist der Buchhaltungskursus gesichert. Und außerdem sieht es ganz anders aus, wenn man als Kommis von Saniter & Weber zum Vater gehen kann, als wenn man nichts wäre und nach einer Stellung suchte.

Der erste Besuch schon freilich, drüben in Gehlsdorf auf der anderen Seite des Hafens, stimmt so manche Erwartung wieder herab. Voll Mißtrauen wie ein alter schlauer Bauer, der Angst vor dem Überlistetwerden hat, empfängt der Vater ihn und versteht es, das Gespräch immer wieder vom Erbteil abzubringen.

Statt dessen schimpft er auf das Konsistorium und auf die schäbige Abfindungssumme, die er doch vor ein paar Jahren noch als die selbst geforderte gepriesen hat, oder auf die dummen Gehlsdorfer, die die gewaltigen Vorteile des Schliemannschen Ladens nicht einzusehen wußten, so daß er wieder geschlossen werden mußte. Dann kommt er auf die Rückständigkeit Rostocks und auf die schlechte Ernte zu sprechen.

»Im übrigen aber« – der mehr als Sechzigjährige springt auf wie ein Jüngling –, »du hast ja deine beiden Brüder noch nicht gesehen!« Er reißt die Tür auf und schreit: »Fieken, bring die Kinder!«

»Brüll doch nicht wie ein abgestochener Stier«, schallt es in breitem Platt zurück, aber dann kommt sie doch, des Vaters zweite Frau, eine zerrissene und dreckige Küchenschürze über dem mit Falbeln besetzten Kleid aus roter changierender Seide. Dicke goldene Armbänder fallen auf die schmutzigen Hände, die einen Zweijährigen und einen Säugling von wenigen Monaten tragen. Erstaunt zieht sie die Brauen hoch, als sie einen schmalen und blassen jungen Mann sieht, und beginnt die Hüften zu drehen und mit den Röcken zu rauschen. »Ach, Hinnerk«, sagte sie dann, ihn erkennend, setzt die Kinder ab, die zu plärren anfangen, und kommt mit ausgestreckter Willkommenshand auf den Besucher zu.

»Begrüße deine Mutter und deine Brüder«, sagt der Alte salbungsvoll.

»Meine Mutter liegt in Ankershagen auf dem Kirchhof«, antwortet Heinrich leise und bückt sich freundlich zu den Kindern, um die Hand der Frau übersehen zu können, die noch immer in der Luft hängt.

Der alte Schliemann beißt sich auf die Lippen und beginnt dann mit Fieken eine lärmende und schmatzende Szene glücklichen Familienlebens vorzuführen, die aber schnell endet und in Zank und Gekeife übergeht.

Bald steht Heinrich auf. Der Stuhl bleibt das einzige, das man dem seit zehn Jahren nicht gesehenen Sohn angeboten hat. »Also bitte, vergiß nicht, das Geld meines mütterlichen Erbteils bereitzuhalten. Ich weiß noch nicht, wie lange ich bei Saniter und Weber bleibe. Es könnte sein, daß ich bald eine Stellung in Hamburg antrete.«

Als er über den Dierkower Damm in die Stadt zurückgeht, weiß er schon mit aller Sicherheit, daß er Rostock bald verlassen wird, obwohl die Stellung, von der er sprach, eine reine Erfindung ist. Wenn er bliebe, würde er nicht alle Beziehungen zu diesem Hause in Gehlsdorf vermeiden können, denn Vater bleibt Vater, und das wäre unerträglich.

Während er die folgenden Wochen hindurch in der Wasserstraße seine Arbeit tut, während er in den Abenden und Nächten die Geheimnisse der Schwanbeckschen Buchführung entschleiert und in sich hineinfrißt, daß Lehrer und Mitschüler aus dem Staunen nicht herauskommen, ziehen sich immer wieder klebrige Fäden um sein Denken, die von jenem Hause ausgehen. Er erfährt – und schreibt es den Schwestern –, wie es dort zugeht: »Kaum graut der Tag, so beginnen die gemeinsten Beschimpfungen, die selbst der entartetste Pöbel sich auszusprechen schämt, gegenseitige Verfluchungen und Verdammungen, dauernd vom frühen Morgen bis zum späten Abend. Einen Augenblick küssen sie sich, und im andern halten sie sich des Einanderanspuckens nicht wert.« Dann wieder schreibt er von dem Prozeß, den der Vater kürzlich vor dem Rostocker Stadtgericht auszufechten hatte. Da hatte er eines Tages die Frau in den Holzstall gesperrt und sie dann totzuschlagen gedroht. Mit gellendem Geschrei, halb angezogen nur, war sie entflohen, hatte sich zu einem zweifelhaften Freunde in der Stadt geflüchtet und darauf bei Gastwirt Krüger eingemietet. Kübel voll Dreck und Unflat wurden vor Gericht ausgeschüttet, aber diesmal war das Recht auf Fiekens Seite, und der Vater mußte beste Behandlung angeloben, widrigenfalls ihr aber bei einer Trennung dreihundert Taler jährlich aussetzen.

Dann endlich, noch Anfang September, ist es soweit. Der Kursus, zu dem andere ein Jahr oder anderthalb brauchen, ist in einem Bruchteil dieser Zeit bewältigt, und das sogar um etwas geringeren Preis, denn statt liniierte Bücher zu kaufen, hat Schliemann die billigen, unliniierten genommen und in nächtlichen Überstunden alle neun Bücher selbst liniiert. Es kann weitergehen. Hamburg wird das Ziel sein, denn in der größten deutschen Handelsstadt wird sich das Glück am ehesten finden lassen.

Aber bevor er sich auf den Weg macht, muß er noch einmal nach Gehlsdorf, denn das mütterliche Erbteil wird eine kleine solide Basis bieten, auf der man das neue Leben gründen kann. Schon von weitem hört er Geschrei – Hure, Schwein, Saustück, Bandit sind noch die mildesten Worte. Die Nachbarn kümmern sich nicht mehr darum, sie sind es nicht anders gewöhnt. Nur ein paar Kinder stehen, die Finger in den Nasen, am Zaun und horchen mit schauderndem Behagen auf das Geschrei, das ebenso plötzlich verstummt, wie es angehoben hat.

Als Heinrich das Zimmer betritt, sitzen die beiden zerzaust und sich küssend auf dem Sofa.

Kaum hat die Frau die Tür hinter sich geschlossen, als Heinrich energisch sein Muttererbe fordert. Der Vater versucht die Abrechnung hinauszuschieben. Er hat Gehlsdorf satt, sagt er, und will zum Frühjahr fort. Schon laufen Verhandlungen, denn er gedenkt einen kleinen Hof zu erwerben, in Jamielnik bei Radomno, Kreis Löbau in Westpreußen. Wenn das nicht wäre, würde er dem lieben Ältesten natürlich ohne weiteres ein großes Geschäft kaufen, wo er wolle, in Rostock oder Penzlin oder sonstirgendwo. Wie? Das wolle der gar nicht? Oh, stolz lieb' ich den Spanier. Nur das Mütterliche? Nun gut – seufzend steht der Alte auf und holt ein Blatt Papier, das schon seit dem ersten Besuch des Sohnes bereitliegt.

Unter sieben Kinder war die Summe zu teilen, also kommen auf einen Teil hundertsiebzehn Taler. Heinrich erschrickt: so viel hatte er sich gar nicht erwartet. Das gibt ja einen viel besseren Anfang als gedacht. Aber da entfaltet der Vater schon ein zweites Blatt, dicht mit Posten bedeckt. »Das sind die Ausgaben, die ich für deine Ausbildung gehabt habe«, sagt er milde und ölig, »Kleidung, Schulgeld, Pension an den Herrn Hofmusikus, Lehrgeld an die Herren Holtz und Hückstaedt. Du bist teuer geworden, mein Sohn! Ludwig war viel billiger, von den Schwestern ganz zu schweigen. Entgegenkommenderweise habe ich übrigens dein Bett, das du ja doch nicht mit auf Reisen nimmst, mit einem Drittel des bei den Ausgaben berechneten Preises wieder in Abzug gebracht. Es verbleiben dir demnach neunundzwanzig Taler. Ich hoffe, du wirst dieses kleine Kapital nicht verschleudern, sondern sparsam damit umgehen und dem Andenken deiner teuren, unvergessenen Mutter Ehre machen.«

Heinrich antwortet keine Silbe. Er steckt das Geld in den Beutel und geht. Er weiß es schon: und wenn der Alte hundert Jahre würde, er wird ihn niemals wiedersehen.

Mit einem Kapital von rund dreißig Talern kann man nicht, wie beabsichtigt gewesen war, mit der Post nach Hamburg reisen. Man geht zu Fuß. Da der Ranzen mit einer alten Hose und ein paar Hemden und Strümpfen nicht schwer wiegt, wird man die dreißig Meilen in zehn Tagen machen können.

Eines frühen Morgens kommt er auf seinem Marsch durch das Städtchen Neubukow. Er steht eine Weile im Schatten des massigen Kirchturms und sieht zu dem niedrigen Strohdach des Pfarrhauses hinüber, in dem er geboren wurde und seine ersten anderthalb Lebensjahre verbracht hat, ohne es zu wissen. Dann geht er eilig weiter. Er hat keine Zeit zu verlieren, denn in Hamburg wartet ja das Glück auf ihn, Geld, Ehre, Ansehen, Sicherheit. Aber eine Pause muß er doch einschalten. Einen Tag will er in Kalkhorst bleiben, wo er nach dem ersten Leid wieder froh und glücklich geworden ist.

Groß ist die Freude im Pfarrhaus, als er eintrifft – er hat kurz vor dem Dorf am Straßengraben gesessen und ungeduldig auf die Post von Wismar gewartet, damit es so scheine, als sei er mit ihr angekommen.

Über den Vater fällt kein Wort. Man spricht nur von der Zukunft. Beim Onkel steht alles zum besten. Seine zweihundertfünfzig Morgen Weizenacker haben eine reiche Ernte gebracht, und die Kinder sind auch alle wohlauf. Vetter Adolf ist nicht mehr im Hause; seinen Lizentiaten hat er schon und ist dabei, auch den Dr. juris zu machen, und Ernst studiert Theologie. Julius kann nicht so recht zu Gange kommen und wird nun Buchbinder, und Peter ist in Wismar in der Tischlerlehre. Aber die andern sind alle noch da und ziehen mit dem fast vergessenen Vetter durch Haus und Hof, um die Vergangenheit aufzuspüren.

Als die Kleinen sich dabei zwischen den großen Linden verlieren, ist nur Sophie zurückgeblieben. Sie sitzen im Pavillon am Teich und sehen schweigend zu, wie sich die gilbenden Blätterfinger von den Kastanien lösen und in langsamem Drehen auf das Wasser fallen und als hundert und hundert Traumboote auf ihm treiben. Heinrichs Blicke gehen von ihnen zu dem jungen Mädchen neben ihm. Wie schön Sophie geworden ist! Mit welcher Grazie sie sich bewegt, wie ihre Augen glänzen, wie köstlich ihr die Röte in die Wangen steigt, da sie die Augen des Vetters auf sich ruhen fühlt, wie sie zuhört, als er von dem Leben schwärmt, das vor ihm liegt! Aber zart zieht sie ihre Hand zurück, die er im Eifer des Planens ergreift und drückt, und als sie aufstehen, da die für Kalkhorst einkalkulierte Zeit im Ablaufen ist, entzieht sie ihm auch errötend den Arm. Sie will ihn auch nicht zum Postwagen begleiten, weil es sich nicht schicke, und geht erst auf die lächelnde Aufforderung der Eltern mit. Unter den Kirchhofslinden, wo der Wagen hält, ist es dunkel, und dort wehrt sie sich nicht allzulange, als der Vetter sie in die Arme schließt und küßt. Ein Hornsignal. Über das Kopfsteinpflaster poltert der Wagen aus dem Dorfe.

»Nach Hamburg, junger Herr?« fragt der Kondukteur.

»Nein, nur bis Nienhagen.«

Verwundert nimmt der Mann das Geld. Die Viertelstunde könnte man doch wirklich zu Fuß gehen, denkt er. Nein, das kann man nicht, denn dann würden die Kalkhorster denken, man wäre arm. Sie brauchen es nicht zu wissen, daß man nur eine Station weit fährt, um dann den Weg zu Fuß fortzusetzen.

Dort, wo du nicht bist...

γηθόσυνος δ' οὔρῳ πέτασ' ἱστία δτος 'Οδυσσεύς.
αὐτὰρ ὁ πηδαλίῳ ἰθύνετο τεχνηέντως
ἥμενος.
Od. V, 269

Freudig spannte der Held im Winde die schwellenden Segel.
Und nun setzt' er sich hin ans Ruder und steuerte künstlich
Über die Flut.

Als der Wanderer in Heydkrug angekommen ist, tragen ihn die Füße nicht mehr. Wohl oder übel muß er noch einmal übernachten, bevor er das ersehnte Paradies betritt, in dem sich alles, alles zum Guten wenden muß.

Tief und traumlos schläft er, bis die Sonne ihn weckt. Mit einem Satz ist er aus dem Bett und am Fenster. Da, wo gestern abend tausend Lichter waren und der Himmel ein Widerschein von ihnen, ist nun die Stadt. Die Nebel des Herbstmorgens liegen nur noch über den südlichen Wiesen. Klar ist der Blick und das Bild so gewaltig, wie man es sich in den kühnsten Träumen nicht vorgestellt hätte. Gleich den Masten eines Schiffs heben sich in der Morgensonne die goldgrünschimmernden Spitzen der Türme aus dem Häusermeer und neben und zwischen ihnen die säulengetragenen Kuppeln, die hohen Giebel. Des Sehens ist kein Ende, und erst, als eine nahe Uhr dröhnend anschlägt, merkt Schliemann, daß er über eine Stunde nackt am Fenster gestanden hat. Hastig zieht er sich an. Keinen Augenblick darf er versäumen. Er muß ja die leeren, verlorenen sechs Jahre einholen. Aber bevor er das Haus verläßt, zählt er noch einmal seine Barschaft. Trotz aller Sparsamkeit hat die Reise fast zehn Taler verschlungen. Das ist bitter, aber wie reich ist die Stadt, die auf ihn wartet, wie schnell wird sie ihm ihren Reichtum zu Füßen legen!

Mit glühendem Atem stürmt der Dörfler, der Kleinstädter durch die Weltstadt Hamburg, in deren menschenvollen Straßen die fernen Kontinente ihre Schätze abladen. Die Häuser in der St.-Georgs-Vorstadt scheinen Paläste, und reich sind die Kutschen und Coupés, mit Silber die eleganten Pferde geschirrt, gleich denen des Strelitzer Großherzogs. Wie dörflich arm, wie abgeschabt wirkt der einzige Anzug gegen den matten Glanz schwerer Tuche, gegen das Knistern der Seide und die prahlende Üppigkeit das Samts. Ist das ein Fürst, der dort fährt und herablassend und zuvorkommend zugleich den spiegelnden Zylinder lüftet? Nein, das ist ein hamburgischer Kaufmann. Merk dir das Bild, Heinrich, wie lange noch oder wie kurz, dann wirst du auch so durch die Straßen dieser Stadt fahren, die nur von dir erobert werden will. Immer dichter wird das Gewühl der Menschen, immer höher die Häuser, immer reicher der Inhalt der Schaufenster. Bis in den zweiten Stock reichen die Schilder der Geschäfte.

Was ist das? Der Pferdemarkt? Oh, das Glockenspiel . . . Staunend blickt er in die Höhe, bis ungeduldige Passanten ihn unsanft beiseite schieben. Und das? Ja, das muß die Alster sein. Hier ist das innerste Heiligtum der Schatzkammer, die Hamburg heißt. Hier gleißt das Gold, hier blitzen die Juwelen. Segelboote und Kähne liegen auf dem leichtbewegten Wasser, und von einem kommt Musik. Oh, wer erst reich ist, kann wohl auch mitten in der drängendsten Geschäftszeit einmal sein Kontor verlassen und mit seinen Freunden feiern.

Doch wer es nicht ist, *noch* nicht ist, darf keine Minute der kostbaren, der unwiederbringlichen Zeit verlieren. Er muß sofort ein Quartier suchen, sofort einen Laden, einen kleinen bescheidenen vorläufig, der nicht zuviel der Kenntnisse verlangt, die man noch nicht hat, der einem aber Arbeit gibt.

Wer wagt, gewinnt. Ja, in Hamburg ist das Glück. In Hamburg hat es wirklich gewartet. Das heißt, richtiger gesagt, bei Hamburg, in Altona. Dort wird eine Stellung gefunden bei Lindemann junior am Fischmarkt. Freilich, fünfzig Taler im Jahr sind nicht viel, sind, genaugenommen, sogar zehn Taler weniger, als der Mann in Gransee geben wollte. Aber in Gransee wäre es ein Sitzen gewesen, ein Rasten und Rosten. In Hamburg dagegen ist es nur Sprungbrett. Die nächste Stellung mag schon hundert Taler bringen, die übernächste zweihundert und dann so weiter, bis man reich genug ist, Minna zu rufen. Kusine Sophie – ach, küßte er nicht doch nur Minna in ihr? Und wenn Minna dann erst gekommen ist, wird man gemeinsam den zweiten Teil des Kindertraumes zur Wirklichkeit machen.

Wenige Tage nur dauert das Glück. Jedesmal, wenn der junge Kommis einen Sack in den Laden trägt, eine Kiste anhebt, ein Faß rollt, rinnt ihm wieder süßlich und ekelhaft das Blut in den Mund. Einen kranken Mann, der nur einen Teil der geforderten Arbeit leisten kann, will der Prinzipal nicht haben. Schliemann wird entlassen.

Er findet eine neue Stellung bei E. L. Deycke in Hamburg, nahe beim Hopfenmarkt, Ecke Bei den Mühren und Mattentwiete, und das alte Spiel wiederholt sich, bis sich herumgesprochen hat, warum er es nirgends aushält, bis man ihn gar nicht erst einstellt.

Er führt einen verzweifelten Kampf mit der Krankheit, steht noch vor dem Morgengrauen auf, weil er sich vom Spazierengehen in frischer Luft Besserung verspricht, badet täglich – den ganzen Oktober und fast den vollen November – in der eisigen Alster oder Elbe, um sich abzuhärten. Aber das Übel wird keineswegs besser. Husten, Blut, Schwindel, Schweiß, Fieber. Und keine Stellung. Schon ist das mütterliche Erbe bis auf einen Taler verzehrt, trotz allen Knappens und Hungerns.

Da entsinnt er sich, daß Tante Artemisia ja auf ihre ältlichen Tage noch einen Mann gefunden hat und jetzt in Hamburg lebt. Die Adresse schrieb ihm damals Elise. So geht Heinrich eines Abends in das Haus in Barmbek, jenem Stadtteil, in dem mehr Mecklenburger wohnen als in einer mecklenburgischen Stadt. Im öden Treppenhaus riecht es nach kaltem Tabak, Windeln und Kohl. Im Halbdunkel tastet er sich die ausgetretene Treppe hinauf in den vierten Stock und klopft.

Die Tür öffnet sich nur zu einer Spalte, von einer Sicherheitskette gehalten.

»Ach, sieh da, du bist es, Heinrich«, sagt die Tante gleichgültig. »Was willst du?«

»Dir guten Tag sagen, da ich gerade in Hamburg bin.«

»Schön, ich mache auf.« Aber zunächst schlurft sie in die Stube zurück und tuschelt dort mit jemandem. Dann öffnet sie und reicht von oben herab eine Hand, die von Wäschewaschen und Tellerspülen knochenlos weich ist und sich doch hart anfühlt.

Der neue Onkel, zehn Jahre jünger als seine Frau, dessen Kinder schon erwachsen und aus dem Hause sind, begrüßt den Gast mit mißtrauischer Zurückhaltung und in Hamburger Platt. Ohne erst über das Wetter zu reden, beginnt er mit den schlechten Zeiten, und daß er als Buchdrucker ein recht schweres und karges Brot habe. Heinrich versteht. Auf die Frage, wo er angestellt sei, antwortet er ausweichend, und nach einer mühseligen Viertelstunde verabschiedet er sich von dem Ehepaar Kahlbrock.

Nun bleibt nur noch eines. Denn der Hauswirt mahnt, da er den Mieter krank und ohne Beschäftigung sieht und schon ein Rückstand von ein paar Talern vorhanden ist. Heinrich schreibt einen Brief. Nicht an den Vater, an den er nur mit Grauen denken kann. Nicht an den Onkel in Kalkhorst, der den Glauben an des Neffen Glück nicht verlieren darf. Nicht an Herrn Hückstaedt in Fürstenberg, von dem das gleiche gilt. Er schreibt an den Onkel in Vipperow, bei dem Elise schon vor der Mutter Tod Unterkunft gefunden und dessen Wohlstand und Freundlichkeit sie oftmals in Briefen gerühmt hat. Zehn Taler erbittet er zu Anfang des November, die er bis spätestens Weihnachten zurückzahlen werde.

Fiebernde Tage vergehen, bis Antwort und Geld kommen. Aber was für eine Antwort! Spitz und böse schreibt Elise, angeblich im Namen des Onkels, von großen Worten und nichts dahinter, von Rosinen im Sack und dem Katteikersteert, und wie die landläufigen Redewendungen sonst noch lauten. Im übrigen rechne der gute, liebe Onkel keinesfalls mit einer Rückzahlung, wolle sich aber weitere Belästigungen höflichst verbeten haben.

Heinrich weint und tobt abwechselnd. Im ersten Augenblick will er das Geld sofort wieder zurückschicken, denn es brennt ihm wie Feuer zwischen den Fingern. Aber da klopft schon der Hauswirt, der den Briefboten aus der Tür gehen sah, und da behält er es doch und gibt gleich mehr als die Hälfte dem Wirt, der plötzlich aus dem vergrämten armen Mann wieder zum wohlwollenden Freunde wird. Soviel steht fest: Besser ist es, zu verhungern als zu leihen. Besser ist es, umzukommen, als einen Verwandten um Hilfe zu bitten. Aus Scham und Glut wächst der Entschluß. Nie im Leben werde ich wieder einen Menschen um etwas bitten!

Vom Morgen bis in die Nacht ist Schliemann unterwegs. So groß ist die Stadt, so ungeheuer viel Arbeit hat sie zu vergeben, aber für den weißgesichtigen, zaunsteckendürren Jungen mit den scharfumrissenen roten Flecken auf den Backen hat sie keine Beschäftigung.

Eines Vormittags lungert er im Hafen herum. Einige Male hat er hier schon für ein paar Schilling seine helfende Hand verkaufen können. Vielleicht findet sich auch heute etwas.

Von einem breitbordigen Schiff, das den Danebrog führt, steigt gerade ein behäbiger Mann im offenen Pelzmantel, den spiegelnden Zylinder ein wenig in den Nacken geschoben, und will mit der gemäßigten Hast des wohlsituierten Bürgers und Geschäftsmanns zum Dovenfleet einbiegen, als sein Blick auf den ihm Entgegenschlendernden fällt. Er stutzt einen Augenblick, steht, sieht dem Vorübergegangenen nach, folgt ihm und spricht ihn an.

»Verzeihen Sie«, sagt er und lüftet höflich seinen Zylinder. »Sind Sie vielleicht Mecklenburger?«

»Ja. Sieht man mir das etwa von außen an?«

»Dann sind Sie womöglich gar ein Sohn von Luise Bürger?«

»Sie kannten meine Mutter?«

»Natürlich, und wie! Gott, wie freu' ich mich, junger Freund! Welcher sind Sie, Heinrich oder Ludwig?«

»Ich bin Heinrich Schliemann.«

»So groß ist die Welt und unser Hamburg noch ein bißchen größer, und trotzdem treffen wir uns hier auf der Straße! Ich bin

Wendt, Johann Friedrich Wendt aus Goldberg. Vielleicht hat Ihre Mutter einmal von mir gesprochen?«

»Doch, mehr als einmal. Sie wußte aber auch nicht mehr, als daß Sie ins Ausland gegangen wären.«

»Wir haben uns miteinander großgespielt, Luise und ich, waren ja Nachbarskinder. Schiffsmakler bin ich, und, na ja, ich kann nicht klagen. Und wie geht es ihr? Immer gesund und munter?«

»Meine Mutter ist tot. Schon mehr als zehn Jahre. Im März einunddreißig starb sie.«

Das rote Gesicht des Maklers ist jählings blaß geworden. Er hat Heinrich am Ärmel gefaßt und streichelt ihn mechanisch. »Ogottogott«, sagt er ein paarmal leise. Dann sieht er den Sohn der Jugendfreundin schnell und prüfend an. »Kommen Sie mit. Hier weht der Wind so niederträchtig um die Ecken, daß wir uns die schönste Lungenentzündung holen können. Wir gehen in mein Kontor. Es ist nicht weit. Dort erzählen Sie mir dann alles.«

Als sie in dem wohlig warmen Kontor angekommen sind, schickt Wendt zunächst einmal einen Schreiber in die gegenüberliegende Wirtschaft und läßt ein Frühstück holen, »denn Äten un Drinken hölt Liew un Seel tosamen«, Koteletts und Schinken, kaltes Rauchfleisch und sauren Aal, Porter und Bordeaux. Heinrichs Augen werden groß und gierig, und sein Magen krümmt sich dem Essen entgegen, aber es gelingt ihm, Mund und Hände so zu bezähmen, daß sie nicht zuviel von seinem Hunger verraten.

Dann sprechen sie wieder, auch, ganz beiwegelang, davon, daß der Gast wegen seiner schlechten Gesundheit nicht recht Arbeit finden kann und auswandern möchte, um in der Fremde sein Glück zu versuchen. Herr Wendt nickt verständnisvoll. Er gehört zu den wenigen Menschen, denen man alles erzählen kann, auch das, was Stolz und Scham sonst zurückhalten würden. Wendt will den Fall überlegen.

»Übermorgen kommen Sie wieder zu mir, um die gleiche Stunde. Vielleicht kann ich Ihnen dann schon raten und helfen. Seien Sie pünktlich, ich warte mit dem Frühstück auf Sie.«

Dankbar verabschiedet sich Heinrich, aber noch lange bevor

er in seiner Kammer angekommen ist, muß er sich in einem dunklen Winkel über ein Fleet beugen. Sein Magen konnte das Essen, solch ein Essen, nicht mehr vertragen.

Am verabredeten Tag hat der Makler wirklich einen Vorschlag zu machen. Eine ganz hervorragende Stellung in La Guaira, gerade das richtige für Heinrichs Kenntnisse, und dazu nicht bloß die Möglichkeit, sondern sogar die Sicherheit, schnell höher zu steigen und selbständig zu werden, sobald man Land und Leute kennt.

La Guaira liegt in Venezuela, »wissen Sie, rechts oben in Südamerika, wo die Kordilleren sind und der Orinoco. Nicht sehr weit vom Äquator, aber das Klima soll gar nicht ungesund sein, und sicher wird es Ihre Lunge wieder ganz in Ordnung bringen. La Guaira ist ein paar Meilen von Caracas entfernt, der Hauptstadt, und bildet sozusagen ihren Hafen. Einen Haken hat es freilich mit dem Angebot. Die Firma hat allerhand Verdruß gehabt und bezahlt deshalb nicht mehr die Passage. Aber das läßt sich einrichten. Am achtundzwanzigsten fährt die Hamburger Brigg ›Dorothea‹ von Wachsmuth und Krogmann dorthin. Ich habe schon mit Kapitän Simonsen gesprochen. Er nimmt Sie mit, wenn Sie bereit sind, während der Überfahrt als Kajütenjunge zur Hand zu gehen. Das ist keine schwere Arbeit, und Sie sind bei Ihrer Ankunft ganz frei und nicht schon mit einem Vorschuß belastet, ehe Sie überhaupt anfangen.«

Heinrich ist überglücklich und weiß nicht, wie er dem Makler danken soll, und da dieser ihm auch noch ein paar gutbezahlte Schreibarbeiten vermittelt, kann er, ohne Schulden und ohne dem neuen Gönner seine verzweifelte Lage zu gestehen, aus Hamburg scheiden. Sogar die zehn Taler nach Vipperow gehen am siebenundzwanzigsten November ab.

Als er am achtundzwanzigsten die Brigg betritt, gibt es allerdings noch eine unangenehme Überraschung: eine Decke für ihn ist nicht vorhanden, und im vollsten Winter ohne Decke über den Atlantik zu fahren, ist selbstverständlich unmöglich. Kurz entschlossen vertauscht der neugebackene Kajütenjunge bei einem Trödler von Sankt Pauli seinen einzigen Rock gegen eine warme Wolldecke. Wozu braucht er denn noch einen Rock? In

Venezuela ist tropisches Klima, das einen Mecklenburger Rock lächerlich und überflüssig macht, und unterwegs wird er, wenn es kalt ist, sich auch tagsüber irgendwie in die Decke wickeln können.

Als er endgültig an Bord steigt, hat er auch nicht mehr einen einzigen Schilling. Das letzte Geld, das ihm geblieben war, hat er bei dem Trödler für ein Buch ausgegeben, das weder einen Anfang noch einen Schluß hat. Aber es ist trotzdem ein sehr nützliches Buch: Lehrbriefe der spanischen Sprache. Die Überfahrt dauert lange genug. Bis er ankommt, muß er fließend Spanisch sprechen.

Ein Sturm und ein Licht

ὦ φίλος, οὔ σε ἔολπα κακὸν καὶ ἄναλκιν ἔσεσθαι,
εἰ δή τοι νέῳ ὧδε θεοὶ πομπῆες ἕπονται.
Od. III, 375

Lieber, ich hoffe, du wirst nicht feige werden noch kraftlos;
Denn es begleiten dich schon als Jüngling waltende Götter!

1 Gleich in der ersten Minute an Bord hat Schliemann den Kapitän gefragt, welche Obliegenheiten er als Kajütenjunge habe, aber der hat nur abgewinkt. Was etwa später zu tun sein wird, hat er auch nicht gesagt. Ob vielleicht Herr Wendt heimlich die Passage bezahlt hat? Aber das wird sich klären. Vorläufig gibt es anderes zu tun als zu grübeln.

Mit goldenen Lettern ist der 28. November 1841 in Hirn und Herz gegraben. Ja, nun hat alle Not endlich und endgültig ein Ende. Nun ist die Schwelle zu der besseren Zukunft überschritten. Nicht nur die Stellung in Übersee ist gesichert. Darüber hinaus liegen allerhand Empfehlungsbriefe in dem hölzernen Köfferchen, einsam auf zwei Hemden, drei Paar Strümpfen und dem dicken und fast noch leeren Notizbuch, Briefe, die der gute Onkel Wendt – wie Heinrich zuletzt hat sagen müssen und gern gesagt hat – in Hamburg beschaffte, Briefe, die viel schwerer wiegen als ihr Papier, da sie von gewichtigen Kaufherren an ihre Bekannten jenseits des großen Wassers geschrieben worden sind.

In Schliemann ist hellster Sonnenschein, und er bedauert, daß der Himmel in solchem Gegensatz zu seiner Stimmung steht. Trübe und grau scheinen die Wolken dicht über der Elbe zu hängen. Zum Glück ist günstiger Wind, und mit gefüllten Segeln treibt die Brigg mit der Ebbe hinaus.

An Övelgönne sind sie schon vorüber. Steuerbord voraus – o ja, man ist schon seit über einer Stunde Seefahrer und hat sich bereits an die merkwürdige Ausdrucksweise der Matrosen gewöhnt – winkt grün und weiß Blankenese mit seinem Süllberg. Deutlich sieht man oben auf dem hohen Ufer die Flottbeker Chaussee. Breit und stolz liegen dort die Landhäuser der großen Reeder, der Senatoren, der reichen Kaufleute. Wieviel Jahre mögen wohl vergehen, bis man auch soweit ist? Aber nein, das ist ja Unsinn, man will ja doch nicht auf dem erarbeiteten Geldsack sitzenbleiben – man will das Geld ja nur deshalb erwerben, um es wieder auszugeben, um der Welt damit zu nützen. Und außerdem – einstweilen ist man noch Kajütenjunge oder vielleicht auch Passagier der Brigg »Dorothea«, und die schwimmt die Elbe hinab und steckt dabei ihre Nase in die Wellen wie ein streunender Hund seine Schnauze in die Mauselöcher einer Wiese.

Das Schiff ist so klein, daß man in drei Minuten alle seine Räumlichkeiten kennt. Achtzehn Mann ist das Schiffsvolk stark, Kapitän, Obersteuermann, Untersteuermann – die erkennt man leicht, den Koch auch und den Küchenjungen. Das übrige sind dann wohl alles Matrosen, die sich, wenn man nicht irrt, in Voll- und Leichtmatrosen aufgliedern. Na, die Feinheiten und Rangstufen lernt man später von selbst. Passagiere sind nur zwei an Bord, ein Tischler mit seinem Sohn, die friedlich in der Kajüte sitzen und ihr letztes heimatliches Speckbrot verzehren.

Plötzlich schlägt der Wind um und steht dem Schiff so stark entgegen, daß nicht einmal die auslaufende Ebbe ihm weiterhilft. Drei lange Tage liegt es unterhalb von Blankenese auf der Elbe. Es bleibt nichts weiter übrig, als anderen Wind abzuwarten, der auch endlich am ersten Dezember einsetzt und schnell an Cuxhaven vorbei in die offene See trägt. Kaum hat man dann die roten Felstürme von Helgoland im Blick, als der Wind erneut umspringt und so stark aus Westen bläst, daß das kleine Schiff vor lauter Lavieren kaum vorwärts kommt, zumal der Wind immer mächtiger wird.

Neun Tage tobt der Weststurm ohne die kleinste Atempause. Dauernd gehen die Brecher über Deck. Alle Mann stehen Tag und Nacht an den Pumpen und wechseln sich nur für kurze Ruhepausen ab.

In der Kajüte sieht es aus, als habe sich auch in ihr der Sturm satt getobt. Wenn sie nicht gerade aus ihren Kojen rollen, liegen Vater und Sohn grün und matt. Schliemann, der die anfängliche Seekrankheit durch strengen Hunger überwunden hat und nun schon wieder je und dann einen Schiffszwieback knabbert, hat sich an der Eckbank festgebunden und lernt seine spanischen Lektionen. Dazwischen, wenn es möglich ist, schreibt er einen Brief an die Schwestern und schildert dramatisch und fast unleserlich seine Abenteuer auf See.

Am elften dreht der Sturm über Nordwest nach Nord. Das Schiff fährt nur mehr mit dem Bramsegel und wird immer mehr nach Süden abgetrieben, obwohl der Steuermann stramm nach Nordwesten hält. Mit Mißtrauen sehen die Matrosen den zahlreichen Möwen nach. Sie sind ein schlechtes Zeichen. Mittags fällt eine scharfe Kälte ein, sechs Grad meldet einer. Aus vollen Backen pustet der Sturm Schnee durch die Luft. Dumpf quietschen die Pumpen.

Mit der frühen Dunkelheit wird der Sturm zum Orkan. Schrill heult er durch die Takelage. Wie einen Federball wirft eine Welle das Schiff der nächsten zu, die es johlend und pfeifend weiterschleudert.

Als es auf der Uhr des Tischlers sechs ist, knallt es plötzlich wie Schüsse durch das wütende Geheul. Das Bramsegel ist gerissen, und kaum sind sie aufgezogen, krachen auch die Notsegel in Fetzen.

Der Tischler versucht mit matten Worten seinem weinenden Sohn Trost zuzusprechen, obwohl er dann meint, daß es wohl geraten sei, sich auf den Tod vorzubereiten. Der Hund, der sich in die Kajüte verkrochen hat, heult mit schief emporgehobenem Kopf, und die Katze schreit wie ein kleines Kind. Der Küchenjunge, der Zwieback und heißen Tee bringt, reicht ihn schluchzend. Es wird der letzte sein, stottert er.

In der Nacht kommt der Kapitän mit dem Untersteuermann in

die Kajüte. Auf dem Tisch entfalten sie eine Karte, fahren mit den Fingern darauf hin und her und sehen sich ernst und bedeutungsschwer an. Da reißt der Obersteuermann die Tür auf, und mit ihm springt ein Schwall schaumigen, eisigen Wassers herein. »Ein Licht voraus!«

»Anker daal!« brüllt der Kapitän und rast raus. Ketten knarren und klirren. Ein Innehalten der rasenden Fahrt für den Bruchteil einer Sekunde. Ein im Rasen der See und des Sturmes kaum vernehmbarer Krach: beide Anker sind gerissen.

Das Schiff hat Flügel bekommen. Schliemann, der in allem seelischen Gleichgewicht den Brief an die Schwestern fortgesetzt hat (wie kann er sich erregen? Er geht ja doch nun dem großen Glück entgegen! Also *kann* ihm nichts Böses widerfahren!), hat sich die Hose und die Strümpfe ausgezogen, in seine Decke gewickelt und träumt von Venezuela und seinem Aufstieg.

Um Mitternacht reißt der Kapitän die Kajütentür auf – »Seid ihr verrückt geworden, hier zu liegen? Höchste Zeit! Alle Mann an Deck!« Und schon zuckt ein furchtbarer Stoß durch die Rippen des Schiffs. Klirrend springen die Fenster, und gierig stürzt sich das Meer nach innen, so daß Schliemann, dem schon hinausgeeilten Paare folgend, barfuß in Hemd und Unterhose nach oben springt.

Eine riesige Welle wirft sich wie ein Tier auf ihn, rollt ihn von Steuerbord nach Backbord, schleudert ihn gegen etwas Hartes und läßt ihn liegen. Mit Fingern und Zehen an die Decksplanken gekrallt, zieht er sich zum höheren Steuerbord und bindet sich dort mit einem herabhängenden Tau fest. Wenn die Wellen ihm nicht über den Kopf gehen, wenn die blasse Angst ihn einen Augenblick aus ihren Krallen läßt, denkt er nach: In Fürstenberg damals hat er manchmal gewünscht, daß der Tod käme und ihn von aller Mühsal erlöste. Jetzt ist er da, der Tod, und sitzt grinsend auf einem Maststumpf. Ach, wie süß ist doch das Leben! Und wenn man die Wahl hätte, zu sterben oder zeitlebens in Ketten gefangen zu sein, würde man nicht doch das Leben wählen? Zu den Schwestern fliegen die Gedanken, Abschied zu nehmen, zum Grab der Mutter, zu Minna, und da brechen auch mit einemmal wieder längst vergessene Worte aus verschütteten

Schächten: »Vater unser, der du bist im Himmel, ... und schenke mir einen gnädigen Tod und eine selige Auferstehung.« Aber gibt es die überhaupt? Gibt es ein Jenseits? Bleibt doch etwas übrig, wenn die Haifische den Körper gefressen haben? Aber hier gibt es wohl noch gar keine Haie ...

Ohne Unterbrechung und ohne von einer Menschenhand berührt zu sein, läutet schrill und schreiend die Schiffsglocke. Das Schiff beginnt zu sinken. Das Schiffsvolk ist schon in die übriggebliebenen Masten geklettert. Ja, das ist richtig. Mit erfrorenen Fingern, blind vom Salzwasser und Schnee bindet Schliemann sich los, um zu ihnen hinaufzuklettern, als eine ungeheure, unsichtbare Faust gegen den Schiffsboden stößt. Ein Wirbel reißt alles in den Abgrund.

Schliemann taucht wieder auf. Mit versagenden Kräften schwimmt er eine Weile. Wohin soll er sich wenden? Die Nacht ist schwarz wie ein Sack. Da stoßen seine Hände an Holz. Eine Tonne. Er klammert sich an, treibt irgendwohin. Da – eine Stimme. Er schreit, so laut seine Brust es noch hergeben will. Da ist ein Schatten vor ihm, der keine Welle ist, da sind Hände, die ihn in ein Boot ziehen.

»Wer ist es?«

»Der kleine Mecklenburger.«

Und wieder Hände, harte Hände, groß wie Schaufeln. »Jung, du bist ja so gut wie nackt. Na komm.« Und eine Decke, die innen fast noch trocken und jedenfalls nicht gefroren ist, wickelt sich auch um ihn, der sich eng an einen anderen zitternden Körper preßt.

Ohne Steuer, ohne Ruder treibt das winzige Boot. Als es hell wird, kann man zählen: neun Mann sind drin, mehr nicht. Und neun Stunden treibt das Boot, bis eine Brandung es ergreift und zerschellt auf eine Sandbank wirft.

Drüben ist eine flache Küste. Was für ein Land mag es sein? Und ob es bewohnt ist?

Es ist bewohnt. Menschen haben die Schiffbrüchigen erspäht und kommen sie holen. Als sie noch am Ufer stehen und liegen, der Kapitän, sieben seiner Leute und Heinrich Schliemann, als man sie in warme Decken hüllt und ihnen glühheißen Tee einflößt, da der Weg zum Dorf nicht kurz ist, sieht einer der Matrosen etwas in der Brandung treiben. Er macht die Retter darauf aufmerksam, die es mit einem Ruder einfangen. Das ist Heinrichs kleiner Koffer. Niemand hat etwas gerettet außer dem nackten Leben. Nur von ihm will das Meer nichts nehmen, nur ihm spült es seine spärliche Habe nach, die Hemden, die Strümpfe, das Notizbuch, die wertvollen Empfehlungen für Amerika und den begonnenen Brief an die Schwestern.

Mit großen ungläubigen Augen und mit einem unheimlichen Gefühl stehen die Geretteten um ihn herum. »Das ist ein wahres Gotteswunder«, sagt einer, und ein anderer fügt fast ängstlich hinzu: »Du bist der zweite Jonas«, und wieder einmal mehr weiß der glückliche Unglückliche, daß jetzt die Flut in seinem Leben beginnt und daß er sich vertrauensvoll ihrem Strom überlassen muß, auch wenn ihm die Schneidezähne aus dem Munde geschlagen sind, auch wenn tiefe Wunden Gesicht und Körper zerreißen, auch wenn die Füße so geschwollen sind, daß er nicht auf ihnen stehen oder gehen kann, sondern getragen werden muß.

Dann, in den niedrigen, sauberen Dorfhäusern, erfährt man auch, daß das Schiff auf dem Eilandschen Grond unterging und daß man sich auf der nordholländischen Insel Texel befindet. Am Nachmittag, nachdem sie sich etwas erholt haben, bringt man die Schiffbrüchigen in den Hauptort der Insel, wo die Konsuln Ram und Sonderdorp sie auf das freundlichste empfangen.

Was soll nun werden? Die Konsuln erklären sich bereit, die Gestrandeten nach Hamburg zurückzubefördern.

»Nein«, schreit Heinrich Schliemann, »ich will nicht zurück! In Deutschland bin ich nur unglücklich gewesen. Es kann kein Zufall sein, daß ich in Holland auf den Strand geworfen wurde. Ich will nach Amsterdam!«

»Schön«, sagen die Konsuln, etwas befremdet durch den temperamentvollen Ausbruch und den Überschwang von Gefühl und, wie sie meinen, Aberglauben. »Sie haben Freunde in Amsterdam?«

»Ich kenne dort keine Seele.«

»Um Himmels willen, junger Mann, was wollen Sie unter diesen Umständen in Amsterdam?«

»Arbeiten, Herr Konsul.«

»Sprechen Sie fremde Sprachen?«

»Keine.«

»Wie, selbst Holländisch nicht?«

»Kein Wort. Aber ich verstehe es, glaube ich, ganz gut. Es hat viel Ähnlichkeit mit unserm Platt.«

Die Konsuln sehen sich an und schütteln die Köpfe. Dieser junge Mann scheint beim Schiffbruch nicht nur körperliche Schäden davongetragen zu haben. »Wenn Sie Mecklenburger sind, könnten Sie sich in Amsterdam an den mecklenburgischen Konsul, Mijnheer Quack, wenden. Vielleicht kann er Ihnen behilflich sein. Aber geben Sie sich keinen Illusionen hin, und überlegen Sie es wohl, lieber Freund. Ich sehe, offen gesagt, nicht die geringste Chance für Sie.«

»Wenn ich keine Stellung in meinem Beruf bekommen sollte, werde ich mich in Amsterdam zu den Soldaten anwerben lassen und nach Batavia gehen. Ich sage Ihnen nur eins: Alles eher und alles lieber als nach Deutschland zurück!«

»Wie Sie wollen.« Die Stimme ist sehr kühl geworden. »Wir werden Ihnen zwei Gulden geben. Sie können morgen schon mit dem Schiff nach Amsterdam fahren.« Er lächelt. »Dieses Mal hat es keine Gefahr, es geht nur über die Zuidersee.«

»Ich danke Ihnen, Herr Konsul. Dann habe ich nur noch eine Bitte um Papier und Tinte und Feder, damit ich meinen Angehörigen Nachricht von meiner glücklichen Errettung geben kann.«

»Wollen Sie nicht auch an Herrn Wendt schreiben?« fragt Kapitän Simonsen. »Vielleicht glaubt er es uns sonst nicht, daß Sie den Propheten Jonas nachahmten. Ich will den Brief gern besorgen.«

Schliemann beendet den Brief an die Schwestern und teilt dann Wendt in knappen Worten mit, daß nun ja leider einstweilen aus La Guaira nichts mehr werden könne. Er habe die Absicht, in Amsterdam eine Stellung zu suchen, vielleicht mit Hilfe des mecklenburgischen Konsuls, sechs Jahre in Holland zu bleiben, um sich die nötigen Kenntnisse und gewisse Mittel zu erwerben und dann über Java nach Japan zu gehen. Warum er gerade Japan schreibt, weiß er selbst nicht, vielleicht, weil es das

Exotischste ist, das ihm gerade einfällt. Denn das fühlt er mit Sicherheit: Europa kann ihm und seinem Tatendrang nicht lange genügen.

Aber wieder einmal geht nicht alles so, wie es ausgedacht ist. Jetzt ist der Wind nach Süden umgesprungen, und so krebst sich die kleine Kuff erst in drei Tagen bis Amsterdam durch. Die Überfahrt wird eine Qual, denn wenn man in Texel dem Schiffbrüchigen auch eine alte Hose geschenkt hat, einen Rock hatte niemand übrig, und Mitte Dezember ohne Rock drei Tage auf der Zuidersee sein, will schon etwas heißen.

Der erste Gang in Amsterdam führt zum mecklenburgischen Konsul. Dort wartet schon eine frohe kleine Überraschung: in dem Brief der Texelschen Konsuln, den er überbringt, sind ein paar Gulden, Anteil an der Sammlung, die die Inselbewohner für die Gestrandeten veranstaltet haben. Dazu kommt ein weiterer Gulden, den Schliemann während des Wartens auf Weiterfahrt in Enkhuizen zusammengebettelt hat. Jetzt gibt Herr Quack noch zwei ganze Gulden und einen noch einigermaßen brauchbaren Rock. Aber eine Stellung weiß auch der nicht und kann nur das Wirtshaus von Mevrouw Graalman in der Ramskoy als sehr billig und trotzdem gut empfehlen.

2 Die Tage vergehen wie die Gulden.

Die Leute im Werbebüro der Kolonialtruppen lachen nur, als der schmächtige Junge sich anbietet. In einer drolligen Mischung von Platt und Holländisch setzt er ihnen verzweifelt auseinander, daß er gesund sei, wirklich ganz gesund. Im Herbst habe er noch zwei Unterhosen und zwei wollene Unterjacken und dazu noch ein Katzenfell getragen und doch Tag und Nacht gehustet und Blut gespuckt. Jetzt, nach Wasserkur und Baden und Schiffbruch, sei er kerngesund wie nur einer. Aber sie lachen, geben ihm dann eine Tasse Tee, die ihn durchwärmt, und schieben ihn zur Tür hinaus in die Kälte des Dezembertags.

Die Gulden vergehen wie die Tage.

Morgen wird es schon wieder Weihnachten sein. Im vorigen Jahr saß man noch mit Hückstaedts und der alten Frau Holtz unterm Tannenbaum. Und dieses Jahr? Vielleicht am Singel oder in der Kalverstraat, um die Vorübergehenden anzubetteln? Nein, das nicht. Das eine Mal in Enkhuizen muß fürs ganze Leben genügen. Aber was soll man tun? Sogar Mevrouw Graalman, so freundlich und wohlwollend sie ist, sieht sie einen nicht schon recht kritisch an, wenn man wieder einmal ohne Erfolg von der Arbeitssuche kommt und müde die steilen Stufen in das Puppenstübchen unterm Dach hinaufklettert? Vielleicht ist es auch nur Einbildung, aber unangenehm ist es auf jeden Fall.

Seit der Ankunft ist das Mittagessen ausgefallen, seit Sonntag auch das Abendessen. Gottlob, die Kammer ist bis zur nächsten Woche schon bezahlt. Wie lange hält man wohl aus, wenn man nur eine trockene Semmel und eine Tasse Tee pro Tag zu sich nimmt? Heute ist es jedenfalls der vierte Tag, und eigentlich geht es recht gut. Man hat so ein wundervolles Gefühl, als wenn man bloß die Arme auszubreiten brauche, um fliegen zu können, und das Denken ist so klar und rechtwinklig wie nie zuvor.

Man kann doch nicht in Texel auf den Strand geworfen sein, fern von den schönen und fast üppigen Aussichten in Venezuela, um statt dessen in Amsterdam Hungers zu sterben? Es muß doch irgendein Sinn in dem Ganzen sein. Oder ist alles, was geschieht, blinder, sinnloser Zufall? Auch das wäre nicht unmöglich.

Ach, da ist schon wieder die Ramskoy. Wie geschmolzenes Pech rinnt das Wasser in der Gracht, die nur erst an den Rändern zugefroren ist. Morgen wird eine volle Eisdecke drauf sein, denn die Nacht verspricht starken Frost zu bringen. Wäre sie nur erst herum. Nicht, damit Weihnachten werde, sondern weil in der Dachkammer selbst das Waschwasser einfriert. Und das Bett ist auch recht dünn. Ach, wie schön war mein Bett in der Giebelstube in Ankershagen. Der Ofen bullerte leise vor sich hin, und selbst noch die Spatzen draußen im Efeu hatten es warm.

Aber noch schöner war es, wenn man einmal krank war. Da durfte man tun, was man wollte, Bilderbücher besehen, aus alten Journalen die Figuren ausschneiden. Mutter brachte ein Täubchen und einen zerschnittenen und gezuckerten Apfel, und wenn man gar Fieber hatte, durfte man sich Mutters türkisblaues Seidentuch unter die heiße Wange legen. Wie schön war es, bei Mutter krank zu sein. Wenn man wieder einmal krank sein dürfte, nicht an den Hunger denken, nicht an das, was morgen sein wird oder erst recht übermorgen und ob ein Mensch mitten in einer großen Stadt verhungern kann. Nicht sorgen und nicht denken, nur krank sein. »Guten Abend, Mevrouw«, murmelt er und will sich schnell an der Wirtin vorbeischleichen, die hinter ihrer blitzenden Theke neben der Treppe sitzt.

»Nun, Herr Schliemann«, sagt sie flüchtig und sieht von ihrem dicken Geschäftsbuch auf. »Nanu, wie sehen Sie denn aus? Mein Gott, ganz erfroren, ohne Mantel, nur in dem dünnen Rock. Oder sind Sie etwa krank?«

Krank. Da ist es wieder. »Krank? Ich weiß nicht . . .«

»Kommen Sie, setzen Sie sich erst einen Augenblick an den Ofen und wärmen Sie sich. Hier, nehmen Sie mit«, und damit gießt sie Genever in ein Glas. »Ein alter Klarer ist doch noch immer die beste Medizin, Herr Schliemann.« Schliemann nimmt das Glas, trinkt – oh, das glüht wie flüssiges Eisen im Hals und im Magen. »Kommen Sie her, holen Sie sich noch einen, denn auf einem Bein kann der Mensch nicht stehen.«

Schliemann geht quer durch die Stube auf die Frau zu, einen leisen sanften Nebel im Kopf von dem starken Getränk. Krank müßte man sein, hämmert es in ihm – und wenn man es nicht ist, muß man so tun, als wäre man es. Ein leises Piepen drängt sich über seine Lippen – und er fällt lang hin, immerhin und vorsichtshalber so, daß das Glas nicht zerbricht.

»Heiliger Gott«, ruft Frau Graalman und zwängt sich aus ihrem Sessel. »Stehen Sie doch auf, Herr Schliemann. Was ist denn mit Ihnen?« Darauf darf man nicht antworten. Nur die Augen verdrehen und dumpf stöhnen. »Entsetzlich!« ruft Mevrouw Graalman und legt eine rosige, fette Hand mit Grübchen unter den prahlenden unechten Ringen auf die Stirn des Liegenden. »Hören Sie mich, Herr Schliemann?« Er nickt schwach. »Sehen Sie, ich habe es doch gleich gesagt: Sie sind krank. Aber nur immer ruhig. Mutter Graalman sorgt für alles. Einen kranken Gast kann ich in meinem Hause natürlich nicht gebrauchen, das verstehen Sie. Wer soll Sie versorgen? Auf die Mägde ist kein Verlaß. Oder soll ich etwa selbst die steilen Treppen hinaufklettern? Das fehlte mir gerade noch. Haben Sie keine Angst, Herr Schliemann – Mutter Graalman hat noch niemanden auf die Straße gesetzt außer Radaubrüdern und Zechprellern. Sehen Sie, nun geht's schon wieder besser. Kommen Sie, trinken Sie noch einen. Und nun müssen Sie ins Hospital. Sofort! Warten Sie, ich rufe Grietje, damit sie Sie begleitet. Grietje! Ihre Sachen lassen Sie ruhig hier, viele sind's ja sowieso nicht. Die bewahre ich Ihnen schon auf. Grietje, wo steckst du denn? Hast du auf deinen Ohren gesessen?«

Ein paar vereinzelte Schneeflocken taumeln durch die Luft, als sie um Ecken und über Plätze gehen. Ich bin doch gar nicht krank, braust es in Schliemanns Kopf, ich tue doch nur so. Wenn es nur der Arzt nicht merkt!

Aber entweder merkt es der Arzt nicht, oder er läßt es sich nicht merken. »Ziehen Sie sich nicht erst wieder an«, sagt er und blickt schnell von dem dürren, striemenüberlaufenen Jünglingskörper weg. »Sie bleiben gleich bei uns. Wie lange haben Sie eigentlich nichts gegessen?«

»Vier Tage, Herr Doktor.«

»Länger nicht?«

»Vorher habe ich immer etwas gegessen.«

»Etwas, das kann ich mir denken! Und wann haben Sie zum letztenmal regelmäßig und ausreichend gegessen?«

»Im September etwa oder im August.«

Der Arzt nickt. »So ungefähr hatte ich es mir gedacht. Nun, wir werden sehen, ob wir Sie nicht wieder auf die Beine kriegen.«

Dann liegt Heinrich Schliemann in einem Saal. Ringsum an den Wänden stehen die Betten, über hundert sind es, aus denen ihn neugierige Augen ansehen. Von beiden Schmalseiten strahlen Öfen eine wohlige Wärme aus. Das Bett aus dicken Federn scheint ein Paradies. Dann kommt eine faltige alte Frau mit einer großen blauweißen Haube und bringt eine Tasse heiße Fleischbrühe, auf der Karottenscheiben und Petersilienblätter schwimmen. »In einer Stunde gibt es Essen«, sagt sie. »Sie sollen heute nur wenig essen, hat der Doktor gesagt, und morgen auch noch recht vorsichtig sein. Wenig, aber öfter als die regelmäßigen Mahlzeiten. Später bekommen Sie dann doppelte Portionen.«

Als der Kranke, der nicht krank ist, sich zurücklegt, brennen Tränen in seinen Augen. Das ist Weihnachten. Offen gestanden, er hat es sich erschlichen, hat es sich im Grunde erlogen, aber der Arzt hat seine Lüge legalisiert: er darf krank sein.

Woche um Woche darf er es sein. Ganz allmählich verliert das Gesicht des Arztes bei den Untersuchungen seinen besorgten Gesichtsausdruck, und endlich sagt er einmal: »Jetzt haben wir Sie über den Berg, Schliemann. Ich denke, in ein paar Tagen können wir Sie entlassen. Aber passen Sie auf, daß Sie nicht auf der anderen Seite wieder herunterrutschen. Die Gesundheit ist das kostbarste Gut, damit darf man nicht leichtfertig umgehen.«

»Gewiß, Herr Doktor«, antwortet Schliemann gehorsam und geht in den Saal zurück. Ich möchte schon aufpassen, denkt er, aber leider hängt das ja nicht von mir allein ab.

Am folgenden Tage, als er gerade schläft, wird er geweckt. Vor seinem Bett steht ein junger Mann, der ihm völlig unbekannt ist. »Sind Sie Herr Heinrich Schliemann aus Mecklenburg?«

»Ja. Was wünschen Sie?«

»Ich wurde von Mevrouw Graalman hierher gewiesen. Herr Konsul Quack schickte mich in Ihr Quartier, da aus Hamburg Post für Sie bei uns eingetroffen ist. Bitte, hier ist der Brief. Können Sie ihn schon selbst lesen? Sonst lese ich ihn Ihnen gern vor.«

»Danke sehr! Ich bin vollkommen gesund und werde morgen oder übermorgen entlassen.« Die Schrift kennt er nicht – von wem kann der Brief sein? Er fetzt das Siegel auf – ah, von dem Makler Wendt. Gewiß hat er den Bericht über den Schiffbruch erhalten. Vielleicht weiß er einen guten Rat? Die Buchstaben, so klar sie sind, verschwimmen ihm vor den Augen. Das ist doch nicht möglich? Oder ist er nun ernstlich und wirklich krank geworden und phantasiert? Nein, es steht tatsächlich da: Herr Wendt hat Schliemanns Brief erhalten, als er gerade mit Freunden beim weihnachtlichen Festmahl saß, und hat ihn vorgelesen. Darauf haben die Freunde eine kleine Sammlung veranstaltet, und der Ertrag dieser Sammlung, zweihundertvierzig Gulden, ist mit gleicher Post an Konsul Quack abgeschickt worden, bei dem das Geld behoben werden kann. Zudem hat Wendt gleichzeitig an den ihm gut bekannten preußischen Generalkonsul in Amsterdam, Mijnheer Willem Hepner, geschrieben und bittet seinen jungen Freund, sobald es ihm möglich sei, bei diesem vorzusprechen, und im übrigen sei es die größte Freude seines Lebens gewesen, dem Sohn Luise Bürgers behilflich sein zu können.

Ohne Atem und ohne Fassung läßt Schliemann das Blatt sinken und sieht den Überbringer an. Der lächelt und sagt: »Kann ich Herrn Konsul Quack Ihren baldigen Besuch ankündigen?«

»Ich komme morgen.«

Zwei Tage später hat Schliemann durch Hepner eine Anstellung im Kontor des kleinen Handelshauses von F. C. Quien mit sechsunddreißig Gulden monatlichen Gehalts. Das Gefühl hat ihn nicht betrogen: das Licht, das in den Untergang des Schiffes strahlte, war der gütige Magnet, der sein Leben aus Elend und Unfruchtbarkeit an ein neues Ufer gezogen hat. Der Anfang ist gemacht. Nun kommt es darauf an, das Schicksal, das Glück zu unterstützen. Und das kann man nur durch die eigene Arbeit.

3 Sechsunddreißig Gulden im Monat, das ist die Basis, auf der nun aufgebaut wird. Das erste ist es, bei der freundlichen Mevrouw Graalman auszuziehen, da diese Wohnung trotz aller Billigkeit für den neuen Etat noch zu teuer ist.

Statt dessen mietet Schliemann eine Dachkammer am Nieuwendijk, Voorburgwal, die im Monat nur acht Gulden kostet. Im Sommer wird es darin freilich schlimmer als in einem Treibhaus sein, und jetzt blitzen die Wände von Eis. Aber die Billigkeit gibt den Ausschlag. Die Vermieterin macht darauf aufmerksam, daß ein benachbarter Schmied einen Ofen zu verleihen hat, der für den ganzen Winter nur fünf Gulden kosten soll. Das ist sehr schön. Das wird man sich für das kommende Jahr merken, denn wie könnte man fünf Gulden ausgeben, wenn von diesem Winter doch schon zwei Monate herum sind?

Wenn er auf seinem Rückweg vom Geschäft abends durch die erleuchteten Straßen geht, bewundert er die üppige Gasbeleuchtung, die, bis hinab zu dem des Eierhändlers, jeden Laden in strahlende Helle taucht; er bewundert die unglaublich prächtig frisierten Wachsköpfe, die sich, langsame Automaten, in den Schaufenstern der Friseure den ganzen Tag um sich selbst drehen; er bewundert die Stoffe und die Delikatessen. Aber in keinen der Läden tritt er ein. Nirgends kauft er etwas. Sein Frühstück bildet ein selbstgekochter Papp aus dem wohlfeilsten Roggenmehl. Das ist zwar keineswegs eine Leckerei, aber außerordentlich billig und obendrein sehr nahrhaft. Das Mittagessen kostet im Garküchenabonnement elf Cents, auf deutsch sechzehn Pfennige, also gewiß nicht zuviel. Warum solche Sparsamkeit, die fast schon Geiz zu nennen wäre? Gewiß, mit sechsunddreißig Gulden im Monat kann man wirklich nicht üppig leben, aber immerhin doch besser als so. Warum also? Um für einen Zeitpunkt zu sparen, an dem wieder einmal die Not vor der Tür stehen könnte? Nein. Schliemann zweifelt keinen Augenblick daran, daß er die Not für alle Zeiten überwunden hat. Warum also? Weil von jedem Monatslohn sofort die Hälfte zur Seite gelegt wird und dazu noch eine Handvoll Gulden von dem großen Hamburger Geschenk. Das ist der Studienfonds.

Muß er denn nicht durch Arbeit sein Glück festhalten? Muß er sich nicht Minnas würdig erweisen? Also beginnt er ohne Verzug diese Ersparnisse anzulegen, sie in Bildung und Wissen umzusetzen. Denn im Grunde ist ja die in Rostock erlernte doppelte Buchführung das einzige, was er kann. Nun lernt er zunächst Deutsch (denn in Fürstenberg wie in Rostock sprach man fast nur Platt, genauso wie in Ankershagen und in der Schulzeit), dann Schönschreiben in zwanzig Lektionen bei dem berühmten Brüsseler Kalligraphen Magnée, dann Holländisch. Dann kommt als erste richtige Fremdsprache das Englische an die Reihe, das für einen strebsamen jungen Kaufmann unentbehrlich ist.

So, wie andere Leute eine Sprache lernen, kann er es nicht tun. Unmöglich, sich hinzusetzen und ein Jahr lang oder zwei wöchentlich ein paar Lektionen zu nehmen! So viel Zeit läßt ihm die verzehrende Ungeduld nicht, die ihn vorwärtsjagt. Nicht nur Geld muß gespart werden – für das Lernen –, sondern auch Zeit, um noch mehr und anderes lernen zu können.

Es gilt also eine neue Methode des Sprachenlernens zu finden, eine Schliemann-Methode sozusagen, und nach kurzer Unsicherheit, nach einigem Tasten hat er sie. Man liest sehr viel laut in der zu erlernenden Sprache, um den richtigen Tonfall nicht nur mit dem Munde, sondern auch mit dem Ohr zu erfassen. Rein grammatische Übersetzungsarbeiten sind gänzlich überflüssig. An ihre Stelle treten freie Ausarbeitungen über irgendwelche interessierende Themen oder auch ein erdachtes Gespräch. Diese Ausarbeitungen verbessert man unter Anleitung des Lehrers, der täglich eine Stunde geben muß. Dann lernt man abends die korrigierte Ausarbeitung auswendig und sagt sie am folgenden Tage dem Lehrer auf, der dabei die Mängel der Aussprache verbessert. Das ist alles, und auf diese Weise kann man mühelos in fünf bis sechs Monaten jede Sprache geläufig erlernen. Diese Methode dünkt ihren Erfinder unübertrefflich. Er schwört auf sie und kann es nicht fassen, wenn ein Kamerad keine Erfolge damit erzielt.

Natürlich gestattet die Methode sinnvolle Abweichungen und Zusätze. Wenn Schliemann an jedem Sonntag zweimal in die englische Kirche von Amsterdam geht, so tut er das keineswegs aus einer vielleicht plötzlich erwachten Frömmigkeit. Nichts liegt ihm ferner als sie. Aber dort wird ein wundervolles, vor Reinheit geradezu klirrendes Oxford-Englisch gesprochen, und im Hören der Predigt spricht der andachtslose Andächtige jedes Wort leise nach.

Zeit läßt sich noch leichter ersparen als Geld. Selbst in dem geringen Charakter der Arbeit bei F. C. Quien erkennt Schliemann nun ein besonderes Glück. Diese Arbeit erfordert kein Denken, beansprucht keine sonderliche Aufmerksamkeit: er hat ja den ganzen Tag hindurch nur die Aufgabe, durch die Stadt zu gehen, Wechsel stempeln zu lassen und sie einzukassieren und die Post zu besorgen.

Wieviel kostbare Zeit schenkt diese stumpfsinnige, rein mechanische Tätigkeit noch zu den sechsunddreißig Gulden Gehalt! Wenn man nicht gerade durch die belebte Kalverstraat muß, kann man im Gehen getrost lesen und auswendig lernen, selbst bei Regen und Schnee, und wenn das Wetter zu schlecht ist und der Menschen und Fahrzeuge zu viele werden, kann man sich wenigstens das Gelernte und Gelesene hersagen. Und wie vortrefflich ist es eingerichtet, daß die meisten Kaufleute sich eine Ehre daraus machen, die Boten erst einmal eine Weile warten zu lassen, und bei der Post gar ist das Warten unausbleiblich. Jede Minute wird, genauso wie jeder Cent, Werkzeug der Weiterbildung.

Sobald im ersten Monat die Grundpfeiler des Englischen gelegt sind, kann man wieder einen Schritt vorwärts machen. Jeder Trödler hat für ein paar Stuiver oder Kwartjes alte englische Bücher feil. Schliemann kauft den berühmten »Vicar of Wakefield« und den nicht weniger bekannten »Ivanhoe«, und dank seiner Methode kann er bald Mister Thompson und Mister Taylor, die Lehrer, in die tiefste Verblüffung versetzen, indem er ihnen jeden Tag zwanzig Seiten englischer Prosa vordeklamiert, die er nachts und während der Arbeit auswendig gelernt hat. Und noch ist kein Jahr vergangen, als diese Lehrer ihm sagen: »Es hat keinen Zweck mehr, daß Sie Stunden nehmen. Sie beherrschen die englische Sprache genausogut wie wir.«

Viele Menschen würden nun auf ihren Lorbeeren schlafen oder wenigstens eine Pause einlegen, um sich auszuruhen und sich stillvergnügt des Geschafften zu freuen. Am Tage, nachdem er das Englische beendet hat, beginnt Heinrich Schliemann mit dem Französischen. Die Methode bleibt, als bewährt, die gleiche. Die Bücher vom Trödler sind, vergleichbar den englischen, die verbreitetsten und gängigsten der französischen Literatur: der Schmachtfetzen von »Paul et Virginie« und Fénelons wäßrige »Aventures de Télémaque«. Aber der literarische Wert der Bücher ist Schliemann mehr als gleichgültig, denn ihm kommt es einzig auf die Sprache an. Und ganz nebenbei freut er sich, daß der Telemach trotz aller Verdünnung doch einen viertel Zoll an die einst so geliebte und ersehnte und fast vergessene Antike heranführt.

Der Krug geht so lange zum Wasser, bis er bricht, und der Kontordiener Schliemann läuft so lange mit dem Buch vor der Nase durch die Straßen und Kontore Amsterdams, bis er aneckt. Eines Tages läßt Mijnheer Quien ihn rufen.

Er sieht aus wie der Jupiter tonans, muß der kleine Angestellte denken, als er die umwölkte Stirn des Prinzipals mit raschem Blick abtastet.

»Sagen Sie mal, Schliemann«, beginnt das Unwetter, »was denken Sie sich eigentlich? Ich habe immer wieder ein Auge zugedrückt, obwohl mir immer wieder Nachricht zukam, daß Sie sich überall von pflichtbewußteren jungen Leuten anderer Handelshäuser zurückdrängen ließen. Ich habe erwartet, daß Ihr Pflichtgefühl gegenüber den übernommenen Aufträgen oder wenigstens Ihre Dankbarkeit uns gegenüber Sie auf den Gedanken bringen würde, daß wir Sie nicht eingestellt haben, um Indianerbücher zu lesen und Ihr Privatvergnügen zu haben, sondern um zu arbeiten. Aber alle Mahnungen, die, wie ich höre, der Herr Oberbuchhalter wie auch mein Prokurist Ihnen zukommen ließen, haben Sie in den Wind geschlagen! Was denken Sie sich also dabei, wenn Sie überhaupt gedacht haben? Ich habe wahrhaftig eine Engelsgeduld mit Ihnen gehabt, aber daß die brandeiligen gestrigen Briefe nach Frankfurt und London nicht expediert wurden, schlägt dem Faß den Boden aus! Sie lassen Briefe Briefe sein, lassen sich den Postschalter vor der Nase zumachen, weil Sie vor ebenjener Nase einen blödsinnigen Liebesroman haben und von Ihrer Umwelt nichts mehr merken. Solche Kontordiener, Schliemann, sind bei uns überflüssig. Vielleicht bemühen Sie sich lieber um einen Posten bei einer Leihbibliothek!«

»Verzeihen Sie, Herr Quien«, antwortet Schliemann, durchaus nicht verlegen und niedergeschlagen, wie er sein müßte, um vielleicht ein letztes Mal das Mitleid und damit die Gunst des Kaufmanns zurückzugewinnen. »Sie irren sich. Ich lese weder Indianerbücher noch Liebesromane. Ich habe meine ganze freie Zeit darauf verwandt, Englisch und Französisch zu lernen. Mit Wechselstempeln und Postbesorgen können Sie jeden ehrlichen Menschen beauftragen. Was Sie nötig haben und nicht an jeder Ecke finden, sind Männer mit Sprachkenntnissen. Bitte, prüfen Sie mich. Jetzt spreche ich vier Sprachen: Deutsch, Holländisch, Englisch und Französisch.«

Der Prinzipal schweigt und trommelt ärgerlich mit den Fingern auf die Tischkante. Eilig fährt Schliemann fort: »Wenn ich meine Pflicht versäumt habe, so bedaure ich es sehr und muß Sie um Verzeihung bitten. Aber Sie verstehen wohl, daß ein Mann, der vier Sprachen spricht, seinen Ehrgeiz nicht darauf setzt,

Briefe zur Post zu bringen oder abzuholen, sondern daß er mehr für die Firma leisten kann. Ich bitte Sie also um eine dementsprechende Beförderung.«

»Sie sind ein Phantast, Schliemann, und ein ganz arroganter Bursche obendrein«, knurrt Mijnheer Quien. »Ich kündige Ihnen Ihre Entlassung an, und Sie verlangen befördert zu werden. Lassen Sie sich eins sagen, junger Mann: Wer sich als Kontordiener unzuverlässig erweist, wird auch als Korrespondent nichts Gescheites leisten. Jawohl, Schliemann, ich befördere Sie! Auf die Straße nämlich. Zu Ultimo können Sie gehen.«

Schliemann zuckt zusammen. Vielleicht könnte er durch unterwürfiges Bitten und Geloben noch einmal das Unheil abwenden. Vielleicht wartet der Prinzipal nur darauf? Aber seines Wertes sich bewußt, verbeugt er sich ohne ein Wort und verläßt stolz erhobenen Hauptes das Kontor.

Die nächsten Tage verbringt er mit Suchen in anderen Amsterdamer Handelshäusern und mit Briefeschreiben, und da sich nicht gleich etwas Geeignetes findet, lernt er zunächst einmal Italienisch, Spanisch und Portugiesisch. Da er nun vierundzwanzig Stunden des Tages zu seiner ungestörten Verfügung hat und da er zudem die Grundlage der romanischen Sprachen besitzt, braucht er nicht mehr als sechs Wochen für jede dieser Sprachen. Gerade hat er die Bücher beiseite gelegt und bedenkt, welcher Sprache er sich nun am zweckmäßigsten zuwenden soll, als kurz nacheinander zwei Briefe von Freunden eintreffen. Den einen kennt er aus seiner Neustrelitzer Schulzeit, den andern hat er in Hamburg kennengelernt. Ein merkwürdiges Übereintreffen will, daß sowohl Louis Stoll aus Mannheim als auch Johann Ballauf in Bremen ihm Empfehlungsschreiben an die große Export- und Importhandlung von B. H. Schröder & Co. in Amsterdam schikken.

Mit ihnen geht er zu dem weiträumigen Hause, das an der Heerengracht liegt, und wird auch nach langem Warten bei dem Juniorchef vorgelassen.

»Hm«, sagt der, »im Grunde brauchen wir im Augenblick keine neue Kraft. Aber um unsere Geschäftsfreunde nicht zu enttäuschen, könnten wir Sie zunächst einmal auf Probe nehmen.

Aus den Briefen ergibt sich ja auch, daß Sie Englisch und Französisch beherrschen.«

»Außerdem Italienisch, Spanisch und Portugiesisch.«

Erstaunt blickt Schröder auf. Siebensprachige Korrespondenten sind selbst in dem Handelszentrum Amsterdam nicht eben häufig. Etwas zweifelnd sieht er den sehr mageren, sehr blassen, sehr unscheinbaren jungen Mann an, der sich als so polyglott ausgibt. »Wie alt sind Sie?«

»Zweiundzwanzig, Herr Schröder.«

Der Kaufmann lehnt sich in seinen Ledersessel zurück und überlegt. »Nun gut, wir werden Ihnen eine Chance geben und Ihre Kenntnisse prüfen. Sie sehen nicht so aus, als wollten Sie mir etwas vorschwindeln. Wie gesagt, zunächst für ein Vierteljahr auf Probe. Ihr Salär würde sich in diesem Fall auf achtundvierzig Gulden im Monat belaufen. Wenn Sie damit einverstanden sind, können Sie am ersten März anfangen.«

»Ich bin einverstanden, Herr Schröder, und Sie werden erkennen, daß Sie Ihr Vertrauen keinem Unwürdigen geschenkt haben«, antwortet Schliemann und verläßt das Kontor.

Dies ist die zweite Stufe, denkt er, aber als er dann in seine zugige Dachkammer zurückgekehrt ist, die auch der Ofen nicht viel besser gemacht hat, memoriert er ausnahmsweise keinen fremdsprachigen Text. Er denkt an das Zimmer seines neuen Prinzipals, des großen Schröder. Im Neustrelitzer Schloß hat er keinen schöneren Schreibsekretär gesehen; die Intarsien allein waren ein Wunder handwerklicher Kunst. Und die schweren achtarmigen Silberleuchter, die darauf standen! Der Teppich, in dem der Schritt federnd versank wie in der Ankershäger Wiese, auf der es so viele Schlangen gab! Die Bilder der Vorfahren an den Wänden und die Schiffe des Hauses und das merkwürdige Gemälde von der Indigoplantage in Indien! Zu so einem Privatkontor müßte man es bringen, so ein Kaufmann müßte man werden wie B. H. Schröder & Co.! Harte Falten kerben sich um seinen Mund, als er den Beschluß faßt, auf dieses Ziel loszustürmen. Den Himmel mögen Phantasten und Schwärmer erobern: er dagegen wird die Erde erobern. Doch nein, fährt es ihm mit einemmal durch den Sinn – das ist ja Unsinn, das will ich ja gar nicht. Ich will doch etwas ganz anderes, will nicht reich werden um der Macht und des Teppichs und des Silbers und der Gemälde willen. Ich will den Reichtum ja nur als Mittel zu einem höheren Zweck. Schön und gut, die Indigoplantage an Schröders Wand. Die soll haben, wer will. Ich will ja Troja, und das Haus des Priamos ist tausendmal schöner als alle Schätze Indiens, die doch immer nur einem gehören oder dem andern — Troja aber und Homer gehören der ganzen Welt ...

Die ausbedungene Probezeit ist noch nicht abgelaufen, als Herr Schröder den jungen Korrespondenten und Buchhalter wieder zu sich rufen läßt. Das ist der werdende große Kaufmann, hat er gespürt, aus dem Holze geschnitzt, aus dem vor Jahrhunderten die Herren der Hanse waren. Nicht nur, daß er jede ihm zugeteilte Aufgabe schnell und gut verrichtet: das tun viele, und langsame und schlechte Arbeiter gibt es in keiner Niederlassung der Schröders. Das, was über die gestellten Aufgaben hinausgeht, läßt die Waage so tief zugunsten des Neuen ausschlagen: daß er nicht nur im Kontor sitzt, sondern auch, sobald es die Zeit erlaubt, durch die Lagerhäuser am Hafen geht, daß er mit einem Blick den Javazucker vom Hawaiizucker unterscheidet und diesen von dem aus Surinam, daß er das wichtigste Produkt des Asienhandels, den Indigo, mit einem kurzen Prüfen der Fingerspitzen nach Herkunft und Güte auseinanderzuhalten weiß, daß er auf der Börse seinen Mann zu stehen beginnt, daß er alle ausländischen Zeitungen liest und aus der jeweiligen politischen Lage richtige Schlußfolgerungen für den Markt zieht. Und, nicht zuletzt auch, daß er die ungezählten Arbeiter und Angestellten Mann für Mann kennt und auch ihre persönlichen Verhältnisse und privaten Sorgen.

»Wir brauchen nicht viele Worte zu machen, lieber Schliemann«, sagt Schröder. »Es ist ganz selbstverständlich, daß Sie bei uns bleiben. Mit Ihrem endgültigen Eintritt am ersten Mai erhalten Sie neunzig Gulden im Monat. Sorgen Sie sich nicht um Geld. Wenn Sie so weitermachen wie bisher, werden wir bald wieder zulegen können.«

Schliemann lächelt schmal, als er an diesem Abend nach Hause geht. Natürlich, die verbesserte Position fordert mehr

Ausgaben. Ein Mitarbeiter B. H. Schröders kann nicht mit einem Anzug auskommen. Im Wohnen und Essen braucht sich allerdings nicht viel zu ändern. Immerhin, jetzt kann man schon, ohne irgendwo zu knausern oder zu darben, Ersparnisse machen. Und davon geht als erstes eine Sendung von zwei Faß des besten Bordeaux und eine Kiste köstlicher Havannazigarren an den Vater. Nicht Liebe bewirkt diese großspurige Sendung – sie ist der überzeugendste Beweis, besser als ruhmredige Briefe an die Schwestern: da siehst du, daß ich es ohne dich, um nicht zu sagen gegen dich, zu etwas gebracht habe! Im übrigen ist ihm der Vater so fern wie der Sirius, und daß er sein Gütchen in Jamielnik wieder verkauft hat, um sich statt dessen ein Gasthaus in Deutsch-Eylau zuzulegen, ritzt nur die Oberfläche des Empfindens – und der Empfindlichkeit. Gleichzeitig gehen andere Sendungen an den Makler Wendt und an Schwestern und Brüder.

Fast jeden Monat bringt nun eine Erhöhung des Gehalts. Nach anderthalb Jahren Tätigkeit im Hause Schröder sind ihm fünfzehn Buchhalter und Korrespondenten unterstellt, und er erhält die Prokura.

Gleichzeitig bekommt er die Wochenrechnung seiner Wirtin: zwei Brötchen – 0,10, ein Brot – 0,20, zweimal Genever – 0,13, zweieinhalb Unzen Butter – 0,25, fünf Brötchen – 0,22, eine halbe Unze Tee – 0,20, fünf Unzen Zucker – 0,35 – und so weiter, bis mit der Miete 3,75 Gulden erreicht sind.

Eines Vormittags kommt der Prinzipal mit seinem jungen Prokuristen ins Gespräch über den russischen Markt, der in den letzten Jahren immer mehr an Bedeutung zugenommen hat. Es hat Ärger gegeben, da der Londoner Agent eines Moskauer Hauses eine briefliche Mitteilung falsch verstanden hat. Seit Jahren sitzt Herr Plotnikow schon in England, aber nun erweist sich mit einem Male, daß er doch noch nicht ganz mit der Landessprache vertraut ist, und das ausgerechnet in diesem einen Fall, den er aus Eile nicht seinem Korrespondenten überließ. Wer soll nun den Schaden tragen? Klar ist nur, daß die Brüder Malutin in Moskau ihn nicht auf sich nehmen werden, und ob es Plotnikow oder Schröder tun wird, ist eine Rechtsfrage, wenn man zu keiner gütlichen Einigung kommen kann.

»Zu ärgerlich«, sagt Schröder. »Daß diese Moskowiter nicht anständig Englisch lernen können!«

»Oder: daß wir nicht anständig Russisch lernen!« entgegnet Schliemann.

Schröder lacht. »Mein lieber Schliemann, auf einen so verrückten Gedanken können auch bloß Sie verfallen! Das Russische hat noch keiner gelernt, und dazu ist es auch viel zu schwer. Soviel ich weiß, gibt es in ganz Holland einen einzigen Menschen, der es versteht, und das ist der Vizekonsul Tannenberg, der ja wohl irgendwoher aus den Ostseeprovinzen stammt. Das heißt, ob er es richtig und wirklich kann, weiß ich auch nicht. Vielleicht tut er auch nur so. Aber genug: was raten Sie, in diesem unglücklichen Fall Plotnikow zu unternehmen?«

Schliemann sagt seine Meinung, und nach einigem Hin- und Herreden werden sich die beiden über das beste Verfahren einig. In Schliemann aber bohrt ein Wurm: Warum soll man nicht trotz allem, was dagegen spricht, Russisch lernen können? Ein Mann, der zwei Sprachen versteht, ist zwei Männer wert: dieses Wort Napoleons fällt ihm ein. Ein Mann, der das schwere und allgemein unbekannte Russisch kann, wird folgerichtig den Wert von dreien haben. Dazu dann die sieben bisherigen, gibt zehn Männer. Alles möglich zu machen, auch das unmöglich Scheinende, ist das Sprungbrett zum Größten. Es wäre doch gelacht, wenn man sieben Sprachen gelernt hätte und vor der achten versagen sollte!

In den folgenden Tagen durchstreift Schliemann sämtliche Buchhandlungen und Trödlerläden Amsterdams. Was er findet, genügt ihm. Es ist eine alte Grammatik, ein nicht ganz vollständiges Lexikon und eine Übersetzung der ewigen »Aventures de Télémaque«.

Mit diesen Büchern unter dem Arm begibt er sich zum russischen Konsul Tannenberg, der aber das Ansinnen, Unterricht zu erteilen, beleidigt und empört ablehnt. Keineswegs entmutigt, beginnt Schliemann auf eigene Faust das Studium dieser neuen Sprache, zu der er in den bereits beherrschten keine Analogien, sei es in der Wortbildung, sei es im Aufbau der Grammatik, findet, und das macht das Unternehmen entschieden schwerer.

Nachdem er sich die Buchstaben und ihre vermutliche Aussprache eingeprägt hat, fährt er nach der schon oft bewährten Methode fort. Kann man nur mit einem Lexikon eine Sprache erlernen? Nein. Nur ihren Wortschatz, aber nicht den Satz, nicht die Formen, die das Fleisch der Sprache sind, der Körper um die Wortknochen. Aber man hat ja den Telemach, den man im französischen Original auswendig kann und ebenso in einigen anderen Sprachen. Er bietet den Schlüssel für die Tür dieses verschlossenen Reiches. Schliemann lernt wirklich Russisch, wenn er sich auch keineswegs verhehlt, daß er gewiß nicht wenig Fehler dabei macht, die man später, und gewiß nicht ohne Mühe, wird wieder ablegen müssen.

Wer sich eine Methode gezimmert hat, pflegt nicht geneigt zu sein, auch nur in einem Punkte von ihr abzuweichen. Es fehlt der Lehrer, der das Gelernte abhört. Aber muß es denn gerade ein Lehrer sein? Tut es nicht vielleicht auch ein beliebiger, wenn er nur zuhört? Das entscheidende daran ist doch wohl das Gefühl, daß man nicht in die Atmosphäre eines unbewohnten Sterns hineinspricht.

Schliemann sucht den Menschen, der ihm, ohne Russisch zu verstehen, seine russischen Übungen abhört. Das klingt einfach und leicht, aber die ersten, denen er es anträgt, halten ihn für verrückt und tauchen schnell in die Dunkelheit einer abgelegenen Gasse.

»Na, Alter, wie geht's?« fragt er einen Greis mit rembrandtschem Bart und langen Prophetenlocken, der an der Ecke des Ghettos sitzt. Ein kleines silbernes Dubbeltje macht ihn zutraulich und läßt ihn ein wenig von seiner Armut und der teuren Zeit schwatzen.

»Wollen Sie Geld verdienen?«

»Was für eine Frage, Mijnheer! Aber seien wir uns gleich darüber klar: ich mache nur ganz ehrliche Geschäfte.« Mißtrauisch blinzelt er aus rotgeränderten Lidern auf den plötzlich unheimlichen Fremden.

»Ehrlicher geht es nicht, mein lieber Herr«, antwortet Schliemann. »Ich bin dabei, eine Sprache zu lernen, und brauche jemanden, der mir dabei zuhört.«

»Hm, das geht wohl an. Welche Sprache? Hebräisch?«

»Nein, Hebräisch brauche ich nicht, jetzt jedenfalls noch nicht. Russisch.«

»Schade, Mijnheer. Vom Russischen verstehe ich kein Wort. Es lebte mal jemand bei uns, der vor dem Zaren geflohen war, aber der ist nun schon eine Reihe von Jahren tot.«

»Nein, begreifen Sie mich doch«, drängt Schliemann. »Ich verlange ja gar nicht, daß Sie ein Wort verstehen. Sie sollen nur zuhören.«

»Lieber Herr, kennen Sie den Koheleth? Das ist ein altes, heiliges Buch von uns, das ihr Christen auch in eure Bibel übernommen habt. Darin steht das Wort: Hüte dich, mein Sohn, vor andern mehr, denn viel Büchermachens ist kein Ende, und viel Studieren macht den Leib müde. Ich glaube, mit aller Ehrfurcht zu reden, der Prediger hat eines dabei vergessen: daß es auch den Geist müde macht. Was Sie wollen, ist unnütz und eitel.«

»Das lassen Sie meine Sorge sein. Sagen Sie endlich: Wollen Sie, oder wollen Sie nicht? Sie müßten jeden Abend zwei Stunden in meine Wohnung kommen und bekämen dafür zwei Gulden in der Woche.«

»Am Sabbat könnte ich aber nicht kommen«, meint der Alte zögernd.

»Dafür kommen Sie dann am Sonntag. Also einverstanden? Gut, hier ist meine Adresse. Morgen abend erwarte ich Sie.«

Werde ich gehen, überlegt der Alte, als der seltsame Goi verschwunden ist. Kann das wirklich ein ehrliches Geschäft sein, und wird nicht vielleicht doch etwas Unrechtes dahinterstecken?

Wird er kommen, denkt Schliemann. Merkwürdig, daß es so schwer ist, einen Menschen zu finden, der nichts tun soll und dafür noch Geld bekommt.

Am nächsten Abend, pünktlich zur festgesetzten Stunde, kommt der Alte aus dem Ghetto wirklich. Zwei Gulden sind allerhand Geld, und man kann doch erst einmal sehen, ob es mit rechten Dingen zugehen wird bei diesem seltsamsten Geschäft des Lebens, das da angeboten wird und das sich dann als das beste erweist, denn es sichert auf Monate ein angenehmes Einkommen.

Freilich, so ganz mühelos ist die Arbeit keineswegs. Wenn man an die Achtzig ist, gehört man sowieso nicht mehr zu den Muntersten, und wenn das gleichmäßige Rauschen unverstandener Worte über einen geht, kann man kaum eine halbe Stunde wach bleiben, geschweige denn zwei, wie ausbedungen. Mit Mißfallen bemerkt der Redende, daß dem Hörenden der Kopf auf die Brust gesunken ist – er erhebt seine Stimme. Der Alte zuckt etwas, aber er schlummert weiter. Also schreit Schliemann den folgenden Satz – und freundlich nickt sein Hörer ihm zu. So laut ist es doch gar nicht nötig, man hat doch nicht geschlafen, bewahre, sondern nur ein Augenblickchen in sich hineingesehen. So geht es, zwischen Leise, Laut und Schreien, hin und her wie das Pendel einer Uhr, und es dauert nicht lange, da klopfen die Nachbarn an die Wand, weil sie sich gestört fühlen, da stoßen die Leute, die unten wohnen, den Besen gegen die Decke, weil sie schlafen möchten, da wird das junge Ehepaar im Stockwerk drüber energisch, weil sein Säugling durch das Gebrüll aufgewacht ist und auch zu schreien beginnt. Zweimal in dieser Zeit muß Schliemann die Wohnung wechseln, ein Opfer seiner Sprachstudien.

»Wer geduldig ist, der ist weise, und ein Geduldiger ist besser als ein Starker«, zitiert der Alte, und Schliemann nickt ihm anerkennend zu. Schon hat sich die Geduld bewährt; in aller Stille und von seiner privaten Anschrift aus hat Schliemann vor Wochen einen russischen Brief an Gospodin Wassili Iwanowitsch Plotnikow in London geschrieben. Heute ist die ersehnte Antwort gekommen: Plotnikow hat den Brief also verstanden und ist sehr erstaunt, daß in Holland jemand seiner Sprache mächtig ist.

Wenige Wochen später findet in Amsterdam die jährliche große Indigoauktion statt. Seit dem frühen Morgen ist in Herrn Schröders Privatkontor ein Kommen und Gehen von Händlern und Agenten aus aller Welt. Einmal wird auch der dreiundzwanzigjährige Prokurist hereingerufen.

»Ich möchte Sie mit Herrn Plotnikow bekannt machen, mit dem wir damals die unangenehme Affäre hatten. Sie erinnern sich, lieber Schliemann. Er ist zur Auktion gekommen, und zwar in Begleitung der Moskauer Indigogroßhändler Malutin. Es ist zum Verzweifeln, Schliemann: der Londoner spricht noch viel schlechter Englisch, als er schreibt, und ich werde und werde mit ihm nicht fertig. Bitte, versuchen Sie einmal Ihr Heil mit ihm. Na, und die beiden Russen verstehen gar keine Sprache außer der eigenen, deswegen haben sie sich ihren Agenten mitgebracht.«

»Gut, Herr Schröder«, antwortet Schliemann und spricht die drei auf dem Sofa sitzenden Herren russisch an. Jetzt muß die Entscheidung fallen, jetzt muß sich zeigen, ob er auch unter all den erschwerenden Umständen wirklich geschafft hat, was er wollte. Einen Augenblick wankt er unter der dreistimmigen Wucht der Antwort. Was war das? »Langsamer, bitte«, sagt er, und schon hat er drei, vier Worte verstanden, sichere Brükkenpfeiler, auf die er die Bohlen seiner Erwiderung nageln kann. Die Russen sind glücklich und toderstaunt. Fast mehr noch wundert sich Schliemann, daß es wirklich geht. Herrn Schröder hat es die Sprache verschlagen. Natürlich, das erste Gespräch zeigt noch mancherlei Lücken, und während die Russen Schliemann mühelos verstehen, bleibt ihm vieles dunkel. Es sind nicht nur die Mängel der Aussprache, auch manche Wörter fehlen, die der Telemach und das primitive Wörterbuch nicht zu geben vermochten.

»Ich beglückwünsche Sie zu Ihrem jungen Angestellten«, läßt dann Nikolai Malutin, der ältere der Brüder, Herrn Schröder übersetzen. »Es ist das erstemal, daß wir in unsern großen und weitreichenden Geschäftsverbindungen einen Ausländer finden, der sich die russische Sprache angeeignet hat. Bitte, überlassen Sie ihn uns für die Zeit der Auktion. Das wird uns und ihm von Nutzen sein und Ihnen nicht zum Schaden.«

Schröder kann nur schweigend zunicken. Fast ist ihm sein Prokurist unheimlich geworden.

Nur wenige Monate vergehen dann, bis Schliemann seinem Prinzipal einen Brief aus Moskau zeigen kann, in dem ein dortiger Kaufmann, den er nie gesehen, mit dem er nie in Verbindung gestanden hat, ihm anträgt, gemeinsam in Moskau ein Handelshaus zu eröffnen. Gospodin Giwago will fünfzig- oder sechzigtausend Silberrubel zuschießen, Schliemann soll seine Energie, seine Sprachkenntnisse und seine europäischen Beziehungen einbringen. Der Gewinn wird zu halben Teilen gehen.

»Und was gedenken Sie zu tun?« fragt Schröder voll Spannung.

»Als ich nichts war, haben Sie mich aufgenommen, Herr Schröder, und mir eine Chance gegeben, vorwärtszukommen und ein wirklicher Kaufmann zu werden. Das werde ich nie vergessen – und daher möchte ich ablehnen und bei Ihnen bleiben.«

»Und das werde *ich* Ihnen nie vergessen, Herr Schliemann«, antwortet Schröder bewegt und drückt ihm fest die Hand.

Das Jahr 1845 ist noch nicht zu Ende gegangen, als Schliemann eines späten Nachmittags zu Schröder gebeten wird. In den hohen silbernen Leuchtern des Arbeitszimmers brennen die Kerzen, auf dem Tisch stehen eine Karaffe mit Portwein und zwei Gläser.

»Bitte, nehmen Sie den Sessel, Herr Schliemann. Ich habe Ihnen heute einen Vorschlag von weittragenden Folgen zu machen. Wir haben uns entschlossen, eine Niederlassung in Sankt Petersburg zu gründen. Rußland ist eine Terra incognita für uns alle, aber es hat ungeheure Ressourcen, und hier könnte man einen Markt erschließen, wie er gewaltiger und, ich sage es offen, einträglicher nicht gedacht werden kann. Für diese Arbeit gibt es nur einen Menschen, der imstande wäre, sie zu leisten: Sie. Mit anderen Worten, wir wollen Sie nach Sankt Petersburg schicken.

Wir, das heißt in diesem besonderen Fall: die Firma B. H. Schröder und Co. in Amsterdam, die Firma Anton Schröder und Co. in Le Havre, die Firma A. B. C. M. Schröder in Triest, die Firma St. van Lennep und Co. in Smyrna, die Firma Schröder und Co. in Rio de Janeiro, die Firma G. H. Schröder in Bremen und die Firma B. H. Schröder in Hamburg.«

»Gut«, antwortet Schliemann ohne ein Zeichen der Bewegung und hebt sein Glas prüfend gegen das Kerzenlicht, als wolle er mit dem Auge Jahrgang und Lage des Gewächses feststellen.

DRITTES BUCH

Die goldenen Stufen

οὐ γὰρ ἐμὸν παλινάγρετον οὐδ' ἀπατηλὸν
οὐδ' ἀτελεύτητον, ὅ τί κεν κεφαλῇ κατανεύσω.
. . . . μέλαν δ' ἐλέλιξεν Ὄλυμπον.
Il. I, 526

Unwiderrufbar ist und niemals vergeblich,
Niemals unerfüllt, was ich mit dem Nicken gewähre.
. . . . es erbebten die Höhn des Olympos.

Erstes Kapitel

Sturm über der Steppe

ἦμος δ' ἠριγένεια φάνη ῥοδοδάκτυλος Ἠώς . . .
Il. I, 477

Als dann Eos erschien, die rosenfingrige, frühe . . .

1 Kaum sind die Glöckchen des Pferdegeschirrs zu hören, so pfeift und heult der Wind, aus dem nachmittags oder nachts wohl ein Schneesturm werden wird. Scharf von vorn steht er gegen den einsamen offenen Schlitten, der über die Steppe fliegt.

Vielleicht ist hier noch gar keine Steppe, oder sie hat doch einen anderen Namen? Vielleicht ist hier bebautes Land, fruchtbarer Acker, Weide. Wenn man erst eine Woche im Lande ist, weiß man noch nicht viel über Beschaffenheit und Verteilung des Bodens, zumal nicht eine Minute Zeit zu Informationen dieser Art war.

Die Petersburger wollten es zuerst nicht glauben, daß Schliemann den Weg von Amsterdam bis zu der Metropole an der Newa in sechzehn Tagen zurückgelegt hat, da man normalerweise das Doppelte oder Dreifache dieser Zeit rechnet. Aber dann haben sie sich gefreut, ehrlich gefreut, daß ein Mann mit so weitreichenden europäischen und überseeischen Geschäftsverbindungen sich bei ihnen niederlassen will, und haben versprochen, ihm alle Wege zu ebnen, nachdem er sich erst einmal eingewöhnt haben würde.

»Wenn der Schnee geschmolzen ist, dorogoi Genrich Ernstowitsch, wenn das Eis auf der Newa bricht, dann werden wir weitersehen.«

»Gut, mein Freund, ich danke für Ihre Bereitwilligkeit. Der Schlitten, mit dem ich von Narwa ankam, steht noch unten. Am besten fahren wir sofort zur Gilde. Oder ist es zweckmäßiger, im Ministerium zu beginnen?«

»Liebster, Bester, mein Täubchen, wohin denken Sie! In einer Stunde wird das Essen auf dem Tisch stehen, da wir Ihre Ankunft ja natürlich nicht so genau berechnen konnten, und dann . . .«

»Nun also, dann haben wir ja noch eine ganze Stunde vor uns. In der Zeit können wir schon viel schaffen.«

Kopfschüttelnd, mitgerissen von diesem Sturm aus dem fernsten Westen, der Schliemann heißt, klingelte dann der Gastfreund nach seinem Pelz. Und so ging es weiter: sechs zum Bersten ausgefüllte Tage. Anfänglich rümpfte man wohl ein wenig die Nase über die unverständliche und ganz unnötige Hast des Fremden, man lachte auch wohl über ihn. Aber man gab seinem Drängen nach, denn es würde sich doch nicht schicken, den Fremden, den Gast zu enttäuschen, seine Wünsche durch Gleichgültigkeit oder Verschleppen abzuwürgen, ihm entgegen zu sein.

In sechs Tagen hat Schliemann alle Männer, alle Behörden besucht, die für sein Unternehmen wichtig sind, hat er die ersten geschäftlichen Verbindungen angeknüpft, hat er seinen Prinzipalen in Amsterdam kurz seine Ankunft angezeigt und dazu vermerkt: »Ich will Ihnen durchaus keine Kosten machen, ehe Sie sehen, daß das Resultat meiner Bemühungen in Ihrem Interesse ein lohnendes ist. Ich bitte Sie daher, mir Ihre Briefe unfrankiert zu schicken.«

Das waren die ersten sechs Tage Rußland, die ersten sechs Tage St. Petersburg. Am siebenten Tag im Morgengrauen saß er schon im Schlitten und jagt nun nach Moskau, leider längst nicht so schnell wie dieser schneidende Sturm aus dem Osten, der mit rasiermesserscharfen Eiskristallen die Haut zerschneidet. Zweiunddreißig Grad Kälte seien es, sagte der Postmeister auf der letzten Station. Viel Tee hat man schon getrunken in Holland, aus Ceylon und dem indischen Hochland, aus Portugiesisch Afrika und aus China. Aber daß Tee so köstlich sein kann wie der, der in jedem Posthaus aus dem singenden Samowar aufgebrüht wird, hat man doch noch nicht gewußt.

Hundert Meilen sind es von St. Petersburg bis Moskau, so weit wie von Hamburg nach Basel, aber bei diesem Gegenwind wird man trotz des häufigen Pferdewechsels kaum mehr als zweieinhalb Meilen in der Stunde machen können. Das wären sechsundvierzig Stunden Fahrt. Nun gut, hat einen das Meer nicht untergekriegt, sondern als neuen Jonas wieder dem Lande, dem Leben zurückgegeben, wird einem der Sturm auch nichts tun, und wenn es noch ein paar Grad kälter wird und wenn er auch noch Schnee bringt.

Bei uns geht niemand ins Freie, wenn das Thermometer einmal auf fünfzehn Grad sinkt. Hier ist die Kälte mehr als doppelt so stark, und man sitzt im offenen Schlitten auf der Landstraße. Bei uns bestellt man sein Haus und macht sein Testament, wenn man eine Reise über hundert Meilen antritt. Hier macht man nicht mehr Aufhebens davon, als führe man von Amsterdam nach Köln. Bei uns weiß man auch im tiefsten Winter noch, wo Weide ist und wo Acker oder Wiese oder Wald. Hier ist alles gleichmäßig, ungeheuer weit, ungeheuer weiß, und wenn Wellen über das Land gehen, so sind es Dünen aus lauter Schnee und keine verschneiten Erdhügel. Bei uns ist der Schnee feucht, und man braucht einen kleinen Schneeball nur lange genug zu rollen, bis er der mächtige Walzenleib eines Schneemanns wird. Hier ist er wie Pulver oder Flugsand. Bei uns wäre eine Fahrt wie diese sicherer Tod. Hier ist sie zwar etwas unbequem, aber nichts Sonderliches, und in seinen Pelzen sitzt man so warm wie in Herrn Schröders Sessel am geheizten Ofen. Dies ist ein sehr merkwürdiges Land und so ganz anders als alles, was man erlebt hat, so wie die Menschen ganz anders sind als die des Westens. Aber wie dieses Land größer ist und reicher als jedes andere, so lockt es auch desto mehr, sich in sein Leben einzufügen, seine Gewohnheiten sich zu eigen zu machen, an seiner Größe zu wachsen.

Acht Tage, nachdem Schliemann in Rußland angekommen ist, eilt er schon durch Moskau. Mit flüchtigem Ohr hört er die

Glocken der Kremltürme läuten, die der Volksmund die Ochsen Gottes nennt, mit flüchtigem Blick sieht er die gewaltige Zarenburg und die leuchtenden, läutenden, unvorstellbar bunten Kathedralen, mit flüchtigem Fuß eilt er auf den Straßen an Menschen vorbei, die nicht nur Russen sind, sondern vielen anderen Völkern dieses Riesenreichs entstammen. Später einmal, sagt er sich, wird er alles das gründlich kennenlernen, so genau, wie die tausend Merkwürdigkeiten und tausend Wunder Moskaus es verdienen.

Jetzt hat er keine Zeit. Später einmal wird er als Reisender hier sein, der Leben und Wesen und Kunst des Landes studiert. Jetzt ist er nur eines, Geschäftsmann. Und soviel steht schon in diesen ersten Tagen fest: er ist ein Geschäftsmann, der nach Rußland kommen mußte, um hier alle Fähigkeiten eines Großkaufmanns seiner Zeit zu entwickeln.

Groß wie der Raum, reich wie das Land, breit und hoch wie der Mensch ist auch der Begriff der Zeit. Das Vaterland, Mecklenburg, ist die Heimat der Wenden. Viele Mecklenburger haben die breiten hochsitzenden Backenknochen, wie viele Russen sie haben, denn auch die Wenden sind ein slawisches Volk. Kümmst du hüt nich, kümmst du morgen, äwermorgen ganz gewiß, sagt man gern in Mecklenburg, wenn jemand Eile hat und Hast fordert. Fast noch weiter ist der russische Zeitbegriff gespannt. Wird in diesem Jahre nichts aus dem Vorhaben, nun, dann vielleicht in zehn oder fünf, oder vielleicht werden es auch unsere Enkel erledigen. Hauptsache: »Budet – es wird werden, es kommt schon.«

Im Sturm erlebt Schliemann Rußland zum ersten Male. Er selbst aber wird der größte Sturm, der über alle Gebräuche, alle Überzeugungen, alle Behauptungen, alle Geschäftsgewohnheiten seiner Moskauer und Petersburger Partner wegfährt. Nicht morgen! Heute!! Nicht dort! Hier!! Nicht ungefähr! Genau!! Nicht bei Gelegenheit! Jetzt!!

In diesen ersten Wochen schon knüpft sich ein festes Band der Zuneigung zwischen den russischen Geschäftsleuten und dem Fremden, dessen Format, dessen Größe, dessen unermüdliche Tatkraft sie bewundern und anerkennen, auch wenn er so ganz anders und oft so unverstehbar ist. Denn in anderen, vielleicht den entscheidenden Punkten ist er wie sie: in dem riesigen Spannbogen seiner Pläne, der so unermeßlich ist wie ihr Land, in der Großzügigkeit, die sie vergeblich bei ihren europäischen Partnern suchten, die immer irgendwie kleinlich bleiben und Pfennigfuchser, auch wenn Goldstücke ihre Rechenpfennige sind, die immer kleinstädtische Krämer bleiben, welche pfennigweise Salz und Heringe verhökern, auch wenn sie Schiffsladungen verkaufen und mit der Ernte einer Provinz handeln. Und dann kommt noch ein sehr wichtiger Punkt hinzu, der die Sympathien für Schliemann noch mehr steigen läßt: seine unbedingte Ehrlichkeit und Zuverlässigkeit.

Mitte Januar 1846 hat Schliemann Amsterdam verlassen. Anfang Februar machte er die erste Reise nach Moskau, die er in diesem Jahr noch viermal wiederholt. Zu Ende März hat er schon Handelsbeziehungen zwischen seinen neuen Freunden und amerikanischen Häusern hergestellt. Im Mai übermittelt er allein für Chile-Salpeter Aufträge für achtundzwanzigtausend Rubel.

Kaum gibt es etwas, womit der jetzt auf das Geldverdienen Versessene nicht handelt, aber der Indigo, den er in Amsterdam so gründlich kennenlernte, bleibt sein Liebling.

Die Schröders sind überglücklich, daß sie den richtigen Mann an die richtige Stelle gesetzt haben. Aber ist er denn überhaupt noch ihr Agent, der von ihnen abhängige Angestellte? Sein Vertrag sah ein halb Prozent Gewinn von jedem vermittelten Geschäft vor. Nun kommt ein Brief aus St. Petersburg, in dem es heißt: »Die mir von Ihnen während meines Aufenthalts in Ihrem Hause und später zuteil gewordene Güte erkenne ich mit dem gebührendsten und herzlichsten Danke an. Daß ich Ihnen jedoch für weniger als die Hälfte desjenigen dienen soll, was jeder andere bekommt, das leidet mein Ehrgefühl nicht. Solches kränkt mich aufs tiefste, indem ich es mir ehrlich habe sauer genug werden lassen, um es hinsichtlich Kenntnissen und Erfahrungen gewiß mit jedem der hiesigen Agenten aufzunehmen. In den kleinen billigen Orten wie Leipzig oder Berlin kann ein Agent für ein halb Prozent arbeiten, aber nicht in dem großartigen

Sankt Petersburg, der teuersten Stadt der Welt, wo jeder Schritt mit Gold aufgewogen werden muß.« Die Schröders rechnen. Siebeneinhalbtausend Gulden hat Schliemann bisher verdient – das macht also für sie einen Umsatz von anderthalb Millionen.

Sie vergessen auch nicht, was andere Berichte aus Rußland von den guten Freunden melden, die Schliemann sich gewonnen hat. Sogar der reichste der Kaufleute ist dabei, Peter Alexejew, der hundert Millionen Geschäftsvermögen und dazu noch ein Privatvermögen von zwölf Millionen hat – und das sind, bitte sehr, Rubelmillionen, und ein Rubel gilt zweieinhalb Gulden. Dann kommt Ponomarew, dem sozusagen aller Zucker und fast alles Holz in Rußland gehört; dessen einziger Enkel und Erbe hat sich dem etwas älteren Schliemann in enger Freundschaft angeschlossen und drängt ihn, mit ihm ein Kompaniegeschäft zu begründen, während auch der Großvater seinerseits ihm große Geschäfte auf halbpart anträgt.

Nein, er ist nicht mehr Schröders Agent, wenn er auch eine Weile noch so heißen mag. Die Schröders verstehen und würdigen es, daß er, der zu Anfang den Prinzipalen schrieb, seine Briefe jetzt mit den Worten »Werter Freund« beginnt und daß sich die Schlußformel aus dem »Mit Achtung und Ergebenheit« über »Mit freundschaftlicher Achtung« zu »Mit besten Grüßen« abgewandelt hat. Der Agent ist gleichberechtigter Kaufmann geworden. Wie selbstverständlich wird der bisherige Vertrag gelöst und ein neuer abgeschlossen, nach dem der bisherige Angestellte als selbständiger Geschäftsfreund die Schröderschen Interessen wahrnehmen wird.

Dem Freunde kann man vielleicht eher und leichter raten als dem Untergebenen. Die alten Kaufleute in Amsterdam sehen aus der Fülle ihrer generationenlangen Erfahrungen für den jungen Freund Gefahren und fürchten, daß er in Eile und Überstürzung auf den glatten, unvertrauten goldenen Stufen ausgleiten könne. Sie empfehlen ihm Überlegung, Geduld und Ruhe. »Die drei Worte beherzigen Sie, und Sie werden am besten zum Ziele kommen.« Schliemann lächelt, als er den wohlgemeinten Rat liest: Überlegung – natürlich, und er ist überzeugt, daß er sie nie außer acht läßt; hat er nicht neulich noch eine Sendung Brillanten, die ein Kunde Schröders ihm zum Verkauf schickte, kurzerhand zurückgehen lassen? Zweifelsfrei wäre ein gutes Geschäft damit zu machen gewesen, aber er verzichtet darauf, weil er von Edelsteinen nichts versteht. Geduld? Nun gut, er wird sich mehr darum bemühen, und vielleicht wird es ihm auch manchmal gelingen, sie zu üben. Aber Ruhe? Ausgeschlossen. Nachholen muß er, nicht allein die verlorenen Jahre, sondern auch manches andere, und darum gönnt er weder sich noch den anderen Ruhe.

Auch nicht an dem Tage, an welchem er als Großhändler Henry Schliemann aus St. Petersburg in die Kaufmannschaft der Ersten Gilde eingetragen wird.

Damit hat er nicht bloß einen Bankkredit von siebenundfünfzigtausend Silberrubeln, damit hat er den Schritt zur Unabhängigkeit getan, zu Sicherheit und Zukunft. Endlich kann er sich hinsetzen an seinen Schreibsekretär, auf dem hohe silberne Armleuchter brennen, und zwei Briefe schreiben, die seit Jahren nur aufgeschoben, aber nie vergessen waren.

Der erste gibt ein großes schmiedeeisernes Kreuz für das Grab der Mutter in Auftrag. Der zweite geht nach Neustrelitz, an den Hofmusikus Laue. In kurzen Zügen schildert Schliemann sein Leben, seit er das stille Haus in der kleinen Stadt verließ, berichtet von seinem Aufstieg, erklärt seine gegenwärtige Lage. Und dann kommt das, weswegen der ganze Brief geschrieben wird: Laue möge zu Herrn und Frau Meincke gehen, deren jetziger Aufenthalt ihm sicher bekannt sei, und in seinem, Henry Schliemanns, Großhändlers in der Ersten Gilde zu St. Petersburg, Namen um Minnas Hand anhalten.

Freund Ponomarew kann raten, wie das neue, größere Haus unweit der Lebensader der Stadt, dem Newskiprospekt, einzurichten ist. Der ganze Haushalt muß umgestellt, Dienerschaft angenommen, eine Unmenge prächtiger Möbel und Teppiche gekauft, Schränke voll Wäsche, Kleider und Pelze ausgesucht werden. Bisher hatte es nur das Geschäft gegeben, aber nun fiebert ein einsames Herz dem persönlichen Glück entgegen, dem besonnten Alltag, den zweisamen Abenden, den kommenden Spazierfahrten nach Zarskoje Selo, nach Peterhof und Oranienbaum, dem Sommerhaus, das man irgendwo in der Umgebung mieten wird, wo es Minna am besten gefällt, sei es an der Kronstädter Bucht, sei es in einem Birkenwald des flachen Landes auf Schlüsselburg zu. Ponomarew wird von Eifersucht fast aufgefressen, aber willig und stets bereit dient er auch hierin dem Freunde, dem er sich in den Fragen der Geselligkeit, der Sitten, des Geschmacks weit überlegen weiß.

Dann ist alles fertig und wieder einmal, wie stets, mit unvorstellbarer Eile zusammengezaubert. Tage noch vielleicht, bis Laues Antwort eintreffen wird, zusammen mit Briefen der Meinckes, zusammen mit einer Nachricht – der ersten! – von Minna. Wochen dann, bis seine weiteren Vorschläge in Mecklenburg eingetroffen sein können. Monate wohl gar, bis die Braut, die seit den Kindertagen auf dem Hünengrab von Ankershagen geliebte, ankommen kann und bis so der erste Teil des gemeinsamen blaugoldenen Traums eingetroffen sein wird. Ob und wann sich dann auch der zweite Teil erfüllt? Im Sommer 1831 haben sie sich einander zugelobt, vor nahezu sechzehn Jahren, und am Karfreitag 1836 haben sie sich zum letztenmal gesehen, ohne ein Wort miteinander zu wechseln. Das sind auch schon wieder zehn Jahre her. Sechzehn Jahre hat man also auf die Erfüllung warten müssen. Werden womöglich noch einmal sechzehn Jahre vergehen, bis sie gemeinsam den zweiten Teil verwirklichen können, Troja und das Sankt-Johannes-Land? Doch wohl nicht. Hat ihm bisher der Wunsch, Minnas würdig zu sein, Flügel gegeben, so wird die Liebe noch viel größere, viel schnellere Flügel verleihen, wird sich nach all den verheißungsvollen Ansätzen der letzten Zeit das Geld noch schneller zusammenscharren lassen, das die Grundlage des ersehnten neuen Lebens sein muß.

Er fährt zusammen. Schon wieder phantasiert er, statt sich um das Lager zu kümmern. Es scheint, der Surinamzucker ist auf dem Transport feucht geworden. Das muß man sofort prüfen und gegebenenfalls dem Lieferanten einen groben Brief schreiben und ihm die Rechnung kürzen.

»Ist der Reis für Michail Oserow fort? Was? Noch nicht? Kann ich denn nicht eine Minute abwesend sein, ohne daß ihr euch alle hinsetzt und gemütlich Tee trinkt? Wie? Ach so, das ist etwas anderes. Entschuldige bitte, Ossip Stepanowitsch, du weißt, ich wollte dich nicht kränken. Schon gut, schon gut. Nun, dieser Indigo ist etwas krümelig, den können wir nicht als erste Sorte verkaufen, obwohl er noch immer ein gut Teil besser ist als der der anderen. Die zwanzig Ballen Tabak gehen morgen früh nach Nishni Nowgorod. Ja, ich komme schon! Was ist denn schon wieder los? Wie? Ein Brief? Woher? Gib her, schnell doch, ach, daß dich! Was kriechst du wie eine Schnecke! Du siehst doch, daß ich ...«

Aber schon ist er mit einem halsbrecherischen Satz von dem Stapel der Ballen und Fässer und Kisten in den schmalen Gang des Lagerhauses gesprungen und reißt dem Kontordiener den Brief aus der Hand. Endlich! Was lange währt, wird gut. Der Brief aus Neustrelitz! Der Brief vom Hofmusikus! So dünn nur? Nur, die Meinckes werden gesondert geschrieben und dabei die Post versäumt haben, die Frau hatte es nie mit der Eile und Pünktlichkeit.

»Meinen Wagen! Schnell!« Diesen ersehnten köstlichen geliebten Brief darf man nicht im Trubel des Lagers lesen, wo in jeder Minute ein Dutzend Störungen fällig wäre.

»Kannst du nicht schneller fahren?«

»Väterchen, ich fliege doch schon wie der Adler des heiligen Johannes!«

»Fliege wie die Cherubim, die hatten gleich sechs Flügel!«

»Wie der Sturmwind über die Steppe, Väterchen! Hejjj!«

Es ist noch hell im Zimmer. Aber Schliemann zieht die braunsamtenen Gardinen – Minna liebte Braun und hatte einmal eine wunderhübsche braune Atlasschleife – zu und zündet die Kerzen an, damit es auch um ihn festlich sei.

Er zwingt seine jagende Ungeduld auf den Stuhl, zwingt die fiebernde Hand, langsam das Siegel zu lösen und den Brief nicht aufzureißen, sondern mit dem Papiermesser sorgfältig aufzuschneiden.

Ein Stöhnen. Das Zubodenflattern eines Briefblatts. Das Niederstürzen eines Kopfes auf die Tischplatte.

Eine lange bange Stille, in der nichts ist als das hauchfeine Sirren einer schiefbrennenden Kerze.

Ein Traum ist vernichtet, in einem jähen glühenden Augenblick, wie einst in einem Augenblick Pompeji unterging und Troja in Asche sank.

Wenige Tage vor der Ankunft des Briefes aus Rußland hat Minna Meincke geheiratet.

Hat sie die Geduld verloren? Sechzehn Jahre sind freilich eine lange Zeit, aber damals waren wir zehn Jahre alt. Hätte ich früher sprechen müssen? Aber wie konnte ich das, da ich nichts war und nichts hatte und es nun leider Gottes so bei uns bestellt ist, daß nicht die Liebe den Ausschlag gibt, sondern das Auskommen? Mußte ich nicht erst eine sichere Position erobern, bevor ich ein anderes Leben an das meine band, und sei es auch nur in der Wiederholung eines viel älteren Versprechens und im weiteren Hoffen auf einen unbekannten Termin? Hätte ich vielleicht sprechen sollen, als ich von Amsterdam hierher ging? Hätte ich mich dadurch aber nicht nur lächerlich gemacht? Ein unselbständiger Kaufmann in einer Stellung, die von der Laune seiner Prinzipale abhängt, ohne jede Sicherheit, daß es ihm in St. Petersburg glücken wird, daß nicht anstatt des erhofften Erfolges ein völliges Mißlingen das Ende sein würde? Oder – auch das wäre noch möglich – hat Minna unser Kinderverlöbnis damals gar nicht ernst genommen? Hat sie mich vergessen, so wie ich bis auf den heutigen Tag Meta Greuel aus Fürstenberg vergessen hatte, mit der ich einmal am Baalensee spazierenging? Nein, das ist unmöglich, denn dann wären die Tränen nicht gewesen und die Umarmung in Neustrelitz, an jenem Karfreitag. Karfreitag. Sollten damals schon die Sterbeglocken für uns läuten, die wir doch auf Ostern hofften? Sechzehn Jahre – und am Ende wieder Totenglocken, Totenglocken für eine Liebe. Oder für eine Einbildung, eine Illusion? Und müssen es nicht vielleicht auch für Minna Totenglocken sein? Kann sie denn den Mann – Richers heißt er und ist Landwirt – lieben, den sie nun geheiratet hat? Hat sie ihn nicht vielleicht bloß genommen, weil sie Geduld und Hoffen verlernt hatte, weil sie mich verdorben, gestorben glaubte in der Fremde? Oder weil die Eltern drängten, da die Tochter immer älter wurde? Als wenn Minna jemals altern oder verblühen könnte!

Der erste Teil unseres Traumes ist zerbrochen wie ein wertloses Glas. Natascha kommt mit dem Besen, kehrt die Scherben zusammen und wirft sie auf den Müll. Was soll jetzt mit dem zweiten Teil werden? Dasselbe? Wahrscheinlich, denn wie kann ich allein die großartigen Pläne meistern, die wir vor sechzehn Jahren schmiedeten ...

Nein. Nein! Nun gerade. Ich *werde* sie meistern, komme, was da wolle, und wenn die ganze Welt sich gegen mich stellte. Ich *werde* Troja ausgraben.

»Das Essen, Genrich Ernstowitsch.«

Schliemann antwortet nicht. In dicken erstarrenden Tropfen fließt das Wachs an den Kerzen herab und legt sich wie ein Ring auf das Glastellerchen, das sie von dem schweren, verschnörkelten Silber trennt. Ein Ring, ja. Aus Wachs. Aber der andere Ring ist zerbrochen.

Und der Mann zerbricht auch beinahe. Wochen liegt er in schwerem Fieber. Als er wieder aufsteht, hat er die Enttäuschung in einen Sarg gelegt – es ist ja nicht der erste seines jungen Lebens – und begibt sich, da er sein schönes, für Minna eingerichtetes Haus zu hassen gelernt hat, auf eine große Geschäftsreise nach Europa.

2 Paris, Liverpool, London sind die wichtigsten Stationen. In London, mitten im dicksten mittäglichen Gewühl von Regent Street, wird er angeredet. »Excuse me, Sir – sind Sie nicht Heinrich Schliemann?«

Prüfend sieht Schliemann den Frager an. »Lieber Himmel, van Osenbruggen, was machen Sie in London?«

»Ich könnte Sie dasselbe fragen, und wahrscheinlich treiben wir das gleiche, Geschäfte nämlich.«

»Was nicht schwer zu erraten war. Und wenn Sie mit den Ihren so zufrieden sind wie ich mit meinen, haben wir beide keine Ursache zu klagen. Ist es nicht großartig, wie der Fortschritt der Technik uns begünstigt? Wenn ich bloß an die Eisenbahnen denke! Viel zu langsam sind sie natürlich noch, aber ich vermute, daß sich das mit jedem Jahrzehnt verbessern wird. Nur, offen gestanden, vor den Tunnels fürchte ich mich immer noch ein wenig. Dieser teuflische Lärm, der beißende Qualm und dauernd die Ungewißheit, ob nicht doch einmal die Decke über einem zusammenstürzt! Aber sonst, wie gesagt, großartig! Und man kann die Zeit mit viel mehr Ruhe ausnützen, als es in den Postwagen auf den schlechten Straßen möglich ist. Auf diese Weise komme ich wenigstens dazu, die Literaturen der verschiedenen Völker zu lesen. Zu Hause langt es doch nie recht dafür. Kennen Sie Dante? Die Göttliche Komödie?«

»Aber Schliemann, was denken Sie! Erstens kann ich kein Wort Italienisch, und solche Dinge taugen nun mal nichts in Übersetzung, und zweitens sollten Sie noch aus Amsterdam wissen, daß ich für Verse nicht das geringste übrig habe.«

»Ich auch nicht. Es ärgert mich schon, anzusehen, wie unökonomisch das Papier dabei verschwendet wird. Aber Dante gehört nun einmal zu dem, was man kennen muß. Nur müßte man vor der Lektüre die Geschichte der Zeit gründlich studieren, um nicht dauernd über unbekannte Namen und unverstandene Anspielungen zu stolpern. Wohin gehen Sie jetzt?«

»Im Augenblick zum Hafen. Ich erwarte mein großes Gepäck, da ich sehr überstürzt herreisen mußte und keine Zeit mehr zum Packen hatte. Vielleicht kann ich dann in Ihr Hotel umsiedeln? Mein Boardinghouse gefällt mir nicht.«

»Ich kann es Ihnen wirklich empfehlen, van Osenbruggen. Ich wohne in der Victoria Street, im Westminster Palace Hotel.«

»Bei Gott, Schliemann, denken Sie, ich bin Millionär geworden? Sie Glücklicher müssen es ja sein, wenn Sie dort absteigen können.«

»Davon bin ich noch sehr weit entfernt, mein Lieber. Aber die Frage, in welchem Hotel man wohnt, ist für einen Kaufmann eine der wichtigsten. Was denken Sie, wie zugänglich auch die zurückhaltendsten Geschäftspartner werden, wenn ich ihnen jeweils das erste Hotel des Platzes als meine Wohnung angebe! Und ich finde, in solchem Hause kann man vorzüglich die Repräsentation mit der Sparsamkeit verbinden. Rechnen Sie sich's aus: mein Hotel hat hundertdreißig Zimmer, die von zwei Shilling bis zu zwei Guineen kosten. Für mich genügt die Adresse; daß ich oben unter dem Dach eine Schieblade für zwei Shilling –

Zimmer kann man es wirklich nicht nennen – bewohne, weiß ja ich allein.«

Herr van Osenbruggen schüttelt den Kopf; das ist Schliemann, wie er leibt und lebt. Dann spricht man vom Vlissinger Paketboot, und Schliemann begeistert sich für die riesigen Dampfer, die er in Liverpool gesehen hat.

»Es tut mir leid, mein Freund«, sagt er dann – »ich muß mich verabschieden. Ich habe noch auf dem Telegrafenamt zu tun.«

Wieder schüttelt der Holländer den Kopf, denn die neumodischen Telegramme sind so maßlos teuer, daß sie den ganzen Etat eines bescheidenen Geschäftsmannes zerrütten können. Und hier, scherzt er, gäbe es ja nicht die verschiedenen Tarife wie bei den Zimmerpreisen.

»Nein«, antwortet Schliemann. »Sie haben recht. Telegramme kosten schamloses Geld. Aber glauben Sie mir, besser können Sie Ihr Geld überhaupt nicht ausgeben. Sie bringen es nämlich dreifach wieder herein. Also auf Wiedersehen.«

»Auf Wiedersehen, Schliemann. Ist es Ihnen recht, so hole ich Sie heute abend im Hotel zur Oper ab. Covent Garden. Ich habe vorzügliche Karten geschenkt bekommen.«

Abends sitzen die beiden im Theater. »Ist die Aufführung nicht wundervoll?« fragt der Holländer im Zwischenakt.

»Tut mir leid, ich finde am Theater nichts. Beim Schauspiel ärgere ich mich, wie der Dichter die Historie verdreht und zerschnippelt und wie die Schauspieler diese falsche Rolle dann noch wieder ganz anders auffassen, als es mir richtig erscheint. Und die Oper stört mich beim Nachdenken. Ich gestehe, manchmal gehe ich gern in die Oper, weil ich da in Ruhe sitzen und meinen Gedanken nachhängen kann, ohne daß mich jemand unterbrechen darf. Aber die neueren Compositeurs haben die vertrackte Angewohnheit, daß sie plötzlich ohne jeden Grund im Fortissimo loslegen, und dann ist der Faden natürlich gründlich abgerissen. Im übrigen, mein Lieber, möchte ich Sie gleich darauf aufmerksam machen, daß ich vor dem Schluß der Aufführung wegzugehen pflege. Ich hasse das Gedränge und, ganz nebenbei, entgehe ich gern den Nachstellungen der Herren Taschendiebe.«

»Sie sind ein merkwürdiger Mensch, Schliemann. Treffen wir uns morgen? Wie wäre es, wenn wir gemeinsam frühstückten?«

»Morgen wird es schlecht gehen. Ich habe mir den ganzen Tag freigehalten, weil ich ins Britische Museum möchte.«

»Zu den alten Steinen und Mumien? Sagen Sie bloß, daß Sie dieses Zeug auch noch interessiert!«

»Brennend sogar. Die alten Steine, wie Sie sagen, erinnern mich sehr an meine Jugend und an das, was ich damals wollte und träumte. Vielleicht ist mein ganzes Leben nur ein Umweg zu ihnen. Aber lassen wir das. Morgen abend, wenn das Museum schließt, bin ich geschäftlich besetzt und den ganzen Sonnabend ebenfalls. Wenn Sie wollen, am Sonntag? Ein gräßlicher Tag in London, der Sonntag! Es ist mir ein Rätsel, wie dieses sonst so aktive Volk es aushält, einen ganzen Tag lang einfach nicht zu leben. Sie können doch schließlich nicht vierundzwanzig Stunden hindurch nur beten und in die Kirche rennen! Aber das kennen Sie genausogut wie ich, die hoffnungslose, trostlose Lethargie eines britischen Sonntags. Setzen wir uns da also zusammen und erinnern uns an das alte liebe Amsterdam.«

»Gut, aber vormittags gehe ich in die Kirche.«

»Sie auch? Na, da will ich Sie nicht stören. Ich glaube auch, daß es einen Gott gibt, aber um das Geschwätz der Priester, Derwische, Mönche und Pfaffen kümmere ich mich nicht. Sie haben doch alle Zusätze nur erdichtet. Ich tue recht und scheue niemand und glaube, was ich kraft meiner Vernunft glauben kann.«

»Verzeihen Sie eine vielleicht zu persönliche Frage, Schliemann – sind Sie eigentlich glücklich?«

»Was heißt glücklich? Ich freue mich, daß ich mein Ziel nicht aus dem Auge verliere, also auch über das Geld, das ich in diesem Jahr verdient habe, und über die doppelte Menge, die es im nächsten Jahr sein muß. Aber sonst? Ich glaube manchmal, ich war glücklicher, als ich noch in Fürstenberg hinter dem Ladentisch stand und mit dem Fischhändler über den Hund mit dem langen Schwanz lachte, als der versuchte, sich eine Maischolle vom Karren zu langen.«

Doch als Schliemann dann, eine Woche später, zu Schiff nach St. Petersburg zurückkehrt, unterbricht er seine Reise nicht, als die waldige Steilküste Mecklenburgs an Steuerbord auftaucht. Wie groß war einmal der Travemünder Leuchtturm, als wir Kinder früher von Kalkhorst aus hinüberfuhren, denkt er; in England sind tausend Fabrikschornsteine größer und gewaltiger als er. Und er fährt an der Heimat vorüber, und dieser eine flüchtige Gedanke ist alles, was er an sie wendet.

3 In St. Petersburg geht es mit frischen Kräften und neuem Tatendrang an die Arbeit. Wie ein in stilles Wasser geworfener Stein seine Kreise zieht, enge und weite, so wachsen Schliemanns Geschäfte, eines aus dem andern. Und fast wie ein Fels ragt er in dem Meer des russischen Wirtschaftslebens. Gewiß, er gehört noch lange nicht zu den Größten, verfügt auch noch längst nicht über Millionen, aber er ist schon ein Mann, mit dem die Größten rechnen, auf den sie Rücksicht nehmen, dem sie eine große Zukunft prophezeien. Selbstverständlich ist es unter diesen Umständen, daß man sich nicht nur geschäftlich sieht, sondern auch sonst rege miteinander verkehrt. Selbstverständlich, daß manche Eltern meinen, ihre Tochter werde die richtige Frau für den aussichtsreichen jungen Kaufmann sein.

Ein Jahr nach dem bitteren Schlag des Neustrelitzer Briefes verlobt Schliemann sich mit Sophia. Sie ist ein Engel, und sie zu besitzen erscheint ihm eine glückliche Entschädigung nach allen Enttäuschungen. Sophia spielt Klavier wie Paganini die Geige, sie spricht Deutsch, Englisch und Französisch. Sie stellt auch gern ihre Sparsamkeit zur Schau und ihr Verständnis für den Haushalt. Sie ist randvoll von allen Tugenden, die man nur verlangen kann, und hat, wenn man genau zusieht, nur einen Fehler: sie tanzt zu gern.

»Bären tanzen, das können Sie auf jedem Jahrmarkt sehen. Kannibalen tanzen auch, wie Ihnen die Bücher der Forschungsreisenden sagen. Ich verstehe nicht, Sophia Alexejewna, daß Ihnen eine so primitive Beschäftigung Freude machen kann. Wenn man denkt . . .«

»Aber teuerster Henry, muß man denn immer denken? Hören Sie, dieser göttliche Walzer! Zuckt es Ihnen nicht in den Füßen? Schade. Und doppelt schade, daß Sie nicht tanzen mögen. Sie sollten doch wirklich einmal Unterricht nehmen. Sie werden sehen: sobald Sie erst die Pas verstehen, wird es auch Ihnen Spaß machen.«

»Gestatten Sie, Gospodin Schliemann?« Ein schlanker Leutnant der Kaiserlichen Garde verbeugt sich. Säuerlich nickt der Angeredete seine Zustimmung. Sophia schwebt davon. Mit gerunzelter Stirn findet der Bräutigam, daß der Offizier Sophia viel zu eng an sich drückt und daß es eigentlich eine Unverschämtheit ist, wie er sie mit dem langausgezogenen pomadisierten Schnurrbart an der Stirn kitzelt. Und wäre es wohl nötig, daß Sophia ihn so anstrahlte mit ihren Kirschenaugen?

Es hilft alles nichts, sieht er, er muß wirklich noch einmal Tanzstunde nehmen. Wenn der eiserne Wille sie fordert, so muß der Erfolg doch schließlich ein besserer sein als beim ersten Versuch. Aber das erweist sich schnell als Trugschluß. Nach wie vor ist er der Meinung, daß das Tanzen ein unwürdiges und durchaus albernes Gehopse sei.

Vielleicht müßte man aber nicht nur tanzen können, sondern auch anders aussehen – so etwa wie dieser Leutnant, der stets um Sophia herumschwänzelt. Man dürfte nicht einen so großen Kopf haben, für den nie ein passender Hut vorrätig ist, und nicht sonst kaum mittelgroß sein und nicht so mager und nicht so ungeschickte Bewegungen haben. Da hilft auch der eleganteste Londoner oder Pariser Frack nicht, und auch der teuerste Schneider macht aus Schliemann keinen Salonlöwen. Aber gibt es überhaupt in der Petersburger Gesellschaft Salonlöwen im Frack? Wenn man die Sache genau überlegt, doch wohl nicht. Alle ohne Ausnahme sind sie Offiziere, oder allenfalls tragen sie andere Uniformen, die eines Kammerjunkers oder eines Attachés oder eines Rats in einem der ungezählten Ministerien und Behörden.

Aber Sophie ist ja nicht nur gut, sie ist auch klug, und wenn man einmal eingehend über diese Dinge mit ihr spricht, wird sie es zweifelsohne einsehen und den parfümierten Laffen in Uniform so abfahren lassen, daß er das Wiederkommen vergißt.

Als Schliemann mit diesem Entschluß in das Haus der Braut kommt, ist es noch so früh am Abend, daß er Sophia allein antreffen muß, daß er noch vor der Ankunft der Gäste mit ihr sprechen kann. Aber nein – sie sitzt am Klavier und spielt irgend etwas sehr Weiches, sehr Verträumtes, fast nur auf den schwarzen Tasten. Neben ihr steht der Leutnant. Damit er rechtzeitig das Notenblatt umwenden kann, hat er sich über ihre Schulter gebeugt. Aber was hat er dabei zu flüstern? Nein, wahrhaftig, man versteht nichts von Musik, aber dieser Ton war bestimmt falsch. Was hat sie mitten im Spiel zu reden? Und was haben die beiden jetzt auseinanderzufahren, als Schliemanns Schuhe knarren?

Ein Grund mehr zur geplanten Aussprache, die noch am gleichen Abend stattfindet. Sophia ist auf beiden Ohren taub, ja mehr als das, sie ist schnippisch und gekränkt.

»Ich verstehe nicht, was Sie wollen, Henry. Gut, wir sind miteinander verlobt. Aber das heißt doch nicht, daß ich mit keinem anderen Manne sprechen dürfte! Geschieht denn Ihren Rechten Abbruch, wenn ich mit Porfiri Wladimirowitsch tanze? Ich bitte Sie, machen Sie sich doch nicht lächerlich! Wir sind doch schließlich nicht bei den Türken!«

»Es ist ja nicht das Tanzen an sich, Liebste«, antwortet Schliemann mit zerquälter Stirn. »Aber *so* sollten Sie nicht mit ihm tanzen!«

»Was heißt *so*?«

»Es ist das gleiche So wie das, das erst am Klavier war.«

»Sie sollten sich schämen, mich derart zu verdächtigen!«

So geht es noch eine Weile weiter, und aus der kleine Szene der Eifersucht wird ein richtiger Streit.

»Wenn Sie so tanzten wie Porfiri Wladimirowitsch und wenn Sie so mit mir plauderten wie er, brauchten wir dieses unerquickliche Gespräch nicht zu führen. Er hat mich noch nie mit Indigo oder der Messe von Nowgorod oder den Finanzen von Ponomarew gelangweilt.«

»Ich habe Sie damit also gelangweilt?«

»Ausreichend, Henry. Sie sollten sich wirklich etwas mehr bemühen, dem Leutnant ähnlicher zu werden. Ich meine, im Wesen ...« Sie kann den Satz nicht mehr zu Ende sprechen, denn mit einer ruckhaften Verneigung hat ihr Bräutigam sich zur Tür gewendet. Am gleichen Abend noch löst er die Verlobung.

Gottlob, es gibt nicht nur Sophias in Petersburg. Da ist zum Beispiel Katharina Petrowna Lyshina. Ihr Onkel hat mehrere Millionen, aber sie selbst ist arm. Außerdem ist sie noch nicht fünfzehn. Im übrigen mißtraut Schliemann nach den letzten Erfahrungen seiner Frauenkenntnis. Wozu hat er die vielen Schwestern, die immer nur dann lange und zärtliche Briefe schreiben, wenn sie irgendwelche Wünsche haben, die ihnen die Onkels, bei denen sie wohnen, nicht erfüllen können. Mögen sie doch auch einmal ihrerseits etwas für ihn tun! Eine Einladung eilt nach Mecklenburg: eine der Schwestern soll sofort nach St. Petersburg kommen und die künftige Braut prüfen, ob sie wohl die rechte sein mag. Zum Heiraten ist sie freilich noch zu jung, aber inzwischen könnte die Schwester bleiben und dem Mädchen allerlei von der Praxis des Haushalts beibringen und vor allem recht viel von der heimatlichen Küche, die Kochrezepte der Mutter. Bei diesem Besuch wird man dann auch endlich gründlich die Familiensorgen besprechen können, die brieflich nicht recht zu erledigen sind.

Was ist jetzt mit dem Vater los? Und wie kam er dazu, die Tochter seiner Frau, die nachgewiesener- und eingestandenermaßen von einem benachbarten Gutsbesitzer stammte, als eigenes Kind zu legitimieren? Und das jüngste Kind der Mutter, der kleine Paul, der als einziger vom Vater nach Westpreußen mitgenommen wurde, warum schreibt er dem Bruder nicht mehr? Warum hat er die ihm vermittelte gute Stellung in Amsterdam Knall und Fall verlassen und lernt nun Gärtner? Und warum tut er das ausgerechnet in Westpreußen, in der Nachbarschaft des Vaters, den er genauso abgrundtief haßt wie jener ihn? Und was ist mit Ludwig, den er ebenfalls in Amsterdam untergebracht hatte, wo er sich sehr gut anließ und so hübsche und richtige Briefe auf englisch, spanisch und französisch schrieb? Warum verließ er Amsterdam ohne jeden ersichtlichen Grund? Warum und wieso kam solche Abenteuerlust über ihn, daß er sich nach Amerika einschiffte?

Das alles wird beredet, als die Schwester kommt, die von Katharina begeistert ist und im übrigen wenig gute Nachrichten mitbringt. Gottlob sieht es so aus, als wenn wenigstens Minna noch einen Mann kriegen würde. Ein gewisser Kuhse, Oberlehrer am Gymnasium von Kulm, interessiert sich für sie. Wenn die anderen sitzenbleiben, ist es ja weiter kein Unglück, solange ihr reicher Bruder ihnen zur Seite steht. Die Sache mit Ludwig ist ganz unverständlich. Er scheint ein richtiger Abenteurer geworden zu sein – unbegreiflich, woher mag er das haben? Zuerst hat er sich in New York als Lehrer versucht, dann als Kaufmann in verschiedenen Stellungen, und dann lief er wieder davon und wurde Goldgräber in Kalifornien. Nach dem ersten begeisterten Brief, im Goldrausch geschrieben, hat auch die Schwester nichts mehr von ihm gehört. Nun, da kommt die Post, kommen die Zeitungen. Man wird abends weiterplaudern.

Da ist auch ein amerikanisches Blatt. Darin eine kleine Notiz von zwei, drei Zeilen, daß irgendwo in einer neuen Stadt namens Sacramento ein gewisser Mister Schliemann, durch besonders erfolgreiches Goldgraben bekannt, plötzlich gestorben sei.

»Dütz, Dütz!! Wo steckst du denn? Kannst du denn nicht etwas schneller kommen? Ich rufe schon eine halbe Stunde. Weißt du noch, woher Ludwig dir geschrieben hatte?«

»Sagte ich es nicht schon? Sacramento hieß der Ort.«

»Bitte, besorge meinen Koffer. Den mittleren. Ich fahre morgen nach Amerika. Laß sofort meinen Agenten kommen, Matwejew. Hab während meiner Abwesenheit ein Auge auf die Köchin. Ich fürchte, sie ist nicht ehrlich und unterhält einen schwunghaften Kleinhandel aus meiner Speisekammer.«

Zweites Kapitel

Amerikanisches Abenteuer

οὐδέ τις ἔστ' ἀλκή· φυγέειν κάρτιστον ἀπ' αὐτῆς.
Od. XII, 120

Nichts hilft Tapferkeit dort, entfliehn ist die einzige Rettung.

Neun Tage lang ist das Schiff schon unterwegs, einer der von Schliemann so gepriesenen neuen Dampfer mit zwei turmhohen Schornsteinen und gewaltigen Schaufelrädern. Es ist eine schlechte Fahrt, und die meisten Passagiere liegen schwer seekrank in ihren Kabinen. Die harten Winterstürme pflügen den Ozean tief auf, breit brechen die Wellen über das Schiff.

Heute ist Schliemanns Geburtstag, der neunundzwanzigste. Zwar liegt auch er krank, aber nicht so sehr, daß die Gedanken nicht mehr arbeiten könnten.

Was wird das neue Lebensjahr bringen? Was wird er statt des Bruders antreffen? Und wie wird sich die Abwicklung von dessen Geschäften gestalten? Ob er außer Schulden etwas hinterlassen hat? Wahrscheinlich nicht. Dann gilt es zunächst, alle Rückstände zu bezahlen und darauf ein paar gute Geschäfte zu machen, um den Verlust wieder auszugleichen. Nicht umsonst hat Schliemann alles Geld, das er ohne Schaden für sein Geschäft flüssigzumachen vermochte, mit auf die Reise genommen. Fünfzigtausend Taler. Bei einiger Geschicklichkeit und mit etwas Glück dazu wird man sie so arbeiten lassen können, daß sie zehn bis fünfzehn Prozent abwerfen.

Dreißig bis vierzig, schrieb Ludwig, aber das war natürlich Phantasterei von dem Jungen.

Ja, und sonst? Katharina Petrowna. Nach dem günstigen Gutachten der Schwester ist die Heirat beschlossene Sache, und die Lyshins scheinen sehr einverstanden.

Der Dampfer schlingert nicht schlecht, und man darf schon eine kleine vergleichende Linie zu der Fahrt mit der »Dorothea« ziehen. Es scheint, der Winter ist immer eine miserable Reisezeit für den Ozean. Aber man kann sich ja nun einmal nicht immer einen besseren Monat aus – hoppla, was war das? Also: aussuchen. Na, da rennen ja so viele Stiefel an Deck. Warum kommt der Steward so grüngelb in den Raum? Der war doch immer seefest wie kein zweiter. Was stottert er? Na, das hat gerade noch gefehlt. Die Maschine durch einen Bruch der Hauptwelle zerstört. Das bedeutet ja einen recht unangenehmen Zeitverlust. Einen vollen Tag muß man wohl für die Reparatur abbuchen. Wie? Nicht möglich?

»Ich bitte die Herrschaften, Ruhe zu bewahren. Zu einer Panik besteht keine Veranlassung«, verkündet der Kapitän. »Wir sind nicht leck geschlagen und werden Notsegel setzen.«

Er hat noch nicht ausgeredet, als eine Hölle losbricht. Kaum einer glaubt dem Kapitän. Geschrei, Gewinsel, tobsüchtige Szenen, und mit einemmal ist niemand mehr seekrank, wiewohl das Schiff, hilflos treibend, viel stärker schlingert als zuvor. »In die Boote!« brüllt ein dicker borstenhaariger Engländer, und eine Flutwelle irre gewordener Menschen will ihm nachstürzen. Mit einer Pistole verteidigt der Kapitän die Tür.

Langsam, von den wenigen Ruhiggebliebenen ausgehend, verbreitet sich eine sachlichere Betrachtung. Die Lage ist so, daß das Schiff vierzehnhundert Seemeilen von New York und achtzehnhundert von Liverpool entfernt treibt. Der Wind kommt stark aus Nordwest, und daher muß man versuchen, mit den Notsegeln in den Ausgangshafen zurückzukehren. Da die Proviantvorräte nicht ausreichen, verteilt man ab sofort nur noch halbe Rationen. Zum Glück bleibt der Wind stark und gleichmäßig, und nach sechzehn Tagen ist man wieder in Liverpool.

Soll man abergläubisch werden (falls man es nicht schon ist) und sagen: Diese Reise soll nicht sein, also verzichte ich darauf und fahre mit der wesentlich sichereren Eisenbahn nach London und dann mit dem weniger gefahrvollen Kanalboot nach Holland oder Frankreich? Die meisten der Passagiere tun es. Schliemann fährt auch nach Amsterdam, aber nicht, weil er seine Reise aufgegeben hätte, sondern nur, weil es den Anschein hat, daß ein vor der Abreise gegebener Auftrag nicht richtig ausgeführt worden ist. Nach wenigen Tagen ist er wieder in Liverpool, wieder an Bord eines anderen Schiffes, und diesmal geht die Reise auch ohne Überraschungen und Störungen zu Ende.

Sacramento.

Die Goldgräberstadt.

Der Partner Ludwigs, ebenfalls ein Deutscher, ist schnell ausfindig gemacht. Seine Art gefällt dem Fragenden nicht. Er wird den Eindruck nicht los, daß des Bruders Angelegenheiten keineswegs so schlecht standen, wie jener behauptet. Aber weiter in ihn zu dringen, weiter leeres Redestroh zu dreschen hat keinen Zweck, wenn man keine konkreten Gegenargumente hat.

Dann geht Schliemann durch die Stadt, hört diesen, fragt jenen. Allmählich beginnt sich das Bild zu runden. Zwei Monate lang hat Ludwig als Goldgräber gearbeitet und dabei für siebenhundert Dollar gefunden. Mit dem Gewinn hat er ein Zwischending von Gastwirtschaft und Hotel eröffnet, das geradezu glänzend ging. Dem Erkrankten pumpten die Ärzte so viel Quecksilber ein, daß er daran starb. Nicht weniger als dreißigtausend Dollar betrug seine Hinterlassenschaft – und damit hat sich sein Partner in den Ruhestand zurückgezogen oder sie verspielt.

Ein Prozeß bietet geringe Chancen, wenn man frisch im Lande ist und weder die Gesetze noch die Richter noch die Sitten kennt. Schliemann schließt also das Konto des Bruders, sucht dessen Grab, läßt es in Ordnung bringen und gibt einen Grabstein in Auftrag. Dann verläßt er Kalifornien wieder, überzeugt, daß er noch einmal zurückkehren wird, denn für unternehmungslustige Männer scheint ihm hier das richtige Pflaster zu sein. Vorher aber will er das ganze Land kennenlernen, um zu wissen, wo dessen Reichtümer liegen, welche Märkte am gewinnbringendsten zu entwickeln sind. Diese Kenntnisse werden auch in St. Petersburg von Werte sein.

Den ersten Halt macht er in Washington, denn vor dem Lande selbst muß man seine Hauptstadt und seine maßgebenden Männer kennen. Der erste Mann des Staates ist der Präsident. Fillmore ist es zur Zeit. Ist der Name Schliemann im weiten russischen Reich und in den zahlreichen Metropolen des Handels schon ein Begriff, so muß er es auch wohl in den Vereinigten Staaten und in ihrer Hauptstadt sein, denn Präsident und Minister sind zumeist auch nichts anderes als Kaufleute oder Söhne von solchen. Vom Hotel aus schickt Schliemann seine Karte an den Präsidenten, der sich denn auch umgehend für einen Empfang zur Verfügung stellt.

Abends um sieben Uhr hält der Wagen vor dem Weißen Hause. Der Präsident geht dem Besucher bis an die Tür seines Arbeitszimmers entgegen.

»Vielleicht werden Sie sich wundern, daß ich Sie aufsuche. Ich bin eigens von Rußland gekommen, um dieses herrliche Land zu sehen und die Bekanntschaft seiner großen Männer zu machen. Unter diesen Umständen betrachte ich es als selbstverständliche Pflicht der Höflichkeit, daß mein erster Besuch Ihnen gilt, Herr Präsident. Ich freue mich, Sie kennengelernt zu haben, und möchte Ihre kostbare Zeit nicht länger in Anspruch nehmen.«

Schliemann steht auf, um sich zu verabschieden, aber der Präsident hält ihn zurück. »Ich kenne Ihren Namen, Mister Schliemann, und betrachte es als Ehre für mich, daß Sie mich aufsuchen, und als Ehre für unser Land, daß Sie ihm so viel Interesse entgegenbringen. Sehen Sie, wir sind das Land der Pioniere. Wenn Sie sich mit unserer Geschichte befaßt haben, kennen Sie auch dieses Wort und wissen, was es bedeutet. Nach all dem, was ich von Ihrer russischen Tätigkeit gehört habe, sind auch Sie eine Pioniernatur, Mister Schliemann, und daher würde mich nichts mehr freuen, als wenn Sie sich bei uns ansässig machten und durch Ihre Initiative unsern beispiellosen Aufstieg vorantrieben.«

»Darüber kann ich Ihnen heute noch nichts Bindendes sagen, Herr Präsident. Auf die Dauer wird mein Geschäft in St. Petersburg nicht ohne mich sein können, und es zu liquidieren, um mich ganz in Amerika anzusiedeln, schiene mir vorläufig verfehlt. Und das um so mehr, als ich schließlich nicht Kaufmann um des Kaufmannseins willen bin. Aber, wie gesagt, es ist zu früh, darüber zu sprechen, denn bisher kenne ich nur New York, Sacramento, Washington und alle drei Städte gleich flüchtig.«

Weiter geht das Gespräch. In seinem Verlangen, alles über das Land zu erfahren, hat Schliemann viele Fragen, und Fillmore kann sie alle befriedigend beantworten. Von der Rede Kossuths sprechen sie auch, die Schliemann am Vortage gehört hat, und in diesem Zusammenhang preist der Präsident die Freiheit als die höchste Tugend und den größten Schatz seines Landes. »Aber nun machen Sie mir die Freude, ein Glas Wein mit uns zu trinken. Meine Angehörigen werden sich freuen, Sie ebenfalls kennenzulernen.«

Man geht in den Salon, wo Mrs. Fillmore mit ihrer Tochter am Kamin sitzt. Bald kommt auch der Vater des Präsidenten hinzu, ein gelehrter alter Herr, der seine helle Freude daran hat, daß Schliemann ihm nähere Einzelheiten von den sogenannten Elgin Marbles im Britischen Museum erzählen kann, den Parthenonskulpturen. Als Schliemann wieder in seinem Hotel ist, geht die Uhr auf zehn.

Dann reist er kreuz und quer durch die Staaten, interessiert für alles und jedes, stets notierend, bis hin zur Zahl der Reisenden in den Zügen, die ihm eine Unterlage für die Rentabilität der Linie bildet. Im Norden besucht er die Kohlengruben und Eisenschächte, im Süden seufzt er in der kochenden Glut der Wälder von Panama und studiert, wie in Kuba der Zucker gewonnen wird, mit dem er jahrelang gehandelt hat, glücklich gehandelt hat. Aber was ist denn überhaupt das Glück? Im Grunde, so schreibt er in sein Tagebuch, nichts anderes als das Endergebnis klarer Berechnung und persönlicher Tatkraft. Doch das Glück, das er gehabt hat, der geschäftliche Erfolg, zu dem es ihn geführt hat, wird ihm auf dieser Reise verkümmert. Ein sehr bitterer Tropfen fällt in den strahlenden goldenen Becher. Wie kann man den Zucker in Westindien studieren, ohne zugleich die Quellen zu sehen, die die Süßigkeit des Rohres, die Billigkeit und die Handelsfähigkeit der braunen glitzernden Ware speisen und damit letzten Endes die Zahlenreihen in den Kontobüchern wachsen lassen? Auf die Formel eines einzigen Wortes lassen sich diese Dinge bringen: die Arbeit der Neger. Und das heißt wieder: Sklaverei. Die Feder zittert dem unermüdlich Schreibenden, wenn er die Sklavennot auf Jamaika und Kuba und in den Südstaaten registriert, die körperliche und geistige Verwahrlosung, die Roheit und Gemeinheit der Ausbeuter. Zum erstenmal werden Schliemann diese Dinge bewußt, die ihn mit ihren aufrüttelnden Fragezeichen sein ganzes Leben verfolgen werden.

Anfang Juni kommt er in San Francisco an. Einst war das eine Stadt aus lauter Männern, als spanische Mönche hier dem heiligen Franz ihr Kloster weihten. Jetzt ist es wieder eine Stadt der Männer, die aus allen Staaten Amerikas, die aus der ganzen Welt hier zusammenströmten, im Rausche des Goldes, das hier aus dem Boden wächst, im Taumeltanz um das Goldene Kalb. Woher kommt das Gold? Wieder eine interessante Frage, die in Gesprächen mit den Goldgräbern und mit Geologen ihre Antwort findet, mag es sich nun um das Goldseifen im Sande des Flusses handeln oder um das Anstehende in den Quarzgängen der Berge.

Schliemann kommt allerdings nicht dieses Goldes wegen. Ihn haben sein Schicksal und seine Geschicklichkeit längst auf andere Wege gelenkt, die zum Reichtum führen, und Muskelkraft und Ellbogengewalt, die zu einem Goldgräber gehören, sind noch niemals seine Stärke gewesen. Er kommt deswegen her, weil man Amerika nicht kennt, wenn man nicht auch in San Francisco war, das in wenigen Jahren aus einem unbekannten Dorf zu der berühmtesten und berüchtigtsten Stadt der Welt geworden ist.

Er läßt sich im Menschenstrom durch die Straßen treiben – Straßen, die es nirgendwo so auf dem Erdkreis gibt. Steinerne Häuser existieren kaum, denn der Steinbau kostet viel zuviel von der kostbaren Zeit, die man so nötig braucht, um nach dem gelben Metall zu schürfen, es aus dem Sand der Flüsse zu waschen, es im Spiel zu gewinnen, es im Raub den Findern abzunehmen. Von Holz sind die Häuser, und viele sind auch bloß große Zelte, und auch die teilenden Wände der Holzhäuser sind zumeist nur ausgespannte Stoffe.

Auch die Menschen, die sich in diesen Straßen schieben und stoßen, immer vorwärts, immer dem Golde nach, fände man nirgendwo anders auf der Welt. Gefältelte Batisthemden neben verschwitzten aus karierter Wolle, der modisch geschweifte Frack neben Lumpen, das Lederzeug des Buschrangers neben den Baumwolljacken bezopfter Chinesen, das Lederzeug des mexikanischen Reiters neben der blauen Bluse des mecklenburgischen Tagelöhners, Stiefel und Lackschuhe, leichte, europäisierte Mokassins, Pantoffeln, nackte Füße, Sombreros und Zylinder, Glockenhüte und Mützen und bunte Kopftücher.

Einzeln treiben die Menschen im Strom und in Gruppen, manche – doch sehr wenige, an den Fingern zu zählende – auch mit Frauen und Kindern. Dolche und Degen, Pistolen und langhalsige Gewehre haben sie, Hacken, Schaufeln und Wäscherpfannen. Über dem hundertsprachigen Geschrei der Menge hängen wie grelle Fetzen abgerissene Töne von Musik, die aus den Zelten und Bretterbuden fliegen. Wie Abgesandte aller Völker, wie die Kehrichte aller Häfen sich hier ein Stelldichein gegeben haben, so tun es auch die Instrumente: blecherne Klaviere, Gitarren, Banjos, Trommeln, Geigen, Drehorgeln, Pfeifen, Trompeten und die seltsamsten Tongeräte aus Afrika und Asien.

Eine schreckliche Stadt, aber interessant wie keine zweite, findet Schliemann, der nun endlich die Plaza erreicht hat, auf der das mehrstöckige Holzhaus steht, das als das beste Hotel San Franciscos gilt. Hier bedeutet der Name Schliemann genausowenig wie das Geld in seiner Tasche. Wer den Tag nicht zahlt, fliegt auf die Straße, und an der Tür warten genug andere, die ein paar ansehnliche Nuggets oder einen Beutel goldenen Staubs in der großen Lotterie des Findens gewonnen haben. Es ist kein Zimmer frei, oder was man hier Zimmer nennt, und für diesen Tag sei auch keines mehr zu erwarten, sagt man dem verwunderten Gast.

Die Adressen anderer Hotels, die der galonierte (und bewaffnete) Portier gegen einen runden Silberdollar angibt, erweisen sich als nutzlos, denn auch sie sind überfüllt. Erst spät findet

Schliemann Unterkunft in einer Bretterbude, die weit draußen am augenblicklichen Rande der Stadt steht. Das Zimmer ist ein Hohn auf dieses Wort, ist nichts als eine leinenumzäunte Schlafbucht in einem Saal, unter dessen Decke der Gestank Dutzender von Menschen in scheußlichen Klumpen brütet. Das Essen ist genauso schlecht, wie sein Preis hoch ist. So teuer hat Schliemann noch nirgends gespeist. Er schluckt den Fraß mit Resignation. In dieser tollen Stadt muß es wohl so sein; hier hat das Gold keinen Wert und ist doch der höchste, der einzige Wert. Wer weiß, ob der Wirt dem protestierenden Gast nicht eine Kugel in den knurrenden Magen jagen würde. In einer abgetrennten Ecke des Speiseraums wird gespielt. Nicht um gemünztes Geld, nur um Gold.

Ein hübscher junger Spanier hat alles verloren und bettelt an den Tischen herum – essen will er und ein Nachtquartier, sagt er.

»Wieviel Gold hattest du, als du heute abend herkamst?« fragt ihn Schliemann.

»Ich weiß nicht genau, Señor. Drei oder vier Unzen in Stükken und ein Beutelchen Körner.«

»Alles verspielt?«

»Alles. Sonst würde ich ja nicht betteln. Natürlich, ich hätte vorher essen und ein Nachtquartier bezahlen sollen, aber klug wird man erst, wenn es zu spät ist.«

»Warum hast du gespielt?«

»Weil es Freude macht, viel mehr noch als die Weiber, die es sowieso kaum gibt. Und die paar, die hier sind, sind krank. Sehen Sie, es ist beim Spielen das schöne, daß man immer hoffen kann, zu gewinnen und seinen Besitz zu vervielfachen. Außerdem – wenn ich mein Gold behalte und darum totgeschlagen werde oder wenn es mir gestohlen wird, habe ich nichts von ihm gehabt. Jetzt bleibt mir wenigstens die angenehme Erregung.«

»Man müßte – nun gut, wenn du mir versprichst, heute nicht mehr zu spielen, gebe ich dir fünf Dollar. Da kannst du essen, bis du platzt, und guten Wein dazu trinken, soviel du magst – denn du kennst wahrscheinlich einen Landsmann, der dich nicht so betrügt wie dieser Wirt.«

Der muß ja eine mächtige Ader gefunden haben, denkt der kleine Spanier, als er glücklich aus der Bude in die Nacht tritt. Er hat fast recht, denn in diesem Gespräch hat Schliemann einen Gedanken gefunden.

Es ist schwer, in dem Getöse von Musik, von Fluchen, Streiten, Schnarchen, Husten zu schlafen. Aber es gelingt, denn der Tag war anstrengend gewesen, und schnell sinkt Schliemann in einen dunklen Abgrund wirrer Träume.

Plötzlich ein Schrei, ein wilder Schrei ohne Form, ohne Sprache, der ihn aus der Tiefe reißt. Ein beißender Durst, der sich um den Hals krampft, wirft ihn vom Lager. Feuer. Um Gott, Feuer in dieser Stadt aus Brettern und Tüchern! Die meisten Schläfer sind schon entflohen, ein paar Zertretene und Verwundete mühen sich noch in den engen Gängen.

Das Zelt neben dem Gasthaus brennt wie ein qualmender Haufen Lumpen. Die Straße, die in die Stadt führt, ist ein doppelter Wall aus knatternden Flammen, das Zentrum eine einzige knallende wehende brüllende Fackel.

»Im Hotel an der Plaza ist das Feuer ausgebrochen«, keucht jemand, der in das freie Land flieht, seinem Begleiter zu. »Die Treppe stand gleich in hellen Flammen. Wer weiß, ob sich auch nur einer retten konnte.«

»Und Frank und Jimmy?«

Ein Achselzucken. »Komm schnell . . .« Sie hasten weiter. Sie tun das einzig Richtige. Nur Flucht aus dieser Hölle kann die Rettung sein. Schliemann eilt den Laufenden nach. Die brennende Stadt taucht ihre ganze Umgebung in Helligkeit, aber mehr noch hüllt sie sie in beizenden, quälenden Rauch, der die Lungen keuchen läßt und Tränen aus entzündeten Augen jagt. Nur weiter – weiter und höher. Da, ein Berg, der Telegraf-Hill! Hinauf! Mählich wird der Qualm dünner, die Luft reiner, aber auch grauenhafter und erhabener das Bild vom Sterben einer Stadt.

Tags darauf ist Schliemann im zweiten Zentrum des Goldfiebers, in Sacramento, wo sein Bruder zu Wohlstand kam und starb. Am Abend schon kleben gedruckte Zettel an den Straßenecken, liegen auf den Tischen der Hotels, der Lokale. Wer lesen kann, liest sie mit Staunen und erklärt sie denen, die es nicht können oder die kein Englisch verstehen: ein gewisser Henry Schliemann hat in dem Ziegelgebäude der und der Straße eine Bank eröffnet, in der er jede Menge von Gold und Goldstaub zu höchstem Tagespreise ankauft, sei es gegen Barauszahlung in amerikanischer Währung, sei es als hochverzinste arbeitende Einlage.

Das war der Gedanke, auf den ihn der Spanier gebracht hat: dem Goldgräber Sicherheit zu geben und ihm seinen mühseligen oder glücklich in den Schoß gefallenen Gewinn soweit zu erhalten, wie es in diesem Lande nur möglich ist. Was ist das Gold wert, das nur am Spieltisch seinen Besitzer wechselt, denkt Schliemann. Arbeiten muß es, denkt er weiter, und muß in der Wirtschaft den Menschen neue Arbeitsmöglichkeiten schaffen helfen. Gold gibt dieses Land in bisher unvorstellbaren Mengen, aber Gold frißt es auch wieder, wie Kronos seine Kinder. Wieviel ist nötig, um San Francisco wieder aufzubauen! In sechzehn Tagen soll der Baumeister ein neues Hotel an der Plaza errichten, und in einem ähnlichen Tempo soll die ganze Stadt neu erstehen. Wer jetzt Geld hat, kann es in kurzer Zeit vermehren und wahrhaftig nicht bloß um die Prozente, von denen Bruder Ludwig in seinem letzten Brief phantasierte. Denkt Schliemann jetzt überhaupt noch an den kleinen Spanier, dessen Geschick ihn anregte, und an die Tausende von Goldgräbern, mit denen seine Überlegung begann? Wohl kaum. Ist nicht Amerika das Land des lockenden Goldes, das Goldgräbergebiet Kalifornien sein Zentrum? Sicherheit für die andern, Aufbau – nun gut und schön das alles, aber schnell genug tritt das in einen fast schon wesenlosen Hintergrund vor dem Gedanken an den eigenen schnellen Profit, vor der grandiosen Reihe neuer und neuartiger Investitionsmöglichkeiten.

Ob man den Abenteurern aus aller Welt den Plan einer Goldgräberbank nahebringen kann? Es gelingt. Die Bank von Henry Schliemann, ein einfaches langgestrecktes Zimmer, in dem der Direktor zugleich auch Clerk und Diener und Pförtner und Sicherheitswächter ist, bekommt Zulauf, vor allen Dingen, als sich erst herumgesprochen hat, daß Schliemann ehrlich wiegt und ehrlich zahlt, als man weiß, daß fast ein jeder in seiner eigenen Sprache mit ihm verhandeln kann und nicht mehr auf die Dienste betrugslüsterner Dolmetscher angewiesen ist.

Freilich, das Lehrgeld ist nicht billig, und viele Tricks muß man erst zu seinem Schaden an sich ausprobieren lassen, bis man auf keinen mehr hereinfällt.

Von sechs Uhr morgens bis zehn Uhr abends ist die Bank geöffnet, in die sich die Spanier und Italiener, die Deutschen und Russen und Polen und Franzosen drängen, um der Sorge um ihren Fund überhoben zu sein oder ihn zu klingendem Gelde zu machen.

Als sich der erste Erfolg des neuen ungewohnten Unternehmens abzuzeichnen beginnt, wirft sich das Fieber, das im sumpfigen Tal des Sacramento zu Hause ist, auf Schliemann und der Typhus dazu. Wenn er sich jetzt, wie er möchte und müßte, ins Bett legte, wäre die bisherige Arbeit umsonst getan, und bis er wieder gesund wäre, würden andere ernten, wo er gesät hat. Er darf also nicht krank sein, zumal er weder einen Vertreter noch einen Hilfsmann hat, auf den er sich verlassen könnte. Er läßt sein Bett in den einzigen Raum seiner Bank tragen, ißt Chinin wie ein anderer Zucker, verordnet sich strengen Hunger und Durst, kriecht vom Bett zum Tisch, bedient seine Kunden, taumelt wieder zurück – und so eine Reihe von Tagen, bis die zähe, stählerne Kraft des Willens über die Schwäche des Körpers gesiegt hat. Genauso wird auch ein zweiter späterer Anfall überwunden – aber der ist auch ein dringendes Signal, daß man die Natur zwar besiegen, aber ihre Gesetze nicht aufheben kann. Wichtiger ist aber eine andere Überlegung für Schliemann: Im oberen Teil des Sacramento sind neue große Fundstellen erschlossen. Er befürchtet, daß die Überproduktion eine Abwertung des Goldes zur Folge haben wird.

Schliemann liquidiert seine Bank und rechnet ab. Aus den fünfzigtausend Talern, mit denen er im Februar 1850 in Amerika ankam, sind binnen eines Jahres hunderttausend geworden. Er kommt keinen Augenblick auf den Gedanken, daß ein derartiger, selbst für die Geschäftsmethoden jener Jahre und jenes Landes ungewöhnlich hoher Gewinn in seiner moralischen Berechtigung fragwürdig sein und von irgendeiner Seite angefochten werden könnte.

Aber nicht nur mit verdoppeltem Vermögen tritt er die Rückreise an. Die Zeitung hat verkündet, daß das Land Kalifornien durch Beschluß des Kongresses zum selbständigen Staat erhoben worden ist und daß demgemäß alle Menschen, die sich am 4. Juli 1850 in Kalifornien aufgehalten haben, dadurch automatisch das Bürgerrecht der Vereinigten Staaten von Nordamerika erworben haben. Dem Mecklenburger, der in Holland zum Kaufmann emporwuchs, der in Rußland sein Vermögen erarbeitete und es in Amerika verdoppelte, der in London so gut zu Hause ist wie in Paris, ist das im Grunde gleichgültig. Aber vielleicht wird es einmal irgendwie von Nutzen sein, denkt er.

Die Luftschaukel

οὐκ ἂν ἔπειτ' Ὀδυσῆι ἐρίσσειε βροτὸς ἄλλος·
Il. III, 223

Dann wetteiferte, traun, kein Sterblicher sonst mit Odysseus.

1 Man kann schon sagen: wie immer. Wie immer gerät das Schiff in einen Sturm. Schliemann klammert sich an die Reling und hat Freude am Toben der Luft und des Wassers, das grünglasig schäumend ungeheure Berge auftürmt und den Dampfer von einem zum andern wirft. Nun schwebt er hoch oben, und im nächsten Augenblick stürzt er sich in ein gähnendes Wellental.

Dem Reisenden kommt eine plötzliche Erinnerung aus der Schulzeit, als einmal am Zierker See eine Luftschaukel aufgebaut war. Abenteuerlüstern und mit zaghaftem Mut hatte man sich hineingewagt und seltsam erregt sich von der Erde dem Himmel und vom Himmel der Erde zuwerfen lassen.

Nun ist das Schiff wie der Junge in jener Luftschaukel – oder ist nicht das ganze Leben eine Luftschaukelfahrt, nach oben, nach unten, auf und ab, ab und auf?

Die beschauliche Ruhe, in der der Rückkehrer sein Geschäft in St. Petersburg vorfindet, bringt ihn zum Kochen. Der russische Markt spürt schon am ersten Tage: Schliemann ist wieder da. Von neuem fegt er wie ein Sturm durch Haus und Lager, Häfen und Kontore. Die lange Reise hat wieder einen Sack voll Anregungen und neuen Plänen gegeben, der Aufenthalt in Übersee eine Fülle neuer Verbindungen gebracht, und die in Amerika gelernte Praxis hat die Methoden verändert.

Nachdem im Laufe weniger Wochen das Kaufmännische auf eine neue Basis gebracht worden ist, wendet Schliemann sich mit der gleichen Leidenschaft den persönlichen Dingen zu. Zunächst wird die seit den Tagen von Amsterdam laufende Unterstützung der Angehörigen stabilisiert. Bisher waren die Zuwendungen wie Füllhörner gewesen, die sich unregelmäßig in Zeitabständen und Höhe aus einem plötzlichen Gedanken heraus ausschütteten. Jetzt werden regelmäßig Renten daraus gemacht. Niemand soll sagen dürfen, daß ein Angehöriger oder Jugendfreund des großen Schliemann aus St. Petersburg Mangel litte. Aber da er einst, als er selbst in Not war, ein einziges Mal durch Hochmut und Taktlosigkeit des Helfers bitter gekränkt wurde, setzt er nun als der große Schenker bei jedem Empfänger die gleiche Empfindlichkeit voraus und gibt auf die liebenswerteste Art und stets so, über verschiedene Banken, daß keiner vom andern weiß.

Nur eine Ausnahme macht er, und nur in einem Fall wird der Geber herrisch und stellt Forderungen: dem Vater gegenüber. Er weiß, daß der Vater an Ludwigs frühem Tode die mittelbare Schuld trägt und daß nur ihm das plötzliche Sterben Pauls zur Last fällt. Immer wieder kehrt sein Gedanke zu dem nur sich sehenden Tyrannen zurück, der die Mutter ins Grab trieb, der ihn aus seinem Kindheitsparadies verjagte und ihn ohne Gewissensbedrängnis, ohne ein Bedenken im Elend hätte steckenlassen, aus dem ihn nur der eigene Wille und die eigene ungeheure Kraft emporreißen konnten. Er wird, wie Ludwig und Paul, das Gefühl des Hasses nicht los, wenn er an den Vater denkt, aber im Gegensatz zu den Brüdern versucht er es immer und immer wieder, diesen Haß niederzuzwingen. Denn mag der alte Mann tausendmal ein Schuft sein und sich hundertmal als Schurke betragen haben: er bleibt immer der Vater, und den Vater zu ehren, fordert das Sittengesetz aller Völker und aller Zeiten. Zähneknirschend pachtet Schliemann dem Vater einen Hof im Westpreußischen, um ihn aus der Gastwirtsatmosphäre herauszubringen, die ihn des Vaters eines Großhändlers der Ersten Gilde unwürdig zu sein dünkt, und obendrein schickt er regelmäßig hohe

Beträge. Beim erstenmal befiehlt er dem Alten, sich damit »so anständig in Danzigs Umgebung einzurichten, wie es dem Vater von Heinrich Schliemann zukommt. Indem ich aber diese Summe zu Deiner Disposition stelle, muß ich die Bedingung machen, daß Du Dir fortan einen anständigen Bedienten und eine anständige Magd hältst und daß vor allen Dingen Reinlichkeit fortan in Deinem Hause herrscht, daß Teller, Schüsseln, Tassen, Messer und Gabeln stets von Reinlichkeit glänzen, daß alle Dekken und Fußböden dreimal wöchentlich gescheuert und Speisen bei Dir gekocht werden, wie Leute Deines Standes sie essen.«

Für jeden anderen Menschen wäre so ein Brief eine schwere Beleidigung. Auch der Vater schreibt eine empörte Antwort: drei Seiten Fluchen und Toben und Schimpfen über unkindliches, unehrerbietiges Benehmen – und auf der vierten Seite der beste Dank für die Sendung und die Bitte, ja nicht zu vergessen, bald wieder Geld zu schicken.

Schliemann ordnet achselzuckend den Brief in die Mappe, da er keiner Antwort bedarf, und gibt seiner Berliner Bank entsprechende Aufträge. Nachdem diese Angelegenheiten geregelt sind und auch für die Stiefbrüder gesorgt ist, kann er sich endlich seinen eigensten zuwenden.

Seine Stellung erfordert nicht wenig Repräsentation, mit anderen Worten: es geht nicht länger ohne Hausfrau. Und seine Einsamkeit schreit nach einem Menschen, der ihn nicht um seines Geldes, sondern um seiner selbst willen liebt.

Wieder kommt er in diesem Zusammenhang auf jenes Mädchen, das ihm schon vor zwei Jahren so zusagte und das auch der Schwester gefiel.

Katharina Petrowna Lyshina ist weder reich noch schön. Auch mit Klavierspielen, Tanzen und fremden Sprachen ist es nur schwach bei ihr bestellt. Auch umschwirren sie, aus ebendiesen Gründen, keine eleganten Leutnants und keine schmucken Uniformen. Allerdings, auf seine Werbungen hat sie schon mehrmals ein glattes Nein geantwortet. Gewiß, so meint er, da sie weder reich noch schön ist, wird sie fürchten, ich dächte, sie nähme mich nur meines Geldes wegen. Dieser ihr Gedanke zeugt aber von wahrer Liebe, die sich nur des offenen Eingeständnisses schämt. Und mit der gleichen Energie, die er bei seinen Geschäften aufwendet, widmet er sich nun dem persönlichen Ziel.

Endlich sagt Katharina ja, und im Oktober schließt der Dreißigjährige die Ehe mit der Sechzehnjährigen, die er so glücklich zu machen verspricht, wie es ein Mann nur vermag.

Wieder haben die Petersburger Handwerker und Kaufleute alle Hände voll für Schliemann zu tun. Die Wohnung, die für Minna bestimmt gewesen war, ist für Katharina viel zu klein und viel zu bescheiden. Das ganze Stockwerk eines prachtvollen Hauses wird gemietet. Zwei Säle und sieben Zimmer gehen nach der vornehmen Straße hinaus, fünf Zimmer liegen mit Küche und Dienerschaftszimmern nach dem Hof, der mit Ställen und Wagenremisen ebenfalls zur Wohnung gehört.

Katharina zieht in das prachtvolle Haus, als müsse es so sein. Ist nicht ihr Bruder Prinzenerzieher bei einem Großfürsten? Mit ihrem immer ernsten Gesicht geht sie durch die Räume, ohne ein Wort der Anerkennung oder gar des Dankes. Sind sie abends allein, hört sie nicht zu, wenn er ihr von seinen Geschäften spricht; und wenn sie, hochgebildet und klug, wie sie ist, von Literatur, Theater, Musik plaudern möchte, wie sie es in den Salons gelernt hat, gähnt er, und wenn sie Gedichte von Puschkin und Lermontow aufsagt, schläft er gar ein. Sie kommen aus verschiedenen Welten, die einander nicht verstehen, gar nicht verstehen können. Schon vom ersten Tage an ist ihr seine vom Vater geerbte starke Erotik lästig und schließlich sogar widerwärtig.

Nur einmal versucht sie, eine geschäftliche Meinung zu äußern. Der Direktor von Schliemanns Moskauer Filiale ist gestorben und bedarf eines Nachfolgers. Katharina interveniert zugunsten eines Anwärters auf diesen guten Posten.

»Leider ist es schon zu spät, Katharina«, antwortet er. »Ich habe die Stellung schon besetzt, weil es sonst in Moskau zum Stillstand kommt, und Stillstand bedeutet Rückschritt.«

Katharina schweigt, denn der Fall ist erledigt. Aber Schliemann hat das Gefühl, daß seine Frau sich endlich für seine Sorgen zu interessieren beginnt, und fährt froh fort:

»Ich habe Jutschenko ernannt und ihn auch gleich in die Zweite Gilde aufnehmen lassen.«

Gelangweilt murmelt Katharina: »Wer ist denn das?«

»Hast du es vergessen? Jutschenko war doch jahrelang der Diener des Verstorbenen und ist infolgedessen in alle seine Geschäfte eingeweiht.«

»Aber Henry! Das ist doch unmöglich! Mein Gott, ein Diener in solcher Stellung, ein Mann, der noch vor kurzem Leibeigener war! Abgesehen davon, daß du damit einen erschreckenden Mangel an Standesbewußtsein verrätst – mon dieu, was wird mein Bruder sagen! Und wenn Seine Kaiserliche Hoheit es erführe! Nicht auszudenken! Du blamierst uns ja vor der ganzen Stadt! Aber ganz abgesehen davon, kann doch ein Diener niemals eine solche Position ausfüllen! Er wird dich ruinieren!«

»Verzeih, meine Liebe, aber du irrst in allen Punkten. Mein Standesgefühl ist nicht geringer als deines, nur daß ich die Ehren des Standes in der Tüchtigkeit und Zuverlässigkeit ihrer Vertreter erblicke und nicht im ererbten Namen oder in der Größe des Geldsacks. Ein Großfürst kann ebensogut wie ein Vagabund Verbrecher und Räuber sein. Und für die Ehre des Namens Schliemann komme ich allein auf, dazu brauche ich weder deinen Bruder noch dessen Kaiserliche Hoheit. Zweitens: Warum soll ich Jutschenko nicht an Matwejews Stelle setzen, wenn er das Zeug dazu hat? Aus einem guten Diener kann sehr wohl ein guter Direktor werden. Umgekehrt wird allerdings aus einem Direktor niemals ein guter Diener. Aber lassen wir das«, lenkt er ein, »ich freue mich, daß du endlich einmal Interesse für meine geschäftlichen Maßnahmen zeigst. Darf ich dir kurz erzählen, wie ich mit Jutschenkos Hilfe die Moskauer Filiale beträchtlich zu erweitern gedenke?«

»Oh, bitte nicht. Ich erinnere mich eben, daß ich die Modistin bestellt habe, gewiß wartet sie schon.«

Nein, diese Ehe wird alles andere als Gemeinsamkeit und Gedankenaustausch. Schnell genug offenbart sie sich als bloßes Nebeneinander. Infolgedessen bleibt das neue Haus wohl prachtvoll, aber es ist ohne Wärme, ohne Gemütlichkeit. Es hat dem Hausherrn nichts zu bieten, und um so mehr widmet er sich seinem Geschäft.

Obwohl er nach wie vor den Indigo als seine Spezialität pflegt, hat er doch seine Augen überall, wo es etwas zu verdienen gibt. Und vor lauter Verdienenwollen merkt er es gar nicht, daß er mehr als einmal die solide Basis des seriösen Kaufmanns verläßt und zu einem allzeit wendigen, fixen Geschäftemacher wird.

In der Zeitung steht eine kurze Notiz, daß ein neues Gesetzbuch vorbereitet wird. Jeder liest diese Nachricht. Die Juristen geraten ebenso in Erregung wie die Leute, die irgendwie anderweitig mit dem Kodex zu tun bekommen könnten. Auch alle Kaufleute lesen davon und reden darüber, denn auch für sie kann dieses oder jenes Gesetz von Wichtigkeit werden. Keiner aber kommt auf den Gedanken, der Schliemann als erster durch den Kopf fährt: ein neues Gesetzbuch bedeutet vor allem seine Verbreitung, seinen Druck. Er zieht Erkundigungen ein, kalkuliert und legt der Regierung ein Angebot vor, das Papier für das geplante Gesetzbuch zu liefern. Da sein Angebot das erste ist und außerdem ein günstigeres nicht erwartet werden kann, wird sofort der Auftrag an ihn erteilt.

Ein anderes Mal steht Schliemann abends am Fenster. Vielleicht denkt er an das, was sein könnte, vielleicht träumt er von der Heimat, vielleicht grübelt er, wem das erwartete Kind nachschlagen wird, ihm oder Katharina. Da sieht er, daß am Nordhimmel langsam eine düstere Röte aufsteigt. Ein Nordlicht? Nein, dafür steht es zu tief, dafür wird es zu grell, dafür ist auch die Jahreszeit nicht. Wachsende Unruhe in den Straßen beweist, daß es etwas anderes sein muß.

Schliemann öffnet das Fenster und ruft eine Frage auf die Straße. – »Die Docks von Kronstadt brennen!« – Schliemann geht im Zimmer auf und ab: Wenn dieser Brand über fast fünf Meilen zu sehen ist, so muß er furchtbar sein, so müssen morgen alle Docks in Asche liegen. Der Schaden ist ungeheuer? Not und Elend in mancherlei Form sind die natürlichen Folgen? Menschenleben gar kommen in diesen Flammen um? Keiner dieser so naheliegenden Einfälle gewinnt Raum in ihm. Vielleicht denkt er beiläufig auch daran. Er denkt aber vor allem das eine: Wenn morgen die Docks vernichtet sind, so muß übermorgen mit den Neubauten begonnen werden, denn die Docks sind eine Arterie des gewaltigen Körpers, der Rußland heißt, und um so wichtiger, als die Gefahr eines Krieges in bedrohliche Nähe rückt. Der Brand, der vielleicht ein nationales Unglück ist, wenn nicht gar eine nationale Katastrophe, kann für ihn, den Kaufmann, eine Möglichkeit sein, ein glänzendes Geschäft zu machen. Er zieht die Vorhänge zu und beginnt zu rechnen, und schon im Morgengrauen beginnt in seinen Lagerhäusern eine fieberhafte Betriebsamkeit: wo sonst alle erdenklichen Produkte gestapelt waren, türmen sich nun Bretter und Bauholz.

Daneben laufen die gewohnten Dinge, aber in immer vergrößertem Maßstab. Allein im Jahre 1853 laufen dreiunddreißig Schiffe für Schliemann ein, und allein von Königsberg und Memel her rollen Tausende von Frachtwagen über die Grenze. In diesem Jahr beläuft sich der Umsatz auf eine Million Silberrubel im Monat. Als sich die Kriegsdrohung verstärkt, steigen die Summen. Der erste Arbeitstag des neuen Jahres bringt in einer halben Stunde an einer Ladung Steinkohle einen Gewinn von sechstausendvierhundert Talern, und der bare Verdienst dieses Jahres läßt sich schon im Januar auf gut und gern zweihunderttausend Rubel schätzen.

Aber das Geschäft allein und das Geld kann den immer Erfolgreicheren nicht ausfüllen: er lernt, nach seiner eigensten Methode, in zusammen vier Wochen Schwedisch und Polnisch, dann Dänisch und Slowenisch. Wozu diese neue Ablenkung, die neue Anspannung aller Kräfte des Körpers und des Geistes? Um nicht an etwas Bestimmtes denken zu müssen, um das die Gedanken doch in einem teuflischen Rad kreisen wollen: die Ehe mit Katharina.

Es kann kein Zweifel mehr sein: sie liebt allein das Geld ihres Mannes, und deshalb denkt sie nur an die Befriedigung ihrer Wünsche, die nur zu oft in Launen und Grillen ausschlagen. Sein geschäftliches Glück kümmert sie sowenig wie seine Sorgen, und ob er vergnügt oder niedergeschlagen ist, gilt ihr einerlei. Das Nebeneinander ist zum Gegeneinander geworden. Katharina, die mit der Geburt des kleinen Sergej genug geleistet zu haben glaubt, versteht ihres Mannes Wunsch nach anderen Kindern ebensowenig wie sein Verlangen nach Zärtlichkeit; sie empfindet es als aufdringlich und widerwärtig, daß er immer wieder die

Gemeinschaft herzustellen sucht. Was ihm Weiß ist, wird ihr auf diese Weise Schwarz, und der Widerspruch wird oft nur um des Widersprechens willen geübt.

Schliemann leidet unsagbar. Brieflich fragt er die wenigen Menschen seines Vertrauens, die Schwestern und Freunde: »Haltet Ihr es für möglich, daß ich die Schuld an dem Mißverstehen, an dem täglichen Streit habe?« Vorsichtig antworten sie: »Das ist nicht unmöglich.« Sie versuchen ihm klarzumachen, daß er sich schwer auf andere und deren Wünsche einstellen kann, daß etwas Autokratisches in seinem Wesen liegt, daß er es vielleicht an Liebenswürdigkeit fehlen läßt, an Eingehen auf das Wesen seiner Frau, ja daß er, der reiche Mann, der so oft Verschwender ist, vielleicht Katharina gegenüber zu sparsam sei, um nicht zu sagen geizig.

Betroffen liest Schliemann diese versteckten Vorwürfe und findet, daß Katharina die gleichen erhoben hat, nur viel schärfer und bitterer.

Ist es wahr, daß er geizig ist? Er erinnert sich, daß er es durchaus fertigbringt, eine Rechnung zu monieren, weil in irgendeiner Position fünf Kopeken zuviel angesetzt worden sind. Aber sieht er andererseits auf Hunderte und Tausende, wenn das Ansehen es erfordert oder wenn es einen zukünftigen Nutzen vorzubereiten gilt oder wenn es nichts ist als das Gefühl, irgendwo helfen zu müssen?

Ist es wahr, daß er zu sehr den Autokraten herauskehrt? Ihm fällt mancher Geschäftsbrief ein, in dem er mit den härtesten Worten Konfusion, Unordnung oder Ungerechtigkeit schilt. Aber darf man denn als ordentlicher und ehrlicher Mensch solche Dinge dulden?

Ist es wahr, daß er es an Liebenswürdigkeiten und Eingehen auf fremde Wünsche und Stimmungen fehlen läßt? Ja, denkt er, das ist uneingeschränkt wahr. Und eilig steht er auf und versucht mit Katharina über eine Gesellschaft zu plaudern, ihr ein Kompliment über ihr Kleid, über die hübsche Anordnung der Blumen, über den Geschmack ihres Schmucks zu machen. Aber dazu ist es viel zu spät. Antwortend tadelt sie seine Unaufmerksamkeit bei jener Gesellschaft, zählt die neuen Kleider ihrer Bekannten auf, während sie durch seinen schmutzigen Geiz gezwungen sei, dasselbe Kleid zweimal anzuziehen, und was gar ihren Schmuck beträfe, so sei er hoffnungslos unmodern. Schliemann glaubt, mit Geld ein Lächeln, eine Anerkennung kaufen zu können – aber damit geht es nicht anders als mit den zweihundertfünfzigtausend Francs, die er Katharina für einen Winteraufenthalt in Frankreich mitgab: kaum in Biarritz angekommen, telegrafierte sie um neues Geld, da es unmöglich sei, die eben in Paris gekauften Sachen in dem viel mondäneren und moderneren Biarritz zu tragen. Güte und Nachgeben können nicht wiederherstellen, was es im Grunde nie gegeben hat, und Schelten und Drohungen können es ebensowenig.

Was Wunder, daß unter diesen Umständen die Energie für die geschäftlichen Dinge immer mehr zunimmt und jeden Augenblick verschlingt, der bei einem anderen häuslichen Leben frei sein würde.

2 Im Herbst 1854 bricht der Krieg aus, der schon so lange vorauszusehen war. Schliemann hat gerade an der Amsterdamer Indigoauktion teilgenommen und sein ganzes Barvermögen, hundertfünfzigtausend Taler, in den Farbstoff investiert, der mit der kriegsbedingten Sperrung aller russischen Häfen stark im Werte steigen muß.

Auf der Heimreise kehrt er für einen Nachmittag in Kalkhorst ein – es ist das erstemal, daß er wieder die Heimat besucht – und sitzt wie ein gelehrter Professor dozierend im Kreise der Kusinen und jungen Frauen der Vettern. Sophie, die ihn nie vergessen hat, hört am glühendsten zu. Mit ihren zweiunddreißig Jahren hat sie kaum mehr Aussicht auf eine Heirat, aber als Heinrich ihren Arm nimmt und wünscht, daß sie ihn bis Boltenhagen begleite, errötet sie wie eine Siebzehnjährige und meint, das sei für einen verheirateten Mann und ein unverheiratetes Mädchen gleich unpassend, möchten sie auch immerhin Vetter und Kusine sein. Da der Vetter inzwischen Weltmann geworden ist, geht er mit einem Lächeln darüber hinweg, doch als er dann im Zuge sitzt, denkt er verdrießlich an die Sprödigkeit Sophiens. Aber er denkt auch daran, daß er viel weniger unglücklich, vielleicht sogar glücklich geworden wäre, wenn er sie geheiratet hätte.

In den ersten Oktobertagen kommt er in Königberg an und steigt wie gewöhnlich im Hôtel de Prusse ab. Am nächsten Tage wird er weiterreisen, denn seine Dampfer sind nach Memel dirigiert, und von dort wird man die Waren auf dem Landwege nach St. Petersburg bringen. Möglicherweise haben die Schliemannschen Agenten in Memel, das Haus Meyer & Co., schon die Verladung besorgt, aber da Memel keinen zeitraubenden Umweg bedeutet, kann es nicht schaden, selbst einmal nach dem Rechten zu sehen.

Als Schliemann am folgenden Morgen – er hat gut und fest geschlafen wie immer – aufwacht und die Gardine aufzieht, fallen seine Blicke auf den Turm des Grünen Tors. Er hat ihn schon mehr als einmal gesehen, aber niemals zuvor ist ihm aufgefallen, daß an diesem Turm eine Inschrift in großen goldenen Lettern steht, die in der Morgensonne blitzen.

> Vultus fortunae variatur imagine lunae:
> crescit, decrescit, constans persistere nescit,

liest Schliemann und stutzt.

Ob die kargen Reste des Kinderlateins noch zu einer Übersetzung ausreichen? Subjekt muß »vultus fortunae« sein, »das Gesicht des Glücks« – ja, das ist ganz einfach: »Das Gesicht des Glücks ändert sich wie der Mond, es nimmt zu, es nimmt ab und kann nicht beständig sein.« Oder bezieht sich der Nachsatz auf den Mond, so daß es statt »es« »er« heißen müßte? Gleichviel, für den Sinn der Verse bedeutet das keine Änderung.

Plötzlich fährt es ihm kalt über den Rücken: unbeständig sei das Glück? Allerdings, unzählbare Beispiele zeigen es, gerade im Leben des Kaufmanns. Verworrene Gedichtzeilen fahren ihm durch den Kopf: von Polykrates, der so maßlos glücklich war, daß seine Freunde sich von ihm wandten, in Angst vor dem Neide der Götter.

1841 begann das Glück, in Amsterdam, und blieb ihm treu mit einer Beständigkeit, die den immer und überall Glücklichen plötzlich mit Grauen erfüllt. Das sind dreizehn Jahre, denn heute schreibt man den vierten Oktober 1854.

Dreizehn Jahre lang ist alles gut gegangen, was man in die Hände nahm – Hände, wie König Midas sie hatte, dem alles zu Gold wurde, was er berührte –, dreizehn Jahre ohne einen auch noch so kleinen Rückschlag, ohne jeden Mißerfolg. Sogar hoffnungslos verfahrene Fälle wendeten sich zum Erfolg.

Vultus fortunae variatur – wandelhaft ist das Glück.

Ein Schauer wie von Fieber rüttelt Schliemann, und als sich beim Frühstück einige Honoratioren der preußischen Stadt zu ihm setzen und ihn nach den Aussichten und Wahrscheinlichkeiten des Krimkrieges fragen, kann er nur zerstreute und nicht immer richtige Antworten geben.

»Was ist mit Schliemann los?« fragen sich die Bekannten, als er in die Post gestiegen ist. »Hat er sich zu stark engagiert und steckt jetzt durch den Krieg in Schwierigkeiten? Ein Wunder wäre es schließlich nicht bei seiner Waghalsigkeit.« – »Auch der Klügste macht einmal einen Fehler«, murmelt der Geheime Kommerzienrat Nottebohm, und seine Freunde nicken ihm Beifall. Mit Schliemann steht es schlecht, soviel ist ihnen sicher.

In fortdauerndem Beben vor dem abnehmenden Mond seines Glücks, das sich von dem inneren Zittern her in die Hände und in die ganze Haut fortpflanzt, sitzt Schliemann im Postwagen. Aber kein Zwischenfall bestätigt die Furcht. Durch Tilsit sind sie schon hindurch, und Schliemann versucht zu schlafen.

Die Station hinter Tilsit. Ein Murmeln wie von einer erregten Menge läßt ihn auffahren. Da steht ein Haufen Leute, Männer, Frauen, Kinder, mit übernächtigen, vergrämten Gesichtern, dieser ein Bündel auf dem Rücken, jene ein Vogelbauer in der Hand, jener mit einem Stuhl, jene mit einem Kasten unter dem Arm. Matt und mit verkniffenen Mündern erzählen sie: In der letzten Nacht ist Memel abgebrannt. Ein Nordsturm trug das Feuer von Haus zu Haus, von Straße zu Straße. Nichts mehr sei übrig als ein Haufen rauchender Trümmer.

Der Blitz schlägt vor Schliemann in den Boden. Da ist es! Decrescit – er oder es nimmt ab, beständig vermag es – oder er – nicht zu sein. Immer wieder mahlen die Gedanken die beiden

Zeilen des lateinischen Verses durch, kein anderes Wort fassen die Zähne der endlos sich drehenden Mühle.

Vor Memel hält der Postwagen. Schliemann steigt aus und geht festen Schrittes in die Stadt hinein. Es kann keinen Zweifel geben: hier wartet die vernichtende Botschaft auf ihn. Die Flüchtlinge haben die Wahrheit geredet. Memel ist untergegangen. Rauchgeschwärzt stehen die Mauern der Erdgeschosse an den Straßen, und die hochgemauerten Schornsteine ragen wie Grabsäulen zwischen den Trümmern, Denksteine der Vergänglichkeit alles Irdischen. Hier und da kramt ein Mann, eine alte Frau zwischen den Steinen und sucht die Scherben eines verlorenen Wohlstands. Hier und da leckt noch eine bläuliche Flamme von einem Balkonkopf, kracht ein Giebel zusammen. Heißer, bitterer Brandgeruch frißt sich in die Lungen.

Überall die gleichen Bilder, auch am Hafen. Schliemann hält Ausschau nach seinem Agenten. Hier muß er doch zu finden sein. Ja, da drüben ist er, kratzt auch in dem Schutt herum wie ein Bettler, der nach Schätzen stochert. Ist das noch derselbe, den man so oft sah, in prallsitzendem schwarzem Rock über der untadelig weißen Weste mit der goldenen Kette darauf? Dies ist ein gebeugter, alt gewordener Mann in Fetzen, die er von einer Vogelscheuche entlehnt haben könnte.

»Sind Sie es wirklich, Herr Meyer?«

»Es scheint so«, antwortet der Mann schleppend mit gequollener Stimme. Schliemann wagt nicht gleich, weiterzufragen und auch noch seinen Verlust auf die Schultern des Unglücklichen zu werfen. Aber liegen dort im Hafen nicht Schiffe? Wäre es nicht doch vielleicht möglich, daß das Glück noch einmal . . .

»Und meine Ladungen, Herr Meyer?«

Mit einer müden Hand zeigt der Kaufmann auf die schwelenden Trümmer. Plötzlich wird seine Geste gebietend, seine Stimme schrill: »Voilà, Monsieur Schliemann, meine Lagerhäuser!« Und dann bricht er in ein gellendes, stoßweises Schluchzen aus, daß Schliemann Mühe hat, ihn von den Trümmern fortzuziehen und zu beruhigen. »Ich schreibe Ihnen noch, Herr Meyer«, sagt er mit halber Stimme und geht langsam durch die tote Stadt zurück zu der improvisierten Poststation.

Dort hat man Tee zubereitet und sitzt zusammen und bespricht das Unglück Memels. Ohne es zu wissen, rührt Schliemann in seiner Tasse. Er sinnt schon nicht mehr dem Geschehenen nach, denn durch Jammern und Trauern wird es nicht ungeschehen gemacht. Der Kaufmann Heinrich Schliemann rechnet.

Die hundertfünfzigtausend Taler, die in den verbrannten Schiffsladungen steckten, stellten die baren Ersparnisse von achteinhalb Jahren unermüdlicher, angespanntester Arbeit dar. Das Geld ist verloren, aber sind darum auch die acht Jahre unnütz gewesen und als ertraglos auf das Verlustkonto zu schreiben? Keineswegs. Es bleiben ja nicht bloß die Erfahrungen, die er gesammelt hat, sondern, viel schwerer wiegend, der Name, den er sich in dieser Zeit erwarb. Der Schliemann, der im Oktober 1854 von vorn beginnen muß, ist ein ganz anderer als der, der im Jahre 1846 nach Rußland kam. Der war ein unbeschriebenes Blatt, dieser aber ist ein Begriff in der ganzen Geschäftswelt.

Ein anderes kommt hinzu: Da der Krieg noch in seinen Anfängen steckt und alle Verhältnisse des Handels darum noch vollkommen unsicher und auch von dem gewiegtesten Kaufmann nicht zu übersehen sind, hat Schliemann auch nicht ein Pfund der geringsten Ware auf Kredit bezogen. Er hat alles bar bezahlt. Dadurch hat er nirgends und bei niemandem Verpflichtungen.

Mag der Verlust auch ungeheuer sein, die Aktivposten, die dagegenstehen, machen ihn ertragbar: ein blühendes Geschäft in St. Petersburg samt seiner Filiale in Moskau; keine Kopeke Schulden; der sichere und große Name, auf den jeder jede gewünschte Summe leihen wird, und wollte oder könnte es hier in Rußland keiner, so würden die Amsterdamer oder die Hamburger Schröders sich eine Ehre daraus machen, ihrem einstigen Schützling und jetzigen Freunde zu helfen. Blasser und blasser werdend, verdämmern die Goldbuchstaben des Grünen Tors am Himmel der Gedanken. Sei es drum: erst im Unglück erweist sich die wahre Stärke. Er wird mit ungebrochenem Mut von neuem beginnen. Denn, obwohl ruiniert, ist er keineswegs ruiniert.

Entschlossen legt Schliemann den Löffel beiseite und führt die

Tasse zum Munde. Pfui, das ist ja kaum mehr lauwarm. Unmöglich, solches Zeug zu trinken. »Geben Sie mir Tee. Aber heiß.«

Er sieht sich in der Bauernstube um, in der die Reisenden es sich zwischen einigen Familien Abgebrannter bequem gemacht haben. Einer, ein kräftiger Mann, kaum älter als vierzig, sitzt stumpf und dumpf auf seinem Bündel und wiederholt monoton sein Klagelied. »Mein schönes Haus! Im vorigen Jahr hab' ich es erst gebaut! Nun ist es hin! Das hat der Teufel getan, und Gott stand daneben und lachte sich ins Fäustchen!« Seine Frau zupft ihn am Rock. »Versündige dich doch nicht, Mann – das Bargeld hast du ja gerettet. Und wir sind alle mit dem Leben davongekommen. Denk an die Nachbarn, die alles verloren, denen sogar das Jüngste verbrannte!« Unwillig wehrt der Mann den Griff ab. »Laß mich in Frieden. Oh, mein Haus, mein schönes Haus! Dreitausend bare Taler hat es mich gekostet, mein Haus, mein Haus!«

Empört fährt Schliemann auf und ruft dem Klagenden zu: »Schämen Sie sich, dauernd Ihre Klagelieder zu singen! Ihre Frau hat recht – freuen sollten Sie sich und dankbar sein, daß Sie so viel gerettet haben.«

Aus schiefen grünen Augen blickt der Mann auf den Fremden, der ihn in seinem selbstgefälligen Kummer stört. »Sie haben gut reden«, knurrt er bissig. »Sie setzen sich nach fünf Minuten in die Post und fahren weiter. Sie haben's leicht, uns Trost zuzusprechen. Ihnen stinkt das Geld aus jedem Knopfloch. Pfui Teufel, sag' ich, ein Schubiack sind Sie, ein Lorbaß, uns Unglückliche auch noch zu verhöhnen!« Streitlustig springt er auf und tritt mit drohenden Fäusten auf den Fremden zu.

»Der Lorbaß sind Sie, Mannchen«, ruft Schliemann, in dem aus dem Unwillen über das ungerechtfertigte Stöhnen Wut geworden ist. »Sie flennen wie ein Kind, dem man die Puppe weggenommen hat, statt Ihre Arme zu rühren und ein neues Haus zu bauen. Sie jammern über die dreitausend Taler, die Sie verloren haben. Wissen Sie, was ich beim Brande von Memel eingebüßt habe? Hundertfünfzigtausend Taler. Und ich habe kein gerettetes Bargeld mehr wie Sie.«

Der Mann hat verdutzt die Hände sinken lassen, aber die letzten Worte sind ihm doch zuviel. »Hundertfünfzigtausend Taler?« Fast spuckt er die Zahl dem Fremden ins Gesicht. »Sie sind wohl der Herr Grimm persönlich und wollen uns ein Märchen erzählen? Sagen Sie gefälligst, wer Sie sind, daß Sie mit solchen Zahlen um sich schmeißen! Oder sind Sie am Ende der Rothschild?«

»Ich bin Heinrich Schliemann aus Sankt Petersburg, und meine hundertfünfzigtausend Taler sind bei meinem Agenten Meyer und Co., den Sie ja wohl kennen, in Rauch aufgegangen. Ihnen zu dienen, mein Herr!« Wütend wendet Schliemann sich ab und stürzt hastig seinen Tee hinunter.

Als die Stube sich wieder beruhigt hat und der Postmeister zum Fertigmachen ruft, tritt ein junger Mann, auch einer von den Abgebrannten, auf Schliemann zu.

»Um Vergebung, mein Herr – sind Sie wirklich Schliemann?«

»Ja, denken Sie etwa, ich schmücke mich mit einem Namen, der mir nicht gehört? Und heute wäre es ja kein besonderer Ruhm mehr, Schliemann zu heißen. Im übrigen wüßte ich wirklich nicht, was Sie das anginge. Mich um Hilfe anzusprechen lohnt unter diesen Bewandtnissen nicht mehr.«

»Dürfte ich Sie einen Augenblick vor die Tür bitten, Herr Schliemann? Es ist nicht nötig, daß dieser Mann da uns hört.«

Prüfend sieht Schliemann den jungen Menschen an, der redliche und kluge Augen hat. »Nun gut, gehen wir . . . Also, was wollen Sie?«

»Herr Schliemann, ich bin – oder muß ich sagen: ich war? – der erste Kommis bei Meyer und Co., erst seit einem halben Jahr, so daß ich noch nicht die Ehre hatte, Sie bei uns zu sehen. Als Ihre Dampfer ankamen, waren unsere Speicher schon bis unters Dach gefüllt und auch nicht mehr Platz für ein einziges Faß Indigo. Da Herr Meyer gerade über Land war, konnte ich seine Weisungen nicht einholen und beschloß, auf eigene Verantwortung einen Notschuppen für Ihre Güter direkt am Hafendamm bauen zu lassen. Dorthin wurden sie auch gebracht. Sie wissen wohl schon, daß das Feuer in unserem Speicher ausbrach und durch den Nordsturm über die ganze Stadt getragen wurde. Infolgedessen blieb nur der nördlich des Speichers gebaute Holzschuppen stehen, in dem Ihre Waren lagerten. Und noch lagern. Herr Schliemann, Sie sind der einzige, der alles gerettet hat!«

Schliemann taumelt und stützt sich schwer auf den jungen Mann, dem Tränen in den Augen stehen.

»Einsteigen, bitte! Herr Schliemann, wir fahren ab!«

Schliemann reißt sich in die Höhe. Seine Stimme klingt wie eine Trompete. »Warten Sie! In einer halben Stunde bin ich bereit. Kommen Sie, lieber junger Freund.«

3 Die ganze folgende Zeit, solange der Krieg dauert, ist ein einziges brennendes Fieber. Das noch einmal bewährte Glück hat Schliemann verwandelt. Er ist ein anderer Mensch geworden, ein Spieler. Es ist, als habe ihn ein Taumel ergriffen. Er wird, was er nie war und nie zu werden fürchtete: ein Spekulant. Ihn quält der Gedanke eines neuen Brandes, der seine Habe vernichten könnte, eines Orkans, der seine Schiffe in den Grund schlägt, einer anderen Katastrophe, und darum setzt er bedenkenlos mehr als einmal alles auf eine Karte.

Den Kleinbürger kümmert es nicht, wenn hinten, weit, in der Türkei, die Völker aufeinanderschlagen. Dem Großkaufmann Heinrich Schliemann in St. Petersburg rührt es nicht das Herz, wenn in der fernen Krim die Furien des Krieges toben. Das rührt ihm nur einen bestimmten Nerv an, den geschäftemacherischen Trieb, der auch noch das Elend, auch noch Blut und Tränen in gutes klingendes Geld umzumünzen sucht. Er läßt seinen geliebten Indigo in den Hintergrund treten und handelt mit allem, was das kriegsführende Land braucht, das durch den Ausfall des Verkehrs mit England und Frankreich von den Quellen der Güter abgeschnitten ist. Er führt Salpeter und Pulver und Blei ein und alles das, was die Bevölkerung nötig hat, Wolle, Weizen, Tee. Vielleicht – aber nur vielleicht – ist auch manchmal der Gedanke in ihm, daß er nun russischer Kaufmann sei, der in der neuen Heimat bestehen und ihr in ihrer schweren Lage helfen müsse. Gewiß allerdings tritt auch noch eine ganz andere Überlegung hinzu: grundsätzlich faßt er nun seinen Beruf anders auf als zuvor, als Mittel zum Zweck. Solange der Krieg währt, wird er seinen Beruf nicht aufgeben, denn er will den Baum seiner Lebensarbeit nicht von anderen abernten lassen. Er wird also noch durchhalten, bis der Friede kommt. Und um dann, später, wirklich ganz frei sein zu können, vervielfältigt er noch einmal alle Kraft, um zu verdienen, soviel sich verdienen läßt.

1856 geht der Krieg zu Ende, und kaum treffen die ersten Nachrichten von den bevorstehenden Friedensverhandlungen ein, bittet Schliemann die Herren Pappadakes und Vimpos zu sich, zwei junge Athener, die im Seminar des Metropoliten Theologie studieren. Das ist der erste Schritt in das neue Leben, das das jetzige, zur Last gewordene, ablösen soll. Mit einemmal hat der Großkaufmann, der keine freie Minute hatte, viel Zeit zur Verfügung: er lernt Neugriechisch. Nach seiner Methode natürlich, mit einer neugriechischen Ausgabe von »Paul et Virginie«, Wort für Wort mit dem französischen Original vergleichend, um das lästige Blättern im Wörterbuch zu ersparen.

Nachdem er sich in den üblichen sechs Wochen das Neugriechische zu eigen gemacht hat, beginnt das Studium jener Sprache, nach der sich der Knabe sehnte, über deren Wohllaut der Jüngling weinte, an deren Erlernung der Mann manchmal gezweifelt hatte: des Altgriechischen.

Nach wenigen Wochen schreibt er schon in griechischer Sprache einen Brief an den Onkel in Kalkhorst, in dessen Gartenhaus er sie zum erstenmal vom Vetter Tertianer gehört hatte, schreibt dem Kandidaten Andreß, der sich in Neustrelitz mühselig mit Privatstunden an unbegabte und bockbeinige Schüler durchhilft und ohne die Unterstützungen aus St. Petersburg wohl schon verhungert wäre. »Ich schreibe Dir, lieber Onkel, in der Sprache meiner Gedanken und Träume. Glauben Sie mir, immer, in meinen schwersten Stunden, hatte ich die göttlichen Hexameter, den Klang der Verse des Sophokles im Ohr.«

Er kann diese Briefe schreiben, weil er die klassische, die tote Sprache genauso lernt, als wäre sie eine lebende. Oft hat er es gesehen, daß diejenigen, die acht Jahre lang auf dem Gymnasium Griechisch lernten, wohl alle die ungezählten Regeln der Grammatik und ihre Formen bis in die entferntesten Ausnahmen beherrschten, aber kaum in der Lage waren, einen vernünftigen griechischen Satz zu bauen, geschweige denn ein Gespräch zu führen. Im Gegensatz dazu findet Schliemann, daß man die Grammatik am besten nebenher aus der Lektüre erlerne und daß nur in der Praxis die Sprache ihren ganzen Zauber entfalten könne.

Seine Frau, seinen einjährigen Sohn sieht er kaum. In der kargen Ruhepause am Abend sitzt er in seinem Arbeitszimmer und treibt Griechisch, und der Sonntag ist vom Morgengrauen bis tief in die Nacht seiner Sehnsucht gewidmet. Heft um Heft füllt sich mit Sätzen, die nur Übungssätze sein sollen und doch voll von tiefen Erkenntnissen und Bekenntnissen sind. Den Freunden und Bekannten ist er nur der unvergleichbar Erfolgreiche, der geschickte und glückbegünstigte Kaufmann, der Familie der stets spendebereite Helfer, der Frau der knausrige Tyrann, dem Sohn ein Fremder. In seinen griechischen Lernheften spricht der Mensch, den niemand sehen oder gar haben will.

»Ich will nach Griechenland. Dort will ich leben. Wie ist es nur möglich, daß es eine so herrliche Sprache gibt.«

»Wenn ich nicht in Griechenland leben könnte, möchte ich am liebsten Landwirt in Mecklenburg sein. Wenn Kalkhorst oder Ankershagen zum Verkaufe kommt, so kaufe ich es. Aber ich muß dann erst sechs Monate zur Probe dort leben, um zu sehen, ob ich ein solches im Grunde untätiges Leben aushalte.«

»Ich bin der Lüge und des Betruges überdrüssig, denen man immer wieder begegnet. Daher will ich, sobald meine Geschäfte abgewickelt sind, nach Griechenland reisen. Dort werden Philosophie und Archäologie mich auf lange hinreichend und nützlich beschäftigen. Ich kann die Aufregung nicht mehr ertragen, ich muß aus dem Handel weg, ich will in die frische Luft, zu Bauern und Tieren.«

»Mit Rührung denke ich an den Garten in Ankershagen, an Blumen, Birnen, Kirschen, Äpfel, Pflaumen, Stachelbeeren, an die große Linde, in die ich meinen Namen schnitt. Ich denke an den Kirchturm, den ich für den höchsten in der Welt hielt.«

»Ich weiß, daß ich geizig und gierig bin. Ich muß damit aufhören. Während des Krieges habe ich nur an Geld gedacht.«

»An jedem Sonntag kann ich mich erholen bei den göttlichen

Werken Homers und bei den Reden des Demosthenes, die die Akropolis erbeben machten.«

»Ich weiß, man sagt: ›Schuster, bleib bei deinem Leisten.‹ Aber ich kann nicht länger Kaufmann sein. In dem Alter, in dem andere auf dem Gymnasium lernen, war ich ein Sklave, und erst mit zwanzig kam ich an die Sprachen. Darum fehlt mir die Basis und der Grundstock des Lernens. Ein Gelehrter kann ich niemals werden, aber ich will etwas nachholen. Mein Wunsch ist, wirklich einmal zu studieren, und schon steigen meine Hoffnungen.«

»Tag und Nacht bin ich in Unruhe, denn ein Brand könnte meinen Indigo zerstören. Dann hätte ich mich umsonst geplagt. Ich muß weg. Ich muß für die Wissenschaft leben können, die ich so liebe.«

Da steht das Ziel, zweigeteilt noch. Bald erstrebt er das eine, bald ersehnt er das andere: das erlebte Paradies der Kindheit im Schatten des Kirchturms und der alten Linde – und das erträumte Paradies der Kindheitstage, das alte Griechenland und die Wissenschaft.

Aber noch einmal gebietet das Schicksal Einhalt: Die große Handelskrise des folgenden Jahres hält den geschäftsmüden Mann wie mit eisernen Klammern, denn ein Opfer dieser Krise zu werden bedeutete auch, das neue Leben opfern zu müssen, bevor es überhaupt beginnen kann. Aber trotz dieses Wirrwarrs, trotz dieser äußeren Unruhe nimmt Schliemann bei Professor von Muralt Lateinunterricht, denn in dem jahrzehntelangen Trubel der Waren und Zahlen hat sich das wenige fast verloren, was er als Kind gelernt hatte.

Damit sind dann alle Vorbereitungen abgeschlossen. Nun hält ihn niemand mehr zurück, auch nicht die kleine Natalia, die im Herbst geboren wird.

Schliemann rechnet ab: er hat das Ziel erreicht, das er sich gesetzt hat. Nun gilt es – denn auch seinen Träumen gegenüber bleibt er der vorsichtige Geschäftsmann, der alles prüft, bevor er eine endgültige Entscheidung fällt – festzustellen, ob er nicht in den Jahrzehnten seiner Kaufmannschaft dem Zauber der Zahlen und dem Banne des Handelns so sehr verfallen ist, daß das Sichlösen zu schwer oder gar unmöglich werden könnte, festzustellen auch, ob er sich nicht zuviel vorgenommen hat. Denn der Versuch, in seinem Hause eine Gesellschaft von Gelehrten und Freunden des Altertums zu sammeln, hat ihm gezeigt, daß er mit all seiner Liebhaberei, mit all seinen Bemühungen nichts anderes ist als ein elender Stümper, der es nicht wagen kann, in Gegenwart so gelehrter Männer den Mund aufzutun. Er ist, das sieht er nun deutlich, kein Mensch der Theorie und des Nachdenkens, sondern zum Tun geboren, zum Schaffen und zum Kämpfen. Noch ein Grund kommt hinzu, der ihn aus St. Petersburg forttreibt und in ein neues Leben lockt: das Elend seiner Ehe, die so untragbar geworden ist und trotzdem aufrechterhalten wird, der Kinder wegen und vielleicht auch in der leisen Hoffnung, Katharina doch noch gewinnen zu können.

Bewährte und besonnene Vertreter, die in seiner Schule gelernt haben, übernehmen die Häuser in St. Petersburg und Moskau, in Schliemanns Namen. Er bleibt der Prinzipal, auch wenn er selbst für eine unbestimmte Zeit fern von den Geschäften leben wird. Er bleibt es, um zurückkehren zu können, falls sein ganzes bisheriges Trachten und Träumen ein Irrtum gewesen sein sollte.

Schliemann geht auf Reisen, die keine geschäftlichen Ziele haben, so wie das Griechische die erste Sprache war – und die dreizehnte der gelernten –, die dem Kaufmann nicht den geringsten Nutzen bringen kann. Zum erstenmal in seinem Leben, im Lernen wie im Reisen, tut Schliemann etwas für sich selbst.

VIERTES BUCH

Bilanz eines Kaufmanns

. . . ὄφρα τάχιστα τελευτήσω τάδε ἔργα.
Il. VIII, 9

. . . daß ich eilig Vollendung schaffe dem Werke!

Umweg zum Montsalvatsch

δὴ τότ' ἐγὼν ἑτάρους προΐειν πεύθεσθαι ἰόντας,
οἵ τινες ἀνέρες εἶεν ἐπὶ χθονὶ σῖτον ἔδοντες.
Od. X, 100

Jetzo sandt' ich Männer voraus, das Land zu erkunden,
Was für Sterbliche dort die Frucht des Halmes genössen.

Alt sei er geworden und habe mit seinen sechsunddreißig Jahren schon graue Haare, so hat er in St. Petersburg geklagt. Jetzt freilich spürt man ihm nichts von diesem Gefühl an, da er seine große Reise durch vieler Herren Länder unternimmt. »Solutus omni faenore«, zitiert er froh seinen Horaz, »beatus ille qui procul negotiis.« Schweden, Dänemark, Deutschland, die Schweiz, Italien stellen die Marksteine an den Weg. Sehenswürdigkeiten, Entfernungen, Verkehrsmittel, Tracht und Essen der Bevölkerung, Maße und Münzen werden eifrig in den Tagebüchern aufgeschrieben, die der Reisende meist in der Sprache des bereisten Landes führt.

Dann springt er zur Iberischen Halbinsel hinüber. Kaum irgendwo weicht er von der üblichen Route des durchschnittlichen Touristen ab. In Córdoba fesselt ihn das Grab des Kolumbussohnes am meisten; die Inschrift sagt ja, daß jener »todas las ciencias« besaß: »alle Wissenschaften«.

Es ist nicht Neid, der den Betrachter erfüllt, sondern mehr Resignation in dem Gedanken, was er selbst alles versäumte, was er nie mehr nachholen kann, aber auch die Hoffnung hat er, doch wenigstens ein paar von allen Wissenschaften sich auf die alten

Tage anzueignen. Oder doch wenigstens eine, um in ihr etwas Tüchtiges zu leisten.

Ein paar Schritte weiter ist das Standbild jenes Bischofs, der behauptet, ihm sei Christus erschienen. Oh, diese Priester sind doch alle gleich und alle Betrüger, lacht er in sich hinein; wenn sie nichts glauben, belügen sie das Volk, und wenn sie glauben, sich selbst.

In Sevilla fesselt ihn die Galerie mit den Murillos, wie es sich für einen Touristen gehört, und ganz nebenbei stellt er befriedigt fest, daß die sprichwörtliche Schönheit der Sevillanerinnen wirklich noch vorhanden sei. In Gibraltar gibt es für ihn nichts als die Aussicht vom Felsen auf das geheimnisvolle Afrika drüben. Malaga ist ganz uninteressant, und in Granada findet er, daß die klugen und fleißigen Mauren nur zum Unglück Spaniens aus dem Lande vertrieben wurden. In Madrid fühlt er sich in dem kleinen Albergo neben der Puerta del Sol so wohl, daß er seinen Aufenthalt verlängert und ein zweites und drittes Mal in die Museen geht.

Dann setzt er nach Afrika über und besucht Ägypten, die Pyramide des Cheops so gut wie das hunderttorige Theben und den Isistempel auf der Insel Philä bei den Katarakten von Assuan. Auf diesem Teil der Reise ist fast jeder Stein ein Denkmal, das man nicht lange genug betrachten kann – und vor dem man seine bodenlose Unwissenheit nicht tief genug zu empfinden vermag. Zum Glück lernt sich das Arabische fast von selbst durch das dauernde Zusammensein mit den Eseltreibern und Führern, und so kann man denn auch manche Eingeborenenhütte besuchen, zuinnerst erschüttert, wie unendlich armselig diese Leute in dem unendlich reichen Niltal leben müssen – diese Leute, die doch von Rechts wegen die Herren des Landes sind.

Dann geht es, ohne von der Route der Herfahrt abzuweichen, wieder zurück. Ende März 1859 trifft Schliemann sich in Kairo mit einem Bologneser Brüderpaar, den Bassis, mit denen er durch die Wüste nach Jerusalem zu reiten beschließt. Damit wird ein neues Blatt aufgeschlagen; die ausgetretenen Pfade werden verlassen, die Reise wird zum Abenteuer.

Ist es nicht schon ein Abenteuer, wie die Karawane ausgerüstet wird, zwölf Kamele, mit Proviant, Hausgeräten, Zelten und Waffen beladen, während die Reisenden tüchtige arabische Hengste gekauft haben? Oft tut ihnen die Fata Morgana den Gefallen, palmenumstandene Seen und sogar Meeresbrandung in den Flugsand zu zaubern, und das Spiel der Farben übertrifft selbst die kühnsten Erwartungen und die lügenhaftesten Reisebeschreibungen. Notgedrungen machen sie gute Miene zum bösen Spiel und zahlen, ohne zu feilschen, den Tribut, den räubernde Beduinen ihnen immer wieder auferlegen.

Eines Tages freilich, in der Gegend von Askalon, droht das Abenteuer peinliche Formen anzunehmen. Der Lust des Reitens gegen einen grenzenlosen Horizont hingegeben, hat Schliemann seine Begleiter längst aus den Augen verloren. Dies ist Leben, rauscht es in ihm, und jetzt erst bin ich frei, nicht mehr der Sklave meines Geschäfts, meines Geldes, meiner Ehrgeize. Hier ist nur weiche, sausende Luft, nur weicher, stiebender Sand, nur weicher, strahlender Himmel. Plötzlich, auch die Augen des Bezauberten und Entrückten haben den Kontakt mit der Wirklichkeit nicht verloren, tauchen zwei beduinische Reiter über den scharfen Kamm einer Düne empor. Bis an die Zähne bewaffnet, stoßen sie ihren Gäulen die Hacken in die Weichen und sprengen auf die willkommene und leichte Beute zu. Jetzt gibt es eine Jagd auf Leben und Tod. Schüsse peitschen dem Fliehenden um den auf den Pferdehals gebeugten Kopf. Arabische Schmeichelworte flüstert er dem schaumbedeckten Hengst zu, der zum Pfeil wird, der sirrend über die Wüste fliegt – bis die Karawane in Sicht kommt und die Räuber sich zwischen den Dünen verlieren.

Nachdem die Quarantäne in Gaza überstanden ist, beginnt wieder klassisches Land, wenn auch von einer ganz anderen Klassik, als man sie bisher erlebte. Neunzehn Tage hat der Weg verbraucht, bis die kleine Karawane in Jerusalem ankommt. Fortan geht man auf heiligem Boden. Das heißt, geht man wirklich darauf? Nachfragen und Messungen ergeben, daß die Straßen, auf denen Christus ging, vierzig oder fünfzig Fuß unter den jetzigen liegen, denn siebzehnmal wurde Jerusalem seitdem zerstört und siebzehnmal auf den Trümmern wieder aufgebaut, so daß die Schichten wie die Streifen einer Torte übereinanderliegen.

Nachdem er dieses festgestellt hat, wird Schliemann wieder Tourist, und der Tourist in Palästina ist ein Pilger. Auch wenn man fast vergessen hat, daß man in einem Pfarrhause geboren wurde – hier wird man wieder daran erinnert. Und zudem: die Schwestern sind fromme Frauen und würden es nie vergeben, wenn der Bruder nicht die heiligen Stätten besuchte und ausführlich darüber berichtete. Er tut sogar noch mehr als das; er pflückt eine Anemone im Garten Gethsemane, und einen Monat später gräbt er zwei junge Zedernsämlinge auf dem Libanon aus und schickt sie nach Hause, zusammen mit einem Gestein vom Toten Meer, einem Stück von Madame Lot oder vielmehr von der Salzsäule, in die sie wegen ihrer Neugier verwandelt wurde.

Selbst in Jerusalem ist der Name Schliemann bekannt, und die Konsuln besorgen dem Reisenden Einlaßkarten zu allen Feiern, die nun, in den Kar- und Ostertagen, in den verschiedenen Kirchen stattfinden. Aber in der Grabeskirche muß er wieder einmal den Kopf schütteln, angeekelt durch Neid und Streit der Konfessionen, die sich alle christlich nennen und doch eine der anderen nichts gönnen, nicht einmal die Ehre der notwendigen Bauarbeiten und Reparaturen, so daß das Heiligtum der gesamten Christenheit verfällt und von dem Gezeter ihrer Bekenner widerhallt.

Nun liegt Jerusalem hinter ihm. Eine neue Reisegesellschaft hat sich gebildet, dieses Mal aus Engländern, von denen einer Missionar ist. Wieder tragen zwölf Kamele die Lasten. Der Ausflug in das Peträische Arabien geht unter dem Geleit des Räuberhauptmanns Abu Dahud vonstatten und bleibt deshalb ungefährdet. Das Tote Meer empfängt sie mit sengender Hitze und überall huschenden Schlangen, die durch die Lagerfeuer erst recht angezogen werden, so daß das Warngeschrei der Araber die Nächte durchhallt. Die Gräber Aarons, Abrahams und der Erzväter werden andächtig aufgesucht, und auf der Stelle, wo Sodom und Gomorrha standen, ergreift ein Schauder die Reisenden. Keinem kommt der Einfall, daß die Namen zu Unrecht an

Gräbern und Trümmern haften könnten: seit Menschengedenken gelten sie, und also müssen sie auch richtig sein.

Einmal badet Schliemann trotz des Abratens der Eingeborenen im Jordan. Kaum vom Ufer abgestoßen, erfaßt ihn die starke Strömung und führt ihn in die Mitte des Flusses. Aber hier sind mächtige Wirbel, die den mündungsnahen Fluß gefahrvoll machen, die den Unvorsichtigen in den Grund ziehen wollen. Am Ufer stehen die Diener und schreien zu Gott und Allah. Schliemann schreit zu seinem künftigen Leben, das noch so unendlich viel für ihn aufbewahrt haben muß, und entrinnt dem drohenden Tode.

Dann geht er durch Damaskus und seine üppigen Gärten und reitet zu den Ruinen von Baalbek. Rosa, lavendelfarben und golden stehen die Säulen in den Aprikosengärten, türmen sich die ungeheuren Tempel des Sonnengotts, ragt die Akropolis. In der Umfassungsmauer der Burg stecken ungeheuerliche Steinblöcke. Wieder tritt der Meßstock in Aktion: über achtundsechzig Fuß ist einer lang und je neunzehn dick und hoch. Vierzigtausend Pferde könnten ihn nicht ziehen, sagen die Führer, und doch steckt er viermannshoch in der Mauer. Das beweist wieder einmal mehr, daß man nicht »schon« sagen darf, wenn man von den Alten spricht: »Schon damals gab es eine hochentwickelte Technik.« Denn das klingt so, als wenn sie einen Ableger von unserm Wissen und Können gehabt hätten. In Wirklichkeit ist es umgekehrt: wir zehren von ihren Resten und haben nur zu oft nicht einmal wiederentdeckt, was sie und wie sie es vermochten. Das muß man nach Röbel schreiben, an die Schwestern, beschließt Schliemann. Aber können sie sich überhaupt solche Größenmaße richtig vorstellen? Ganz einfach: »Fragt euren Pastor, wie lang eure Kirche ist, damit ihr einen Begriff bekommt, was ein solcher Stein bedeutet.«

Wieder in Damaskus, lockt den Reisenden ein Abenteuer, das bislang kaum ein Europäer bestand, und wer sich dessen rühmte, hat wahrscheinlich gelogen. Ist Damaskus nicht der Ausgangspunkt des großen jährlichen Pilgerzuges nach Mekka? Was mag es mit der Kaaba, mit dem geheimnisvollen schwarzen Stein, auf sich haben? Warum ist der Zug nach Mekka die ewige Sehnsucht im Leben des Muselmanns und, wurde er vollführt, dessen Höhepunkt und bleibender Ruhm? Wenn Mekka für den Schüler des Propheten so unendlich viel mehr ist als das heilige Grab für den Christen, als Rom für den Katholiken, so muß ein Geheimnis dahinterstecken.

Und Schliemann, nach der langen Fahrt durch die Wüsten so tief gebräunt, daß seine Farbe ihn bestimmt nicht mehr von den Moslems unterscheidet, wagt das große Abenteuer in aller Heimlichkeit, denn ein unvorsichtiges Wort irgendeines Wissenden würde sicheren Tod bedeuten. Damit auch der letzte erkennbare Unterschied falle, läßt er sich beschneiden, und dann pilgert er nach Mekka. Aber auch als er glücklich zurückgekehrt ist, ohne Tagebuch, ohne Messungen, ohne Aufzeichnungen, muß er weiter schweigen. Denn wer weiß, ob man nicht einmal wieder unter Mohammedanern wohnen wird. Wenn man den Traum von Troja zur Wirklichkeit machen würde, wäre man von ihnen umgeben und immer auf sie angewiesen. Niemals also darf ein Wort von diesem Abenteuer, vielleicht dem größten seines Lebens, über seine Lippen kommen. Und er begräbt es tief in sich und wird nur einmal, gegen Ende seiner Tage, einem vertrauten Freund wenige Sätze darüber zuflüstern, die nicht mehr enthalten als die reine Tatsache seiner Pilgerfahrt.

Von Damaskus aus geht die Reise nach Beirut, von dort mit einem russischen Dampfboot nach Smyrna.

Das Schiff fährt durch die bunte, anziehende und beglükkende Welt der Kykladen. Auf der Bugwelle tanzt Naxos, wo Ariadne ausgesetzt wurde, und halb dahinter Paros, auf der der köstlichste Marmor für die Meisterwerke der klassischen Kunst gebrochen wurde. Fern am Horizont dämmert Chios, und näher, an Backbord, hebt sich das blaue Profil der dreifachheiligen Delos aus dem zyklamenfarbenen Meer.

Hier ist überall griechischer Boden, hier lebten und schufen und dachten die Großen der Geschichte. Wohl war Erhabenheit und Größe, Tradition und Erinnerung in all den durchfahrenen Ländern, aber das alles sind doch nur Ornamente auf dem Königsmantel, den Griechenland trug. Groß waren das Serapeion und der Tempel von Luksor, groß die Ruinen von Rom und die

Heiligtümer von Baalbek – aber sie versinken hinter dem Horizont wie dort hinten Astypalaia, denn vor den Augen der Seele steigen die Säulen des Parthenon aus den Wellen. Athen, Hellas, das ist das Allerheiligste. Dem Mann, der ganz vorn auf dem Schiff steht und in die mählich aus den Wellen aufsteigende Dämmerung schaut, beginnen die Hände zu zittern. In seinen Knien ist ein Gefühl von Schwäche.

Nicht ohne tiefen Sinn hat er das Studium des Griechischen an das Ende seiner Spracharbeiten gestellt. Er wußte genau: wenn er erst Griechisch zu lernen begonnen hätte, diese Sphärenmusik aus dem Kalkhorster Pavillon und aus dem Fürstenberger Krämerladen, dann konnte er sich für keine andere Sprache mehr begeistern und für sie seine Zeit einsetzen.

Nicht ohne tiefen Sinn ist er auf seiner Reise an Griechenland vorbeigefahren. Ein Dreivierteljahr ist er nun unterwegs. Neun Monate lang hat er alles Schöne, alles Sehenswerte der Alten Welt auf sich wirken lassen. Aber aus alledem ist doch nur der eine Gedanke gereift, den schon das Kind ahnte: Die wahre Heimat, das innerste Sein ist Griechenland.

Der Mann schließt die Augen und atmet tief die zärtliche Luft des griechischen Inselabends. Nun steht er auf der Schwelle. Wenige Tage noch, und er wird den geheiligten Boden Athens betreten und darauf nach Ithaka gehen. Ithaka, die Insel des Odysseus, soll der Anfang des neuen Lebens als Wissenschaftler, als Archäologe sein. Hier sind keine großen Probleme; sie wird auch ein Anfänger meistern können.

Aber wie ihn plötzlich ein frischer Wind erschauern läßt, der von Patmos her die sachten Wasserhügel kräuselt, so geht auch ein Frösteln über die blühenden Gärten seiner Gedanken: Macht er sich keine Illusionen? Übernimmt er sich nicht? Plant er nicht Dinge, die zu groß für ihn sind?

Ist es ein Zufall, daß die großen Archäologen alle Professoren sind, die ihr Leben lang kaum hinter ihrem Schreibtisch hervorkommen und die staubige Luft ihrer Arbeitszimmer nur mit der staubigen Luft der Hörsäle vertauschen? Warum ist noch keiner von ihnen auf die klassischen Stätten gegangen und hat dort die Erde gezwungen, ihre jahrtausendealten Geheimnisse herauszugeben? Und was die großen Gelehrten nicht tun, weil sie es offenbar nicht können, das soll Heinrich Schliemann aus St. Petersburg tun, der weder ein Gymnasium noch eine Universität besucht hat? Ist das nicht Hybris? Soll der Schuster *doch* bei seinem Leisten bleiben? Freilich, niemals bei dem alten Leisten! Die letzten Jahre haben erschreckend deutlich gemacht, daß dieses Leben den Menschen verdirbt. Die Sklavenketten der Erwerbsgier sind schlimmer und lastender als die Ketten der Armut.

Man könnte zum Beispiel nach Schweden gehen. Schweden ist ein Land für Pioniere. Immer hat es seitab gelegen trotz seiner Bodenschätze, trotz seiner reichen Möglichkeiten, Brücke zu sein. Schweden hat noch nicht einmal eine Staatsbank. Die könnte man gründen, das Land entwickeln und dabei zugleich vom ersten Tage an der Erste sein und der Reichste. Verdammt noch mal, ruft er sich zur Ordnung. Hast du nicht eben, vor zwei oder drei Atemzügen, gesagt, du ertrügest die Sklavenketten der Erwerbsgier nicht mehr? Und was war dies nun anderes? Wieder der Erwerb, das Reichsein nicht bloß, sondern das Der-Reichste-Seinwollen? Ist es schon zu spät? Kann ich vielleicht gar kein anderes Leben mehr beginnen, weil ich bis in den Grund dafür verdorben bin? Kann ich vielleicht nur noch an mein Geld denken? Nein, nein, also weg mit Schweden. Besser könnte man wohl einen Mittelweg einschlagen: über Konstantinopel nach Südrußland gehen und dort Land kaufen, kleine Geschäfte zum Abgewöhnen machen und im übrigen als Adept der Gelehrsamkeit sich in der Stille bilden. Aber kann man das aus sich selbst, zumal man weiß, daß man nichts weiß? Wäre man dort nicht schon rein räumlich von allem Leben abgeschlossen, wie man es in St. Petersburg durch das Geschäft war? Würde man so statt eines Gelehrten nicht doch nur ein halbgebildeter Sonderling werden?

Längst ist es dunkel geworden. Tief hängen die Sterne am Himmel, so tief, daß man sie fast pflücken könnte. Sie spiegeln sich im ruhigen Meer. Da beginnen die Wellen von innen heraus zu leuchten, grünlichmatt, als flögen unter ihrer Haut Myriaden von Leuchtkäfern dahin.

Mit einem Ruck wendet Schliemann sich um. Er ist entschlossen. Trotz aller Bedenken wird er nach Athen und darauf nach Ithaka gehen.

Und wieder fällt, wie in Neustrelitz, ein rasselnder eiserner Vorhang zwischen ihn und seinen Traum.

Kaum hat er einen hastigen berauschten und berauschenden Gang auf die Akropolis gemacht, als ihn ein schweres Fieber an das Bett fesselt. Und nicht genug daran: dort erreichen ihn Briefe, die ihn auf Monate, vielleicht auf Jahre in das ungeliebte Leben zurückrufen. Stepan Solowjew, dem Schliemann bedeutende Summen – rund hunderttausend Silberrubel – vorgestreckt hatte, die er in mehreren jährlichen Raten zurückzahlen wollte, hat falliert.

Wäre es nur das, so würde Schliemann, an der Schwelle seines Sanctissimums stehend, vielleicht auf das Geld verzichten und den ersten Verlust einer fast zwanzigjährigen kaufmännischen Tätigkeit verbuchen. Aber es steht viel schlimmer. Solowjew hat, um sich reinzuwaschen, Schliemann häßlicher Praktiken beschuldigt, die den glänzenden, stets sauberen Namen auf alle Zeit mit Schmutz bedecken würden, falls sie sich als wahr erwiesen.

Schliemann schreit die Ärzte an, sofort und gründlich das Fieber in ihm totzuschlagen, damit er nach Rußland abreisen kann.

Prozeß um die Ehre

ὧδε γὰρ ἐξερέω, τὸ δὲ καὶ τετελεσμένον ἔσται·
καί ποτέ τοι τρὶς τόσσα παρέσσεται ἀγλαὰ δῶρα
ὕβριος εἵνεκα τῆσδε·
Il. I, 212

Denn ich sage dir an, und das wird wahrlich vollendet:
Einst wird dir noch dreimal so herrliche Gabe geboten
Wegen der heutigen Schmach.

Fieberkrank hetzt Schliemann nach St. Petersburg zurück, und in kürzester Frist hat er den Prozeß gewonnen. Aber wenn er denkt, nun könne er seine Reise am Unterbrechungspunkte wieder aufnehmen, so irrt er. Sein Gegner läßt den Prozeß in die höchste Instanz gehen und appelliert an den Senat. Schliemann muß seine Reise- und Lebenspläne für lange Zeit aufgeben. Wer ein Dutzend Jahre in St. Petersburg gelebt hat, weiß, daß ein vor den Senat gebrachter Prozeß endlos dauert und daß man ihn nicht von ferne führen kann, mag man auch noch so gute Anwälte haben. Nur stetes Antreiben, stete Bestechungen können ihn vor Verschleppung ins Ungemessene bewahren, nur stetes Zugegensein eine gerechte Führung ermöglichen.

Mag sich auch die Geschäftswelt der beiden Hauptstädte darüber klar sein, daß ein Mensch wie Schliemann nie etwas Unehrenhaftes, nie etwas vom kaufmännischen Standpunkt aus Anfechtbares getan hat – trotzdem geht der Prozeß um die bürgerliche und geschäftliche Ehre, nicht um die Schulden Solowjews.

Schon vor der großen Reise in die Mittelmeerländer waren die Konten abgeschlossen; Schliemann könnte die vier oder fünf Jahre, die bis zum endgültigen Urteil des Senats vergehen mö-

1. Heinrich Schliemann
(nach einem Gemälde von Sydney Hodges)

2

3

2. Das Pfarrhaus in Ankershagen
3. Das »Silberschälchen« in Ankershagen

4. Der neue Hafen in Hamburg (um 1840)

5

6

7

5. Das Schrödersche Geschäftshaus in Amsterdam
6. Bernhard Hinrich Schröder (1807–1889), Inhaber der Firma Schröder in Amsterdam
7. Schliemann als Petersburger Kaufmann

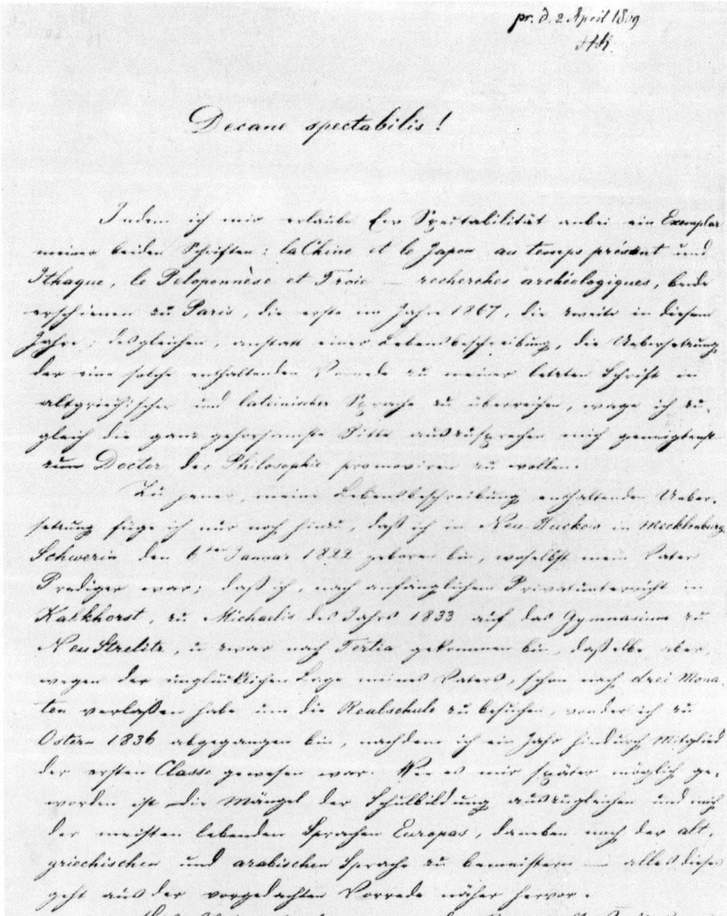

pr. d. 2 April 1869

Decane spectabilis!

Indem ich mir erlaube Ew. Spectabilität anbei ein Exemplar meiner beiden Schriften: la Chine et le Japon au temps présent und Ithaque, le Péloponnèse et Troie — recherches archéologiques, beide erschienen zu Paris, die erste im Jahre 1867, die zweite in diesem Jahre; beizuschließen, anstatt einer Lebensbeschreibung, die Uebersetzung der eine solche enthaltenden Vorrede zu meiner letzten Schrift in altgriechischer und lateinischer Sprache zu überreichen, wage ich zugleich die ganz gehorsamste Bitte auszusprechen mich gewogentlichst zum Doctor der Philosophie promoviren zu wollen.

Zu jener, meine Lebensbeschreibung enthaltenden Uebersetzung füge ich nur noch hinzu, daß ich in Neu Buckow in Mecklenburg Schwerin den 6ten Januar 1822 geboren bin, woselbst mein Vater Prediger war; daß ich, nach anfänglichem Privatunterricht in Kalkhorst, zu Michaelis des Jahres 1833 auf das Gymnasium zu Neu Strelitz, u. zwar nach Tertia gekommen bin, dasselbe aber, wegen der unglücklichen Lage meines Vaters, schon nach drei Monaten verlassen habe um die Realschule zu besuchen, von der ich zu Ostern 1836 abgegangen bin, nachdem ich ein Jahr hindurch Mitglied der ersten Classe gewesen war. Wie es mir später möglich geworden ist die Mängel der Schulbildung auszugleichen und mich der meisten lebenden Sprachen Europas, sowie auch der alt griechischen und arabischen Sprache zu bemeistern — alles dieses geht aus der vorgedachten Vorrede näher hervor.

Schließlich erlaube ich mir die Bitte, alle Verfügungen

w. s. g. u.

8. Promotionsgesuch Schliemanns vom 12. März 1869 (erste Seite)

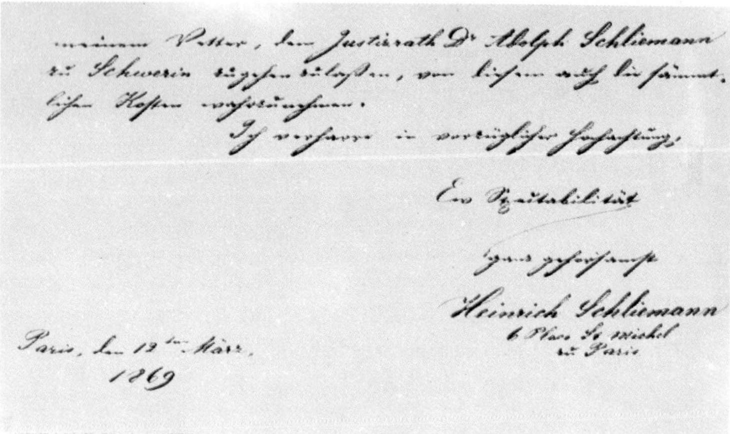

meinem Vetter, dem Justizrath Dr Adolph Schliemann zu Schwerin zugesandt, von diesem auch die sämmtlichen Kosten ...

Ich verharre in vorzüglicher Hochachtung

Ew Spectabilität

ganz gehorsamst

Heinrich Schliemann
6 Place St Michel
zu Paris

Paris, den 12ten März
1869

9

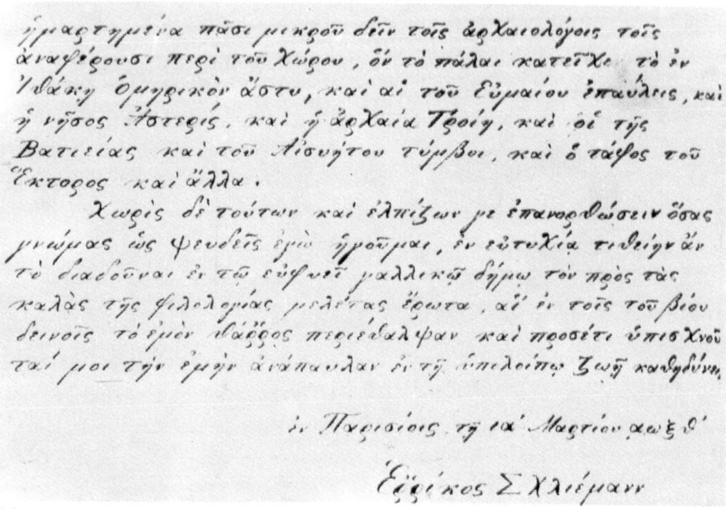

ἠμαρτημένα πᾶσι μικροῦ δεῖν τοῖς ἀρχαιολόγοις τοῖς ἀναφέρουσι περὶ τοῦ χώρου, ὃν τὸ πάλαι κατεῖχε τὸ ἐν Ἰθάκῃ ὁμηρικὸν ἄστυ, καὶ αἱ τοῦ Εὐμαίου ἐπαύλεις, καὶ ἡ νῆσος Ἀστερίς, καὶ ἡ ἀρχαία Τροία, καὶ οἱ τῆς Βατιείας καὶ τοῦ Αἰσυήτου τύμβοι, καὶ ὁ τάφος τοῦ Ἕκτορος καὶ ἄλλα.

Χωρὶς δὲ τούτων καὶ ἐλπίζων με ἐπανορθώσειν ὅσας γνώμας ὡς ψευδεῖς ἐγὼ ἡγοῦμαι, ἐν εὐτυχίᾳ τιθείην ἂν τὸ διαδοῦναι ἐν τῷ εὐφυεῖ γαλλικῷ δήμῳ τὸν πρὸς τὰς καλὰς τῆς φιλολογίας μελέτας ἔρωτα, αἵ ἐν τοῖς τοῦ βίου δεινοῖς τὸ ἐμὸν θάρρος περιέθαλψαν καὶ προσέτι ὑπισχνοῦνταί μοι τὴν ἐμὴν ἀνάπαυλαν ἐν τῇ ὑπολοίπῳ ζωῇ καθηδύνειν.

ἐν Παρισίοις, τῇ ιαʹ Μαρτίου ͵αωξθʹ

Ἐρρίκος Σχλίεμανν

10

9. Promotionsgesuch Schliemanns (zweite Seite)
10. Teil des von Schliemann mit der Promotionsbewerbung eingereichten Lebenslaufes in griechischer Sprache

QUOD FELIX FAUSTUM FORTUNATUMQUE SIT

SUMMIS AUSPICIIS

SERENISSIMI PRINCIPIS ET DOMINI NOSTRI CLEMENTISSIMI

DOMINI

FRIDERICI FRANCISCI

MAGNI DUCIS MEGAPOLITANI

PRINCIPIS VENEDORUM SUERINI ET RACEBURGI

COMITIS SUERINENSIS

TERRAE ROSTOCHIENSIS ET STARGARDIENSIS DOMINI

UNIVERSITATIS HUJUS LITERARIAE PATRONI MUNIFICENTISSIMI

ATQUE

CANCELLARII MAGNIFICENTISSIMI

RECTORE ACADEMIAE MAGNIFICO

THEODORO THIERFELDER

PHILOSOPHIAE ET MEDICINAE DOCTORE HUJUSQUE PROFESSORE PUBLICO ORDINARIO

MAGNO DUCI MEGAPOLITANO SUERINENSI A CONSILIIS MEDICIS SUPREMIS

COLLEGII CUI RES MEDICINALES A SERENISSIMO PRINCIPE COMMISSAE SUNT MEMBRO ORDINARIO

VIRUM PRAENOBILISSIMUM

HENRICUM SCHLIEMANN

MEGAPOLITANUM

TRADITO LIBRO ARCHAEOLOGICO

DE ITHACA INSULA PELOPONNESO ET TROADE

PHILOSOPHIAE DOCTOREM ARTIUMQUE LIBERALIUM MAGISTRUM

ORNATUM ESSE

PUBLICO HOC DIPLOMATE

CONFIRMAT

AD HUNC ACTUM CLEMENTISSIME CONSTITUTUS PROMOTOR ET PROCANCELLARIUS

HERMANNUS KARSTEN

PHILOSOPHIAE DOCTOR

MATHESEOS ET PHYSICES PROFESSOR PUBLICUS ORDINARIUS

OBSERVATORII ASTRONOMICI DIRECTOR

APPARATUS PHYSICI ET MUSEI HISTORIAE NATURALIS CONDIRECTOR

SCHOLAE NAUTICAE DIRECTOR

COMPLURIUM SOCIETATUM LITERARIARUM MEMBRUM VEL ORDINARIUM VEL PER LITERAS CONJUNCTUM

ORDINIS PHILOSOPHORUM H. T. DECANUS.

P. P. ROSTOCHII SUB SIGILLO ORDINIS PHILOSOPHORUM

DIE XXVII M. APRILIS A. MDCCCLXIX

TYPIS ADLERIANIS.

L S

11. Das Doktordiplom der Universität Rostock für Heinrich Schliemann vom 27. April 1869

12. Der Hügel Hissarlik in der Ebene von Troja

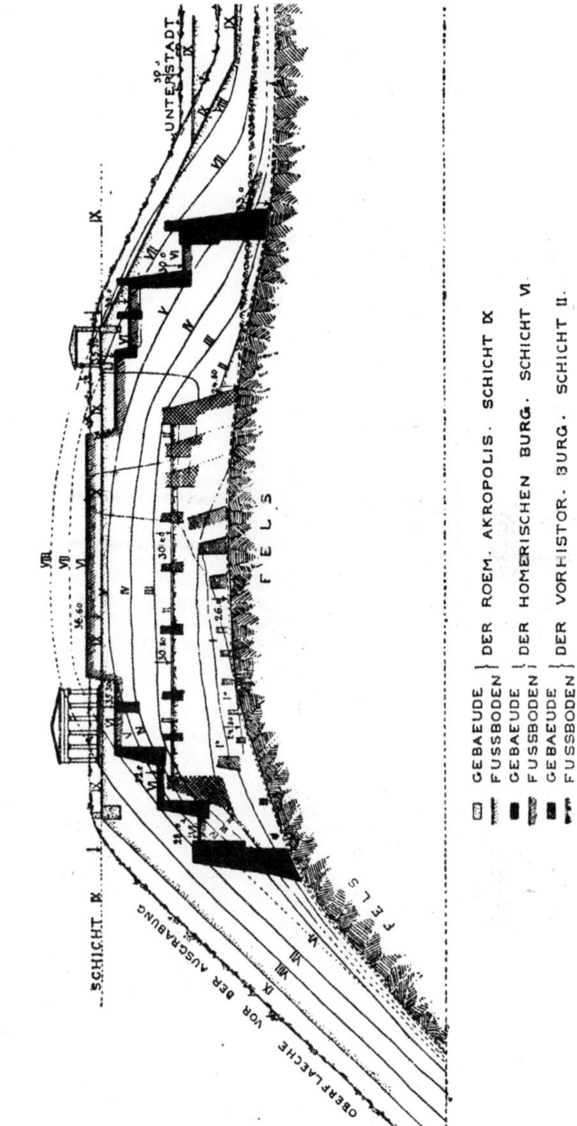

13. Schematischer Durchschnitt durch den Hügel von Hissarlik mit Angabe der neun verschiedenen Schichten (nach W. Dörpfeld, Troja und Ilion)

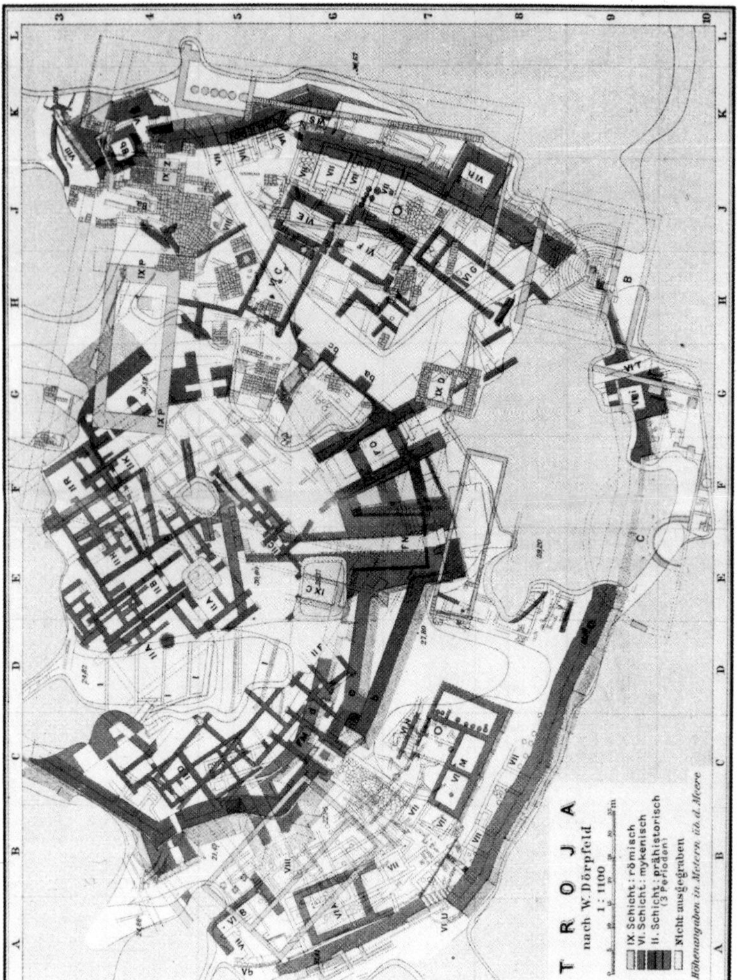

14

14. Grundriß von Troja
Der innere Mauerring läßt Schliemanns »Verbrannte Stadt« erkennen;
die äußeren, starken Ringmauern zeigen das später von Dörpfeld ausgegrabene
mykenische, also homerische Troja

15

15. Troja: Die Heliosmetope

16

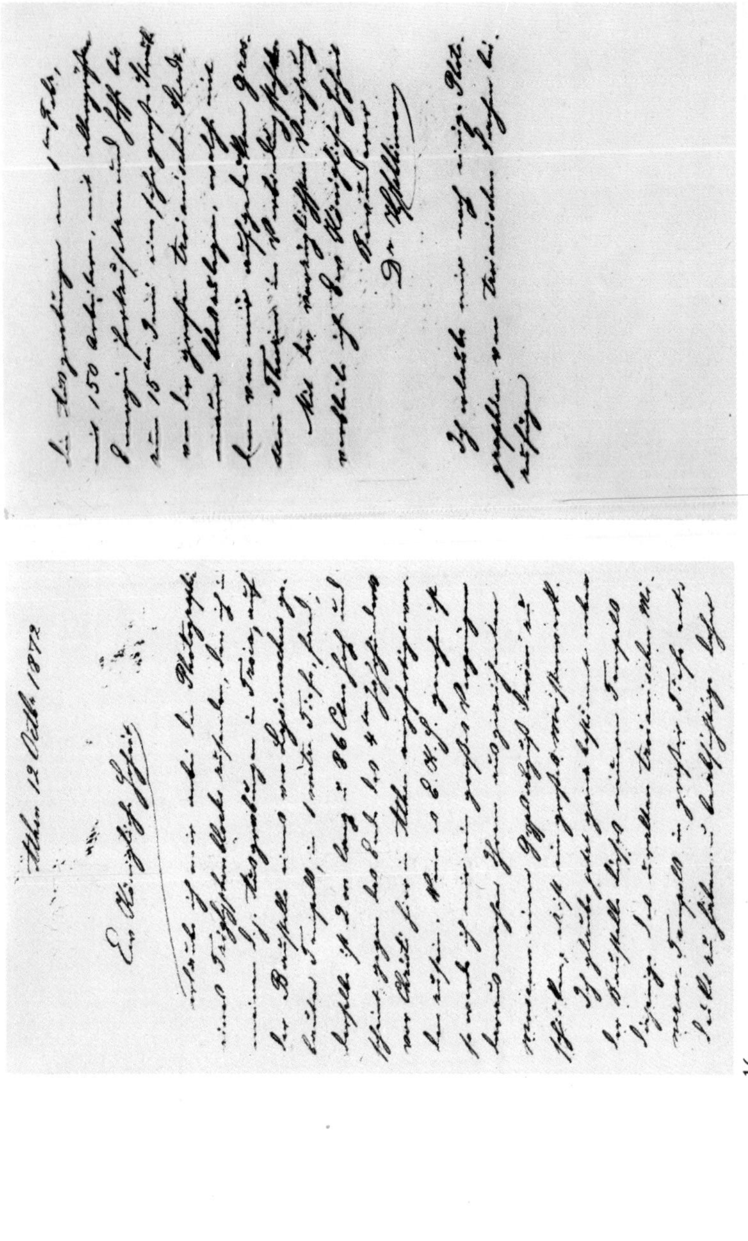

16. Brief Schliemanns aus Athen vom 12. Oktober 1872

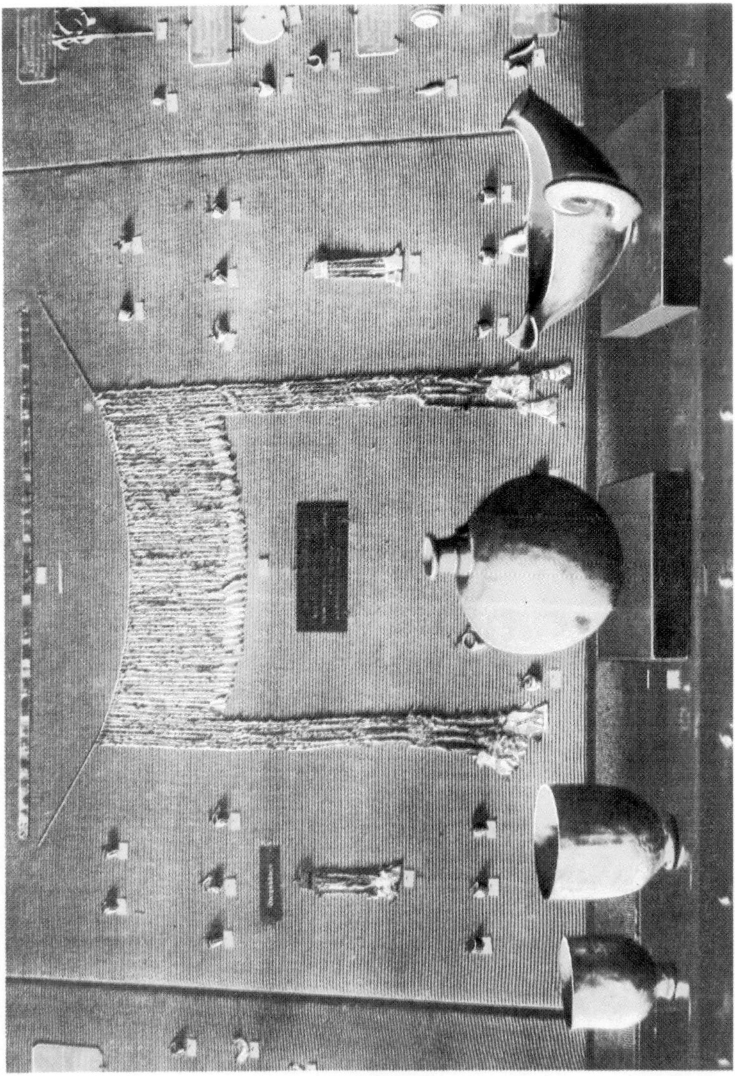

17

17. Troja: »Der Goldschatz des Priamos«

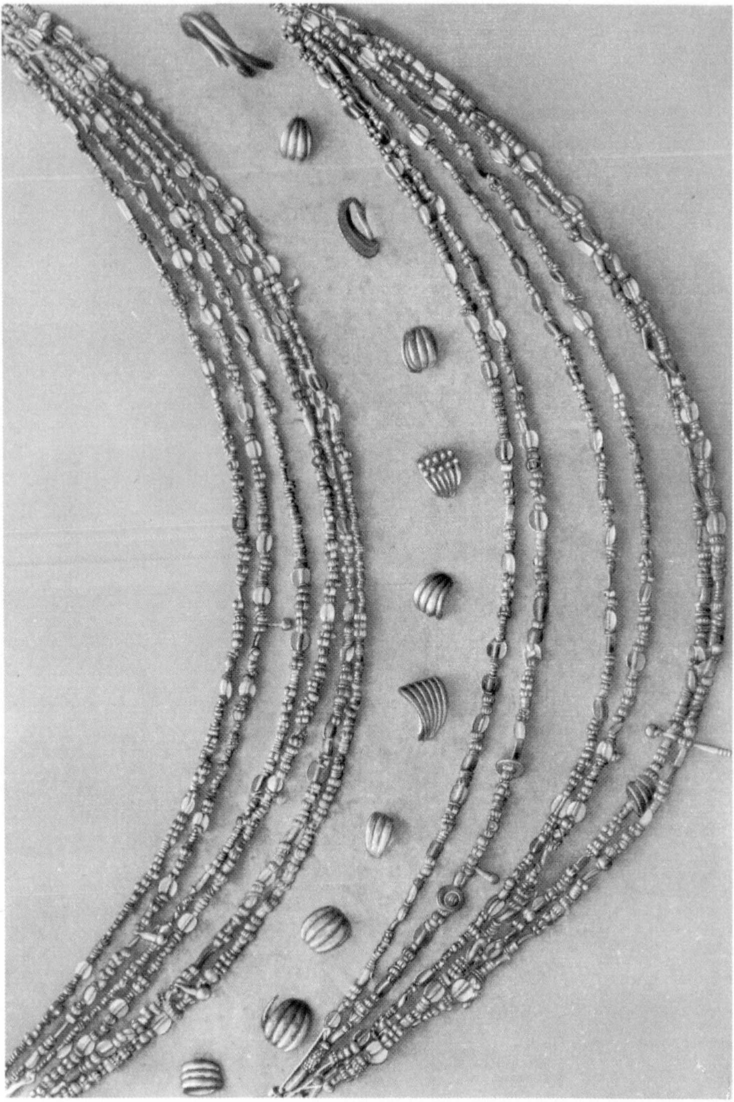

18. Troja: Ketten und Ringe aus dem »Schatz des Priamos«

19. Sophia Schliemann im »Schmuck der Helena«

20

21

20. Mykene: Die Burg, von Süden gesehen
21. Mykene: Gräberrund der Burg

gen, ruhig seinem bisherigen Beruf fernbleiben; er könnte also etwa als Privatmann in St. Petersburg leben. Aber das bringt er nicht fertig, denn er ist ein Mensch, der nicht eine Stunde, geschweige denn Tage und Monate und Jahre die Hände in den Schoß legen kann. Zudem weiß er, wie reizbar ihn sein bisheriges Leben und vor allem die dauernden Krisen der Kriegsjahre und des Nachkriegs gemacht haben. Müßte er sich nur mit seinem Prozeß beschäftigen, so würde er verrückt vor Gift und Zorn und würde ihn damit doch keinen Tag eher beenden. Er braucht eine regelmäßige, alle Kräfte anspannende Tätigkeit, die ihn von den juristischen Kompliziertheiten und von den menschlichen Unzulänglichkeiten und Widerwärtigkeiten ablenkt. Da diese Tätigkeit aber in St. Petersburg lokalisiert sein muß, sieht er nur eine Möglichkeit: seinen alten Beruf wieder aufzunehmen. Der Appetit kommt beim Essen, belächelt er sich selbst: kaum hat er die Zügel wieder in den Händen, als sein Temperament auch schon in vollem Galopp mit ihm durchgeht. Und noch einmal lernen wir jetzt Schliemann von der Seite des raffiniert kalkulierenden Geschäftsmanns kennen.

In den Monaten Mai bis Oktober 1860 importiert er Waren für zehn Millionen. Mit vollen Händen entschädigt ihn sein Glück für die Enttäuschungen und den Ärger und gibt ihm auch neben dem alten Indigo und Olivenöl neue Materialien, die in seinen Händen und unter seinem Weitblick zu Geld werden. In Amerika bricht der Krieg zwischen den Nord- und Südstaaten aus und blockiert alle südlichen Häfen. Also nimmt Schliemann die Baumwolle in sein Programm auf. Sobald die Konkurrenz sich ebenfalls ihrer zu bemächtigen beginnt, nützt er schon eine neue Konjunktur: Im Mai 1862 gestattet die russische Regierung die Einfuhr von Tee auf dem Seewege. Und da Dutzende von Schiffen in aller Welt nur auf die telegrafischen Ordres von Schliemann warten, ist er der erste, der davon profitieren kann. Kaum beginnen infolge der polnischen Unruhen die dortigen Juden einen ausgedehnten Teeschmuggel nach Rußland, gibt Schliemann den Teehandel auf und stößt die sechstausend Kisten, die er noch auf Lager hat, mit aller möglichen Beschleunigung ab.

Es gilt, so sagt er sich, auch aus der giftigen Blume noch Honig zu saugen: der Besuch der klassischen Ruinenstätten Italiens, Ägyptens, Syriens hat ihm gezeigt, daß eine Tätigkeit auf solchem Gelände, soll sie nicht ein bloßes Ankratzen der Oberfläche sein, sehr viel mehr Unkosten machen wird, als er gedacht hat. Hatte es also doch vielleicht einen tieferen Sinn, daß er gezwungen wurde, noch einmal fünf Jahre zu opfern? Erst die in dieser Zeit erreichte Vermehrung seines Vermögens wird ihn in den Stand setzen, für den Lebensrest ohne jede Einschränkung dem neuen Ziel leben zu können.

An jedem Abend, an jedem der zahlreichen Feiertage des russischen Kalenders liest er seine griechischen Dichter und immer wieder Homer. Ist nicht in dem Jahr, als er im Sturm nach Rußland jagte, ein Buch erschienen, George Grotes griechische Geschichte? In ihr ist der gelehrte und gefeierte Engländer zu Schlußfolgerungen gelangt, die von der ganzen Welt akzeptiert und begeistert nachgebetet werden. Die Geschichte Griechenlands, so sagt Grote, beginnt mit der ersten Olympiade, also im Jahre 776 v. u. Z., denn vorher gab es keine eigentlichen geschichtlichen Berichte. Der Zustand Griechenlands im zehnten Jahrhundert oder gar noch früher, von dem die Chronologen gern erzählen, kann nicht beschrieben werden, da es keine zuverlässige Beweisführung gibt. Was vor der ersten Olympiade liegt, ist Dichtung und Legende. Homer ist ein Märchenerzähler und gar in seiner Odyssee nur der Autor eines Romans, in dem er das tollste Seemannsgarn spinnt. Nein, Legende und Geschichte sind unvereinbar, und sie zu verwechseln und ineinanderzuflechten ist ausgesprochen unphilosophisch.

Andere gelehrte Herren ziehen diese Linien noch stärker nach und kommen zu dem Ergebnis, daß Homer nie gelebt hat.

Also alles, woran man sich schon als Kind begeistert, woran man sich ein ganzes Leben lang geklammert hat, soll plötzlich nicht mehr gelten? Hastig nimmt der einsame Leser den Thukydides aus dem Bücherschrank. Da steht auf dem Innendeckel notiert: »Thukydides 484–425«. Und da steht im Text ganz klar und deutlich: Homer hat vor etwa vierhundert Jahren gelebt. Und der Professor Grote streicht ihn einfach aus? Das ist für

Schliemann das gleiche, als wenn eine tempelschänderische Hand dem gläubigen Christen ein Gnadenbild vom Altar risse und auf den Kehricht würfe. Dunkle Zweifelswolken ziehen auf – Zweifel an der Zuverlässigkeit der bisher immer so hochverehrten Gelehrten. »Wenn ich groß bin, werde ich Troja ausgraben«, hat man als Achtjähriger gesagt. Nun ist man groß, groß an Jahren und groß an materiellen Gütern: nun wird man es tun, wenn die Olympischen wollen, wird damit beweisen, daß Homer gelebt hat, genauso real wie Herr Professor Grote und Heinrich Schliemann, und daß er nicht Märchen erzählte, sondern mit den sprachlichen Mitteln eines Dichters Geschichte geschrieben hat!

Schliemann beginnt sein Geld, das er zusammengescharrt hat, noch mehr zu lieben. Ein paar Millionen sind es nun schon geworden.

Den Göttern sei Dank, daß sie die Arbeit so reich gesegnet haben, daß sie damit dem Wollen die Möglichkeit des Vollendens gegeben haben.

Als der Senat sein Urteil gesprochen und damit den Prozeß zu Schliemanns Gunsten beendet, als der böswillige Schuldner auch die letzte Rate gezahlt hat, ist es wieder einmal Weihnachten geworden. 1863 schreibt der Kalender. Wie schön, wie befreit könnte man dieses Fest feiern, wenn man eine Familie hätte, wie zum Beispiel der Kutscher und die Lastträger der Lagerhäuser sie haben. Drei Kinder hat Schliemann Katharina abgezwungen, zuletzt die nun zweijährige Nadeshda. Aber sooft der Älteste, Sergej, dem Vater seine Arme entgegenstreckt, ruft die Mutter ihn mit scharfem Tadel zurück. Es ist, als hätte man keine Kinder. Nicht einmal die Sprache des Vaters zu lernen, gestattet ihnen Katharina, und ihre Familie unterstützt sie dabei. Je länger die häusliche Tragödie dauert, desto mehr reift der Entschluß zu einer endgültigen Trennung. Denn wie soll man mit vollem Herzen für die Auferstehung Homers und seiner Gestalten arbeiten, wenn die Schlange der Bitterkeit, des Streites, des Hasses an diesem Herzen frißt?

Aber auch darüber muß in Ruhe nachgedacht werden, ebenso wie über das Programm des künftigen Lebens. Mit einemmal eilt es nicht mehr. Mit einemmal heißt es nicht mehr »Sofort!« und »Heute!«, sondern nur noch »Budet . . ., es wird schon werden.«

Vor dem geraden Weg von St. Petersburg nach Troja bebt Schliemann zurück. Sein kaufmännisches Streben hat es ihm gezeigt – genauso wie das Leben seines Vaters: Beruf muß Berufung sein, soll er einen Nutzen im höheren Sinne bringen. Nun, da er in den ersten Monaten des Jahres 1864 endgültig seine Geschäfte liquidiert, weiß er schon, daß die neue Berufung auf ihn wartet, nur weiß er noch nicht, wann es soweit sein wird.

Ritardando

ἀλλ' ἄγε μοι τόδε εἰπὲ καὶ ἀτρεκέως κατάλεξον,
ὅππῃ ἀπεπλάγχθης τε καὶ ἅς τινας ἵκεο χώρας;
ἀνθρώπων, αὐτούς τε πόλιάς τ' ἐὺ ναιετοώσας.
Od. VIII, 572

Aber verkündige mir und sage die lautere Wahrheit:
Welche Länder hast du auf deinem Irren durchwandert,
Und wie fandest du dort die Völker und prächtigen Städte?

1 Wieder fährt Schliemann, zum erstenmal ein ganz freier und unabhängiger Mann, durch das Mittelmeer. Zuerst geht er in Karthago an Land.

Manche französische Reisende haben in den letzten Jahren über die Trümmer der einstigen Beherrscherin der Meere geschrieben. Wenige sind es, die diese Ruinen besuchen und kennen, im Gegensatz etwa zu Ägypten. Daher mag es für einen künftigen Archäologen besonders lehrreich sein, diese Terra incognita kennenzulernen und aus dem Gesehenen Folgerungen zu ziehen. Aber diese Folgerungen fallen ganz anders aus, als der Reisende erwartet hatte: da ist kein Gefühl mehr von der Größe und Heiligkeit, von Wichtigkeit und Schönheit des neuen Berufs der Berufung. Da ist nur Zweifel und angstvolle Sorge, ob man wirklich für ein solches Werk taugen wird, ob und wie man es schaffen kann, sich wirklich der Archäologie zu widmen. Hier ist nur eine grenzenlose Verwirrung. Hier sind ja keineswegs Baureste, von denen man auf den ersten Blick sagen kann: Dies war der und der Tempel und dies das Haus des Moloch, das dort drüben eine römische Villa und das daneben ein vandalisches Gewölbe und jenes gar die Reste der Byrsa der Königin Dido, auf der sie mit Aineias stand, der dem Brande Trojas entronnen war. Vorläufig sieht dem Betrachter eines so aus wie das andere: ganz kümmerliche Grundmauern, die ebensogut ein Bad wie ein Tempel gewesen sein könnten. Wie soll, wie kann man diese Dinge unterscheiden lernen? Oder ob auch die Gelehrten manchmal bloß raten und ihre Vermutungen nur deshalb mit solcher Sicherheit verkünden, damit niemand an ihren Worten zu zweifeln wagt? Vielleicht gebrauchen auch die Gelehrten das bewährte Mittel der Reklame und verstehen es großartig, ein X für ein U zu machen, wenn ihnen eben ein X in ihre Theorien paßt. Vielleicht wird man es einmal wissen . . .

Auf einem Säulenstumpf sitzt der Reisende. Stammt der nun noch von der Byrsa Didos oder von den Römern der Hadrianischen Epoche? Oder ist er etwa gar ein Überrest der christlichen Jahrhunderte?

Nachdenklich zieht Schliemann seine Brieftasche hervor und betrachtet die Schiffskarte, die von Tunis bis Korfu gilt, dem geplanten Absprunghügel für Ithaka und das griechische Festland. Nein, diese Reise ist so unmöglich wie ihr Plan. Dazu fehlt die Frechheit, die nicht mit Mut verwechselt werden darf. Dazu fehlt schlechthin alles. Diese Fahrkarte muß umgetauscht werden. Heute noch! Die Zeit mag reif sein, aber der Mann ist es noch nicht, der mit seinen zweiundvierzig Jahren doch nichts ist als ein angefangener Mensch, der sich noch manchen Wind aus den Schläuchen des Aiolos um die Nase wehen lassen muß, bevor er in die Arena hinabsteigt. Wind? Nun gut, nehmen wir es wörtlich. Verbinden wir das Notwendige mit dem Angenehmen und Lehrreichen. Reisen wir durch den Teil der Welt, den wir noch nicht kennen.

Von Tunis fährt der Dampfer nach Alexandrien, von Port Said nach Indien. Ceylon ist die erste Station, der Madras, Kalkutta, Benares, Agra, Lucknow, Delhi, die Vorberge des Himalaja, Singapur, Java, Saigon folgen.

Die Welt ist schön, wohin man kommt, und mehr noch als schön ist sie lehrreich. War schon stets jede Geschäftsreise zugleich eine Bildungsreise, so wird diese Fahrt um die Welt es erst recht.

Lange verweilt der Reisende in den Ruinen der Mogulpaläste, die der große Aufstand vor mehr als hundert Jahren zerstörte. Schliemann zeichnet, wie üblich, die Grundrisse und Maße in sein Tagebuch und denkt darüber nach, wie fest die von dem großen Akbar begründete Macht zu sein schien und wie sie doch, gleich jeder Gewaltherrschaft, vor den steten Angriffen des unterdrückten Volkes, der Mahratten und Sikhs und Sepoys und all der anderen, zerbröckelte. Wenige Jahre sind nun vergangen, da er in den Trümmern steht, seit der letzte große Aufstand der Hindus und der Eingeborenentruppen der Sepoys gegen die englische Annektierung stattfand – genau hundert Jahre nach Robert Clives entscheidendem Sieg von Plassey, und nichts scheint nun fester und gesicherter zu sein als die englische Macht in Indien. Wie lange mag sie sich halten? denkt Schliemann. Gewiß nicht so lange wie die der Moguln, denn sie beruht nur auf Unterdrückung, Gewalt, Auspowerung der Eingeborenen.

Da hat man sein ganzes Leben mit Indigo gehandelt und verdankt ihm im Grunde die Möglichkeit, diese Reise zu machen, aber niemals vor ihr hat man gewußt, wie er wächst und wieviel Schweiß und Blut verhungernder Eingeborener an ihm klebt. Da hat man ein ganzes Leben lang Tee getrunken und Tee verkauft und sah ihn doch erst jetzt wachsen. Und sah jetzt erst, daß für jede Tasse, die man im weichen Sessel sitzend genießt, ein indisches Mädchen darbt und von europäischen Sklaventreibern mit den Füßen gestoßen und geprügelt wird.

Von Cochinchina fährt ein Dampfer nach Hongkong. Schnell entschlossen, belegt Schliemann einen Platz. Wieviel Bilder von dem sagenhaften Reich der Mitte hat man schon in Ankershagen betrachtet, von Pagoden und Drachen, vom Sohn des Himmels und seinen merkwürdigen Untertanen mit langen Zöpfen und topfdeckelähnlichen Hüten und vor allem von dem Weltwunder der Großen Chinesischen Mauer. Ob das alles wirklich so ist?

»Aber ich bitte Sie, wer reist denn nach China, wenn er nicht dringende Geschäfte dort hat?« fragt ihn der Clerk der Schifffahrtsgesellschaft.

»Ich«, antwortet Schliemann und legt das Geld für die Fahrkarte auf den Tisch.

2 Gelb wölkt der Staub auf der Straße zwischen Tien-Tsin und der Hauptstadt. Mitten im Gewühl holpern und stoßen zwei maultierbespannte Karren. Aus dem zweiten klingt ein eintönig zirpender Gesang: über europäischen Koffern liegt ein Mischling, halb Engländer, halb Chinese; er ist mit seinem Dasein zufrieden, denn er hat einen Herrn gefunden, der die Landessprache nur in geringen Bruchstücken versteht und deshalb ohne seinen Diener nichts ausrichten würde. Gut, daß Mister Thomas, der ehemalige Missionar, so vernünftig war, dem Herrn vom Chinesischen abzuraten; sonst wäre der wohl gar fähig gewesen, sich hinter die Bücher zu setzen und zu lernen, statt im Lande umherzureisen. Von Sprachen versteht er ja viel, und Mister Thomas hat sich sehr gefreut, daß sie beide nach der gleichen Methode verfahren sind. Morgen wird man in Peking sein, da hat die Ruhe wieder ein Ende.

Im vorderen Karren plagt sich Atshons neuer Herr. Jede Viertelstunde versucht er eine andere Stellung, um seine zerschlagenen Knochen zu entspannen. Aber es gelingt nicht. Der blaue Baumwollüberzug über dem zweirädrigen Karren ist unentbehrlich, wenn man nicht im Staube ersticken will, aber er wölbt sich so tief über den Bodenplanken, daß man unmöglich sitzen kann. Zum Liegen aber ist der Karren zu kurz. Ganz abgesehen davon, daß dieses Folterinstrument in jedes nur verfügbare Loch der Straße – und sie besteht fast nur aus Löchern – hineinhüpft und damit die Wirbelsäule staucht. Für den chinesischen Körperbau scheint es recht bequem, aber den hat man eben nicht. Mit heftigem Geschrei bringt Schliemann den Kutscher zum Halten und klettert vom Karren hinab. Den Rest des Weges wird er auf der Deichsel reitend zurücklegen: das ist doch noch das bequemste und weniger schmerzhafte.

Peking überwältigt ihn durch seine ungeheure Größe, nachdem er nicht ohne Mühe Unterkunft bei den Buddhapriestern eines kleinen Tempels gefunden hat – denn Hotels gibt es nicht, und die Herbergen sind so entsetzlich schmutzig, daß er zurückschaudert. Alles ist ungeheuer groß, die Mauern, die Tore, die Ausdehnung der drei Städte – der kaiserlichen, der chinesischen, der tatarischen –, der Schmutz, der Staub, die Belästigung der seltenen Fremden durch die Einheimischen, die Bettelei, die Zahl der Aussätzigen, die zeitliche Dauer der Theatervorstellungen. Nur der Fuß der Chinesin ist unendlich klein, und der Neugier und den klingenden Argumenten des Fremden gelingt es sogar, alle Sitten zu durchbrechen und zu prüfen, wie man ihn herstellt.

Nach wenigen Tagen wird der Weg fortgesetzt, um die Große Mauer zu besuchen. Der Diener fährt in dem Karren, der Herr reitet auf einem gemieteten Pferd. Schnurgerade nach Norden führt die Straße, von deren einstiger Güte nur wenige weiße Granitblöcke zeugen, die noch aus dem Schlamm und Staub herausragen, und ebenso die einst schönen Brücken, die nun aber so verfallen sind, daß man sie kaum zu betreten wagt. Schließlich fängt das Pferd derart zu hinken an, daß man absteigen und wiederum auf der Wagendeichsel weiterreiten muß. Staunend bleiben die Chinesen stehen und beschnattern aufgeregt dieses seltsame Gebaren des fremden Teufels, der dadurch noch seltsamer wird, daß er zum Schutz gegen die kräftige Frühlingssonne einen großen arabischen Turban aufgesetzt hat.

Bestaunt kommt er in Ku-Pa-Ku an, der Stadt an der mandschurischen Grenze, der Stadt an der Großen Mauer. Selten hat sich bisher ein Fremder hierher verirrt, und nichts anderes als Seltsamkeiten kann man von so einem erwarten. Aber als man von dem gesprächigen Diener erfährt, daß dieser Mann aus Franken gekommen sei, um die Mauer zu betrachten, bricht ein tosendes Gelächter aus, das die ganze Stadt schüttelt.

»Ich glaube, wenn ein Orang-Utan im Frack auf den Pariser Boulevards spazierenginge, könnten die Pariser ihn nicht mehr bestaunen als mich diese Leute. Was hast du ihnen gesagt, Atshon?«

»Nur die Wahrheit: daß du die Mauer sehen willst, Herr. Verzeih ihnen ihr Gelächter. Sie fragen, wie man so weit reisen könne, bloß um alte Steine zu sehen.«

»Komm weiter, das läßt sich nicht erklären. Gehen wir schlafen. Morgen früh um fünf weckst du mich.«

Aber trotz der frühen Stunde steht dann schon eine vielköpfige bezopfte Menge auf der Straße und wartet. Wie eine lange staubige Wolke wälzt sie sich hinter Schliemann und seinem Diener her und klettert sogar hinter ihnen auf die Mauer. Doch sie folgt nur, solange der Weg eben bleibt. Sobald sich die Mauer mit jäher Neigung in ein Tal stürzt, kehren die Leute wieder um. Der Diener folgt stöhnend noch eine weitere Viertelstunde, aber dann trottet auch er empört in die Stadt zurück, denn er hat nur seinen Körper, nicht aber sein Leben vermietet, und nun windet sich die Mauer zwischen zwei steilen Abgründen auf einen Berg hinauf und ist kaum halb so breit wie gewöhnlich.

Schliemann überwindet die gefährliche Stelle auf allen vieren und geht, klettert, kriecht allein weiter, rund acht Kilometer. Da vorn führt die Mauer auf einen Felsen, und von dort muß der Ausblick groß und umfassend sein. Sehr mühsam ist der Weg zum Gipfel, aber als er endlich erreicht ist, zeigt sich etwa zwei Kilometer weiter vorn ein anderer Berg, gut zweihundert Meter höher als der eben erklommene. Der versperrt die Aussicht nach Westen. Also geht es wieder weiter, zuletzt in einer Steigung von sechzig Grad. (Denn alles wird genau gemessen und im Tagebuch verzeichnet.)

Fast sechs Stunden Kletterei hat der einsame Mann auf der Mauer hinter sich, als er endlich das gesteckte Ziel erreicht hat und sich gestattet haltzumachen. Für alle Fälle wird noch einmal vermessen, daß die Ziegel der Mauer siebenundsechzig Zentimeter lang, fünfundzwanzig breit und siebzehn dick sind. Dann wird festgestellt, daß die Mauer keineswegs ein massives Ziegelwerk ist, sondern daß sie einen Kern aus Granitblöcken hat. Acht bis zwölf Meter ist sie hoch, unten sechseinhalb bis acht und oben fünf bis sechseinhalb Meter dick. Ist es lächerlich und pedantisch, so zu messen? Doch wohl nicht, denn nur so kann man sich das ungeheure Werk klarmachen, das vor über zweitausend Jahren über eine Länge von dreitausendzweihundert Kilometern errichtet wurde; das größte Werk von Menschenhand, größer und gewaltiger als die Pyramiden Ägyptens.

Der Wanderer wendet seinen Blick vom Notizbuch. Er steckt den Stift in die Tasche und zieht ein Fernrohr aus dem Gürtel. Im Norden steilen die Berge des mandschurischen Hochplateaus auf. Ein langes schmales Tal zieht sich dorthin, von einem Fluß durchwunden, der die Reisgärten fruchtbar macht und sich mit mehreren Armen durch die Stadt zieht, in der man am Morgen war. Das Glas zeigt die ameisenkribbelnden Menschen in den Straßen, zeigt sogar den Diener, der auf der Schwelle des Gasthauses sitzt und einen andächtigen Hörerkreis um sich versammelt hat. Die Gärten um die Stadt stehen in der vollen Blüte des Frühlings.

Schliemann läßt das Fernrohr sinken. Er hat vom Kraterrand eines Vulkans die Insel Java gesehen, er hat auf dem Gipfel der Sierra Nevada in Kalifornien gestanden, auf den Vorbergen des Himalaja und auf den Hochebenen der Kordilleren, aber, so findet er, nichts davon erreicht die Größe und Erhabenheit dieses Rundblicks von der Chinesischen Mauer.

Und wieder fallen seine Blicke auf die Mauer selbst, die wie der bewegte Refrain eines alten Liedes auf- und absteigt und sich im Dunst des Horizonts verliert. War es nicht ein Geschlecht von Giganten, das sie baute? War es nicht ungeheuerlich und unvergleichbar, Millionen Sklaven die Ziegel kneten und sie und die Felsen des Mauerkerns auf die fernen Berge schleppen zu lassen? Und was für ein Volk hatte so viel Soldaten, daß es jeden der zwanzigtausend Türme dieser Mauer sicher besetzen konnte? Und wo ist es geblieben? Jetzt zerfällt die Mauer in Staub, und in ihr wohnen nur noch Schwärme von Tauben, und nur Tausende flinker, edelsteinblinkender Eidechsen huschen zwischen den Veilchen umher, die in üppiger Fülle aus den Fugen der Ziegel wachsen. Was ist die Mauer anderes als ein ungeheures Totenmal, Totenmal einer vergangenen Größe und Totenmal der Sklaven, die sie erbauten, aber zugleich auch ein steinerner Protest gegen die Korruption, gegen den Verfall des chinesischen Reiches, das schon im Sterben liegt.

Schwer nur reißt er sich los. Er möchte bleiben, bis die Glut des Sonnenuntergangs die kahlen Berge färbt, bis die Sterne über der Mauer zu kreisen beginnen, die gleichen wie vor zweitausend Jahren. Aber da erinnern ihn ein stechender Kopfschmerz und ein brennender Durst daran, daß er schon lange Stunden unterwegs ist und noch einen beschwerlichen Rückweg vor sich hat.

Nur auf dem Bauche kriechend und Hände und Füße in die Spalten gekrallt, kann er einige Stellen bewältigen, aber stolz ist er, daß er dabei weder sein Fernrohr einbüßt noch einen siebenundsechzig Zentimeter langen Ziegel, den er sich auf den Rükken gebunden hat.

3 Der Dampfer liegt auf der Reede von Yokohama vor Anker. Dies ist ein ganz anderes Land, über dem der Schneegipfel des Fudschijama steht. Hier wimmeln keine Hunderte dreckiger Boote mit Drachenaugen, gerudert von halbverhungerten Frauen, die ihre Kinder in einem Sack auf dem Rücken tragen. Hier ist nur eine saubere Barke, von zwei stämmigen Japanern gerudert, deren ganze Bekleidung in rot und blau tätowierten Drachen und Tigern, Löwen und Göttern besteht. Sie bringen den Fremden, der als einziger aussteigt, an die Mole, heben dort vier Finger und sagen »Tempo« – das heißt, der Fahrpreis beträgt vier Tempos. Erstaunt bezahlt der Ankömmling, denn dieser Preis entspricht gerechtem Empfinden. Yokohama scheint ihm der erste Hafen, in dem nicht das Vierfache gefordert wird, das man erst mit langem Streiten auf das Doppelte reduzieren kann.

Zwei Kulis stürzen herzu und wollen das Gepäck an ihre Bambusstangen hängen, aber der Reisende weist sie zurück, denn ihr ganzer Körper ist von Ausschlag bedeckt, und lange muß er warten und suchen, bis er einen gesunden Träger findet. Die Zolloffiziere zeigen mit Gebärden, daß alle Koffer und Bündel geöffnet werden müssen. Nun, das ist überall das gleiche, und überall tut man das gleiche: man greift in die Tasche und klimpert mit Geld. Aber diese beiden sind taub – sie zeigen sich auf die Brust und sagen »Nippon musko« dazu, und das heißt: Ich bin Japaner, und das heißt: Es ist unter meiner Würde, für Geld meine Pflicht zu versäumen.

Das Hotel liegt mitten in einem Garten, der von blühenden Büschen riesiger gefüllter Kamelien überquillt. Die Stadt, vor vier Jahren noch ein Fischerdorf, ist nun als einer der wenigen für Europäer offenen Vertragshäfen ein Ort von vierzehntausend Einwohnern geworden.

Mit neugierigen Augen und emsig notierendem Stift geht Schliemann durch das neue Land, das in allem so ganz anders ist als das benachbarte China. Er tritt in ein beliebiges Haus, durch den kleinen Garten mit den merkwürdigen Zwergbäumen: ein blitzsaubereres Heim kann es nirgendwo geben. Schöne Bambusmatten bedecken den Boden, die zugleich Teppiche, Stühle, Tische, Bettgestelle und Matratzen sind. Die einzigen Möbelstücke sind ein kleiner tragbarer Herd und eine schöngeschnitzte Kopfstütze für jedes Familienmitglied, notwendig, damit man sich im Liegen nicht die komplizierten Frisuren verderbe. Das Geschirr besteht aus lackierten Holzschalen, mit Bildern vom Fudschijama oder den heiligen Schwänen darauf, die Bestecke sind Holzstäbchen.

Das zu sehen, woran doch kaum etwas zu sehen ist, wird ein aufrüttelndes Erlebnis. Wie ist es in Europa? Jeder wetteifert mit dem Nachbarn, wer das schönste Büfett, die prächtigsten Möbel und was sonst noch alles hat, was man für unbedingt notwendig hält. Immer größere Wohnungen fordern die Möbel, immer mehr Personal, ein Kapital zu ihrer Anschaffung und ein zweites zu ihrer Erhaltung. Gerade diese Dinge sind es dann auch, die in Europa eine Eheschließung so schwierig machen, denn niemand darf heiraten, der nicht alle diese Dinge kaufen und seine Familie auf diesem Fuß erhalten kann. Ein einziger Blick in ein japanisches Haus zeigt, wie sehr entbehrlich alles das ist, was wir für unentbehrlich halten, zeigt, daß unsere Bedürfnisse künstlich gemacht sind. Vergessen wir, streichen wir aus, was wir schon als Kinder um uns sahen, und wir brauchen nichts davon und können mit so wenigem so glücklich leben wie die Japaner. Wie leicht könnte man dann das Mädchen heiraten, das man liebt. Drei Itzebus kostet so ein tragbarer Herd, und nicht viel mehr die Matten und das andere Gerät. Das sind zwanzig Francs. Und für diesen Hausrat genügen auch zwei Zimmer statt einer großen Wohnung oder gar eines ganzen Hauses. Wie arm ist doch Europa, recht betrachtet, und um das zu erkennen, mußte man Tausende von Meilen bis Yokohama fahren!

Aber auch in anderer Hinsicht lohnt diese Fahrt. Anfang Juni gibt die Regierung den Ausländern bekannt, daß sich der Kaiser in einigen Tagen zu einer Besuchsreise auf der großen Chaussee, dem Tokaido, von Yedo nach Kyoto begeben werde. Niemand möge zu dieser Zeit sein Haus verlassen, um sich nicht in Gefahr zu bringen. Am Tage vor dem festlichen Ereignis erreicht der britische Konsul aber, daß die Fremden von einem versteckten Gehölz aus zuschauen dürfen. Zu Fuß, um mehr vom Lande zu sehen, schlendert Schliemann frühzeitig zum Treffpunkt und studiert unterwegs, wie der Reis angebaut und verpflanzt wird. Überall blühen zwischen den Feldern die Kamelien und die Rosen, aber sie riechen nicht, genauso wie den Früchten dieses Landes jedes Aroma fehlt. Überall sind kleine Gehölze verstreut, und in jedem liegt ein Tempel.

Etwa hundert Fremde haben sich an dem angewiesenen Platz versammelt, und über dreißig japanische Polizeioffiziere sorgen für ihren Schutz. Eine Stunde des Wartens vergeht, und dann beginnt die Prozession.

Zuerst kommen Scharen von Kulis, das Gepäck der Reiseteilnehmer an langen Bambusstangen. Ein Bataillon weiß- oder blaublusiger Soldaten folgt; sie tragen schwarze oder dunkelblaue bis zu den Knöcheln reichende Hosen, blaue handschuhähnliche Strümpfe, Strohsandalen und Hüte aus lackiertem Bambus. Die Offiziere reiten auf Pferden, die nicht beschlagen sind, sondern ebenfalls Strohschuhe tragen, und haben als Abzeichen ihres Adels zwei Säbel und einen Fächer im Gürtel. Dann kommt wieder eine Gruppe von Kulis, dann zu Pferd höhere Offiziere in langen weißen Gewändern mit roten Schriftzeichen auf dem Rücken, dann zwei Bataillone Lanzenreiter, zwei Gruppen Artillerie, Fußsoldaten, Kulis mit großen Lackkästen, Lanzenreiter, Großwürdenträger zu Pferde, Soldaten, Stallmeister, Sänften aus schwarzlackiertem Holz, eine Lilienstandarte aus vergoldetem Metall und nach ihr der Kaiser auf einem schönen braunen Pferd.

Der Kaiser ist ein junger, dunkelhäutiger Mann von etwa zwanzig Jahren und trägt ein weißes goldgesticktes Kleid und eine Kopfbedeckung, die lackiert und vergoldet ist. Zwei Dutzend Großwürdenträger in weißen Gewändern folgen ihm und bilden den Schluß.

»Sie können sich viel darauf einbilden, Herr Schliemann«, sagt einer der Fremden, »daß Sie den Kaiser zu Gesicht bekommen haben. Ich bin schon lange im Lande und sehe ihn zum erstenmal, ja nicht einmal seine Untertanen bekommen ihn zu sehen. Nun, Sie wissen wohl, daß die Verträge von 1858 uns nicht viel weitergebracht haben und daß Japan nach wie vor das fremdenfeindlichste Land ist, das man sich denken kann. 1862 mußte nach den Verträgen Yedo, die Hauptstadt, dem Auslandshandel geöffnet werden. Aber auf Bitten des Kaisers haben die Mächte einer Verschiebung dieses Termins auf unbestimmte Zeit zugestimmt.«

»Ich bin sehr neugierig auf Yedo. Man hört soviel widersprechende Gerüchte, da sich kaum jemand hintraut. Ich gedenke es in der kommenden Woche zu besuchen.«

Der andere lacht schallend: »Den Zahn lassen Sie sich nur ziehen, Herr Schliemann! Das ist ganz unmöglich. Yedo ist allen Fremden streng verschlossen. Nur die Botschafter der Signatarmächte dürfen es betreten und allenfalls deren Gäste. Aber nach all den scheußlichen Attentaten haben sich selbst die Botschafter längst aus Yedo verzogen und sitzen hier in Yokohama. Nur ein amerikanischer Geschäftsträger, Mister Portman, hält noch aus, wer weiß, wie lange noch.«

»Sehr interessant. Und wie steht es hier?«

»Auch schwach genug. Nur drei Häfen sind für Ausländer erlaubt. In Yokohama befinden sich mit den Diplomaten und ihrem Apparat etwa zweihundert, in Nagasaki hundert und in Hakodate fünfzehn, also nicht mehr als dreihundertfünfzehn im gesamten japanischen Kaiserreich.«

»So steckt auch der Handel mit Japan noch immer in den Anfängen?«

»Das kann man wohl sagen. Rußland und Preußen sind gar nicht vertreten, Frankreich, Holland und die Vereinigten Staaten schwach. Der Großteil des Auslandshandels liegt in den Händen der Engländer, aber trotzdem macht er noch nicht ganz ein Fünfzigstel des britischen Auslandshandels aus.«

»Unter diesen Umständen scheint mir, daß Japan den Mächten mehr Unkosten macht, als es ihnen Nutzen bringt. Allein die

Kriegsschiffe, die zum Schutz des Handels hier im Hafen liegen, bedeuten doch enorme Ausgaben.«

»Und ob! Rechnen Sie sich das aus. Die Engländer haben hier sieben Kriegsschiffe, die Franzosen zwei, die Holländer eines. Dazu kommen noch achthundert Mann britischer Landtruppen, hundertzwanzig französische Soldaten und ein britisches Kriegsschiff in Nagasaki. Auf der anderen Seite sind die Schikanen der japanischen Fürsten, die weit mächtiger sind als der Kaiser, und die endlosen Schwierigkeiten, die uns die Regierung macht, so groß, daß kaum einer unserer Kaufleute auch nur die reinen Unkosten hereinbringt.«

»Warum bleiben sie dann überhaupt?«

»Weil es doch vielleicht mit der Zeit anders werden könnte. Aber beschäftigen wir uns noch weiter mit den Schwierigkeiten. Nach den Verträgen müßte jede ausländische Währung entsprechend ihrem Wert in japanische umgewechselt werden. In der Praxis sieht das aber so aus, daß nur der mexikanische Piaster gewechselt wird, und das auch nur zu einem geradezu skandalösen Kurs. Statt drei Itzebus und eindreiviertel Tempos bekommt man nicht mehr als zwei Itzebus zwei Tempos dafür, also mehr als ein Drittel unter Wert. Typisch ist, daß man aber den Diplomaten und den Angehörigen der Marine drei Itzebus gewährt, und das in bestimmten Sätzen: so kann zum Beispiel ein Botschafter zweitausend Itzebus im Monat zu diesem günstigen Kurs einwechseln, ein Vizekonsul tausend. Alle Proteste dagegen sind zwecklos gewesen, und die Diplomaten wollen sich mit Beschwerden darüber nicht noch unbeliebter machen, als sie schon sind, zumal sie selbst ja nicht unter diesem Betrugskurs zu leiden haben.«

»Sehen Sie, was liegt dort drüben auf der Straße?«

»Eine Leiche«, antwortet der andere gleichmütig. »Wahrscheinlich ein Bauer, der von dem Vorbeizug des Kaisers nichts wußte und harmlos die Chaussee überqueren wollte.«

»Was für ein scheußliches Land!«

Nach Yedo kann man nicht reisen, hat der Gewährsmann gesagt, und jeder, der noch gefragt wurde, hat es bestätigt. Um so höher steigt Schliemanns Wißbegier. Er setzt alle Hebel in Bewegung, um es doch zu erreichen. Es gibt nur eine Möglichkeit: daß er als Gast des amerikanischen Geschäftsträgers hinfährt, den er nicht kennt und der ihn nicht kennt. Aber wozu ist man amerikanischer Bürger? Schliemann mobilisiert die gesamte Fremdenkolonie, um eine Einladung zu erwirken.

Inzwischen, um keine Zeit zu verlieren, macht er, gemeinsam mit einigen Engländern, einen mehrtägigen Ausflug in das Gebiet von Hogiogi, den Seidendistrikt.

Neben jedem Pferd läuft ein nackter, über und über tätowierter Stallknecht. Ab und an macht man einen Halt und besucht diesen oder jenen schönen Tempel in seinem Gehölz aus Koniferen und blühenden Kamelien und bewundert, daß auf den Dächern Lilienbeete angelegt sind. Dann kommt man in das Seidengebiet, schon von fern an den dichten Maulbeerhecken erkennbar. Hier ist jedes Haus eine kleine Manufaktur, und jeder Europäer sieht mit Erstaunen, daß die Technik hier so hoch entwickelt ist, wie sie es ohne Maschinen nur sein kann.

Als die Reisenden zurückkehren, ist die Einladung aus Yedo da. Sofort bricht Schliemann wieder auf. Ihn können weder die ernsten Warnungen der Europäer zurückhalten noch das Wetter, das zu einer kaum unterbrochenen Kette von Wolkenbrüchen geworden ist.

Mit einem undurchlässigen Papierhelm und einem wasserdichten Umhang aus Ölpapier setzt er sich auf das von einem Jamaika-Neger gemietete Pferd und macht sich auf den Weg, von fünf Yacunins, berittenen Polizeioffizieren, als Eskorte begleitet. Zwei von ihnen haben einen höheren Rang und tragen zwei Säbel zu ihren Adelsabzeichen auf Rücken und Ärmeln, während die übrigen nur je einen und einen Dolch haben. Natürlich hängt auch jedem ein Papierfächer am Gürtel. Wieder laufen sechs Reitknechte, nackt, den Körper mit bunten Bildern von Göttern und Tieren und sogar Landschaften bedeckt, neben den Reitern her.

Gegen Abend trifft die Gruppe in der Hauptstadt ein. Viel stärker noch als in der Stadt der Großen Mauer ist das Aufsehen, das der Fremde erregt. »Todsin, todsin«, ruft es hundertstimmig, und von allen Seiten drängen sich Neugierige um den Ankömmling. Die halbe Stadt scheint auf den Beinen, als die Reiter vor der amerikanischen Botschaft anlangen, die früher einmal der Tempel der Ewigen Glückseligkeit war. Ein riesiges Tor aus Granit bildet den Eingang.

»Wenn Sie unser Reich nicht verlassen, brauchen Sie sich keine Sorgen zu machen«, sagt Mister Portman und führt seinen Gast zu dem, was er seine Festung nennt: zwei hohe Palisadenzäune aus Bambus und überall dabei kleine Hütten, in denen am Tage zweihundert und nachts über dreihundert schwerbewaffnete Yacunins wachen. »Jeden Tag wechselt die Parole, und niemand, der sie nicht kennt, findet Einlaß. Es ist ziemlich unwahrscheinlich – wenn es auch schon vorgekommen ist –, daß trotzdem ein Mörder eindringt. Also, Mister Schliemann, verlassen Sie unseren Bezirk nicht, und Sie sind fast so sicher wie in Kalifornien.«

»Sehr schön«, antwortet Schliemann, »aber ich bin ja nicht hergekommen, um in Ihrem schönen Garten spazierenzugehen. Ich will Yedo kennenlernen.«

Er läßt sich auf keine Weise abraten, und sofort, nachdem er ein Bad genommen hat, reitet er mit seiner Eskorte wieder in die Stadt.

»Mir fielen mehrfach die pompösen Paläste der Daimyos auf – was für eine Bewandtnis hat es mit denen?« fragt er dann beim Essen seinen Gastgeber.

»Das sind die eigentlichen Machthaber des Landes, sozusagen die Fürsten. Es gibt etwa vierhundert von ihnen, und ihre Palais nehmen ein gutes Drittel der ganzen Stadt ein. Die jährlichen Einkünfte einiger von ihnen sind bekannt und belaufen sich auf je zehn bis zwanzig Millionen Francs. Ihnen gehört fast das gesamte Land, und auf ihrem Grundbesitz regieren sie absolut. Der Herr ist alles, der Arbeiter nichts.«

Schliemann nimmt diese Ausführungen zur Kenntnis und notiert. In den folgenden Tagen ist er ununterbrochen unterwegs und beobachtet das tägliche Leben des einfachen Japaners, das ihm viel interessanter erscheint als die Riesenvermögen der Fürsten. Nicht ohne ein Gefühl des Neides sieht er, wie viele Bücher in den Läden ausliegen, entweder Lehrbücher oder die heiligen Schriften des Konfuzius und des Meng-tse: sie sind nicht nur sehr gut gedruckt, sondern vor allem so lächerlich billig, daß auch der Ärmste sie kaufen kann. Was für ein Unterschied zu Europa! Gleich daneben sind die Läden mit Spielzeug, von dem es auffallend viel gibt. Man weiß nicht, was man daran mehr bewundern soll: die Vielfalt und Vollkommenheit der Arbeit oder den niedrigen Preis – mit beidem lassen sie jedenfalls Paris und Nürnberg weit hinter sich. Wie entzückend sind zum Beispiel die Käfige mit künstlichen Vögeln, die auf der Stange hin und her hüpfen, sich wenden und zwitschern wie die Nachtigall aus Andersens Märchen. Und kosten doch nur ein paar Pfennige! Zehn Pfennige kostet eine prächtige automatische Schildkröte. Und er kauft immer wieder ein, um diese schönen Dinge seinen Kindern und den Kindern der Bekannten zu schicken.

Mehr als einmal tritt der Reisende mit seiner Eskorte in einen der großen Tempel. Eng drängen sich die Offiziere um ihren Schützling, denn jeder Japaner möchte ihn anfassen, möchte untersuchen, ob seine seltsamen Haare echt sind und was es mit der absonderlich geformten Koralle auf sich hat, die an seiner Uhrkette hängt. Aber dann lassen sie ihn in Ruhe, und er kann ungestört die Zeremonien beobachten und daraus folgern, daß die Religion für den Japaner mehr eine Konvention ist, die nicht in die Tiefe geht, und daß in den oberen Klassen sogar starker Skeptizismus herrscht. Eng scheint ihm die Religion auch mit der Unterhaltung verquickt, denn nirgends gibt es mehr Schießbuden, Theater, Artisten als in den Vorhöfen des großen Kwannontempels.

Erinnern die dort ausgestellten Figuren bisweilen an das berühmte Kabinett der Madame Tussaud in der Bakerstreet, so ruft die Tätigkeit eines mit Kreiseln jonglierenden Mannes den Gedanken an Barnum und seine Attraktionen hervor: wieviel besser wäre es, Barnum engagierte so einen Jongleur, der mit Recht die Bewunderung der ganzen Welt ernten würde, statt menschliche Gebrechen zur Schau zu stellen, Liliputaner oder gar eine taubstumme, gelähmte Negerin, die er als Amme Washingtons ausposaunt.

An einem Abend besucht Schliemann das Taisibaya, das größte Theater der Hauptstadt, obwohl seine Eskorte ihn fast mit brachialer Gewalt zurückhalten will, und hat an dem Spiel viel Freude, denn es ist so lebhaft, daß er mühelos den Sinn erfaßt, obwohl er kein Wort der Sprache versteht.

Der letzte Tag gehört einem Ritt auf die Hügel, um einen Gesamtüberblick zu gewinnen, einem nochmaligen Besuch des Kwannontempels, einer Schmiede und endlich einer beliebigen Schule, die an der Straße liegt. Aber gerade hier müßte man sich verständigen können, um wirklich Wissenswertes zu erfahren.

Dann sitzt er noch einmal mit Mister Portman zusammen, schüttelt den Kopf über die strenge Klasseneinteilung des Volkes, die nicht besser ist als das indische Kastenwesen, und läßt sich eine Statistik der Bevölkerung der Hauptstadt geben. Auf zwei Millionen wird sie geschätzt, von denen eine viertel Million zum kaiserlichen Haushalt gehört und gut sechshunderttausend zu den Satelliten der vierhundert Fürsten. Eine viertel Million sind Geistliche und Ärzte und hunderttausend Kurtisanen. »Aber«, sagt Portman dann zum Abschluß, »ich komme aus dem Staunen nicht heraus, daß Sie nicht einmal den harmlosesten Zusammenstoß gehabt haben.«

»Warum sollte ich? Glauben Sie mir: einen Haß, der nur von einer Seite ausgeht, gibt es nicht; immer gehören zwei dazu. Die Leute hier haben gewiß gefühlt, daß ich mir nicht einbilde, wir Europäer seien besser als sie. Ohne diesen Hochmut des weißen Mannes hätte unsere Diplomatie es viel leichter, gerade hier in Japan. Was die materielle Zivilisation anlangt, scheinen nun die Japaner uns sogar überlegen, wenn wir in Rechnung stellen – und das müssen wir natürlich tun, wenn wir ein gerechtes Bild gewinnen wollen –, daß ihre Technik noch keine Maschine kennt. Auch in der Bildung sind sie selbst den zivilisiertesten Völkern Europas voraus. Ich habe mir überall sagen lassen, daß es hier kaum jemanden gibt, der nicht lesen und schreiben könne, und das gilt sogar von den Frauen.«

»Aber das macht doch nicht allein die Zivilisation aus. Bedenken Sie das finstere Heidentum, den Aberglauben!«

»Ich war in diesen Tagen auch im Park des Akabanetempels,

der als Begräbnisplatz diente. Sie wissen, daß dort der Dolmetscher Ihrer Botschaft, Mister Heusken, begraben wurde, den man vor ein paar Jahren ermordete. Er ist der einzige Christ, der in Yedo begraben ist, und seit das geschah, ist den Japanern dieser Platz entheiligt. Warum? Weil ihnen das Christentum als Heidentum, als Aberglaube gilt. Soll denn immer nur unser Standpunkt der einzig richtige sein? Wir führen dauernd das Wort Toleranz im Munde, ganz besonders die amtlichen und beamteten Christen, aber wer von uns und von ihnen hat sie und übt sie tatsächlich? Doch ich fürchte, mit dieser Meinung ärgere ich Sie.«

»Um ehrlich zu sein: ja. Hier hört die Toleranz auf. Aber ich kann Ihnen auch noch einen anderen Minuspunkt der von Ihnen so geschätzten japanischen Zivilisation sagen, und er ist vielleicht der hinderlichste in der Entwicklung des Volkes. Das ausgebreitete Spionagesystem. Darauf und auf dem Denunziantentum beruht die Stärke der Regierenden. Sie erinnern sich wohl, daß vorgestern ein hoher Beamter des Ministeriums in einer dienstlichen Angelegenheit zu mir kam. Erinnern Sie sich auch, daß er nicht allein war? Der zweite, der kein Wort sprach, war der ›omezki‹ des ersten, das heißt wörtlich übersetzt ›das Auge, das sieht‹. Also: sein Spion, der über jedes Wort, das der Beamte hier sprach, berichten muß. Ein ungeheures Spionagenetz hängt über den Familien der ersten beiden Klassen, der Samurai und der Bosan, also der Adligen und der Gelehrten. Es bewirkt das Mißtrauen aller gegen alle und macht die Wahrhaftigkeit so unmöglich wie die Ehrlichkeit. Daher ist der Japaner notwendig immer verlogen. Vielleicht hat der Kaiser die besten Absichten und möchte wirklich mit unserer Hilfe sein Land entwickeln, aber die Daimyos legen ihm dabei alle nur möglichen Hindernisse in den Weg, denn sie wissen genau, daß ein ständiger Kontakt mit uns das Volk bald aufwecken würde. Es würde dann das Netz der Lüge und des Angebertums abwerfen, und damit wäre die Gewalt der Machthaber gebrochen. Was sagen Sie nun, Mister Schliemann?«

»Nur das eine: daß es Ihnen mit Ihren Enthüllungen fast gelungen ist, mir meine Freude an Japan zu verleiden.«

4 Langsam dümpelt die »Queen of the Avon« im Pazifik. Der Wind ist günstig, aber zu schwach, um das Schiff – es ist nur hunderteinundsechzig Tonnen groß und hat japanischen Tee in Fässern geladen – wesentlich vorwärts zu bringen. Der Kapitän, Henry Stedford Looke, ist seit drei Dutzend Jahren auf dem Wasser und seit bald drei Jahrzehnten Kapitän. Wenn er ins Erzählen kommt, hört er so bald nicht wieder auf, und selten kann Schliemann ihn mit Geschichten von chinesischen Seeräubern übertrumpfen.

Das Schiff hat eigentlich nur Raum für zwei Passagiere. Schliemann hat eine Kabine für sich. In die zweite teilen sich ein Amerikaner und ein kleiner Händler aus Ningpo. Ein Franzose ist bei den Offizieren untergebracht.

Morgens, kurz nach vier, nimmt Schliemann sein Bad im Ozean, und zwei der fünf Matrosen helfen ihm, wieder an Bord zu kommen. Bis zum Frühstück plaudert er dann mit dem Kapitän oder, noch lieber, mit Mister Hopper, dem Ersten Offizier, der klassische Philologie studiert hat, bevor er seiner Leidenschaft für das Meer gefolgt und Seemann geworden ist. Außer langen Stellen aus Homer und Horaz weiß er aber auch die meisten Tragödien Shakespeares auswendig und ist überglücklich, wenn er sie rezitieren kann. Der Zweite, Ercoin, ein Schotte, ist nichts als ein praktischer Mann und deshalb wenig für Unterhaltung, genauso wie der Kabinennachbar: das ist ein Amerikaner, der in Yokohama eine Kneipe hatte und nun in Kalifornien sein Glück versuchen will. Sonst ist er ein Flegel und Grobian, der mit allen Streit suchte und auch fand, bis ausgerechnet Schliemann, zwei Köpfe kleiner als er und halb so breit, sich empörte und mit geballten Fäusten auf ihn losging. Von da ab hat er so ziemlich Ruhe gehalten.

Der beste Reisekamerad ist Alexandre Desvachez, ein Cellist, der im ganzen Fernen Osten konzertiert und damit ein kleines Vermögen gesammelt hat, ein aufgeschlossener, für alles interessierter Mann und nebenbei ein guter Causeur. Das ist sehr wichtig, denn sieben Wochen Fahrt muß man rechnen, und auf einem so kleinen Schiff und in einem so engen Kreise werden die Tage doppelt lang.

Nicht einmal das Essen ist als angenehmer und gern in die Länge gezogener Zeitvertreib zu betrachten wie sonst bei Seereisen. Der Koch, ein Eingeborener von Mauritius, behauptet, ein Meister seines Fachs zu sein, und erzählt leidenschaftlich von Haselhuhnpasteten und Omelettes soufflées, aber auf diesem Schiff gibt es nichts als Reis, eingesalzenes und leicht anrüchiges Rindfleisch, Speck, Pellkartoffeln und Hartbrot. Freilich serviert er auch jeden Tag einen Pudding, aber da weder Milch noch Eier noch Butter vorhanden sind, wird es nur ein schwerverdaulicher Kleister, vor dem jeder Angst hat.

Wenn die Gespräche versiegt sind, sitzt man an Deck und zieht mit einem Eimer Pflanzen und Tiere herauf, die in den Wellen treiben. Schliemann sammelt und trocknet, was er findet, um es dem St.-Petersburger Museum zu schenken. (Ob dieses es brauchen kann, ist eine andere Frage, die er sich gar nicht erst stellt.) Wochen vergehen, bevor man ein anderes Schiff sieht, und jeder gräbt noch einmal in seinem Gedächtnis nach, ob er nicht noch etwas Neues zu erzählen findet. Vom japanischen Theater kommt man auf das chinesische und von da auf die unvorstellbare Rückständigkeit Chinas.

»Das wird sich bald ändern«, meint der praktische Schotte, »wenn wir erst einmal Eisenbahnen gebaut und das Land damit dem Verkehr erschlossen haben.«

»Und gerade das wird noch sehr lange dauern«, widerspricht ihm Schliemann. »Erstens ist die Regierung überzeugt, daß sie ihre vierhundert Millionen Untertanen nur dann gut regieren kann, wenn sie sie in möglichster Dummheit und Primitivität erhält. Zweitens sind die Nutznießer der sehr ausgebreiteten Flußschiffahrt Gegner der Eisenbahnen, da durch deren Einführung ihr Profit dahinschwinden würde. Drittens beerdigt jeder Chinese seine Angehörigen irgendwo auf seinem Acker, und dem sehr ausgeprägten Familiensinn sind auch noch die ältesten Gräber heilig. Aus diesem Grunde wäre es unmöglich, ohne eine Revolutionierung der Religion eine Eisenbahnlinie zu ziehen.«

»Sehr aufschlußreich, Monsieur Schliemann«, bemerkt Desvachez, »wie überhaupt alles, was Sie im Fernen Osten beobachtet haben, sei es nun auf wirtschaftlichem oder kulturellem oder politischem Gebiet. Wissen Sie, was Sie tun sollten? Schreiben Sie ein Buch über Ihre Reise!«

Schliemann wehrt mit beiden Händen ab. »Unmöglich, ich bin doch kein Schriftsteller!«

»Aber Sie sind ein guter Beobachter mit dem Blick für das Wesentliche. Soviel ich weiß, sind nur wenige Europäer in China gereist, und in Japan noch viel weniger. Wer hat Yedo gesehen? Nur ein paar Diplomaten, die außer Verbalnoten nichts schreiben können und die im Grunde auch außer ihren Orden und Empfängen und den ach so wichtigen Fragen des Protokolls nichts zu sehen verstehen. Im Ernst, Monsieur Schliemann, schreiben Sie Ihre Beobachtungen auf. Wenn Sie wollen, vermittle ich Ihnen einen Verleger in Paris, vorausgesetzt, daß Sie Französisch so glatt schreiben, wie Sie es sprechen.«

»Hm«, sagt Schliemann nachdenklich – »ich hätte ja meine Tagebücher . . .«

Und am gleichen Tage noch beginnt er in seinen Aufzeichnungen zu blättern, und am folgenden fängt er an, sein erstes Buch zu schreiben: La Chine et le Japon au temps présent.

Als die »Queen of the Avon« in San Francisco anlegt, ist das Manuskript abgeschlossen.

5 Schliemann hat den Umweg beendet, den er sich vorgenommen hatte. Es ist das Frühjahr des Jahres 1866 geworden. Er läßt sich in Paris nieder, an der Place St.-Michel, und der vierundvierzigjährige Millionär und Weltreisende wird zum bescheidenen Studenten, der den halben Tag lang Vorlesungen über Geschichte, Kunst, Archäologie, Hieroglyphen, Sanskrit hört und in der anderen Hälfte die Bücher studiert, die die Professoren genannt haben.

Abends schreibt er dann lange Briefe an Katharina und bittet sie, mit den Kindern zu ihm zu kommen.

Sie kommt nicht: sie ist eine Stockrussin und kann nicht außerhalb Rußlands leben, will auch, daß die Kinder rein russisch erzogen werden. Und sie ist stockorthodox und wird nie einer Scheidung zustimmen.

Schliemann antwortet, zuweilen ruhig und freundlich, um

Versöhnung bittend, zuweilen in rasendem Zorn, drohend. Aber wie die Briefe auch sind, sie rufen ins Leere.

Plötzlich ist er wieder in Amerika, wo die Umstellung auf Papiergeld sein Vermögen anzutasten droht. Das ist ihm schließlich wichtiger als das Studium. Schliemann ist wie ein Jagdhund, den man nicht mehr in den Wald läßt und der gierig die Nase hochwirft, wenn der Wind die Witterung eines Wildes zu ihm über den Hofzaun trägt. Und außerdem: das Vermögen ist ja immerhin die Basis des neuen Lebens. Er konferiert mit Präsident Johnson, mit dem Finanzminister McCulloch und General Grant. Zugleich inspiziert er als Reisender die Eisenbahnen, deren Aktionär er ist. In New York ist er unermüdlich auf den Beinen, begeistert sich an den Abendschulen und ähnlichen sozialen Fortschritten, findet die Koedukation, in der man die ersten Versuche macht, hervorragend und erholt sich bei Negersängern von des Tages Last. Dazwischen schreibt er für die Haupttagung der amerikanischen Philologen eine lange Abhandlung über die Reform des Sprachunterrichts an den Schulen, insbesondere natürlich über die Unterweisung im klassischen Griechisch. Dann liest er die Märchen von Tausendundeiner Nacht im arabischen Urtext und schreibt endlose Briefe über ihre Entstehung und Herkunft nach Inhalt, Sprache und Kunstform. Anderen interessierten Korrespondenten berichtet er ausführlich über die wirtschaftliche, politische, kulturelle Lage der farbigen Bevölkerung in den Vereinigten Staaten. Mit Renan in Paris korrespondiert er über die Bestrebung der New-Yorker Gräzisten. Aber mittendrin steht dann ein Ruf der Sehnsucht. »Heute ist in St. Petersburg Weihnachtsabend. Mit der Uhr in der Hand rechne ich dauernd, wie spät es dort jetzt ist, und bin mit dem Herzen und mit den Gedanken bei meinen kleinen Lieblingen Sergej, Natalia und Nadja. Ich sehe, wie sie sich über den Weihnachtsbaum freuen. Ich weine bittere Tränen, daß ich ihre Freude nicht mitgenießen und ihr Glück nicht durch meine Geschenke steigern kann. Hunderttausend Dollar würde ich darum geben, könnte ich diesen Abend mit ihnen verbringen.« Und dann schreibt er Kusine Sophie, ob sie nicht Lust habe, im Sommer mit ihm zu reisen, vielleicht in das Land seiner Kindersehnsucht.

Ein Geschäftsfreund, Janssen, legt ihm nahe, dem preußischen Gesandten, Freiherrn von Gerolt, einen Besuch zu machen, und gibt ihm zur Einführung seine Visitenkarte mit. Schliemann überlegt eine Weile, ob er dieser Anregung folgen soll. Dann denkt er an seine archäologischen Pläne, zu denen er vielleicht einmal die Unterstützung der deutschen Diplomatie nötig haben kann.

Ein Diener führt ihn nach langen Präliminarien und längerem Warten in das Arbeitszimmer des Gesandten. Lang, mager, bakkenbärtig, mit Monokel sitzt der in seinem Sessel und hält es nicht für nötig, dem Besucher auch nur einen Schritt entgegenzugehen oder gar Platz anzubieten.

»Sind Sie Herr Janssen?« schnarrt er.

»Herr Janssen riet mir, Sie aufzusuchen, Exzellenz. Wie ich sehe, haben Sie auch meine Karte in der Hand. Ich bin Schliemann, der Autor des Buches über China und Japan.«

»Aha. Sind Sie in diplomatischen Diensten?«

»Nein, keineswegs.«

»Wohnen Sie in den Staaten?«

»Nein, in Paris.«

»Nun, dann gehen Sie doch zum französischen Gesandten, wenn Sie etwas wollen.«

»Ich bin kein Franzose, Exzellenz, sondern Deutscher, der früher in Sankt Petersburg ansässig war.«

»Mann Gottes, dann gehen Sie zum russischen Gesandten! Ich habe so entsetzlich viel zu tun, da ja viele Deutsche in Amerika sind. Leben Sie wohl, Herr – ehem – Janssen.«

Schliemann verläßt grußlos das Zimmer. Auf dem Schiffe schreibt er aber noch einen Brief an Herrn von Gerolt und schildert zur Gedächtnisstütze in kurzen Worten den Empfang, den der berufene Vertreter Preußens einem Deutschen machte, der nur beabsichtigt hatte, ihm eine Höflichkeitsvisite abzustatten. »Ich habe keine Zeit mehr gefunden, Ihnen zu sagen, daß die Begegnung mit Ihnen die einzige unangenehme Erinnerung ist, die ich heute aus diesem Weltteil über den Ozean nehme, denn ich fand außer Ihnen nur höchst gebildete, liebe, artige Menschen auf diesem Kontinent.«

Wenn man kein Anliegen hat und so behandelt wird, denkt er, wie werden solche Herren dann erst mit Leuten umgehen, die mit Wünschen oder Bitten zu ihnen kommen? Und er legt die Begegnung in die gleiche Schieblade, in der die in Deutschland erlittenen Demütigungen, die Armut, die Hilflosigkeit liegen, und nimmt sich vor, in Zukunft möglichst wenig mit Deutschen und Deutschland zu tun zu bekommen.

Als er in Paris ankommt, findet er einen Brief aus Kalkhorst: Kusine Sophie ist plötzlich gestorben, und in ihren letzten Fieberphantasien hat sie noch von der großen Reise gesprochen, die sie mit dem lieben Vetter machen wolle.

Diese Nachricht schließt eine zweite Tür, die in die verlorene Heimat führen könnte. Schliemann fühlt sich noch vereinsamter – und mit verdoppeltem Eifer macht er sich an das unterbrochene Studium.

FÜNFTES BUCH

Der Traum wird Wahrheit

αἰνῶς γάρ μ' αὐτόν γε μένος καὶ θυμὸς ἄνωγεν.
Il. XXIV, 198

Denn mir selber treibt ein gewaltiger Eifer die Seele.

Das Bett des Odysseus

ἐπεὶ μέγα σῆμα τέτυκται
ἐν λέχει ἀσκητῷ·
Od. XXIII, 188

Ein wunderbares Geheimnis
War an dem künstlichen Bett . . .

1 Kahl und steil springt die Küste von Epirus aus dem Meer. Selten sieht man einmal einen grünen Flecken, wo eine Baumgruppe oder gar ein Weinberg ein zugängliches Plätzchen im Gefels gefunden hat, noch seltener den kalkweißen Würfel eines Hauses. Und doch ist das Bild, das die Küste dem vorüberfahrenden Schiffe bietet, voller Abwechslung. Der eine mag auf dem Gegensatz der Bläue von Meer und Himmel verweilen, der andere das großartige Profil bewundern, das die Berge in die Wolkenlosigkeit des Himmels zeichnen, der dritte sich nur der Harmonie der Farben hingeben. Jedes Reisebuch spricht ja mehr oder minder ausführlich von dem besonderen Licht, der besonderen Farbigkeit der ionischen Inselwelt. In der Tat, die Bücher lügen nicht, aber selbst ihre gewähltesten, selbst ihre dichterisch verklärten Worte werden blaß und nichtssagend vor dieser Wirklichkeit, die alle Stufen des Blauen und des Weißen und des Gelben bis zur rostigen Röte des Eisens umfaßt.

Schade nur, daß niemand auf dem Schiffe Augen dafür hat. Es ist ja keiner der Dampfer, wie sie neuerdings in Mode zu kommen beginnen, die ganze Horden gelangweilter Nichtstuer in fremde Länder bringen. Solche Schiffe bleiben im westlichen

Mittelmeer und kommen nicht an diese Küsten, die keine Hotels und keinen Fremdenverkehr kennen. Dieses Schiff ist ein Fahrzeug, das dem Verkehr zwischen Korfu und Kephallenia und dem Hafen Patras dient, und niemand fährt auf ihm, den nicht sein Beruf, sein Geschäft dazu veranlaßt, es sei denn, ein Fremder habe den regulären Dampfer in Korfu verpaßt und wolle nun nach Patras fahren, um dort irgendwie einen Anschluß nach Athen oder Konstantinopel zu erreichen.

So ein Fremder ist auch auf diesem Schiff. Kaum hatte er es bestiegen, hat er schon Kapitän und Steuermann und Matrosen mit einer Sturzflut von Fragen überschüttet, in allen ihm verfügbaren Sprachen – aber leider waren das alles solche, die keiner der Angeredeten verstand. Zum Glück hat sich dann ein Mitreisender gefunden, der dolmetschen und ihm sagen konnte, daß er vielleicht gleich von Patras aus würde weiterfahren können. Freilich, Fahrpläne gibt es nicht, und wenn es sie gibt, werden sie nicht eingehalten. Aber das wird sich alles finden, und inzwischen kann man sich ja miteinander unterhalten, damit die Fahrt schneller vergehe.

Sie sitzen am Bug des Schiffes, denn nur dort bringt der Fahrtwind ein wenig Frische und Kühle in die Glut des Julitags. Der eine hockt auf seinem Koffer, der andere auf einem zusammengerollten Tau. Ein paar Stunden sprechen sie nun schon, aber es scheint, als ob sie noch keine Neigung hätten, eine Pause einzulegen.

»Das ist eigentlich eine lange Geschichte, Señor Pedreño, deren Anfang sechsunddreißig Jahre zurückliegt. Damals war ich zehn Jahre alt und schrieb für meinen Vater in meinem recht primitiven Kinderlatein einen Aufsatz zu Weihnachten, in dem ich die Hauptereignisse des Trojanischen Krieges und die Erlebnisse seiner größten Helden erzählte. Jetzt bin ich dabei, zu meinem größten Glück, mit eigenen Augen die Gegenden zu sehen, die Odysseus auf seinen Irrfahrten betrat.«

»Gut und schön, Señor Schliemann, aber die Odyssee ist doch eine Mischung von Heimkehrer- und Seemannsroman, und soviel ich mich erinnere, wechselt die Art der Beschreibung sehr stark, das heißt, die geographisch erkennbaren Angaben brechen plötzlich ab, Odysseus wird in das Reich der Fabel entführt; nehmen Sie die Laistrygonen, die Lotophagen, die Kyklopen . . .«

»Halt! Das war gerade das richtige Stichwort! Sie sind einer der größten und weitblickendsten Bankiers Spaniens, Señor Pedreño, doch ein Gelehrter sind Sie nicht. Freilich, um ehrlich zu sein, ich bin es auch noch nicht. Aber so viel kann ich doch sagen, daß es unberechtigt ist, Zweifel in die geschichtlichen oder geographischen Angaben Homers zu setzen. Sie könnten die Odyssee geradezu als Reisehandbuch benützen, wie ich es in Sizilien getan habe und jetzt weiter tun werde. Sie verwiesen die Kyklopen in das Reich der Fabel. Aber was sagen Sie, wenn ich Ihnen mitteile, daß ich die Höhle des Polyphem genauestens lokalisieren kann?«

»Ich wundere mich, Señor Schliemann, und bitte um nähere Belehrung.«

»Gern, vorausgeschickt, es hat mir nicht wenig Mühe gemacht, die ganze Küste Siziliens zu umfahren und, immer den Homer in der Hand, seine Landschaftsschilderungen mit der Wirklichkeit zu vergleichen. Die Kyklopen bewohnten die Ostküste der Insel. Etwa eine Viertelstunde von Catania ist eine ungeheure Grotte, in der die Schafherden Polyphems mühelos unterzubringen waren.«

»Verzeihen Sie, aber solche Höhlen finden Sie überall, nicht bloß in Sizilien und dort wohl auch nicht bloß an der Ostküste.«

»Meinen Sie? Aber ich bin ja noch lange nicht fertig, denn ich fand nicht nur diese Höhle. Neben ihr auf dem Ufer liegt nämlich ein riesiger Fels, der genau in den Eingang der Grotte passen und ihn ausgezeichnet verschließen würde, wenn unsereins ihn bewegen könnte. Das ist aber auch noch nicht alles! Als Odysseus und seine Gefährten geflohen waren, ergriff, wie im neunten Buch der Odyssee steht, Polyphem zwei Felsen und warf sie in die Richtung der Griechen –

Riß herunter und warf den Gipfel des hohen Gebirges.
Aber er fiel jenseits des blaugeschnäbelten Schiffes
Nieder . . .,

heißt es vom ersten und ganz ähnlich vom zweiten. Das ist mein dritter Beweis, daß eben hier angesichts der Grotte zwei Felsen im Meer liegen, ohne jeden Zweifel die Blöcke, die Polyphem warf.«

Der Spanier legt den Kopf schief auf die Schulter und sieht Schliemann mit zusammengekniffenen Augen an. Der Mann ist offenbar verrückt. Doch nein, verrückt scheint nicht das richtige Wort. Besessen sollte man lieber sagen. Gegen so viel Glauben kann man nichts ausrichten, und deshalb fragt er auch nur nach weiteren Ergebnissen dieser archäologisch-odysseeischen Reise.

»In Korfu habe ich meine Forschungen fortgesetzt. Die lebende Tradition der Korfioten setzt Korfu mit Scheria, der Insel der Phaiaken, gleich, und stützende Beweise aus antiken Autoren finden sich bei Thukydides, Strabon, Xenophon, Herodot. Nach den Schilderungen des sechsten Buches der Odyssee muß die Stadt der Phaiaken an der Stelle des jetzigen Palaiopolis gelegen haben, und in der Bucht liegt ja auch das jetzige Pontikonisi, das von Poseidon versteinerte Schiff. Leider habe ich vom Palast des Alkinoos nicht die geringste Spur finden können, aber jedenfalls hat er dort gelegen, wo jetzt das königliche Schloß steht. Wenn man genügend Zeit aufwendete, würden Grabungen gewiß mehr ergeben, aber so wichtig ist mir dieser Punkt nicht. Ich interessierte mich während der zwei Tage meines Aufenthalts vor allem für die Kressida Brysis, einen Bach, den die Tradition als das Gewässer bezeichnet, in dem Nausikaa die Wäsche wusch, wobei sie den schiffbrüchigen Odysseus entdeckte und rettete. Nausikaa ist mir stets eine der anziehendsten und rührendsten Gestalten der Odyssee gewesen, und darum eilte ich denn sofort nach meiner Ankunft an den genannten Bach. Leider war es recht schwierig, hinzukommen, da überall breite Bewässerungskanäle gegraben und obendrein viele Felder unter Wasser gesetzt waren. Nun, ich zog mich nackt aus und watete und schwamm und ging etwa eine halbe Stunde, bis ich zwei behauene Steine fand, die den Waschplatz der Königstochter bezeichneten. Der Fahrweg, der nach Homer dorthin geführt hat, war leider nicht mehr zu sehen, da die Felder alle bebaut sind.«

»Wirklich interessant, Señor Schliemann. Und was suchen Sie jetzt in Kephallenia?«

»Nichts. Kephallenia ist für mich völlig unwichtig. Homer erwähnt es nur kurz als die Heimat von vierundzwanzig Freiern der Penelope. Ich lande dort nur, weil man mir gesagt hat, dort würde ich ein Boot mieten können, das mich nach Ithaka übersetzt.«

2 Sechs Stunden hat das Boot schon gegen den Wind laviert, als es endlich in dem kleinen Hafen von S. Spiridon auf Ithaka anlegt. Längst ist es Nacht, die samtdunkle schwere duftende Julinacht der ionischen Inseln.

Hastig entlohnt Schliemann seine Ruderer und tastet sich über die wirren Uferfelsen an Land. Düster ragt ein Bergprofil vor ihm in die Sterne. Das muß der Aëtos sein. Schliemann atmet tief und senkt den Kopf: er dankt den Göttern, daß sie ihm endlich die Landung im Königreich des Odysseus vergönnt haben.

In einem Hause brennt noch Licht. Nach kurzem Handeln erklärt sich ein breiter Mann in Fustanella und gestickter Weste bereit, dem Fremden für sein Gepäck einen Esel zu vermieten und ihn als Führer nach der Hauptstadt Vathy zu begleiten. »Eigentlich wollte ich erst morgen nach Vathy zurückkehren, aber da du es eilig hast, gehe ich gleich mit dir. Ich war nur in Geschäften hier.« Und als sie auf die abendstille Straße gelangt sind, fährt er fort:

»Ich bin Müller und heiße Panagis Asproieraka. Wer bist du, und woher kommst du, o Fremdling? Und warum besuchst du unsere Insel, zu der seit Menschengedenken keine Fremden mehr gekommen sind?«

»Ich heiße Heinrich Schliemann und wohne in der großen Stadt Paris. Zu euch aber kam ich, weil ich Forschungen über die alte Zeit anstellen will, die Zeit vor dreitausend Jahren, als Odysseus König von Ithaka war. Hast du wohl einmal von ihm gehört?«

»Willst du mich beleidigen? Wie sollte ich ihn nicht kennen? Als er, der Listenreiche, durch Palamedes überlistet wurde und gegen Troja ausfuhr mit zwölf Schiffen, da . . .«,

und unermüdlich und pausenlos plätschert die Rede des Müllers wie der Bergbach auf das Rad seiner Mühle. Wenn er einmal die Stimme klären oder den bockigen Esel antreiben muß, stellt Schliemann Fragen: Ist dies der Aëtos? Ist die Grotte der Nymphen, in der die Phaiaken den schlafenden Odysseus niederlegten, heute noch zu finden? Gibt es noch das Feld des Laërtes? – aber der eifrige Müller hört sie nicht und erzählt weiter, zwei volle Stunden, bis er plötzlich den Esel anhält und sagt: »So fuhren die Seelen der Freier in den Hades, und dies, o Fremder, ist mein Haus. Sei willkommen!«

»Ich danke dir, Panagis, für deine ausführliche Erzählung und bewundere dich, daß du deinen Homer so gut kennst.«

»Was ist das: Homer?«

»Das ist doch der Dichter, der die Abenteuer des Odysseus aufgeschrieben hat. Hast du ihn nicht gelesen?«

Schallend lacht der Müller. »Ich kann nicht schreiben und nicht lesen, wie wir Ithakesier alle. Was ich dir erzählte, habe ich von meinem Vater gehört, und der hat es von seinem Vater.«

»Aber wissen deine Landsleute genauso gut Bescheid wie du?«

»So gut wohl nicht, scheint mir. Aber etwas wissen sie auch. Doch nun sage, du wirst müde und hungrig sein?«

»Du hast recht, ich habe den ganzen Tag nicht gegessen, denn die Herberge in Kephallenia war so schmutzig, daß mich der Ekel ankam und ich das Essen stehenließ.«

Eifrig trabt der Müller hin und her, um seine Beflissenheit zu zeigen, doch mehr als Gerstenbrot und warm gewordenes Wasser kann er nicht auftischen. Wortreich entschuldigt er sich, daß der Wein alle geworden ist und daß er nicht einmal eine Ziege besitzt, die Milch geben könnte. Aber Schliemann schmeckt es wie das köstlichste Mahl der schlemmerischen Freier. Und köstlicher und tiefer schläft er dann auf einem eisenbeschlagenen Mahlkasten als in seinem bequemen Pariser Bett.

Am nächsten Morgen führt der Müller ihn zu zwei alten Mädchen, Helena und Aspasia Triantaphyllides, die ein gutes Zimmer zu vermieten haben. Sie erinnern Schliemann an seine jüngsten Schwestern, obwohl diese doch noch vor kurzem geheiratet haben, Dütz den Amtssekretär Petrowsky und Luise den Kantor Pechel, beide in Röbel. Genauso altjüngferlich lavendelhaft, genauso betulich, genauso stolz auf Großväter und Urgroßväter sind die beiden Griechinnen. Nur das erste Essen im neuen Hause wird zu einer Enttäuschung: nichts als Pellkartoffeln, Salz und Brot stehen auf dem hübschgedeckten Tisch.

»Wollen Sie sich über einen halbverhungerten Mann lustig machen? Ich hatte mich schon recht auf ein großes Stück Braten gefreut!«

»Aber ich bitte Sie! Sie sind Christ und wollen am Freitag Fleisch essen?«

»Vielen Dank für die Sorge um mein Seelenheil. Ich hatte ganz vergessen, daß heute Freitag ist. Aber bei allen Göttern Griechenlands, dann hätten Sie mir doch wenigstens einen guten Fisch kaufen sollen!«

»Hat man auf Ithaka je einen Christen gesehen, der an den Fasttagen Fisch aß? Selbst wenn wir, um unserm Gast gefällig zu sein, die Sünde auf uns nehmen wollten, am Mittwoch und Freitag öffnet kein Schlachter seinen Laden, weil die Leute ihn sonst totschlagen würden, und kein Fischer fährt aus, weil ihm niemand auch nur einen Schwanz abkaufen würde.«

»Dann bestellen Sie irgendeinem Fischer, daß er künftig ruhig ausfahren soll. Ich bezahle ihm gern den ganzen Fang. So, und jetzt sagen Sie mir, wie ich am besten zum Phorkynos Limen komme.«

Die beiden alten Fräulein zeigen Schliemann den Weg und versichern, alle seien darüber einig, daß das heutige Dexia der alte Phorkyshafen sei, in dem die Phaiaken den schlummernden Odysseus niederlegten.

Mit gläubigen Augen, seinen Homer in der Hand, klettert Schliemann den felsigen Steilhang zu der Grotte der Nymphen hinab, wo die Bienen ihren Honig in steinernen Krügen niederlegten, wo die Nymphen auf steinernen Webstühlen meerpurpurne Gewänder webten. Finster ist die Grotte, aber bald hat Schliemann ein großes Reisigbündel entzündet, dessen Flammen sich in glänzenden bizarren Tropfsteingebilden spiegeln, in die man mit viel gutem Willen und hinreichender Phantasie allenfalls Krüge und Webstühle hineinsehen kann.

Bewegt verläßt er die Grotte und klimmt auf den Berg Aëtos. An einigen Stellen des steilen und kahlen Hangs sind noch die

Reste eines alten Weges zu erkennen: das muß der Weg sein, der einst zum Palaste des Odysseus führte. Aber oben, auf dem südlichen Gipfel, sind nur Mauertrümmer und ein paar Zisternen, dazu der Rest eines Turms. Er muß uralt sein, denn er ist ohne Mörtel gebaut, der erst bei Bauwerken jüngerer Zeit vorkommt.

> Wahrlich, Eumaios, dies ist die prächtige Wohnung Odysseus'!
> Diese würde man leicht auch unter vielen erkennen!
> Zimmer stehen auf Zimmern; den Hof umschließet die schöne
> Zinnenbefestigte Mauer mit einem doppelten starken
> Flügeltor . . .

Fiebernd eilt Schliemann von einer der Mauern zur anderen, betastet die Steine, die des Odysseus Hände berührten, als er sich den Palast baute. Der Forscher registriert, daß nahezu dreißig Grad sind, aber die Hitze kommt ihm gar nicht zum Bewußtsein. Nur sekundenweise blitzt das Gefühl quälenden Durstes auf. Dann steht er und sieht die Insel zu seinen Füßen liegen, Leukas mit dem Sapphofelsen im Norden, die Berge der Peloponnes im Süden. Dann blättert er den Homer auf, wiewohl er ihn längst auswendig kann, und liest alle die Szenen, die an der Stelle spielen, an der er steht. Aber immer wieder muß er das Buch sinken lassen, da Tränen ihm den Blick verdunkeln, Tränen der tiefsten Beglückung, daß er diesen Tag erleben darf, von dem er in fiebernd durchlesenen Nächten in der Giebelstube von Ankershagen geträumt hatte.

In der Frühe des folgenden Tages – noch vor Sonnenaufgang hat er im Meer gebadet – steigt er mit vier Arbeitern auf den Berg. Sie tragen Hacken und Spaten, und zwei Kinder schleppen bauchige Krüge voll Wasser und Wein.

Schliemann hat Hunderte von Vorlesungen über Archäologie gehört und Hunderte von archäologischen Büchern durchgearbeitet, aber darüber, wie man sich vor verschütteten Resten des Altertums benimmt, wie man sie ausgräbt, hat er kein Wort gehört oder gelesen. Gewiß, es hat schon viele Grabungen gegeben, schon im Jahrhundert der Renaissance, schon vor hundert Jahren in Pompeji. Doch hierbei kam es den Ausgräbern nur darauf an, Schätze zu finden, mit denen der Finder reich werden wollte, oder Statuen zu entdecken, die in die Schlösser der Könige und der Kardinäle kamen. Schliemann aber sucht weder Schätze noch Statuen. Er sucht nur die Mauern, in denen seine Helden, die Helden Homers, lebten, sucht damit das Leben der Heroenzeit an das Licht des Tages zu bringen: *daß* es war, zuerst, und sodann: *wie* es war. Da hat er keine Vorläufer und kann sich auf keine Erfahrung stützen. Da kann er nur so verfahren, wie sein praktischer Sinn es ihm eingibt.

Hat es überhaupt Zweck, an dieser Stelle zu beginnen? Müßte man nicht vielleicht schon vor Beginn einer Grabung schlüssige Beweise dafür vorzeigen können, daß die Stelle die richtige ist? Beweise hin, Beweise her – Schliemann *weiß*, und basta. Er weiß ohne jeden Beweis, nur mit dem Gefühl, daß auf dieser Hochfläche der Palast des Odysseus gestanden hat und nirgends sonst. Genug also geredet, genug nachgedacht. Gehen wir an die Arbeit. Die Hochfläche ist an siebzig Meter lang und etwa zehn breit. Wo und wie soll man einen Anfang machen? Natürlich, als erstes muß alles wuchernde Buschwerk ausgerissen werden, das das Graben nur hindert. Während die Arbeiter noch damit beschäftigt sind, geht Schliemann prüfend hin und her. Ihm schwebt jene ergreifende Stelle des Gedichts vor, da der Heimkehrer sich der Gattin zu erkennen gibt und der Zweifelnden einen untrüglichen Beweis liefert, daß er wirklich Odysseus sei. Er erzählt, wie er den prächtigen, weitschattenden Ölbaum als lebenden Bettpfosten behieb und sozusagen in seinen Palast einbaute. Ölbäume sind nun bekanntlich unsagbar zäh und werden, wie die Botaniker versichern, Tausende von Jahren alt. Da wäre es vielleicht gar nicht so unmöglich, die Spuren ebendieses historischen Ölbaums als eine Art von Leitfossil zu entdecken? In der nordöstlichen Ecke der Ebene müßte wohl das Schlafzimmer gewesen sein. Hat da jemand gemurmelt: Warum in der nordöstlichen Ecke? Also bitte, wenn ich sage, in der nordöstlichen Ecke, dann *ist* es dort gewesen. Die Beweise finden wir schon, wartet nur ab! »Also, hier beginnen wir zu graben!«

Ziegeltrümmer finden die Männer und viele Scherben, die sie als unwichtig beiseite werfen. In sechsundsechzig Zentimeter Tiefe stoßen sie schon auf den gewachsenen Fels. Von Holz ist nichts zu sehen, so sorgsam man auch jede Schaufel voll Erde durchmustert. Aber sind nicht einige tiefe Spalten in dem Felsen? In sie hätten sich die Wurzeln des Baumes senken können. So wird es gewesen sein, natürlich, ohne Zweifel, aber den eigentlichen Beweis bleibt die Erde des Aëtosgipfels schuldig.

»Wir graben gleich daneben weiter.« Da kommen Grundmauern an den Tag, aber es ist ein kleines Haus, kaum größer als ein normales Zimmer, und die Tür ist nicht einmal einen Meter breit. Das kann mit dem Palast eines Königs nichts zu tun haben, und außerdem: ist das nicht Mörtel, der zwischen den Steinen klebt? Gewiß, also – »Aufhören, Freunde!« Es ist mindestens siebenhundert Jahre jünger als der Trojanische Krieg, dessen Bauten noch längst keinen Mörtel kannten.

Sinnend und schweißgebadet geht Schliemann hin und her. Was nun? Er beugt sich vornüber und durchforscht jede Handbreit des Bodens – des heiligen Bodens, den Odysseus' Fuß berührte –, ob sich nicht irgendwo eine verlockende Spur findet. Man müßte Augen haben, die in die Tiefe sehen können. Halt, was ist dort mit dem Stein, dessen Ende halbkreisförmig behauen zu sein scheint? Er kniet nieder und fängt an, mit dem Taschenmesser in der Erde zu wühlen. Aber sie wehrt sich, ist steinhart, offenbar mit Resten verbrannter Knochen reichlich durchsetzt. »Wirf eine Hacke herüber, Konstantinos!« Damit geht es besser, schneller in den Boden hinein. Oh, da hat es geklirrt – die eilige Hacke hat eine schöngeformte kleine Vase zerschlagen. In hohem Bogen fliegt das Gerät weg. Fast möchte Schliemann weinen, aber dazu hat er keine Zeit. Wo ein Gefäß mit Asche – denn Asche scheint es gefüllt zu haben – stand, stehen wahrscheinlich noch mehr. Immerhin hat die Hacke die Oberfläche gelockert, und nun geht es auch mit dem Messer. Nur zur Ruhe muß man die Hand immer wieder zwingen, der es nicht schnell genug gehen will – und es darf doch nicht schnell gehen, weil man dann das eine zerstören, das andere übersehen würde.

Die Hoffnung hat nicht getrogen. Dicht beieinander stehen oder liegen Gefäße von den verschiedensten Formen, zwischen fünf und elf Zentimeter hoch, aber doch zerbrechen noch manche beim Herausnehmen oder dann bei dem Versuch, die anhaftenden harten Erdbrocken zu entfernen. Fünf sind es im ganzen, die nun unversehrt am Rande der Grube stehen, zwei von ihnen bemalt, mit roten Rankenmustern, Palmetten, Mäandern, auch ein paar ganz verwischten Figuren, aber kaum haben die Gefäße einige Minuten in der Sonne gestanden, sind die Linien der Bilder schon ins Unerkennbare verblaßt. Ist die Grube nun leer? Nein, da ist noch ein gebogenes Messer, Bruchstücke eines Schwertes, ein verschlungener Bronzezierat und eine tönerne Figur, eine Göttin mit zwei Flöten im Munde. Noch einmal wird jedes Eckchen gemustert. Fünf Jahre seines Lebens möchte der Finder für eine Inschrift geben. Ach, Inschriften gab es in den Pariser Vorlesungen wie Sand am Meer. Aber hier findet sich nicht der kleinste Buchstabe.

Triefend von Schweiß, richtet Schliemann sich auf und setzt sich an den Rand der kreisrunden Grube. Immer wieder streichelt er die fünf Urnen, die er glücklich geborgen hat. Seine Gedanken jagen durch alle Museen, die er kennt: nein, nirgends gibt es diese Formen. Nicht einmal die ältesten erhaltenen Vasen, die cumanischen im Neapler Museum, sehen ihnen ähnlich. Das beweist das weitaus höhere Alter des heutigen Fundes. Schliemanns Augen küssen die Urnen. Für ihn gibt es keinen Zweifel mehr: sie bewahren die Asche von Odysseus und Penelope und von ihren Nachkommen.

»Wollen wir nicht Mittag essen?« fragt einer der Arbeiter. Schliemann nickt, und sie setzen sich in den mageren flirrenden Schatten eines Ölbaums am Hang, brechen ihr Brot und mischen ihren Wein mit dem lauwarm gewordenen Wasser. Es ist ein sehr einfaches Essen, aber die Gerste wuchs auf den Feldern von Ithaka, und der Wein wuchs auf Ithakas Hängen, und wo sie sitzen, war einmal der Palasthof des göttlichen Dulders, und warum sollte es nicht ebenjene Stelle sein, an der er Tränen vergoß, als er seinen Lieblingshund Argos wiedersah, der vor Freude starb, als er seinen Herrn erkannte, nach dem er sich zwanzig Jahre hindurch gesehnt hatte?

Bewegt und begeistert hören die Männer und die Kinder zu, als der Fremde ihnen seine Gedanken mitteilt. Aber dann kommt der Nachmittag, und sie graben und suchen weiter, und ebenso am folgenden Tag. Weitere Funde machen sie nicht.

Dann geht Schliemann zum Dorf Hagiou Joannou, in dessen Nähe das Feld des alten Laërtes gelegen haben muß. Auf dem Wege dorthin ist ein verwitterter griechischer Buchstabe in einen Felsen gemeißelt, ein Delta, das vielleicht noch von Odysseus herrührt. Warum von Odysseus? mag jemand fragen. Nun, warum nicht von Odysseus? – soll er doch zunächst das beweisen!

Das Feld ist leicht zu erkennen, wenn ein unwissender Betrachter auch keinen Unterschied zu hundert anderen Feldern der Insel bemerkt. Schliemann setzt sich auf einen Stein, zieht den Homer aus der Tasche und liest in tiefer Andacht den vierundzwanzigsten Gesang, in dem Odysseus zu seinem greisen Vater kommt und sich ihm zu erkennen gibt.

Aber da kein Fremder ohne Aufsehen über die Insel gehen kann und schon gar nicht dieser, von dessen glücklichen Funden das Gerücht durch alle Dörfer geflogen ist, kommen die Leute des nahen Ortes ihm nach, Männer und Frauen, Junge und Alte, und überhäufen ihn mit Fragen.

Schliemann winkt ab. »Ich will euch lieber vorlesen, was an dieser Stelle vor dreitausend Jahren geschah«, und liest den halben Gesang, zuerst in der Sprache Homers, dann in dem heutigen Dialekt der Insel, der eine Mischung von Neugriechisch und Italienisch ist.

Tief wie das Evangelium gehen die Verse in das Herz der Hörer, und als Schliemann geendet hat, drängen sie sich um ihn, Tränen in den Augen, und sagen: »Du hast uns eine große Freude gemacht, wir danken dir tausendmal.« Und dann heben sie den Überraschten auf und tragen ihn im Triumph in ihr Dorf und wetteifern alle darin, ihm ihren Dank und ihre Gastfreundschaft zu erweisen.

»Komm wieder!« rufen sie ihm vielstimmig nach, als er weiterwandert. Aber schneller als ein rüstiger Wanderer und auf geheimnisvollen Wegen eilt das Gerücht. Kaum hat Schliemann die niedrigen, meernahen weißen Häuser eines Dorfes gesichtet und sich gesagt, daß es wohl Leuke sein muß, das am Nordhang des

Neriton liegt, sieht er auch schon, wie eine ansehnliche Prozession von Menschen ihm aus dem Dorfe entgegenkommt. In festlichen goldgestickten Gewändern geht der Priester an ihrer Spitze.

»Sei bei uns willkommen, Gastfreund«, rufen sie, und jeder einzelne drückt ihm die Hand. Dann geleiten sie ihn in ihr Dorf, und er mag noch so oft sagen, daß er weiter will, um die alte Polis zu suchen – sie lassen ihn nicht gehen und wollen ihn bewirten, alle ohne Ausnahme. Dann bringt jemand einen Tisch und stellt ihn unter die Platane des Dorfplatzes: »Steig hinauf, Freund, damit alle dich hören können.«

Und dann steht Schliemann oben und liest ihnen die erste Hälfte des dreiundzwanzigsten Gesanges, die Begegnung des heimgekehrten Odysseus mit der treuesten und besten aller Frauen, Penelope. Wieder rinnen die Tränen, wieder wissen die Menschen nicht, was sie noch alles tun können, ihrem fremden Freunde eine Freude zu machen. Da werden die Weinkrüge gebracht, und alle wollen sie mit ihm anstoßen, da bringen sie ihm eine Menge alter Münzen, die sie auf ihren Feldern gefunden haben, und als er sich endlich von ihnen losreißt, küssen sie ihn alle der Reihe nach.

Ein Tag vergeht nach dem anderen, und ohne Ruhe durchstreift Schliemann die ganze Insel. Mehr als einmal muß er über die Archäologen von Fach lächeln, die den Wald vor lauter Bäumen nicht sehen und mit ihren gelehrten Konjekturen den halben Homer widerlegen wollen, während hier doch jeder Stein, jeder Berg, jede Meerbucht ihn bestätigt. Aber manchmal wäre es trotzdem recht gut, einen dieser Schreibtischgelehrten zur Hand zu haben: der würde wahrscheinlich im Nu die Inschriften lesen können, die entweder keinen Sinn ergeben, weil sie verstümmelt sind, oder deren Buchstaben so sehr von den gewohnten Formen abweichen, daß man hilflos vor ihnen steht. Vielleicht wüßten sie auch etwas mit dem widderhornähnlichen Stein oder den kleinen grünen Würfelchen anzufangen, die ein Arbeiter eben in einem Sarkophag gefunden hat. Der ist übrigens ein schlechter Enkel des Odysseus, denn er will nichts von Homer hören, sondern zweihundert Francs für seine Funde haben. Aber dann gibt er sie auch für fünfundzwanzig. Sein Kollege ist billiger, der sich für allerhand Tonfiguren und Münzen, die er gleich daneben findet, mit einem Franc zufriedengibt.

Vergnügt geht Schliemann weiter, findet das Feld und die Ställe des Eumaios, tritt in die Häuser der Bauern, die noch genauso gebaut und genauso gastlich sind wie in der geliebten Heroenzeit. Auch anderes ist gleichgeblieben. Eines Tages kommt der Wanderer in eine ganz abgelegene Gegend im Süden der Insel. Aus einem einsamen Gehöft stürzen vier geifernde Hunde auf ihn los und drohen ihn in Stücke zu reißen. Bis er Hilfe herbeirufen wird, können die Bestien ihn längst zerfleischen – und in diesem Augenblick schießt ihm rettend der Gedanke durch den Kopf, daß es Odysseus einmal ähnlich erging, als er zu Eumaios kam:

Plötzlich erblickten Odysseus die bellenden Hunde.
Und sie stürzten auf ihn lautschreiend. Aber Odysseus
Setzte sich klüglich nieder und legte den Stab aus den
Händen.«

Schliemann wirft seinen Stock fort und setzt sich in den Staub. Wohl bellen die Hunde noch aus vollem Halse – wie damals –, aber sie beißen nicht, und – wie damals der treffliche Sauhirt – eilt nun auch endlich der Bauer herbei und erlöst den Fremden aus der Gefahr. Er ist wohl ein gut Teil älter, als Eumaios es war; schneeweißes Haar hängt lang um sein sonnengeschwärztes hageres Gesicht mit großen klugen Augen und einer gewaltigen Adlernase.

»Ich bitte dich um Entschuldigung«, sagt er sanft. »Die Hunde kennen alle meine Nachbarn und bellen kaum, wenn sie kommen. Fremde aber sind, solange ich denken kann, noch nie zu mir gekommen. Es lohnt nicht, denn ich bin sehr arm.«

»Wenn du so arm bist«, sagt Schliemann und klopft sich, halb froh des odysseeischen Abenteuers, halb ärgerlich, den Staub von der Hose, »so solltest du nicht vier so riesige Hunde halten, die mehr an Futter kosten als zwei Menschen.«

Stolz richtet sich der Greis auf. »Mein Vater hat schon vier Hunde gehalten und mein Großvater und der Vater des Großvaters und so hinauf bis in die Zeit des Odysseus. Aber nun komm in mein Haus und erquicke dich mit Trauben und Pfirsichen.«

Eine Bezahlung will er nicht, und zum Dank liest Schliemann ihm die Verse vor, an die er zu seinem Glück rechtzeitig gedacht hat, und dazu dann den ganzen Empfang bei Eumaios.

»Davon habe ich schon gehört«, entgegnete der Alte nachdenklich. »Aber es hat einmal jemand gesagt, es gäbe auch ein Buch aus der alten Zeit, das von dem Krieg der Griechen gegen Troja erzählt. Ist das wahr, und kennst du vielleicht auch das?«

»Es ist wahr, und ich kenne es, aber ich kann jetzt nicht länger bleiben. Bald ist Mittag, und ich muß bis zum Abend den ganzen Südteil der Insel erforschen.«

»Nun gut, dann werde ich dich begleiten. Die Hunde bewachen das Haus, und du erzählst mir auf dem Wege, was du weißt.«

So tun sie, und den Greis läßt seine Wißbegier nicht ruhen, so daß er den Fremden den ganzen Tag begleitet und ihn abends sogar noch bis Vathy bringt. Er ißt auch mit ihm und macht noch immer keine Miene, nach Hause zurückzukehren. In seiner Not stellt sich Schliemann, todmüde in Wahrheit, schlafend. Lange wartet der Alte, ob jener nicht wieder erwachen will, aber dann steht er ganz vorsichtig und leise auf und flüstert: »Wenn du abreist, komme ich wieder her, um dich zum Abschied zu grüßen.«

Der letzte der neun glücklichen Tage gehört noch einmal dem Dorf Leuke und einem bisher noch nicht besuchten Dorfe, Exoche, das den Wanderer nicht anders aufnimmt, als er es nun schon gewöhnt ist. Der Lehrer bittet ihn, die Schule zu besuchen und die Hefte der Kinder zu prüfen, aber kaum hat Schliemann damit begonnen, als ein noch junger stämmiger Mann in die Stube drängt. »Ich bin der Schmied«, sagt er – »komm schnell in mein Haus. Meine Frau heißt Penelope und meine Söhne Odysseus und Telemachos.«

Ein weites Stück Wegs begleiten die Dorfbewohner den Wanderer. »Eis kalen antamosin!« rufen sie ihm nach, und »Leb wohl, Freund, auf glückliches Wiedersehen!« rufen auch die Leute von Leuke, die ihn nicht vorüberlassen, bevor er nicht noch einmal von dem Tisch unter der Platane ein paar Dutzend Verse vorgelesen hat.

In Vathy ist das Haus schon zum Bersten mit Leuten gefüllt, die Abschied nehmen wollen, und auch der Besitzer der wilden Hunde ist unter ihnen und der freundliche Müller, der den ersten Weg auf der Insel so schön und vertraut gemacht hatte und der nun wieder mit seinem Esel gekommen ist, um den Freund aus dem Norden zum Dampfer zu geleiten.

Lange steht Schliemann noch auf Deck und sieht auf die mählich verdämmernde Insel, die ihm mehr Glück gegeben hat als irgendein anderer Abschnitt seines Lebens, seit er Ankershagen verließ.

3 Mit Homer in der Hand hat diese Forschungsreise begonnen, und Homer bleibt weiter der Führer. Gewiß, alle Orte sind interessant, an die man auf dem Festland kommt, Korinth und Argos, Nauplia, der Lernaiische Sumpf und Hydria und das schöne Aigina und das klassische Athen. Dort wartet gastlich das Haus des ehemaligen Studenten und Griechischlehrers Theokletos Vimpos, der nun Professor an der Universität und dazu Erzbischof von Mantineia und Kynuria ist. Aber alle diese Orte rühren doch nur den Verstand, die Augen und Ohren an, nicht das Herz.

Das Herz wird Schliemann erst weit und heiß, wenn er zu den Orten kommt, wo die Helden Homers zu Hause waren, in den kyklopischen Steingebirgen der Burg von Tiryns oder erst recht in dem goldenen und so unendlich düsteren Mykene. Da merkt er nichts mehr von Hunger und Durst, nichts von der Qual des Reitens auf elenden Rosinanten, die als Zügel einen Strick um den Hals haben und ein vierkantiges Brettgestell als Sattel. Da stört es ihn nicht, daß er in jedem der elenden Dörfer, die nun auf den Stätten alten Ruhmes stehen, durch Myriaden von Wanzen und Flöhen überfallen wird, sondern er übernachtet lieber auf dem Felde, den griechischen Himmel als Decke, den Homer als Kopfkissen.

Da ruht er sich nach langem und mühsamem Ritt nicht erst in Charwati aus, sondern steigt sofort, in Begleitung eines Jungen, zu den Resten des Hauses Agamemnons. Da steht der Fuß des Turms, auf dem die Wächter das Flammenzeichen erwarteten, für Agamemnon das Signal glücklicher Heimkehr, für Klytaimestra und Aigisthos das Signal für schmählichen Mord. Dicht wuchern Stechpalmen und blutlose Asphodelen hoch über den versunkenen Steinblöcken. Da stehen feierlich über verschüttetem Tor die Löwen, das älteste Bildwerk Europas. Unter ihnen ritt Agamemnon in den Krieg; der Harnisch glänzte, und der Helmbusch flatterte, unter ihnen kehrte er zurück und lag noch in der gleichen Nacht in seinem Blut, erschlagen wie ein Stier an der Krippe.

Hier stand dann Elektra und flehte ihr »Anax Apollon«.

Nach allen Seiten stößt der Blick gegen düstere Berge. Nur nach Süden hin schweift er weit hinaus über die Ebene des »rossenährenden« Argos bis zu dem opalen schimmernden Golf von Nauplia. Kein Wind weht, kein Baum rauscht. Hier ist alles Grab und Tod. Ganz von fern aus den Hügeln kommen die verlorenen Klänge einer Hirtenflöte.

Hier in der Burg wurden die Ermordeten begraben, und wenig weiter, außerhalb der Umfassungsmauern, auch Aigisthos und Klytaimestra in die Erde gelegt, die sie durch Buhlschaft und Mord geschändet hatten. Hier müßten ihre Gräber zu finden sein, die Pausanias noch sah, hier muß man suchen, wenn die Zeit dafür reif geworden sein wird.

Schwer nur reißt Schliemann sich aus stundenlangem Sinnen. Der Junge ist schon ungeduldig geworden und will zum Schatzhaus des Atreus führen, das die Anwohner das Grab Agamemnons nennen. Ein ungeheurer Stein, neun Meter lang und anderthalb hoch, bildet den Türsturz am Ende des feierlichen Dromos. Man kann den Raum dahinter betreten, aber er ist finster wie der Hades. Der Junge muß eine halbe Stunde zum Dorf laufen und Streichhölzer holen. Ein Strauchwerkbündel flammt auf und reißt eine überwältigend feierliche Kuppe in flackernde Helle, reißt aber auch Tausende von Fledermäusen aus dem Schlaf, die in irrem Flug gegen die Eindringlinge flattern, gleich den Schatten der Toten in der Unterwelt, wie Homer es beschrieb:

. . . und schwirrend folgten die Seelen,
So wie die Fledermäus' im Winkel der graulichen Höhle
Schwirrend flattern, wenn eine des angeklammerten Schwarmes
Nieder vom Felsen sinkt . . .

4 Ein Monat ist seit der Landung auf Ithaka vergangen, als Schliemann Griechenland verläßt. Über Konstantinopel fährt er in die Dardanellenstadt. Der russische Konsul sorgt für Pferde und Führer. Es geht nach Troja.

Aber wo liegt Troja? Nur andeutungsweise lebt sein Name noch in dem Novum Ilium, das die Römer angeblich an der Stätte der alten Heldenstadt gründeten, und selbst noch über dessen Lage streiten die Gelehrten. Fast alle sind sich aber darüber einig, daß das alte Troja dort lag, wo sich über einem weiten Tal – angeblich des Skamander – nahe dem türkischen Dorf Bunarbaschi ein Hügel erhebt, auf dem dieser und jener Reisende alte Steine und Scherben gefunden haben will.

Schliemann reitet nach Bunarbaschi. Das ist ein schmutziges und elendes Dorf, das nicht mehr als dreiundzwanzig Häuser zählt, fünfzehn von Türken und acht von Albanesen bewohnt. Ob dies nicht das Sankt-Johannes-Land des alten Küsters und Peter Hüpperts ist? Auf jedem Dach sind Storchnester, bis zu zwölf auf einem Hause, die nun alle hochsommerlich leerstehen. Vielleicht, denkt Schliemann lächelnd, bin ich gar nicht der erste Besucher aus Ankershagen: vielleicht war unser Storch von der Pfarrscheune schon längst vor mir in Troja . . .

Der Führer empfiehlt das Haus eines Albanesen zur Wohnung, bittet um seine Entlohnung und zockelt mit den Pferden ab. Schliemann tritt in die Tür, fährt aber im gleichen Augenblick zurück: die Wände, die Schlafbank, die Balkendecke, alles wimmelt von Wanzen, und was nicht voll Ungeziefer ist, starrt von jahrzehntealtem Dreck. »Ich habe Durst«, ruft er von draußen, »bringt mir etwas Milch.« Ob sich die Frau jemals in ihrem Leben gewaschen hat? fragt er sich, als sie ihm die Schüssel reicht. Aber die Frau ist blitzsauber, verglichen mit ihrer Schüssel. »Nein, nein, laß nur, ich mag nicht«, sagt er und dreht sich würgend weg.

»Ich kann nicht in geschlossenen Räumen schlafen«, sagt er dann. »Bewahrt mir mein Gepäck auf, und gebt mir jeden Tag ein Gerstenbrot. Dafür zahle ich euch fünf Francs pro Tag. Ich schlafe auf freiem Felde.«

Dann sucht er ein Pferd und einen Führer, der wenigstens etwas Griechisch spricht, und findet nach vielem Mühen auch beides. Der Preis ist skandalös, aber er zahlt ihn, gegen seine Gewohnheit, ohne zu feilschen: der Traum der Kindheit beginnt ja Wirklichkeit zu werden. Er steht in der troischen Ebene. Freilich, vieles ist anders, als das Traumbild es gezeigt hatte. Schon die Ebene selbst ist viel zu groß und die Entfernung Trojas vom Meer viel zu weit. Aber ganz gewiß wird sich das schon alles nach und nach aufklären.

Einstweilen jedoch gehen die Enttäuschungen weiter. Auf dem Hügel sind keine Ziegelbrocken und Topfscherben zu finden. Sollten sich die Gelehrten und Reisenden geirrt haben? Es wäre ja schließlich nicht das erstemal. Suchen wir also zunächst die Quellen. »Führe mich jetzt zu den Quellen.«

Auf dem Wege gehen ihm die Verse durch den Kopf, die Homer darüber schrieb:

> Eine rinnt beständig mit warmer Flut, und im Kreise
> Wallt um sie ein Dampf wie Rauch hellbrennenden Feuers,
> Aber die andere fließt auch sommers kalt wie der Hagel
> Oder des Winters Schnee und gefrorene Schollen des Eises.
> Dort sind nahe den Quellen geräumige Wäschegruben,
> Schöne, steinerne, wo die schimmernden Feiergewande
> Trojas Weiber vordem und liebliche Töchter gewaschen.
> Als noch Friede war, eh die Söhne Achaias gekommen.

»Hier, Effendi«, sagt der Führer und deutet im Kreise herum. Am Fuße eines Felsens entspringen zwei Quellen, dicht daneben eine dritte – und so weiter, bis Schliemann vierunddreißig gezählt hat.

»Du hast schlecht gezählt«, tadelt ihn der Mann von Bunarbaschi, »es sind vierzig. Darum heißt der Ort ja auch ›Kirk Giös‹, die ›Vierzig Augen‹.«

Ärgerlich geht Schliemann von einer zur anderen und taucht

sein Taschenthermometer hinein: gleichmäßig verzeichnet es für alle vierunddreißig (oder vierzig) Quellen siebzehneinhalb Grad. Das spricht, ebenso wie die Zahl, gegen Homer, und daher kann dieser Ort eigentlich nicht Troja gewesen sein. Und eben an dieser Stelle fand der gelehrte Reisende Lechevalier zur Freude aller Homerjünger zwei Quellen, eine kalte und eine heiße! Oh, diese Gelehrten! Auch die Gleichsetzung des aus diesen Quellen entstehenden Baches mit dem Skamander, die die Archäologen vornahmen, kann nicht richtig sein, denn nichts an diesem drei Meter breiten sumpfigen Rinnsal entspricht den vielen rühmenden Beiworten, die Homer dem Skamander gibt.

Aber diese Argumente genügen natürlich noch nicht, um eine eingewurzelte Tradition zu erschüttern. Kaum graut der Morgen, dessen erstes Licht den auf einem Hügel schlafenden Spursucher weckt, eilt dieser zu seinem Führer, um ihn zu wecken. »Laß mich noch eine Stunde schlafen«, murrt der von drinnen. »Komm schnell, und ich gebe dir zwei Francs.« Eine Viertelstunde später sind sie wieder unterwegs, und Schliemann rekonstruiert mit den eigenen Beinen auf dem Hügel von Bunarbaschi eine Episode des Endkampfs zwischen Hektor und Achilleus, in dem sie dreimal in Verfolgung und Verfolgtwerden um die Mauern der Stadt laufen. Mit lechzender Zunge trabt der Einheimische hinter dem Fremden her, der nun über einen Wasserlauf springt, nun über das Feld läuft, nun am Rande des Hügels entlangsaust, und zweifelt keinen Augenblick mehr, daß Allah den Mann mit Wahnsinn geschlagen hat. Zwei Stunden dauert der Lauf, streckenweise, des steilen Abfalls wegen, auf allen vieren, und doch ist das Gebiet des angeblichen Troja erst *einmal* umrundet. Es kann also nicht Troja sein.

Die folgenden Stunden gehören der Erforschung des Geländes. Langsam, Schritt für Schritt, tief über den Boden gebeugt und jeden Stein, jede Erdscholle mit scharfen Augen durchmusternd, bewegt sich Schliemann nun über den Hügel von Bunarbaschi. Kein behauener Stein, keine Scherbe läßt sich finden. Mykene und Tiryns sind zwar ein paar hundert Jahre später zerstört worden als Troja, aber dort liegen solche Massen von Steinen und Scherben, daß sie auch nach zehntausend Jahren noch dort liegen werden. Also kann – doch halt, nicht zu schnell. Wenn zum Beispiel Troja weder Ziegel noch Steine gekannt hätte, wenn die Häuser aus Holz gewesen wären (was zwar klar gegen Homers Zeugnis geht), wenn es keine Töpferware gehabt hätte (was ein Nonsens ist), so müßten doch wenigstens noch Spuren der Straße zu finden sein. Aber selbst darauf deutet nicht der geringste Anhaltspunkt. Also – die Bunarbaschi-Theorie kann nicht richtig sein.

Gelehrte sind ein unglaublich zähes Volk, das mit unvergleichbarer Standhaftigkeit an seinen Theorien festhält, und das um so mehr, je falscher sie sind. Um sie zu erschüttern, braucht man die gleiche Zähigkeit. Für den nächsten Tag mietet Schliemann also fünf Arbeiter samt Hauen, Hacken und Körben und legt sich dann neben den »Vierzig Augen« nieder, um die seinen zur Nachtruhe zu schließen. Nicht, weil ihm hier vielleicht die schönen Trojanerinnen wäschewaschend erscheinen könnten – da Bunarbaschi nicht Troja war, haben sie hier ja nichts mehr zu suchen –, sondern um vor den zahllosen Schlangen sicher zu sein, die ihm die letzten Nächte peinlich verkürzten. Hier unten stören ihn denn auch keine Schlangen, aber seine Müdigkeit ist so schwer, daß ihn nicht einmal der Platzregen weckt, der ihn völlig durchnäßt.

Die Sonne des neuen Tages und die Arbeit trocknen die Kleider wieder. Überall werden Löcher gegraben und Versuchsgräben gezogen, überall erscheint schon in geringer Tiefe – bei sechzig Zentimetern bis zu einem Meter – der gewachsene Fels. Nirgends finden sich Spuren von Ziegeln oder Töpferware, nirgends das geringste Zeichen einer Besiedlung. Nach zwei Tagen ununterbrochenen Schaffens, genauer gesagt: nach dreißig Probegrabungen, läßt Schliemann die Arbeit einstellen: jetzt kann auch der hartnäckigste Verfechter der Bunarbaschi-Theorie sie nicht mehr aufrechterhalten.

Nun kommt die neue Aufgabe: das richtige Troja zu finden, und dabei ergibt sich noch ein weiteres Argument gegen Bunarbaschi. Aus hundert Homerstellen weiß man, daß das griechische Lager am sigeiischen Vorgebirge lag. Vom Kap Sigeion bis zum Hügel von Bunarbaschi aber sind es vierzig Kilometer. Schliemann reitet einen vollen Tag zwischen den beiden Orten hin und her und rekonstruiert den ersten Tag der Ilias: Bei Tagesanbruch versammelt Agamemnon die Griechen und gibt den heuchlerischen Befehl zur Rückkehr in die Heimat. Die Griechen beginnen die Schiffe ins Meer zu ziehen. Odysseus überredet sie zum Weiterkämpfen. Nach langen Reden wird der Beschluß gefaßt, zu bleiben, und die Krieger bereiten ihr Morgenmahl. Agamemnon opfert Zeus einen Stier, und die vornehmsten Helden nehmen an der Feier teil. Nestor hält erneut eine Rede. Agamemnon läßt die Truppen in Schlachtordnung antreten. Inzwischen haben sich die Trojaner bewaffnet und stürzen zum Kampf aus den Toren heraus. Schlacht in der Skamanderebene, die aber nicht so weit von den Stadttoren entfernt ist, als daß Helena nicht dem alten Priamos die Griechenhelden zeigen und bei Namen nennen kann. Paris fordert Menelaos zum Zweikampf auf. Hektor hält eine Rede, desgleichen Menelaos. Hektor und Menelaos schikken Herolde in Stadt und Lager, um Opferlämmer zu holen. (Wäre Troja gleich Bunarbaschi, müßte Talthybios allein dafür sechs Stunden unterwegs sein.) Opferung und feierlicher Schwur. Zweikampf. Bruch des Vertrages. Nach langen Reden Schlacht mit wechselndem Glück, Weichen und Zurückkehren und erneutes Weichen.

Das Experiment war zwar recht langwierig, aber doch lohnend. Denn rechnet man nun die Bewegungen der Griechen an diesem einen Tage zusammen, so kommt man zu dem Ergebnis, daß die Griechen im Hin und Her – immer vorausgesetzt, Bunarbaschi wäre Troja – bis gegen sieben Uhr abends vierundachtzig Kilometer machen mußten und daneben und dazwischen noch eine Reihe von Schlachten zu schlagen und viele andere zeitraubende Dinge zu tun hatten.

Bei der Erprobung dieses Beweises ist Schliemann immer ein Hügel aufgefallen, der als letzter Ausläufer des Gebirges über der Skamanderebene liegt und der etwa fünfzig Meter hoch ist.

»Das ist Hissarlik, Effendi«, sagt der Führer. Hissarlik ist türkisch und heißt soviel wie Palast. Schliemann will zu ihm. Auf dem Wege dorthin kommt er über eine Hochfläche, die mit Scherben und Trümmern bedeckt ist; vier einzelne Säulen ragen mit ihren oberen Hälften aus dem Boden. Das muß Novum Ilium sein, und der schnell nachgeblätterte Bericht Strabons beseitigt jeden Zweifel an der Identität. Das war also die Stätte, zu der Alexander der Große wie früher Xerxes gewallfahrtet war, wo sein Nachfolger Lysimachos die Neugründung ummauerte und schmückte, bis dann die Römer kamen, die Enkel des trojanischen Helden Aineias, und das Neue Ilium als ihre Urheimat pflegten.

Sollen Xerxes und Alexander, sollen die Römer und ihr begeisterter Dichter Ennius unrecht gehabt haben? Soll allein jener Zweifler und Krittler Demetrios die Wahrheit gepachtet haben, der, ein Bonmot der Geschichte, aus dem Städtchen Skepsis stammte? Er sagt, daß das Neue Ilium mit dem alten nichts gemein gehabt habe. Aber er irrt. Hier, wo das Neue Ilium errichtet wurde, stand vor ihm das alte, hieron ptoliethron, die heilige Stadt. Im Fieber des Findens rast Schliemann über die Hügel und vergißt dabei doch nicht zu messen, daß das Gipfelplateau zweihundertdreiunddreißig Meter lang und etwa ebenso breit ist. Steine und Scherben hebt er auf, zumeist neues römisches Zeug, also wertlos. Mit seinem Meßstab, mit Stock und Messer bohrt er Löcher in den Boden, klettert an den Hängen herum, sucht, findet, leert die Taschen wieder aus, da die jetzt gefundenen Stücke wichtiger und interessanter sind als die, die er vor einer Stunde dafür hielt.

Als er sich endlich, völlig erschöpft, unter einem lackblättrigen Johannisbrotbaum in den Schatten fallen läßt, steht es für ihn felsenfest: dies ist das Troja Priamos' und Hektors. Der ganze Berg von Hissarlik ist eine ungeheure Schuttstätte, denn auf den Trümmern des homerischen Troja und vielleicht auch auf noch späteren Siedlungen hat Lysimachos, haben dann die Römer weitergebaut. Wenn man also das Skaiische Tor, auf dem Helena mit dem König und den Alten saß, wenn man den Palast – oh, Hissarlik! – des Priamos und den des Paris, wenn man den Tempel Athenes und Hekates finden will, so gibt es nur einen Weg: alles abzutragen, was spätere Jahrtausende darüber bauten und was auch wieder in Trümmer zerfiel.

Das ist eine ungeheure Arbeit, wie sie bisher noch kein

Mensch auf sich genommen hat und wie sie bisher auch noch kein Mensch für möglich gehalten hat. Aber Schliemanns Augen gehen zurück in die Stube, in das Zwielicht der Tannenbaumkerzen, und seine Ohren hören eine helle Jungenstimme sagen: »Wenn ich groß bin, werde ich Troja ausgraben!«

Ja, ich werde es ausgraben, und wie ich Krankheit und Elend und Armut überwunden habe, so werde ich auch alle Widerstände überwinden, die türkische Regierung und Faulheit und Neid und nicht zuletzt auch das wahrscheinliche Protestgeschrei der Bunarbaschi-Idioten! Ich werde Troja ausgraben:

»Daß nicht namenlos das Geschlecht hinschwind und der Name
Dardanos, den der Kronide vor allen Söhnen geliebet«,

wie Poseidon in der Versammlung der Götter sagte.

Die Tage, die dieser Stunde des inneren Lichts und der inneren Flamme folgen, sind randvoll gestopft mit Untersuchungen aller Art. Die griechischen Periegeten, die Reiseschriftsteller des Altertums, werden zu Rate gezogen und liefern freigebig Material, das die gewonnene Überzeugung stützt. Aber letzten Endes ist die Unterstützung durch Bücher nicht ausschlaggebend, denn hier sprechen die Steine und das Wasser. Der Lauf des Skamander und des Simoeis werden Kronzeugen und ebenso die Felsen des rhoiteiischen und des sigeiischen Vorgebirges; hier kann man im Gegensatz zu Bunarbaschi in normaler Zeit um die versunkene Stadt herumlaufen und sich leicht ausrechnen, wo die Buche des Zeus war und das Grabmal des Ilos und der wilde Feigenbaum unter den Mauern. Hier und hier nur können sie gewesen sein.

An einem dieser Tage steht Schliemann auf dem Dach eines Hauses von Yenischahir, einer kleinen türkischen Stadt am Sigeion. Hinten im amethystenen Dunst hebt sich aus dem kaum bewegten veilchenfarbenen Meer Samothrake, auf dessen Schneegipfel Poseidon saß und zu seinen trojanischen Feinden hinübersah. Gegenüber, hinter dem Hügel Hissarlik, ragt der waldige Thron des Göttervaters, das Ida-Gebirge. Und zwischen dem Ida und dem Meere liegt im Glanz der abendlichen Sonne die trojanische Ebene, in der zwei Heldenvölker zehn Jahre lang einander gegenüberstanden. Hier haßten und töteten sie, hier liebten sie und sprachen Worte, die nach dreitausend Jahren noch zu den schönsten und erhabensten gehören, die man kennt.

Da ist es dem Betrachter, als decke ein ganz feiner Nebel das Land: aus ihm heben sich dann die Schnäbel der Schiffe, das Lager der Griechen, Helmbuschflattern und Waffenblinken, hin und her ziehende Truppen, Schlachtgeschrei und der Ruf der Götter, und hinten ragen die Mauern und Türme der glorreichen Stadt empor. Und wie vor Jahren einmal ganz Moskau in das Läuten der österlichen Glocken gehüllt war, so schwingen nun, die herrlichste Musik, die Verse Homers über die Ebene.

Mählich wird es dunkel. Wachtfeuer brennen auf. Plötzlich verlöschen die Bilder. Da ist wieder nur das Dach des Türkenhauses, und unten ruft es: »Effendi, Effendi!« Die fünf Arbeiter aus Bunarbaschi werden ungeduldig. Gute Tage haben sie gehabt, denn für ihren vollen Tagelohn haben sie keinen Handschlag zu tun brauchen. Wozu nach einer Wahrheit graben, die klar zutage liegt?

Nun werden sie entlassen, und Schliemann erinnert sich, daß er eine ganze Woche lang nichts als saures Gerstenbrot gegessen und nichts als Wasser – aber das Wasser des Skamander – getrunken hat.

»Wir werden dir ein Huhn schlachten«, sagt der Türke, dem das kleine Kaffeehaus gehört. »Gut«, nickt Schliemann und freut sich auf den Schmaus. Aber da fängt das Tier, sein grausames Schicksal ahnend, so furchtbar an zu gackern und zu schreien, daß der Hungrige sich die Ohren zuhält. »Laßt es laufen«, ruft er, »ich bezahle es trotzdem, ich kaufe ihm seine Freiheit.« Dann bringt man ihm Eier, Brot und Wein von Tenedos, den auch schon die Kämpfer des Trojanischen Krieges liebten.

Am Abend darauf sitzt Schliemann in Kaleh Sultanie, der Dardanellenstadt, bei Frank Calvert, dem amerikanischen Vizekonsul.

»Ich bin sehr glücklich, daß Sie als Forscher der Meinung sind, Troja habe beim heutigen Hissarlik gelegen. Ich bin ebenfalls davon überzeugt, und mein Bruder Fred war es auch, bis er ein paar Stunden südlich sein Landgut Thymbria kaufte und dann natürlich dort zu suchen begann. Bisher stand ich so gut wie allein mit meiner Überzeugung, denn auf McLaren hat niemand gehört, als er vor fünfundvierzig Jahren für Hissarlik eintrat, und auf Eckenbrecher ebensowenig. Alle Autoritäten waren gegen uns und für Bunarbaschi: Lechevalier, Rennel, Forchhammer, Mauduit, Welcker, Texier und hundert andere, ganz zu schweigen von den neuesten deutschen Autoritäten, dem preußischen General Moltke, dem Kartographen Kiepert, dem Archäologen Ernst Curtius. Sie machen mich wirklich glücklich, Herr Schliemann, und was ich tun kann, um Ihnen zu helfen, will ich gern tun.«

»Von diesem Angebot werde ich wohl Gebrauch machen müssen, denn soviel ich weiß, wird es recht schwierig sein, von der türkischen Regierung einen Ferman mit der Grabungserlaubnis zu erhalten. Vielleicht können Sie mich auch bei den Landbesitzern unterstützen, denen der Hügel gehört.«

»Der Anfang ist schon gemacht«, antwortet Calvert schmunzelnd. »Ich sehe, Sie wissen nicht, daß der Ostteil des Hügels mir gehört. Aber gewiß haben Sie die Spuren meiner Probegrabungen gesehen. Nun, ich bin kein Gelehrter, ich bin nur Kaufmann und nebenher ein Liebhaber der Archäologie. Kommen Sie also so bald wie möglich, und beginnen Sie.«

»Im Frühjahr neunundsechzig fange ich an.«

5 Aber jetzt ist erst Sommer 1868. Wer als Archäologe gelten will, muß sich durch gelehrte Bücher ausweisen, und so entsteht zunächst, schnell wie alles, was Schliemann in die Hände nimmt, aus den Reisetagebüchern ein Buch »Ithaka, der Peloponnes und Troja«. Der Druck dauert länger als die Niederschrift. Die Kosten der siebenhundert Exemplare umfassenden Auflage trägt der Verfasser, und der Verlag führt von jedem verkauften Buch die Hälfte des Preises an den Autor ab. Die deutsche Übersetzung besorgt der alte Lehrer, Kandidat Andreß.

Doch das Buch allein tut es nicht, nicht einmal eines, das den Untertitel »Archäologische Forschung« trägt. Wie sagt doch Mephisto? »Ein Titel muß sie erst vertraulich machen.«

Vetter Adolf, um diese Zeit Justizrat in Schwerin, der das Buch als einer der ersten gelesen hat, ist ebenfalls dieser Meinung und bietet seine Vermittlung an. Die Philosophische Fakultät der Universität Rostock promoviert noch in absentia; es genügt, eine wissenschaftliche Abhandlung und einen lateinischen Lebenslauf einzureichen. Der Vetter kennt Professor Bachmann gut und wird das Terrain sondieren. Hin und her fliegen die Briefe, und dann übersetzt Schliemann die autobiographische Einleitung seines Buches ins Französische, Lateinische und Griechische, überzeugt, daß höchstens einer der Pariser Professoren imstande sein möchte, ein so geläufiges Altgriechisch zu schreiben. Er legt das Buch dazu und für alle Fälle auch den Reisebericht über den Fernen Osten und bittet in einem Begleitschreiben die Fakultät, ihn geneigtest zum Doktor der Philosophie promovieren zu wollen.

Am 2. April 1869 geht die Sendung bei dem alten Hermann Karsten, derzeitigem Dekan, ein. Schon am folgenden Tage gibt er alles in die Fakultätsmissive und bestimmt Professor Bachmann zum Referenten. Noch ist keine Woche vergangen, als Bachmann schon sein Votum erstattet. Die Schrift über China und Japan, so meint er, könne nicht einer von wissenschaftlichem Standpunkte ausgehenden Beurteilung unterzogen werden, wohl aber die zweite, umfänglichere Schrift. Der Referent ist ein Fachmann und einer von den Bunarbaschi-Leuten obendrein. Er sieht das Naive, sieht die feste Homergläubigkeit des Promoventen, die nicht geringer ist als die Bibelgläubigkeit eines orthodoxen Lutheraners der alten Schule. Aber er sieht auch den göttlichen Funken, die Intuitionskraft, die Größe selbst noch im Irrtum. »Mögen auch die kritischen Motive, die seiner Darstellung zugrunde liegen«, so schreibt er, »nicht durchgängig zu billigen sein, so bleibt die solide, selbständige Forschung anerkennenswert, denn es ist jedenfalls immer von Interesse, wenn ein Augenzeuge seine durch sorgfältige Untersuchung gewonnene Überzeugung den Meinungen und Ansichten früherer Forscher gegenüberstellt.« Den stärksten Eindruck machen die Schilderungen Ithakas auf den Gelehrten, und er registriert sie als einen so dankenswerten Beitrag zur Topographie, zur Homerforschung und zur Volkskunde, »daß man die Untersuchung über diese Insel wohl für geschlossen betrachten darf«. Doch wie steht es nun mit dem, was Schliemann das wichtigste ist, mit Troja und Hissarlik? Diese Resultate sind »wenig überzeugend«, und Schliemann ist »offenbar im Irrtum sowohl über die Hauptpunkte der besprochenen Lokalitäten als auch über die Bezeichnung und den Lauf des Skamander und Simoeis. Übrigens war es in der Tat gewagt, nach den von Professor Forchhammer im Verein mit dem englischen Marineleutnant Spratt im Jahre 1839 angestellten Untersuchungen, durch welche diese Frage ein für allemal erledigt sein muß, die entgegengesetzte Ansicht über die Lage Iliums nochmals zur Geltung zu bringen.«

Was nun die beigefügten Lebensläufe anlangt, so hat der Referent sich die Mühe gemacht, alle Sünden gegen Syntax und Stil anzustreichen. Immerhin, »die lateinische Vita ist, einige Verstöße abgerechnet, sprachlich großenteils ganz befriedigend; die Übertragung aber derselben ins Griechische wäre besser ganz weggeblieben, denn der Mangel an griechischen Wendungen und Satzfügungen zeigt, daß der Verfasser einen syntaktischen Kursus dieser Sprache nicht durchgemacht hat und daher einen vollständig in sich geschlossenen Satz in antiker Form zu bilden nicht versteht.«

Doch darüber mag man hinwegsehen, denn, so schließt das Gutachten, »die Leistungen des Herrn Schliemann auf archäologisch-topographischem Gebiete, durch die er sich seinen gelehrten Vorgängern würdig anreiht, sind, ungeachtet der gegen einzelnes zu machenden Einwendungen, so anerkennenswert, daß ich für die Promotion des Verfassers zu stimmen kein Bedenken trage. Daß wir bei einem Autodidakten von solcher selbsterworbenen Befähigung zu gelehrter antiquarischer Forschung und von so großem Forschungseifer von der statutenmäßigen Prozedur absehen dürfen, ist meine unmaßgebliche Meinung.«

Am Achten gibt der Dekan die Missive zustimmend und mit der Bitte um Stellungnahme an Professor Fritzsche weiter, und dieser schreibt am Zehnten: »Mit Erstaunen habe ich die vielseitigen Kenntnisse des Autodidakten wahrgenommen. Ein Mann, der das beiliegende archäologische Werk schreiben konnte, kann durchaus mit Recht zum Doktor promoviert werden. Auf dem Diplom wird dieses Werk ausdrücklich zu nennen sein.« Allerdings schreibt er auch noch einen kleinen Nachsatz: »Der Teil über Troja ist wissenschaftlich nicht zu halten.« Dann stimmen die Professoren Roeper und Becker zu, letzterer mit der Bemerkung, »daß ein Autodidakt wie Herr Schliemann wohl von jeder philosophischen Fakultät mit offenen Armen würde aufgenommen werden«. Nachdem dann auch noch die übrigen Herren sich für die Promotion ausgesprochen haben, Schulze, Bartsch, Roesler und Schirrmacher, richtet die Fakultät eine Eingabe an das zuständige Ministerium, in der sie Schliemann als »eminentes Sprachgenie« bezeichnet, und am Siebenundzwanzigsten genehmigt der Großherzog mit eigenhändiger Unterschrift die Promotion »des Privatgelehrten Heinrich Schliemann aus Kalkhorst, jetzt in Paris wohnhaft«. Das feierliche Diplom wird vertretungsweise an Vetter Adolf in Schwerin übersandt, denn als Schliemann nun rite Doktor der Philosophie seiner Heimatuniversität geworden ist, befindet er sich schon nicht mehr in Paris.

Er ist wieder in Amerika. Wie er durch eine Reise mit und für Homer sein äußeres Leben in ein neues Kapitel geführt hat, muß er nun auch durch eine Reise eine andere Episode abschließen, eine Episode fünfzehnjährigen Streites und nervenfressender Auseinandersetzungen. Die Ehe mit Katharina muß geschieden werden. Auch hier hat Vetter Adolf als erfahrener Jurist beraten und darauf hingewiesen, daß eine Scheidung in Mecklenburg oder Frankreich nicht viel schneller gehen werde als in Rußland. »Aber du bist doch amerikanischer Bürger. Dort ist es leichter.« Darum sitzt Schliemann nun in Indianapolis und hetzt nicht weniger als fünf Advokaten in ein Tempo, das selbst Amerikaner nicht gewöhnt sind.

»Unmöglich, Mister Schliemann«, sagen sie. »Gerade jetzt sind unsere Scheidungsgesetze im Umbau. Wir müssen also warten, bis das beendet ist, bis die neuen Gesetze vorliegen. Außerdem möchten wir Sie gleich darauf aufmerksam machen, daß sie nicht mehr ganz so günstig sein werden wie die jetzigen, denn man ist allgemein der Auffassung, daß unsere bisherige Gesetzgebung die Scheidung zu leicht gemacht hat.«

»Vielen Dank für den guten Rat«, antwortet Schliemann. »Arbeiten Sie sich also sofort in das Material ein, das ich Ihnen gab. Ich verreise für ein paar Tage.«

Er läßt alles stehen und liegen, in der Obhut seiner alten Negerköchin, die zu seinem immerwährenden und freudigen Erstaunen auf drei Zeitungen abonniert ist, und fährt nach Washington. Präsident, Justizminister, ein paar Senatoren werden besucht – und noch ehe der Hausherr zurückgekehrt ist, liest die Köchin in ihren Zeitungen, daß der Beginn der Scheidungsreform bis zum nächsten Februar aufgeschoben werden muß, da die Vorarbeiten zuviel Zeit erfordern.

Wenige Wochen später ist Schliemann frei und das Leben Katharinas und der Kinder – Natalia ist gestorben, als ihr Vater in Griechenland war – in der großzügigsten Weise sichergestellt.

Nun sind auch die Gedanken ganz frei für das große Werk: Troja. Aber wie war es doch vor bald vierzig Jahren gewesen, als er schon einmal diesen Plan bewegte? »Dann heiraten wir uns, Minna, und graben gemeinsam Troja aus.« Wieviel leichter würde die schwere Arbeit werden, wenn man sie Seite an Seite mit einer geliebten Frau tun könnte, die sich ebenso für Homer und Troja begeistert wie der Gatte! Aber Minna hat die Geduld verloren und hat einen anderen geheiratet. Katharina hat nur sein Geld gewollt und auch nicht einen Gedanken an das verschwendet, was sein Herz bewegte, und er hat sie aus seinem Leben ausgestrichen. Die Kusine aus Kalkhorst ist gestorben . . .

Ob es nicht irgendwo in der Welt eine Frau gibt, mit der man Hand in Hand das große Werk leisten könnte? Paris ist voll von schönen Frauen, und manche ist darunter, die nur auf einen Antrag wartet. Aber bei ihnen kommt immer wieder irgendwo der bas bleu zum Vorschein. Und was wissen die Pariserinnen schon von Homer? Es müßte eine Griechin sein. Die würde am ehesten Verständnis für diese Arbeit, für die Wissenschaft haben. Außerdem sind die Griechinnen durch das landesübliche patriarchalische Leben an Häuslichkeit gewöhnt, und Häuslichkeit ist doch das Beste. Deswegen hat man ja sogar hier ein Haus gemietet. Weiter: schön, wirklich schön sind eigentlich auch nur die Griechinnen – und das ist ja auch sehr wichtig, »'t Oog will ook wat hebben«, sagte Peter Hüppert immer.

In einem plötzlichen Entschluß setzt Schliemann sich an den Tisch und schreibt einen Brief an Freund Vimpos in Athen, den Professor und Erzbischof. Der muß raten und muß helfen.

»Bei den Gebeinen meiner Mutter schwöre ich Ihnen: mein ganzes Sinnen und Trachten soll darauf gerichtet sein, meine künftige Frau glücklich zu machen. Ich schwöre Ihnen, sie soll niemals Grund zur Klage haben; ich will sie auf Händen tragen, wenn sie gut und liebevoll ist.

Ich bitte Sie, Ihrer Antwort das Bild irgendeiner schönen Griechin beizulegen. Sie können es ja bei irgendeinem Photographen kaufen. Das Bild will ich in meiner Brieftasche tragen und mich dadurch vor der Gefahr schützen, eine andere als eine Griechin zur Frau zu nehmen. Wenn Sie mir aber auch gleich das Bild jenes Mädchens schicken können, das Sie für mich bestimmt haben, desto besser. Ich beschwöre Sie, wählen Sie für mich eine Frau von dem gleichen engelhaften Charakter, wie ihn Ihre verheiratete Schwester hat. Sie soll arm sein, aber gebildet. Für Homer muß sie begeistert sein und ebenso für die Wiedergeburt unseres geliebten Griechenland. Ob sie fremde Sprachen kann, ist mir gleich. Aber sie muß griechischen Typus haben, schwarze Haare, und wenn möglich, soll sie schön sein. Meine Hauptbedingung aber ist ein gutes und liebreiches Herz. Vielleicht kennen Sie eine Waise, Tochter eines Gelehrten, die gezwungen ist, als Gouvernante zu dienen, die über die von mir geforderten Tugenden verfügt. Mein Freund, ich öffne Ihnen mein Herz wie einem Beichtvater. Ich habe niemand auf der Welt, dem ich sonst die Geheimnisse meiner Seele anvertrauen könnte.«

Seit dreizehn Jahren kennt Erzbischof Vimpos Schliemann, und deshalb versteht er diesen seltsam zerrissenen Brief. Er lacht nicht über das befremdliche Ansinnen, er hört den Aufschrei eines zerquälten Herzens, das Ruhe finden möchte, die Sehnsucht nach einem kleinen bescheidenen Glück. Eine Weile überlegt er, dann nickt er befriedigt vor sich hin und geht zu Viktoria Galadakis, seiner Kusine. Deren Mann, der Tuchhändler Georgios Engastromenos, hat durch eine unvorsichtige Bürgschaft für einen Freund sein Vermögen verloren und nichts gerettet außer dem Stadthaus und einem kleinen Landhaus vor den Toren, nicht weit von Kolonos.

Er erklärt der Kusine sein Anliegen. »Ich meine, daß Sophia in Frage käme«, schließt er. »Sie ist die schönste und klügste deiner Töchter. Auf diese Weise brauchte sie auch gar nicht mehr ihr Lehrerinnenexamen zu machen.«

»Aber sie ist eben siebzehn geworden, Theokletos, und dein Freund ist doch viel älter.«

»Nicht sehr, nur dreißig Jahre und sechs Tage.«

»Ich finde, das reicht gerade. Aber du meinst, es würde gehen? Doch nein, unmöglich. Sophia hat kein schönes Kleid, wenn sie photographiert werden muß.«

»Ihr Frauen seid doch enorm unpraktisch«, tadelt der Erzbischof. »Zieh ihr das neue Kleid der Schwester an, und bringe sie heute noch zum Photographen.«

Theokletos Vimpos ist ein redlicher Mann: er schickt mehrere Bilder, nicht nur das seiner Nichte. Aber Schliemann sieht die meisten nur recht flüchtig an, denn er hat auf den ersten Blick Sophia gewählt und läßt in Indianapolis sofort eine Reihe von Abzügen herstellen, damit seine Schwestern sich ein Urteil bilden können. Trotzdem ist er keineswegs blind, sondern sieht die Dinge so, wie sie sind: »Ich glaube, ein schönes junges Mädchen kann nur in einem Fall einen alten Mann ehren und lieben, wenn sie nämlich für die Wissenschaften begeistert ist, in denen er viel weiter fortgeschritten ist als sie.«

Im Juli kommt er in Athen an und geht unangemeldet in das Kephissostal hinaus, in dem das Landhaus der Familie Engastromenos liegt. Dies dort ist es nach der Beschreibung, die der Erzbischof gab. Leise klinkt er die Gartenpforte auf und geht auf das Haus zu.

Die Sonne neigt sich schon zum Untergang. Im Hintergrunde des Gartens liegt leuchtend weiß eine kleine Kapelle, deren Schutzpatron, der heilige Meletois, morgen seinen Festtag hat. Ein Schwarm junger Mädchen flattert mit Blumen und Zweigen um das Kirchlein. Auf einem Schemel steht ein Mädchen in einem schon etwas ausgewachsenen weißen Kleide, und zwei andere reichen ihr eine Girlande zu, die an den Giebel gehängt werden soll. Da knarrt ein Stein – dort steht ein Fremder. »Sophia, dein Bräutigam aus Amerika!« schreit eine Stimme. Das weißgekleidete Mädchen springt vom Schemel und stürzt durch das Gebüsch ins Haus. Vergessen liegt die Girlande im Sand.

Dann sitzt man steif und feierlich im Salon, Vater und Mutter Engastromenos, die dunkelrote und maßlos verlegene Sophia, ihre Schwestern und Brüder und ein Haufen Kusinen dazu. Wein wird herumgereicht und Kuchen, der ein wenig zu frisch ist. Gottlob, denkt Frau Viktoria, daß wir gerade für unseren Heiligen gebacken haben. Sonst hätten wir nur das Teegebäck gehabt, das schon etwas nach Mottenpulver schmeckt. Ungezwungen und natürlich ist nur einer von der ganzen Gesellschaft: Heinrich Schliemann, der mit Erzählungen von seinen Reisen denn auch schließlich das Eis bricht. Dazwischen blitzen immer wieder kleine Fragen an Sophia auf:

»Möchten Sie gern eine lange Reise machen?«

»Wer wurde hier im Demos Kolonos geboren?«

»Wann kam Kaiser Hadrian nach Athen?«

»Was wissen Sie aus dem Homer auswendig?«

Stockend und fast unhörbar kommen die Antworten, aber sie sind alle richtig. Erst als man beim Homer ist, taut das Mädchen auf und rezitiert lange Stellen, und man hört, daß es mit dem Herzen dabei ist.

Zwei Tage später besucht Schliemann die Familie in ihrem Stadthaus. Herr Engastromenos ist ein schöner Mann, hochgewachsen, einfach und würdevoll im Wesen. Mit Stolz führt er den Gast vom Boden bis in den Keller, wo die Fässer mit Wein, Öl, eingemachten Oliven und Butter lagern. Frau Engastromenos ist eine tüchtige Hausfrau und hat die Töchter gut erzogen. Man spürt, daß sie nicht nur, um auf den Besucher Eindruck zu machen, am Kochtopf stehen und den Flur kehren, in den die Hunde Staub getragen haben.

Öfter dann trifft man sich, aber immer ist eine Menge Kinder und Verwandter dabei, und Schliemann muß eines Tages Sophia ausdrücklich brieflich bitten, einmal allein mit ihm zusammenzusein. Warum will er das Alleinsein, fragt Sophia sich bang. Sie weiß rein gar nichts von dem Manne, als was der Onkel und die Eltern ihr erzählt haben, und trotz ihrer siebzehn Jahre ist sie noch so ein Kind, daß sie sich bisher nicht einmal Gedanken über das Braut- und Bräutigamspiel gemacht hat. Aber man darf ja den Gastfreund nicht kränken, und so stimmt sie seiner Bitte zaghaft zu.

Schliemann ist nicht gewöhnt, Umwege zu machen. »Warum wollen Sie mich heiraten?« ist seine erste Frage. Sie bleibt auch das einzige, was er an diesem Tage zu Sophia spricht, denn sie schlägt nur ihre großen schönen Augen zu ihm auf und sagt still: »Weil meine Eltern es so wollen, denn wir sind arm, und Sie sind ein reicher Mann.« Schliemann zuckt zusammen wie unter einem Peitschenhieb. Er verläßt sofort das Haus.

Lange geht er in seinem Hotelzimmer auf und ab. Jedesmal, wenn er an das Fenster kommt, sieht die Akropolis zu ihm herab. Was hat sein Freund Erneste Renan zu ihm gesagt? »Es gibt einen einzigen Ort, wo die Welt vollkommen ist: die Akropolis von Athen.« Was hilft alle Vollkommenheit, die in starrem Marmor auf ein unglückliches, zerrissenes Herz blickt? Nein, Sophia ist gewiß nicht eine zweite Katharina, aber trotzdem – nach einer solchen Antwort kann, darf nicht mehr von einer Bindung die Rede sein. Sie hätte leicht lügen können. Man sagt ja, Frauen falle es nicht schwer. Hätte sagen können: weil ich Sie liebe oder schätze oder bewundere, und alles wäre gut geworden. Aber sie sagte die Wahrheit. Und das ist doch eigentlich auch wieder etwas Gutes. Katharina sagte: »Weil ich dich liebe« und meinte: »Weil du reich bist.« Sophia sagte: »Weil du reich bist« und meinte vielleicht dabei: »Weil . . .«, doch nein, nicht weiter so. Das ist Phantasterei und führt zu nichts.

Er setzt sich nieder und schreibt mit jagender Feder: »Es hat mich tief getroffen, daß Sie mir eine solche Sklavenantwort gegeben haben. Ich bin ein ehrlicher, einfacher Mensch. Ich dachte, wenn wir uns heiraten, so sei es, weil wir zusammen Troja ausgraben, uns gemeinsam an Homer begeistern wollten. So aber reise ich morgen ab, und vielleicht sehen wir uns niemals wieder . . .« Einen Augenblick hält er inne und fährt dann fort, das Bild Sophias vor den inneren Augen: »Brauchen Sie indessen jemals einen Freund, so denken Sie und wenden sich an Ihren ergebenen Heinrich Schliemann, Dr. phil., Place St.-Michel 6, Paris.«

Dieser Brief wirft das Haus Engastromenos wie ein Erdbeben durcheinander. Der Vater macht seinem Zorn über die verrückten Fremden Luft. Schließlich hat er selbst noch nach dem von den Türken übernommenen Brauch das symbolische Goldstück an seinen Schwiegervater gezahlt. Und ist nicht immer noch ein solider Reichtum die beste Basis für eine glückliche Ehe? Sophia sitzt in ihrem Zimmer und vergießt bittere Tränen. Sie versteht nicht, warum alle mit ihr böse sind, auch der freundliche Fremde, der nach Überwindung der Prüfungsfragen so gut zu leiden war. Sie hat doch schließlich nur die Wahrheit gesagt, und man soll doch immer die Wahrheit sprechen.

Der Wirbel geht weiter und ergreift die ganze Verwandtschaft. »Sophia muß ihm sofort schreiben, bevor er etwa wirklich abreist«, dekretiert ein Onkel, und der muß es eigentlich wissen, denn er ist im Ministerium angestellt. »Los, Sophia, schnell, schreib ihm einen Brief!«

Aber wie soll man einen Brief schreiben, wenn kein anständiges Papier im Hause ist? »Mawra, sofort zum Krämer! Briefpapier! Aber daß du wie ein Blitz wieder zurück bist!«

Da ist das Papier, gleich zwanzig Bogen. Sophia hat inzwischen überlegt und schreibt nun mit ihrer schrägen, etwas schüchternen Kinderschrift: »Lieber Herr Heinrich! Es tut mir leid, daß Sie fortreisen. Sie müssen meine Antwort von heute nachmittag nicht übelnehmen. Ich glaube, es schickte sich nicht für ein junges Mädchen, etwas anderes zu antworten. Es würde mich und meine Eltern freuen, wenn Sie morgen wieder zu uns kämen. Ihre Sophia Engastromenos.«

»Bist du noch nicht fertig, Sophia? Heilige Mutter Gottes, wenn er nur nicht gleich abgereist ist. Schnell, steck den Brief in den Umschlag! Gib her! Nikolaos, sofort, wie der Wind, wie der Sturm, wie der Orkan zum Hôtel d' Angleterre!«

Schliemann sitzt in seinem Zimmer, er, der immer Tätige, ohne etwas zu tun. Ein Brief? Und so ein dicker Brief? Schreibt sie einen ganzen Roman? Er liest Sophias Zeilen und muß ein wenig lächeln. Doch was mag auf den anderen Blättern stehen? Nichts. Er zählt. Ein beschriebener und neunzehn leere Bogen. Ihm dämmern die Zusammenhänge. Aber er hält sich mit Gewalt zurück. Freilich, er reist nicht ab, aber er geht, statt in das Landhaus am Kephissos, viel in Gesellschaft und wird als der sagenhafte Mann, der noch reicher ist als der König, von Mädchen und noch mehr von deren Müttern umschwärmt. Keine aber ist mit Sophia zu vergleichen. Er schreibt, nach ein paar Tagen, einige freundliche, vermittelnde Zeilen, auf die man eine Brücke bauen könnte. Am gleichen Tage kommt die Antwort, diesmal aber nur ein Blatt: »Mit großer Unruhe habe ich auf die Antwort gewartet. Beim Lesen Ihres Briefes habe ich eine Neigung gefühlt und den Höchsten gebeten, Ihnen das verlorene Gefühl für mich zurückzugeben.«

Im September wird die Hochzeit gefeiert, ein fröhliches, buntes Fest, zu dem die ganze riesige Verwandtschaft im Nationalkostüm kommt: die Männer in der tausendfaltigen Fustanella, im seidenen Gürteltuch ein alter Dolch, und mit zwei bunten samtenen Jacken, die reich mit Gold gestickt sind; die Frauen in engem, gesticktem Mieder und einem hellen Rock, auf dem Kopf eine rote fezähnliche Mütze mit einer an seidenen Schnüren hängenden Eichel aus Goldfäden. Abends fährt die Gesellschaft in einem nicht endenden Wagenzug zum Piräus, um dem jungen Paar das Geleit zu geben. Aber das Schiff hat, wie üblich, Verspätung und kommt erst um drei in der Nacht.

Nun stehen sie nebeneinander auf Deck und sehen im Mondlicht die Akropolis kleiner und kleiner werden. »Sprich, Sophia«, bittet er, »das Griechische ist die schönste Sprache der Welt, es ist ja die Sprache der Götter. Auf unserer Hochzeitsreise wollen wir nur griechisch miteinander sprechen, aber dann beginnst du zu lernen. In vier Jahren wirst du vier fremde Sprachen können. Ich werde mein ganzes Leben lang dein Lehrer sein. Im nächsten Jahr graben wir Troja aus, und du, nicht ich, sollst das Buch darüber schreiben und so deinen Namen unsterblich machen.«

Vielleicht hat sich Sophia manches anders gedacht. Ob es wirklich so sein muß, daß man auf Hochzeitsreisen nicht stundenlang, sondern viele volle Tage durch die Museen Italiens,

Deutschlands, Frankreichs gehen muß? Die Schleppe ist so ungewohnt und so schwer dabei, aber wenn man sie nicht über den Arm nimmt, bekommt man sofort einen Tadel wegen unhygienischen Verhaltens. Und wie unangenehm war es in der Münchener Residenz! Wie konnte man ahnen, was Heinrich vorhatte, als man das griechische Kostüm anziehen und den Fez aufsetzen mußte! Wie konnte man wissen, daß ein bayrischer König eine schöne Griechin genauso hatte malen lassen und daß Heinrich mir und sich beweisen wollte, daß ich viel schöner sei als Katharina Botzaris! Und als ich dann weinend weglief, weil die Leute stehenblieben und uns anstarrten, das Bild und mich, war er fast böse!

In Paris wohnt man dann in einem prachtvollen Hause, das schöner ist als das Schloß in Athen. Da sind so viele Möbel, von denen man gar nicht einmal weiß, wozu sie dienen, und die Bestecke und Gläser und Teller und Tellerchen sind nie auseinanderzuhalten. Das Essen ist auch so ungewohnt wie das Brausen der Stadt und die entsetzlich vielen Menschen und Droschken. Warum muß man wohl immer ins Theater gehen? Das ist doch alles so verwirrend, nicht bloß, weil man die Sprache erst recht mangelhaft versteht. Da war es doch viel hübscher, den Zirkus zu sehen, und der Zauberkünstler Houdin war viel amüsanter als jede Oper und die ganze Comédie-Française. Schön, wunderschön war es nur die paar Tage, als zwei Freundinnen aus Athen eingeladen wurden und wir die Chignons in die Ecke werfen und wieder mit Puppen spielen konnten wie zu Hause. Aber auch an den Abenden saßen dann wieder die steifen alten Herren da, die alle große Gelehrte und Professoren sind. Da ist es so furchtbar schwer wachzubleiben, und wenn sie dann endlich, endlich gegangen sind und man erschöpft ins Bett sinkt — ja, muß es dann sein, daß Heinrich noch stets zweihundert Verse Homer vorliest? Aber gewiß muß es so sein, denn sonst täte er es ja nicht.

Immer schöner und blühender wächst die zarte Liebe der Siebzehnjährigen zu dem Siebenundvierzigjährigen auf. Um dieser Liebe willen sträubt sie sich auch, als die Ärzte sie, die im Sommer zu blaß und mager geworden ist, nach Athen schicken wollen. Sie möchte doch lieber bleiben und weiter ihre französischen und deutschen Übungen machen und Sätze schreiben wie den: »Ach, wie ist möchlig dann, das ich dich lassen kann . . . das ich kein andern liep alß dich allein . . .«

Nein, mit Heinrich ist es gut und schön zu leben, beinahe wie im Paradies. Aber wie häßlich sind die Verwandten mit einemmal geworden! Wie furchtbar, daß der eigene Vater ein paar Monate nach der Hochzeit schrieb, Heinrich möge ihm nun bald die Brautgabe schicken, für hundertfünfzigtausend Francs Diamanten. Und wie die andern alle, selbst die, die man zu Hause kaum zu sehen bekam, um ihn schwirren gleich Wespen um einen Honigtopf! Geld wollen sie, Stellungen, Empfehlungen und immer wieder Geld. Und dabei ist Heinrich viel zu gut! Wie er den vier Brüdern hilft, sie ins Haus nimmt, studieren läßt, sie zu Reisen einlädt, mit ihnen spazierengeht! (Und nachher stöhnen sie, die jungen Burschen, daß der Schwager sie todmüde gelaufen hat!)

Nicht lange mehr, dann wird es noch schöner werden. Dann ist man die Verwandtschaft los und braucht auch nicht mehr in dem stickigen, staubigen Paris unter Millionen fremder Menschen zu sein. Safwet Pascha hat schon geschrieben, daß er die Erlaubnis zum Ausgraben geben will. Im Frühjahr wird man also nach Troja fahren und gemeinsam arbeiten. Minna, von der Heinrich viel erzählt hat, würde gewiß nie Griechisch gelernt und Homer rezitiert haben. Und außerdem wäre sie jetzt schon eine alte und wahrscheinlich dicke Frau, die gar keine Lust hätte, im Skamander oder Hellespont zu baden und auf die Arbeiter aufzupassen, die man haben wird. Liebe heilige Gottesmutter, denkt Sophia, ich danke dir so, daß ich glücklich sein darf und noch viel glücklicher werden soll, wenn wir erst in Troja sind.

Dann dreht sie den Kopf zur Seite und schläft ein.

Der Schatz des Priamos

ἐπὶ πλατεῖ Ἑλλησπόντῳ,
ὥς κεν τηλεφανὴς ἐκ ποντόφιν ἀνδράσιν εἴη
τοῖς, οἳ νῦν γεγάασι καὶ οἳ μετόπισθεν ἔσονται.
Od. XXIV, 83

... am breiten Hellespontos,
Daß es fern im Meer vorüberschiffende Männer
Sähen, die jetzo leben und spät in kommenden Jahren.

1 Auf einer einsamen, abgelegenen Insel wie Ithaka ist es leicht, archäologische Forschungen zu treiben. Man fährt hin, besorgt sich Schaufeln und Hacken, nimmt ein paar Arbeiter an und gräbt darauflos, wo man will und wie man es kann. An Ithaka ist keine Regierung, kein Professor interessiert, und wenn ein bis dahin unbekannter Fremder auf die Insel kommt, so fällt er nur als Fremder auf, nicht aber durch das, was er unternimmt.

In Troja liegt die Sache ganz anders. Erstens hat die Veröffentlichung einer neuen Theorie – daß nämlich Troja auf dem Hügel Hissarlik zu suchen sei – allen Staub aufgewirbelt, der sich seit Demetrios von Skepsis, also seit nahezu zweitausend Jahren, über den kahlen Hügeln Kleinasiens abgelagert hat. Zweitens ist die türkische Regierung gegenüber allen Fremden und ganz besonders den Archäologen von tiefstem Mißtrauen erfüllt. Drittens ist die Ausgrabung von Troja nicht in ein paar Tagen und von ein paar kräftigen Männern zu bewältigen, sondern erfordert ein großes Aufgebot von Arbeitern auf Jahre hinaus. Also ist es unumgänglich, sich vor Beginn der Arbeiten der offiziellen Erlaubnis und Unterstützung zu versichern.

Das tapfere Troja wehrte sich nicht einen Tag gegen die Landung seiner griechischen Belagerer. Die Hohe Pforte in Konstantinopel wehrt sich drei Jahre lang gegen die Landung des Mannes, der Troja aufs neue erobern will.

Schon die Besprechungen mit Frank Calvert haben die Schwierigkeiten deutlich gemacht und auf den Kampf vorbereitet, der zu führen sein wird und der viel länger dauert und viel ränkevoller ist, als vorauszusehen war. Auf der einen Seite stehen, glasglatt und schlüpfrig, Mißtrauen, Gleichgültigkeit, Bestechungsgebräuche wie unzugängliche Felsen im Meer der Intrigen. Auf der andern Seite sind eiserner Wille, Begeisterung, Gläubigkeit, amerikanisches Tempo und deutsche Gründlichkeit die Waffen, die sich gegen die türkischen Bastionen erheben. Wohl gelingt es Schliemann, die diplomatischen Vertreter Rußlands, der Vereinigten Staaten, Griechenlands bei der Hohen Pforte vor seinen Kampfwagen zu spannen, aber was erreicht wird, ist vieldeutig wie ein altgriechischer Orakelspruch. Einerseits, so läßt sich Safwet Pascha, der Minister der öffentlichen Arbeiten, vernehmen, begrüße man die Initiative des hochgeschätzten Antragstellers und sei gern bereit, einen Ferman über die Genehmigung der Grabungen zu erteilen. Auch zweifle man nicht, daß deren Ergebnisse bei dessen eminenten Qualitäten die Wissenschaft ungeheuer bereichern würden. Bekanntlich habe die türkische Regierung ja schon vor längerem die Errichtung eines Kaiserlichen Ottomanischen Museums im Serail ins Auge gefaßt, und da Troja zur Türkei gehöre, so gäben die zu machenden Funde eine prächtige Bereicherung der Großherrlichen Sammlung.

»Ich denke gar nicht daran!« ruft Schliemann und haut auf den Tisch. »Meint Safwet Pascha in seiner tierischen Dummheit, es sei mir genug, daß außer mir selbst niemand zu sehen bekommt, was ich finde? Wofür habe ich mir denn das Geld zusammengeschuftet, das ich nun ausgeben will? Für mich? Ich will für die Wissenschaft arbeiten und jedem, der Augen hat, beweisen, daß Troja so wahr und so real gewesen ist wie Homer, wie Sie und ich! Jedes Kind aber weiß, daß die Funde im Konstantinopler Museum für die Welt genauso verloren wären, als wenn sie im Schoß der Erde liegenblieben! Jedes Kind weiß, daß oft genug nicht einmal der Direktor sein eigenes Museum betreten darf, weil der Wachtposten es ihm verbietet! Aber warum stellt der Minister diese Bedingung? Weil er in seiner Borniertheit nicht begreifen kann, daß ein Mensch, der seine fünf Sinne noch hat, nach etwas anderem als nach Schätzen graben kann. Die will er haben, und ich kann mir denken, was aus ihnen würde, wenn er sie bekäme! Er glaubt mir kein Wort, wenn ich ihm versichere, daß in Troja keine Schätze zu holen sind. Woher sollten sie auch kommen? Wenn er Homer lesen könnte, so wüßte er, daß keine Stadt gründlicher ausgeplündert wurde als Troja von den Griechen. Nicht einmal Statuen werden vorhanden sein, denn da Homer sie nie erwähnt, gab es sie zu jener Zeit noch gar nicht. Mauern werde ich finden, sonst nichts – und an den Mauern hat kein Museum der Welt Interesse. Sagen Sie ihm das, so oft und so lange, bis sogar er es einsieht!«

Da das lange dauern kann, schlägt Schliemann inzwischen der griechischen Regierung vor, ihm die Ausgrabung von Mykene zu gestatten. In den wissenschaftlichen Beratern des Ministeriums beginnt ein zweifach genährter Zorn zu kochen. Erstens: dieser Herr Schliemann ist kein Fachmann, also versteht er absolut nichts von solchen Dingen, mit denen sich zudem noch kein Gelehrter befaßt hat. Und zweitens: wenn wirklich ein so abwegiger, ja verrückter Gedanke realisiert werden sollte, Ausgrabungen zu machen, dann kann ein Nationalheiligtum, wie Mykene es darstellt, natürlich nur von Griechen ausgegraben werden. Die griechische Regierung schickt eine höflich stilisierte Ablehnung.

Kurz entschlossen, fährt Schliemann auf eigene Faust in die Troas und beginnt an einer Stelle, die ihm am aussichtsreichsten zu sein scheint, in der Nordwestecke des Plateaus, einen Graben zu ziehen, aus dem sich bald, in fünf Meter Tiefe, eine Mauer, zwei Meter dick, herauszuschälen beginnt.

»Effendi, was machst du da?« schreit es plötzlich zweistimmig von oben.

»Übersetze ihnen«, sagt Schliemann dem Dolmetscher, »daß ich Troja ausgrabe, eine der berühmtesten Städte des Altertums. Hier seht ihr schon eine alte Mauer, die wohl aber aus späterer Zeit stammt. Wenn ich die Stadt erst gefunden habe, werden ungezählte Menschen aus aller Welt kommen, um sie zu bewundern.«

»Sage dem Effendi«, entgegnet einer der Türken, »daß uns das völlig gleichgültig ist. Dies ist unsere Schafweide, und er macht sie uns kaputt.«

Schliemann klettert aus dem Graben, um Verhandlungen zu beginnen. Ganz einfach, denkt er, ich werde eben das Doppelte des Wertes bezahlen und dann auf eigenem Grund und Boden graben können. Aber die Türken lächeln nur über dieses Angebot. Den Gerüchten nach ist der Giaur schamlos reich, und wie der Augenschein lehrt, ist er auf ebendiesen Platz versessen. Schnell rechnen sie nach: das Land, das sie überhaupt nicht benützen, wäre als tatsächliche Weidefläche vielleicht zwei- oder dreitausend Piaster wert – eine geradezu märchenhafte Summe, mit der man wie ein Pascha leben könnte. »Gut«, sagen sie, »der Prophet befiehlt, den Menschen Freude zu bereiten; gib uns dreißigtausend Piaster, Effendi, und das Land ist dein.«

Nachdem acht Monate des Handelns vergangen sind, steht es so, daß Schliemann sechstausend Piaster bietet. Die beiden Türken aus Khum Kaleh fordern nur noch zwölftausend und dazu, daß Schliemann nach Beendigung seiner Ausgrabung alles wieder zuschüttet und ihnen die wundervolle, einzigartige, unbezahlbare Schafweide heil und ganz und unbeschädigt zurückgibt. Da bleibt nichts anderes übrig, als den inzwischen durch den Regen fast wieder zugeschwemmten Graben unverrichteterdinge liegenzulassen und abzureisen.

In ebenso endlosen wie unfruchtbaren Verhandlungen mit der Pforte vergehen der Winter und drei Viertel des folgenden Jahres. Dazwischen dröhnt dumpfer Geschützlärm in Schliemanns Ohren: die deutschen Belagerungskanonen beschießen Paris. Das ist eine böse Nachricht. Der Krieg selbst läßt ihn kalt. Ein Kaufmann, der an ihm verdienen möchte, ist er gottlob nicht mehr, und wenn sich Menschen widerstandslos totschlagen lassen, weil ihre Monarchen es befehlen, so ist es ihre eigene Angelegenheit. Gleichgültig gleiten seine Augen über die Seiten der deutschen Zeitungen mit ihren Verlustmeldungen. Soundso viel Tote, soundso viel Verwundete, soundso viel Opfer durch Seuchen? Er wundert sich, daß die Preußen ihrem König nicht sagen: »Wir machen nicht mehr mit.« Die Bevölkerung von Paris hungert? Soundso viel Menschen sind gestorben, weil sie nichts mehr zu essen hatten? Andere essen angeblich schon die Ratten aus den Kanälen? Ekelhaft. Aber wenn die Franzosen das nicht wollen, warum sagen sie ihrer Regierung nicht: »Macht endlich Schluß mit dem Krieg.« Der gleiche Schliemann, der die Not der Negersklaven mit klaren Augen sah, ist blind und gefühllos gegen all die Not, die der Krieg hier erzeugt. Und in der jetzigen Situation ist das ganze Kriegsgeschehen für ihn zunächst auf eines reduziert: die Beschießung von Paris. Das bedeutet die Gefährdung der kostbaren, unersetzlichen Bibliothek an der Place St.-Michel, bedeutet auch die Gefährdung eines guten Teiles des Vermögens, der in Pariser Mietshäusern angelegt ist. Zitternde Unruhe läßt ihn von einer Zeitung auf die andere warten. Und es ist wohl auch nicht nur das Geld, das in diesen Häusern steckt und aus ihnen kommt: mit wieviel Besorgnis hat er nicht ihren Bau überwacht, hat er nicht selbst jeden Spiegel ausgesucht, jedes Treppengeländer und jede Tapete. Wenn er zwischen Athen und Konstantinopel hin- und herfährt, wartet er dauernd auf die Nachricht vom Kriegsende, damit er endlich nach Paris fahren und nach dem Rechten sehen kann.

Hundert andere Dinge kommen dazwischen: der Vater stirbt, neunzigjährig, und man muß ihm ein würdiges Denkmal setzen lassen und für die dauernde Pflege des Grabes sorgen; man muß auch der Witwe eine Pension aussetzen, denn leider führt sie ja den Namen Schliemann mit Recht; man muß den kränkelnden Mann von Schwester Dütz nach Italien schicken, Elise für ein paar Monate nach Athen kommen lassen, die Schulden von Sergej bezahlen und sich ernsthafter um sein Studium kümmern, mit Giesecke und Devrient in Leipzig streiten, die das Ithakabuch verlegten und sich dabei zu ihren Gunsten verrechneten, an die Schröders schreiben, die Ankershagen als verkäuflich melden – »jetzt darf ich nicht mehr daran denken, denn mit derselben Energie wie früher im Handel arbeite ich nun auf dem Felde der Wissenschaft, und es würde mir fortan unmöglich sein, anderswo als auf klassischem Boden zu leben«. Und über allem der beglückende Gedanke, daß Sophia im Mai ein Kind haben wird. Natürlich muß es ein Junge werden, natürlich muß er Odysseus heißen. Welch ein Glück nur, daß sie in Athen ist und nicht in Paris, wo das Volk unter der Beschießung bitteren Hunger leidet.

Ja, Paris. In Versailles hat man ein Kaiserreich gegründet, nachdem Sedan ein anderes zerschlagen hatte. Kann ein Krieg Fundament sein? Was wurde aus der reichen Beute der Griechenhelden, die von Troja nach Hause fuhren? Das weiß man. Was aus dem preußisch-deutschen Reich werden wird, weiß man noch nicht. Das wird die Zeit lehren. Aber jetzt kann man endlich nach Paris und nachsehen, ob die Bibliothek noch unbeschädigt ist und die schönen Vasen und Bronzen, die man in Korinth kaufte, und die Urnen aus Ithaka, die vielleicht die Asche des Odysseus und der Penelope enthalten. Und nicht zu vergessen: die Mietshäuser!

Es ist März. Vorahnung des Frühlings liegt über den zerschossenen Häusern, um Granatlöcher und Gräben keimt frisches Grün.

In Versailles stellt sich heraus, daß die Empfehlungsbriefe der Gesandten nichts wert sind. Die deutschen Diplomaten, die als Schlachtenbummler in und um Versailles sitzen, lohnt es nach den New-Yorker Erfahrungen nicht, um Hilfe zu bitten. Zum neuen Kaiser und seinem Hof hat man keine Beziehungen. Moltke, der Feldmarschall, wird kaum für jemanden eintreten, der ihm nachgewiesen hat, daß seine Bunarbaschi-Theorie töricht war. Bismarck noch weniger, denn der gerade hat mit Jules Favre die Konvention abgeschlossen, daß vor Ablauf des Waffenstillstandes niemand Paris betreten darf.

Die Reise war also umsonst. Mißmutig und trübe sitzt Schliemann in Lagny und wartet auf den Wagen zur Bahn.

»Welche Laus ist Ihnen denn über die Leber gelaufen?« fragt ein gutgelaunter junger Mann vom Nebentisch.

Schliemann erzählt in kurzen Worten sein Mißgeschick: »Nun bin ich glücklich vor den Toren der Stadt, und niemand darf hinein. Niemand.«

»Doch!« lacht der junge Mann. »Ich darf!« Und stolz fügt er

hinzu: »Ich bin nämlich Postmeister und habe daher eine Sondergenehmigung.«

»Trinken Sie eine Flasche Burgunder mit mir?«

»Sehr gern, aber – helfen kann ich Ihnen auch nicht.«

»Wieso nicht? Leihen Sie mir Ihren Paß!«

»Cher Monsieur, der Paß enthält eine Personalbeschreibung. Nun, die mag so allgemein sein, daß es vielleicht anginge. Aber es ist zweimal ausdrücklich bemerkt, daß ich dreißig Jahre alt bin, und Sie sind . . .«

». . . bald fünfzig. Gleichviel. Sind Sie einverstanden, probiere ich mein Glück. Ihre Uniform wird mir ungefähr passen.«

Der junge Mann will sich ausschütten vor Lachen, aber da ihm die Maskerade noch mehr Anlaß zu Heiterkeit zu versprechen scheint, tauschen die beiden ihre Kleider. »Wissen Sie denn wenigstens, wie Sie nun heißen? Na, sehen Sie! Also, merken Sie sich's: Postmeister Charles Klein aus Lagny.«

Ein kleines Korbwägelchen, einen klapprigen Schimmel vorgespannt, fährt den Postmeister Charles Klein, dreißig Jahre alt, auf Paris zu. Der Morgen ist etwas dunstig und recht kühl, er rechtfertigt also den dicken Schal, den sich der Beamte um Hals und Kinn gewickelt hat.

Da steht die erste Straßensperre. »Nu halt mal an, mein Guter«, schallt es dem Reisenden in unverfälschtem Sächsisch entgegen.

»Bitte sehr, Herr Major. Wollen Sie meinen Paß sehen, Herr Major?«

»Was ist das für einer?« kommt ein zweiter Soldat, den große Knöpfe als Vorgesetzen, als Gefreiten, ausweisen.

»Bitte sehr, Herr Oberst. Hier ist mein Paß, Herr Oberst. Gestatten Sie, Herr Oberst, Postmeister Charles Klein aus Lagny auf der Fahrt nach Paris.«

»Ist gut, können weiterfahren.«

Die nächste Sperre ist wieder von einem sächsischen Regiment gestellt, die dritte von einem preußischen. Alle die Herren Majore und Obersten lassen gern und in ihrer militärischen Ehre geschmeichelt passieren. Bei einer Feldpatrouille avanciert ein nicht ganz junger Leutnant sofort zum General.

Schliemann denkt kaum mehr an seine Häuser und an seine Bibliothek. Er denkt nur daran, ob Dummheit oder Eitelkeit der Untertanen groß genug sein werden, um den frechen Betrug gelingen zu lassen. Denn gelänge er nicht, so könnte man ihn als Spion standrechtlich erschießen. Damit ist man schnell bei der Hand. Aber sie sind groß genug. »Alles in Ordnung, Herr Postmeister. Glückliche Reise, Herr Postmeister!« Durch die verödeten Vorortstraßen von Paris rollt der Korbwagen. »Eh, la mère – wie sieht es am Boulevard St.-Michel aus?«

»Ah, ces sacrés Prussiens! Alles zerstört.« Und ähnlich antwortet ein zweiter Passant, der gefragt wird.

Doch das entspricht nicht den Tatsachen. Wohl grinsen viele ausgebrannte und zusammengestürzte Häuser gerade in diesem Viertel, aber Schliemanns Mietshäuser sind unversehrt, ebenso sein Wohnhaus.

Atemlos springt er die Treppe hinauf: da stehen die Schränke mit den Sammlungen, die Regale mit den geliebten Büchern. »Ah, mes enfants, mes chers enfants«, murmelt Schliemann, wirft seine Arme um den ersten besten Schrank und küßt die kühlen glatten Rücken der Bände.

2 Inzwischen haben die Freunde in Konstantinopel, vor allem der amerikanischen Gesandte, Wyne MacVeagh, den Minister weiterbearbeitet, und als Schliemann wieder in Athen ist, als er an Sophias Bett sitzt, die ihm zwar nicht den erwarteten Odysseus, aber eine kleine Andromache geboren hat, kommt ein Brief der Vermittler, daß die Regierung den beiden Türken von Khum Kaleh ihr Land abgekauft hat, kommt ein Angebot der Pforte, daß der Ferman sogleich ausgestellt werden würde, wenn Schliemann sich bereit erklärte, die Hälfte der Funde an das angebliche Museum abzutreten.

Alles spricht für die Annahme, daß nichts Wesentliches abzugeben sein wird, da außer Mauern und einem Haufen Topfscherben, dazu Münzen aus späteren Besiedlungen nichts zu erwarten steht. Schliemann stimmt also zu, unter der Bedingung, daß er seinerseits seine Hälfte frei und ungehindert aus der Türkei ausführen darf.

Monate zieht es sich aber noch hin, bis der Ferman tatsächlich ankommt, und so hat Sophia Zeit, ihr Kind nach knapp vier Monaten zu entwöhnen und ihren Mann nach Hissarlik zu begleiten.

Es ist der 27. September 1871, als sie in der Dardanellenstadt ankommen. Schliemann kennt die Türken noch nicht, und daher gerät er in Zorn, als die Schwierigkeiten jetzt, da sie überwunden schienen, von neuem beginnen: der Statthalter der Hohen Pforte im Archipelagos und in den Dardanellen, Achmed Pascha, erklärt mit aller Liebenswürdigkeit, daß die Lage des zu erforschenden Gebietes in dem Ferman leider nicht mit Deutlichkeit bezeichnet worden sei und daß er sich deshalb erst um nähere Aufklärung an den Großwesir wenden müsse.

Da zu allem Unglück gerade ein Ministerwechsel stattfindet, kann es wieder Monate bis zur Klärung dauern, und die Jahreszeit ist sowieso schon denkbar ungünstig für Grabungen, denn bald werden die großen Herbstregen beginnen. Schliemann rennt von einem Bey und Pascha zum anderen, und der derzeitige amerikanische Geschäftsträger John P. Brown tut dasselbe, um endlich einmal Ruhe vor seinem unglückseligen deutsch-russisch-französisch-griechischen »Landsmann« zu haben. Schließlich gelingt es, den neuen Minister der Öffentlichen Erleuchtung, wie er wörtlich übersetzt heißen würde, oder, amtlicher ausgedrückt, den Minister für Volksbildung Kiamil Pascha zu gewinnen, der seinerseits den Großwesir interessieren zu wollen verspricht.

Schon am zehnten Oktober kommt der Bescheid. »Ich freue mich so sehr für Sie, Schliemann Effendi«, sagt Achmed Pascha mit öligem Lächeln. »Sie wissen wohl, daß ich Ihnen einen türkischen Beamten zur Überwachung der Grabungen mitgeben muß? Sein Gehalt, nur dreiundzwanzig Piaster täglich, haben Sie samt seiner Unterbringung und Verpflegung zu bestreiten. Ich schicke Ihnen den Mann nachher; es ist der zweite Sekretär meiner Justizkanzlei, Georgios Sarkis, ein Armenier, der Ihnen auch als Dolmetscher sehr nützen wird.«

Am Mittwoch morgen, dem elften Oktober, elf Uhr, kommt Schliemann in Hissarlik an. Um zwölf Uhr beginnt er mit acht

Arbeitern zu graben. (Am zwölften Oktober sind es schon fünfunddreißig, am dreizehnten vierundsiebzig Mann.)

Da liegt nun, lang hingestreckt und schon vor dreieinhalb Jahren vermessen, der Hügel, der Priamos' und Hektors Troja birgt.

Noch ist kein Spatenstich gemacht, noch liegt alles so, wie die letzten Siedler vor fünfzehnhundert Jahren es verließen. Hier schlachtete Xerxes zehn Hekatomben, und die Magier brachten den Manen der Helden Trankopfer dar, sagt Herodotos. Hierher kam nach Xenophon der lakedaimonische Feldherr Mindaros, um der ilischen Athene zu opfern. Hier stand, laut Strabon und Arrianos, Alexander der Große, hängte seine Waffenrüstung als Weihgabe auf und bat opfernd den Priamos, von dem Zorn gegen Alexanders Stammvater Neoptolemos abzulassen, und hier legte er, sagt Plutarchos, einen Blumenkranz nieder und versprach, am Orte der alten wieder eine große Stadt entstehen zu lassen. Hier baute nach Alexanders Tode sein Feldherr Lysimachos eine Mauer von vierzig Stadien, berichtet Strabon. Hierher wollten Cäsar und Augustus wallfahrten, und hier ließ Caracalla, schreiben Dio Cassius und Herodianus, seinen Freund Festus vergiften, um die Leichenspiele Achills für Patroklos nachahmen zu können. Und hier wollte Konstantin, bevor er Byzanz dafür erwählte, seine Hauptstadt gründen.

Dann fiel die Nacht und das Vergessen über diesen Hügel, nur die Frösche quakten in den Sümpfen des Skamander, und von fern kam das Kreischen hochrädriger Türkenwagen.

Nun, dreitausend und einige Jahre nach Trojas Untergang, steht ein magerer fünfzigjähriger Mann da, der so gern ein Gelehrter sein möchte und der doch fast kein anderes Rüstzeug hat als seinen Homer und seinen blinden Glauben an ihn, und sieht auf den Hügel Hissarlik. Seine Augen bohren sich in die Erde wie die Augen des Bildhauers in den Marmorblock, und wie jener die Gestalt der Gottheit in dem Stein sieht, die nur auf die Befreiung durch den Meißel wartet, so sieht Heinrich Schliemann die Mauern von Troja tief unten im Hügel, die dreitausend Jahre lang gewartet haben, auf ihn gewartet haben.

Wie soll man sie aber ans Licht heben, unter die Sonne des

griechischen Meeres? Da stehen die Arbeiter, stumpf, gleichgültig, gelb von Fieber, mit dunklen, schwermütigen Augen und warten auf Befehl. Da liegen Hacken und Schaufeln und auch acht Schiebkarren, aus Frankreich mitgebracht, da sie hier niemand zu machen versteht.

Als der Junge in Ankershagen herumstreifte, kam er so manches Mal zum Wartensberg, bei dem Henning Bradenkirl sich in den Hinterhalt legte. Jetzt, nach vierzig Jahren, so schrieben die Schwestern und Freunde, ist keine Spur des Hügels mehr zu finden, da er jedes Jahr etwas niedriger geackert wurde. Hissarlik dagegen ist niemals Ackerland gewesen, sondern immer nur Bauplatz, und durch anderthalb Jahrtausende nach Trojas Zerstörung hat sich eine Stadt nach der anderen auf dem Schutt der vorigen angesiedelt. Daraus folgt, daß der Hügel immer höher geworden ist. Daraus folgt, daß die gesuchten Mauern ganz unten liegen müssen, über dem Urboden oder dem gewachsenen Felsen.

Infolgedessen muß man so weit durchgraben, muß zehn oder fünfzehn oder zwanzig Meter von oben gerechnet abtragen, und da der Hügel über zweihundert Meter lang und breit ist, bedeutet das eine so ungeheuerliche Arbeit, daß es fast lächerlich ist, an ihre Vollendung zu denken.

»Anfangen!« ruft Schliemann. »Wir ziehen einen Graben von Norden nach Süden, dreißig Meter breit.« Er tut selbst die ersten Spatenstiche.

Aber das Graben ist ja nur ein Teil, eigentlich ein winzig kleiner Teil der Arbeit. Denn wenn die Mauern des echten Troja ja auch noch lange nicht zu erwarten sind, so muß doch jede Schaufel voll Erde durchmustert werden, da es wahrscheinlich ist, daß sich auch von späteren Siedlungen Dinge erhalten haben, Münzen, Steine, Töpfe, die für die Forschung wertvoll oder aufschlußreich sein können. Und dann muß das ausgegrabene Erdreich, müssen die Steine irgendwohin gebracht werden.

»Nicht dort ausschütten, du Tölpel! Vielleicht müssen wir morgen oder in einem Jahr an ebender Stelle weitergraben und haben dann doppelte Arbeit, wenn wir auch noch unsere eigenen

Aufschüttungen beseitigen müssen. Dort drüben hin, wo der Hügel steil abfällt und wo wir nichts verdecken können.«

Die mitgebrachten Schiebkarren, das sieht man sofort, genügen bei weitem nicht. Zu morgen müssen also noch zweiundfünfzig Körbe beschafft werden. Aber auch damit wird es viel zu lange dauern, denn so ein Korb faßt nicht sonderlich viel. Also müssen auch noch vier Ochsenkarren gemietet werden. Sie quietschen so nervenzerreißend? »Sei ruhig, Effendi, denn schon das Sprichwort sagt es: Die Wagen der Gerechten hört man weithin kreischen.«

Sophia ist ebenfalls vom Aufgang der Sonne an auf den Beinen und hilft bei allem. Da viele der Arbeiter Griechen aus dem Dorf Renköj sind, gibt es wenigstens bei ihnen keine Schwierigkeiten der Verständigung. Der beste von ihnen ist Nikolaos Zaphyros, ein grundehrlicher Mann, der jeden Arbeiter der Troas kennt und deshalb auch die Entlohnung vornimmt. Schade ist nur, daß er so gar nicht die Gabe des Kommandos und der Arbeitseinteilung hat. Aber schlimm ist der drohende Regen und die Fieberluft, die sich nur mit täglichen großen Chinindosen aushalten läßt.

Am 26. Oktober ist Regenwetter, und Schliemann schreibt Berichte über die bisherigen Ergebnisse. Sophia meint zwar, es sei besser, alles zusammen beim Abschluß der Kampagne in einem Buche zu tun, aber einerseits ist Schliemann aus seinen kaufmännischen Jahrzehnten an schnelle und pünktliche Rechnungslegung gewöhnt, und andernteils ist die Entdeckerfreude viel zu groß, als daß er sie ad kalendas graecas vertagen könnte; schließlich aber hat er das Bedürfnis, von der Öffentlichkeit als Archäologe anerkannt zu werden. Die Öffentlichkeit tut es auch, denn seine Berichte erscheinen auf den ersten Seiten der »Times« und der »Augsburger Allgemeinen«. Aber die Fachwelt schweigt. Was auf Hissarlik geschieht, scheint ihr nicht der Rede wert.

Nun geht der große Graben schon vier Meter tief und ist vierzig lang. Schliemann ist voller Unruhe, denn mit vielem, was gefunden wird, weiß er nichts anzufangen. Da sind merkwürdige kleine Gebilde aus Ton, wie Karussells gebildet, schreibt er, oder wie kleine Vulkane oder wie Brummkreisel, aber mit einem Loch in der Mitte und mit allerhand linearen Verzierungen. Dann sind da Unmengen von Muschelschalen, als wenn ganze Generationen nichts anderes als Muscheln gegessen hätten. Ein paar Steine mit Inschriften sind spätgriechisch, aus dem letzten vorchristlichen Jahrhundert, also für ihn ohne Wichtigkeit.

Sonst arbeiten an den Sonntagen, an denen die Griechen feiern, an ihrer Stelle Türken, aber dann kommen auch sie nicht, mit der Aussaat beschäftigt. Der Ärger darüber und über das regnerische Wetter hält aber nicht an, denn mit einemmal geht der Graben durch einen Streifen, der voll von steinernen Messern und Äxten der primitivsten Form ist. Aber die Steinzeit war doch unendlich lange vor Troja? Wie können sich also ihre Zeugnisse so weit oben befinden? Und ebenso plötzlich hören die bearbeiteten Steine wieder auf, und es kommt ein Streifen voll Topfscherben, auf denen runde Augen eingeritzt sind und dazwischen ein Strich. Wie die Gesichter von Eulen sind sie. Vielleicht sind es die Urgroßmütter des athenischen Vogels der Pallas? Und immer mehr der sonderbaren Brummkreisel (oder Vulkane). Ob sie vielleicht Weihgaben sind? Aber an wen und für was? Und die steinernen oder tönernen Phalloi – was sollen die? Gab es vielleicht ein altes Volk, das den Priapos anbetete?

»Ich weiß, daß ich nichts weiß« – das war eine Erkenntnis des Sokrates, und das erkennt auch Schliemann vor all diesen Fragen, auf die er die Antwort schuldig bleiben muß, sich und der Welt. Mit all solchen Dingen hat er nicht gerechnet gehabt, ebensowenig wie mit Statuen oder Kostbarkeiten.

»Meine Ansprüche sind höchst bescheiden«, endet er an diesem Regentag seinen Bericht. »Der einzige Zweck meiner Ausgrabungen war ja von Anfang an, Troja aufzufinden, über dessen Baustelle von hundert Gelehrten hundert Werke geschrieben worden sind, die aber noch niemals jemand versucht hat, durch Ausgrabungen ans Licht zu bringen.« Er hält inne und blickt sinnend über die verschleierte Ebene. Dann zieht sich eine resignierte Falte um seinen Mund, und er fügt noch einen Satz hinzu: »Wenn mir nun dies nicht gelingen sollte, dann würde ich doch zufrieden sein, durch meine Arbeiten bis in das tiefste Dunkel der vorhistorischen Zeit vorzudringen. Die Auffindung der Steinperiode hat mich daher nur noch begieriger gemacht, bis zu der Stelle vorzudringen, die von den ersten hierher gekommenen Menschen betreten worden ist, und ich will bis dahin gelangen, sollte ich selbst noch fünfzig Fuß zu graben haben.«

3 Gleich in den ersten Tagen ist die Holzhütte fertig geworden, in der das Paar wohnt. Eisenbetten und eine Kiste als Tisch sind der einzige Hausrat, Konserven die Hauptnahrung. Manchmal fallen Schlangen in die Betten und Skorpione in das Essen, und wenn es regnet, muß man die Schirme über sich aufspannen. Sophia kennt kein Verzagen, und da sie auch keine Fieberanfälle bekommt, an denen Heinrich trotz des vielen Chinins häufig leidet, fühlt sie sich hier sogar wohler als in dem Luxus von Paris, und fast tut es ihr leid, als Ende November die Arbeiten eingestellt werden müssen, da nun endgültig die Regenzeit beginnt.

Am 1. April 1872 nehmen sie ihren Fortgang, sechs Uhr früh, mit hundert griechischen Arbeitern aus den Dörfern Renköj, Kalifatli und Yenischahir. Zum Glück hat der britische Direktor der Piräus-Eisenbahn sieben bewährte Vorarbeiter zur Verfügung gestellt und der Erbauer der Lamia-Bahn einen französischen Ingenieur für einen Monat hergeliehen. In dieser Kampagne muß das Ziel erreicht werden, und darum soll ein neuer, siebzig Meter breiter Graben durch den Berg getrieben werden. Monsieur Laurent, der Ingenieur, hat die zu bewegenden Erdmassen auf annähernd achtzigtausend Kubikmeter berechnet, falls sich der Urboden in vierzehn Meter Tiefe finden sollte.

Bei aller Vorsicht rollen dauernd Blöcke von oben nach, brechen zu steile Wände ein, lösen sich Mauerreste, und unbeschädigte Füße hat bald niemand mehr.

Schon in den ersten Tagen kommen beim Graben ungeheure Mengen überwinternder Schlangen zum Vorschein, meist die gefährlichen regenwurmdicken, die Antelion heißen, weil der von ihnen Gebissene nur mehr bis Sonnenuntergang zu leben hat.

In diesem Jahr haben die Londoner Schröders die besten englischen Hacken und Schaufeln geliefert und dazu sechzig

Schiebkarren mit eisernen Rädern, die weit besser und haltbarer sind als die französischen.

Zuerst scheint es, als ob die Grabungen ins Stocken geraten sollten. Der griechische Kalender hat außer den Sonntagen noch siebenundneunzig Festtage, die gefeiert werden müssen; »sonst schlägt uns der Heilige«, erklären die Arbeiter. Andere Tage verregnen, und wie aus reiner Tücke fallen sie nie mit einem Fest zusammen. Trotz der neuen tüchtigen Vorarbeiter ist niemand gewillt, schwitzig zu werden oder sich sonstwie übermäßig anzustrengen. Wenn die Mauern im Berg dreitausend Jahre gewartet haben, wie der Effendi sagt, kann es doch wirklich auf ein paar hundert mehr oder weniger nicht ankommen. Aber sowie man sich nur ein bißchen an seinem Spaten festhält, fährt er wie ein Donnerwetter drein, denn wenn er auch seinen Beruf gewechselt hat: aus seiner Haut kann er doch nicht heraus. Auch der Ausgräber bleibt bis zu einem gewissen Grade der Unternehmer. Trotz allen vermittelnden Zuredens Sophias versteht er seine Arbeiter noch immer nicht. Aber umgekehrt ist es das gleiche: auch die Arbeiter verstehen ihn nicht und sehen rein nichts von dem großen Ziel, an dessen Erreichung sie mithelfen sollen. Daß ein Arbeiter Freude an seinem Tun haben kann, dessen Wert erkennen kann, spüren sie nicht. In der Troas ist noch längst kein neunzehntes Jahrhundert, hier ist noch immer das tiefste Altertum. Nicht die Arbeit ist ihnen wichtig, sondern das Geld, das man dafür bekommt, und da der Effendi davon so ungeheuer viel hat, soll man, so denken sie, ihn ruhig betrügen, wo und wie und sooft man kann. Wie macht man es also, damit man ausruht und doch beschäftigt scheint? Ganz einfach. Man holt den bunten Beutel aus dem noch bunteren Gürtel, dreht sich eine Zigarette und raucht. Einen Rauchenden wird doch niemand aufscheuchen – so gefühllos, so roh kann kein Christenmensch sein. Aber sie rechnen nicht damit, daß Schliemann Nichtraucher ist. Kurzerhand wird also das Rauchen während der Arbeit verboten. Gut, dann wird man eben nicht rauchen, wie Gott will. Aber das Verbotene lockt tausendmal mehr als das Erlaubte, und wenn das Rauchen bisher ein Vorwand zum Ausruhen war, so wird es nun eine zwingende Notwendigkeit. Es wird heimlich geraucht. Ein paar Tage sieht Schliemann mit steigender Ungeduld zu. Besessen, seinen Traum von Troja zu erfüllen, nervös geworden durch die zu Augen und Nase dringende Mißachtung seiner Anordnung, überschätzt er, maßlos wie oft in seinem Denken, die Summe der verlorenen Zeit, und so läßt er denn eines Morgens ausrufen: »Wer raucht, wird sofort entlassen!« Das ist zuviel! Die Männer von Renköj, siebzig an der Zahl, scharen sich um zwei oder drei Dorfgenossen, die eifrig auf sie einsprechen: erstens braucht er uns viel mehr als wir ihn, und zweitens ist gerade das schönste Wetter, das er nicht ungenützt verstreichen lassen darf.

»Wir arbeiten nicht weiter, wenn nicht jeder rauchen kann, wann und soviel er will!«

Aber sie bleiben allein, die Männer von Renköj, und allein ziehen sie aus dem Stollen, setzen sich qualmend an die Hänge und werfen Schimpfworte und Steine auf die fünfzig Mann, die ruhig weitergraben.

Als Feierabend ist, lagern sie sich ausgelassen um Schliemanns Hütte: morgen früh muß er ja nachgeben. Aber das ist ein Irrtum, denn Schliemann hat sich gesagt: Wenn ich nachgebe – was ich bei ruhiger Überlegung vielleicht tun könnte –, so ist meine Autorität für alle Zukunft erschüttert, und die Leute von Renköj tanzen mir auf der Nase, wann es ihnen beliebt. Wer einmal A gesagt hat, muß auch B sagen. Haben sie erst eingesehen, daß hier mein Wille gilt, bitte sehr, um des Zieles und nicht um einer Laune willen gilt, nicht aber ihr Wille – ja, dann werden sie es sich merken, wenn ich sie übermorgen erneut zur Arbeit annehme.

Übermorgen, nicht morgen. Denn nun hat er schon, noch im ersten hellsten Zorn, Boten in andere nahe Dörfer geschickt, und zum blassen Entsetzen der Männer von Renköj kommen im Morgengrauen siebzig andere Männer zur Aushilfe, so daß die Zahl wieder voll ist. Das Rauchen bleibt verboten, aber freiwillig erhöht Schliemann den Tagelohn und gibt außer den bisher üblichen Pausen auch für den Vormittag noch eine halbe Stunde zum ungestörten Rauchen frei.

An diesem Abend sind die ersten siebzehn Tage der neuen

Kampagne beendet und nach den Berechnungen des Ingenieurs achttausendfünfhundert Kubikmeter Schutt fortgeschafft, also rund fünfhundert auf den Tag und vier auf jeden der Arbeiter. Fünfzehn Meter tief ist der Graben in den Berg eingedrungen, aber vom Urboden ist noch keine Spur zu sehen.

Schliemanns Gedanken gehen zu den Schwestern und Freunden in der Heimat, denen er oft schreibt. Wie spannend stellen sie sich Ausgrabungen vor! Da buddelt man ein großes Loch, und auf dem Grunde findet man dann ein wunderbares, kostbares oder bloß wichtiges Etwas, schreibt ein Buch darüber und ist ein berühmter Mann, von dem die Kinder noch in hundert Jahren aus den Schulbüchern lernen. Äwer dor hett 'ne Uhl säten! Die Wirklichkeit sieht so aus, daß man von fünf Uhr früh bis sechs Uhr abends gräbt und gräbt, und dabei findet man dann entweder gar nichts – und das nicht an einem Tage, sondern an vielen und vielleicht sogar in Wochen und Monaten –, oder man findet etwas, was keineswegs das Gesuchte ist und womit man nichts anfangen kann und was sich jeder Deutung widersetzt. Große und atemberaubende Funde – jewoll, Dütz, dor hett 'ne Uhl säten! Bleiben wir zum Beispiel gleich bei der Eule: im Laufe des Sommers kommen immer mehr Scherben und ganze Gefäße, tönerne und steinerne kleine Idole, und alle haben sie die schon im vorigen Jahr bemerkten großen Eulenaugen. Manchmal ist unterhalb des Schnabelstrichs noch eine horizontale Linie wie ein Mund – aber keine Eule hat einen, auch nicht die trojanischen, die zu Tausenden in den Hängen der Grabung wohnen und die ganze kurze Sommernacht mit ihrem Geschrei anfüllen.

Wie soll man diese Bildwerke deuten? Langsam formt sich ein Gedanke: Heißt Athene nicht bei Homer »glaukopis«, was nicht nur unser Ankershäger Johann Hinrich Voß, sondern auch alle späteren gelehrten Übersetzer und Kommentatoren als »blauäugig« oder »mit funkelnden Augen« wiedergeben? Müßte man dieses Beiwort nicht auf Grund dieser Hunderte von Beweisstücken wörtlich als »die Eulenäugige, die mit dem Eulengesicht« übersetzen und annehmen, daß die Stadtgöttin der Trojaner zunächst tatsächlich einen Eulenkopf hatte und daß erst bei fortschreitender Zivilisation daraus ein begleitender Lieblingsvogel wurde?

Nun, das ginge noch an, aber was waren die noch viel zahlreicheren kleinen Brummkreisel oder Vulkane? Halt – Vulkane. Sollten sie vielleicht Symbole für Hephaistos sein, der ja laut Homer seine Götterschmiede auf dem Grunde eines Vulkans eingerichtet hatte?

Oder die zahllosen Swastiken, die sich ausgerechnet auf diesen elenden Karussells am meisten finden? Was sind sie nun wieder? Freund Burnouf in Paris schreibt, das sei ein indisches Symbol und bezeichne die Holzstäbe, die zur Erzeugung des heiligen Feuers dienten. Ein Dutzend anderer Bücher sagt Ähnliches und zitiert die Veden, daß einem schwach werden kann. Aber hier ist Troja und nicht Indien, und was sollen mir hier die arischen Vorväter von Monsieur Burnouf?

Manchmal – und gar nicht einmal so selten – könnte man den Mut verlieren. Zum Beispiel neulich bei der zerbrochenen, fast mannshohen Vase, deren Verzierungskranz ganz nach assyrischer Keilschrift aussah, oder bei einer anderen Urne, die das gleiche Blumenkreisornament hatte wie der Fries aus grünem Stein, den Lord Elgin 1810 im Schatzhaus von Mykene abbrach und ins Britische Museum brachte. Oder bei anderen Verzierungen, die nach Babylonien und Ägypten weisen.

Nein, Dütz, entschuldige, wenn ich Fraktur rede: es ist schon verdammt schwer, Archäologe zu sein. Und dabei sind die Mauern von Troja immer noch nicht gefunden, sondern bloß allerhand Riesenblöcke aus anderen Mauern; an jedem müssen fünfundsechzig Arbeiter drei Stunden schuften, bis sie ihn glücklich heraus, und eine weitere Stunde, bis sie ihn den Berg hinunter haben. Und wer weiß, ob man nicht doch etwas Wichtiges übersieht, denn überall kann man seine Augen auch nicht haben. Nur gut, daß der Photidas aus Paxos gekommen ist, der sieben Jahre als Bergmann in Australien gearbeitet und unsere Technik auf etwas schnellere Touren gebracht hat. Nun macht man sozusagen Schornsteine und löst mit eisernen Hebeln gleich Brocken von dreißig oder fünfzig Kubikmetern ab. Aber wenn darin nun gerade interessante Dinge stecken? Vielleicht müßten wir jede

Handvoll Erde durchsieben, damit uns nichts entgeht. Aber dann sind wir in hundert Jahren noch nicht am Skaiischen Tor, und darauf kommt es doch an!

Gäbe es nicht so viel Störche in der Troas, könnte man hier vor lauter Giftschlangen nicht leben. Noch immer gleiten sie zu Dutzenden zwischen den Steinen hindurch. Die Arbeiter spielen sogar mit ihnen, und wenn einer gebissen wird, so lacht er.

»Aber ja«, sagt er, »wir wußten doch alle, daß es in diesem Berg viele Schlangen gibt. Darum trinken wir auch den Absud von einem Kraut, das den Biß unwirksam macht.«

»Zeig mir das Kraut!« ruft Schliemann, und einen Augenblick überlegt er. Man müßte prüfen, ob es sich auch gegen den Biß der Kobra bewährt, und es dann nach Indien verpflanzen. Aber dann vergißt er es wieder, denn gerade kommt eine große Prozession von Kranken aus einem entfernten Dorf, die er heilen soll.

Hier ist gewöhnlich der Pappas, der Priester, auch Arzt der Gemeinde, aber da er weder einschlägige Kenntnisse noch Medikamente hat, läßt er immer nur zur Ader und bringt die meisten Kranken dadurch noch weiter herunter. Schliemann hat drei Rezepte, die alle Wunder wirken und seinen ärztlichen Ruf in die Sterne steigen lassen. Erstens Chinin, das er in allen Fällen von Fieber in reichlichen Dosierungen gibt. Zweitens Arnikatinktur für alle Wunden und Geschwüre. Drittens kaltes Wasser gegen alle anderen Leiden und meist auch in Verbindung mit eins und zwei verordnet. »Badet nur jeden Tag im Meer, und ihr werdet gesund«, sagt er griechisch und türkisch (denn natürlich kann er nun längst schon Türkisch so gut wie der Imam), und wirklich gelingt es seiner Beharrlichkeit, den eingeborenen Abscheu gegen das Wasser zu überwinden und die Leute gesund zu machen.

Der Aufseher Nikolaos erweist sich immer mehr als guter Helfer. Damit Sophia einen Trupp Arbeiter übernehmen kann – seit dem Mai wird an mehreren Stellen zugleich gearbeitet –, hat er auch die Sorge für Haus und Küche übernommen. Er ist auch der einzige, der seinen christlichen Namen behalten darf, während alle übrigen sich eine homerische Umtaufe gefallen lassen müssen oder, ihrem Äußeren nach, Sammelnamen bekommen: Derwisch, Mönch, Pilger, Korporal, Schulmeister, Doktor.

»Nikolaos«, sagt Schliemann eines Abends und blickt von den Registern auf, in die er nach Arbeitsschluß stundenlang die gefundenen Gegenstände mit einer Beschreibung und mit der Angabe, in welcher Tiefe sie gefunden wurden, einträgt. »Meine Frau ist jetzt schon monatelang die einzige Frau in der Troas. Es wäre sehr schön, wenn sie endlich eine weibliche Hilfe bekäme. Weißt du nicht irgendwo ein tüchtiges Mädchen, das Lust hätte herzukommen?«

»Gib mir drei Tage frei, und ich bringe eines.«

Am Ende des dritten Tages ist Nikolaos zurück und stellt ein sehr schönes kräftiges Mädchen vor, das beiden Schliemanns ausnehmend gefällt und alle nur wünschenswerten guten Eigenschaften zu haben scheint. »Gut, Nikolaos. Wie lange will sie bleiben? Hoffentlich doch den ganzen Sommer?«

»Sie bleibt so lange wie ich. Ich habe sie geheiratet.«

4 Im Juni wird der Berg noch von einer dritten Seite her angegriffen. Der neue Graben ist einunddreißig Meter breit, und siebzig Arbeiter sind hier tätig. An dieser Stelle weist der Boden eine viereckige Senkung auf, die nur durch frühere Grabungen entstanden sein kann. Die Türken führten sie durch, als sie Marmor für ihre Kalköfen oder Säulen für ihre Grabmäler suchten. Es scheint also, als habe hier in der Zeit Neu-Iliums ein Tempel gestanden. Dieses Stück des Hügels gehört Frank Calvert, der die Grabung gegen Teilung der Funde gestattet.

Gleich am zweiten Tage findet sich ein zwei Meter langer Marmorblock, die Metope eines Tempels. Sie stellt Helios mit den Sonnenrossen dar, eine schöne Plastik, die dem Anschein nach dem dritten vorchristlichen Jahrhundert angehört. Obwohl Schliemann diese Zeit sonst für fast modern und daher uninteressant hält, freut er sich doch. Es ist das erste wirklich ansehnliche Stück, das er bisher gefunden hat, und außerdem eignet es sich sehr gut dafür, eine seiner kühnen Hypothesen daran anzuknüpfen. Nirgends ist bezeugt, daß es in Troja oder Ilium einen Heliostempel gegeben habe. Andererseits haben sich auf zahlreichen Terrakotten Sonnensymbole gefunden. Bisher hat jedermann den Namen Ilios aus dem Sanskritwort vîlu – Festung abgeleitet. Aber könnte er nicht statt dessen mit Helios zusammenhängen?

Vetter Adolf und Kandidat Andreß und der Müllergeselle Niederhöffer in allen Ehren – aber ihre Aussprache des Altgriechischen war die seit Erasmus in Deutschland übliche, also schauderhaft und falsch. In Wirklichkeit sprachen die alten Griechen ihre Buchstaben genauso aus wie die neuen. Beweis: das Russische hat, als das Land vor neunhundert Jahren von Griechenland her das Christentum übernahm, auch eine Reihe griechischer Wörter übernommen, die noch jetzt genauso ausgesprochen werden wie im heutigen Griechenland. Dieser Beweis ist zu neuzeitlich? Nun, bitte schön: die assyrischen Keilschriften der Seleukidenzeit enthalten eine Reihe griechischer Lehnwörter und Namen, von denen ganz das gleiche gilt. So, und jetzt endlich der neue Gedanke: da das griechische Eta wie i gesprochen wird, wandelt sich der geschriebene Helios zum gesprochenen Ilios, und damit wird der Fund der Metope zu einem – und eigentlich dem ersten – Glückstag.

Fast gleichzeitig findet sich auf der anderen Seite unter der Leitung von Georgios Photidas ein prächtiges Bollwerk aus mörtellos gebauten, schön behauenen Muschelkalksteinen. Da es keineswegs tief unten im Berg auf dem Urboden steht, kann es leider nicht dem homerischen Troja angehören, sondern wird wohl aus der Zeit des Lysimachos stammen. Einen Augenblick überlegt Schliemann. »Reißt es nicht weg, es ist zu schön und ehrwürdig. Es soll erhalten werden.«

Der Berg steckt voller Rätsel, und die steinzeitlichen Werkzeuge hoch oben, die im vorigen Jahr gefunden wurden, bleiben bei weitem nicht die einzige Überraschung. An ein paar Stellen ist nun – in einundzwanzig Meter Tiefe! – der Urboden glücklich erreicht, aber was hier an Funden zutage kommt, ist so primitiv und so urzeitlich, daß es keinesfalls Troja sein kann. Viel höher, etwa acht bis zehn Meter unter dem ursprünglichen Niveau, liegen die schönsten Sachen, so auch jetzt wieder ein kupfernes, am Griff goldeingelegtes Messer, eine silberne Haarnadel, eine hübsche kleine Elfenbeinplatte mit sechs Sternchen und andere kleine Geräte aus Elfenbein.

Der Archäologe ist ein Mann, der die Welt belehrt, wie es früher ausgesehen hat, denkt Schliemann. Dann bin ich doch keiner, denn ich kann nicht lehren, weil jeder Tag neue Unklarheiten, neue Rätsel bringt, die ich in meinen Zeitungsaufsätzen nur der gelehrten Welt mit der Bitte um Entschlüsselung vorlegen kann. Statt zu lehren, lerne ich.

Aber manchmal streift das zu Lernende ans Unheimliche. Vielleicht lacht man mich aus, aber ich muß doch alles wahrheitsgemäß berichten. Mit einem kleinen Zögern in der Feder schreibt er: »Ich kann die Beschreibung der untersten Schuttschichten nicht abschließen, ohne zu erwähnen, daß ich zwischen den großen Steinblöcken, in zwölf bis sechzehn Meter Tiefe, zwei Kröten, auch in zwölf Meter Tiefe eine kleine sehr giftige Schlange mit schildförmigem Kopfe fand. Letztere kann von oben dahin gelangt sein; dies ist aber unmöglich für die großen Kröten, die also wohl dreitausend Jahre in diesen Tiefen zugebracht haben. Interessant ist es, in Trojas Ruinen lebende Geschöpfe aus der Zeit des Hektor und der Andromache zu sehen, selbst wenn diese Geschöpfe nur Kröten sind.«

»Bist du fertig?« fragt Sophia. »Ich habe dir noch gar nicht erzählt, daß wir, Nikolaos' Frau und ich, während das Essen kochte, ein bißchen neben dem Hause gegraben haben. Wir fanden aber nur die komischen Brummkreisel.«

»Also schon wieder ganz an der Oberfläche! Und direkt über dem Urboden waren sie ebenfalls.« Mißmutig schiebt er den Schreibblock zurück und stößt damit gegen einen Klumpen, der auf den Boden fällt.

»Wenn es nur nicht zerbrochen ist!« ruft Sophia besorgt und springt auf, um den Gegenstand zu suchen.

»Es ist nichts Besonderes, ein Knäuel Kupferdraht aus einem offenbar ausgebrannten Hause, neuneinhalb Meter tief.«

Mit einem mühsam unterdrückten Ausruf taucht Sophia vom Fußboden auf. Ihre Augen strahlen. »Da«, sagt sie, »dein Kupferdraht war mit einem Silberdraht zusammengehalten, der nun zerbrochen ist – und dies war drin!« Damit legt sie drei silberne

Armbänder, einen goldenen Ohrring, der ein Blatt darstellt, einen sternförmigen goldenen Ohrring, mehrere aus Silber, in fünf Blätter auslaufend, und drei aus Elektron auf den Tisch. »Ob nicht doch diese höhere Schicht das richtige Troja ist?« fragt sie zweifelnd. »Zumal du sagtest, daß das Haus Brandspuren aufwies?«

»Ach, Sophidion«, seufzt Schliemann, »wie sagt Plinius? Unde omnis rerum claritas. Ich finde nur immer mehr obscuritas.«

Schon neigt sich der Sommer dem Ende zu. Wegen der Ernte bleiben manche Arbeiter aus, aber der griechische Konsul in den Dardanellen und der deutsche in Gallipoli schicken andere aus ihren Orten, so daß die Zahl von hundertzwanzig bis hundertdreißig konstant bleibt und nach Beendigung der Ernte sogar auf hundertfünfzig steigt.

Fünfzig große Schiebkarren für je drei Mann, achtundachtzig Einmannkarren, sechs Wagen mit Pferden schaffen den Schutt weg, den die Leute mit Böcken, Hebeln, Winden, vierundzwanzig großen Eisenhebeln, hundertacht Spaten und hundertdrei Hacken, alles bestes englisches Fabrikat, aus dem Berge schaffen. Von Sonnenaufgang bis Sonnenuntergang wird gearbeitet, und außer den Schliemanns sind drei Aufseher tätig. Trotzdem werden nie über dreihundert Kubikmeter am Tag geschafft, denn die Entfernung wird mit jedem Tage größer und übersteigt an mehreren Stellen schon achtzig Meter. Dazu hindert der beständige Nordsturm, der die Augen voll Sand wirft. Nicht umsonst hat Homer von der »enemoessa«, der windigen Ilios gesprochen.

»Effendi, ich habe etwas Gutes. Gib mir die zehn Para, die du uns für jedes verzierte Stück versprochen hast.«

Schliemann nimmt eine Scherbe und betrachtet sie. »Wie lange bist du bei mir, würdiger Kafedschi?«

»Seit gestern, Effendi.«

»Daher denkst du noch, ich sei ein gut Teil dümmer als du und du seiest schlau, wenn du selbst eine Sonne in die Scherbe kratzt? Aber du bist noch dümmer als dumm. Die Ungläubigen spinnen Ränke, sagt der Koran, aber Allah ist der größte Ränkespinner. Oh, wie dumm warst du, daß du dir nur von der Belohnung erzählen ließest, aber nicht davon, daß ich jedem Betrüger unweigerlich zwei Piaster vom Tagelohn abziehe. Sie haben es alle gelernt, und du wirst es auch lernen, daß man mich nicht hereinlegen kann.«

Bedrückt trollt sich der kleine Türke, und selbst noch die Falten seiner himmelblauen Hose strahlen Trauer aus. Schliemann steigt die Böschung hinab, in den Bereich des Aufsehers Photidas. Hier ist der Graben vierzig Meter vom Berghang entfernt und hat eine Tiefe von zehneinhalb Metern erreicht.

Seine Augen haften an regelmäßig behauenen Steinen, deren oberste eben freigelegt sind. Er greift nach einer Schaufel und gräbt für zehn.

Drei Meter ist die Mauer hoch und zwei dick; mit Erde sind die einzelnen Blöcke zusammengesetzt. Die Masse der lose vor ihr liegenden Steine beweist, daß sie einst sehr viel höher war, und die schräg von ihr weglaufenden Schuttschichten bezeugen, daß sie einst hart am Abhang des Berges gebaut wurde. Unterhalb finden sich zahlreiche Scherben von jenem glänzenden Schwarz, die ihm schon längst durch ihre Feinheit und durch die Henkelröhren aufgefallen und lieb geworden sind. Sie haben sich immer dort gefunden, wo auch andere Dinge lagen, die nach den Schilderungen Homers zu Troja gehören könnten. Über der neuen Mauer steht das sogenannte Bollwerk des Lysimachos.

»Effendi, Effendi, komme schnell!« ruft es in diesem Augenblick. Schliemann eilt zur Südseite des Berges, wo gerade ein zwölf Meter dicker Turm aus dem Boden zu steigen beginnt, in der gleichen Tiefe gelegen wie drüben die Mauer. In einem Winkel von fünfundsiebzig Grad steigt er vom Felsen auf. Ohne Zweifel stand er, viel höher natürlich als die stehengebliebenen sechs Meter, am Rande der Burg und blickte über die ganze Ebene und darüber hinaus auf das Meer mit Tenedos und Imbros und Samothrake. Das, ja, das muß der große Turm gewesen sein, der in Andromaches Geschichte vorkommt:

> Sondern den Turm erstieg sie von Ilios, weil sie gehöret,
> Daß der Achaier Macht siegreich die Troer bestürme.

»Sophia! Sophidion!« ruft er, bis die Frau herbeieilt und neben ihn tritt, der ihr die Stelle deutet.

»Sophia«, sagt er dann mit gepreßter Stimme, »die Mauer drüben und hier der Turm – das ist Troja! Ich weiß es. Einunddreißig Jahrhunderte lang ist der Turm tief unter dem Schutt begraben gewesen, und jahrtausendelang hat ein Volk nach dem anderen seine Häuser und Paläste hoch über ihm erbaut. Jetzt aber ist der Turm wieder ans Licht gekommen und übersieht, wenn auch nicht mehr die ganze Ebene, so doch wenigstens den nördlichen Teil und den Hellespont.

Möge dieses heilige, erhabene Denkmal fortan auf ewige Zeiten die Blicke der durch den Hellespont Fahrenden fesseln! Möge es ein Wallfahrtsort werden für die wißbegierige Jugend aller künftigen Generationen und sie für die Wissenschaft begeistern, besonders für die herrliche griechische Sprache und Literatur! Möge es die Veranlassung werden zur baldigen vollständigen Aufdeckung von Trojas Ringmauern, die notwendig mit diesem Turm, höchstwahrscheinlich auch mit der Mauer der Nordseite in Verbindung stehen!«

Am Abend aber trägt er seine Lampe auf den Turm und schreibt seinen Bericht, den zwölften seit Beginn der Grabungen. Elf von ihnen waren »Auf dem Berge Hissarlik« datiert gewesen. Dieser trägt als erster die neue Bezeichnung »Pergamos von Troja«.

Und diesen Bericht schließt er mit den stolzen Worten, »daß als Belohnung für alle meine Entbehrungen, Drangsale und Leiden in dieser Wildnis und auch für meine riesenmäßigen Kosten, vor allem aber für meine wichtigen Entdeckungen die zivilisierte Welt mir das Recht zuerkennt, diese heilige Stätte, die bisher Hissarlik hieß, umzutaufen, und im Namen des göttlichen Homer taufe ich sie jetzt mit jenem Namen unsterblichen Ruhmes, welcher das Herz eines jeden mit Freude und Enthusiasmus erfüllt. Ich taufe sie mit dem Namen ›Troja‹ und ›Ilium‹, und ich nenne ›Pergamos von Troja‹ die Akropolis, wo ich diese Zeilen schreibe.«

Mitte August müssen die Grabungen eingestellt werden, denn Schliemann, Nikolaos, die drei Aufseher und der größte Teil der

Arbeiter werden so vom Fieber geschüttelt, daß jede Arbeit unmöglich ist.

In Athen wartet eine Überraschung. Andromache kennt ihre Mutter nicht mehr und strebt schreiend von ihr weg, als sie die Arme nach ihr ausstreckt. Und umgekehrt ist es nicht viel anders: das Kind ist so gewachsen, daß es mit dem Säugling keine Ähnlichkeit mehr hat. »Ist es wirklich Andromache?« dringt Sophia in ihre Mutter und läßt es sich auf goldener Ikone zuschwören.

Schliemann liegt und kämpft mit dem Fieber. Auf einem Tisch an seinem Bett sind Gefäße, Scherben, Funde aller Art, vor allem die tierförmigen Vasen, die in der letzten Zeit zum Vorschein kamen, ein Schwein, ein Hippopotamos, ein Maulwurf und dann gar eine, die wie eine Lokomotive aussieht. Immer wieder nimmt er jedes einzelne Stück zärtlich in die Hand und blättert in dem Register, das schon weit über hunderttausend Nummern aufweist. »Sophia«, sagt er eines Tages matt und glücklich, »ich weiß, daß ich für die Archäologie eine neue Welt aufgedeckt habe. Aber – Troja ist doch ganz anders, als ich es mir vorgestellt hatte.«

Kaum ist er vom Fieber genesen, als es ihn nicht mehr zu Hause hält, mag auch die Heliosmetope noch so schön im Garten stehen. Er fährt nach Troja zurück und nimmt Nikolaos und dessen Frau mit, die sich bei ihm in Athen erholen sollten, und dazu einen Landmesser, der einen Plan des Berges aufnehmen soll. Es ist höchste Zeit, daß er kommt: der verläßlich scheinende Wächter ist es gar nicht gewesen, und die Schutzmauern, die die Regenfluten von den Gräben abhalten sollten, sind fast schon wieder abgetragen; selbst die kostbaren trojanischen Mauern sind zahnlückig geworden wie ein altes Türkenweib.

»Aber, Effendi«, entschuldigt sich der Mann, »die Steine sind doch für gute heilige Zwecke weggebracht! Mit den einen bauen die Christen einen Glockenturm in Yenischahir, mit den anderen die Türken von Tschiblak gute feste Häuser. Das ist doch viel besser als diese Mauern, die zu nichts nütze sind.« Es dauert keine halbe Minute, da ist der Mann mit Sack und Pack auf dem Heimweg in sein Dorf.

Die ersten Regenfälle haben aber auch etwas Gutes getan. Sie haben die Anfänge einer riesigen Stützmauer aus dem Hügel gewaschen, die sich zu seiner höchsten Erhebung im Nordosten hinaufzieht. Das kann ein neuer Ariadnefaden werden, denn sagt nicht Homer, daß der Athenetempel auf der Spitze der Burg gelegen habe? Wenn man die Reste dieses Tempels fände! Das wäre auch der einzige Ort, an dem noch Inschriften aus Priamos' Zeit sein möchten, aber darauf ist wohl kaum zu hoffen, denn bisher hat noch nichts einen Anhalt dafür gegeben, daß die alten Trojaner eine Schriftsprache hatten.

5 Bis in den Winter hinein bleibt Schliemann allein in Troja. So schön das ist, so bitter wird es, Sophia entbehren zu müssen. In den vielen schlafarmen Nächten schreibt er einen Brief nach dem anderen. »Vergiß es ja nicht, jeden Tag sieben Seiten Italienisch zu lernen, aber wenn Du es nicht schaffst, so doch wenigstens eine Seite!« Er dankt für den angekommenen selbstgebackenen Kuchen, schilt auf den Schmutz in der frauenlosen Hütte, telegrafiert besorgt, wenn er einen Tag ohne Nachricht bleibt – »ich zittere vor Angst, Schmerz und Wut, daß Du mich vergessen hast, daß Du keine Zeit findest, an Deinen armen Mann zu schreiben, der Dich vergöttert und der auf alle Art versucht, Dich zu belehren«, und ein andermal beschwert er sich, daß sie nicht geschrieben hat, wie es der Katze und der Glucke geht.

Aber dann ruft es ihn nach Athen, denn hat ein Gelehrter nicht auch die Pflicht, Bücher zu schreiben? Er nimmt einen weitgespannten Briefwechsel mit dem Leipziger Verleger Brockhaus auf und wird mit ihm einig, daß dieser, sobald die Grabungen einen Abschluß gefunden haben, die deutsche Ausgabe der »Trojanischen Altertümer« und dazu einen unendlich kostspieligen Tafelband herausbringen wird.

Aber wie kann man an Bücher denken und sich auf geschäftliche Dinge konzentrieren, wenn dreihundert Kilometer nordöstlich die Mauern von Troja warten? Mitten im athenischen Winter, Ende Januar, reist er mit Sophia ab und ist am Letzten des Monats in Troja.

Diese Kampagne beginnt nicht eben verheißungsvoll. In den ersten drei Wochen kommen nicht mehr als acht Arbeitstage heraus, denn entweder feiern die Griechen einen Heiligen, oder es stürzen gewaltige Gewitterregen vom Himmel, oder die Kälte ist so stark, daß die Arbeiter nicht einmal mehr die Werkzeuge halten können.

»Mein Gott, Alkinoos«, sagt Schliemann eines Tages zu einem seiner Aufseher, »wie siehst du aus? Bist du krank?«

»Krank vor Kälte, Effendi. Wir haben doch alle nichts als unsere Kleider, und hier kann man jetzt ohne Pelze und Decken nicht leben. Die Arbeiter gehen abends nach Hause und wärmen sich dort bei ihren Frauen, aber wir müssen hierbleiben.«

Einen Augenblick denkt Schliemann nach. Im Herbst hat er mit Nikolaos und ein paar Helfern für sich und Sophia ein Steinhaus gebaut – aus Abfallsteinen, die wirklich nicht von Wert sind. »Gut, Alkinoos, ihr macht jetzt sofort euer Holzhäuschen sauber, aber gründlich, auf europäische Manier, hörst du? Ich wecke inzwischen meine Frau, die schon schlafen gegangen ist. Und dann tauschen wir die Häuser. Wir haben wärmere Kleider und genügend Decken, für uns ist das alte Haus gut genug. Ihr nehmt dann das feste Steinhaus, in dem ihr nicht mehr frieren werdet.«

Aber der Winter ist so grausam, daß selbst die wärmste Kleidung nicht immer genügen will. Der eisige Nordsturm bläst so durch die Ritzen der Balken, daß es abends nicht einmal möglich ist, Licht zu brennen. Obwohl der Herd Tag und Nacht brennt, kommt das Thermometer nie über vier Grad hinaus, und das Waschwasser, das gar nicht einmal weit vom Feuer entfernt steht, ist jeden Morgen zu Klumpen gefroren. Tags ertragen sie die Kälte wohl durch pausenloses Graben, aber abends haben sie nichts als ihren Enthusiasmus, an dem sie sich erwärmen.

Der Stab, um ihn so zu nennen, ist vergrößert. Außer dem trefflichen Georgios Photidas sind noch ein ehemaliger Kapitän aus Chalkis und zwei andere Männer als Aufseher tätig. Aus Athen ist ein Zeichner gekommen. Aber dafür sind in diesem Jahr manche Arbeiter weggeblieben, vor allem aus Renköj, da ein Smyrniote zur Herstellung von Lakritze gewisse Wurzeln sammeln läßt, und das ist leichtere Arbeit. Schliemann ist enttäuscht, daß er aus den übrigen Dörfern der Ebene nur hundertzwanzig

Mann zusammenbringt, die seinem Tatendrang und seiner Eile nicht recht genügen wollen. Aber um ihnen die Arbeit leichter zu machen und die weiten Wege in die abgelegeneren Dörfer zu ersparen, mietet er für sie ein großes Haus im nahen Kumköj. Dadurch erhöht sich dann auch gleich die Zahl auf hundertachtundfünfzig, und die Troas lebt wieder auf: gewiß, der Effendi verlangt viel und schimpft auch manchmal wie ein Eseltreiber, wenn man es sich zu bequem macht, aber er ist gerecht, und viel Geld kommt durch ihn ins Land, viel, viel mehr, als man seit Menschengedenken in der Ebene gesehen hat.

Den ganzen lieben Tag kreischen die Wagen der Gerechten am Fuße des Hügels: sie holen die herabgeworfenen Steine. Die ganze Troas bekommt ein geradezu wohlhabendes steinernes Gesicht, und Tschiblak baut aus den ilischen Trümmern sogar eine Moschee samt Minarett.

Anfang März ist die verheißungsvolle weiße Stützmauer ganz freigelegt. Sie geht wirklich bis zum Gipfel des Hügels hinauf, aber leider, von einem Tempel dort oben hat sich keine Spur gefunden, wenn man nicht große Anhäufungen von Asche und zerfallenen Ziegeln dafür ansehen will.

Um diese Zeit kommt endlich auch der Frühling, wenngleich die Abende und Nächte noch immer sehr kalt sind und man manchmal sogar zum Schreiben der Listen und Tagebücher Handschuhe anziehen muß. Die Blätter der Bäume beginnen grün zu werden, und die Ebene ist bunt von Anemonen und anderen Frühlingsblumen. In Scharen kommen die Störche zurück, aber obwohl Schliemann auf sein Holzhaus und auf das steinerne Gebäude Räder und andere einladende Nestgrundlagen legt, kommt keiner zum Nisten. Das windige Troja gefällt ihnen nicht. Die Sümpfe des Skamander sind voll von Millionen Fröschen, die Tag und Nacht ihre aristophanischen Konzerte vollführen.

Aber der Tempel war doch da, wo er zu vermuten war! Die Fundamente werden aufgedeckt und ebenso die großen Sandsteinplatten des Fußbodens. Er ragte zu hoch, als daß mehr von ihm hätte übrigbleiben können. Dafür hat sich von den späteren Tempeln viel mehr erhalten, und jeden Tag gibt es Ärger mit den maßlos schweren Marmorblöcken korinthischen Stils, die viel Zeit und Kraft fressen, bis sie in den Abgrund gerollt sind. Auch die befremdlichen Funde der ersten Zeit tauchen mit einem Male wieder auf, gleich unter dem Tempel massenhaft Steinmesser und klotzige Äxte aus Diorit, Hämmer aus schönem Nephrit, die blödsinnigen Brummkreisel gleich zu Hunderten, Darstellungen der Eulengöttin, Münzen von Augustus bis Konstantin. Aber dann kommen auch wieder andere Dinge, die zum homerischen Troja gehören könnten, eine Kupfernadel, mit Goldkügelchen geschmückt, oder, beim großen Turm, ein prachtvoller Kristallknopf, der einen voll ausgearbeiteten Löwenkopf darstellt, wie er etwa das Zepter des Priamos geziert haben könnte, oder, aus der gleichen Tiefe, ein flötenähnliches Elfenbeinrohr.

Die letzte Märzwoche vergeht wieder tatenlos, denn nachdem ein eisiger Nordsturm jede Arbeit unmöglich gemacht hat, erbitten die Arbeiter freie Tage, diesmal aber nicht für einen Heiligen, sondern zur Bestellung ihrer Weinberge. Auch Schliemann weiß diese freie Zeit nützlich anzuwenden: zu einer Polemik mit Frank Calvert im »Levant Herald«, der, ähnlich wie Herr Nikolaides im vorigen Jahr, eine Menge Unsinn über Troja erzählt hat.

Als danach, Anfang April, wieder gutes Frühlingswetter einsetzt und sich die anderthalbhundert Arbeiter wieder treulich eingefunden haben, graben sie gleich am großen Turm ein Haus aus. Acht Zimmer hatte es – aber vielleicht wird man noch mehr finden. Die Fußböden sind aus geglättetem Kalkstein, und Brandstreifen an den unteren Enden der Wände beweisen seinen gewaltsamen Untergang. In einem Raum steht eine lange Reihe von mannshohen Pithoi, die Korn, Wein und Öl enthalten haben mögen. Aber anderthalb Meter über diesem Hause, das zum homerischen Troja gehören muß, steht der Tempel, der ebenfalls trojanisch sein soll. Rätsel über Rätsel! Wenn eine Stadt schön säuberlich über der anderen gebaut wäre wie in einer Schichttorte, dann wären sie schnell gelöst, aber so, da alles kreuz und quer durcheinandergeht, findet sich so rasch kein Ausweg.

Statt dessen findet sich aber ein Weg, eine über fünf Meter breite Straße aus anderthalb Meter langen sauber gearbeiteten

Steinplatten. Zehn Meter von ihr sind bis Mitte April freigelegt. Verschiedene Anzeichen deuten darauf, daß sie zu einem Tore führte, also natürlich dem Skaiischen. Und nach oben? Dort muß natürlich auch ein besonderer, ein markanter Punkt der Stadt gelegen haben. Könnte das nicht vielleicht der Palast des Priamos sein? Jedenfalls werden sofort hundert Mann von den anderen Grabungen abgezogen und hier eingesetzt, um die Straße in nordöstlicher Richtung weiter freizulegen.

Dafür muß zunächst einmal ein Erdblock von vierundzwanzig Meter Länge, vierundzwanzig Meter Breite und zehn Meter Höhe beseitigt werden. Die Gefahr ist groß, daß die Platten dieses königlichen Weges inzwischen als ideales Baumaterial heimlich weggeschleppt werden. Sofort läßt Schliemann das Gerücht aussprengen, auf dieser Straße sei Jesus Christus einst hinaufgezogen, um König Priamos zu besuchen, und um diesem Gerücht noch stärkeren Nachdruck zu verleihen, läßt er in der Erdwand ein großes Christusbild anbringen. So sind die Steine durch den Aberglauben der Christen vor ihnen geschützt, und die Türken werden sich so an dem Bilde ärgern und vor ihm scheuen, daß sie die Platten auch nicht anrühren werden. Ebenso wird das ausgebrannte Haus mit den Tonfässern durch ein knalligbuntes Madonnenbild geschützt.

Im Mai ist der Erdblock abgetragen. Am Ende der Straße stehen zwei große Gebäude, eines über den Resten des anderen, beide durch Feuer vernichtet, wie die Wände zeigen. Schwarze, rote, gelbe Asche und nicht wenig verkohlte Trümmer füllen die Räume. Aber die Straße führt noch über diese Häuser hinaus? Also, so schade es darum ist, weg mit drei Wänden des einen der Häuser! Das Opfer lohnt sich, denn nun kommen zwei große Tore, sechs Meter voneinander entfernt, zum Vorschein, und sogar die riesigen Kupferbolzen sind noch vorhanden, die einst die Flügel hielten.

Also war die neuliche Vermutung, daß die Straße unterhalb zum Skaiischen Tore führen müsse, falsch: dies muß ja das Skaiische Tor sein! Dadurch wird allerdings Troja sehr viel kleiner, als man gedacht hatte. Das ist natürlich bedauerlich, aber was tut's? Das Skaiische Tor, Schauplatz so vieler ergreifender Szenen der Ilias, ist gefunden! Hier saß Priamos mit den sieben Stadtältesten, und Helena bezeichnete ihm die griechischen Helden. Hier stürmte Hektor zum Kampf, als er von der Pergamos kam – ja, und dann muß ja auch das Haus oberhalb dieses Tores das Haus des Priamos sein! Jenes Haus, das voll von Gefäßen war, Vasen mit Eulengesichtern und einer, die eine Inschrift hatte, die leider niemand lesen kann und die mit keiner bekannten Schrift Ähnlichkeit hat.

Damit ist die gestellte Aufgabe gelöst. Troja ist als historisch nachgewiesen.

Freilich ist in Schliemann unter aller Freude und Genugtuung viel Resignation, denn ob seine Beweise Anerkennung finden werden, bleibt fraglich. Auch all die rätselhaften und wirren Dinge sind eine große Last. An den Sohn Sergej schreibt er: »Drei Jahre haben wir nun gegraben. Zweihundertfünfzigtausend Kubikmeter haben wir weggeschleppt, und ein schönes Museum von höchst merkwürdigen, noch nie gesehenen Altertümern haben wir in den Tiefen Ilions gesammelt. Jetzt sind wir aber müde, und da wir unser Ziel erreicht und die große Idee unseres Lebens verwirklicht haben, so stellen wir die Grabungen hier in Troja am fünfzehnten Juni auf immer ein.«

Da Sophias Vater Ende Mai stirbt und sie für einige Tage nach Athen fährt, wächst in Schliemann die Niedergeschlagenheit. Lustlos läßt er weiterarbeiten, um die Ringmauern neben seinem Skaiischen Tor noch ein Ende freizulegen, aber – wozu eigentlich? In den Briefen an die Verwandten und Bekannten in der alten Heimat tönen, wie in dem an Sergej, die Siegesfanfaren, und ebenso in den Berichten für die Zeitungen. Doch im Tagebuch klingen sie gedämpfter, und zwischen den Zeilen spukt die Furcht, zuviel versprochen zu haben, das Geständnis – das er nicht einmal sich selbst machen will –, enttäuscht zu sein. Wenn die Beweise schon für ihn selbst nicht genügen, wie sollen sie dann die kritische Welt und gar die überkritischen Fachleute überzeugen?

Bestimmt, der fünfzehnte Juni wird der letzte Tag sein, und danach wird er sich Mykene zuwenden, so schreibt er an Brockhaus.

Sophia kehrt zurück. Die letzten Arbeiten, die mehr der Aufräumung als der Neufindung dienen, neigen sich dem Ende zu. Noch zwei Tage, und man wird die Troas auf immer verlassen.

Der vierzehnte Juni 1873. Wie Abschied nehmend, geht Schliemann mit Sophia am frühen Morgen durch die Grabungen. Es ist doch viel, sagt er sich, und bestätigt sie ihm, was er erreicht hat. Aber was soll er erwidern, wenn jemand behauptet, seine Mauern stammten gar nicht von Troja, sondern von einer namenlosen Stadt? Wenn man den Querschnitt des großen Nordsüdgrabens ansieht, zählt man vom Gipfel bis zum Urboden sieben verschiedene Schichten. Wenn jemand sagte: deine zweitunterste Schicht ist nicht das homerische Troja, wie willst du die Wahrheit deiner Behauptung beweisen? Durch die Brandspuren? Die finden sich auch in der dritten und fünften Schicht von unten gerechnet. Es fehlen, ehrlich und offen zugegeben, unwiderlegliche Beweise.

»*Doch,* Sophia«, sagt er fast flehend, »dies *ist* das Skaiische Tor, dies *ist* die Ringmauer, dies *ist* das Haus des Priamos.« Mit vom Wind und Sand und Wachen geröteten Augen blickt er noch einmal die Mauern an, ob sie nicht vielleicht sprechen und ihm zustimmen wollen. Da rutscht gerade vor ihm ein Erdbrokken von der Wand, und die Sonne fällt über ein merkwürdig geformtes Gebilde aus gebuckeltem grünem Kupfer her, spielt über seine Wandung, läßt es dahinter golden aufblitzen.

Schliemann hat wie in einem Krampf Sophias Arm ergriffen und preßt ihn wie mit eisernen Zangen zusammen. »Sophidion«, flüstert er heiser, »ich glaube, dort ist ein Schatz verborgen. Wie halten wir nun die Arbeiter fern? Es sind genug unehrliche Leute dabei. Sie werden uns die Hälfte stehlen und verschleppen.«

»Rufe Arbeitsschluß aus.«

»Jetzt, um acht Uhr früh?«

»Laß mich nur machen.«

Mit ein paar Schritten steht Sophia auf einem Vorsprung und legt die Hände an den Mund. »Paëdos, Paëdos«, ruft sie. Erstaunt laufen die Aufseher herzu, überzeugt, sich verhört zu haben. Sophia empfängt sie mit Lachen: »Wie oft hat der Effendi über eure vielen Festtage gescholten, wie? Und dabei hat er ganz vergessen, daß er heute einen solchen hat, den er feiern muß. Eben erst ist es ihm eingefallen. Ihr könnt alle nach Hause gehen, aber vorher wird Nikolaos euch euren vollen Tagelohn auszahlen.«

Vergnügt und Glückwünsche rufend, zerstreuen sich die Griechen und Türken in ihre Dörfer. Sophia eilt zu Schliemann zurück, der in bebender Erregung vor dem vermeintlichen Schatz auf und ab geht.

»Sie sind alle fort, wir können anfangen«, ruft sie, und beide springen sie auf einen Mauerrest vom Hause des Priamos, von dem aus man bequem an das kupferne Gerät reichen kann.

Schon ein erstes Tasten zeigt, daß es nicht leicht sein wird, die Dinge zu bergen. Sie stecken in einer anderthalb Meter dicken steinharten Schicht von roter Asche und kalzinierten Trümmern, und gleich darüber hängt steil die zwei Meter dicke und sechs Meter hohe Festungsmauer. Ein zu tief in die tragende Grundschicht gegrabenes Loch, ein unvorsichtig gelöstes Stück mag ausreichen, um die Mauer selbst zum Einsturz zu bringen und Schatz und Schatzgräber unter sich zu verschütten.

»Geh beiseite, Sophidion«, flüstert Schliemann, »ein Opfer ist genug, und«, er versucht zu lächeln, »du mußt ja doch wissen, wo du dann eventuell mich ausgraben kannst.«

Vorsichtig beginnt er mit dem Taschenmesser um den kupfernen Gegenstand herumzuschneiden und von der freiliegenden Stelle her die harte Erde abzutragen. Die Minuten zerdehnen sich zu Stunden, aber hier muß der Ungeduldige geduldig, der Eilige schneckenlangsam sein – nicht wegen des Tantalosfelsens, der über dem Haupte droht, den hat er längst vergessen, sondern um nichts zu verderben, was für die Wissenschaft von Wert sein könnte. Endlich läßt sich das Kupferstück aus der Wand lösen – es ist ein halbmeterlanger, flacher, ovaler Schild mit einem rinnenumgebenen hohen Nabel in der Mitte, Homers »aspis omphaloeides«.

»Sophia, bitte, bringe die Stücke einzeln, wie ich sie finde, ins Haus. Die sind dann wenigstens in Sicherheit, wenn uns jemand überraschen sollte. Aber schließ die Tür gut zu! Um der Götter willen – wo ist unser armenischer Aufpasser?«

»Wo soll er schon sein«, antwortet Sophia gleichmütig, nimmt ihren großen roten Schal von den Schultern und wickelt den Schild ein. »Wenn er nicht schläft, so raucht er, und wenn er genug geraucht hat, schläft er wieder ein Stückchen. Etwas anderes hat er doch noch nie getan. Ich habe ihn jedenfalls noch nicht bei den Grabungen zu sehen bekommen.«

Schliemann hört schon nicht mehr, was sie sagt. Wieder bohrt er mit seinem Messer, und einen Gegenstand nach dem anderen schenkt die Erde Trojas ihrem treuen Propheten.

Als die Finder alles in ihrem Hause haben und des genauen Betrachtens nicht müde werden können, sind es:

1. der kupferne Schild;
2. ein kupferner Kessel;
3. eine kupferne Platte, auf der durch den Brand eine kleine silberne Vase festgeschmolzen ist;
4. eine kleine kupferne Vase;
5. eine runde Flasche aus Gold, 403 Gramm schwer;
6. ein halbpfündiger goldener Becher;
7. ein schiffsförmiger goldener Becher von sechshundert Gramm;
8. ein kleiner Becher aus Elektron;
9. sechs Silberbarren, zusammen über ein Kilo schwer;
10. drei silberne Vasen, zwischen fünfzehn und einundzwanzig Zentimeter hoch;
11. eine silberne Schale;
12. ein kleiner silberner Becher;
13. zwei kleine silberne Vasen;
14. dreizehn kupferne Lanzenspitzen;
15. vierzehn kupferne Äxte;
16. sieben kupferne Dolche;
17. ein kupfernes Messer;
18. Bruchstücke eines Schwertes;
19. eine vierkantige Kupferstange;
20. ein zerschmolzenes kupfernes Etwas, das in seiner Form einem großen Schlüssel ähnlich sieht.

»Und das am vorletzten Tag«, sagt Schliemann sinnend. »Wenn ich nochmals darüber nachdenke, wie diese Dinge lagen, wie sie einen genauen viereckigen Haufen bildeten, so scheint es mir gewiß, daß sie in einer hölzernen Kiste gelegen haben. Und der Schlüssel dazu ist ebenfalls vorhanden. Vermutlich hat jemand aus der Familie des Priamos den Schatz in aller Eile in eine Kiste gepackt, ist dann aber auf der Mauer von Feindeshand oder vom Feuer erreicht worden und hat die Kiste im Stich lassen müssen, die dann gleich darauf von Asche und Steinen des danebenstehenden königlichen Hauses zugedeckt wurde. Vielleicht gehörten dem Unglücklichen, der den Schatz zu retten versuchte, auch die Dinge, die wir vor ein paar Tagen an der gleichen Stelle fanden, der zertrümmerte Helm und die Silbervase und der Elektronbecher. Kurzum, Sophia, jetzt, glaube mir, jetzt kann mir niemand mehr widersprechen: wir *haben* Troja!«

»Dein Glaube hat dir geholfen«, antwortet Sophia schlicht und greift nach der großen Silbervase, um sie genauer anzusehen, als es bisher möglich gewesen ist. Plötzlich stutzt sie – dann räumt sie mit zitternden Händen einen zweiten Tisch ab, rücksichtslos die Papiere ihres Mannes zusammenschiebend, legt ihren Schal als Decke darauf und dreht dann die Vase darüber um. Klingend rieselt Gold auf Gold heraus und türmt sich zu einem mattfunkelnden Haufen. Da liegen sie nun, Diademe, Ketten, Armreifen, Ohrringe, Ringe, Knöpfe und Unmengen kleiner goldener Zierate. Die beiden, der alternde Mann und die schöne junge Frau, stehen da und wissen kein Wort zu sagen. Schließlich atmet Schliemann tief ein und sagt: »Schreib auf, Sophia, ich diktiere:

1. ein Diadem, einundfünfzig Zentimeter lang, bestehend aus einer goldenen Kette, von der auf jeder Seite acht dicht mit kleinen Goldblättern belegte Ketten heruntergehen, am Ende jeder der Ketten ein Idol mit dem Eulenkopf. Vom Stirnband hängen – einen Augenblick, ich zähle sie schnell – vierundsiebzig ebenfalls mit goldenen Blättern bedeckte Kettchen mit doppelten Blättern an ihrem Ende;
2. ein Diadem, fünfundfünfzig Zentimeter lang, das Stirnband etwas über einen Zentimeter breit, mit siebenundvierzig zehn Zentimeter langen Kettchen, Schläfenschmuck je sieben blättergeschmückte Ketten;

3. ein Stirnband mit Punktornamenten;
4. zwei Ohrgehänge, wie Körbchen gebildet, an denen je sechs Kettchen hängen, die in die Eulenidole auslaufen, insgesamt neun Zentimeter lang;
5. zwei ungleiche kürzere Ohrgehänge, sonst den anderen ähnlich;
6. sechs goldene Armbänder, vier bis sieben Millimeter breit, teils offen, teils geschlossen;
7. sechsundfünfzig goldene Ohrringe verschiedenster Formen;
8. zahllose kleine Gegenstände aus Gold, die wahrscheinlich auf Fäden gezogen oder auf Leder oder Stoff befestigt waren, Würfel, Sterne, Blätter, Prismen, Zylinder, Ringe, Knöpfe, Doppelknöpfe, Stäbchen, Schieber, Adler.«

Als sie die Registrierung beendet haben, ist der Morgen nahe. Aus dem weichen Grau über dem Ida-Gebirge brechen rosige Strahlen, die goldene Ränder um ein paar höher ziehende Wolken malen. Schliemann nimmt das große Diadem vom Tisch, legt es Sophia unter dem Turm ihrer schwarzen Haare um die Stirn, gibt ihr das zweite als Kette um den Hals und befestigt die Ohrgehänge an ihren Ohrläppchen.

Und dieses eine Mal in seinem Leben nennt er sie mit einem anderen Namen, der auch nur ein kaum vernehmbares Flüstern ist: »Helena.«

6 Was dem großen Funde folgt, ist alles überstürzt. Um die Umgebung der Fundstelle ganz durchforschen zu können, muß das Holzhaus, Heimat dreier Jahre, abgerissen werden. Das Ergebnis besteht in einigen aufschlußreichen Mauern.

Nach drei Tagen, am siebzehnten Juni, wird die Grabung eingestellt, und Schliemanns rüsten sich zur Abreise. Ihre Koffer enthalten nicht viel mehr als bei der Ankunft im Januar. Treue Dienerhände haben den Schatz, der nun der Schatz des Priamos heißt, einzeln weggeschmuggelt (während ungetreue Arbeiter einen weiteren Schatzfund verheimlicht und unterschlagen haben).

Lange, erregte Beratungen sind vorhergegangen. Nach dem Ferman steht der türkischen Regierung die Hälfte aller Funde zu. Aber wie soll man die untrennbare Einheit dieses Schatzes zerteilen? Mir ein Ohrring, dir der zweite, mir die rechte Hälfte des Diadems und dir die linke? Wenn vernünftige Leute in Konstantinopel säßen, könnte man sich wohl mit ihnen einigen, zum Beispiel dadurch, daß man den Regierungsanteil zurückkauft. Aber dort ist auch nicht einer, der genügend Verstand hätte, der einsähe, daß um der Wissenschaft willen der Fund in seiner Gesamtheit beieinander bleiben muß. Und selbst wenn man einen Modus der Teilung fände: die Konstantinopler Hälfte würde auf unabsehbare Zeit der Forschung entzogen sein, wenn sie tatsächlich in das Museum käme, aber dessen kann man keineswegs sicher sein.

Ein weiterer gewichtiger Grund kommt hinzu: die Hohe Pforte hat den Vertrag nicht gehalten. Plötzlich, aus heiterm Himmel ist im vorigen Jahr eine lakonische Nachricht gekommen, die Bedingung, nach der Schliemann seinen Anteil ungehindert aus der Türkei ausführen dürfe, sei aufgehoben. Dafür werde ihm gestattet, seine Funde innerhalb der Türkei nach Belieben zu verkaufen. Schliemann hat gerast, als dieser Brief kam. Handelt er noch mit Indigo? Gräbt er nach Handelsware oder um einen Gewinn zu erzielen? Gibt er nicht vielmehr um der Wissenschaft, um seines Homer willen in jedem Jahr Zehntausende aus, ohne irgendeinen Lohn dafür zu erwarten außer dem Dank der humanistischen Welt?

Nein, der Fall liegt sonnenklar: die Türkei hat den Vertrag zuerst gebrochen, also braucht Schliemann sich auch nicht mehr an ihn zu halten. Darum fährt nun, dreitausend Jahre nach Trojas Eroberung, der Schatz des Priamos auf einem Schiff zu den Griechen, deren Vorfahren er einst entging. Kaum gefunden, ist er aufs neue verschwunden. Jetzt bekommt es endlich einen Sinn, daß Sophia eine so weitverzweigte Verwandtschaft hat. Ein Onkel hat eine halbvergessene und dreiviertelverfallene Scheune am Wege nach Eleusis. Eine Tante wohnt am Phaleron. Eine Kusine hat einen Mann geheiratet, in dessen Weinberg ein uralter hohler Feigenbaum steht. Ein Vetter hat ein Gartenhaus am Lykabettos. Überallhin verschwindet etwas, und da Sophia, kaum angekommen, zur Kur nach Ischia reist, muß ihr ein zuverlässiger Diener nachfahren, um ihr Nachricht zu bringen, wo der Schatz versteckt wurde, der ja auch ihr gehört.

Und nun braucht Schliemann seine zum Reißen angespannte Geduld nicht mehr zu zähmen. Nun darf er urbi et orbi verkünden, was er gefunden hat: nicht nur Troja, sondern auch den Schatz des Priamos.

Die ganze Welt hält einen Augenblick den Atem an.

Was dort unten in einer Fieberecke Kleinasiens vor sich ging, wußte sie aus zahlreichen Zeitungsberichten. Aber wieviel Leser interessierten sich schon im Ernst für alte Mauern, die angeblich zu einer Stadt gehören, die man nur verschwommen aus der Sage, aus vagen Schulerinnerungen im Gedächtnis hat? Ein Schatz dagegen, so groß und goldschwer, wie er noch nie gefunden wurde, ungeheuer wie die Reichtümer der Königin von Saba oder wie auf den versunkenen Schiffen der spanischen Armada – das liest jeder, das behält jeder, darüber spricht jeder.

Aber kann man es denn glauben, was die Zeitungen aller Länder in allen Sprachen mit dicken Schlagzeilen ausschreien? Der schlichte, unbefangene Leser tut es, warum wohl nicht? Er ist von Schliemann begeistert, der über alle Grenzen hinweg der populärste Mann des Jahrhunderts wird. Aber nun beginnen sich auch mit einem Schlage die Leute vom Fach zu rühren, die Professoren und die Archäologen, die bisher dem armen Irren in der Troas mit einer Mischung von Mitleid und überlegenem Spott zugeschaut hatten.

»Am Ende hat dieser Deutsche amerikanischer Nation sein Vermögen als Schmuggler erworben. Vielleicht hat er die Sachen nicht bei seinen Ausgrabungen, sondern beim Trödler gefunden«, schreibt der Direktor der Universitätsbibliothek von Athen.

Professor Wernicke in Deutschland meint, wer sein Vermögen in Rußland durch Salpeterschmuggel aus Preußen erworben habe, dürfe in keiner Hinsicht ernst genommen werden.

»Was hat er schon gefunden? Töpfe. Und wer sagt uns, daß seine Töpfe nicht gefälscht sind?« fragt ein anderer Fachmann in einer anderen Zeitung.

Professor Doktor Suchau erklärt: »Schliemann war fünfzig

Jahre Kaufmann, dann wurde er Schüler der Archäologie. Das ist alles, was der Anstand mir erlaubt, über ihn zu sagen.«

Professor Doktor Stark urteilt: »Sinnverwirrender Humbug!«

Professor Rhousopoulos in Athen dekretiert: »Der trojanische Schatz kann selbstverständlich nicht das allergeringste mit dem Schatz des Priamos gemein haben.«

Professor Conze in Wien gibt Schliemann den Rat, sein Geld nicht im Graben nach Hirngespinsten zu vergeuden, sondern es lieber an fähigere Leute und wirkliche Gelehrte zu geben, damit diese durch Ausgrabungen die Wissenschaft bereichern mögen.

Ähnlich tönt es von manchen Orten und aus manchen Mündern, am lautesten aber aus Deutschland, dem Vaterlande Winckelmanns, der Heimat der Facharchäologie, dem Lande einiger Dutzend ordentlicher Professoren der Altertumswissenschaft. Aber Deutschland geht noch einen Schritt weiter; der »Kladderadatsch« lanciert einen Gassenhauer:

»Dies alles fand Schliemann von furchtbarstem Wert,
die göttliche Vorsicht hat's ihm beschert.
Und daß es kein Stehldieb von dannen ihm trug,
packt's gleich seine Frau in ihr Umschlagetuch.«

Das geht ein wie Öl und ist doch beißendes Gift. Fast schlimmer noch ist das Gerücht, der Verfasser dieser Verse sei kein anderer als der ehemalige Lehrer des Kronprinzen, der Freund und Berater der alten Kaiserin, der berühmte Professor Ernst Curtius, dessen leichte Hand im Versemachen jedermann bekannt ist.

Hatten die Gelehrten teils Keulenschläge, teils Giftinjektionen ausgeteilt, so fährt die türkische Regierung das schwere diplomatische Geschütz auf und läßt durch ihren Gesandten in Athen Schliemanns Haus beschlagnahmen. Aber nicht das geringste Stückchen wird gefunden.

Schliemann selbst weiß nicht recht, was er mit seinem Schatz anfangen soll und wie er ihn am besten der Welt nutzbar machen kann. Während er die dreiundzwanzig Berichte über seine trojanischen Grabungen für den gespannt wartenden Verleger – Brockhaus war im März selbst in Troja gewesen – zusammenstellt, denkt er darüber nach.

Der naheliegendste Gedanke wäre natürlich, seine Wahlheimat damit zu beglücken. Und da er sowieso den Wunsch hat, Mykene und Olympia, Delphi und Delos auszugraben, macht er dem griechischen Parlament einen entsprechenden Vorschlag, der auch gleich die Schenkung eines prachtvollen Museumsbaues für alle seine bisherigen und künftigen Grabungsfunde einschließt. Das Parlament stimmt jubelnd zu, und das Volk ist begeistert.

Nun liegt die Sache beim Ministerium. Schliemann schreibt diesem, daß er entschlossen sei, sich dauernd in Griechenland niederzulassen und durch seine künftigen Grabungen die griechische Urgeschichte zu beleben. Sämtliche Kosten werde er tragen und werde das Museum bauen, aber bis zu seinem Tode sollen seine Funde sein Eigentum bleiben.

Der Minister, halber Orientale, antwortet entsprechend: »Ihre Niederlassung in Griechenland betrachten wir als Ehre und freuen uns über die Liebe, die Sie diesem klassischen Boden entgegenbringen. Wir haben Ihr Angebot mit Entzücken gelesen und werden sorgsam prüfen, auf welche Weise wir davon Gebrauch machen können.«

Nun mischt sich aber der Syllogos, die Griechische Archäologische Gesellschaft, ein. Sie hat zwar bisher kaum etwas geleistet, was irgendwelcher Beachtung wert wäre, aber daß ein hergelaufener Ausländer allen Ruhm ernten soll, den ihre eigenen einheimischen Mitglieder ganz und gar nicht erreichen können? Das ist unmöglich! Und dabei brauchen sie gar nicht einmal von ihrem flammenden Neid zu sprechen. Sie können sich ganz schlicht auf den Boden des Gesetzes zurückziehen, das jeden Privatbesitz aus Ausgrabungen auf griechischem Boden verbietet.

Schliemann, in seinem Drang zu neuer Tätigkeit, macht einen Fehler und denkt, er könne in Griechenland erneuern, was ihm in den Vereinigten Staaten gelang: in einer Eingabe fordert er das Parlament auf, das Gesetz zu ändern. Nun braucht das Ministerium auch dem größten Steuerzahler des Landes gegenüber nicht mehr liebenswürdig und höflich zu sein. Es kann kurz und knapp Antrag und Angebot ablehnen.

Wieder einmal gehen alle Pferde mit Schliemann durch, obwohl er allmählich zweiundfünfzig geworden ist. Nun, in seinem hellen Zorn auf neidische und intrigante Kollegen, auf bürokratische und schleichende Minister, schreibt er hierhin und dorthin. Heute bietet er seine Funde dem Britischen Museum an, das ihm die ersten Eindrücke von der Welt der Antike gegeben hat, und denkt dabei gewiß auch daran, daß aus England nur begeisterte und uneingeschränkte Zustimmung zu seiner Arbeit gekommen ist; Männer wie Gladstone und Sayce und Max Müller haben schließlich ein ganz anderes wissenschaftliches Format als die kleinen zeternden deutschen und griechischen Professoren. Mag denn auch der Schatzkanzler Lowe den Antrag Lord Stanhopes auf Weiterführung der trojanischen Grabungen durch den britischen Staat ablehnen, weil sie, wie er wörtlich sagt, nicht zu praktischen Zwecken führen würden, sondern höchstens zur Befriedigung der Neugier derjenigen, welche glauben, daß die Erzählung Homers eine wahre und historische, nicht eine Schöpfung der Phantasie sei.

Dann denkt er an den Louvre, das erste Museum der Welt, das nicht einem König oder Papst, sondern dem ganzen Volke gehörte.

Dann weist ihn der maßgebende französische Archäologe Burnouf an Neapel und Fiorelli, dann kommt St. Petersburg an die Reihe, dann München und sogar das kleine Schwerin, nicht weil es die Residenz seiner Heimat ist, sondern weil es einen feinsinnigen und begabten Museumsdirektor hat, Friedrich Schlie, der sich von den ersten Nachrichten an warm für den homo novus eingesetzt hat.

Aber Rußland lehnt ab. England zögert. Frankreich antwortet nicht. Italien zweifelt.

Inzwischen hat die türkische Regierung von Griechenland die Auslieferung des ganzen Schatzes gefordert, aber da hat sich Athen doch ermannt und dieses Ansinnen mit Energie zurückgewiesen. Die Türkei beginnt einen Prozeß.

Kurz entschlossen, reist Schliemann, nachdem er eine neue Eingabe wegen Mykene an das Ministerium gerichtet hat, mit Sophia an Ort und Stelle. Er will keineswegs Ausgrabungen machen. Er nimmt auch keineswegs Arbeiter zur Hilfe an, um niemanden verstimmen zu können. Er kommt als archäologischer Tourist, der inzwischen in Troja nicht wenige Erfahrungen gesammelt hat und deshalb das Gelände der Burg mit ganz anderen Augen ansieht als vor Jahren auf der Peloponnesreise. Jetzt erkennt er gleich neben dem Löwentor ein paar Hauswände der kyklopischen Bauart und deutet eine Steinplatte ohne jeden ornamentalen Schmuck richtig als Grabstele. Beides bestärkt ihn in seinem Glauben von damals und macht ihn hellsichtig für die Methode, die er einschlagen muß, sobald die Herren des Ministeriums früher oder später zur Einsicht kommen. Zu diesem Zweck gräbt er auch mit Messer und Taschenschaufel ein paar Löcher. Er sammelt auch ein paar Scherben auf, die im Grase liegen, dreieinhalb Steinbrocken und zwei primitive Kühe aus Terrakotta.

Das Ministerium hat längst wieder vergessen, daß es vor ein paar Tagen noch für Schliemann eintrat und damit selbst eine Brücke zu bauen begonnen hatte. Vielleicht haben auch ein paar Professoren neunzehnter Größe das verlöschende Feuerchen noch einmal kräftig geschürt und ein Erkleckliches vom Öle ihrer Bitterkeit hineingegossen. Jedenfalls donnert der Kultusminister ein Telegramm an den Präfekten von Argos heraus, »dem Deutschen« Schliemann jeden Spatenstich und Grabungsversuch zu verbieten. »Vielleicht nimmt er Sachen weg oder vertauscht ihren Platz.« Zugleich telegraphiert der Direktor der Archäologischen Gesellschaft: »Der Amerikaner Schliemann ist ein Betrüger, der die mykenischen Kostbarkeiten mit seinen trojanischen vermischen und dann wegschaffen wird!« Eine Stunde später kommt ein dreifach dringendes Telegramm des Ministers an den Präfekten: »Was der Fremde gefunden hat, ist sofort zu konfiszieren!«

Sämtliche Behörden der Provinz beben wie Berge im Weltuntergang. Das Schlimmste ist: der Mann und die Frau, die zwischen den Trümmern Mykenes spazierengingen, sind nicht mehr da. Sie sind verschwunden, als hätte sie der heilige Boden Griechenlands verschlungen. Auf Stunden sind sämtliche Telephonleitungen, sämtliche Telegraphendrähte besetzt. Im Kultusministerium beginnt sich eine schreckliche Ahnung durchzusetzen: diese Banditen haben ganz Mykene bis zwanzig Meter unter dem Boden in die Tasche gesteckt und sind nach Amerika entflohen. Die Provinz Argos hat zu allem Unglück nicht genügend Truppen, um sämtliche Wege zu zernieren, und die paar Gendarmen reichen knapp für die Straßen der Hauptstadt.

Im übrigen müssen nicht einmal die in Aktion treten, denn sozusagen unter aller Augen sitzen Heinrich und Sophia Schliemann gemütlich in Nauplia in ihrem Hotel und trinken Kaffee, einen recht mäßigen übrigens.

Telegramm, dreifach dringend: »Sofort das Gepäck durchsuchen!«

Im allgemeinen nimmt in der Hierarchie der Beamtenschaft die Höflichkeit nach oben zu, während die Grobheit eine mehr niedersteigende Tendenz aufzuweisen hat. Im Griechenland des Jahres 1874 ist es umgekehrt. Der Polizeidirektor von Nauplia läßt sich im Hotel melden. Durch einen freundlichen Zufall habe er vernommen, daß so liebe und verehrte Gäste gekommen sind. Er möchte doch nicht versäumen, seine Aufwartung zu machen, zumal er mit Sophias Eltern gut bekannt gewesen sei.

Aber dann quält sich der Unglückliche auf seinem Stuhl und wagt kaum, das gastlich Gebotene zu nehmen, Kaffee und Glykisma. Mühsam windet sich ein Gespräch durch die Engpässe der Höflichkeit und über die Heerstraßen der Banalitäten. Schliemanns ahnen längst, was los ist, denn Sophia kennt ihre Landsleute seit ihrer Geburt, Heinrich eigentlich erst seit einem halben Jahr.

Der Polizeidirektor wird vor lauter Verlegenheit blaß und rot, aber erst, als nach Sophias Meinung seine Farbe im Einklang mit dem abendlichen Meere des Golfs draußen steht, hat sie Mitleid mit ihm: »Ich nehme an, Sie wollen sehen, was wir in Mykene gefunden haben? Bitte, bedienen Sie sich. Das Körbchen mit den Scherben steht unter dem Bett.«

Befreit springt der Beamte auf, holt den Korb und beginnt pflichtgemäß ein Protokoll zu schreiben. Aber als er dann den Deckel öffnet, legt er entsetzt seine Feder nieder. Dafür sind das amtliche Papier und die staatliche Tinte wirklich zu schade. »Das ist alles?« stottert er verdutzt.

Sophia nickt und hat Mühe, sich ein Lachen zu verbeißen. Heinrich Schliemann dagegen, der, wahrscheinlich zum ersten- und letztenmal in seinem Leben, die Komik der Situation spürt, sagt mit ernstem Gesicht: »Lüge nicht, Sophia! Ich habe noch etwas in der Tasche.« Und damit zieht er ein zweifingergroßes Etwas hervor und reicht es dem gespannt zugreifenden Polizeidirektor. Mit hervorquellenden Augen sieht der es an – ein Stückchen Marmor, völlig glatt, ohne Bearbeitung, ohne Inschrift. »Ich weiß nämlich nicht, wie diese Art Marmor heißt«, sagt Schliemann wohlwollend, »und wollte einen Fachmann danach fragen. Aber Sie haben natürlich den Vorrang, lieber Herr Direktor, und wenn Sie es beschlagnahmen wollen . . .«

»Aber ich bitte Sie, Herr Doktor Schliemann, das kommt doch gar nicht in Frage! Glauben Sie mir, es tut mir unendlich leid, daß ich Sie behelligen mußte.« Und damit zieht er sich in seine Amtsräume zurück und berichtet dem Präfekten, der seinerseits nach Athen telegraphiert: »Die mitgenommenen Scherben erwiesen sich als ganz unbrauchbar und völlig wertlos, so daß wir sie nicht beschlagnahmt haben.«

Aber damit ist das Satyrspiel noch längst nicht beendet. Nun kommt ein Erlaß des Kultusministers an den Präfekten von Nauplia: »Sie haben übel gehandelt, als Sie dem dortigen Polizeidirektor vertrauten und Schliemann die Erlaubnis gaben, seine Sachen mitzunehmen. Ich habe die Entscheidung nicht Ihnen und dem dortigen Direktor anheimgestellt. Dieser durfte kein eigenes Urteil haben, denn wir können nicht annehmen, daß jemand mit großen Kosten nach etwas gräbt, was dann wertlos sein soll. Sie, Herr Präfekt, der Unterpräfekt und der Bürgermeister von Mykene haben mit Ihren Handlungen bewiesen, daß die griechische Erde schutzlos ist und daß jeder Unbefugte, ohne unseren Gesetzen zu gehorchen, darauf tun kann, was ihm paßt. Im Interesse unseres gemeinsamen Vaterlandes müssen Sie allen Ihren Untergebenen einprägen, daß so etwas nicht wieder vorkommen darf.«

Zu gleicher Zeit schreibt der Generaldirektor der Altertümer,

Professor Panagiotes Eustratiades, einen Bericht an den Minister, in dem es heißt:

»Schliemann verwickelte seine Petition an die Kammer mit anderen Sachen, die ihr einen unverdächtigen Charakter geben und den Zweck verfolgen, die Behörde zu hintergehen. Dieser Mensch hat Mitte Januar eine Erklärung an das Zollamt in Piräus über seine Altertümer aus Troja gerichtet und daraufhin Erlaubnis erhalten, seine Altertümer zu exportieren. Während das Ministerium annahm, dieser Mensch sei mit seinen Altertümern nach Wien oder sonstwohin in Europa abgereist, hat der Präfekt von Argos plötzlich, Mitte Februar, durch ein Telegramm Schliemann angeklagt, er grabe ohne Erlaubnis in Mykene. Der Mensch hat in der Tat am elften Februar seine Petition um Erlaubnis der Ausgrabungen wiederholt und, ich weiß nicht wem, eingereicht oder auch an das Ministerium gesandt, da er offenbar auf die Unordnung unserer Verwaltungen vertraute. Gleichzeitig ist er mit dem Dampfer nach Nauplia gefahren, von dort nach Mykene und hat zu graben angefangen. Dies alles nicht bloß ohne Wissen des Ministeriums, sondern während es auf Grund seiner Gesuche wegen des Exports seiner trojanischen Altertümer annehmen mußte, dieser Mensch existiere nicht mehr in Griechenland.

Das Gesuch Schliemanns zeigt einen Menschen, der glaubt, daß die Griechen ihre Gesetze nicht ehren, weshalb er sich je nach den Umständen über sie lustig macht. Die mit dem Gesuch gleichzeitig verübte Handlung zeigt einen Menschen, der die kompetenten Behörden zu verleiten und zu betrügen sucht.«

Zur selben Zeit überträgt die Regierung die Ausgrabung von Olympia, um die Schliemann ebenfalls nachgesucht hatte, ostentativ an Preußen.

Auf alle diese Dinge antwortet Schliemann dadurch, daß er der griechischen Regierung die Abtragung des sogenannten Frankenturms, der seit Jahrhunderten die Akropolis von Athen verunstaltet, zum Geschenk macht.

Bald hat er Gelegenheit, diese Geste des Grandseigneurs zu wiederholen. In dem Prozeß mit der türkischen Regierung wird er dazu verurteilt, zehntausend Francs Schadenersatz zu zahlen.

Er sendet statt dessen fünfzigtausend zur Verwendung für das Kaiserlich Ottomanische Museum. Im Augenblick ist Safwet Pascha Minister für Volksbildung; dieser schickt ein verbindliches und geradezu herzliches Dankschreiben. So findet Schliemann denn keine Bedenken darin, im gleichen Jahr noch selbst nach Konstantinopel zu reisen, um einen neuen Ferman zu erwirken. Die Arbeit an Troja, das weiß er nun, ist noch längst nicht beendet.

Der Empfang, den er findet, ist keineswegs unfreundlich oder nachtragend. Safwet Pascha, der nur »lieber Freund« sagt, verspricht, alles Erdenkliche zu tun. Mister Maynard, der amerikanische Ministerresident, und der italienische Gesandte Conte Corti tun das gleiche, und sogar der Groß-Logothet, Aristarches Bey, wird gewonnen. »Bleiben Sie nur die paar Tage hier«, sagt er, »Sie können Ihren neuen Ferman gleich mitnehmen.« Doch selbst Groß-Logotheten sind dem menschlichen Gesetze des Irrens unterworfen: auf Quertreibereien aus unbekannter Quelle lehnt der Reichsrat ab.

Aristarches Bey bekommt einen Tobsuchtsanfall, soweit seine Stellung einen solchen zuläßt, und fährt, ohne eine Minute zu verlieren, mit Schliemann zum Minister der Auswärtigen Angelegenheiten, Raschid Pascha. Der ist fünf Jahre lang Gouverneur von Syrien gewesen und hat deshalb schon einige Male dienstlich mit Gemäuer der Vorzeit zu tun gehabt. Außerdem hat er abendländische Bildung und interessiert sich wirklich für das, was Schliemann ihm von seinen Plänen erzählt. »Ich werde bei nächstpassender Gelegenheit Mahmud Nedim Pascha, dem Großwesir, Ihren Fall vortragen und Ihr Anliegen wärmstens befürworten.«

Die Wartezeit ist schon mehr als ausgefüllt. In Rostock hält Schliemann seinen Vortrag »Troja und seine Ruinen« vor der deutschen Philologenversammlung. Im westsizilischen Motye gräbt er wochenlang nach einer prähistorischen Siedlung, die sich aber als viel zu jung herausstellt, und mit Segesta ist es nicht anders und ebenso mit Paestum und Arpinum auf dem italienischen Festland. Albalonga schenkt nicht seine Reste, sondern nur einen handfesten Streit. In Brüssel wird er Mitglied der Akademie der Wissenschaften, und in Holland empfiehlt er der Königin eine begabte junge Griechin als Erzieherin für ihre Tochter. In London ist er der Held des Tages und wird sieben Wochen lang gefeiert, als habe er dem Empire einen neuen Kontinent erobert, und hier beginnt seine Freundschaft mit Gladstone, denn bevor der Staatsmann wurde, hatte er sich als Homerforscher einen Namen gemacht.

Ende April erhält Schliemann den neuen Ferman, der die vom Empfänger stillschweigend akzeptierte Bedingung enthält, daß die Türken zwei Drittel, Schliemann ein Drittel der Funde bekommen soll.

Ohne auch nur einen Tag zu verlieren, fährt er in die Dardanellenstadt und meldet sich, pflichtgemäß, beim Gouverneur des Velajets. Das ist zur Zeit Ibrahim Pascha, ein recht ungnädiger und gewaltsamer Herr, der durch Schliemanns Besuch und den neuen Ferman auf das unangenehmste überrascht wird. Denn Troja ist durch Schliemann berühmt geworden und durch die Zeitungen in Mode gekommen: jeder, der eine Reise im östlichen Mittelmeer macht, hält es für seine Pflicht, die Ausgrabungen zu betrachten (und, ganz nebenbei, ein paar Steine mitzunehmen, die spätestens seine Erben auf den Kehricht werfen werden).

Ibrahim Pascha hat das als glänzende und ständig sprudelnde Einnahmequelle erkannt und den Besuch Trojas stets von einem Privat-Ferman seiner Kanzlei abhängig gemacht. Daß Schliemanns erneutes Eintreffen diese Quelle verstopft, ist klar, und so versucht der würdige Mann, ihn zunächst mit bürokratischen Formalitäten hinzuhalten: die Bestätigung des Fermans sei noch nicht eingetroffen und was dergleichen Feinheiten mehr sind. Nicht weniger als zwei Monate dauert dieses Spiel, bis Schliemanns tägliche Telegramme an türkische Würdenträger und ausländische Gesandte endlich Erfolg haben.

Nun, denkt Ibrahim Pascha gelassen, versuchen wir es also auf eine andere Art. Natürlich streng legal. Der Ferman sieht, wie üblich, die Beiordnung eines türkischen Beamten vor, und der Gouverneur wählt seinen geeignetsten Untergebenen, Izzet Effendi.

Was Ibrahim Pascha nicht gelungen ist, schafft Izzet Effendi. Nach noch nicht ganz drei Wochen hat er den elenden Giaur durch raffiniert erdachte Schikanen derart in Wut gebracht, daß dieser die Grabung abbricht und nach Athen zurückreist. Dort schreibt er einen Brief an die »Times«, der bestimmt ist, wie so manche andere »Letters to the Editor«, Geschichte zu machen. Im Herbst wird Ibrahim Pascha in ein sehr entferntes Vilajet strafversetzt und nicht viel später Izzet Effendi wegen Unterschlagung von Regierungsgeldern verbannt.

Nun wäre der Weg wieder frei, und Schliemann könnte ungehindert nach Troja zurückkehren, denn der Ferman gilt noch über anderthalb Jahre. Aber inzwischen haben sich andere Dinge zugetragen, die Troja für eine Weile in den Hintergrund rücken.

Agamemnon und die Seinen

θεοὶ δέ τε πάντες ὁρῶντο.
Il. XXII, 166

... und die Ewigen sahen das Schauspiel.

1 Argos heißt die Landschaft, die Agamemnon beherrschte, der Völkerfürst, der Sohn des Atreus und späte Nachfahr des Perseus, dessen Eltern Zeus und Danaë waren. Rossenährend und dürstend nennt Homer die Ebene zwischen dem argolischen und dem korinthischen Golf. Die Vorväter, Perseus und Andromeda, wurden einst unter die Sterne erhoben und sehen freundlich auf den, der sie zu erkennen weiß. Grauen aber erfüllt jeden, der aus den Dichtern von Aischylos und Sophokles an bis in die Gegenwart und in die fernste Zukunft hinein Greuel und Schicksal der letzten Atriden kennenlernt.

Das Land ist kahl, steinig, und waldlos sind seine Berge, aber im frühen Jahr duften auch sie nach Salbei, Rosmarin und Thymian, und in den Niederungen blüht zwischen den ernsten Prozessionskerzen der Zypressen der bittere Oleander, der etwas von Grab und Tod an sich hat, hauchen Jasmin und Tuberosen ihren Atem in die Lüfte, in dem etwas von Verwesung ist. Und ist es ein Wunder? Diese Landschaft ist durch das Wort des Dichters auf alle Zeit geprägt: »Dies ist der Weg des Todes, den wir treten.«

Anderthalb Meilen nördlich von Argos endet die Ebene schon

wieder. Wie eine Mauer stellt sich das Hochland von Artemision hin, und dort, wo die Straße nach Korinth diese Mauer zu übersteigen sucht, liegt die Burg der Atriden, Mykene.

»Von Warte wanderte zu Warte, Berg zu Berg
Die Fackelpost bis her zu uns. Der Ida gab
sie an den Hermesberg von Lemnos, und von ihm
empfing der Athos sie, und dürres Heidekraut
zu Haufen angezündet trug die Meldung fort.
Und weiter ging sie; hastig, unermüdlich flog
dies Licht, des Idaberges Ururenkelkind,
bis daß es dieses königliche Schloß erreicht.«

Auf einem der Zwillingsgipfel des Euböaberges stand der vorletzte Wachtturm der Fackelpost. Die gleiche Straße, die vor siebzehnhundert Jahren der Perieget Pausanias zog, reiten nun in der drückenden Schwüle des Augusttages Heinrich und Sophia Schliemann. Steiler, als er von Ferne erschien, steht der Burgberg vor ihnen auf, und ein dunkler Wall gigantischer Blöcke umschließt die Stätte, deren Vergangenheit die Jahrtausende erschüttert.

Es hat Geduld und immer wieder Geduld gekostet, bis diese Stunde gekommen ist. Genauso plötzlich und genauso unbegründet wie die griechische Regierung Schliemann als verdächtigen Räuber betrachtet, hat sie ihre Meinung gewechselt und seinen fast schon vergessenen Antrag angenommen.

Freilich, ihr Mißtrauen hat sie doch nicht aufgegeben und Bedingungen gestellt, die ein Schlag ins Gesicht selbst eines wenig Empfindlichen sind, und Schliemann ist überempfindlich: er darf nur unter Aufsicht der Griechischen Archäologischen Gesellschaft in Mykene graben, und nur innerhalb der oberen Burg. Er trägt sämtliche Kosten und muß alles, was er findet, abliefern, und zwar am gleichen Tage, und zwar an den Ephoros, den ihm die Gesellschaft auf Schliemanns Kosten beigibt. Die Zahl der Arbeiter wird ebenfalls auf eine kleine Zahl beschränkt, damit Herr Stamatakis nicht etwa die Übersicht verliert und von Schliemann betrogen werden kann. Für alles erhält Schliemann das Recht, innerhalb dreier Jahre allein über die Grabung zu berichten und die Funde zu veröffentlichen. Aber das ist auch sein einziges Recht.

Wird so das Löwentor, durch das er nun geht, nicht zu einem unertragbaren kaudinischen Joch? Nein. Schliemann hat den Vertrag genauso vergnügt unterzeichnet wie Panagiotes Eustratiades, der vor gerade zwei Monaten jenen giftigen Bericht über seinen nunmehrigen Partner geschrieben hatte.

Erstens – so haben sich nämlich die Gesellschaft und der Minister gesagt – lassen wir Schliemann nur innerhalb der oberen Stadt graben, wo er doch nichts finden kann, denn das von ihm gesuchte Grab Agamemnons befindet sich nach den Aufzeichnungen des Pausanias außerhalb der Stadtmauer, also in der unteren Stadt, also weit entfernt von der Akropolis. Mag er also dort schaffen, uns damit einen Haufen lästiger und unfruchtbarer Arbeit ersparen und uns obendrein den Ruf der Großzügigkeit einbringen. Für den sehr unwahrscheinlichen Fall jedoch, daß er auch dort etwas Wichtiges entdecken sollte, haben wir ja zweitens unseren Ephoren dabei und finden bei Schliemanns Temperament bestimmt leicht einen Vorwand, mit ihm zu brechen oder ihn doch rechtzeitig auszubooten.

Erstens – so hat sich nämlich Schliemann gesagt – ist dies ja gerade das, was ich wollte, denn das Grab Agamemnons befindet sich nach den Aufzeichnungen des Pausanias, die bisher jeder falsch verstanden hat, außerhalb der Mauer der Akropolis, also in der oberen Stadt. Zweitens bin ich bisher sogar noch mit allen türkischen Paschas fertig geworden und sollte es mit dem lächerlichen langen Pedanten von Aufpasser nicht auch schaffen?

Wer hat nun recht? Pausanias schreibt wörtlich über Mykene: »Unter anderen Überbleibseln der Mauer ist das Tor zu nennen, auf welchem Löwen stehen. Sie (nämlich Mauer und Tor) sind, wie die Sage geht, das Werk der Kyklopen, welche auch die Mauer für Proitos in Tiryns bauten. Unter den Trümmern von Mykene befinden sich die Perseia genannte Quelle und die unterirdischen Gebäude des Atreus und seiner Kinder, in denen sie ihre Schätze aufbewahrten. Es ist dort das Grab des Atreus und die Gräber von Agamemnons Gefährten, die bei ihrer Rückkehr von Ilios durch Aigisthos beim Gastmahl getötet wurden. Ob auch das Grab Kassandras dort gewesen sei, ist allerdings fraglich, denn das bestritten schon im Altertum die Lakedaimonier von Amyklai. Es ist dort das Grab Agamemnons und das seines Wagenlenkers Eurymedon. Teledamos und Pelops, die Zwillinge, die Kassandra geboren haben soll, wurden in demselben Grabe beigesetzt, denn sie sollen als kleine Kinder zusammen mit ihren Eltern von Aigisthos geschlachtet worden sein. Dort ist auch das Grab der Elektra. Hellanikos schreibt, daß Pylades, der sie mit Zustimmung des Orestes geheiratet hatte, mit ihr Medon und Strophios erzeugte. Klytaimestra und Aigisthos aber wurden etwas entfernt von der Mauer begraben, denn sie wurden für unwürdig gehalten, innerhalb derselben begraben zu werden, wo Agamemnon ruht und diejenigen, die mit ihm zusammen getötet wurden.«

Diese Worte, das ist klar, kann man verschieden auslegen, und wenn es auch so scheint, als ob die Griechen und mit ihnen alle Gelehrten, die sie kommentierten – auch Ernst Curtius gehört zu ihnen –, sie richtig auffaßten, kommt es doch weniger auf die richtige Auslegung als auf den richtigen Erfolg an.

Aber statt gleich die entscheidenden Untersuchungen zu beginnen, wie es Schliemanns Gewohnheit ist, stellt er sie einstweilen zurück. Er durchschreitet nicht einmal das Löwentor, sondern macht bei einem eingestürzten Bauwerk halt, das vor dem Tor, am Wege zur Burg, liegt. Die Landleute nennen es Phournos, einen Backofen, die Gelehrten ein Schatzhaus, da es genauso gebaut ist wie das sogenannte Schatzhaus des Atreus. Was hat es mit diesem zerstörten Rest des Altertums auf sich? Weiß jemand Näheres darüber? Ja, ein Arzt aus Athen, Pyrlas mit Namen, hat aufgeschrieben, was er in seiner Jugend von seinem Vater und von zwei alten Goldschmieden in Tripolis darüber erfahren hat. Der Bericht lautet folgendermaßen:

»Im April 1808 kam ein Mohammedaner aus Nauplia zu Veli Pascha, dem Statthalter der Peloponnes, und sagte, er wisse, wo mehrere Statuen versteckt lägen. Veli Pascha, ein gewaltsamer und geldgieriger Mann, ließ sofort durch Zwangsarbeiter die Stelle aufgraben und die Kuppel einschlagen. Mittels einer Leiter stiegen die Arbeiter dann in das Innere des Gewölbes und fanden dort viele alte Gräber und darin Knochen, die mit Gold bedeckt waren. Außerdem fanden sie viele goldene und silberne Schmucksachen und viele Steine, die Gemmen genannt werden. Außerhalb der Gräber fanden sie etwa fünfundzwanzig Statuen und einen marmornen Tisch. Diese Gegenstände ließ Veli Pascha zum Lernaiischen See bringen und dort waschen, um sie dann, in Matten verpackt, nach Tripolis zu bringen, wo er sie um achtzigtausend Gros an fremde Reisende verkaufte. Auch ließ er alle Knochen und allen Schutt in den Gräbern sammeln und vertraute sie den Goldschmieden Konstantikolakos und Skouras an, die durch Abkratzen der Knochen und des Schutts etwa vier Oka, also rund fünf Kilogramm, Gold und Silber zusammenbrachten. Die Knochen und ebenso die Gemmen wurden weggeworfen.«

Als Schliemann das gelesen hat, schüttelte er den Kopf. Das klingt wie ein Märchen aus Tausendundeiner Nacht. Wer hat je von Statuen aus der Heroenzeit gehört? Oder sollte man vielleicht annehmen, daß sie zu einer späteren Zeit in das Grab gebracht worden seien? Und wo war schon einmal von solchen Goldmassen die Rede? Mit Gold bedeckte Knochen – das ist ein ganz typisches Produkt des Märchens! Außerdem erzählen die Alten von Charwati, daß Veli Pascha seine Raubgrabung nicht 1808, sondern 1810 durchführte und daß nur Säulen und Friese, ein marmorner Tisch und ein großer bronzener Kronleuchter gefunden wurden. Merkwürdig, der Tisch ist auch in dem ganz unglaubwürdigen Bericht, aber sonst klingt der zweite viel glaubwürdiger; nur der »Kronleuchter« muß irgend etwas anderes gewesen sein, da Homer niemals von Lampen, geschweige denn von Kronleuchtern spricht. Nicht einmal tönerne Lampen werden von ihm genannt. Auch als Ernst Curtius 1838 mit Otfried Müller hier war, schrieb er nur von roten und grünen Säulenschäften und Tafeln, die mit merkwürdigen Spiralen, Fächern und Muscheln verziert waren.

Aber laßt die Leute reden. Man kann nur das glauben, was man mit eigenen Augen sieht und mit eigenen Händen findet.

Am siebenten August 1876 beginnt Schliemann mit dreiundsechzig Arbeitern seine Grabungen und verstößt damit schon zwiefach gegen die strengen Gesetze der Archäologischen Gesellschaft. Erstens hat sie ihm nur bis fünfzig Arbeiter zugestanden. Zweitens teilt er seine Leute sogleich in drei Gruppen: zwölf Mann stellt er an das Löwentor, um den Eingang in die Akropolis freizugraben, dreiundvierzig läßt er hinter dem Tor einen vierunddreißig Meter langen und ebenso breiten Einschnitt in die oberste Schicht der Akropolis machen, und acht läßt er vor dem Tor den Eingang zu dem eben gesehenen zerstörten Schatzhaus freilegen. An der ersten und der dritten Stelle wird sofort die Schwierigkeit des ganzen Unternehmens sichtbar: der Boden ist hart wie Fels, und in ihm stecken so viele große Steinblöcke, daß sich kaum ein Ende der Arbeit absehen läßt.

Auch er und Sophia graben und bilden sozusagen eine vierte Gruppe. Herr Stamatakis hat ja die Aufsicht über die Arbeiter – also mag er sie beaufsichtigen, soviel er Lust hat, denn in diesen ersten Tagen ist ja sowieso nichts zu erwarten, was man selbst dauernd im Auge behalten müßte. Schliemann gräbt gleich links am Tor ein kleines Zimmer aus, das wohl dem Torwächter gedient hat. Es ist noch nicht einmal anderthalb Meter hoch und beweist, daß in der sonst so schönen Heroenzeit und in dem so unendlich reichen Mykene doch nicht alles zum besten bestellt war: niemand dachte an die Bedürfnisse der Sklaven.

Diodoros, Strabon und Pausanias stimmen darin überein, daß Mykene nach der Zerstörung durch die Argiver im Jahre 468 v. u. Z. nicht wieder bewohnt wurde. Schon der erste Arbeitstag zeigt das Gegenteil, denn die Oberfläche der Akropolis stellt sich als eine neunzig Zentimeter hohe Trümmerschicht heraus, deren Scherben und Terrakottafigürchen aus dem vierten, dritten und zweiten Jahrhundert v. Chr. stammen. Und Stamatakis notiert voll Verdruß, daß sein Aufsichtsobjekt Schliemann gar kein richtiger Archäologe ist, denn alle diese Dinge wirft er, kaum angesehen, mit Gebärden des Ekels weg.

Vierzehn Tage später sieht es schon anders aus. Gleich unterhalb der »modernen« Siedlung steigen Tausende von archaischen Vasenscherben aus dem Boden, viele darunter, die, wieder zusammengesetzt, ganze Gefäße ergeben. Alle sind sie bunt bemalt – horizontale, kreisförmige Streifen, Spirallinien, alle nur erdenkbaren phantastischen Ornamente. Kaum ein ähnliches Stück kennt Schliemann aus den unendlich reichen attischen Funden, aber sie erinnern irgendwie – ohne daß man von einer Gleichheit sprechen könnte – an Gefäße aus Cypern, aus ägyptischen Gräbern, aus Rhodos. Schliemann schreibt in sein Tagebuch, das wieder die Materialsammlung für sein künftiges Mykenebuch sein wird: »Da in den meisten Fällen diese Verzierungen äußerst kompliziert und noch nie vorgekommen sind, würde es meinerseits ein vergeblicher Versuch sein, dieselben zu beschreiben. Ich beziehe mich daher einfach auf die künftigen Abbildungen.«

Das ist wieder eine neue Welt: die Spiralen, die Wellenlinien, die stilisierten Blätter und Blumen und auch manche Tiere, die niemand zu deuten vermöchte: da ist eines mit sehr langen Beinen und einem Pferdekörper, und der Kopf hat einen Storchenschnabel und Gazellenhörner! Aber auch deutlich erkennbare, realistische Gazellen, Pferde, Widder, Schwäne sind da. Menschen kommen ebenfalls vor, die alle auffallend große Augen haben. Doch wie geht es an, daß manche Vasen innen viel schöner bemalt sind als außen?

Wieder Rätsel wie in Troja, nur von ganz anderer Art. War es dort die Eule, die zu Athene wurde, so steht Mykene anscheinend im Zeichen der Kuh. Sehr häufig, ihre Zahl geht schon nach ein paar Tagen in die Hunderte, sind Bruchstücke von Kühen, Kuhköpfen, kuhköpfigen Frauen. Aber das ist ebensoleicht zu deuten wie die trojanische Glaukopis. Heißt Hera nicht bei Homer »boopis«, was Voß und andere ebenso mild wie falsch als »sanftäugig« wiedergaben, obwohl es doch kuhäugig heißen müßte? Und ist nicht gerade Argos das Land, das im Streite der Götter Hera zufiel, worauf Poseidon es mit Dürre schlug? Damit wäre also eine Frage beantwortet, aber viele andere bleiben ungelöst.

Schon gleich zu Beginn hat es einen Zusammenstoß mit Stamatakis gegeben. Stamatakis mag ein braver Mann und ein brauchbarer Gelehrter sein. Aber mehr als das ist er ein kleiner quengeliger Beamter, dem seine vorgesetzte Behörde, die Archäologische Gesellschaft, der Liebe Gott und dem seine Dienstanweisung heiliges Gesetz ist. Für Schliemann dagegen ist der Syllogos ein lächerlicher Verein alberner und aufgeblasener Holzköpfe, und Vorschriften gar sind für ihn nur dazu da, umgangen, umgestoßen, durchlöchert zu werden, wenn seine Aufgabe und sein Ziel es verlangen oder zu verlangen scheinen. Unter diesen Umständen mußte Stamatakis – ohne zu wissen, daß er nur der erste in einer unabsehbaren Reihe sein würde – einen flammenden Protest an seine Auftraggeber schicken: Schliemann läßt die Erde aus dem Löwentor fortschaffen, um den tief verschütteten Weg freizulegen! Das darf er doch gar nicht, denn auf diese Weise ändert er ja das ganze vertraute Bild!

Damit ist von vornherein alles verdorben. Empfindlich, wie er nun einmal ist, betrachtet Schliemann den Bericht Stamatakis' als einen frechen, unerhörten Eingriff in seine, Schliemanns, Rechte. Kann man Stamatakis von seinem Unrecht überzeugen? fragt er sich. Natürlich nicht, denn das weiß man längst, daß mit subalternen Rechthabern nicht zu rechten ist. Soll man also vielleicht nach dem alten mecklenburgischen Rezept auf einen groben Klotz einen groben Keil setzen? Auch das lohnt nicht, denn damit würde man nur einen permanenten Kriegszustand herbeiführen. Ergebnis: am besten ist es, so zu tun, als wenn Stamatakis gar nicht vorhanden wäre, und ihm, um Streit zu vermeiden, so lange und so weit wie möglich aus dem Wege zu gehen.

Daß das ein psychologischer Fehler war und daß man das sakrosankte Gesetz der Dienstordnung durch Nichtbeachtung keineswegs aus der Welt schafft, muß Schliemann vierzehn Tage später erkennen, als es um Schwereres geht. Da hat er eine Wasserleitung entdeckt und will, um sie zu verfolgen – denn sie könnte ja zu der berühmten Perseia-Quelle führen –, eine Mauer beseitigen, die der späteren makedonischen Siedlung angehört. Außerdem hat er ganz still, und ohne ein Wort darüber zu verlieren, schon über hundert Arbeiter angestellt. »Ich habe es ihm streng verboten, aber als ich am nächsten Morgen nicht da war, hat er die Mauer doch abgerissen. Dann ließ er dort seine Frau die Grabungen beaufsichtigen, während er auf die Akropolis ging, weil er nicht mit mir sprechen will. Ich habe mich sofort bei Frau Schliemann beschwert, aber sie hat mir nicht nur nicht

Recht gegeben, sondern mir noch Vorwürfe gemacht. Ihr Mann sei ein Gelehrter, und da diese Mauer aus sehr später Zeit stamme, müsse sie weg. Ich solle ihren Mann nicht bei seiner Arbeit stören, denn ich sei ganz ungelehrt! Das sagte sie zu mir, dem Mitglied der Archäologischen Gesellschaft! Weiter sagte sie, ihr Mann sei leicht erregbar, und wenn ich ihn dauernd weiter reizte, würde er die Arbeit einstellen und der Welt seine Gründe dafür mitteilen. Darauf ging ich auf die Akropolis, um mit ihm zu sprechen, aber als er mich kommen sah, ging er fort. Er behandelt mich, als wenn ich ein Barbar wäre. Ich bitte um meine Abberufung, weil meine Gesundheit den Aufgaben nicht mehr gewachsen ist. Bis neun Uhr abends beaufsichtige ich die Grabungen und ärgere mich an Schliemann, und dann muß ich bis zwei Uhr nachts mit ihm zusammensitzen und alle Funde registrieren!«

Die Gesellschaft und der Generaldirektor Eustratiades reiben sich die Hände, denn alles geht wie gewünscht, und stürzen zum Kultusminister. Der Minister telegraphiert an den Präfekten von Argos: »Gehen Sie selbst sofort nach Mykene, und sagen Sie Stamatakis, er solle nicht erlauben, daß irgendwelche Mauern abgerissen werden, ganz gleich, aus welcher Zeit sie stammen. Auch darf, um sichere Aufsicht zu ermöglichen, nicht an mehreren Stellen zugleich gegraben werden. Die Zahl der Arbeiter muß beschränkt werden. Für jede Verletzung dieser Vorschriften ist der Ephoros verantwortlich.«

Der Präfekt telegraphiert dem Minister, er habe Stamatakis den Erlaß gezeigt und Schliemann mündlich und sehr höflich davon Kenntnis gegeben. Aber die beiden schrien sich dauernd gegenseitig an, und Schliemann sei entschlossen, nicht weiterzuarbeiten, wenn Stamatakis bleibe.

Der nächste Tag zeigt keine Besserung. Stamatakis, voll neuen Mutes, läuft mit seinen Protestschreien hinter Schliemann her. Doch am übernächsten berichtet der Präfekt: »Schliemann war bei mir. Wir haben uns sehr freundschaftlich unterhalten, und er ist bereit, sich noch einmal mit Stamatakis auszusöhnen.«

Das hat einen ganz bestimmten Grund. Denn in der Zwischenzeit hat Schliemann nicht nur den unteren knöchernen Teil einer

Lyra, sondern auch die drei Bruchstücke einer Flöte aus Knochen, Stein und mit schönen Spiralen gezierter Terrakotta gefunden, und dazu, und das ist das Wichtigste von allem, bei der Freilegung der Wasserleitung zwei Grabstelen.

Die eine ist aus weichem Kalkstein, zerbrochen und stark verwittert, einen Meter zwanzig hoch und sich nach oben verjüngend. Ein Pferd, ein jagender Hund, ein Streitwagen lassen sich noch erkennen. Ein einfaches schönes Spiralmuster umrahmt die Darstellung. Die zweite Stele, einsachtzig hoch und etwa einen Meter breit, ist aus einem härteren Stein und fast unbeschädigt. Den oberen Teil füllt ein Mäander aus, der in achtzehn gleitende Spiralen aufgelöst ist; der untere Teil zeigt eine Kampfszene: einen Mann auf dahinjagendem Wagen und einen nackten Schwertkämpfer, den er verfolgt.

Diese Plastik ist etwas ganz Neues, noch nie und nirgends Gesehenes. Aber unmöglich kann sie am Anfang einer Kunst stehen; sie muß schon Jahrhunderte hindurch Vorgänger dieser Schule gehabt haben, jedenfalls was die Ornamente betrifft; die Darstellung der Menschen und der Tiere dagegen könnte entweder stark stilisiert sein oder noch in den Anfängen stecken.

Für diese Dinge und was hinter ihnen – oder besser gesagt, unter ihnen – kommen muß, darf man schon allerlei Zugeständnisse und obendrein eine gute Miene zum bösen Spiel machen. Die Arbeit am Löwentor wird eingestellt, die Zahl der Arbeiter auf hundertfünfundzwanzig reduziert, und die werden auf den schmalen Raum der Akropolis konzentriert. Dort findet sich nämlich, innerhalb der großen Ringmauer der Akropolis und parallel zu ihr, eine zweite Mauer, die, soweit sie bis jetzt freigelegt ist, einen Drittelkreis beschreibt. Nahe an ihr tauchen zwei weitere Grabstelen auf, die erste wieder mit einem ähnlichen Kampfbild und einem Spiralmuster von unbeschreiblicher Grazie in einer liegenden Acht. Dann kommen andere zutage, ohne Skulpturschmuck, Bruchstücke von verzierten, eine nach der anderen. Zwischen ihnen liegt irgendwo ein hölzerner Knopf, mit einer Goldplatte überzogen, auf der sich um drei Schwerter in Kreis und Dreieck Spiralen winden. Dann kommt das Bruchstück eines glühendroten Porphyrpfeilers mit horizontalen, einander gegenüberliegenden Palmetten und andere ähnliche Stücke von Friesen aus Porphyr.

Mitte des zweiten Jahrtausends, stellt Schliemann in bebender Erregung fest und zieht die Parallele zu den Berichten Elgins vom Atreusbau und zu denen der Umwohner vom zerstörten Schatzhaus. Das ist nicht orientalisch, aber auch nicht die Kunst Mexikos oder Perus, die ebenfalls Spiralornamentik kennt, das ist eine neue Welt und ein neues Kapitel in der Kunstgeschichte.

Im Tagebuch dieses Abends stehen die Sätze: »Die Grabsteine bezeichnen ohne Zweifel tief in den Felsen gehauene Gräber, deren Ausgrabung ich jedoch aufschieben muß, bis ich alle Ausgrabungen auf der Nordseite der Akropolis beendet habe. Das Vorhandensein dieser Gräber nahe beim Löwentor, also an der imposantesten Stelle der ganzen Akropolis, auf einem Platze, wo man erwartet hätte, den königlichen Palast zu finden, ist von guter Vorbedeutung. Ich kenne kein Beispiel in der Geschichte, daß eine Akropolis jemals als Begräbnisplatz gedient hätte, denn Kekrops in Athen ist ein reiner Mythus. Aber hier sind die Gräber kein Mythus, sie sind eine handgreifliche Tatsache. Ich zögere keinen Augenblick zu sagen, daß ich hier die Gräber gefunden habe, welche Pausanias, der Tradition folgend, Agamemnon, Eurymedon, Kassandra und ihren Gefährten zuschreibt. Pausanias kann diese Grabstelen aber unmöglich gesehen haben, denn zu seiner Zeit waren sie längst von einer dicken Schuttschicht bedeckt, auf die eine hellenische Stadt gebaut und bereits seit vierhundert Jahren wieder verlassen war.«

2 Die Aufgrabung des zerstörten Schatzhauses, für die der alleinigen Leiterin, Sophia, dreißig Mann zur Verfügung stehen, geht nur sehr langsam vonstatten. Erst nach einem Monat ist man bei der dreieckigen Öffnung über dem Tor angelangt. Der Dromos, der steinummauerte, nach oben offene Gang, ist ebenso wie beim Schatzhaus des Atreus über sechs Meter breit, so daß auch eine gleiche Größe des Baues selbst anzunehmen ist. Zweifelsfrei waren diese Anlagen von vornherein als unterirdische geschaffen, aber solange sie ihren Zwecken als Schatzhäuser dienten – *wenn* sie es je waren –, mußte der Dromos natür-

lich frei bleiben. Gerade die Grabung an ihm beweist nun aber, daß er schon in der vollen Blütezeit Mykenes verschüttet wurde, denn sonst könnten zwischen den Riesenblöcken nicht zahllose Scherben liegen, die vom gleichen Typ sind wie die der Akropolisgrabung: Hera-Idole, zahlreiche Tonkühe mit roten oder schwarzen Streifen, bemalte Vasenscherben mit Spiralen, Mäanderlinien, Blumen, Fischgrätenmustern und einem liebreizenden Kranichfries. Dazu ein tönerner Reiter, ein auf Kupferdraht gezogenes Halsband aus bunten Glasperlen. Das ist ein schlüssiger Beweis dafür, daß die »Schatzhäuser« niemals Schatzhäuser, sondern statt dessen Grabbauten waren.

Außer dem einen Knopf ist sonst noch an keiner Stelle Schmuck gefunden worden, dafür aber zu Anfang September ein Formstein aus Granit und einer aus Basalt, die auf allen Seiten seltsame Hohlformen für den Guß von Nadeln, Ohrringen, Platten enthalten. Ebenfalls etwas Neues, doch dies nicht nur Versprechung, sondern schon Erfüllung, ist der Fund einer ganzen Reihe von Gemmen aus Achat, Steatit, Onyx. Selten gehen sie über einen Zentimeter Durchmesser hinaus, aber ihre Bilder, zumeist Tierszenen, sind so fein und präzis eingeschnitten, daß man sie kaum ohne Lupe erkennen kann. Wer aber konnte sie vor dreitausenddreihundert Jahren ohne Lupe schneiden? An einer anderen Stelle kommt ein hellgrüner großer Opal mit einem menschlichen Kopf zum Vorschein. Schliemann zweifelt keinen Augenblick, daß noch viel größere und wichtigere Funde bevorstehen. Nirgends geht der Schutt, soviel steht nun fest, tiefer als siebeneinhalb Meter, und im allgemeinen sind es sogar nur vier bis sechs.

Das Löwentor bleibt ein Sorgenkind der Grabung. Gleich zu Anfang schon hatte Stamatakis befohlen, nichts freizulegen. Die Archäologische Gesellschaft werde Ingenieure schicken, um die Mauer wieder auszuflicken und das Löwentor selbst durch eiserne Reifen gegen Erdbeben zu sichern. Niemand ist gekommen, und natürlich stören die großen Schutthügel das Bild der immer reinlicher sich herausschälenden Akropolis und verbergen vielleicht obendrein Aufschlußreiches. Nach zwei Monaten gestattet Stamatakis in einem plötzlichen Bemühen um Versöhnlichkeit die weitere Aufgrabung des Weges, will aber – schließlich darf man ja nicht gleich zuviel einräumen! – auf jeden Fall den Schutt unterhalb der Mauer erhalten wissen, damit die Ingenieure die zur Ausbesserung erforderlichen Blöcke leichter an Ort und Stelle bringen können. Immerhin ist das ein kleines Zugeständnis, von dem Schliemann gern Gebrauch macht, um endlich das Tor selbst völlig freizulegen.

Der Weg ist so steil, daß er zu aller Zeit für Wagen unpassierbar gewesen sein müßte. Merkwürdig aber: alle neueren Reisebücher schreiben übereinstimmend, die Wagen hätten Geleise in die steinerne Schwelle gefahren. Manchmal, denkt Schliemann, sind Reisebücher noch intelligenter als die liebe Archäologische Gesellschaft, denn wie konnten sie sehen, was seit zweieinhalb Jahrtausenden unter einer fünf Meter hohen Schuttdecke begraben war? Aber das Merkwürdigste kommt erst: die nicht gesehenen und doch beschriebenen Rillen sind tatsächlich vorhanden und haben viel Ähnlichkeit mit jenen, die man auf den Straßen Pompejis gefunden hat. Nur sind es, so erkennt der Forscher schnell, keineswegs Radspuren, sondern künstlich angelegte Einschnitte, einige als Abläufe für die herbstlichen Regenströme eingehauen, die andern, um das Ausgleiten der Pferde und Lasttiere zu verhindern. Das ist zwar nur eine Kleinigkeit, aber doch wieder eine neue Erkenntnis und ein Fortschritt im Wissen.

Der größte scheint augenblicklich aber der, daß die zweifache kleine Mauer aus Steinplatten tatsächlich, wie vermutet, einen vollen Kreis bildet, der einen Durchmesser von achtundzwanzig Metern hat. An einer Stelle zeigt sich, daß die doppelte Plattenreihe ursprünglich mit Querplatten bedeckt gewesen ist. Da überall Einschnitte und Scharniere vorhanden sind, muß der gesamte Kreis in dieser Art bedeckt gewesen sein. Das heißt also, daß alle früheren Vermutungen falsch gewesen sind. Es handelt sich um gar keine Mauer, sondern um eine riesige runde Bank. Nichts aber ist nun leichter, als deren Sinn zu erkennen. Gerade Aischylos' Orestie, eines der größten Dramen um Mykene, spricht vom »Kreis des Marktes«, und das gleiche geht aus Sophokles' Elektra hervor, in der der Herold auf der kreisrunden Bank steht und das Volk Mykenes zur Agora ruft. Im übrigen finden sich ähnliche Bemerkungen bei fast jedem griechischen Autor, und man braucht gar nicht erst im Gedächtnis den achtzehnten Gesang der Ilias aufzublättern und das Bild vom Schilde des Achilleus:

»... die Ältesten saßen
Ringsumher im heiligen Kreis auf geglätteten Steinen.«

Und nun stellt sich auch zur rechten Zeit, früher vergessen, Pindars fünfte Pythische Ode ein, in der die Helden des Aigidenhauses nach Kyrene kommen und es groß und herrlich machen. Zum Danke dafür aber begräbt sie das Volk am vordersten Ende der Agora.

In derselben Ode schreibt Pindar von den Königen, die ihre Häuser eben am Markte hatten, und am gleichen Tag entdeckt Schliemann südlich der Agora ein großes kyklopisches Haus. Es habe keine Fenster, und die Könige hätten kaum in düsteren Höhlen gewohnt, möchte ihm jemand erwidern? Was erhalten blieb, ist ja nur der Unterbau, und die Unmasse gelber Asche, die die Räume füllt, beweist eben, daß der Oberbau aus einfachen Lehmziegeln errichtet war. Merkwürdig ist übrigens, daß sich kleine Reste von Stuck in diesem Schutt finden, die rot, blau und gelb bemalt sind. Da bisher noch in keinem kyklopischen Hause verputzte Wände gefunden worden waren und da auch Homer nie von ähnlichem berichtet, so folgert Schliemann, daß diese Bruchstücke keinen Altertumswert haben können, sondern aus Holzhäusern der späten Siedlung übriggeblieben sein müssen.

Andere Dinge gehören dagegen unzweideutig den ursprünglichen Bewohnern dieses Hauses: ein Ring, aus weißem Onyx geschnitten (auch der Reif), auf dem zwei Hindinnen sich liebevoll zu ihren saugenden Kälbern drehen. Dieses feine und kunstreiche Werk stammt aus einer Zeit, die Jahrhunderte vor Homers Leben liegt – und da gibt es immer noch Philologen, die die von Homer geschilderten Kunstwerke, den Schild des Achilleus, Hund und Hirsch von Odysseus' Mantelspange, Nestors Taubenbecher, nicht als möglich und wirklich anerkennen wollen!

Ferner kommen aus diesem Schutt prachtvolle Äxte aus Jaspis, Spindeln aus leuchtend blauem Stein und vor allem die Scherben einer Vase, die den Auszug von Kriegern darstellt, denen eine Frau mit betend erhobenen Händen nachsieht. Große runde Schilde tragen die Helden, hüftlange betroddelte Panzer, lange Lanzen, Beinschienen, Helme. Die Gesichter sind in ihrer Typisierung fast etwas lächerlich mit den ungeheuer langen Nasen, den großen Augen und den spitzen Bärten.

Endlich darf Stamatakis aufatmen. Schliemann verreist. Der Großherr selbst bittet ihn durch die Regierung, nach Troja zu kommen und einen Staatsbesuch, den Kaiser von Brasilien, durch die Grabungen zu führen. Schliemann hat viel Freude an dieser Führung, denn der Kaiser zitiert begeistert die Ilias, seitenlang und fehlerfrei, und da kann der Forscher es nicht unterlassen, der »Times« ein Telegramm über dieses Ereignis zu schikken, das von dort in viele andere Zeitungen übergeht. »Ich bin völlig außerstande zu sagen, was mich mehr in Erstaunen setzte, des Kaisers tiefe Gelehrsamkeit oder sein wirklich wunderbares Gedächtnis.« Ist das billige Schmeichelei, um sich bei Dom Pedro beliebt zu machen und um zu zeigen, daß man selbst den geölten Zungenschlag des Hoflebens beherrscht? Gewiß nicht, es ist, mit Schmunzeln übersetzt, bloß ein mecklenburgisches Sprichwort aus den Kindertagen: Up den' Sack sleit hei un den' Äsel meint hei. Dieser Satz geht ja nicht an die Adresse des Kaisers, sondern vielmehr an den Unverstand und Neid bei den griechischen Ministerien und Behörden. Und so ist es denn kein Wunder, daß der Ephor bei Schliemanns Rückkehr meint, es sei noch hundertmal schlechter mit ihm auszukommen als zuvor. Kein Wunder auch, daß er mit dieser vorgefaßten Meinung selbst dort Anstöße findet, wo er sie bei besserer Laune kaum sehen würde.

Im Oktober muß er sich wieder arm telegraphieren und heiser protestieren: späte Mauern, die einen Teil des Dromos von Frau Schliemanns Schatzhaus überdecken, dürfen unter keinen Umständen abgerissen werden! Dagegen liegt nun der Eingang mit seinen kannelierten Halbsäulen frei, ebenso das Innere bis auf einen zweieinhalb Meter hohen und rund vier Meter breiten Rand von Schutt. Da nach Veli Paschas Expedition kaum noch Wertvolles zu erwarten steht, gibt Schliemann Stamatakis mehr zu, als der verlangt: er stellt die weitere Grabung an diesem Platze völlig ein und konzentriert nun alle hundertfünfundzwanzig Arbeiter auf die Agora, wo man bald – endlich! – zu dem kommen kann, was das Entscheidende sein wird. Nebenbei nur fordert er noch einmal die Freilegung der Mauern des Löwentors, und als die Gesellschaft trotzdem im üblichen Nichtstun und leeren Versprechen verharrt, notiert er für sein Buch, daß dieses scheußliche und unordentliche Bild nicht ihm zur Last falle und daß außerdem dieser Schutt alle mühsamen Grabungen wieder zuschwemmen werde, sobald die Regen einsetzen.

Stamatakis, durch das Nachgeben seines ewigen Widersachers mutiger geworden, versucht ihn noch kleiner und fügsamer zu machen und quengelt so lange bei seinen Vorgesetzten, bis sie wieder einmal ein drohendes Telegramm des Ministers erzielen, das der Präfekt Schliemann höflich und besorgt überreicht. Aber da ist es genug. Schliemanns Geduld, um der Sache willen mühsam gehegt, ist – wieder einmal – zu Ende. Mit einemmal sieht er in Stamatakis nicht mehr wie bisher den kleinen Kläffer, der den Mond anbellt, nicht mehr den lästigen Querkopf und Querulanten. Mit einemmal sind alle halb schon vergessenen Kleinigkeiten und Nichtigkeiten wieder da, und der Mann, der nichts ist als ein kleinlicher kleiner – und manchmal schikanöser – Beamter, wächst, vom Atemhauch des Schliemannschen Zornes aufgeblasen, zur fast legendären Größe eines bösen Feindes, der mit der behenden Waffe seiner Worte den Eingang in das Paradies verhindern will. Was ist zu tun? Stamatakis zur Rede stellen und ihm den Kopf zurechtrücken? Schliemann schnaubt wütend durch die Nase. Schließlich ist er ja doch der berühmte Schliemann, der weltbekannte Entdecker Trojas! Und der soll sich alles bieten lassen? Nie! Er telegraphiert nun auch seinerseits:

»Herr Minister, ich unterziehe mich hier seit Monaten mit meiner Frau allen Strapazen. Seit Monaten leiden wir sehr von der furchtbaren Sonnenhitze und dem fortwährenden Sturm, der uns unaufhörlich den Staub in die Augen peitscht und sie entzündet. Ich habe täglich mehr als vierhundert Francs Ausgaben zu Ruhm und Ehre Ihres Landes. Deswegen ist Ihr Telegramm sowohl Ihrer unwürdig als auch unwürdig, von mir gelesen zu werden. Viele Ungerechtigkeiten habe ich schon in Griechenland erlitten!«

Die Lage ist hoffnungslos verfahren. Sophia glaubt eingreifen zu müssen, nachdem sie bisher geschwiegen und zugesehen hat. Kurz entschlossen fährt sie nach Athen. »Morgen empfängt mich der Minister«, telegraphiert sie ihrem Mann, und dieser antwortet: »Möge Pallas Athene Deine Schritte lenken und Deine Bemühungen mit Erfolg krönen, um unseren Feind durch einen vernünftigen Menschen ersetzen zu lassen.« Der Minister fällt aus den Wolken, als ihm die Dinge nun aus einem anderen Gesichtswinkel geschildert werden. Noch im Beisein Sophias setzt er ein Telegramm an Stamatakis auf, das diesen zum Einlenken auffordert.

Stamatakis schreibt beleidigt zurück: »Herr Schliemann will immer tun, was *er* will. Nach der letzten heftigen Szene habe ich den Bürgermeister von Mykene gerufen, und wir verkehren nur mehr durch diesen oder durch die Aufseher miteinander. Seine Frau ist aus Athen zurückgekommen. Wäre sie doch nie zurückgekehrt! Sie ist an allem schuld, und ich fürchte, es geht nun wieder von vorn an.« Zugleich schreibt er an die Gesellschaft: »Nur sein rechthaberisches Wesen, sein Eigensinn und sein Hang, *seinen* Gedanken nachzugehen, haben diese Szenen hervorgerufen.«

Am Nachmittag gibt es einen kleinen, sachlich wenig erheblichen Zusammenstoß. Doch er genügt dafür, daß Schliemann ein Telegramm an den Minister aufsetzt: »Beamter macht furchtbare Schwierigkeiten. Wenn das nicht aufhört, stelle ich die Grabungen ein und reise sofort mit meiner Frau nach Amerika.«

»Bitte, Sophia«, sagt er dann, »du hast mir immer Glück gebracht. Reite du nach Argos und gib das Telegramm auf. Es wäre furchtbar, gerade jetzt alles liegenzulassen, da wir an der Schwelle zum Größten stehen. Aber ich kann nicht mehr. Die Sache mit Stamatakis muß so oder so zu Ende kommen.«

Sophia reitet nach Argos und überlegt: Welchen Eindruck wird das Telegramm in Athen machen? Welchen Erfolg wird es haben? Waren die »furchtbaren Schwierigkeiten« diesmal nicht wirklich nur eine Bagatelle? So geht es jedenfalls nicht. Daher wagt sie es, den Text zu ändern und in eine verbindlichere Tonart abzuschwächen. Am nächsten Tage trifft die Antwort des Ministers ein, noch verbindlicher, fast liebenswürdig, gut zuredend und nachgebend. »Siehst du«, sagt Schliemann stolz, »nur drohen muß man den Leuten, dann geben sie klein bei.«

Dies geschieht an dem Tage, der das ganze Volk in Erregung bringt. Dom Pedro der Zweite, Kaiser von Brasilien, kommt von Korinth und möchte Schliemann besuchen.

Der Kaiser sieht wie ein wohlhabender Kleinbürger aus und möchte alles recht genau und gründlich sehen. Da er keineswegs ungebildet ist, läßt er sich von Schliemanns Begeisterung anstekken und freut sich an den Versen der griechischen Dramatiker, die jener ihm unter dem Löwentor, auf der Agora, auf dem Wege über die Akropolis rezitiert. Viele Stunden bleibt er, und da Schliemann ihn dann zu einem schnell improvisierten Mittagsmahl unter der erhabenen Kuppel des Atreushauses bittet, kann er schon gar nicht mehr den Absprung zum Weggehen finden. Am folgenden Tage kommt er programmwidrig von Nauplia zurück, um noch einmal alles zu sehen und alle Fundstücke zu betrachten.

Soll Schliemann sich nach dem Abschied des Monarchen an seinem Tyrannen und Diktator ärgern? Nein. Er läßt Grabung Grabung sein und klettert mit Sophia auf den Nordgipfel des Euböaberges, der nun nach dem Propheten Elias heißt. Oben steht mitten zwischen kyklopischem Trümmerwerk – wohl dem Wachtturm der Fackelpost – eine kleine weiße Kapelle, Ziel der Prozessionen aus der Ebene, die den Heiligen um Regen anflehen. Vielleicht, nein, sicher ist auch Elias nur ein verwandelter Helios.

3. Am Morgen nach diesem Ausflug beginnt Schliemann dort zu graben, wo die Stelen standen, die nun in Charwati liegen und auf den Abtransport nach Athen warten. Nach wenigen Spatenstichen zeigt sich der Eingang eines sechs Meter langen und drei Meter breiten Schachtes, der mit reiner Erde gefüllt ist. Noch nicht einen Meter tiefer liegen zwei rechteckig behauene Steine,

vielleicht die Basis der Stelen oder eines noch größeren Denkmals. Darunter wieder reine Erde, manchmal Aschenspuren darin, dann ein hölzerner Knopf mit Goldintaglio, dann ein elfenbeinernes Widderhorn, ein Dutzend spiralig verzierter Goldplättchen, andere Gegenstände aus Elfenbein, dünne Goldscheiben, buntbemalte Vasenscherben.

Als eine Tiefe von drei Metern erreicht ist, bricht ein fürchterlicher Platzregen los, der im Nu die weiche Erde des Grabes in zähen Schlamm verwandelt.

Hier kann man nicht weitergraben. Man muß warten, bis die Sonne den Schacht wieder ausgetrocknet haben wird.

»Beginnen wir inzwischen in der zweiten Reihe, wo die unverzierten Stelen standen«, sagt Schliemann und geht die paar Schritte dorthin.

»Nein«, sagt Stamatakis.

»Ja!«

»Nein!«

»Sind Sie verrückt geworden?«

»Nein«, antwortet Stamatakis ein drittes Mal und gibt sich einen großen inneren Ruck. »Darf ich Sie einen Augenblick unter vier Augen sprechen?«

»Nun gut«, knurrt Schliemann nach kurzem Bedenken und geht mit seinem Ephoren seitab. Es ist das erstemal seit langer Zeit, daß sie miteinander sprechen, und das sogar ganz friedlich. Ein paar Male sieht man Schliemann zustimmend nicken. Das erstemal sind sie sogar einig.

Dann kommen sie zurück. Die Arbeit ist beendet. Die hundertfünfundzwanzig Männer können nach Hause gehen.

Von jetzt ab gibt es nur noch drei Personen, die das Grab oder die Gräber ausgraben: Heinrich Schliemann, Sophia Schliemann, Panagiotes Stamatakis.

Und am Abend hat Mykene eine Garnison, zum erstenmal seit zweitausenddreihundertvierundvierzig Jahren. Zum erstenmal seit der Eroberung und Zerstörung durch die Argiver ist es wieder eine Festung. Über die ganze Ebene hin leuchten nachts die Wachtfeuer wie bei Agamemnons Heimkehr. Das, was man heute und jetzt erwartet, bedarf des größten Schutzes, der sorgfältigsten Sicherheitsmaßnahmen. Fremde Augen sind zwar nicht zu fürchten, wohl aber fremde Hände.

Durch einen Kordon von Soldaten vor Dieben und vor störender Neugier gesichert, beginnt die Arbeit. Fünfundzwanzig Tage lang liegen zwei Männer und eine Frau auf den Knien und scharren mit dem Messer und, wo das zu gefährlich wird, mit bloßen Fingern die Erde aus den Gräbern.

Sie beginnen mit dem zweiten Grab, da die Trocknung des ersten noch ein paar Tage dauern wird. Nach viereinhalb Metern unvermischter Erde – und damit also siebeneinhalb Meter unter dem anfänglichen Niveau des Bodens – stoßen sie auf eine Schicht von unregelmäßigen groben Kieseln. Sie räumen sie fort. In Zwischenräumen von neunzig Zentimetern liegen da, zwischen dicken Mauern aus großen Steinen, die Köpfe nach Osten, auf einer zweiten Kieselschicht drei menschliche Gerippe.

Auf jedem von ihnen liegen fünf Diademe aus dünnem Gold, neunundvierzigeinhalb Zentimeter lang und in der Mitte zehn Zentimeter breit. Das Metall ist getrieben und weist zwischen den beiden Linien des Randes eine Reihe dreifach konzentrischer Kreise auf, eingerahmt von zwei Reihen schmalerer doppelter konzentrischer Kreise. Auf zwei Leichen liegen je fünf Kreuze aus goldenen Lorbeerblättern, auf der dritten nur vier. Sie sind alle gleichmäßig neunzehn Zentimeter lang und über und über mit getriebenen Blatt- und Spiralornamenten bedeckt. Eine Menge kleiner Obsidianmesser liegt auf dem Boden, ebenso die Bruchstücke einer großen silbernen Vase mit dick vergoldeter und intaglierter Öffnung, Bronzedolche, eine Silberschale, gehörnte Hera-Idole, zerbrochene reichbemalte Vasen, Achatschieber eines Halsbands.

Das dritte Grab birgt die Überreste von drei Personen, die nach der Kleinheit der Knochen und Zähne und nach der Art des Schmucks Frauen gewesen sein müssen. Auch sie liegen mit den Köpfen nach Osten und in demselben Abstand wie die Skelette des zweiten Grabes. Über und um die Gerippe zerstreut liegen siebenhundertundein Goldblätter mit den mannigfaltigsten getriebenen Mustern, Spiralen und stilisierten Blüten, Tintenfischen, Schmetterlingen, Pflanzenblättern, Sternen. Alle messen sie etwa sieben Zentimeter im Durchmesser. Verstreut wie diese Blätter liegen Schieber aus Gold oder Edelsteinen, alle mit eingeschnittenen Szenen aus der Sage oder dem täglichen Leben, dazu Tierdarstellungen, plastische Nachbildungen von goldenen Greifen und Schmetterlingen, Löwen, Herzen, Hirschen, Tauben, Frauen von Tauben umflattert, eine Palme mit jungen Löwen im Wipfel, Tintenfische, Schwäne, Enten, Sphinxe und, an feinen Ketten, zehn goldene Grillen.

Auf dem Kopfe der einen Frau ist eine prachtvolle goldene Krone, mehr als sechzig Zentimeter im Umfang; aus ihrem mit Sternen und Spiralkreisen gefüllten Oval steigen sechsunddreißig große goldene Blätter auf. Um den Kopf der zweiten Person liegt ein goldenes Diadem, so fest, daß beim Abheben ein Stück Schädelknochen an ihm hängenbleibt. Außerdem liegen fünf Diademe lose auf den Körpern, die den bisher gefundenen ähnlich sind, dazu sechs große Kreuze aus Goldblättern, Sterne, Brustnadeln, Broschen, Ohrgehänge, Lockenspangen, zwei goldene Waagen, eine Fülle undeutbarer Schmucksachen, Kugeln aus Bergkristall, Zepter, goldene Röhren, wieder Dutzende von Gemmen aus Achat, Sardonyx, Amethyst, Kämme, eine Masse Goldperlen von Halsbändern, Bernsteinperlen, ein goldener Becher mit getriebenen Delphinen, eine Schachtel mit Deckel, mehrere große Goldvasen, Gefäße aus Terrakotta und Alabaster und vier merkwürdige und durchaus unerklärbare Kupferkistchen, die mit zerfallenem Holz gefüllt sind.

Die drei glauben zu träumen, als sie diese Grabbeigaben eine nach der anderen aufnehmen. Nur Schliemann lächelt siegesfroh: er hat es ja schon vor sechs Jahren gewußt, als er über die Peloponnes reiste, daß er eines Tages diese Gräber finden würde. Glaube versetzt Berge, und Glaube macht auch das Unmögliche möglich. Stamatakis scheint die Sprache verloren zu haben, aber sorgenvoll denkt er daran, daß jedes einzelne dieser Hunderte von Stücken registriert werden muß. Und wie er Schliemann kennt, wird jetzt am Tage pausenlos gegraben und in der Nacht pausenlos geschrieben werden. »Wenn wir im Grabe liegen, können wir genug ausruhen«, hat er neulich einmal gesagt.

Aber sogar in diesen aufregendsten Tagen seines ganzen Lebens hat Schliemann noch so viel Zeit übrig, sich mit einer ganz anderen Sache zu beschäftigen. Als er an einem drangvoll glücklichen Abend nach Charwati reitet, neben sich Sophia, die die goldene Last in zahlreichen Beuteln und Säckchen auf ihr Pferd gebunden hat, hinter sich den schweigsamen Stamatakis, um sich die militärische Eskorte, ruft vom Rande der Straße her jemand seinen Namen. Es ist Leonardos, einer der Polizisten aus Nauplia, die von Anfang an der Grabung beigegeben waren. Leonardos befehligte die kleine Schar.

Der Kaiser von Brasilien, so erzählt er nun, hat bei seiner Abreise an Leonardos ein Trinkgeld gegeben, um es unter die diensttuenden Polizisten zu verteilen. Die Freude war groß gewesen, aber als Leonardos ihnen dann gesagt hatte, es seien insgesamt vierzig Francs gewesen, fünf für jeden, war ein Sturm der Entrüstung durch die ganze sonst so stille Ebene gebraust. Das kaiserliche Trinkgeld war zum Tagesgespräch geworden. Ist es möglich, daß der Kaiser eines Landes, unendlich viel größer und reicher als Griechenland, ein Trinkgeld gibt wie ein reisender Schulmeister aus Deutschland? Das kann nicht sein, und der Bürgermeister von Mykene weiß es dann auch genau: Seine Majestät haben tausend Francs zu geben geruht, aber Leonardos hat sie unterschlagen und nur schäbige, gemeine, lumpige fünfunddreißig davon abgegeben. Der Fall war so klar wie einleuchtend: Leonardos wurde sofort seines Amtes enthoben.

Nun steht er vor Schliemann, blaß, mit flackernden Augen. »Und ich schwöre dir, Herr, das ist alles gelogen!«

»Ich weiß, Leonardos, ich kenne dich gut genug, um es auch ohne dein Wort zu wissen.«

»Aber was kann ich dagegen tun?«

»Geh nach Hause, mein Lieber. Wenn du die fünf Francs vom Trinkgeld noch hast, lege sie in einem guten Wein an und trinke ein Glas oder besser noch ein paar. Und rauche eine anständige Zigarre dazu. Den kleinen Rest erledige ich für dich. Das wäre doch gelacht, wenn wir die Sache nicht wieder zurechtgebogen bekämen! Verlaß dich drauf, Leonardos, Schliemann hat noch nie jemanden im Stich gelassen!«

Statt in Charwati zu halten und die herrlichen Funde zu bestimmen, prescht Schliemann noch in sinkender Nacht nach Argos und telegraphiert dem Minister. Jetzt ist er, Schliemann, ja wohl sogar für seine Exzellenz wieder ein großer Mann und guter Freund. Also schreibt er: »Als Gegenleistung für die vielen hundert Millionen, um die ich Griechenland bereichert habe, bitte ich, mir die Gefälligkeit zu erweisen, meinen Freund, den Polizisten Leonardos in Nauplia, zu pardonnieren und auf seinem Posten zu belassen. Geschieht für mich, Schliemann. Schliemann.«

Die Ausgrabung des vierten Schachtes beginnt. Er ist durch keine Stele gekennzeichnet, aber der Forscher fühlt, daß hier, unmittelbar westlich des zuletzt geöffneten Grabes, ein weiteres sein muß. In sechs Meter Tiefe trifft man auf ein kreisförmiges Mauerwerk mit einer runden Öffnung wie ein Brunnen. Mit seherischem Blick erkennt der große Finder darin einen uralten Opferaltar. Zwei Meter darunter befindet sich ein über sieben Meter langes und fünf Meter breites Grab, das nicht mit Mauern abgestützt ist wie die anderen, sondern zwischen zwei und drei Meter tief in den Felsen eingehauen wurde.

Die Gerippe von fünf Menschen liegen darin, drei mit den Köpfen nach Osten, zwei nach Norden. Jedes von ihnen ist buchstäblich mit Gold und Juwelen bedeckt – und wie unsinnig war noch vor ein paar Monaten die Erzählung der alten Goldschmiede aus Tripolis gewesen! – Das erste, was sie vom Rande her aufnehmen, sind fünf große Kupferkessel, von denen einer bis an den Rand mit Goldknöpfen gefüllt ist. Unmittelbar neben ihnen lehnt, gut einen halben Meter hoch, ein Stierkopf aus Silber mit steil aufsteigenden, schön geschwungenen goldenen Hörnern und einer goldenen Rosette auf der Stirn. Maul, Augen und Ohren sind dick vergoldet. Neben ihm liegen zwei andere, kleinere Stierköpfe aus Goldblech, zwischen deren Hörnern eine Doppelaxt aufragt.

Von Osten nach Westen weitergrabend, stößt Schliemann auf einen Haufen von mehr als zwanzig Schwertern und mehreren Lanzen. Darüber gestreut finden sich viele runde Goldplatten mit Intaglio.

Auf den Gesichtern der beiden nach Norden liegenden Gerippe sind große goldene, getriebene Masken.

Die eine zeigt ein ovales junges Gesicht mit hoher Stirn, breiten herabsteigenden Augenbrauen, langer gerader Nase und auffallend kleinem und schmallippigem Mund, die andere ein volles kleinstirniges Gesicht mit vorspringender Nase und dicken Lippen.

Die Maske, die das Gesicht eines der nach Osten liegenden Toten bedeckt, ist aus weitaus dickerem Gold, aber auch sie zeigt eine ausgeprägte Physiognomie: Runzeln um den großen schmallippigen Mund zeigen einen älteren Mann. Die Augen sind offen, Wimpern und Brauen fehlen. In dieser, durch einen herabgestürzten Stein verbogenen Maske klebt ein Teil des Schädels.

Die vierte Maske liegt neben dem Kopf des Mannes und ist so stark verbogen, daß sich die Gesichtszüge nicht mehr erkennen lassen.

Bei den drei nach Osten gewandten Leichen liegen zwei große goldene Siegelringe. Auf dem einen fahren zwei nackte, unendlich schmalhüftige Männer zur Jagd, und einer von ihnen schießt seinen Bogen gerade auf einen fliehenden Hirsch ab. Der zweite Ring stellt eine bewegte Schlachtszene dar. Bei den Ringen liegt ein massives goldenes Armband mit einer großen vielsternigen Blume, aber das Armband ist so groß, daß es eher um das Bein eines erwachsenen Mannes passen würde als um seinen Arm.

Zwei der Männer mit Masken tragen auf der Brust maßgerechte Goldplatten, eine massiv, die andere von dünnem Goldblech, beide mit getriebenen Ornamenten. Neben einem Kopf liegt eine goldene Krone, die der des Frauengrabes ähnlich, nur weniger prächtig ist. Ferner finden sich neun massiv goldene Kannen und Becher, von denen einer allein über vier Pfund wiegt. Ein anderer ist seitlich stark verbogen, aber er fesselt den Finder am längsten. Von dem runden Fuß aufsteigend, biegen sich zwei doppelte Henkel zu dem Kelch, und wo sie ihn berühren, sitzen goldene Tauben darauf. Nestors Becher, fährt es Schliemann durch den Sinn:

»Auch den stattlichen Kelch, den der Greis mitbrachte von Pylos,
Rings mit goldenen Buckeln beschlagen, aber der Henkel
Waren vier, und umher zwei pickende Tauben an jedem,
Schön aus Golde geformt; zwiefach war unten der Boden.
Mühsam hob ein andrer den schweren Kelch von der Tafel,
War er voll, doch Nestor, der Greis, erhob ihn spielend.«

Dann kommen silberne Kannen und Becher, goldene Gürtel und Stirn- und Schulterbänder, über vierhundert Bernsteinkugeln eines Halsbands oder mehrerer, eine große dreihenklige Alabastervase, sechs Diademe, Nadeln, Spangen, Zylinder, Ringe, Tiere, alle aus Gold, ein Hirsch aus einem Gemisch von Silber und Blei und dann wieder Gold: große, bis zehn Zentimeter messende kreuzförmige Knöpfe mit acht bis zehn Kugeln an den Ekken, hundertzehn Blumen, achtundsechzig schmucklose Knöpfe, hundertvierunddreißig Scheiben aus Goldblech mit allen erdenklichen Verzierungen, hundertachtzehn ebensolche getriebene Knöpfe und noch einmal hundertdreißig und wieder acht, und ein Tintenfisch und Schwertknäufe, Tausende winziger Goldblättchen, die zusammen ein halbes Pfund wiegen, und schließlich wieder etwas ganz Unverständliches: das goldene Modell eines tempelartigen Bauwerks, dreimal eine Säule zwischen Stierhörnern in den unteren Feldern, oben ein altarähnlicher, von Stierhörnern überragter Aufbau und unter ihm flügelbreitende Tauben. Nein, da ist noch etwas: ein Zylinder aus goldenen Blumen und ein goldener Drache mit Schuppen aus Bergkristall.

In Charwati ist noch immer keine Antwort vom Minister eingetroffen. Immer wieder müssen die Grabungen auf lange, unwiederbringliche Stunden ausgesetzt werden, da Schliemann zum Telegraphenamt von Argos reitet.

An den Minister: »Schwöre, daß Polizist Leonardos ehrlich und tüchtig. Nichts als Verleumdung. Garantiere, daß nur vierzig Francs bekam.«

Am nächsten Tage telegraphiert er nochmals an den Minister und an den Ministerpräsidenten: »Fordere Gerechtigkeit!« und schließlich auch an Leonardos: »Habe Premierminister für dich telegraphiert. Verlierst Posten bestimmt nicht. Gestern wenigstens vier Oka Gold gefunden.«

Aber wo gibt es in der Welt Minister, die sich darum kümmern, ob ein kleiner unbedeutender Polizist Unrecht leidet? Jedenfalls nicht im Griechenland des Jahres 1876. Zunächst antworten sie gar nicht. Als Schliemann aber immer dringlicher wird, betonen sie höflich, daß es ihnen zu ihrem größten Bedauern nicht möglich sei, in ein schwebendes Verfahren einzugreifen.

Nun bleibt nur noch ein Weg, der allerdings recht gewagt ist: sich an den Kaiser zu wenden. Aber wird ein Kaiser den Mut haben, vor aller Welt und durch öffentlichen Telegraphen seine Schäbigkeit einzugestehen? Schliemann telegraphiert nach Kairo, wo sich der Kaiser jetzt aufhält. »Bei Ihrer Abreise haben Sie dem Polizisten Leonidas Leonardos vierzig Francs zur Verteilung unter die Polizisten gegeben. Der Bürgermeister behauptet, um den braven Mann zu verleumden, er habe tausend erhalten. Leonardos wurde des Amts entsetzt, und nur mit größter Mühe konnte ich ihn vor Verhaftung retten. Da ich ihn seit Jahren als den ehrlichsten Menschen kenne, bitte ich im Namen der heiligen Wahrheit und der Menschlichkeit Eure Majestät, mir sofort zu telegraphieren, wieviel Leonardos bekommen hat, vierzig Francs oder mehr.«

Zwei Tage darauf kommt ein Bote aus Charwati nach Mykene, schlägt sich durch den Kordon von Soldaten hindurch und bringt Schliemann ein soeben eingegangenes Telegramm: »Habe vierzig Francs gegeben. Herzlichen Gruß. Dom Pedro.«

»Halt!« schreit Schliemann dem Boten nach, klettert aus dem Schacht und setzt zwei Telegramme auf, die sofort zu expedieren sind: eines an den Polizisten, ein zweites an den Ministerpräsidenten, das nicht gerade höflich ist, aber endlich den erwünschten Erfolg haben wird. Befriedigt steigt er darauf in die Erde zurück und gräbt weiter am fünften Grab.

Im fünften Grab liegt nur eine Leiche, den Kopf nach Osten. Um den Schädel schlingt sich ein goldenes Diadem mit drei Blumenkreisen und einem rollenden Rad; der frei bleibende Rest ist mit schönen Spiralen ausgefüllt. An der linken Seite des Gerippes steht ein goldener Becher mit einem Henkel und eine zerbrochene Vase, die ägyptischer Herkunft zu sein scheint.

Da inzwischen der Schlamm im begonnenen ersten Grab ausgetrocknet ist, kann man dieses weiter ausgraben. Stamatakis meint zwar, man solle auch noch weitere Gräber suchen, aber das lehnt Schliemann ab: Pausanias spricht ja nur von fünfen, und fünf hat er gefunden. Also darf es kein sechstes geben.

Die sonst überall vorgefundene obere Kieselschicht erweist sich bei diesem ersten Schacht als ganz unregelmäßig und lükkenhaft. Darunter liegen drei Körper, von denen der mittlere keinerlei Schmuck aufzuweisen hat. Das Grab muß geplündert sein, und diese Vermutung wird dadurch gestützt, daß sich in verschiedenen Tiefen des Schachtes Goldknöpfe und -bleche und allerlei kleine Gegenstände gefunden haben und nun beim Weiteröffnen erneut finden. Wahrscheinlich fürchtete der Räuber, überrascht zu werden, und begnügte sich deshalb mit dem Drittel der Beute, wovon er dann beim Hinaufsteigen einiges verlor.

Alle drei Körper liegen mit den Köpfen nach Osten. Alle drei sind ungewöhnlich groß und scheinen mit Gewalt in den Schacht gepreßt zu sein, einer vor allem, dem der Kopf geradezu in den Brustkorb hineingestoßen ist. Auf seiner Stirn liegt ein einfaches rundes Goldblatt und ein gleiches, etwas größeres, auf dem rechten Auge. Seine Brust ist von einer Goldplatte bedeckt. In diesem einzigen Fall ist der Körper, wiewohl zusammengepreßt, gut erhalten und hat die Farbe einer ägypischen Mumie. Nicht über die Schultern, sondern unordentlich um die Lenden geworfen, liegt ein breiter goldener Schultergürtel, an dessen Mitte das Bruchstück eines zweischneidigen Bronzeschwertes hängt, daneben ein kleines Fläschchen aus Bergkristall.

Bei dem Körper an der Nordseite liegen zwei hervorragend schöne Schwerter mit goldüberkleideten Griffen, etwas seitlich davon elf Schwerter, deren eines fast einen Meter lang ist. Hier liegt auch eine Streitaxt, die erste, die man hier in Mykene findet, ein prunkvolles Stück, weiter eine große Masse Bernsteinkugeln, viel goldene Platten und Kleingerät und Dolche mit eingelegter Arbeit. Sie lassen an den Schild des Achilleus denken, denn ähnlich wie er zeigen die Klingen in kunstreich eingelegter Arbeit allerlei Szenen, einen Fluß aus Silber, in dem Schilf und Papyros wachsen; Fische schwimmen in ihm und Enten darauf; zwischen dem Röhricht stellen Panther den Wasservögeln nach, und am Halse der einen Ente hängt sogar ein roter Blutstropfen.

Der Mann, dem diese Dinge mit ins Grab gegeben wurden, trägt eine goldene Maske, zerdrückt, die einen großen runden Kopf, eine ungeheure Stirn und einen kleinen dünnlippigen Mund zeigt. Die Maske des anderen Mannes ist vollkommen gut erhalten und gibt am reinsten von allen die Gesichtszüge wieder, die seit altersher als hellenisch gelten. In gerader Linie entspringt die lange schmale Nase aus der Stirn. Groß sind die geschlossenen Augen. Charakteristisch ist der kräftige Mund mit etwas aufgeworfenen Lippen. Die Spitzen des Schnurrbarts sind ein wenig in die Höhe gebogen, ein voller Bart umschließt Kinn und Wangen. Der Schädel liegt ebenfalls ohne Tadel erhalten und hat auch noch seine sämtlichen Zähne.

In diesem Grabe liegen auch, eine große Seltenheit, zwei Seiten eines hölzernen Kästchens, auf denen ein Löwe und ein Hund im Relief eingeschnitten sind.

Gerade ist Leonardos wieder mit allen Ehren in sein Amt eingesetzt, als die Ausgrabung der fünf Gräber zu Ende geht. Diese Wochen sind wie eine zu straff gespannte Saite gewesen, die zu reißen drohte und doch aushielt. Was ist ihr Ergebnis? Nicht die rund dreizehn Kilo Goldes scheinen Schliemann wichtig und auch nicht das neue Kapitel, das er der Kunstgeschichte hinzufügt. Für ihn ist nur eines entscheidend: das sind die Gräber der Atriden, von denen Pausanias sprach. Das sind die Masken Agamemnons und der Seinen. Wie in Troja hat Homer, hat der feste Glaube an ihn und an die jahrtausendealte Tradition recht behalten. Alles und jedes spricht dafür: die Zahl der Gräber, der unfaßliche Reichtum der Beigaben, der so ungeheuer ist, daß ihn nur das Königshaus einer Stadt aufbringen konnte, die Homer goldreich nannte, die Frauen und Kinder – denn auch Kinderskelette wurden in schwachen Spuren gefunden –, die offenbare Hast, mit der die Leichen des einen Grabes zur Erde gebracht wurden. Aber warum, so wendet Stamatakis ein, sollten die Mörder ihren Opfern so goldreiche Ehren erwiesen haben? Die Dichter bezeugen, erwidert ihm Schliemann, daß das Volk nicht den Mördern, sondern den Ermordeten geneigt war und daß man deshalb auf die Wahrung der Gebräuche halten mußte. Nein, es kann keinen Zweifel geben: die bärtige Maske hat das Gesicht Agamemnons bedeckt. Schliemann hebt sie auf und küßt sie in Dankbarkeit und Ehrfurcht.

Er hat sein Werk getan. Nur noch eine Pflicht bleibt ihm zu erfüllen. Mitten in der Nacht reitet er zum Telegraphenamt von Argos und gibt eine Depesche an den König von Griechenland auf:

»Mit unendlicher Freude teile ich Eurer Majestät mit, daß ich die Gräber gefunden habe, die die Überlieferung und Pausanias im Anschluß an sie als die Gräber Agamemnons, Kassandras, Eurymedons und ihrer Gefährten bezeichnen. Ich habe ungeheure Schätze an archaischen Gegenständen aus reinem Gold in den Gräbern gefunden. Diese Schätze allein reichen aus, ein großes Museum anzufüllen, das das wundervollste Museum der Welt sein wird und das im Laufe der kommenden Jahrhunderte Tausende von Fremden nach Griechenland ziehen wird. Da ich nur aus Liebe zur Wissenschaft arbeite, stelle ich natürlich keinerlei Ansprüche an diese Schätze, sondern schenke sie alle mit begeistertem Herzen Griechenland. Möchten sie den Eckstein eines unendlichen Nationalreichtums bilden.«

SECHSTES BUCH

Der Faden der Ariadne

αὐτὰρ ἐπὴν δὴ ταῦτα τελευτήσῃς τε καὶ ἔρξῃς,
φράζεσθαι δὴ ἔπειτα κατὰ φρένα καὶ κατὰ θυμόν.
Od. I, 293

Aber hast du dieses getan und alles vollendet,
Siehe, dann denk umher und überlege mit Klugheit.

Erstes Kapitel

Die Stadt

πᾶν δ' ἦμαρ μάρναντο περὶ Σκαιῇσι πύλησιν·
Il. XVIII, 453

All den Tag so kämpften sie dort am Skaiischen Tore.

1 Schliemann hat in der ersten bewußten Hälfte seines Lebens die Kraft, den Willen, die Leistungsfähigkeit, den Erfolg vieler großer Kaufleute in sein eines Dasein zusammengedrängt. Als Archäologe und Forscher tut er es in der zweiten Hälfte nicht anders.

Er ruht nicht auf seinen Lorbeeren aus, und wahrlich, Lorbeeren werden ihm gespendet wie keinem zweiten. Dafür sorgen allein schon die geschäftigen und geschäftstüchtigen Zeitungen. Wie selten geschieht es, daß ein Mann der Wissenschaft eine Entdeckung macht, die seinen Namen kometenhaft aufstrahlen läßt, die Gelehrte und Ungelehrte, Jugendliche und Greise, Männer und Frauen in gleicher Weise begeistert. Und dieser Mann ist dabei keineswegs vom Fach; er ist Anfänger und Außenseiter zugleich. Und dieser Mann macht nicht nur jene eine Entdeckung, sondern läßt ihr im Laufe weniger Jahre eine zweite folgen, die noch größer und bedeutsamer ist. Was Wunder, daß sein Name über die ganze bewohnte Erde getragen wird, daß er zu einer Sensation, zu einer Mode gemacht wird.

Aber dieser Mann, dessen zweiter Welterfolg eine neue Epoche der Wissenschaft, der Geschichte und der Kunst einleitet, gönnt sich danach nicht einmal einige Monate der Entspannung, des Ausruhens. Seine Tatkraft ist geradezu übermenschlich.

Gewiß, die Grabungen in Mykene können noch keineswegs als abgeschlossen gelten, als die Kampagne endet. Die Freilegung der Akropolis hat im Grunde gerade erst angefangen, und von der Unterstadt, in der das Volk wohnte, ist noch nicht einmal die Rede gewesen. Ja sogar ein sechstes Schachtgrab hat der – begabte oder listige, man weiß es nicht – Ingenieur der Archäologischen Gesellschaft, Wasilios Drosinos, der Schliemanns Arbeiten zu kartifizieren hatte, im Winter aufgefunden (und damit Schliemann und Pausanias keineswegs widerlegt, denn bei ein wenig anderer Auslegung der Worte kann der Perieget auch sechs Gräber gemeint haben).

Was läge wohl näher, als daß derjenige, der dies Werk begann, der langsam und lernend zum Meister wird, es auch abschlösse? Schliemann selbst zweifelt keinen Augenblick an dieser Selbstverständlichkeit.

Doch hat nicht schon das Ministerium nichts unternommen, als im November und Dezember nach Auffindung der fünf alten Gräber Stamatakis im klaren Bruch des getroffenen Abkommens seine – *seine*, des Herrn Panagiotes Stamatakis – Fundberichte in die Welt telegraphierte? Jetzt aber erst, nachdem die Welt aufgeschrien hat über Schliemanns Großtat, schlägt in Athen die stinkende Welle des Neides über ihm zusammen. Die griechische Regierung bewilligt der Archäologischen Gesellschaft fünfzigtausend Drachmen zur Weiterführung der Grabungen von Mykene. Sie braucht Schliemann nicht mehr. Sie fürchtet sein Glück, das den landeseigenen Professoren gar nichts mehr übriglassen könnte. Allerdings sendet sie Schliemann das Großkreuz des Taxiarchenordens, das er sofort zurückschickt. Er sammelt nicht den schönsten Schmuck des modernen Salonlöwen. Nichts ist ihm gleichgültiger. Er sammelt den Schmuck der Antike.

Aber nicht bloß in Athen geht es so, wo der Hofprediger einen Zeitungsartikel veröffentlicht »Zur Abwehr der Erklärung, daß der Brotneid unter den Gelehrten nicht weniger mächtig sei als unter den Barbieren«. Obwohl Schliemann rastlos an sich arbeitet, obwohl seine Bücher immer mehr von dem Tagebuchcharakter der ersten Publikationen zur wissenschaftlichen Darstellung fortschreiten, obwohl er schon die meisten seiner kühnen Hypothesen und Schlußfolgerungen und fast alles das, was er gefühlsmäßig »weiß«, im Keime erstickt und für sich behält, bietet sein »Mykenae«, gleichzeitig englisch und deutsch von ihm geschrieben und gleichzeitig deutsch, englisch und französisch veröffentlicht, doch der gelehrten Öffentlichkeit keinen Anlaß zur Anerkennung oder gar Bewunderung, sondern nur zu hemmungsloser, lächerlich machender Kritik.

Es sind wieder dieselben, die schon 1873 den mißgünstigen Chor angeführt haben. Alexander Conze in Wien macht bittersüße Bemerkungen und erklärt den »Schatz des Priamos« als römisch, ein Frankfurter Professor als ungarisch oder chinesisch. Professor Wernicke läßt in einem Buch über die deutsche Grabung in Olympia diese sonnenhell aufstrahlen vor dem düsteren Hintergrund eines Abenteurers, der sich als reich und als Wohltäter der Wissenschaft aufspielt und doch nur knapp eine Million zusammengegaunert hat und der sich nun durch Schatzgraben zu bereichern sucht. Ernst Curtius in Berlin bekrittelt die mykenischen Funde: das Gold sei so dünn, daß es von einem recht armseligen Fürsten stammen müsse, und die eine der Masken sei nur ein byzantinischer Christuskopf. Ludolph Stephani in St. Petersburg schreibt sowohl die trojanischen als die mykenischen Funde der Völkerwanderung zu, Goten und Skythen oder auch einem herulischen Häuptling, der sie Anno 267 von einem Raubzug in den Osten mitbrachte. Und andere schließlich reden gar unverblümt von frechen Fälschungen.

Schliemann, der der Welt eine neue Welt zum Geschenk machte, muß erkennen, daß es genügend Leute gibt, die sie gar nicht haben wollen. Um so größer ist darum die Freude über ehrliche Freunde. Die Universität Rostock gratuliert zu seinen Funden. Max Müller in Oxford feiert die »glorreiche Entdeckung«, und kein Geringerer als Gladstone erklärt sich bereit, eine gründliche und ausführliche Einleitung zum Mykenebuch zu schreiben; darin erkennt er wohl die Agamemnondeutung an, aber dann lenkt er den Blick weiter: er zieht Vergleiche zu den trojanischen Funden, findet, daß sie reicher sind als alles, was

Homer in Ilias und Odyssee an Köstlichkeiten schildert, sieht einen fremden Einfluß (und das nicht nur wegen des Straußeneis, als das sich die vermeintlichen Alabasterscherben des Grabes V entpuppt haben) und denkt an Daidalos, den Künstler und Baumeister des Königs Minos.

Zu gleicher Zeit und auf dem Umweg über Gladstone findet sich auch noch ein zweiter Freund, und der kommt gar aus dem Lande jener Fachleute, die lauter schimpfen als weiland die homerischen Helden. Das ist Rudolf Virchow, der Arzt, Ethnologe, Prähistoriker, liberale Politiker – auch er ein Mensch, der, aus gedrückter Enge mit eigener Kraft emporgestiegen, viele Leben in sich vereinigt.

Während Schliemann sein Buch über Mykene schreibt und fieberhaft mit Brockhaus in Leipzig und Murray in London über tausend Einzelheiten korrespondiert, bearbeitet er in Athen die Parteien, um sich mit deren Hilfe weitere Grabungen zu sichern, und bohrt in Konstantinopel um einen neuen Ferman für Troja. Dabei unterstützt ihn der britische Botschafter Sir Henry Layard auf das tatkräftigste, ohne daß es Gladstones dringlicher Anweisungen bedürfte, denn vor dreißig Jahren ist Layard selbst ein erfolgreicher Außenseiter und freibeuterischer Abenteurer der Archäologie gewesen und hat die Paläste von Nimrud gefunden. Schließlich kommt Schliemann aber endlich auch dazu, sich ein Haus zu bauen.

Ziller heißt der begabte Architekt, der sich schon lange darum bemüht, das trostlose Gesicht des neuen Athen durch schöne Bauten aufzuhellen. Den Platz an der Ecke der Hodos Panepistemiou, der Universitätsstraße, hat Schliemann sich ausgesucht, schräg gegenüber der Marmorkaserne des königlichen Schlosses. Hier steigt sein neues Haus aus dem Boden, das er »Iliou Melathron«, Hütte von Ilios, nennt, die doch in Wahrheit das schönste Haus Athens wird.

Der Bau dauert zwei Jahre, also eine für Schliemanns Tempo unvorstellbar lange Zeit, aber trotzdem treibt er kaum zur Eile. Denn da dieses Haus nicht mit athenischen Maßstäben gemessen werden soll, muß die halbe Welt zu ihm beitragen: die Möbel kommen aus Wien, das Eisen und das Bronzewerk wird in London geschmiedet, die Kronleuchter sind aus Paris, und damit die Fußboden- und Wandmosaiken wirklich allen Anforderungen genügen, müssen zwei Fachleute mit ihren vollzähligen Familien – wie könnte man sie so lange Zeit voneinander trennen! – für die Dauer des Baues aus Livorno nach Athen übersiedeln.

Die ilische Hütte ist nicht eben groß, nur für die Bedürfnisse der Familie ausreichend. Im Erdgeschoß, dessen Rustika-Quadern ein wenig an den dritten Mauertyp von Mykene gemahnen, ist das Museum untergebracht, die Wirtschaftsräume und die Wohnungen für Pförtner, Gärtner, Diener, die nicht schlechter ausgestattet werden als die Zimmer des Hausherrn. Für Schliemanns Empfinden gehören die Diener zur Familie, so wie Eurykleia oder Eumaios zur Familie des Odysseus gehörten. Dafür nehmen sie dann auch gern in Kauf, daß sie mit dem Eintritt in Schliemanns Dienst ihre Namen verlieren und homerische annehmen: Bellerophontes heißt der Türhüter, Telamon der Hausdiener und so fort.

So schön das Haus auch von innen wird, Bequemlichkeiten gibt es nicht in ihm. Nur Nichtstuer brauchen solche Dinge, meint der Hausherr, und als Sophia einen gemütlichen Sessel haben möchte, dauert es Jahre und kostet sogar einige Tränen, bis sie ihn wirklich bekommt, und vorher hat der Lehnstuhl, den sie ihm einmal schenkte, in schnellem Schwung auf die Straße wandern müssen. Gardinen gibt es auch nicht, denn sie sind unhygienische Staubfänger, und außerdem hat Homer auch keine gekannt.

Wenn man die breite Marmortreppe hinaufgeht, so grüßen von allen Seiten goldene Homerverse, und in einem Mosaikfries sind homerische Szenen dargestellt, aber darunter auch eine moderne, wie der Hausherr die homerischen Stätten ausgräbt, eine Brille auf der Nase und den Homer oder den Pausanias in der Hand. Im ersten Stock liegen die Gesellschaftsräume und das Eßzimmer, im zweiten die Schlafzimmer, Bibliothek und Arbeitszimmer.

Wenig Fenster hat das Haus, wenn man es von der Straße aus ansieht, aber dafür sind seine Wände in Loggien aufgelöst. Teils sehen sie in den Garten, in dem der Hausherr seine Bäume und

Blumen pflegt und seine Hunde und Katzen und Tauben und Igel hegt. Die anderen geben immer wieder den Blick auf die Akropolis, das Theseion, den Lykabettos, den Hymettos, den Parnes frei. Vom flachen Rande des Wohndaches heben sich vierundzwanzig Statuen der olympischen Götter in den klaren Himmel Attikas, aber sie sind – denn Verschwendung und Geiz wohnen dicht beieinander – aus schnödem Gips.

In diesem Haus wird der Sohn geboren, Agamemnon. Als Sophia die Augen öffnet und nach dem Kinde sehen will, ist es verschwunden. Eine Minute der Angst – bis Chryseës melden kann: der Herr hat das Neugeborene genommen und aufs Dach getragen. Dort hält er es Helios-Ilios entgegen, legt ihm eine uralte Handschrift, eine Homerrolle, auf das Haupt und rezitiert die geliebtesten Verse des Dichters. Einige Tage später wird das Kind auch nach orthodoxem Ritus getauft – aber dabei kommt es fast zu einem Skandal. Denn als der würdige Erzbischof schon die Hand ausstreckt, um das Taufwasser auf das Köpfchen des Kindes zu träufeln, springt der besorgte Vater mit seinem allgegenwärtigen Thermometer hinzu, um die Temperatur des Wassers zu prüfen.

Das ganze Jahr 1877 gehört dem Mykenebuch. In Athen wird es begonnen, in London fortgeführt, dann in Boulogne, Paris, wieder London, in Marseille und endlich in Athen beendet. Ein paar Wochen des Winters vergehen matt und ohne Arbeit in Würzburg, wo ein Spezialist den Versuch macht, ohne operativen Eingriff eine zeitweise Taubheit des linken Ohres zu beheben.

Gleich darauf ist Schliemann wieder in London. London ist nun das magnetische Zentrum, denn dem Drängen der englischen Freunde nachgebend, hat der Entdecker Trojas sich entschlossen, seine Schätze im South Kensington Museum auszustellen. Das bedeutet ein dauerndes Nach-dem-Rechten-Sehen, bedeutet ein dauerndes Auskunftgeben, Widerlegen, Vorträgehalten. Aber das bedeutet auch so manches anregende Gespräch mit Menschen, die keine Fachleute sind und durch das Gesehene zu brennendem Interesse angestachelt werden.

Eines Tages kommt ein junger Mann mit einem Mädchen.

Evans heißt er und ist der Sohn jenes Evans, der ein dickes und gescheites Buch über die Bronzezeit geschrieben hat. Er hat sich eben verlobt, und um diesen Tag recht zu feiern, führt er seine Braut zu den trojanischen Funden Schliemanns.

Die Wochen in London sind ein Höhepunkt des unermüdlichen Forscherlebens, dem nun hier aus vollen Händen Beifall gespendet wird. Ein Fest, eine Gesellschaft bei einem Herzog oder einem Lord sind unvollständig und zählen nicht in der Chronik der Saison, wenn Schliemann nicht zugegen ist. Die Photographische Gesellschaft zahlt vierzig Pfund nur für die Genehmigung, den Ausgräber von Troja und Mykene photographieren zu dürfen. Hodge malt ihn für die Royal Society. »Du mußt herkommen«, telegraphiert der Gefeierte nach Athen an Sophia, »nimm aber vor der Abreise noch ein Bad im Meer, um dich für die hiesigen Anstrengungen zu stärken.«

Und dann stehen sie beide auf der lorbeerbekränzten Tribüne, um die Ehrendiplome entgegenzunehmen. Er erklärt Grund und Ziel seiner Arbeit, und darauf erhebt sich auch Sophia zu einer kurzen Rede. Blaß und schön steht sie da, in einem einfachen dunklen Kleid, ohne jeden Schmuck – »denn wer den Schmuck Helenas getragen hat, darf niemals ein profanes Schmuckstück anlegen« – und erzählt in schlichten Worten, wie sie in Troja und Mykene geholfen hat, mahnt die englischen Mütter, ihre Kinder Griechisch lernen zu lassen – »und nun schließe ich mit herzlichem Dank für die Geduld, mit der Sie einer Verehrerin Homers zugehört haben«.

2 Als trotz aller Bemühungen Layards der neue Ferman immer noch nicht kommt, nimmt Schliemann 1878 noch einmal seine Ithaka-Forschungen wieder auf. Aus dem blinden Enthusiasten von einst ist nun aber ein Gelehrter geworden, aus dem Anfänger der ersten tastenden Schritte auf unsicherem Neuland ein erfahrener Kenner, der auch, wenn es sein muß, langsam zu gehen versteht.

Da, wo er vor zehn Jahren das Bett des Odysseus gesucht und außer fünf Urnen, einer Mauer und alten Zisternen nichts gesehen hat, erkennt sein trojageschärftes Auge sogleich die Spuren einer prähistorischen Siedlung. Eine ganze Stadt war es sogar, die wohl an zweitausend Häuser gehabt haben mag, von denen er ein Zehntel ausgräbt. Wo einst nur die Hürden des Eumaios waren, sieht er jetzt eine ausgedehnte Siedlung ländlichen Charakters. Diese Funde, so merkt er ganz still für sich an, brauchen aber keineswegs einen Gegensatz zu früheren Äußerungen zu bedeuten, keine Widerlegung des damaligen Gefühls zu sein, daß Ithaka in besonders hohem Maße homerisches, odysseeisches Land sei.

Schon im Sommer, als Freund Layard den Ferman in baldige Aussicht stellen konnte, hat Schliemann in Troja neue, bessere Häuser bauen lassen: eine große filzgedeckte Wohnbaracke für sich, seine Aufseher, Diener und Gäste, eine andere als Speisesaal für alle; die Hälfte von ihr ist zugleich als Aufbewahrungsraum für Altertümer ohne merkantilen Wert gedacht. Dazu dann einen Schuppen für die Werkzeuge, ein Steinhaus für die Küche, eine verschließbare Baracke für die wertvolleren, zwischen der Türkei und dem Ausgräber zu teilenden Funde und endlich ein Holzhaus für die Gendarmen.

Ohne solche Wachen wird es diesmal nicht gehen. Die Troas ist ein unsicheres Gelände geworden. In Kalifatli hat ein Trupp tscherkessischer Räuber bei Nacht ein Haus angegriffen, weil man dem Besitzer einen gewissen Wohlstand nachsagte. Vier Tote hat das gekostet, zwei von jeder Seite. Und etwas weiter südlich, in Alampsa, sind eines Abends, während das Dorf in der Moschee den Ramadan beging, zwanzig griechische Räuber gelandet und haben den einzigen Sohn eines reichen Türken geraubt. Beim Kampf mit den Wächtern haben sie dann den Sohn ermordet, bevor sie die Flucht ergriffen.

Deshalb wirbt Schliemann zehn Gendarmen an, die als Leibgarde für seine Sicherheit und als außerplanmäßige Aufseher für die Ehrlichkeit der Arbeiter zu sorgen haben.

Inzwischen ist nämlich nachgewiesen worden, was bislang nur Vermutung und Gerücht gewesen ist: bei den Ausgrabungen des Jahres 1873 haben zwei ungetreue Arbeiter drei Schatzfunde verheimlicht. Einer hat in einer eulenköpfigen bauchigen Tonvase gesteckt, die die Diebe dann leer ablieferten, die anderen haben dicht dabei gelegen, bei der abgegebenen bronzenen Streitaxt. Dann haben sie die Beute geteilt. Schließlich und nach langem ungeduldigen Warten hat sich die Frau des Mannes aus Yenischahir eines Festtags zwei goldblattbedeckte ellenlange Ketten an die Ohren gehängt, um den anderen Frauen einen recht ärgerlichen Neid zu machen. Das war ihr auch gelungen, und dieser Neid hatte sie den türkischen Behörden angezeigt, die sie und ihren Mann ins Gefängnis warfen; auf die Drohung des Erhängtwerdens hatten sie dann das Versteck der übrigen Sachen und den Komplicen aus Kalifatli verraten. Aber dieser hatte seinen Anteil schon von einem Goldschmied in Renköj einschmelzen und zu einem riesigen Halsband mit plumpen Blumenverzierungen im neutürkischen Geschmack verarbeiten lassen. Nun liegen diese Dinge im Konstantinopler Museum, aber wer will sagen, ob das wirklich alles war, was gestohlen wurde?

Die erste und hauptsächliche Arbeit dieser Kampagne gilt dem Mauerwerk, das vor fünf Jahren noch das Haus des Priamos gewesen war. Die bittere Kritik hat den Forscher so eingeschüchtert, daß er das Wort Priamos nicht mehr auszusprechen wagt. Es ist jetzt nur noch das Haus des Stadtoberhaupts. Aber dies muß es bleiben, denn sicher ist es kein Zufall, daß in und bei ihm wieder drei kleine und ein großer Schatzfund gemacht werden. Ein freundlicher Zufall bringt den ersten gerade an den Tag, als sieben Offiziere des britischen Kriegsschiffs »Monarch« die Grabungen besuchen. Er liegt in einer zerbrochenen Tonvase, die, ihrer Lage nach zu urteilen, beim Zusammenstürzen des Hauses aus einem der oberen Stockwerke herabgefallen ist. Wieder sind es zwei Dutzend Ohrgehänge und eine Fülle von Halsschmuck, und viele der Stücke weisen ähnliche Spiralmuster auf wie die mykenischen Funde.

Ist übrigens das Wort »Stadtoberhaupt« nicht bloß eine zaghafte Umschreibung des Wortes »König«? Und ist der König dieser verbrannten Stadt nicht immer identisch mit Priamos? Aber warum ist das Haus so klein? Ganze sechzehn Meter ist es lang. Warum mißt sein größtes Zimmer siebeneinhalb zu dreieinhalb Meter? Und warum sind die Türen nicht breiter als einen knappen Meter? Selbst wenn man sechs Stockwerke für das

Haus annähme, selbst wenn man alle Mauern in der Nähe für Nebengebäude reklamieren wollte, wo bliebe Vater Homer, der doch vom Palaste sagt:

»Der mit geglätteten Hallen geschmückt war; aber im Innern
Waren fünfzig Gemächer aus schöngeglättetem Marmor,
Dicht aneinander gebaut; und ruheten drinnen des Königs
Priamos Söhne, dort mit den blühenden Gattinnen wohnend,
Aber den Töchtern waren zur anderen Seite des Hofes
Zwölf Gemächer im Stock aus schöngeglättetem Marmor
Dicht aneinander gebaut . . .«

Natürlich, Homer hat Troja nie gesehen. Zu seiner Zeit war es schon längst zerstört. Zu seiner Zeit baute man die Königshöfe prachtvoll und aus Marmor, und so hat er eben die Sitte seiner eigenen Zeit auf die Vorzeit übertragen.

Tertium non datur: entweder muß Priamos und mit ihm ganz Troja fallen oder Homer.

Gleichsam als Trost für diese Sorgen gibt es wieder einen reichen Goldfund, einzigartige Tonvasen, die Schafe, Schweine, Igel, Maulwürfe darstellen, und eine große Reihe von Pithoi, den mannshohen Gefäßen, die als Zeugen einer wohlversehenen trojanischen Vorratskammer im Boden stehenbleiben sollen. Aber schon am folgenden Morgen liegen sie in tausend Scherben, da beutegierige Türken Schätze in ihnen vermutet und sie heimlich zerschlagen haben. Das Gold, das ganz woanders gewesen ist, in einem unscheinbaren zweihenkligen Becher, liegt schon längst in der Verwahrung des türkischen Beamten: sechzehn goldene Stangen mit Einschnitten, Talente wohl und frühe Vorläufer des Geldes, Hunderte von Perlen, Schiebern, ein silberner Prunkdolch.

Allen glücklichen Funden zum Trotz ist Schliemann nicht glücklich. In einer gewissen Resignation bricht er die Arbeit beim Hause des Stadtoberhaupts ab und kehrt zu seiner alten großen Plattform auf der Nordseite des Hügels zurück. Dort arbeitet er weiter, bis Ende November der Winterregen einsetzt und den Grabungen für dieses Jahr ein Ende macht.

3 Die Grabungen, die Ende Februar 1879 mit hundertfünfzig Arbeitern wieder beginnen, stehen unter einem neuen Vorzeichen: als die Störche nordwärts ziehen, kommen aus dem Norden zwei Freunde, um Schliemann bei seiner Arbeit zu helfen.

Der eine ist Emile Burnouf, der frühere Direktor der École Française in Athen, jetzt Professor in Paris und vom Unterrichtsminister, Jules Ferry, nach Troja beurlaubt. Er wird Pläne und Karten und auch die Funde zeichnen, die geologischen Grundlagen untersuchen und als Archäologe assistieren.

Der andere ist Rudolf Virchow aus Berlin, der Studien über Flora, Fauna, Volkskunde der gegenwärtigen Troas und über das aus dem Schutt der Jahrtausende befreite Troja machen will. Aber das ist das wenigste, denn zwischen Schliemann und Virchow, die sich so ähnlich und die so verschieden voneinander sind, hat sich seit Jahren eine wirkliche herzliche Freundschaft gebildet. Er war schon dringend eingeladen gewesen, an der Grabung von Mykene teilzunehmen, hatte damals aber nicht kommen können – »das ist für die Wissenschaft ein unersetzlicher Verlust«, hatte Schliemann ihm geschrieben, »denn wären Sie bei mir gewesen, hätten wir bestimmt viele Leichen retten können. Auch sonst wäre Ihre Gegenwart von gar gewaltigem Nutzen gewesen, denn ich war da ganz allein mit einem wütenden Beamten, dessen Dummheit nur seine Arroganz gleichkam.« Aber jetzt wird er wirklich kommen, und Schliemann freut sich auf ihn wie ein Kind auf Weihnachten.

»Sind Sie in Athen bei meiner Frau gewesen, und was halten Sie von ihrem Gesundheitszustand?« ist das erste Wort.

»Natürlich war ich dort. Ich meine, Sie sollten sich ihr etwas mehr widmen. Sie hat zu viele kranke und nervöse Verwandte um sich, und das tut auf die Dauer nicht gut.«

»Nun ja, ich werde sehen, was sich machen läßt«, antwortet Schliemann hastig. »Und wie fanden Sie Agamemnon?«

»Ich habe es Ihrer Frau schon gesagt: für einige Zeit keine Milch, sondern Suppen oder Tee, auch ein wenig Natrium bicarbonicum nach den Mahlzeiten. Sie selbst haben natürlich keinerlei Beschwerden, lieber Freund, denen mein Rat gut tun würde?«

»Wohin denken Sie? Dafür habe ich doch gar keine Zeit!«

Während sie nach Troja reiten, meint Virchow, er freue sich, endlich einmal richtig ausspannen zu können: Mitglied des Reichstages, Stadtverordneter von Berlin, Mitglied ungezählter Kommissionen, Vorstandsmitglied zahlloser Vereine, Redakteur zweier Zeitschriften, Universitätsprofessor, Dekan, Examinator und noch dieses und jenes dazu – das alles hinter sich zu lassen, sei geradezu eine Wohltat.

»Nun«, sagt Schliemann zögernd, »ich fürchte, so ganz frei werden Sie doch nicht sein können, denn in der letzten Zeit habe ich die meisten meiner Patienten auf den kommenden großen Arzt vertröstet.«

Virchow lacht. »Also sozusagen eine ärztliche Praxis in der Troas? Auch nicht übel, vor allem deswegen, weil ich zu Hause fast gar nicht mehr zu ihr komme. Eigentlich bin ich bloß noch Ihr Hausarzt auf brieflichem Wege!«

»Und ich dafür Ihr Hausarchäologe für Ihre Urnen und Grabfelder in allen preußischen Provinzen?«

Schliemann hat richtig prophezeit. Schon am ersten Morgen steht ein Haufen von Arbeitern wartend da, als Schliemann mit seinem Gast kurz nach vier vom Morgenbad im Meer zurückkehrt. Der eine hat eine gequetschte Hand, der zweite ein entzündetes Auge, der dritte einen hartnäckigen Durchfall, der vierte allgemeine und durchaus unklare Beschwerden. Als sich die Arbeiter abends in ihre Dörfer zerstreuen, nehmen sie die Nachricht von dem großen Effendi Iatros mit, und am Morgen darauf warten schon ein paar Dutzend Kranke in »Schliemannopolis«, wie man, halb im Scherz, halb ernst gemeint, das Barakkendörfchen nennt. Zu Fuß sind sie gekommen und zu Esel, und ein junges Mädchen liegt gar in einem Korb, der einem Pferde angehängt ist.

Schliemann vergißt vor lauter Eifer, dem großen Freunde gefällig zu sein, sogar seine Ausgrabungen. Zum Glück ist Burnouf ja Fachmann genug. Er selbst muß die mancherlei Sprachen und Dialekte der Troas verdolmetschen und tut es unermüdlich, auch wenn sich zu den morgendlichen und bald auch mittäglichen Scharen Hilfesuchender noch Hausbesuche in den nahen Dörfern gesellen.

Das alles ist für Virchow von größtem Interesse. Nebenbei kann er auch gleich die Bauart der Häuser bei Griechen und Türken studieren, die geologischen Formationen der Landschaft, das bunte Völkergemisch, in dem auch noch Zigeuner, Bulgaren, Armenier, Perser vertreten sind. In einem Punkte muß er als Arzt gleich herzhaft schimpfen wie Schliemann als Ausgräber: die Pflichten der griechischen Kirche fressen nämlich nicht bloß viele schöne Arbeitszeit auf, sondern oft auch die Gesundheit der Leute. Es ist gerade kurz vor Ostern, und die vierzigtägigen Fasten haben die Griechen so geschwächt, daß die Arbeitsleistungen von Tag zu Tag geringer werden, und als er einer Frau im letzten Stadium phthisischer Erschöpfung stärkende Diät verordnet, lehnt sie das entschieden ab – die Gebote der Kirche gestatten nicht einmal Milch oder Fisch oder Eier. Die Macht der Priesterschaft ist sehr groß, selbst wenn der eine oder andere ein notorischer Trunkenbold ist oder gar eine Kneipe besitzt und den ganzen Sonntag in der Mitte seiner Gaststube thront, in die Wolken seiner Nargileh gehüllt.

Das zweite Dauerleiden der Troas ist nach Virchows Meinung das Fieber: die ganze Ebene ist eine berüchtigte Sumpfgegend, aus der an jedem Abend stinkende Nebel aufsteigen, und kaum daß der Sommer beginnt, wolken dichte Schwärme von Mücken aus ihr empor. Die Malaria tertiana ist die herrschende Krankheit selbst in den Dörfern, die nicht im Tal liegen.

Im ganzen ist Virchow mit seinen Patienten sehr zufrieden. Im Handumdrehen gehört ihm die Liebe der ganzen Ebene, ebenso wie seinem Freunde Schliemann, und als man erst gemerkt hat, daß er Blumen sammelt, steckt man ihm jeden Tag Sträußchen an den Rock. Und diese Auszeichnungen gefallen ihm und Schliemann viel mehr als die Rosette der Ehrenlegion, die Burnouf niemals ablegt und um derentwillen er auch noch bei dreißig Grad im Schatten den Rock anbehält.

Eines Tages ist der Schrecken groß. Schliemann, der wie üblich in die Karanlik-Bucht des Hellesponts zum Baden geritten ist, kommt nicht zur gewohnten Zeit, das heißt zum Arbeitsbeginn gleich nach Sonnenaufgang, zurück. Eine Stunde später erst sehen die besorgt Ausschauenden seinen Schimmel herankommen. Schimpfend steigt er vom Pferd.

»Der Teufel soll sie holen, diese türkischen Brücken!« sprudelt er heraus, während er sein Frühstück nimmt, das aus einer Tasse schwarzen Kaffees besteht. »Niemals werde ich mehr über eine Türkenbrücke reiten! Erinnern Sie sich an Kum kiöj, Virchow? Die Brücke halbwegs zwischen hier und dem Rhoiteion? Wenn ich fortreite, ist es fast noch dunkel – nun, und heute bricht da unter meinem Pferd ein Stein dieser Brücke weg, und ich rolle mit dem Gaul hinab ins Gestrüpp, das Tier natürlich auf mich rauf. Und meine beiden Gendarmen waren wer weiß wo, so daß sie mein Rufen nicht erreichte. Eine geschlagene Stunde habe ich da liegen müssen, bis sie am Strande die Geduld verloren und mich suchen kamen. Nein, nein«, wehrt er Virchow ab, »weiter ist nichts passiert, ich vertrage schon einen kräftigen Ruck. Aber, das sage ich Ihnen: wenn wir in den nächsten Tagen unseren geplanten Ritt in das Ida-Gebirge machen – vor jeder türkischen Brücke steige ich ab und führe das Pferd am Zügel hinüber.«

Langsam und stetig wachsen immer mehr Häuser der verbrannten Stadt aus den Tiefen des Berges. Damit sie und sie allein gefunden werden, genügt es nicht nur, an den schon früher gefundenen Resten entlang zu graben und deren Fortsetzungen zu erhoffen. Man muß auch an einer noch nicht aufgegrabenen Stelle von oben zu ihnen gelangen und dabei die vielen Fehler der halb planlosen, halb überstürzten früheren Jahre vermeiden. Bei dieser Gelegenheit kann man vielleicht auch gleich einmal genau feststellen, wieviel Siedlungsschichten übereinanderliegen.

Es hat den Anschein, als seien es sieben: bei sechzehn Meter Tiefe der Urboden; von sechzehn bis dreizehneinhalb die erste, von dreizehneinhalb bis zehn die zweite prähistorische Stadt; vom zehnten bis zum siebenten Meter die dritte Schicht, die verbrannte Stadt, das heißt die homerische Ilios; vom siebenten bis zum vierten die vierte, vom vierten bis zum zweiten die fünfte, beim zweiten Meter die sechste Schicht, die nach den Tonwaren wahrscheinlich eine lydische Siedlung war; und darüber dann endlich die siebente Stadt, die es nicht weiter aufzugliedern lohnt, obwohl sie die Baureste der griechischen und römischen Zeit in sich vereinigt.

Auch diese Grabung bringt zwei Schatzfunde, gut zwanzig Meter außerhalb der Backsteinstadtmauer am Nordrande des Hügels. Der erste wird im April entdeckt und liegt merkwürdigerweise recht flach, nur knapp vier Meter tief, also keineswegs in dem Stratum, zu dem die verbrannte Stadt gehört. Aber tausend Erfahrungen haben schon bewiesen, daß die Meterabgrenzung nur eine allgemeine und ungefähre sein kann und daß sich immer wieder Ausnahmen von der Regel, sowohl nach oben als auch nach unten, einstellen können. Daß die goldenen Schmuckstücke den früheren Funden ähnlich sehen, beweist ja zur Genüge, daß sie wirklich in die dritte Stadt gehören. Eine Ausnahme machen dabei nur drei goldene Scheiben, die mit ihren schönen Sternrosetten den siebenhundert Scheiben aus dem dritten Grab Mykenes so ähnlich sind. Das ist das erstemal, daß sich eine so eindeutige Berührung ergibt. Dafür ist dann der Brustschmuck um so »trojanischer« im Stil. Er ist vierundzwanzig Zentimeter lang und besteht aus einem kronenähnlichen Körbchen aus fünfundzwanzig plattgeschlagenen und zusammengelöteten Golddrähten. Am Körbchen hängen zehn Ketten aus Doppelringen, an jedem Glied ein goldenes Blatt; das gibt fünfzehnhundertfünfzig Doppelringe und ebensoviel Blätter. Mit diesem Stück hat es übrigens noch eine besondere Bewandtnis: es lag schon, in einem Erdbrocken, auf dem Schiebkarren, der gerade seinen Weg zum Abgrund antreten wollte, als Virchows scharfe Augen es aufblitzen sahen und seine schnellen Hände zugriffen.

Wenig später, ebenfalls in Gegenwart von Virchow und Burnouf, findet sich der zweite Schatz, wieder auf dem Abhang der großen Mauer, wenige Schritte von der Stelle entfernt, wo der große Schatz von 1873 lag. Das bringt den neuen Fund in selbstverständlichen Zusammenhang mit der verbrannten Stadt und damit auch in das geschichtliche Nebeneinander von Priamos und Agamemnon: denn dieser Fund weist rein mykenische Formen und Motive auf, bis hin zu dem goldenen Adler, den Burnouf allerdings ähnlich bei den hethitischen Skulpturen von Bhogazköj gesehen haben will.

Andere Tage gehören der Erforschung der Heroen-Tumuli, jener kegeligen Hügel, die sich überall in der Troas aus der Ebene erheben und die zumeist ruhmreiche Namen tragen: der Tumulus des Achilleus, der des Patroklos, der des Ilos und so fort. Aus den Nachgrabungen scheint aber hervorzugehen, daß sie meist nur Kenotaphe gewesen sind.

4 Die Schädel von Hanaë-Tepeh, dem Besitz der Calverts, sind vermessen, die Ruinen am Hellespont bis Ophrynion und an der Ägäis bis Alexandreia-Troas untersucht, als Schliemann eines Abends sagt: »Und nun beginnen wir morgen unseren Ausflug in das Ida-Gebirge.«

Freudig stimmt Virchow zu.

Die erste Rast machen sie in Kestambul, einem großen, rein türkischen Dorf. »Sehen Sie«, sagt Schliemann, indes er vom Pferde steigt, »in der Troas erkennt man schon von fern, welche Dörfer von Türken und welche von Griechen bewohnt werden. In Kalifatli, Yeniköj, Yenischahir werden Sie vergeblich nach Storchnestern suchen. In den Türkendörfern sind sie dagegen zum Überfluß vorhanden.«

»Und wie erklären Sie sich das?«

»Die Griechen nennen den Storch den heiligen Vogel der Türken, und darum mögen sie ihn nicht leiden und vertreiben ihn. So etwas merken die Tiere natürlich genau und richten sich danach. Alle Türken bringen dem Storch die größte Ehrfurcht entgegen; er ist ihnen unantastbar, und seine Anwesenheit gilt ihnen als gutes Omen. Wenn wir auf dem Rückweg durch Toozla kommen sollten, werden Sie als Krönung der Moscheekuppel ein Storchnest sehen und ein zweites daneben auf dem einzigen Minarett, so nahe der Galerie, daß der Muezzin, um es nicht zu beschädigen oder die Störche nicht zu stören, gebückt stehen muß, wenn er zum Gebet ruft. Ein weiterer Vorzug der Türken ist ihre Sorge für das Wasser: kein Dorf ist so klein und arm, daß es nicht seine Quelle in ein schönes Mauerwerk, meist aus antiken Resten, gefaßt hätte.«

Virchow bestätigt das aus den Beobachtungen, die er schon selbst gemacht hat, aber dann kehrt er noch einmal zu den Störchen zurück. »Sie haben für uns so etwas Heimatliches«, sagt er und erzählt von den Störchen seiner Kindheit.

Schliemann nickt. »Genauso geht es mir. Ich habe das Storchennest auf der Ankershäger Pfarrscheune immer noch nicht vergessen. Von Minna Meincke habe ich Ihnen schon neulich erzählt. Kürzlich habe ich sie eingeladen, meine Frau und mich einmal in Troja zu besuchen, und um es ihr plausibler zu machen, habe ich versucht, sie mit unseren vielen Störchen zur Reise zu verlocken. Aber sie wollte trotzdem nicht kommen.«

»Sie haben noch viele Beziehungen zu Ihrer Heimat?«

»Die Briefe gehen dauernd hin und her. Sie wissen, meine Schwestern sind dort, der Stiefbruder, die Freunde aus der Schule und aus der Lehrzeit. Freilich, mit den Freunden von damals bin ich erst seit ein paar Jahren wieder in Verbindung, seit die Zeitungen mich zum ›berühmten Mann‹ gemacht haben.«

Virchow lächelt. »In dem Augenblick waren alle wieder da, nicht wahr? Übrigens war es bei mir nicht anders.«

Ärgerlich wehrt Schliemann ab. »Aber nicht doch! Umgekehrt war es. Ich habe ihnen zuerst geschrieben. Ich weiß nicht einmal, ob sie alle Zeitungsleser sind. Ich mußte ihnen doch sagen und beweisen, daß ich als Junge kein Windbeutel und Aufschneider gewesen bin, daß ich das erreicht habe, wovon ich ihnen damals so unendlich viel erzählt habe.«

Er scheint fast etwas verlegen, und auch Virchow spricht eine lange Zeit nicht.

Während sie weiterreiten, nimmt die Landschaft allmählich einen anderen Charakter an. Die Sümpfe und die kahlen Schafweiden, die das Bild bei Troja bestimmen, machen Hügeln Platz, auf denen Wacholder, Eichengebüsch und Fichten wachsen. Virchow registriert jede bisher noch nicht beobachtete Blume, jeden Vogel, aber mit dem gleichen Interesse betrachtet er auch Mauerreste, zerschlagene Skulpturen in den Hauswänden der Dörfer und auf den Friedhöfen der Türken, hilft beim Entziffern von Inschriftenfragmenten, erhandelt eine Handvoll Münzen, die den Fremden in jedem Dörfchen angeboten werden – und schaudert gleich seinem Freunde vor jeder Nacht, denn zum Schlafen auf freiem Feld ist die Jahreszeit noch zu kühl, und wenn man sich auch das sauberste Haus des Dorfes aussucht und auf dem Fußboden schläft und einen Wall von Insektenpulver um sich schüttet und sich damit bestreut wie einen Kuchen mit Zucker, so lassen sich die Wanzen trotzdem noch immer zu Hunderten von der Decke auf die Schläfer hinabfallen.

Irgendwo unterwegs, mitten in einer unbewohnten Einöde, liegen schöne übergraste Säulen, daneben ionische und korinthische Kapitelle. Eichen beschatten weithin die Felder und kriechen dann in eine Bergschlucht hinein, in deren Mitte ein weites Becken römischen Mauerwerks eine heiße Quelle auffängt. »Über sechzig Grad«, sagt Schliemann und zieht sein Thermometer aus dem dampfenden Strahl. Virchow probiert das Wasser im Reisebecher. »Leicht salzig und ziemlich eisenhaltig. Was für einen Kurort könnte man hier aufbauen, aber statt dessen leben hier nur ein Rabe und ein Kuckuck. Gottlob, daß wenigstens sie hier sind, denn sonst hörte man nur das Gluckern der Quelle.«

»Sehen Sie«, und damit weist Schliemann auf die Hänge, wo die Reste alter Badeanlagen stehen, »und achten Sie dabei auf die ganz neuen Gräben. Da sind die Leute am Suchen gewesen und haben die Marmorplatten, die das Mauerwerk bekleideten, in ihre Kalköfen geholt. Ein paar Jahrzehnte noch, und in ganz Kleinasien ist kein Stück Marmor mehr übriggeblieben. Und nun versuchen Sie sich vorzustellen, wie es hier ausgesehen haben mag, bevor die Türken mit ihren verfluchten Kalköfen kamen!«

Eine ähnliche Schlucht treffen die Reisenden bei Avjilar, einem Dorf am Golf von Adramytteion, aber das Mauerwerk in ihr stammt nicht von den Römern, sondern war eine Festung der Genuesen im Mittelalter, sagt ihnen der Ölhändler Kazaris, der reichste und angesehenste der Griechen in dem vorwiegend türkischen Dorf.

Alle Griechen hier sind aus Lesbos, das heißt mit anderen Worten, die geriebensten Kaufleute der Welt. Aber von Geschäften ist hier nicht die Rede, als die Landsleute des Ölhändlers abends kommen. Seit eh und je ist das Hauptgesprächsthema für

Griechen die Politik. Um so mehr an diesem Tage, da der eine der Fremden aus Athen kommt. Das ist ihnen die größte Freude, denn obwohl sie nie etwas anderes als türkische Untertanen gewesen sind, fühlen sie sich doch nur als Griechen und hassen niemanden mehr als die Türken. Das große Massaker, bei dem die Türken vor fünfzig Jahren über zwanzigtausend Griechen auf dem benachbarten Chios abschlachteten, ist noch längst nicht vergessen. Sie warten und hoffen auf eine Zukunft, die Kleinasien dem griechischen Mutterland zurückgeben wird. Und sie meinen allen Ernstes, daß sie durch ihren Handel dazu beitragen.

»Wir arbeiten schwer«, sagen sie, »und die Türken tun nichts. Deshalb haben sie auch niemals Geld. Wir leihen es ihnen auf ihre Häuser und Felder, die wir dann für verfallen erklären, wenn sie mit den Zinsen in Rückstand geraten. Auf diese Weise kommen wir allmählich in den Besitz des ganzen Landes. Sehen Sie zum Beispiel Smyrna an: vor fünfunddreißig Jahren gab es dort achtzigtausend Türken und achttausend Griechen, heute aber sind es dreiundzwanzigtausend Türken und sechsundsiebzigtausend Griechen.«

»Lieber Freund«, sagt Virchow, als die beiden am nächsten Tage weiterreiten. »Sie verstehen es wirklich, allen Zweigen meiner Tätigkeit etwas zukommen zu lassen! In Avjilar kam nun endlich auch der Politiker zu seinem Recht. Allerdings glaube ich nicht recht daran, daß der ›kranke Mann am Bosporus‹ so krank ist, daß er sich bei lebendigem Leibe seine besten Glieder amputieren lassen wird, mögen die Ansprüche der Griechen auch noch so berechtigt sein.«

»Von Politik verstehe ich nicht viel«, antwortet Schliemann. »Gladstone ist mein Freund und ein prachtvoller und bedeutender Forscher. Ich verstehe nicht, daß er seinen Homer liegenläßt und statt dessen Politik macht, die zu allem Überfluß hundsmiserabel ist und die, um nur ein Beispiel zu nennen, Ägypten völlig ruinieren wird. Ich hasse seine Politik geradezu, und Sie täten auch besser daran, den Reichstag aufzugeben. In unserem Alter brauchen wir Ruhe, und die Aufregungen der ewigen Diskussionen werden Ihnen noch bestimmt auf die Gesundheit schlagen.

Muß man denn sein ganzes Leben lang Reden halten wie Gladstone und seine Frau? Das ist doch entsetzlich!«

»Es könnte sein, daß Gladstone es nicht zu seinem Vergnügen tut oder, sagen wir, aus Ehrgeiz. Und bei mir sind es auch gewiß nicht diese Motive, die mich in die Politik getrieben haben. Vielleicht kann ich es in einem ganz einfachen Bilde sagen: ich bin Arzt geworden, nicht um einen schönen Titel zu haben oder um Geld zu verdienen, sondern um meinen kranken Mitmenschen zu helfen. Aber nicht nur das Individuum kann krank sein, sondern auch ein ganzes Volk. Sehen Sie, und um die Krankheiten des Volkskörpers aufzuspüren und zu heilen, bin ich schließlich auf meine alten Tage, und fast ohne es zu wollen, Politiker geworden. Nehmen Sie die Tuberkulose – warum ist sie so verbreitet? Weil es den Leuten schlecht geht. Und warum geht es den Leuten schlecht? Weil die Politik nichts taugt. Ach, ich könnte Ihnen Beispiele dutzendweise sagen, Krankheitssymptome aufzeigen . . .«

»Danke, das ist nicht nötig. Dafür kenne ich mich in den deutschen Zuständen doch zu wenig aus. Sie wissen ja, wie es mir mit meinem Vaterland ergangen ist. Ich hätte auch in Paris oder in London promovieren können, aber ich tat es in Rostock, nicht etwa, weil es dort besonders leicht war oder mein Vetter mir helfen konnte, die Widerstände aus dem Wege zu räumen, sondern weil es meine Heimat war und weil ich mir damals noch einbildete, trotz meines internationalen Lebens ein Deutscher zu sein, der darum die Früchte, die Erfolge seiner Arbeit auch Deutschland darbringen wollte. Und was kam dabei heraus?

Ich habe dem Großherzog von Schwerin einen Abguß meiner Heliosmetope für sein Museum angeboten: er hat nicht einmal geantwortet. Ich habe München ein Museum schenken wollen: es hat mir nicht einmal geantwortet. Ich habe der Universität Rostock mein Buch geschickt: sie hat nicht einmal den Empfang bestätigt. Ich sehe daraus, daß solche Bücher in Mecklenburg gar keinen Wert haben. Finde ich noch tausend Schätze, Mecklenburg soll kein Goldkörnchen davon erhalten, denn stets werde ich dort auf die erbärmlichste Weise beschimpft. Ich habe in deutschen Zeitungen und gelehrten Zeitschriften schreiben wollen: sie haben mir meine Aufsätze nicht einmal zurückgeschickt. Aber das sind ja alles nur Kleinigkeiten, und das Große wissen Sie genausogut wie ich. Woher kam der dickste Dreck, mit dem man mich seit der ersten Kampagne von Troja beworfen hat? Immer aus Deutschland! Nirgendwo, ja kaum in Athen, hat mich der Neid so bespuckt, so zerrissen wie in Deutschland; dort hat man auch nicht ein gutes Haar an mir gelassen!«

Erregt schweigt Schliemann und wischt den Schweiß vom Gesicht. »Ich gehöre auch zu Deutschland, lieber Freund«, entgegnet nach einer Weile Virchow, ganz leise, als wenn er zu einem Schwerkranken spräche. »Ich bin sogar deutscher Professor, wenn auch kein Philologe, und Brunn in München ist auch Professor, der bei aller sachlichen Zurückhaltung immer bemüht ist, Sie zu verteidigen, wie Schlie in Schwerin, der Museumsdirektor. Und hat Ihnen nicht gerade Ihr Schweriner Großherzog, mit dem Sie so böse sind, gleich nach der Entdeckung Trojas in Anerkennung Ihrer Großtat seine Goldene Medaille geschickt?«

»Dafür habe ich ihm sofort eine Kiste trojanischer Altertümer zugehen lassen!«

»Ich weiß, Sie, der Sie die ganze Welt beschenken, können es nicht leiden, wenn Ihnen einmal jemand etwas schenken will. Aber wir wollen nicht vom Thema abkommen. Ich will gewiß nicht diejenigen deutschen Professoren und Philologen verteidigen, denen schon der Name Schliemann ein rotes Tuch ist und die über Sie herfallen, ganz gleich, was Sie finden oder sagen. Wahrhaftig nicht. Aber versuchen Sie einmal, sich in deren Haut hineinzudenken. Nehmen wir einen Vergleich aus Ihrer Vergangenheit, und stellen wir uns vor, plötzlich wäre in St. Petersburg ein völlig unbekannter Konkurrent erschienen, der mehr von Indigo oder Öl oder Tee verstand als Sie – ich weiß, das ist nicht gut möglich, aber unterstellen wir es trotzdem einmal als richtig – und der Ihnen infolgedessen jedes lukrative Geschäft vor der Nase weggeschnappt hätte. Was hätten Sie getan? Sich gefreut? Doch kaum, sondern sich gewehrt mit Händen und Füßen, um diesen lästigen Konkurrenten wieder loszuwerden. Nicht wahr?«

»Aber nicht mit unlauteren Mitteln, Virchow! Vor allem hätte ich geprüft, in welchen Punkten und warum er mir überlegen ist, und hätte solange an mir gearbeitet, bis ich meine Mängel ausgeglichen haben würde und ihm wieder überlegen gewesen wäre.«

»Soviel Selbsterkenntnis und Selbstkritik können Sie wohl von einem Schliemann verlangen, aber nicht von einem beliebigen Durchschnittsgelehrten, mein Lieber. Die rabies theologorum, von der Luther einmal so treffend gesprochen hat, geht durch alle Fakultäten, und Hunde, die sich um einen Knochen beißen, sind manchmal friedliche Täubchen im Vergleich mit unseren gelehrten Herren. Wie gesagt, versuchen Sie einmal, sich an deren Stelle zu denken: da haben sie ein Menschenalter hindurch an ihren Schreibtischen gesessen und ihre Fündlein in Druckpapier verwandelt. Plötzlich kommt da ein Anonymus, von dem niemand zuvor gehört hat, der nicht einmal ein Universitätsstudium aufweisen kann, und behauptet, daß alles Unsinn war, was diese Gelehrten solange gemacht haben! Er sitzt nicht am Schreibtisch, sondern lebt unter zerlumpten dreckigen Männern, die nicht lesen und nicht schreiben können, läßt sich von Flöhen und Wanzen auffressen und gräbt wie ein Tagelöhner in der Erde herum – und aus seinem Erdloch heraus stößt er die ganze saubere Wissenschaft über den Haufen! Er behauptet, daß Ereignisse und Personen, die längst als Phantasiegestalten eines Dichters erwiesen sind, der selbst eine Phantasiegestalt ist, lebendige Wirklichkeit waren! Nein, lieber Freund, daß der gelehrte Bücherwurm Ihnen da mit einem Lorbeerkranz entgegenläuft, können Sie bei Gott nicht erwarten! Da ist es ganz selbstverständlich, daß er wild wird und sich gegen so einen Homo novus und krassen Außerseiter wehrt! Haben Sie nur Geduld. Die Wahrheit hat sich noch immer durchgesetzt, und ich zweifle keine Sekunde daran, daß in ein paar Jahrzehnten der Name Schliemann mit goldenen Buchstaben auch in die Annalen der deutschen Wissenschaft geschrieben werden wird und daß man mit Ihrem Auftreten eine neue Epoche der Archäologie zu datieren beginnt. Sie müssen Geduld haben.«

»Geduld, sagen Sie. Ich habe schon so viel Geduld gehabt, und es ist immer noch nicht genug?«

Virchow schüttelt sacht den Kopf und verbirgt ein Lächeln in seinem Bart. »Geduld bringt Rosen, sagt ein türkisches Sprichwort, das Sie sicher schon oft gehört haben. Aber gehen wir nun einen Schritt weiter: ich gebe Ihnen ohne Einschränkung zu, daß die deutschen Gelehrten ungerecht gegen Sie gewesen sind und zum Teil auch heute noch sind. Ich bedauere das um so mehr, weil in der Hauptsache diese Ungerechtigkeiten und diese Attakken Sie in Ihrem Gefühl von Ihrem Vaterland innerlich etwas abgewendet haben. Infolgedessen müssen wir doppelt dankbar sein, wenn Sie trotz alledem auch für uns ein paar Brosamen von Ihrem reichen Tische abfallen lassen – so wie sich Ihr Schweriner Monarch sicher von Herzen gefreut hat, als er die Spinnwirtel und Töpfe aus Troja bekam. Eines aber, lieber Schliemann, dürfen Sie nicht vergessen: trotz aller Schwierigkeiten, die unsere klassischen Sachverständigen Ihnen machen, ist die öffentliche Meinung auch in Deutschland immer auf Ihrer Seite gewesen. Sehen Sie, ich bin fast die Hälfte des Jahres auf Reisen in unserm Vaterland. Wovon reden die Menschen in den Eisenbahnen? Worüber unterhalten sich die Schüler? Was lesen die Leute als erstes in den Zeitungen? Schliemann und seine Entdeckungen. Überwinden Sie einmal Ihren berechtigten Zorn und kommen Sie selbst nach Deutschland, halten Sie uns einen Vortrag, zum Beispiel anläßlich meines nächsten Anthropologischen Kongresses – und Sie sollen sehen, die Wolken Ihres Unwillens lösen sich schleunigst in der Liebe aller Hörer auf. Wenn Achilleus seinen Groll überwand und wieder gemeinsam mit seinen Landsleuten kämpfte, sollte ein Schliemann es nicht ebenfalls können?«

Virchow schweigt. Nach langer Pause antwortet Schliemann: »Ich werde es mir überlegen.« Kein Wort mehr, aber damit ist Virchow schon sehr zufrieden.

Der schmale Pfad führt allmählich höher in die Berge. Es ist der gleiche, den Xerxes und sein Heer zogen, als sie von Sardes zum Hellespont wollten. Die Leute in Adramytteion haben behauptet, einen östlichen Weg durch das Gebirge gäbe es nicht, aber, den Herodot in der Hand, finden die beiden Reisenden ihn und finden endlich auch, in einem weltverlorenen Bergnest, einen Türken namens Mechmet, der den gesuchten Weg kennt und sie für zwei Medjidjen führen will.

»Sind irgendwo Reste von alten Städten oder Häusern?« ist die erste Frage, als sie Kadi Köj verlassen haben.

»Hier ist nichts, Effendi«, antwortet Mechmet. »Auf unseren Bergen können auch gar keine menschlichen Wohnungen sein, da sie sechs Monate im Jahr unzugänglich sind. Vor Mitte Juli kann keine Ziege und kein Pferd und kein Schaf das Gras fressen, weil bis dahin das Giftkraut Agil zwischen ihm wächst. Sieh, deshalb werde ich unseren Eseln auch Maulkörbe vorbinden, wenn wir in Evjilar sind, wo wir unsere Pferde zurücklassen müssen. Erst im August kommen dann die Hirten von allen Seiten und weiden ihre Herden auf dem Ida bis in den späten Oktober hinein.«

Auf dem Wege sehen sie die Bauern pflügen. Der Pflug ist von Holz und hat nur eine drei Zoll lange eiserne Spitze – der Akkerbau ist noch in dem gleichen Zustand wie vor dreitausend und mehr Jahren. Dann bleiben die Felder hinter ihnen zurück, und ein dichter Wald von Eichen, Fichten, Linden, Walnußbäumen, Kastanien und Platanen nimmt sie in seinen Schatten. Schnell steigt der Pfad, und die Laubbäume bleiben zurück. Nach vierstündigem Ritt öffnet sich ein schönes Hochtal vor ihnen, an dessen Quelle sie rasten.

»Sehen Sie«, ruft Virchow – »dieselben Blumen wie zu Hause, Löwenzahn, Ranunkel, Veilchen und drüben, im Felsenschatten, noch die letzten Krokus in Gelb, Blau und Weiß.«

»Aber die Traubenhyazinthe haben Sie da oben nicht, jedenfalls nicht bei uns in Mecklenburg. Im vierzehnten Buch der Ilias erwähnt Homer, daß auf dem Ida Lotos, Krokus und Hyazinthen wachsen. Professor von Heldreich, der Athener Botaniker, vermutet, daß mit dem Lotos der Lotus corniculatus gemeint ist, eine Kleeart, nun, und statt der Hyazinthen haben wir ja schon das Muscari racemosum gefunden, die kleine Traubenhyazinthe. Übrigens, was ich fragen wollte: ich bin schließlich fast vierzig Jahre fort und habe nicht mehr recht die Gewohnheit, mich in meiner Muttersprache anders als schriftlich auszudrücken. Meinen Sie, daß ich ablesen darf? Oder werden die Leute das übelnehmen?«

Erstaunt hebt Virchow den Kopf. »Ich verstehe nicht recht. Wobei wollen Sie ablesen?«

»Bei Zeus, wir sprechen doch die ganze Zeit davon: bei meinem Vortrag in Berlin!«

»Selbstverständlich können Sie ablesen«, nickt Virchow eilig, und wieder versteckt er ein kleines Schmunzeln.

Die Reisenden sitzen wieder auf. Nur noch vereinzelt stehen windschiefe krüpplige Tannen auf den Felsen, kaum kniehoch, und dann bleiben auch sie zurück. Aber der Fels ist bunt von den Blumen des Frühlings.

»Das ist der Sariki«, sagt Mechmet, als sie auf dem Gipfel stehen, für den das Taschenbarometer eine Höhe von 1766,8 Meter angibt. Das Wetter ist ganz klar geworden. Keine Wolke steht am sommerhellen Himmel. Wie auf einem Teller liegt die ganze Troas tief unten. Hinter dem Hellespont blaut die thrakische Chersones, Imbros und das steile Profil von Samothrake, Poseidons Sitz bei dem Kampfe um Troja.

Der Hügel Hissarlik ist von hier oben nicht größer als ein kleiner Knopf. »Zeus muß bessere Augen gehabt haben als wir«, sagt Schliemann, »da er von hier aus den Stand der Schlacht und die einzelnen Kämpfer unterscheiden konnte.«

»Dafür war er eben ein Gott«, erwidert Virchow diplomatisch, da er nicht recht weiß, ob diese Bemerkung nicht vielleicht aus ernstem, gläubigem Herzen gekommen ist. »Und welche Insel ist es, die dort am weitesten nach Westen zu sehen ist?«

»Lemnos, und, wir haben Glück, sehen Sie dahinter die große lila Pyramide? Das ist der heilige Berg Athos. Und nun drehen Sie sich um – den Golf von Adramytteion kennen Sie schon etwas; dahinter haben Sie Mytilene, das alte Lesbos. Und wieder zurück: sehen Sie Konstantinopel?«

»Ist das überhaupt möglich?«

»Es gibt Reisende, die es behaupten. Aber das werden die gleichen Helden sein, die in Bunarbaschi Troja und zwei Quellen und was weiß ich sonst noch alles sahen. Mechmet, was für ein Berg ist das hier vor uns? Der scheint ja noch etwas höher als der unsere?«

»Das ist sein Zwilling, Effendi, und er heißt Garguissa.«

»Virchow, haben Sie gehört? Das ist der Gargoros! Das ist der richtige Gipfel! Wir sind auf dem falschen! Kommen Sie!«

Und schon läuft der Siebenundfünfzigjährige wie ein Jüngling über das Geröll des steilen Hanges, daß Virchow und der Führer ihn mehr als einmal aus den Augen verlieren, als sie ihm folgen.

»Zweieinhalb Meter ist er höher«, empfängt Schliemann sie triumphierend. »Sehen Sie, hier, diesen Auswuchs von Glimmerschiefer! Er ist dreißig Meter lang und vier bis sechs breit. Sieht er nicht aus wie ein riesiger Thron? Homer muß hier gewesen sein, daß er um dieses Thrones willen Vater Zeus den Ida als Sitz anwies. Sehen Sie nur, alle Spalten sind voll von Veilchen und Traubenhyazinthen:

›Unten die heilige Erd' erzeugt' aufgrünende Kräuter,
Lotos mit tauiger Blum' und Krokos samt Hyakinthos,
Dicht und locker geschwellt, die empor vom Boden sie trugen.
Hierauf ruheten beid' und hülleten sich ein Gewölk um,
Schön und strahlend von Gold, und es tauete nieder der
Glanzduft.‹

Aber nein, Freund, das sind nur die Schlußverse. Und wenn Sie es auch schon hundertmal gelesen haben, hier, an dieser Stelle, wo Zeus und Hera ihr Hochzeitsbett hatten, muß ich Ihnen die ganze Stelle aus dem vierzehnten Gesang sagen . . .«

Als er geendet hat, läuft er hin und her, wendet jeden Stein um, späht in jede Spalte. »Ich suche den Altar«, ruft er über die Schulter. »Hier hat Zeus ja einen Altar und ein Temenos, einen geweihten Bezirk.«

»Ist das Gipfelplateau nicht zu klein dafür?« gibt Virchow zu bedenken. Aber Schliemann hört ihn nicht, er ist auch nicht mehr zu sehen. Endlich kommt sein Ruf. Ein paar Dutzend Meter unterhalb der nördlichen Steilwand steht er in einer kleinen Schlucht und winkt Virchow aufgeregt zu, ebenfalls herunterzuklettern. Da hat er eine Platte aus weißem Marmor gefunden, einen Dreiviertelmeter lang und sechzig Zentimeter breit. Zwei runde Löcher sind darin. »Um sie auf einem Gestell zu befestigen«, meint er. »Fassen Sie an, wir wollen versuchen, sie umzudrehen.« Als ihnen das endlich mit viel Mühe gelungen ist, sehen sie die andere Seite oval gehöhlt. »Das ist unzweifelhaft die Altarplatte des Zeus«, sagt Schliemann. »Als die ersten Christen – drunten in Assos hat Paulus ja einmal gepredigt, und Lukas war ebenfalls dort – in ihrem frommen Eifer die alten Heiligtümer zerstörten, haben sie die Platte wahrscheinlich vom Gipfel hinuntergeworfen.« Virchow zuckt bei dieser ebenso gewagten wie naiven Deutung zusammen. Aber er schweigt, um den Freund nicht zu kränken.

Dann sind sie wieder auf dem Rückweg und reiten oberhalb des Gürtels der Wälder zwischen Schlehenhecken, deren schwarze Äste vor dem Spitzenschaum der Blüten kaum zu sehen sind. Virchow lenkt seinen Maulesel an einen der Büsche heran und bricht einen Zweig ab. Schliemann hat sich umgewandt und sein Tier verhalten. »Ein Gruß aus Ankershagen«, sagt Virchow und gibt ihm den blühenden Zweig. Mit zögernder Hand nimmt Schliemann ihn, senkt den Kopf und treibt seinen Maulesel so schnell an, daß er bald hinter einer Biegung des Weges verschwunden ist.

Virchow lächelt still und zufrieden in sich hinein.

Am übernächsten Tage sind sie in Assos und sehen den Tempelberg, den gerade die Antiquarian Society von Boston ausgräbt. Aber das ist klassische Zeit und daher nicht von Interesse. Manches scheint sogar bloß römisch zu sein, also noch viel unwichtiger. Schnell wenden die beiden Reisenden sich zum Hafen und finden ein Boot mit kleiner Kajüte, das bereit ist, sie über das Meer nach Troja zu bringen.

Doch Poseidon ist ihnen nicht günstig. Unterwegs kommt Sturm aus dem Gewölk von Samothrake. Er steht ihnen so stramm entgegen, daß sie den Tag und auch noch die ganze Nacht unterwegs sind. Sie liegen auf der breiten Bank, Schliemann an der Schiffswand, der schwer seekranke Virchow vorn. Als der Morgen graut und das Stampfen sich endlich legt, sind sie in der Bucht von Besika Tepeh.

»Um Gottes willen, Sie sind ja vollkommen durchnäßt!« ruft Virchow, als sie ausgestiegen sind und über die Skamanderebene Troja zureiten.

»Na ja, der Kahn war ziemlich durchlässig«, antwortet Schliemann.

»Ich verstehe nicht, wie Sie mit Ihrer Gesundheit umgehen! Wie konnten Sie nur die ganze Nacht im Wasser liegen! Warum sind Sie denn nicht aufgestanden und haben sich einen andern Platz gesucht?«

»Das konnte ich doch nicht, ohne Sie zu wecken.«

Darauf kann Virchow nichts mehr erwidern.

Als er dann, eine Woche später, die Heimreise antritt, folgen ihm viele Kisten: einer der riesigen Pithoi ist in einer, trojanische Werkzeuge und Gefäße in anderen, und dazu hat Schliemann noch alle Funde aus Hanaï Tepeh von Frank Calvert gekauft, da sie ethnologisch von besonderem Interesse sind. Das sind alles Gastgeschenke, für den Freund und für das zu gründende Museum für Völkerkunde bestimmt.

5 In rastloser Arbeit geht der Sommer dahin. Immer deutlicher schält sich das Bild der verbrannten Stadt aus den Trümmermassen. Damit scheint die trojanische Aufgabe endgültig erfüllt. Viele Hunderttausende haben die Grabungen bisher gekostet, aber kein Geld konnte besser angewandt werden als dieses, denn es hat das ans Licht gebracht, um dessentwillen die Arbeit unternommen wurde.

Immer wieder gehen die Gedanken zu Virchow, dessen Besuch in mehr als einer Hinsicht von Bedeutung war. Hat er nicht den Blick darauf gelenkt, daß die modernen Häuser der Troas noch nach demselben Grundriß gebaut werden wie vor dreitausend Jahren die der verbrannten Stadt? Der ungesunde Boden war wohl die Ursache, daß es zu späterer Zeit nie eine wesentliche Besiedlung gab. Die Armut des Bodens hat aber auch bewirkt, daß die wenigen Bewohner nie aus dem Zustand des Hirtenlebens herauskamen, in dem das Haus von untergeordneter Bedeutung ist. Unter diesen Umständen hat sich die alte Bauart erhalten, und Häuser des vergangenen Jahrzehnts, die aus irgendeinem Grunde verlassen wurden, sehen nach ein paar Regenzeiten genauso aus wie die, die Schliemann zehn oder fünfzehn Meter tief im Berge findet.

Oder ein anderer, winzig kleiner und doch interessanter Fund: in der Ilias ist mehrfach von einer Senke die Rede, die zwischen Troja und dem Schiffslager war, die sich aber trotz aller Messungen gerade auf dieser Strecke nicht hatte finden lassen. Virchow ist es nun aufgefallen, daß der vom Bade heimkehrende Schliemann an einer bestimmten Stelle des Geländes stets unsichtbar wurde – da ist die Senke Homers!

Aber sonst ist es immer das gleiche: Troja ist wie die lernaiische Schlange. Wenn ihr ein Kopf abgehauen ist, wachsen zwei wieder nach. Für jedes glücklich gelöste Rätsel stehen um so mehr neue auf. Ist die Vermutung von Sayce richtig, daß die Zeichen auf einigen Spinnwirteln (die früher einmal als Brummkreisel oder Vulkane in die Welt laufen mußten) mit allerhand Abweichungen der uralten und noch recht unerforschten kyprischen Schrift entstammen? Und woher kommen die Tintenfische auf Scherben und die sonderbaren tiergestaltigen Vasen? Wie kommt es, daß Eroberer und Besiegte, obwohl sie doch verschiedenen und nicht einander verwandten Völkern entstammen, so merkwürdige Übereinstimmungen der Kultur aufweisen, wie sie die Parallelen zwischen troischen und mykenischen Schmuckstücken und Ornamenten bedeuten?

Woher stammen überhaupt die Trojaner? Nach Herodots Zeugnis waren sie Teukrer, und das entspricht auch den genealogischen Sagen der Urzeit. Die Teukrer aber hängen mit den Mysiern zusammen und diese wieder mit den Lydern und Phrygiern. Hektor ist ein phrygischer Name und Paris ebenfalls. Aus phrygischem Königsgeschlecht stammte Hekabe. Und Herodot wieder erzählt, daß die Phrygier ursprünglich Thraker waren, die Jahrhunderte vor dem Trojanischen Krieg unter König Midas nach Kleinasien auswanderten. Strabon dagegen behauptet, daß die Teukrer von Kreta gekommen seien, und erklärt damit die nicht wenigen Namensgleichheiten auf Kreta und im trojanischen Gebiet. Jedenfalls aber fanden sich einmal alle diese Völker zusammen, wie der Papyrus Sellier im Britischen Museum bezeugt: die Tekkri-Teukrer, die Dardani von Iluna-Ilios, die Leka-Lyker, die Masu-Mysier, die Akerit-Karer zogen in der Regierungszeit Ramses' II. zur Unterstützung der Hethiter und zur Rettung Asiens vom ägyptischen Herrschaftsstreben vor die Mauern von Kadesch am Orontes.

Man müßte unbegrenzte Zeit haben, um allen diesen Fragen nachzugehen. Nicht auf dem Papier und nicht in den Büchern der Alten. Das kann man ohne Mühe, aber dabei kommt wenig heraus. Mit dem Spaten müßte man ihnen nachgehen. Wenn man ganz Kleinasien umwühlte und Kadesch und Kreta, dann wäre wahrscheinlich auch die Frage der Herkunft der Trojaner gelöst, so wie man die Trojafrage gelöst hat. Aber werden die Philologen und Archäologen vom Fach diese Lösung akzeptieren?

Einmal muß doch die Zeit kommen, daß die Forschung mit Spitzhacke und Spaten sich mehr und mehr entwickelt und immer mehr Licht in die Vorzeit bringt. Dann wird sie auch dem hartnäckigsten Gegner beweisen, daß die Berichte Homers keine mythischen Erzählungen sind, sondern daß sie auf Tatsachen beruhen. Damit aber wird sie auch die Liebe aller zu der strahlenden Sonne jeder Literatur, zu Homer, vermehren und kräftigen. Einstweilen kann man nur eines: das Ergebnis auch dieser neuen Grabungskampagne vor den Richterstuhl der Welt bringen und als höchste Genugtuung und schönsten Lohn erhoffen, daß man zur Erreichung dieses Lebenszieles wirksam beigetragen hat.

Schliemann löscht sein Licht und tritt noch einmal, tief atmend, vor das Haus. Er steht auf dem Boden Asiens, und drüben liegt Europa. Gerade in die Augen trifft ihn das Blinken des Leuchtfeuers auf der Spitze der thrakischen Chersones. Das ist schon Europa, und zwischen beiden liegt, mehr verbindend als trennend, der Hellespont. Griechen und Perser, Türken und Kreuzfahrer, Venezianer und Genuesen, hier trafen sie sich. Hier ist auch der Schnittpunkt der Sagen – von Helle und Phrixos und dem Goldenen Vlies, von den Argonauten und von Herakles, der als erster gegen Troja zog. Kommt es denn nur auf die Mauern der verbrannten Stadt an? Heißt Troja ausgraben nicht viel mehr, was über Steine und Mauern, Waffen und Schmuck unendlich weit hinausgeht: heißt es nicht die Urgeschichte Europas ausgraben und die Geschichte der Menschheit schlechthin?

Hinter Poseidons Sitz, Samothrake, taucht der Mond aus den Wolken, und vom Ida her, dem Throne des Zeus, donnert es.

6 Wenige Wochen später sitzt der Niemüde wieder in Athen und schreibt sein Buch »Ilios«, in dem er seine gesamten trojanischen Grabungen noch einmal zusammenfaßt. Es wird ein grundgelehrter Wälzer von nahezu neunhundert Seiten in Großformat, mit fast zweitausend Abbildungen, und wieder wird das Buch gleichzeitig in drei Sprachen geschrieben. Anderthalb Jahre vergehen über der Arbeit, die alle antiken und modernen Autoren heranzieht und alle vorhandenen Funde ebenfalls. Auch der voreingenommenste Leser muß das ungeheuer breite, wenn auch nicht immer tiefe Wissen des Verfassers bewundern und nicht minder seine gründlichen Kenntnisse der Museen der Welt: irgendeine Urne in Schwerin, ein Ornament in Lucca, ein Gerät in Boulogne-sur-Mer wird mit derselben Selbstverständlichkeit zum Vergleich herangezogen wie die berühmten dutzendfach publizierten Dinge aus dem Britischen Museum oder aus dem Louvre.

Aber nicht nur das Buch füllt diese Zeit aus. Daneben läuft, wie immer, die nahezu uferlose Korrespondenz. Manchmal sind es zehn oder fünfzehn Briefe, die an einem Tage geschrieben und, nach der Gewohnheit des Kaufmanns, auch eigenhändig kopiert werden. Daneben läuft der doppelte Kampf – mit dem deutschen Professor und mit dem türkischen Beamten. Denn in dem gleichen Augenblick, da der Autor Schliemann die Worte schreibt: »Ich habe meine Untersuchungen in Troja nun endgültig und für alle Zeiten abgeschlossen« (und während er dabei denkt, daß er damit auf einen zehnjährigen Kampf zurückblickt wie die griechische Flotte, als sie von der brennenden Stadt nach Hause fuhr), weiß der Forscher Schliemann, daß er noch lange nicht mit Troja fertig ist, daß zu viele Fragen noch nach einer Antwort verlangen, die nur die Spaten, nur die trojanische Erde selbst geben können.

Das heißt mit anderen Worten: er braucht einen neuen Ferman. Sehr wahrscheinlich wird die Hohe Pforte wieder den Ossa der Schwierigkeiten auf den Pelion der Unmöglichkeiten türmen. Da ist es wohl am zweckmäßigsten, gleich mit vollen Breitseiten zu beginnen: nicht weniger als vier Botschafter von vier Großmächten müssen in seinem Namen vorstellig werden, bei den Ministern, beim Großwesir, beim Sultan selbst: der deutsche, der britische, der amerikanische, der russische, und im Vorpostengeplänkel eröffnen obendrein die Gesandten Griechenlands und Italiens das Pelotonfeuer. Hinter den Botschaftern steht aber noch mehr, steht Gladstone und, wohl das erste und einzige Mal in der Geschichte neben ihm, Bismarck. Während eines Aufenthaltes in Kissingen hat der Reichskanzler nämlich den Wunsch geäußert, den populärsten Mann der Zeit kennenzulernen, der gerade zur Kur eingetroffen ist. Mehrmals hat er sich dann mit Schliemann unterhalten und sogar eine eigene Theorie entwickelt, wie wohl die riesigen Pithoi gebrannt wurden (und, ein guter Diplomat, wenn er will, hat Schliemann diese Theorie in seinem neuen Buch auch veröffentlicht und ihr mit aller nur möglichen Höflichkeit zugestimmt). Sollte Bismarck aber einmal im Drange seiner Geschäfte vergessen, daß seine Stellung eigentlich nur *einen* Zweck haben kann, die Erlangung des neuen Fermans für Dr. Schliemann, so wird er täglich daran erinnert, durch Virchow, durch den Generaldirektor der Königlichen Museen, Schöne, durch Schliemann selbst.

Graf Hatzfeldt, der Botschafter des Reiches in Konstantinopel, schafft es nicht? Trotz aller seiner Demarchen wird der Ferman nicht bewilligt? Das kann nur daran liegen, daß Hatzfeldt ein Trottel ist. Man berufe ihn ab und setze Herrn von Radowitz an seine Stelle, den Gesandten in Athen: der liebt Homer und ist ein äußerst tüchtiger Diplomat, dem im Handumdrehen gelingen wird, was Hatzfeldt in Jahren nicht zustande bringt.

Wie sagte doch Virchow, und wie sagten tausendmal meine Türken in Hissarlik? »Geduld bringt Rosen.« Gut, üben wir Geduld. Es fehlt ja wahrhaftig nicht an anderen Plänen.

Da ist beispielsweise Orchomenos. Das ist die dritte der Städte, denen, neben Troja und Mykene, Homer das Beiwort »goldreich« gibt. Wie in Mykene wird hier wieder der Baedeker der Antike, Pausanias, zum Führer. Er schreibt im neunten Buch seiner Reisebeschreibungen:

»Minyas, der sagenhafte König von Orchomenos, hatte so große Einkünfte, daß er an Reichtum alle früheren Menschen übertraf; soviel wir wissen, war er der erste, der zur Aufbewahrung seiner Schätze ein Schatzhaus baute. Nun haben aber die Griechen eine starke Sucht, das Ausländische mehr zu bewundern als das, was sie im eigenen Lande haben. Deshalb sind denn auch manche gediegene Schriftsteller darauf verfallen, eine sehr genaue Beschreibung der ägyptischen Pyramiden zu machen, während sie das Schatzhaus des Minyas und die Mauern von Tiryns, die doch nicht weniger wunderbar sind, keiner Silbe würdigen. Das Schatzhaus aber, das ein Wunderwerk ist und keinem anderen Gebäude in Griechenland oder sonstwo nachsteht, ist ein runder Bau aus Stein, der sich oben etwas stumpf zuspitzt; man sagt, daß der oberste Stein das ganze Gebäude zusammenhält.«

Damit scheint gesagt zu sein, daß es dem Schatzhaus des Atreus in Mykene ähnlich sein muß, und vielleicht ist es, so wie dieses, in Wirklichkeit nun gar nicht ein Schatzhaus, sondern ein Kuppelgrab? Wenn aber diese Ähnlichkeit besteht, so muß es auch der gleichen Zeit entstammen. Und das heißt: das nächste Ziel ist Orchomenos.

Die Genehmigung zur Grabung wird von der griechischen Regierung sofort erteilt. Inzwischen ist ein anderer Mann Minister geworden, der gelehrte und kluge Vulpiotes; er schätzt Schliemann sehr und möchte ihn und seine Tatkraft gern enger an das Land fesseln.

Im November 1880 macht sich der Forscher auf den Weg, der heiligen Straße nach Eleusis folgend, dann nach Theben, das zum schmutzigsten und garstigsten Orte Griechenlands geworden ist, in dem nichts mehr, nicht einmal eine beachtliche Aufhäufung von Schutt, den alten Glanz der Kadmos-Stadt verrät, dann durch die Sümpfe um den Kopias-See und über Lebadeia nach dem elenden Dorfe Skripu, das zwischen dem Kephissos und dem Berge Hypatheion an der Stätte des alten Orchomenos liegt.

Bevor Schliemann diese Grabung in Angriff nimmt, hat er mit Sophia Olympia besucht, wo die Preußen noch immer am Graben sind. Obwohl der Ärger über die »Konkurrenz« noch immer in ihm schwärt, hat ihn ein sonderliches Gefühl überkommen, als er über die Altis ging: das ist doch ein ganz anderes Bild als Troja. Natürlich, in Olympia liegen nicht auf engem Raum im Bauch eines Berges sieben Schichten übereinander und durcheinander geschachtelt, natürlich, es ist nur ein Stratum auf weiter Fläche, wenn es natürlich auch in verschiedene Bauperioden zu unterteilen ist. Aber selbst wenn man alles das abrechnet, bleibt der gesamte Aspekt ein ganz anderer. Hier sieht alles klar und einfach und selbstverständlich aus. Woran mag das liegen?

Bereitwillig gibt man ihm Auskunft, und wenn sie auch nicht eben höflich ist, so ist sie dafür um so richtiger. »Wir haben aus Schliemanns Fehlern gelernt, mein Herr«, sagt ein junger, recht preußisch aussehender Mann, der sich als einer der Assistenten der Grabung vorgestellt hat. »Sind Sie einmal in Troja gewesen? Und Sie auch, gnädige Frau? Ja? Nun, dann werden Sie mich um so besser verstehen. Schliemann ist ein großer Mann, und ich habe alle Hochachtung und Verehrung für ihn und bedaure nur, daß er noch niemals bei uns gewesen ist. Sehen Sie, er ist eben Nichtfachmann – nein, bitte, winken Sie nicht ab! Ich meine natürlich nicht als Archäologe! Mit seinem sicheren Instinkt steckt er uns alle in die Tasche, eingeschlossen Herrn Geheimrat Curtius. Aber sagen Sie bitte selbst: wie kann man eine saubere Ausgrabung hinstellen, wenn man das Gelände von der Seite angeht, so daß alles von oben nachrutscht, oder gar von unten, indem man die uralte Technik der Schächte und Gräben anwendet? Von oben, mein Herr! Schichtgrabung ist die Parole! Und weiter noch: wie will ein Mensch eine ganze Stadt aus der Erde holen, der Häuser nur in heilem und fertigem Zustand kennt? Wie will er da erkennen, wo das eine aufhört und das andere anfängt und ob diese Mauer noch zur dritten oder vielleicht schon zur vierten Schicht gehört? Da hilft ihm sein ganzer Instinkt einen feuchten Kehricht – Pardon, gnädige Frau, gar nicht, wollte ich sagen. Aus den Steinen oder Ziegeln, meinen Sie, mein Herr? Höchst unsichere Methode, verehrter Herr, und ganz unzuverlässig! Wer sagt Ihnen zum Beispiel, ob der Maurer der vierten Stadt nicht in aller Gemütsruhe die Steine der dritten aus dem Brandschutt gekratzt und wieder verwendet hat? Kalkuliere, daß die Steine damals auch schon was gekostet haben. Sehen Sie, mein Herr, und an diesem Punkte haben wir eingesetzt: zum Ausgraben von Häusern braucht man Fachleute, das heißt Architekten, die mit ihrem geschulten Blick die Zusammenhänge erkennen. Das leuchtet Ihnen gewiß ein, nicht wahr?«

»Außerordentlich. Eigentlich ein ganz selbstverständlicher Gedanke, auf den jeder kommen müßte!«

»Wie das Ei des Kolumbus, verehrter Herr. Aber bis Kolumbus auf seinen ganz selbstverständlichen und doch genialen Einfall kam, machten seine Kollegen eben Rührei.«

»Haben Sie mehrere Architekten hier?«

»Im allgemeinen ja. Aber wenn der Reichstag mal wieder den Daumen aufs Portemonnaie drückt und S. M. nichts aus der Privatschatulle herausrückt, wie gerade jetzt, müssen sie wieder einmal wandern – aber wir auch. Da werden wir eben ein paar Jährchen pausieren. Einen haben wir als ständigen Architekten gehabt – nun, wenn Sie in Athen wohnen, müßten Sie eigentlich unsern Dörpfeld kennen, der dort jetzt irgend etwas Nebensächliches beim Archäologischen Institut treibt und seinen Doktor baut. So, darf ich bitten, hier herum, meine Herrschaften, wir kommen nunmehr zum Heratempel, und . . .«

»Entschuldigen Sie mich. Meine Zeit drängt. Ich komme bald wieder. Ihre Ausführungen waren mir sehr aufschlußreich – vielen Dank dafür.«

Verdutzt sieht der junge Mann dem ältlichen Herrn mit Tropenhelm und Brille nach, der quer über Säulentrommeln und Fundamente enteilt. Seine Tochter – denn die wird es wohl sein – scheint an so etwas gewöhnt und geht ihm eilig nach. Da redet man sich bei dieser sündhaften Temperatur die Zunge aus dem Hals, um beim Volk Begeisterung für das klassische Altertum zu erwecken! Besser Eulen nach Athen tragen, als banausischen Bürgern von Archäologie erzählen, murrt er vor sich hin, legt sich in den Schatten eines dichten Gebüsches aus Myrten und Lorbeer und versucht, seinen Ärger zu vergessen.

Inzwischen sitzen Schliemann und Sophia aber schon im Dorfe Druwa und sprechen mit dem jungen Bauführer Wilhelm

Dörpfeld, dessen klare leuchtende Augen und dessen sichere Worte seine große Jugend vergessen machen. »Bleiben Sie noch über Nacht«, bittet er, »damit ich Ihnen unsere Grabungen richtig erläutern kann und damit wir auch noch den Abend für das Gespräch frei haben. Ich habe unendlich viele Fragen an Sie, Herr Doktor Schliemann.«

Schnell sprechen sie sich zusammen, und als Schliemann dann in Orchomenos beginnt, kommen, von ihm engagiert, der stille Dörpfeld und auch gleich seine beiden Kollegen aus der olympischen Arbeit, Borrmann und Gräber.

Eine Gruppe der Forscher wohnt in dem schmutzigen Skripu, wo der fromme und freundliche Igumen des Klosters der Theotokos ihnen gastliche Aufnahme bietet, Schliemann und Sophia haben eine Reitstunde entfernt in Lebadeia Quartier genommen; sie sind Gäste des dortigen Polizeimeisters Lukides, der nicht weiß, was alles er vor Freude über so berühmte Gäste anstellen soll.

Wie die verbrannte Stadt und die Burg von Mykene erhebt sich die Akropolis von Orchomenos auf einem dreieckig abgeplatteten Berg, der in strategisch hervorragender Lage zwischen Fluß und Sumpf die Gegend beherrscht. Zwei in den Felsen gehauene Treppen von vierundvierzig und fünfzig Stufen, jede fast zwei Meter breit, bilden den Zugang. Aber Treppe und Mauerreste scheinen anzudeuten, daß die Festung ganz jung ist, wenig über zweitausend Jahre. Stadtmauern, die ein Reisender noch zu Anfang des Jahrhunderts sah, sind inzwischen spurlos verschwunden, und der Charitentempel, den altgriechische Reisende begeistert schilderten, scheint ganz in den Bau des Klosters gewandert zu sein, denn dort stecken in allen Mauern Schwellen, Säulenbasen und Säulentrommeln, alle aus grauem Sandstein.

Hundert bis hundertzwanzig Arbeiter schaffen, die Hälfte von ihnen Frauen. Sie sollen die Schuttkörbe tragen, da das Gelände zu abschüssig ist, um Schiebkarren oder Wagen zu verwenden. Zwei Drittel der Leute sind Griechen, der Rest seßhaft und orthodox gewordene Zigeuner. Gräben und eine Menge von Schächten ergeben nichts Wesentliches, so daß man sich mit aller

Kraft dem sogenannten Schatzhaus des Minyas zuwenden kann. Aber hier wird die Arbeit so schwierig, daß der November und der Dezember darüber vergehen und wegen des einsetzenden Winters die weitere Grabung auf das kommende Frühjahr verschoben werden muß.

7 »Weißt du was, Sophidion«, sagt Schliemann, als sie wieder zu Hause in Athen sind, »ich glaube, dieser junge Dörpfeld ist meine beste Entdeckung. Hätte ich ihn doch nur schon vor zehn Jahren in Troja gehabt! Aber da ging er noch zur Schule und hatte wohl gerade angefangen, Griechisch zu lernen. Seine menschliche Art ist genauso prachtvoll wie sein solides Wissen und sein unfehlbarer Blick für das Wesentliche.«

»Ich sehe noch einen anderen Vorteil in dieser Zusammenarbeit, Heinrich«, antwortet Sophia. »Dörpfeld wird nicht lange Hilfsarbeiter für Architekturfragen beim Archäologischen Institut bleiben, sondern vermutlich bald Sekretar werden.«

»Und das soll ein Vorteil sein? Dann läßt er mich womöglich sitzen, weil er keine Zeit mehr für mich hat!«

»Das wird er nicht tun. Sosehr er auch manchmal in seinen Meinungen von dir abweicht, hat er doch eine große Verehrung für dich und wird dir treu bleiben. Siehst du, und dann ist er eben das Bindeglied zwischen deinem Autodidaktentum und der offiziellen Gelehrsamkeit, zwischen deiner Arbeit und den Professoren der Zentral-Direktion.«

»Vorausgesetzt, daß sie Dörpfeld selbst anerkennen werden! Vergiß nicht, daß auch er keineswegs ein ›Fachmann‹ in ihrem Sinne ist. Er ist Architekt, aber kein Philologe. Aber davon abgesehen, magst du schon recht haben. Doch jetzt entschuldige mich, ich habe heute noch allerhand zu erledigen.« Damit steht er auf und geht in die Bibliothek.

Wenn er den Blick nach rechts wendet, sieht er durch die Säulen der Loggia auf die Akropolis. Wenn er ihn geradeaus richtet, schaut er auf fünf altersdunkle Bilder, die er im vorigen Jahr erwerben konnte und die schon dem Kinde in Ankershagen so lieb waren: die Porträts der alten Pastoren von Schröder und ihrer Frauen, vor denen er so oft mit Minna stand. Sogar der jetzige

Kauf der Bilder hängt gewissermaßen mit Minna zusammen, denn Luise, deren ältere Schwester, hat den Pastor Fröhlich geheiratet, der im Wohnort der Schwestern, dem Städtchen Röbel, amtiert. Dessen Tochter Ida hat geschrieben, daß das Fräulein von Schröder die Bilder dem Pastor Conradi in Ankershagen vermacht hat, der sie der Kirche zu hinterlassen gedachte. Aber dann hat er sie gern verkauft, um für den Erlös der Kirche einen großen silbernen Kelch schenken zu können. Nun hängen die Bilder hier und mahnen jeden Tag an die Heimat.

Schliemann schlägt das Manuskript seines »Ilios« auf und überliest den Absatz, in dem er einem gehässigen Kritiker antwortet. Dieser hat ihn verleumderisch angegriffen, daß er seine Ausgrabungen nur betreibe, um Schätze zu finden und so seinen Reichtum zu vermehren. Ja, da steht ja der Satz, den er suchte: »Meine große Sammlung trojanischer Altertümer hat einen unschätzbaren Wert, doch sollen sie nie verkauft werden. Wenn ich sie nicht noch bei meinen Lebzeiten verschenke, so sollen sie kraft letztwilliger Bestimmung nach meinem Tode dem Museum derjenigen Nation zufallen, die ich an meisten liebe und schätze.«

Schliemann sinnt und sinnt. Welche Nation wird das sein? Rußland gab ihm das Gold, mit dem er sein neues Leben bauen konnte. Hellas ist seine Wahlheimat, und die Liebe zu ihr schenkte ihm Troja und Mykene, und Griechenland schenkte ihm den größten und unerschöpflichsten Schatz seines Lebens, Sophia. England zollte ihm die größten Ehren und die höchsten Anerkennungen und, vor allem, das tiefste und liebevollste Verständnis. Amerika entwickelte in ihm sein Pioniertum, sein Arbeitstempo, sein Draufgängertum, das sich nicht um die ausgetretenen Wege, nicht um die Zäune und Mauern des Herkömmlichen, des trägen Beharrens kümmert, und auch aus Amerika kommen immer mehr Zustimmungen zu Sinn und Gehalt seines Mühens.

Aber da ist der Schlehenzweig vom heiligen Grat des Ida, der ein Gruß aus Ankershagen sein sollte. Da ist Virchow selbst und nun vielleicht auch der junge Dörpfeld. Da sind an der Wand die alten Bilder, und da ist in dem Buch »Ilios« auch der kleine und doch so vielsagende Satz: »wurden doch Hacke und Schaufel für die Ausgrabung Trojas und der Königsgräber von Mykene in dem kleinen deutschen Dorfe geschmiedet und geschärft, in dem ich acht Jahre meiner ersten Jugend verbrachte.«

Schliemann schiebt die Bücher und Papiere beiseite und greift nach dem Schreibblock. »Lieber Freund«, schreibt er, und schon stockt seine sonst so eilige Feder. Wie soll er es Virchow sagen, daß er den Schatz des Priamos, seit drei Jahren im South Kensington Museum in London umdrängt und umjubelt, schon jetzt bei Lebzeiten seiner alten Heimat, Deutschland, schenken möchte? Zögernd kriechen die Wörter aus der Feder, mühsam bilden sich die Sätze. Zaghaft und schüchtern, wie bittend, stehen sie dann da. Was wird der Freund dazu sagen? Und, nicht zu vergessen, was wird Sophia dazu sagen? Wird sie nicht tief unglücklich sein, daß dieser Schatz, den sie selbst in ihrem roten Schal geborgen hat, um den auch sie so viel gelitten hat und so viel geehrt ward, in ein fernes Land gehen soll, das sie nur von kurzen Badekuren kennt?

Aber Sophia stimmt vorbehaltlos zu, als er ihr von seinem Plan spricht, und bestärkt den Gatten noch in seinem Vorsatz. Umgehend kommt auch Virchows Antwort: ein einziger jubelnder Dank. Er ist, so schreibt er, sofort mit dem Brief zu Minister von Puttkamer und zum Reichskanzler gelaufen. Bismarck sei Feuer und Flamme und wolle, damit der großmütige Schenker nur ja nicht wankend werde – habe man doch schon so manches von seinem jähen Temperament gehört –, alle nur erdenklichen Ehren auf ihn häufen. Er möge nur schreiben, was er wolle, womit man ihm eine Freude machen könne. Alles sei im voraus mit tausend Freuden bewilligt, der erbliche Adel, der prachtvollste Titel, der schönste Orden, der zu vergeben sei.

Schliemann lächelt nur, als er das liest. »Dieser engstirnige Junker denkt immer noch, ich handle mit Indigo! Wie wenig kennt Bismarck mich, wenn er meinen kann, mich mit solchen Dingen zu erfreuen. Orden habe ich bisher noch immer abgelehnt«, schreibt er, »Orden sind für mich ein gehässiger, eitler Dunst. Und was sollte mir ein Titel? Werde ich dadurch ein anderer, ein besserer Gelehrter? Werde ich dadurch wichtigere

Entdeckungen machen, oder werden dadurch meine Forschungen unangefochtener sein? Den Adel endlich betreffend: ich glaube, daß der Name Schliemann durch meine Arbeiten genügend geadelt ist und daß er noch leben wird, wenn niemand sich mehr der Grafen und Potentaten erinnert, die sich heute für so göttergleich halten.«

Lange geht der Briefwechsel hin und her, in den auch der Generaldirektor der Museen, Richard Schöne, und der Minister eingespannt werden. Schliemann stellt auch Bedingungen, die nicht nur die Sicherheit der Schätze betreffen und die Würdigkeit ihrer Aufstellung und die Forderung, daß die Sammlung immer den Namen des Stifters tragen und nie geteilt werden soll. Er hat noch ein anderes und sehr wichtiges Anliegen. Der Minister hat es als selbstverständlich genommen, daß die Stiftung dem deutschen Kaiser oder dem Reiche gegeben werde, und muß sich belehren lassen, daß das keineswegs der Absicht Schliemanns entspricht. »Nicht dem Reiche«, schreibt er in der endgültigen Eingabe an den Minister, »sondern dem deutschen Volke zum ewigen Besitze und zu ungetrennter Aufbewahrung gegeben.«

Um diese Zeit meldet sich auch Virchow wieder zu Wort. Er glaubt einen Weg gefunden zu haben, wie man dem großherzigen Forscher Dankbarkeit erweisen kann, ohne in die Ehrung ein Tröpfchen Kränkung oder falsches Verstehen zu mischen: durch die Verleihung der Ehrenbürgerschaft von Berlin nämlich, die bisher nur Bismarck und Moltke geschenkt worden ist.

Schliemann stimmt zu. Aber kaum ist der Brief zum Hause hinaus, kommt eine neue Ehrung prunkvoll vorgefahren: aus dem mit vier Pferden bespannten Staatswagen am Tor steigt Seine Exzellenz, der kaiserliche Gesandte in Athen, Herr von Radowitz. Mit viel Schnarren und Räuspern und viel Geklingel von Orden überbringt er ein kaiserliches Handschreiben, das, wie er betont, am gleichen Tage im Reichsanzeiger offiziell veröffentlicht und demgemäß von allen Zeitungen abgedruckt wird.

Herr von Radowitz ist tiefgerührt und hat das befriedigte Gefühl, daß der also Hochgeehrte überwältigt ist und sich ausmalt, wie der Kaiser eine halbe Stunde an seinem Schreibtisch im

Schloß gesessen und scharf darüber nachgedacht hat, mit welchen Worten er dem großen Entdecker da unten in Athen eine rechte Herzensfreude machen könne (während er doch schnell und gelangweilt ein Blatt abschrieb, das irgendein namenloser Geheimrat des Zivilkabinetts aufgesetzt hat). Mit geziemenden Dankesworten nimmt Schliemann das Schreiben entgegen und gedenkt nun seinerseits dem Überbringer eine Freude zu machen, indem er ihm anderthalb Stunden lang in seinem Museum den Unterschied zwischen den Eulenvasen der ersten und der zweiten Schicht und ihre Abweichungen vom Typ der dritten Schicht auseinanderlegt – und Schliemann hat das befriedigte Gefühl, daß der also Hochgeehrte einen überwältigend tiefen Eindruck von den Urnen mit nach Hause nimmt. Dann, nach dem Abschied, setzt sich jeder hin und greift nach seinem Tagebuch. Der eine schreibt: »Handschreiben in tiefster Rührung und Dankbarkeit aufgenommen, hat mich dann aber mit alten Töpfen entsetzlich geödet.« Der andere schreibt: »Über Vasen glänzend unterhalten, Radowitz sehr beeindruckt und dankbar, doch der Hokuspokus mit dem Briefe wäre wirklich nicht nötig gewesen.«

Dann aber gibt es kein Halten mehr, und ein paar Wochen hindurch wirbelt es in dem stillen Berliner Museum wie noch nie. Die feierliche Ruhe hat aufgehört und das langsame Wandeln spärlicher, sonntäglich gekleideter Besucher. Statt dessen saust ein Mann in Hemdsärmeln von einem Saal in den anderen, auf die Straße zu den Wagenkolonnen, die Kisten bringen – denn es kommen ja nicht nur die Kisten aus London, sondern auch aus Athen, aus Konstantinopel, aus der Dardanellenstadt. Maßlos wie der Zorn ist nun auch das Schenkenwollen. Schliemann plündert seine eigenen Sammlungen, um Berlin zu bereichern, und kauft von der Türkei und von Calvert alles zurück, was durch die Teilung denen zufiel.

Kaum liegt der letzte Scherben hinter Glas und in der richtigen Beleuchtung, ist der Spender schon wieder fort. Die Grabung in Orchomenos nimmt ihren Fortgang und wendet sich dem sogenannten Schatzhaus des Minyas zu.

Vom achtzehnten Jahrhundert ab hat es bei den Reisenden als

völlig zerstört gegolten, und selbst so gründliche Forscher wie Carl Otfried Müller und der junge Curtius haben nichts als den Eingang gefunden. Trotzdem sind zwei Raubgrabungen gemacht worden: die erste von Lord Elgins Beauftragten, die die Steinmassen aber nicht durchdrangen und entmutigt auf die Plünderung verzichteten, die zweite vor noch nicht zwanzig Jahren, als der damalige Demarch von Skripu, ein gewisser Gadakes, eine neue Kirche zu bauen beschloß. Das Dorf hatte deren erst zwei, von denen jede gut und gern sämtliche Bewohner Skripus und der Nachbardörfer aufnehmen konnte, so daß Gadakes' frommer Eifer den rechten Boden fand. Auch gute Steine, denn schon hatte er sämtliche Marmorblöcke des langen Dromos entführt und stand unmittelbar vor der Niederreißung der Eingangstür, als ein Verbot des damaligen Ministers für Volksbildung diesen bequemen Steinbruch schloß. »Kein Wunder, daß Elgins Leute verzweifelten«, sagt Dörpfeld knapp, als er lange den Berg betrachtet hat. »Vom Eingang aus kann man es niemals schaffen. Wir müssen den Raum von oben aus angehen.«

So geschieht es, und erst dann tragen die Frauen ihre Schuttkörbe zum Tore hinaus, als dieses in seiner oberen Hälfte freigelegt ist. Die Steine aus dem grauen Marmor von Lebadeia aber – den alle Reisenden merkwürdigerweise als strahlend weiß beschrieben –, die die Kuppel bildeten, werden drinnen an den Wänden aufgestapelt.

Die durchschnittliche Tiefe der Schuttschicht im Schatzhaus beläuft sich auf neun Meter. Darunter folgt eine Schicht Blöcke, die beim Einsturz aus der Kuppel fielen, darunter eine dreieinhalb Meter hohe Schicht aus Asche, und darunter, auf dem ebenen Boden, eine Masse von marmornen Karniesen und wohlbehauenen Marmorblöcken, die wahrscheinlich einmal ein Monument bildeten. Eine merkwürdige vogelartige Ornamentierung haben viele dieser Stücke am oberen Ende. Auch Fußmarken finden sich und beweisen damit, daß früher Statuen vorhanden gewesen sind.

Der Durchmesser des Raumes beträgt etwa vierzehn Meter in einem ganz leicht ins Ovale abgebogenen Kreis, also fast soviel wie beim Schatzhaus des Atreus, und auch das Tor entspricht mit seinen fünfeinhalb Metern Höhe jenem. Aber der Türsturz ist wesentlich kleiner als der gigantische Block von Mykene mit seinen hundertzweiundzwanzigtausend Kilogramm Gewicht. Löcher in den Steinen der Wölbung zeigen, daß sie einst Bronzeschmuck trugen, aber davon sind (schon im Altertum) nur wenige Rosettenbruchstücke den Räubern entgangen.

Eines hat dieser Bau den mykenischen Kuppelbauten voraus, und damit erklärt er sich von selbst zum Grabmal und widerlegt Pausanias: an einer Seite wird die Wandwölbung durch eine Tür unterbrochen, die durch einen zweieinhalb Meter langen Gang in einen viereckigen Thalamos führt, also die eigentliche Grabkammer. Berge von grünem Schieferschutt versperren den Raum, und alle Bruchstücke sind reich behauen. Das ist die Decke, die erst vor elf Jahren eingestürzt ist, denn die Dorfbewohner sagen aus, daß damals die Erde oberhalb dieser Stelle mit gewaltigem Krachen einsank.

Aus Athen kommt Eustratiades, aus Oxford A. H. Sayce, und nun wird die Decke in mühseligem Puzzlespiel wieder zusammengesetzt. Was dabei herauskommt, ist ein Wunderwerk, wie man es bisher noch nirgends gefunden hat: ein in vierzig Zentimeter dicke grüne Schieferplatten übersetzter Teppich; fast vier zu drei Meter mißt er und ist ganz regelmäßig gebildet, in einem Rand von sechsundneunzig Rosetten ein Spiralgeschlinge mit palmettenähnlichen Blüten und in der Mitte, durch eine doppelte Rosettenreihe getrennt, noch einmal das gleiche Muster aus Blüten und Spiralen.

Auch Marmorbruchstücke von der Verkleidung der Wände finden sich und auf ihnen die gleichen Motive. Professor Sayce, der große Orientalist, will dieses Kunstwerk sofort nach Assyrien verweisen, aber Schliemann erhebt Einspruch: solche Rosetten sind in Mykene massenhaft und vereinzelt auch in Troja ans Licht gekommen, und das Spiralgeschlinge war ebenfalls in Mykene zu Hause.

Und noch eines kommt hinzu, wie Dörpfeld bescheiden einwirft: der Thalamos ist genauso gebaut wie die Schachtgräber von Mykene, senkrecht in den Fels getrieben, mit Bruchsteinmauern ausgefüttert, mit Steinplatten verschlossen, nur daß hier in Orchomenos der Kuppelraum für den kultischen Dienst mit dem Grabraum vereinigt ist, während sie in Mykene getrennt waren.

»Damit müßten wir denn vielleicht«, sagt Sayce nachdenklich, »künftig von einer eigenen mykenischen Kultur sprechen? Merkwürdig. Und doppelt merkwürdig, daß Sie auch in Troja schwache Spuren davon gefunden haben.«

Schliemann nickt stumm. Er ist in diesen Wochen sehr schweigsam geworden. Nur so glaubt er verbergen zu können, daß Orchomenos im Grunde eine Enttäuschung gewesen ist. Er ist andere Funde gewöhnt als eine schöne Decke.

8 Berlin. Der siebente Juli 1881. Berlin feiert ein Fest ganz besonderer Art. Rote Teppiche rollen sich majestätisch die Rathaustreppe hinab, über den Bürgersteig bis an die Fahrbahn. Lorbeerbäume flankieren sie in Kugeln und Pyramiden und Kegeln. Die Eingangshalle und die große Freitreppe sind ein Treibhaus immergrüner Bäume und blühender Rosen, und in allem Glanz, den die prachtliebende Stadt aufbringen kann, strahlt der große Festsaal.

In der Mitte der Tafel sitzt der heimgekehrte Schliemann, ihm gegenüber Sophia. Feines Klirren des alten Porzellans der königlichen Manufaktur. Klingen von schwerem Silber, Läuten von edlen, geschliffenen Gläsern und Reden und Toaste, Toaste und Reden.

Endlich steht Virchow auf, klopft an sein Glas und beginnt zu sprechen:

»Verehrter Freund Schliemann. Nachdem Sie heute in üblicher Weise in den Besitz der höchsten Ehren eingesetzt sind, welche unsere Gemeinde verleihen kann, haben wir uns hier versammelt, Mitglieder der staatlichen und städtischen Behörden, der Wissenschaften, der künstlerischen und der wirtschaftlichen Körperschaften, Männer und Frauen aus allen Kreisen der Bevölkerung, um den neuen Ehrenbürger und sein vielgefeiertes Weib auf das wärmste als den Unsrigen zu begrüßen, Ihnen die Freude auszudrücken, daß Sie nunmehr dem Vaterlande wiedergewonnen sind.

22

22. Mykene: Das Löwentor

23

23. Mykene: Die sogenannte Kriegervase

24. Mykene: Grabstele

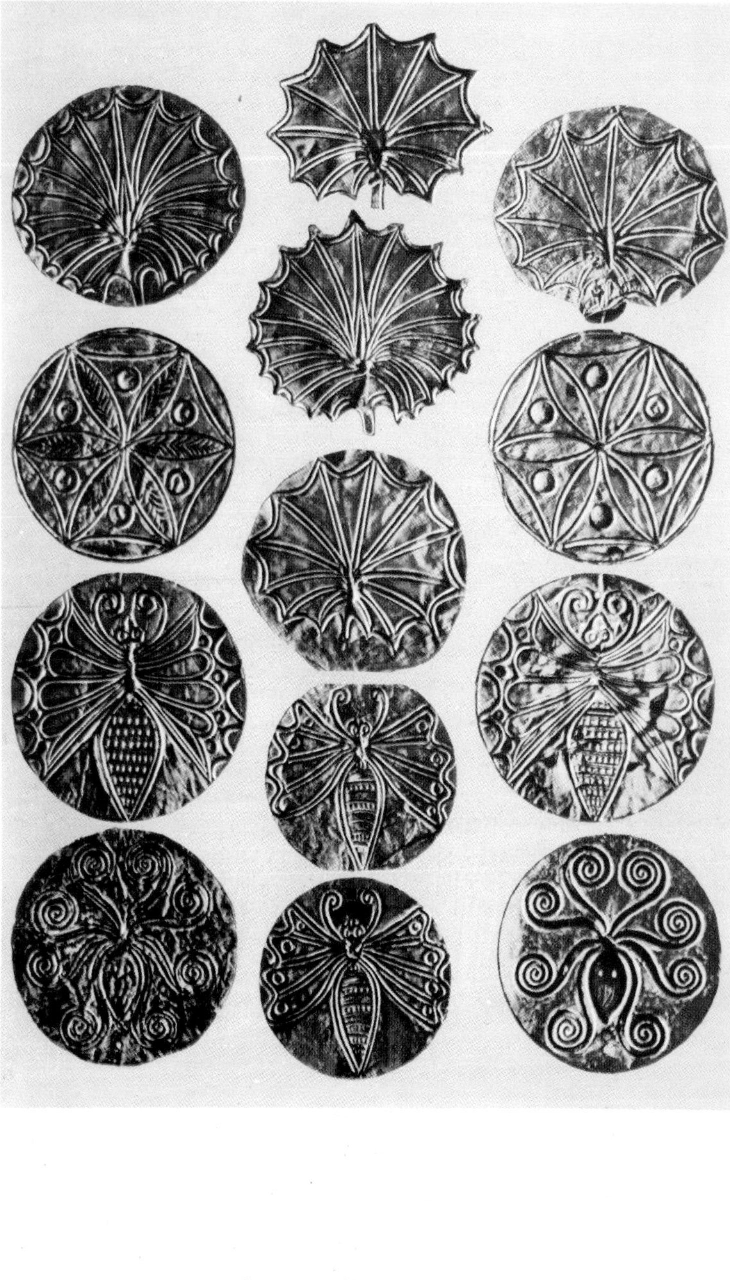

25. Mykene: Goldblättchen aus Grab III

26. Mykene: Goldenes Diadem aus Grab III

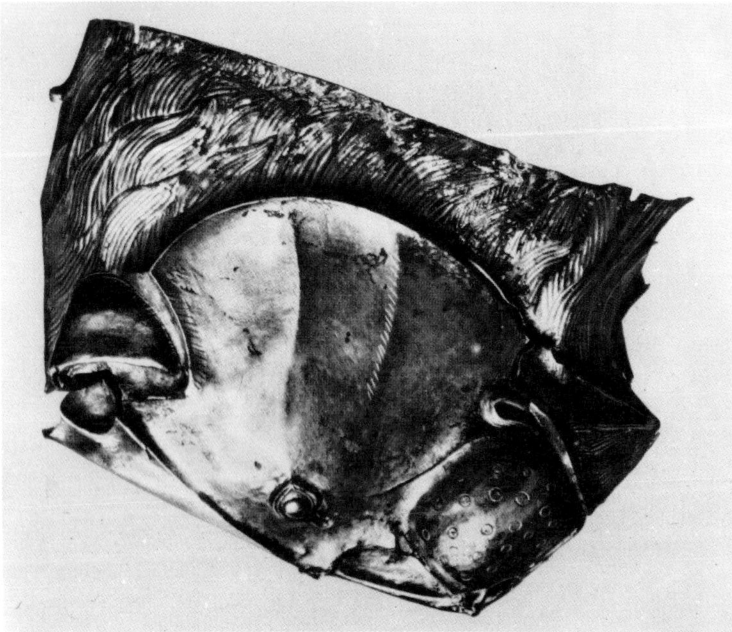

28

27

27. Mykene: Silbernes Rhyton (Stierkopf) aus Grab IV
28. Mykene: Goldenes Rhyton (Löwenkopf) aus Grab IV

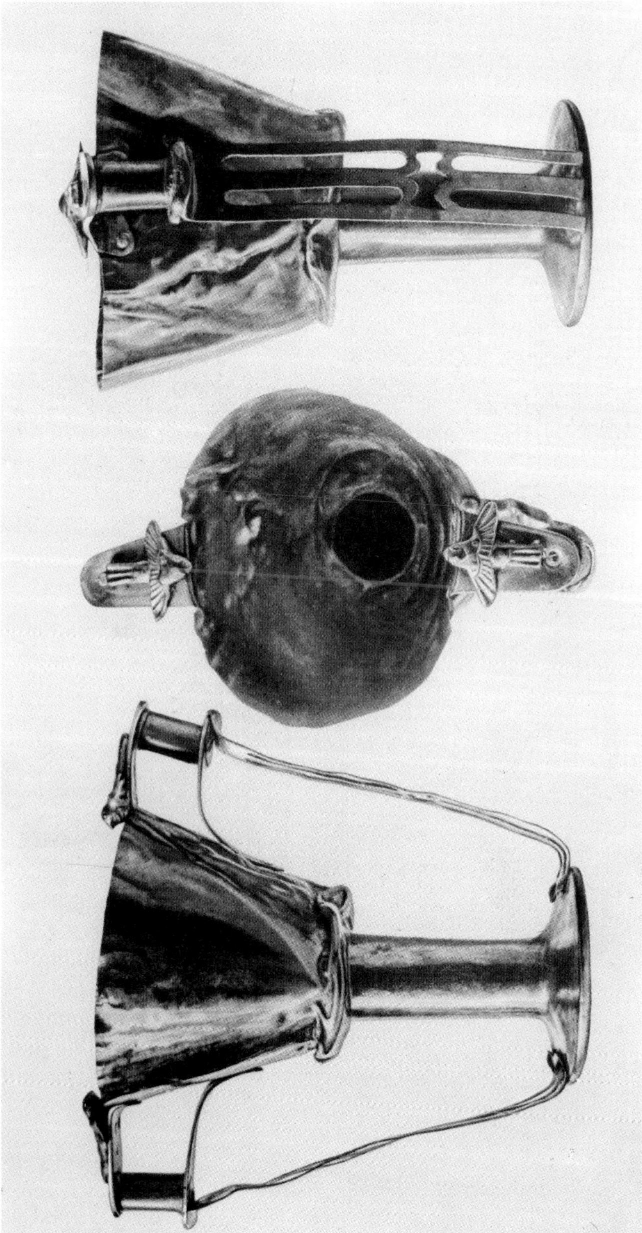

29

29. Mykene: Der goldene »Nestorbecher« aus Grab IV

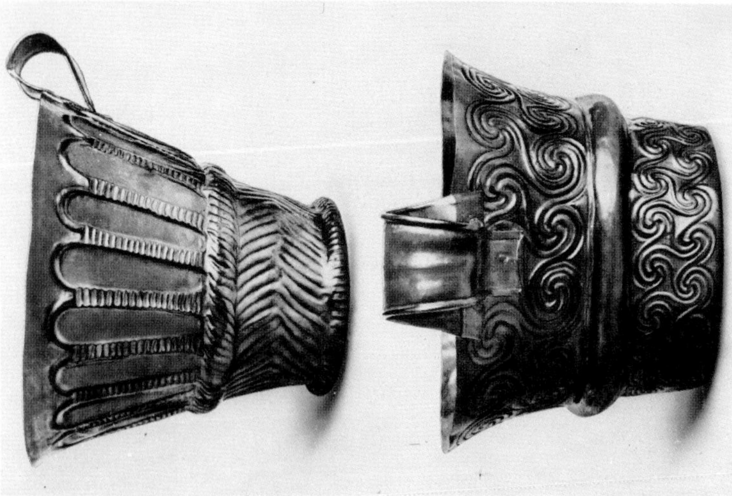

31

30

30. Mykene: Goldener Becher aus Grab IV
31. Mykene: Zwei goldene Becher aus Grab V

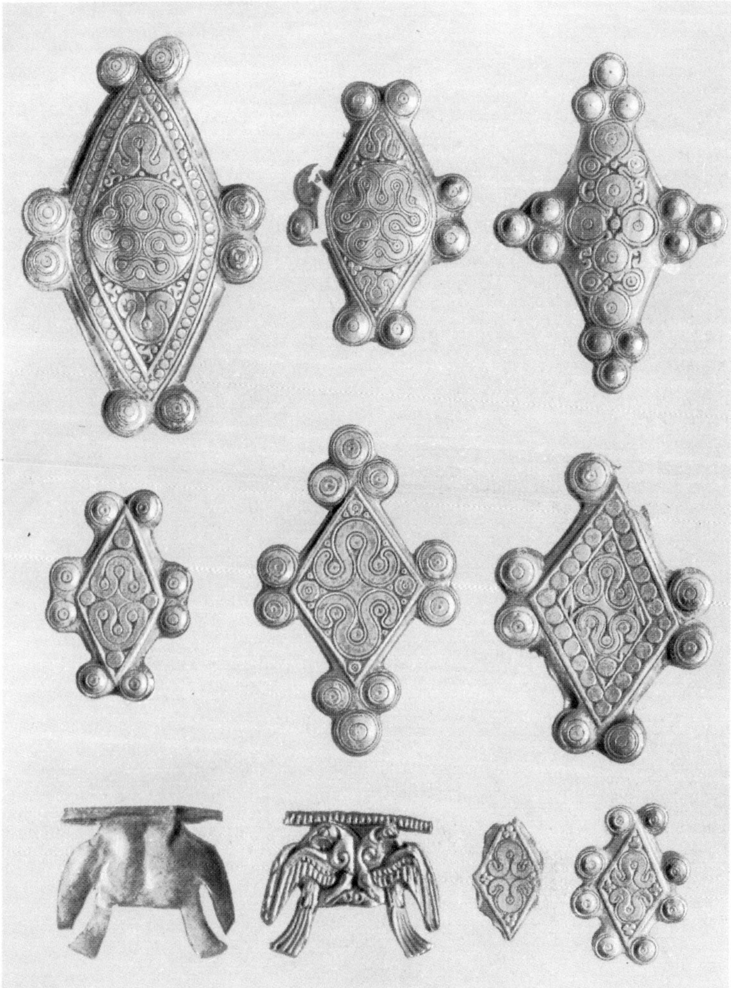

32. Mykene: Goldknöpfe und Halskettenglieder aus Grab V

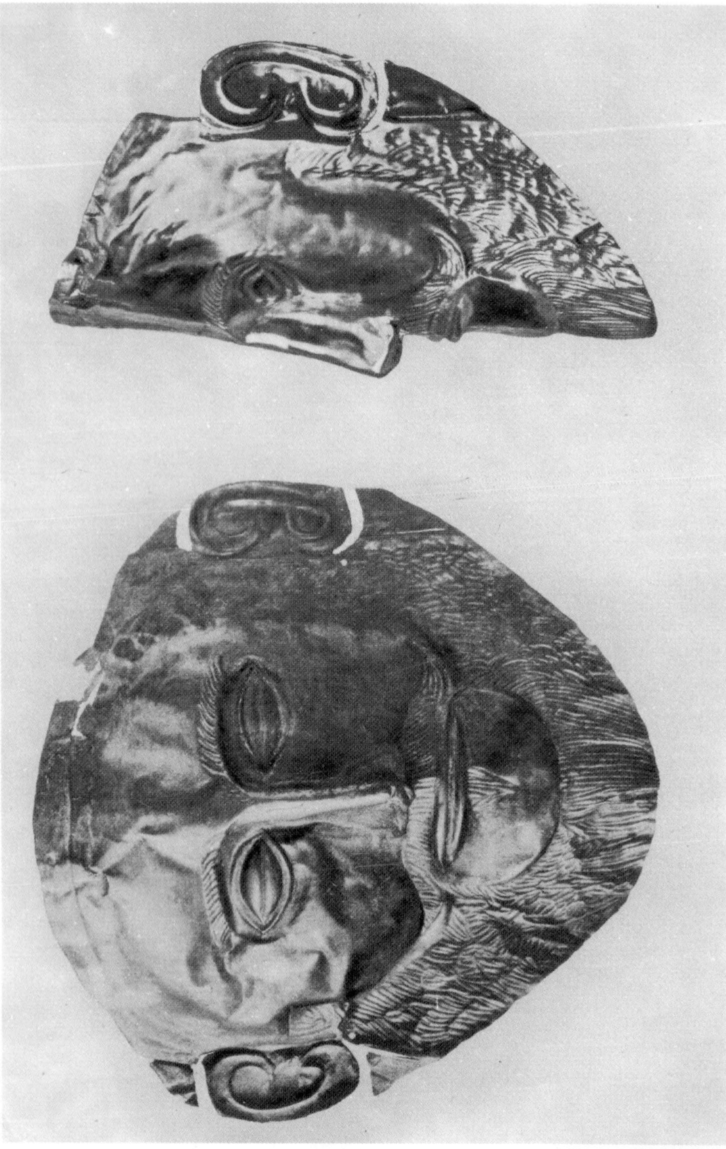

33

33. Mykene: Goldene Maske von vorn und im Profil aus Grab I
(Schliemanns »Agamemnon-Maske«)

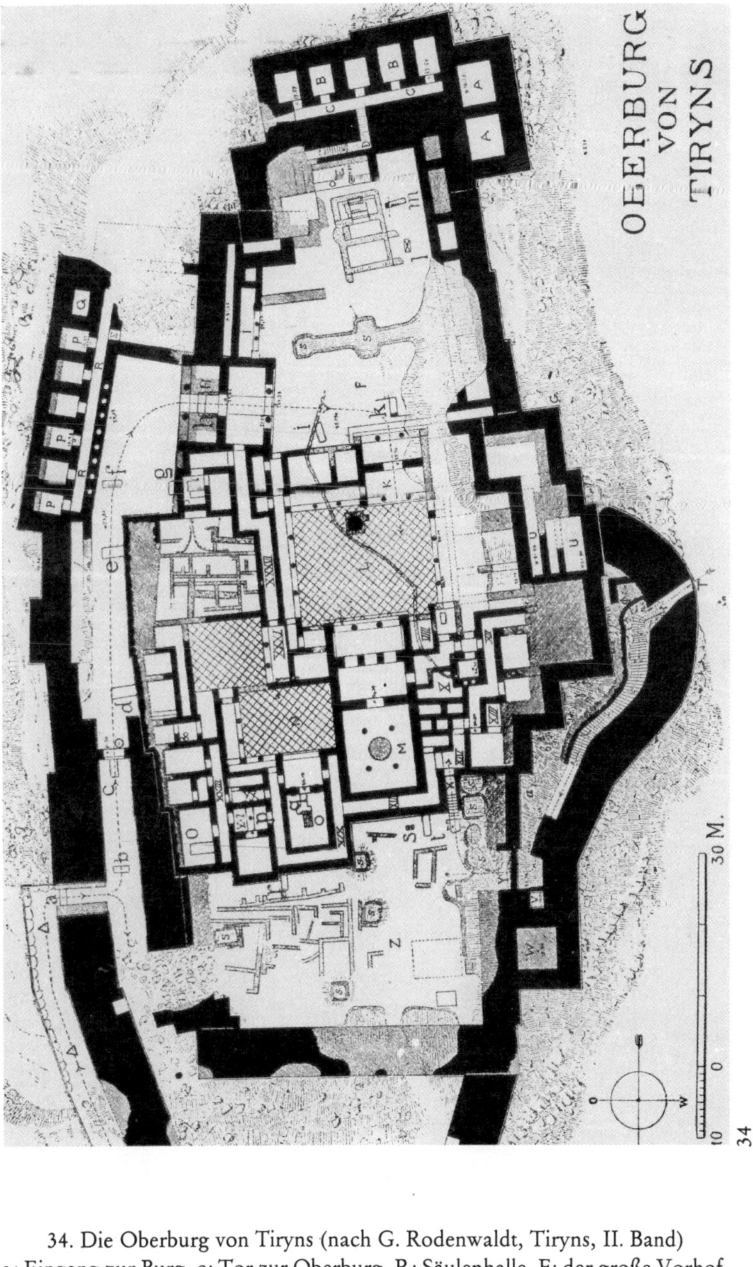

34. Die Oberburg von Tiryns (nach G. Rodenwaldt, Tiryns, II. Band)
a: Eingang zur Burg, c: Tor zur Oberburg, R: Säulenhalle, F: der große Vorhof,
L: Hof des großen Megaron, M: das große Megaron

36

35

35. Tiryns: Rekonstruktion der Oberburg
36. Tiryns: Treppe zur Ausfallpforte im Westen

37

38

37. Tiryns: Zwinger zwischen der äußeren und inneren Burgmauer
38. Tiryns: Kyklopenmauer (Haupteingang)

39. Troja: Hissarlik-Konferenz im Dezember 1889
(von links nach rechts: Bötticher, Niemann, Schliemann, Dörpfeld, Steffen)

40

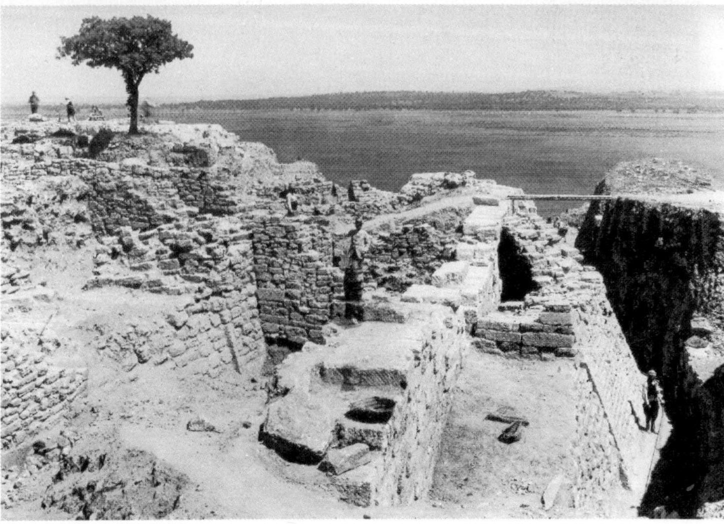

41

40. Troja: Ausgrabung in der VI., der homerischen Schicht
41. Troja: Östliche Burgmauer der VI. Schicht

42

43

42. Heinrich Schliemanns Haus in Athen
(nach einer Zeichnung von E. Ziller)
43. Heinrich Schliemanns Grabdenkmal in Athen
(nach einer Zeichnung von E. Ziller)

Sie, verehrter Freund, sind heimgekehrt, nachdem Sie länger als ein Menschenalter hindurch draußen in der Fremde in harter Arbeit beschäftigt waren. Nachdem Sie das Vaterland verlassen hatten als ein armer, schwacher und hilfloser Junge, kehren Sie zurück als ein fertiger Mann, mit reichen Glücksgütern und vielen Ehren und überdies im Besitz der seltensten Schätze, die Sie mit eigener Hand dem dunklen Schoß der Erde entrissen haben. Was der Knabe in schwärmerischem Enthusiasmus ausgesprochen hatte, das hat der Mann gehalten. Sie bringen dem deutschen Volke die Überbleibsel jener uralten Kultur, von der nur die Sage und die Dichtung zu erzählen wußten. Schon das Altertum hatte sich in voller Resignation dem Gedanken ergeben, daß jede Spur der alten Stadt verschwunden sei. ›Etiam periere ruinae.‹ Sie zuerst haben es gewagt, die Oberfläche, welche Ihnen nichts zu bieten hatte, zu durchbrechen. Ihre Laufgräben schnitten in den Berg, und endlich lag sie vor Ihnen, die alte Burg, welche durch gewaltige Feuersbrunst zerstört war, mit ihrer Mauer, ihrem Tor, ihren Straßen und den Grundmauern ihrer Häuser.«

Schliemanns Gedanken schweifen ab. Gewöhnt, selbst viel zu sprechen, ist er kein guter Zuhörer. Seine Gedanken bleiben an den letzten Worten hängen. Der Redner hat recht; gewiß, Troja ist gefunden, und das, was noch Baker Webb als eitles Mühen bezeichnet hatte, hat er, Schliemann, zur Wirklichkeit gemacht. Er hat nicht nur seinen Kindheitstraum verwirklicht, sondern viel mehr als das. Es gibt viele gelehrte Männer, die sagen, der Schatz des Priamos habe nichts mit Priamos zu tun. Gut, gleichviel. Und es gibt andere, die behaupten, die goldene Maske Agamemnons habe nie den Kopf des gemordeten Völkerfürsten bedeckt. Nun gut, wenn es nicht Agamemnon sein soll, nennen wir ihn Schulze, hat er damals geantwortet, und noch heute nennen sie ihn bei sich zu Hause, halb ironisch, halb bitter, nur Schulze. Was tut's? Was machen die Namen? Name ist Schall und Rauch. Eines aber kann auch der giftigste Neider und der erbittertste Gegner nicht wegdisputieren: so wie Saul ausging, eine Eselin zu suchen, und fand ein Königreich – so ist er, Schliemann, ausgegangen, das Troja Homers zu finden, aber dabei hat er ein Jahrtausend griechischer Geschichte gefunden und es der Welt geschenkt.

Diese Stunde hätte Mutter sehen müssen, denkt er, und seine Augen werden feucht, daß ihr Liebling und Sorgenkind hier nun in Glanz und Gloria sitzt bei gekrönten Häuptern und den Fürsten der Wissenschaft, und alle heben sie ihre Gläser gegen ihn, der barfuß, in geflickten Hosen auf dem Hünengrab zwischen Pfarrhaus und Gutshof saß und seinen herrlichen unaussagbaren goldenen Traum träumte. Fünfzig Jahre sind es nun schon, daß Mutter starb. Sie weiß nichts von dieser Stunde. Aber drüben am Tisch sitzen die Schwestern. Haha, als sie kamen, wollte man sie nicht in das Rathaus lassen, denn die Festordner dachten, diese schüchternen Kleinbürgerinnen aus einem entlegenen Landstädtchen in ihren Kleidern und Hüten, die in Röbel wunderschön sein mögen, die aber in Berlin schon vor zwanzig Jahren unmodern wurden, hätten sich verlaufen. Ei, wie sie dienerten, wie die Herren vom Hofe und die Exzellenzen, wie die Geheimräte und Bürgermeister sprangen, als sie dann merkten, das seien Schliemanns Schwestern. Nun sitzt Dütz, die liebste von allen, an der anderen Seite des Prinzen, und Elise ärgert sich, daß sie als die Ältere nicht diesen Platz bekommen hat. Laat man, Lising, is all man halw so slimm, und du würdest bestimmt die Sprache verlieren, wenn der junge Prinz eitel und hübsch wie ein Pfau sein Rad vor dir schlüge. Ehre hin, Ehre her – viel schöner wär's doch, wenn statt des Thronfolgers der alte Prange bei uns säße oder Peter Hüppert. Die gehören auch vielmehr hierher, denn sie haben mit ihren Erzählungen den Anstoß zu all dem gegeben, was dann kam. Aber die beiden sind lange tot . . .

Bei Pallas Athene, Virchow ist noch immer nicht zu Ende! Ist er noch oder schon wieder bei den trojanischen Funden?

»Das bleibt nun unser, und schon das würde genügen, um Ihnen unseren ganzen Dank zu sichern. Aber ich glaube sagen zu können, daß unsere städtischen Behörden durch die Verleihung des Bürgerrechts mehr ausdrücken wollten: die Anerkennung des Strebens, daß ein Kaufmann im reifen Mannesalter in uneigennütziger Weise einen großen Teil seines Vermögens an so ideale Zwecke setzte, die Wiedergutmachung für viele Angriffe und Schädigungen, welche die Idealität dieses Strebens Ihnen eingebracht hat, den Preis dafür, daß ein solcher Mann, nachdem ihm das Höchste geglückt, den Ertrag seiner Arbeit dem Vaterlande darbringt, obwohl es ihm so lange entfremdet war. Möge dieses edle Beispiel viele Nachfolger finden. Sie, verehrter Freund, gehören nun dem größten deutschen Gemeinwesen an. Möchten Sie ganz bei uns heimisch werden! Seien Sie und die lieben Ihrigen uns von Herzen willkommen!«

Rauschend fällt die Musik ein. Schliemann grüßt Sophia mit seinem Glase, die Schwestern und Virchow. Alle anderen hat er vergessen.

9 Mit einem unguten Gefühl im Herzen fährt Schliemann aus dieser und mancher anschließenden Feier nach Athen zurück, mit Skepsis schneidet er die Hunderte von Zeitungsartikeln aus, die den Entdecker Trojas ehren und preisen wollen. Natürlich und immer wieder: Hissarlik *ist* die Stätte des homerischen Troja. Das ist hundertmal unwiderleglich bewiesen. Aber ist die verbrannte Stadt wirklich mit dem Troja des Königs Priamos identisch? Lag dieses wirklich in der dritten Schicht? Je mehr er nachdenkt, desto dunkler und größer wachsen die Bedenken in ihm auf, als wäre er auf seinem Berge und sähe, wie sich um den Gipfel von Samothrake ein Gewitter zusammenbraut.

Damals war die Fragestellung so: hat der Berg Hissarlik recht, oder hat Homer recht? Und man tat so, als wenn Homer eben doch nur ein Dichter gewesen wäre, der die volle Freiheit dichterischer Übertreibung und Umformung hatte. Aber das war nicht recht gehandelt gegen den Dichter aller Dichter. Wie könnte es angehen, daß er mit der Zuverlässigkeit eines Augenzeugen die trojanische Ebene mit ihren Bergen und Buchten, Flüssen und Triften beschreibt, daß er auch die ganze weitere Umgebung mit der größten Treue schildert bis hin zu den jetzt noch genauso zu beobachtenden klimatologischen Einzelheiten, daß er Schmuck und Waffen und Gerät so darstellt, wie man es fand, und daß er nur in einem einzigen Punkte so sehr von der Wirklichkeit abweicht: eben in der Schilderung Trojas?

Was ist Ilios bei ihm? Groß, anmutig, wohlgebaut, blühend,

starkbewohnt, breitstraßig, windig, so nennt er es. Und davon sollte nichts mit den Tatsachen übereinstimmen als der Wind? Das andre sollte er alles zu der verbrannten Stadt hinzugedichtet haben, die, wenn es hochkommt und wenn man ihren Häusern sechs Stockwerke gäbe – die sich durch nichts begründen und beweisen lassen –, niemals mehr als dreitausend Einwohner zu fassen vermochte? Sehen wir uns die verbrannte Stadt genau an – sie würde von ein paar tausend Mann in wenigen Tagen oder allenfalls Wochen zu erobern sein. Dafür zehn Jahre Krieg anzusetzen und über hunderttausend Helden aufzubieten, ist geradezu lächerlich. Und weiter: niemals würde der Untergang eines so kleinen Bergfleckens inmitten von Dutzenden großer Städte Kleinasiens einen Dichter zu solchen Gesängen begeistern, niemals durch Jahrtausende in der Tradition weiterleben. Den Trojanischen Krieg kann man aber nicht als Sage abtun, denn sogar ein so strenger und vorsichtiger Geschichtsschreiber wie Thukydides nimmt ihn als sichere Gegebenheit, und selbst über seine zeitliche Ansetzung, um 1180 v. Chr., herrscht unter allen alten Autoren Einmütigkeit, die doch sonst genauso gegeneinander stimmen und streiten wie die Professoren von heute.

Also, die einzige strenglogische Schlußfolgerung: wenn Homer recht hat, wofür alle anderen Indizien sprechen, muß Schliemann unrecht gehabt haben mit seiner verbrannten Stadt.

Und ein weiterer Beweis für die Größe Trojas – ganz zu schweigen von den Quellen der ägyptischen Geschichte – ist noch vergessen: die zehn Schatzfunde, die das weitere Beiwort Homers »goldreich« glanzvoll rechtfertigen. Nein, unter allen Umständen muß noch weiter gegraben werden, um diesen Widerspruch aufzuklären und die trojanische Frage endgültig zu lösen.

Endlich gelingt es auch der Hartnäckigkeit und Geduld der vereinigten Diplomaten, den Ferman zu erhalten. Ende Oktober 1881 trifft er ein, und Ende Februar, als der Winter in Athen noch nicht vorbei ist, kommt Schliemann schon nach Troja.

In seiner Begleitung ist Dr. Wilhelm Dörpfeld, der dem Forscher von sich aus angetragen hat, ihn gleich auf mehrere Jahre zu engagieren – »ich könnte mir in der Tat kaum etwas Schöneres denken, als wenn ich bei Ihren glänzenden Ausgrabungen Ihr Mitarbeiter werden könnte« –, ferner der Architekt und Stipendiat der Wiener Akademie Joseph Höfler, der Schliemann von Professor Niemann und Professor von Hansen auf das dringlichste empfohlen ist, und drei tüchtige Aufseher, von denen zwei schon hochbewährt in Olympia gearbeitet haben und nun die Namen Ilos und Laomedon empfangen. Der dritte ist der Sohn des französischen Konsuls in den Dardanellen. Haushofmeister und Chef der Finanzen ist wieder der treue Nikolaos Zaphyros, der schon im ersten trojanischen Jahr dabei war. Dazu kommen, aus Athen mitgebracht, Oidipus, der Diener, und Jokaste, die Köchin, ein Stellmacher und ein Zimmermann, und aus der Dardanellenstadt zehn starke und tapfere Türken als Gendarmen, denn die Raubüberfälle in der Troas haben keineswegs aufgehört. Die Londoner Schröders haben Riesenmengen Konserven geschickt, Fleisch aus Chikago, Pfirsiche aus Kalifornien, Käse und Ochsenzungen aus England, dazu zweihundertvierzig Flaschen Ale, die aber keiner trinken mag und die so von Schliemann allein bewältigt werden. Wein liefern die nahen Dörfer der Troas, Kartoffeln und Spinat kommen über die Dardanellenstadt aus Italien; im Sommer bringen die Dorfbewohner Bohnen und Saubohnen und Artischocken, das einzige Gemüse, das die Troas hervorbringt; selbst Erbsen müssen auf dem Seeweg bestellt und gebracht werden.

Die Baracken von Schliemannopolis sind in bester Ordnung, da ein Wächter sie über den Winter betreut hat. Auch die Besichtigung des Werkzeugs befriedigt: vierzig eiserne Hebel, mehrere davon über zwei Meter lang, zwei Handwinden, hundert eiserne Schaufeln, hundert Spitzhacken, fünfzig Tschapas – eine Art Weinberghacken –, eine große Winde, hundert Schiebkarren, zwanzig Handwagen und mehrere Pferdekarren. Um die Arbeiter mit gutem Trinkwasser zu versorgen, werden zwei Mann zusätzlich eingestellt, die den ganzen Tag mit ihrem Eselgespann hin- und herfahren und Wasser aus der besten Quelle der Gegend holen (und dabei wird dann entdeckt, daß die Troas auch eine neue Quelle bekommen hat. Bei seinen geologischen Studien hatte Virchow irgendwo einen beliebigen Schacht gegraben, wobei eine kleine Quelle zum Vorschein kam: hierher pilgern nun die Kranken des ganzen Landes und holen das heilkräftige Wasser aus der »Quelle des großen Arztes«).

Am ersten März stehen hundertfünfzig Mann im Morgengrauen zwischen den Baracken, empfangen ihre Geräte und warten auf Weisung. Schliemann mustert sie eingehend, überrechnet, wieviel Griechen und wieviel Türken es sind – denn das ist ja wegen der Feiertage wichtig –, begrüßt seine alten Bekannten mit Herzlichkeit, nach Frau und Kindern fragend, und erkundigt sich bei den Neuen, woher sie stammen.

»Ich bin Jude«, sagt der eine in schlechtem Türkisch. Sein Griechisch ist nicht besser, und erstaunt fragt Schliemann, wo er zu Hause sei. »Hier in Tschiblak«, antwortet er, »aber noch nicht lange. Seit Ferdinand und Isabella, Gott möge sie strafen, uns aus unserer Heimat vertrieben haben.«

»Bei Zeus, Mann, das war doch im fünfzehnten Jahrhundert?«

»Vierzehnhundertzweiundneunzig, Effendi. Es gibt nicht wenige von uns hier. Aber wir sprechen unter uns nur Spanisch.«

Das weitere Gespräch beweist schnell genug, daß dieser Mann tatsächlich ein gutes, nur sehr altertümliches Spanisch spricht, das mit manchen türkischen Wörtern untermischt ist. Ob sie es auch schreiben könnten? »Natürlich«, antwortet der Mann, »aber bloß mit hebräischen Buchstaben.«

»Wollen Sie nicht endlich mit der Arbeit beginnen?« quäkt es plötzlich aus dem Hintergrund. »Ich habe keine Lust, hier nutzlos in der Kälte zu stehen.« Das ist Bedar Eddin Effendi, der Aufseher, den die türkische Regierung gestellt hat.

Schliemann schluckt eine zornige Entgegnung herunter und geht mit seinen Leuten auf den Hügel zu. Die 1879 angelegten Rinnen zur Ableitung des Regenwassers haben sich gut bewährt, und nichts ist durch Wetter oder Unverstand zerstört worden.

»Tja«, sagt Schliemann und sieht seine beiden Architekten an. Wenn er auch schon in Orchomenos mit Fachleuten dieser Art gearbeitet hat, so sind sie doch auf diesem Gelände ganz neu. Und, offen gestanden, hat er ein ganz klein wenig Angst, was diese Fachleute zu der Frucht seiner vieljährigen Arbeit sagen werden. »Tja, meine Herren, ich denke, wir fangen bei jener

Mauer der verbrannten Stadt an und verfolgen sie. Vielleicht geht sie wirklich weiter und vergrößert so das Terrain der dritten Schicht.«

Aber Dörpfeld schüttelt den Kopf. »Das scheint mir nicht viel Sinn zu haben, Herr Doktor. Wir müssen von oben anfangen und Stein für Stein, Erdscholle um Erdscholle abtragen. Nur so können wir die Strata mit halbwegiger Sicherheit voneinander unterscheiden. Dabei können wir dann auch gleich alles sammeln und vielleicht wieder zusammensetzen, was von der griechischen und römischen Siedlung übriggeblieben ist.«

»Aber darauf kommt es doch gar nicht an, Herr Dörpfeld!«

»Es tut mir leid, daß ich Ihnen schon am ersten Tag widersprechen muß. In der Archäologie kommt es auf jede Kleinigkeit an, erst recht hier in Troja, wo alles wie Kraut und Rüben durcheinandergeht. Ich habe gestern leider nur erst einen sehr flüchtigen Überblick bekommen, aber dadurch doch immerhin den Eindruck erhalten, daß Bewohner späterer Siedlungen, um den Hügel für Bauten zu planieren, Schutt aus tieferen Schichten oder von den Hängen her zusammengetragen haben. Sehen Sie« – er greift in die Tasche –, »das ist ein ganz frühsteinzeitlicher Spinnwirtel, und das ist eine Scherbe mykenischen Charakters, und das ist der Henkel einer attischen Lekythos und das der Boden einer römischen Terrasigillata-Schale. Und das alles habe ich an der Oberfläche aufgesammelt, wo Sie noch nicht gegraben haben.«

Schliemann nickt halb abwesend. Er hat das Gefühl, daß ihm dieser junge Mann die Initiative ganz sanft und sacht aus der Hand nehmen wird. Aber da jener recht hat – man hätte selbst darauf kommen müssen! Freilich, hätte er nach diesen Gesichtspunkten gehandelt, so wäre er heute, nach zehn Jahren, wohl kaum in die lydische Stadt hineingekommen –, stimmt er ihm matt und schwunglos zu.

»Wenn es Ihnen recht ist, Herr Doktor«, beginnt Dörpfeld von neuem, »lassen wir das Gros der Arbeiter, für das wir in den ersten Tagen kaum Verwendung haben, damit anfangen, dort drüben den Schutt vom Abhang wegzuräumen.«

»Aber das ist doch der Schutt aus den Grabungen von achtzehnhunderteinundsiebzig bis dreiundsiebzig, den ich dorthin bringen ließ, weil wir jenen Abhang nicht brauchen.«

»Meinen Sie? Ich möchte denken, wir brauchen den ganzen Berg. Vielleicht nicht heute oder morgen, aber in ein paar Monaten oder ein paar Jahren.«

»Nun gut«, stimmt Schliemann zu. »Sie sind Fachmann. Sehen Sie sich erst einmal gründlich um, und dann beraten wir weiter.«

Wirklich ergibt schon die Aufnahme der spätesten, obersten Stadt viele wertvolle Funde, vor allem an Skulpturresten, Metopenfragmenten, Friesen, Säulen – und nicht zuletzt das östlich der Akropolis gelegene Theater.

Weil Dörpfeld findet, was Schliemann ahnte, daß nämlich die große Ziegelmauer wirklich nach Nordosten weitergeht, wird im März und April ein achtzig Meter langer und sieben Meter breiter Graben über den bisher noch nicht erforschten östlichen Teil des Burgbergs gezogen, der dann auch andere wichtige Aufschlüsse gibt und die besonders schwere und anstrengende Arbeit lohnt. Er zeigt, daß dieser ganze östliche Teil eine Aufschüttung und Erweiterung darstellt, die nach der Zerstörung der dritten Stadt vorgenommen wurde.

Aber die dritte Stadt ist es gar nicht mehr, sondern nur die zweite. Dörpfeld hat unwiderleglich erwiesen, daß die Zweiteilung der untersten Schicht ein Irrtum Schliemanns gewesen ist. Nun kennt Dörpfeld Schliemann schon gut genug, um zu ermessen, was für eine Enttäuschung er ihm mit dieser Nachricht bereiten wird, aber Schliemann weiß auch Dörpfelds kühle und stocknüchterne Art zu schätzen. Die innere Stimme des Entdekkers und die strenge Logik des Nur-Architekten klingen gut zusammen und ergänzen einander, auch wenn es nicht immer ohne Reibungen und Zusammenstöße abgeht.

Bald müssen die Architekten einen zweiten Irrtum nachweisen: die breite Aschenschicht der »Verbrannten Stadt« rührt gar nicht von einer, sondern von zwei Städten her, beide sehr alt, beide schnell aufeinanderfolgend. Damit wird nicht nur Schliemann selbst widerlegt, sondern auch Burnouf und Virchow. Damit fällt aber auch das »Haus des Priamos«, denn das gehört nun zu der neueren (und ebenfalls verbrannten) Siedlung auf den

Trümmern einer anderen Ilios. Das ist ein schwerer Schlag, und lange Tage bringt Schliemann es nicht fertig, auch nur ein Wort mit seinen Architekten zu wechseln – bis diese ihm unter der kleinen verbrannten die viel größeren und mächtigeren Grundmauern der großen verbrannten Stadt nachweisen können, unter denen zwei Anlagen aus den Fundamenten der Altäre in der Mittelhalle sogar als Tempel zu deuten sind, obwohl auch andererseits diese Grundrisse genau mit Homers Schilderung vom Hause des Paris übereinstimmen.

Auch in den Tagen dieser bittersten Enttäuschung schreibt der, der auch seiner Feder freien Lauf zu lassen pflegt, nur mit den Worten größter Anerkennung über seine Architekten und hat noch Kraft genug, Virchow einen Krankheitsfall zu schildern, ein Kind mit stark geschwollener Milz, und um eine Anweisung zur Behandlung zu bitten, und an Sophia zu schreiben: »Ich brenne vier Kerzen, aber es bleibt dunkel im Zimmer, während Deine Augen alles hell machen würden.«

Nicht nur die Architekten, die doch letzten Endes Freunde sind, tragen manche Verdüsterung in diese Kampagne, weit mehr noch der türkische Beamte. Viel hat Schliemann schon von wirklichen und eingebildeten Paschas zu leiden gehabt, aber was Bedar Eddin Effendi ihm antut, addiert alle Paschas und Ephoren und griechischen Minister zusammen und erhebt die beachtliche Summe ins Quadrat.

Bedar Eddin hat schon von Natur einen galligen Charakter und ist nur dann vergnügt, wenn er andere Menschen ärgern und ihnen das Leben zur Hölle machen kann. Dazu kommt noch eine besondere Wut. Sein Kollege Moharrem ist den Grabungen von der Provinzialbehörde beigegeben und muß von Schliemann beköstigt und bezahlt werden, und da er ein armer Teufel und kleiner Schreiber ist, gibt der ihm reichlich. Bedar Eddin dagegen ist der Aufpasser des Ministeriums für Volksbildung und hat nur ein Bett zu beanspruchen; und da sein Posten ein erträgliches Gehalt abwirft, sieht Schliemann auch keine Notwendigkeit, mehr für ihn zu tun, als seine Pflicht ist. Galligkeit im Verein mit Neid und Wut schmiedet aber scharfe Waffen.

Bedar Eddin hat als Regierungsbeamter den Telegraphen zur

Verfügung, der Khum Kaleh mit der Dardanellenstadt verbindet. Jeden Tag, manchmal sogar zweimal an einem, reitet er hin und verklagt Schliemann beim Pascha. Dieser glaubt ihm natürlich und schickt Beamte zur Nachprüfung, einen nach dem andern, jeden Tag den für die Beschwerde des Vortages. Aber dann sieht der Pascha allmählich ein, daß sein Landsmann ein Querulant und Verleumder ist, und wirft dessen Telegramme fortan in den Papierkorb.

Bedar Eddin Effendi brütet über seinem Groll, der prachtvoll gedeiht, je weniger er ihn auslassen kann. Bedar Eddin biedert sich bei den Türken der Leibwache an, und nach einiger Zeit gelingt es ihm auch, sie mit dem jahrhundertealten Haß der Türken gegen die Christen aufzuhetzen.

Aber das genügt natürlich noch nicht. Wer sucht, findet, und Geduld bringt Rosen. Der Dr. Dörpfeld läßt sich einen Meßtisch kommen, um endlich einmal eine ganz korrekte Karte der Ausgrabungen anzufertigen. Das ist ein Gießbach auf Bedar Eddins Mühle. Nun ist ja alles klar! Die Christenhunde tun ja nur so, als ob sie Altertümer suchten! In Wirklichkeit suchen sie ganz etwas anderes, etwas Neues: die Befestigungen der Dardanellen, die einzige Sicherheit des Türkischen Reiches, wollen sie ausspionieren! Der Pascha ist taub für ihn geworden? Um so besser, für solche Haupt- und Staatsaktionen ist der sowieso nicht zuständig. Für Militärsachen und für Staatsgeheimnisse ist Djemal Pascha kompetent.

Djemal Pascha nimmt die Fährte ohne Bedenken an und erstattet Meldung an den Tophane Nasir, den Großmeister des Artilleriewesens in Konstantinopel, an Said Pascha persönlich, der einer der Gewaltigsten ist im Osmanischen Reich. Said Pascha findet den Fall recht einleuchtend und telegraphiert Djemal Pascha, man möge den Meßtisch konfiszieren und darauf achten, daß keinerlei Pläne gemacht würden.

Bedar Eddin Effendi strahlt wie der Vollmond im August. Etwas Schöneres konnte er in seinen ausschweifendsten Träumen nicht erhoffen! Wieder telegraphiert er täglich, nur diesmal an Djemal Pascha: Schliemann hat dieses gemessen! Höfler hat jenes aufgeschrieben! Dörpfeld hat noch etwas anderes gezeichnet! Djemal Pascha ärgert sich nicht wenig und verbietet noch einmal und mit beachtlicher telegraphischer Lautstärke jede wie auch immer geartete und begründete Messung innerhalb der Grabungen.

Bedar Eddin fühlt sich wie ein General oder sogar noch ein bißchen mehr: wie der Chef des Spionagewesens. Er hat das Kommando über die elf Türken der ehemaligen Leibwache übernommen und sie als Wächter über Tun und Treiben der Ungläubigen angestellt. Nach kurzer Zeit findet er – und finden sie – etliche Haare in der Suppe, die sie selbst angerührt haben. Die Verdächtigen werden amtlich geladen, und Bedar Eddin eröffnet ihnen, weder er noch einer der Wärter verstehe die teuflischen Sprachen und Zeichen, die sie dauernd auf Zetteln niederschrieben. Und wenn sie behaupteten, es seien nur Notizen über Scherben oder Steine, so könnten sie es gern tun, aber sie möchten nicht glauben, daß die Söhne des Propheten auf diesen nach Lug und Trug stinkenden Leim kriechen würden! Mit anderen Worten: ab morgen, nein, ab heute, ab dieser Minute, sei es strengstens verboten, innerhalb der Ausgrabungen irgend etwas aufzuschreiben! Ein Zettel oder ein Bleistift in der Hand genügten als Erweis der Übertretung dieses Befehls! Und wer diesem Befehl nicht sorgsamst folge, müsse gewärtig sein, in Ketten nach Konstantinopel vor Seine Exzellenz den Tophane Nasir geschleppt und dort dann geköpft zu werden!

Vor diesen Tönen verliert selbst Dörpfeld seine Ruhe, und seine Ausdrucksweise ist keineswegs mehr sachlich kühl und gepflegt.

Die deutsche Botschaft ist zur Zeit verwaist, da Graf Hatzfeldt mit der Sanierung seiner Schuldenlast beschäftigt ist. Aber der Geschäftsträger, Herr von Hirschfeld, und der Erste Dragoman, Dr. Testa, laufen von einem Würdenträger zum anderen und reden wie die Engel vom Himmel, um etwas zu erreichen. Endlich verspricht der Großwesir einzugreifen, aber da erweist es sich, daß der Tophane Nasir mächtiger ist als selbst der Großwesir.

So müssen den ganzen Sommer hindurch alle Aufzeichnungen heimlich gemacht werden, wenn einmal alle vierundzwanzig

Augen des vielköpfigen Wachungeheuers eingeschlafen sind, und an Messungen, die Dörpfeld so wichtig sind, ist überhaupt nicht zu denken. Virchow hat nichts ausrichten können, Schöne auch nicht, und der Minister hat nichts als tröstliche und vertröstende Worte gehabt. Zu allem Unglück ist Schliemann schwer krank. So hat die Malaria ihn noch nie geschüttelt wie in diesem Jahr. Mit zitternder Hand, immer wieder absetzend, schreibt er an Bismarck: Die Sache ist doch denkbar einfach, meint er. Es genügt doch schon, wenn der Kaiser angewiesen wird, einen persönlichen Brief an den Sultan zu schreiben. Der Kaiser hat, wie kürzlich ein Telegramm und hernach alle Zeitungen meldeten, die trojanische Sammlung in Berlin besucht. Also ist er über Troja hinreichend im Bilde und kann dem Sultan klarlegen, wie ungeheuer wichtig die Frage und wie tierisch dumm sein Großmeister der Artillerie sei. Daraufhin werde der Sultan sofort dem Greuel ein Ende machen. Pallas Athene wird es Ihnen danken!

Bismarck schüttelt den Kopf, nicht nur über Pallas Athene. Aber er tut das Seine und erreicht immerhin so viel, daß die Messungen innerhalb der Gräben freigegeben werden; an der Oberfläche bleiben sie verboten.

»Für diese Erlaubnis haben wir keine Verwendung«, telegraphiert Schliemann zurück. Aber dann kommt endlich sein alter Bekannter Radowitz als Botschafter nach Konstantinopel, trägt in seiner Antrittsaudienz dem Sultan den Fall vor, und am gleichen Tage noch ergeht ein Irade, ein Immediatbefehl des Großherrn, der die Aufnahme aller erwünschten Pläne gestattet.

Aber bis das geschieht, ist es November geworden, und Dörpfeld muß allein nach Troja reisen, um diese Arbeit durchzuführen, denn die Grabungen sind seit August beendet, seit das Fieber die Männer aus den Schächten und Gräben getrieben hat. Schliemann selbst hat nicht einmal allein wegreiten können, sondern mußte von zwei neben ihm reitenden Dienern gestützt werden und leidet noch volle vier Monate an diesem schweren Malariaanfall.

Seine Gefühle beim Schreiben des neuen Buches »Troja« sind gemischt. Es ist nicht angenehm, widerrufen zu müssen, was man vor zehn Jahren oder auch noch vor dreien verkündet hat. Aber die Wahrheit steht höher als persönliche Empfindlichkeit. Und vor allem: die neue Wahrheit stimmt auch viel besser als der alte Irrtum mit Homer überein. Zwischen den Wänden und Mäuerchen der verschiedenen Zeiten sind nun die großen Züge einer einheitlichen großen Stadtanlage der Lehmziegelzeit hervorgetreten. Aus diesem Material bestanden die stattlichsten Gebäude überhaupt, die es in allen Schichten des Berges Hissarlik gibt, und alle lagen sie in der gleichen Schicht, der zweiten von unten.

Das, was wie große Mauern und Türme ausgesehen hatte, sind nun nur ihre steinernen Böschungen oder Fundamente, und die gewaltige Dicke und Höhe der daraufstehenden Lehmziegelmauern errechnen die Architekten geschwind aus der Menge von Staub und Asche. Ferner: diese Mauern bezeichnen bloß die Umrisse der Akropolis des homerischen Troja. Weitergrabungen auf dem Plateau haben eindeutig gezeigt, daß sich an diese Akropolis im Osten, Süden und Südwesten eine Unterstadt angeschlossen hat, so daß kein Widerspruch mehr zwischen der homerischen Schilderung und der steinernen Wirklichkeit besteht.

Sodann: selbst die zwei Quellen Homers (auch wenn sie nun fast gleicher Temperatur sind) hat Schliemann in diesem Sommer gefunden, und zwar eben am Rande dieser Unterstadt. Sogar die Waschgruben der Trojanerinnen sind neben ihnen deutlich erhalten.

Und noch mehr: die gefundenen Knochen sind gesammelt und ebenso, was sich an verkohlten Resten in Pithoi und Krügen fand. Nun kennt man auch, nachdem die Fachleute gesprochen haben, die Tiere, die den alten Trojanern Haustiere waren: vor allem Ziegen, Rinder, Schafe, Schweine, Hunde, aber wenig Pferde und keine Katzen. Und man weiß, was sie aßen: Brotfladen aus roh zermalmtem Mehl, Muscheln und Austern, Fische, Wildvögel, Bohnen, Wicken, Gerste und Weizen, während sie weder Hühner hatten noch die Schildkröten aßen, die es noch jetzt in großer Menge bei Troja gibt.

Und eines noch, was nur eine winzige Kleinigkeit und doch von größtem Interesse ist: die Fachleute haben die Bernsteinperlen untersucht. Nach ihrer Auskunft stammt der trojanische Bernstein genau wie der mykenische nicht aus Italien oder Sizilien, sondern nach den einwandfreien Feststellungen der Chemiker aus der Ostsee, so daß es also schon damals Handelswege gab, die das Gold des Baltischen Meeres – das man am Strande bei Kalkhorst als Kind eifrig sammelte – tief in die uralten Kulturzentren des Mittelmeeres brachten.

Ob es die Phoiniker waren, die diesen Handel besorgten, wer möchte es sagen? Vieles deutet auf sie hin, und immer wieder wird man darauf gestoßen, daß Poseidonkult stets irgendwie mit den Phoinikern zusammenhängt – und Poseidon ist der Vater der Kyklopen, und Poseidon baute Trojas Mauern, und Poseidon griff in den Kampf ein.

Anderes wieder allerdings ist viel älter als die Phoiniker: das Material für die Nephritäxte, die im Schoße von Hissarlik ruhten, stammt nämlich eindeutig aus Kuen-lun, vom anderen Ende des unendlichen Asien.

A. H. Sayce schreibt die Vorrede zu dem neuen Buch, nicht ohne Bitterkeit gegenüber seinen Landsleuten. »Wie kommt es«, fragt er, »daß Doktor Schliemanns Beispiel nicht von einigen der reichen Männer, deren Zahl in England so groß ist, befolgt worden ist? Wie kommt es, daß sie für die Wissenschaft nicht ein wenig von dem Reichtum übrig haben, der jetzt für die Zucht von Rennpferden oder die Erhaltung einer Hundemeute verschwendet wird?« Das ist auch ein Grund dafür, daß ihr Name verrauchen wird, aber Schliemanns Name »kann nie vergessen werden, selbst dann, wenn das Andenken an den lauten Beifall, mit dem er in den Universitäten Deutschlands und in der ältesten Universität Englands begrüßt worden ist, erloschen sein wird«. Vor zehn Jahren noch, so sagt er weiter, lag der Schleier einer undurchdringlichen Nacht über den Anfängen der griechischen Geschichte. »Wolf und seine Anhänger hatten den Körper Homers in Stücke gerissen; Niebuhrs Schule hatte die Legenden des präliterarischen Hellas so lange kritisiert, bis keine derselben übrigblieb, und die Wissenschaft der vergleichenden Mythologie hatte bestimmt, daß die Legende von Troja nur eine Form der uralten Sage wäre, nach welcher die Mauerzinnen des Luftraums tagtäglich von den glänzenden Mächten des Himmels gestürmt werden.« Aber »das Problem, von dem sich die Gelehrten Europas abgewandt hatten, ist durch Schliemanns Geschick, Energie und Ausdauer gelöst.«

Schliemanns Stirn zieht sich in Falten. Das ist sehr schön gesagt, aber der frühere, eigene Einwand bleibt ihm bestehen: auch dieses letzte Buch über Troja, auch diese unwiderruflich letzte Grabung in Hissarlik läßt immer noch genügend, immer noch zu viel Fragezeichen stehen.

Überall an den Stätten alter Kulturen wird nun nach seinem Vorbild gegraben. Überall versucht man, Deutsche, Franzosen, Italiener, Amerikaner, Engländer, Russen, Griechen in edlem Wettbewerb, der Erde ihre Geheimnisse zu entreißen und mit Schächten und Gräben in die dunklen Tiefen der Geschichte hinabzusteigen.

In Troja weiterzusuchen, erscheint wenig versprechend. Was noch aufzugraben ist, was man noch finden kann, mag Einzelzüge hinzufügen. Das Bild an sich steht in seinen Grundlinien fest. Nun heißt es, gleich Faust, zu den Müttern zu gehen – die Quellen zu suchen, aus denen Troja, Mykene, Orchomenos ihre Kraft sogen.

Phoiniker, Thraker, Ägypter, die geheimnisvollen Hethiter, sie alle scheinen irgendwie Pate gestanden zu haben. Bei ihnen muß man daher suchen, und das soll sofort und ohne Verzug geschehen, sobald die Arbeit an dem neuen Buch bis zur letzten Korrektur abgeschlossen ist. Inzwischen wird aber noch manches Wasser durch den alten heiligen Skamander in den Hellespont fließen, und in dieser Zeit kann man überlegen, wo die Hacke und der Spaten aufs neue anzusetzen sind, diesseits oder jenseits jener Brücke zwischen Asien und Europa.

Die Burg

οἱ δὲ ἰδόντες
θαύμαζον κατὰ δῶμα διοτρεφέος βασιλῆος·
ὥς τε γὰρ ἠελίου αἴγλη πέλεν ἠὲ σελήνης
δῶμα χαθ᾽ ὑψερεφὲς . . .
Od. IV, 43

Staunend sahn sie die Burg des göttergesegneten Königs.
Gleich dem Strahle der Sonn' und gleich dem Schimmer des Mondes
Blinkte die hohe Burg . . .

1 »Eben fällt mir ein, Herr Dörpfeld, daß ich Ihnen noch gar nicht diese Münze gezeigt habe, die ich kürzlich beim Trödler fand. Ist sie nicht prächtig?«

»Eine Tetradrachme von Tenedos. Ziemlich selten, soviel ich weiß. Aber was finden Sie sonst schön daran? Daß Ihre beliebten Symbole von Troja und Mykene darauf vereinigt sind, die Eule und die Doppelaxt?«

»Nein, vor allem die andere Seite, den Doppelkopf von Zeus und Hera. Es ist doch herrlich, wie die Gesichtszüge dargestellt und ausgearbeitet sind!«

Dörpfeld gibt Schliemann die silberne Münze mit einem schmalen Lächeln zurück. »Von Köpfen verstehe ich nichts. Das ist Ästhetizismus und Romantik für Kunsthistoriker.«

»Und Gedichte? Homer? Den lesen Sie doch fast soviel wie ich.«

»Ja, wegen seines archäologischen oder geschichtlichen Gehalts, aus keinem anderen Grund. Seit meiner Schulzeit habe ich sonst kein Gedicht gelesen und gedenke es auch bis zu meinem Tode nicht zu tun. Ein Gedicht oder ein Kopf ist, entschuldigen Sie schon, nur für Schwärmer schön. Für mich liegt Schönheit in einer solide gebauten Mauer oder in einem sorgfältig herausgeschälten Grundriß.«

Schliemann reitet stumm weiter. Diese Geisteshaltung versteht *er* wiederum nicht. Aber trotzdem: um so mehr braucht er Dörpfeld als Bremser, als Kaltwasserdusche über aufbrausende Begeisterung, die den Wald liebt und dabei leicht vergißt, auf die einzelnen Bäume zu achten. Und gerade für den neuen Plan braucht er diesen stocknüchternen jungen Mann, für die Ausgrabung der Burg von Tiryns, die nun vor ihnen liegt, am Ostrand der Ebene von Argos, wenige Kilometer vom Meer auf einem niedrigen, einsam aus dem Schwemmland aufragenden Felsen.

Uralte Kämpfe wittern in dunklen Sagen um die Burgen von Tiryns und von Mykene. Mykenes Gründer, Perseus, machte sich Tiryns untertan, und sein Nachfolger Eurystheus konnte Herakles, den Herrn von Tiryns, zwingen, jene berühmten Sklavenarbeiten für ihn zu verrichten. Dann verstummt die Sage, und die Geschichte weiß nichts zu melden, außer daß beide Burgen ihre Männer nach Thermopylai und nach Plataiai schickten und daß sie dann zu gleicher Zeit, im Jahre 468, von den Argivern erobert wurden.

Die Argiver verbrannten die Burg von Tiryns und raubten sie aus, aber zerstören konnten sie sie nicht. Sie blieb die »festummauerte«, die sie bei Homer gewesen war, und über sechshundertfünfzig Jahre nach ihrer Verwüstung stellte Pausanias sie noch den Pyramiden Ägyptens gleich und fuhr dann fort: »Die Ringmauer, welche das einzige Überbleibsel ist, ist ein Werk der Kyklopen. Sie besteht aus unbehauenen Steinen, deren jeder so groß ist, daß ein Gespann von zwei Maultieren nicht einmal den kleinsten von der Stelle bewegen könnte. Die Zwischenräume aber sind mit kleinen Steinen ausgefüllt, um die großen noch mehr in ihrer Lage zu befestigen.«

Lange schon hat Tiryns Schliemann angezogen. Wie Mykene und Troja hat der sechsundvierzigjährige Anfänger es bei seiner ersten hastigen Reise besucht und gleich damals wie bei jenen anderen Orten mit einem Blick viele Resultate der späteren Forschungen vorweggenommen. In Tiryns hat noch niemand gegraben, denn daß vor fünfzig Jahren Thiersch und Rangabé einen

Tag hier verbrachten und ein Loch schaufelten, auf dessen Grund sie ein Stück Mauer oder ein Postament fanden, zählt nicht. In den Tagen, bevor Schliemann sein Werk in Mykene begann, ist er zum zweitenmal, und etwas länger als das erstemal, hier gewesen und hat mit zwanzig Schächten und mehreren Gräben festgestellt, daß er, der Dilettant, wieder einmal mehr gegen die Gelehrten recht gehabt hat, die die Steine der oberen Burg für Baureste des byzantinischen Mittelalters gehalten hatten. Die gigantische Größe der Steine hat die Burg vor dem gewöhnlichen Schicksal aller alten Bauten, Steinbruch zu werden, geschützt. Die Steine haben sogar eine landwirtschaftliche Nutzung verhindert, und nur auf der mittleren und unteren Terrasse zieht ein Bauer, dem der heruntergekommene Pachthof unterhalb der Südmauer gehört, seinen Kümmel.

Es ist Mitte März, als die kleine Karawane in Tiryns eintrifft, Schliemann, Dörpfeld, Dr. Philios als Ephor (Stamatakis unseligen Angedenkens ist für seine mykenischen Verdienste Generalephor der Altertümer geworden, aber er hat sich dieses Glanzes nicht lange erfreuen können und ist vor kurzem gestorben). Auch der älteste aller Mitarbeiter, Nikolaos Zaphyros, kann nicht mehr dabei sein; während des Winters ist er im Skamander ertrunken, und Schliemann ehrt seine Treue durch die Zahlung einer Pension an die Witwe. Als Aufseher ist wieder Ilos gekommen, dem sich ein gewisser Simygdales von Thera zugesellt. Als Diener ist wieder Oidipus dabei. Zu Schiff kommt das Werkzeug aus Athen: vierzig englische Schiebkarren mit eisernen Rädern, zwanzig große eiserne Hebel, zwei Handwinden und eine große Winde, fünfzig eiserne Schaufeln, fünfzig Spitzhauen, fünfundzwanzig Tschapas; die Körbe werden in Nauplia gekauft.

Schliemann, Dörpfeld und Oidipus mieten sich, da ihnen das Haus des Pächters zu schmutzig ist, in Nauplia im Grand Hôtel des Étrangers ein, das aber keineswegs so pompös ist wie sein Name. Nun beginnt wieder auf Monate hinaus das gewohnte Leben der Kampagne. Dreiviertel vier steht Schliemann auf, schluckt zur Vorbeugung gegen die Malaria vier Gran Chinin, läßt sich sodann in den Golf von Nauplia hinausrudern, um zehn

Minuten lang zu schwimmen, klettert – zweiundsechzigjährig – am bereitgehaltenen Ruder wieder in das Boot, trinkt im Kaffeehaus, das den Namen Agamemnons trägt, eine Tasse schwarzen Kaffee (freut sich, ganz nebenbei, daß sie allein die allgemeine Teuerung nicht mitgemacht hat, sondern immer noch nur eine Dekara kostet), besteigt sein Pferd und trabt in einer knappen halben Stunde nach Tiryns.

Bei seiner Ankunft ist die Sonne kurz vorm Aufgehen, und er sieht, wie die Arbeiter heranziehen, sechzig bis siebzig Männer und Frauen, meist Albanesen aus den Nachbardörfern Kophinion, Kutsion, Laluka und Aria, aber auch ein Dutzend Griechen aus Charwati, die vor acht Jahren in Mykene bei ihm gearbeitet haben. Pünktlich bei Sonnenaufgang sind sie am Fuße des Burgfelsens, holen ihr Werkzeug aus dem Schuppen und beginnen das Tagewerk, indes das Pferd nach Nauplia gebracht wird, um Dörpfeld zu holen, der das Schlafen dem Frühbad vorzieht.

Wie der Winter besonders milde gewesen ist, so ist der Frühling in diesem Jahr besonders reich. Am fünfzehnten März sind alle Bäume grün und alle Felder bunt von Blumen. In dem Korn unten blühen die rostroten Tulpen, und die Wegränder leuchten violett von Anemonen. Manchmal sieht Schliemann einem Kranichkeil nach, der mit heiserem Ruf nach Norden zieht, und Sehnsucht nach der Kinderheimat regt sich in ihm. Aber der kann man jetzt nicht nachgeben – die Arbeit ist zu groß und wichtig.

Zunächst muß aller Schutt von der Oberburg entfernt werden. Das ist eine runde, anderthalb Meter hohe Schicht aus Ziegelschutt, eingestürztem Mauerwerk, verkalkten Bruchsteinen, Lehm und Humus, unter der sich ein einfacher Fußboden findet, mosaikartig aus Kalkestrich und kleinen Steinen geformt. Darauf und dazwischen ist dann das, was man kaum erwartet hatte: ein verwickeltes und doch immer klarer und übersichtlicher werdendes Netz von Grundmauern, bis zu einem halben Meter Höhe erhalten – der saubere und nur an wenigen Stellen später überbaute Riß eines Palastes.

Viel steht bei Homer von den Häusern der Könige zu lesen, aber es sind immer nur kleine Einzelzüge, die er beiwegelang angibt, nie natürlich etwas, was einer eigentlichen Beschreibung ähnlich sähe. Hier ist nun die Herrenburg homerischer Zeit, in die sich alle Notizen des Dichters mit wunderbarer und oft überraschender Präzision einfügen.

Die Plateaufläche des Kalkfelsens von Tiryns ist etwa dreihundert Meter lang und hundert breit. Bis zu siebzehn Metern sind die Mauern dick, die den Berg gürten, und Stoßfugen in der Steinsetzung beweisen dem Blick des Architekten, daß sich an diesen Stellen Türme erhoben. Die Untermauern sind massiv. Oben aber sind merkwürdige spitzbogige Galerien ausgespart, die bei einem schnellen Betrachter den Eindruck einer massig gestalteten gotischen Burg erwecken könnten. Vielleicht dienten diese Kammern zu Verteidigungszwecken, wie der eine meint, vielleicht, wie sich beim Weitergraben als richtig erweist, als raumsparende Magazine, genau wie die im Grundriß so merkwürdig übereinstimmenden Kammern aus der Mauer der Byrsa von Karthago ausgespart wurden, in denen nach Appians Römischer Geschichte Stallungen und Vorratskammern untergebracht waren.

Einen Eingang hat die Burg nur in der Mitte der Ostmauer, also der Landseite zugewandt. Eine aus großen Steinen aufgemauerte Rampe, fast fünf Meter breit, führt direkt unter der großen Mauer entlang zu dem Tor, das die Straße auf die Hälfte ihrer Breite einengt. Neben ihm erhebt sich ein gewaltiger rechteckiger Turm, der den Aufgang völlig beherrscht. Hinter dem Tor wird der Weg auf beiden Seiten von Mauern eingeschlossen. Wenn es etwa den Feinden gelungen war, das Tor zu überwinden, so konnten sie hier vernichtet werden. Denn nach zwanzig Metern stellt sich ihnen schon ein weiteres Hindernis in den Weg: das Tor zur Oberburg, das in seinen Ausmaßen und in seiner Bauart ganz mit dem Löwentor von Mykene übereinstimmt. Soviel jedenfalls steht jedem Betrachter fest: diese Burg war nie durch Gewalt, sondern nur durch Verrat zu gewinnen.

Pausanias hatte die gewaltigen Blöcke der Mauern gerühmt, und alle späteren Besucher hatten ihm zugestimmt. Pausanias hat übertrieben, sagt Dörpfeld: es gibt in diesen Kyklopenmauern Steine, die sogar ein kräftiger Mann von der Stelle bewegen könnte. Zunächst muß man unterscheiden: ein Teil ist aus Kalkstein gebaut, und zwar Bruchsteinen und Hausteinen, ein anderer aus der viel härteren Breccia, einem Kieselkonglomerat. Ohne Mörtel, nur Stein auf Stein, sind die Festungsmauern gefügt und ebenso die Fundamente der Häuser, während für die Hausmauern selbst stets Lehmmörtel verwendet worden ist. Das Gewicht nun betreffend, läßt sich berechnen, daß die kleinen Blöcke immer noch an achtzig Zentner wiegen, die großen dagegen, drei Meter lang und halb so hoch, das Dreifache und darüber. So ist es begreiflich, daß die Sage König Proitos Kyklopen zum Bau rufen ließ, denn solche Zahlen gingen über menschliches Maß hinaus.

»Das hört sich ganz einfach an«, sagt Schliemann, »und wenn ich diese Zahlen später in meinem Buche drucken lasse, lesen sie sich noch einfacher. Aber erklären Sie mir eines, lieber Dörpfeld, da wir uns ja wohl darüber einig sind, daß es keine Riesen gegeben hat: wie war rein technisch ein solcher Bau möglich? Erstens sind die Blöcke nicht an Ort und Stelle gebrochen worden. Wie transportierte man diese gewaltigen Lasten hierher? Zweitens: ein Ingenieur hat mir erklärt, daß es selbst der Technik der Gegenwart schwerfallen würde, Blöcke wie in Mykene und Orchomenos zu bewegen. Das Altertum aber kannte keine Kräne und komplizierten Hebemaschinen. Nehmen Sie diese gigantischen Blöcke! Nicht Dutzende, sondern Hunderte wiegen zweihundertfünfzig Zentner und mehr und der Türsturz des Löwentors gar das Zehnfache. Und die wollten nicht bloß schlechtweg bewegt, sondern viele Meter gehoben und maßgerecht gelagert werden. Wie war das möglich?«

»Durch Menschenkraft«, antwortet Dörpfeld.

»Das ist eine grauenhafte Vorstellung, mein Freund. Sind Sie sich darüber klar? Das heißt nichts anderes als Sklavenarbeit! Wie in Ägypten beim Bau der Pyramiden oder, später dann, bei der Errichtung der Großen Mauer in China. Das heißt, daß an diesen Steinen Leid und Blut Tausender kleben.«

Dörpfeld nickt stumm, und lange stehen sie und blicken die Mauer an. Dann raffen sie sich auf, um weiterzugehen. Die Arbeit duldet kein Verweilen.

Vom zweiten Tor führt ein sanft ansteigender Weg zu einem geräumigen Vorplatz, den im Osten, vor dem Umgang der Burgmauer, eine Säulenhalle abschließt. (Da die Säulen jener Zeit noch aus Holz bestanden und aus ganzen mächtigen Stämmen gebildet wurden, brauchten sie steinerne Basen, und die haben sich im Fundament erhalten.) Gegenüber liegt ein stattliches Propylaion, durch das der Besucher den großen Vorhof betritt, auf dem noch die Reste einer byzantinischen Kirche beseitigt werden müssen, um seine ursprüngliche Gestalt wiederherzustellen. Durch ein Tor – alles wie beim Palast des Odysseus, des Alkinoos, Nestors, Menelaos' – gelangt man dann in den Hof der Männerwohnung, die Aule, ein Rechteck von fünfzehn zu zwanzig Metern, dessen Fußboden, unter dem Schutt wohl erhalten, ein Kalkestrich bildet; zuunterst eine vier bis sieben Zentimeter starke betonähnliche Schicht aus Steinen und Kalk als feste Unterlage, dann eine zweite Lage aus kleinen Steinen und einem festen rötlichen Kalk und darauf dann der eigentliche Boden aus Kalk und kleinen Kieseln. Noch mehr als dreitausend Jahre nach der Vernichtung der Burg sieht man die Stellen, die im Altertum repariert wurden, und bewundert den alten Baumeister, der diesen Hof nicht genau waagerecht machte, sondern unmerklich geneigt, so daß das Regenwasser nach einer Ecke ablief, wo ein aus Bruchsteinen gemauerter Schacht es aufnahm.

Drei Seiten des Hofes werden von schmalen Säulenhallen begrenzt, und vor der südlichen findet sich ein niedriger Mauerklotz, in dessen Mitte nach einem Regen runde Steine zum Vorschein kommen. Ein Brunnen oder die Öffnung einer Zisterne? Nein, denn die Rundung geht noch nicht einmal einen Meter tief. Es ist die Opfergrube des Altars, und wieder kann Schliemann seinen Homer zitieren:

»Peleus
Brannte dem Donnerer Zeus die gefetteten Schenkel des Stieres
In dem umschlossenen Hof und hielt den goldenen Becher,
Sprengend den funkelnden Wein in die heilige Flamme des
Opfers . . .«

Oder es kommt ihm die andere Stelle in den Sinn, die im Palast des Odysseus spielt, als der Sänger Phemios dem Freiermord entfliehen möchte:

»und sann in zweifelndem Herzen:
Ob er heimlich entflöh' und an des großen Kronions
Schönen Altar auf dem Hofe sich setzte, auf welchem Laërtes
Und Odysseus die Lenden so vieler Stiere geopfert.«

An der Nordseite des Hofes liegt, hinter Vorhalle und Vorsaal, der größte Innenraum der Burg, das Megaron, der Männersaal, wie Voß übersetzte, zwölf zu zehn Metern messend und damit größer als die Cella der meisten griechischen Tempel der klassischen Zeit. Der Fußboden ist durch eingeritzte Doppellinien in regelmäßige kleine Quadrate zerlegt und enthält in der Mitte um den großen runden Herd die Basen von vier Säulen, die die Decke trugen.

»Vater, ein großes Wunder erblick' ich hier mit den Augen!
Alle Wände des Hauses und jegliche schöne Vertiefung
Und die fichtenen Balken und hocherhobenen Säulen!«

hätte Telemach wohl auch hier gerufen, wäre er nach Tiryns gekommen statt nach Sparta und Pylos, aber auch Schliemann ruft es und Dörpfeld, denn sie sehen ja nicht nur, daß die Mauern nur noch einen halben Meter hoch stehen, sie sehen den Saal heil und ganz.

Da ist der Herd mit den Säulen gleich jenem, an dem Arete saß, zu dem Nausikaa den schiffbrüchigen Odysseus wies:

»Sie sitzt am glänzenden Feuer des Herdes,
Drehend die zierliche Spindel mit purpurfarbener Wolle,
An die Säule gelehnt.«

»Ich muß Ihre Gedanken unterbrechen«, sagt da Dörpfeld. »Vor diesem Grundriß muß sogar Herr Hauptmann a. D. Bötticher sein diabolisches Krematorium ad acta legen und zugeben, daß es das erste homerische Megaron ist, das die heutige Welt zu sehen bekommt. Denken Sie jetzt einmal kurz nach Troja zurück, an die beiden Tempel, die wir während der letzten Grabung in der verbrannten Stadt freilegten. Erinnern Sie sich an die großen

Kreise inmitten des Hauptraums, die wir für die Altäre hielten? Wir haben gründlich daneben geraten, es waren ...«

»Herde! Und die Häuser keine Tempel, sondern ebenfalls Megara! Nun, dieser Irrtum tut mir nicht weh, denn das Megaron paßt ja noch viel besser in das Bild unserer Stadt.«

»Ich freue mich, daß Sie es so leichtnehmen, Herr Schliemann. Es ist nicht angenehm, wenn man die Erkenntnisse des einen Buches im folgenden widerrufen muß.«

»Was wollen Sie, Dörpfeld! Wir sind ja keine unfehlbaren Päpste, die von der Kathedra ihres Wissens ihre unwidersprechbaren Entscheidungen fällen. Wir sind Gelehrte, und Gelehrte bleiben ihr ganzes Leben lang Schüler und lernen niemals aus. Natürlich, das ist nicht immer leicht zu ertragen, aber doch ist es schön, denn nur so können wir jedes neue Wunder mit offenen Herzen und offenen Augen hinnehmen.«

War das Megaron – wie der ganze Palast – ein Wunder, so wartet auch noch manches andere auf den befreienden und erlösenden Spaten. Im Osten stoßen, durch lange Korridore und weite Höfe, aus denen auch Treppen in die oberen Geschosse geführt zu haben scheinen, mit dem Männersaal verbunden, der Frauensaal, der Thalamos, und eine Reihe anderer, nicht näher bestimmbarer Säle und Zimmer an das Megaron, im Westen, für den ankommenden Gastfreund auch direkt vom Hofe aus zugänglich, ein kleiner Raum, fast quadratisch und knapp drei Meter Wandseite messend.

Den Fußboden bildet ein einziger Kalksteinblock, der noch unter die Wände ragt. Dörpfeld berechnet ihn auf achteinhalb Kubikmeter Inhalt und sein Gewicht auf vierhundert Zentner. Seine Unterseite ist roh und unbearbeitet, die Oberseite glatt wie die feinste Tischplatte und, wo sie an die Wände stößt, um drei Millimeter erhöht. Regelmäßige Bohrlöcher in den Wänden lassen eine Wandbekleidung vermuten, die aus Holz gewesen sein muß, denn das Mauerwerk ist zu Kalk, der Lehmmörtel zu roter Terrakotta verbrannt, als der Palast seinen Flammentod starb. Weiter kann man aus der Beschaffenheit der Wand errechnen, daß die Bohlen zwölf Zentimeter dick, und aus der Anordnung der Dübellöcher, daß sie einundsechzig Zentimeter breit waren.

»Das war wohl ein Wasserbassin?« fragt einer der Besucher der Ausgrabungen, die in diesem Sommer besonders zahlreich und besonders prominent sind.

»Hätten wir diese Holzverkleidung an allen Wänden gefunden«, antwortet Schliemann, »würde ich es auch angenommen haben. Aber Sie sehen, der größte Teil der Südwand hat keine Dübellöcher. Da nach dieser Seite der Vorraum liegt, wird dort eine Tür gewesen sein. Und ein Wasserreservoir mit Tür wäre ja ein Unding.«

»Was ist es dann gewesen?«

»Sehen Sie sich den Stein ganz genau an. Finden Sie die richtige Spur? Nun, dann zeige ich sie Ihnen: an der Nordostecke ist eine viereckige Rinne ausgearbeitet, die durch die Mauer hindurchreicht.«

»Ein Wasserablauf vielleicht?«

»Ganz recht. Es war also ein Badezimmer. Sie brauchen mich nicht so ungläubig anzusehen. Ich könnte Ihnen aus Dutzenden von Homerstellen das Vorhandensein von Baderäumen in den Herrenhäusern der Zeit nachweisen, aber das ist gar nicht erforderlich. Denn manchmal braucht ein Ausgräber nicht bloß Verstand, sondern auch Glück. Im Schutt eben dieses Raumes haben wir ein Stück Badewanne gefunden, das Sie sich nachher in unserm provisorischen kleinen Museum ansehen können: ein Fragment starker Terrakotta vom oberen Rand, fast einen Meter lang und zwanzig Zentimeter breit, auf der Innenseite mit gelbroten Spiralen bemalt. Und, was das Verwunderlichste ist, Sie wissen, aus einem so großen Bruchstück läßt sich mühelos und sicher die Form des Ganzen rekonstruieren. Unsere homerische Badewanne unterscheidet sich nur ganz wenig von der modernen, die Sie zu Hause haben.«

Schliemann ist bei dieser Grabung so jung wie im ersten Jahr von Troja und noch viel glücklicher, denn erstens sieht er selbst am besten, was es bedeutet, einen klugen Architekten zur Verfügung zu haben, dessen Sachkenntnis seiner Gründlichkeit nicht nachsteht, und zweitens erweist sich Tiryns jeden Tag mehr als das wichtigste Denkmal altgriechischer Baukunst und homerischen Lebens. Nur für ihn selbst wird es kein Denkmal »aere perennius« sein, denn Dörpfeld hat klar erwiesen, daß viele Bauteile, vor allem die Fußböden und die Mauern aus Bruchstein und Lehm, dem sicheren Verfall entgegengehen, nun sie freigelegt und Wind, Sonne, Regen preisgegeben sind.

Sie werden nicht so lange dauern wie die kyklopischen Mauern und die Landschaft von Tiryns. Jeden Tag dreimal gönnt Schliemann sich den Genuß dieses Rundblicks: um acht, wenn sie zur ersten Pause auf den Säulenbasen der Aithousa des Megarons sitzen und ihr Frühstück aus Schröderschem Corned beef, Brot, frischem Schafkäse, Apfelsinen und dem geharzten Wein des Landes einnehmen –, mittags, bevor sie sich zur großen Pause, die er nach Beginn der Sommerhitze auf zwei volle Stunden ausdehnt, um seine Arbeiter nicht zu überanstrengen – auf dem Vorhof schlafen legen, einen Stein der Tenne als Kopfkissen und einen indischen Palmblatthut als Sonnenschutz über dem Gesicht – »nie habe ich erquickender geschlafen als in der Akropolis von Tiryns«, schreibt er – und schließlich zuletzt am Feierabend.

Noch einmal vergleicht er alle Rundblicke, die er in seinem Leben und in vier Erdteilen sah, und stellt dann doch das heutige Bild über alle, selbst über die Ausschau von der Großen Chinesischen Mauer. Geradeaus südlich liegt der langgestreckte dreigipflige Palamedesfelsen mit seinem alten venezianischen Fort. Von ihm aus tritt dann der Burgfelsen von Nauplia, der nun Itsch kaleh heißt, in den argolischen Golf. Davor schwimmt die kleine Insel Burzi mit der Befestigung der Herren von San Marco, aber nun wohnt der Scharfrichter von Griechenland dort. Über der Westküste des Golfs steigen die kahlen melodischen Linien der Berge auf, hinter denen Arkadien liegt. Nach links stoßen die Blicke gegen die steilen Berge, hinter denen Argos und Mykene und Korinth liegen, und noch weiter westlich das mächtige Arachnaion, in dem eine Talschlucht in den heiligen Bezirk des Asklepios nach Epidauros führt. Nirgends lachen Himmel und Meer und Hügel so wie hier in Tiryns. Ob es vielleicht daher rührt, daß, wie Theophrastos versichert, die alten Tirynther jenen unwiderstehlichen Hang zum Lachen hatten, daß sie nicht einmal Poseidon, ihrem Schutzgott, ohne zu lachen, einen Stier opfern konnten? Wer in einem Paradies lebt, muß ja wohl immer fröhlich sein.

Aber in jedem Paradiese gibt es Schlangen. Hier sind sogar zwei. Die eine ist der Bauer aus Kophinion, der die Mittel- und Unterburg mit Kümmel besät hat. Mag auch das Schwergewicht der Grabung auf der Oberburg liegen, da sie am wichtigsten ist und ihre Grundmauern sich auch viel besser erhalten haben als die schlechteren und mehrfach umgebauten anderen Teile der Akropolis – auch sie wollen geprüft und in die Pläne eingezeichnet werden. Das aber läßt sich nicht gut mit der Landwirtschaft vereinbaren. Der Kümmelgrieche ist unendlich froh darüber – und deshalb unendlich giftig und reicher an Schimpfworten als Thersites –, ist er doch überzeugt, aus dem berühmten Fremden, der nicht nur verrückt ist, sondern auch sagenhaft reich sein soll, den hundertfachen Preis seines Anbaus herausschinden zu können.

Als Schliemann die Schadenersatzforderungen hört, macht er es wie die alten Tirynther: er lacht. Den Bauern packt die Wut, und nachdem er ein paar Wochen lang jeden Tag die Burg mit seinem Gezeter erfüllt hat, ohne zu erreichen, daß Schliemann nachgibt, läuft er zum Gericht und verklagt den Kümmelschädling. Doch die Zeit von Mykene ist längst vorbei, und das Gericht hat keineswegs den Mut, den berühmten Mann zu verstimmen. Es bittet – und der Bauer ist einverstanden – den Direktor der Finanzverwaltung in Nauplia, Mavrikos, den Fall zu prüfen und den Schaden abzuschätzen. Er taxiert ihn auf zweihundertfünfundsiebzig Francs, und das sind noch fünfundzwanzig Francs weniger, als Schliemann dem Bauern geboten hatte.

Die zweite Schlange ist – und wie könnte es anders sein bei Schliemanns Art und bei seiner begreiflichen Voreingenommenheit? – der Ephor der Altertümerverwaltung. Philios heißt er, aber eben das Jota hat er, so findet Schliemann, zuviel, um Freund, »Philos«, zu sein, und sein Doktortitel beweist keineswegs seine höhere Einsicht in die Forderungen der Wissenschaft. Zwar ist er ein gut Teil besser als Stamatakis, aber immer noch schlimm genug. Fast jeden Tag gibt es wieder Streit.

»Gehen Sie anständiger mit den Scherben um!« schreit Schliemann, als er – »zum hunderttausendsten Mal!!« – ein bemaltes Stück aus den Kisten mit schmucklosen und unwichtigen Dingen herausfischt. »Wissen Sie, was Ihr Kollege Stamatakis in Mykene gemacht hat? Alle Scherben wollte er wieder in den Schutt werfen, aus dem ich sie mühsam und auf den Knien herausgekratzt hatte! Als ich ihm dann mit einigen Telegrammen an Syllogos und Minister die Wichtigkeit der Scherben beigebracht hatte, verfiel er in das andere Extrem und klagte mich an, wenn ich den attischen und korinthischen Trödel wegwarf!«

»Mein Gott, Herr Schliemann«, versucht Philios einzulenken »Sie müssen doch zugeben, daß es ein Elend mit den Scherben ist. Es ist so, als wenn die alten Völker jahrtausendelang bloß Töpfe gemacht und sie dann tückisch zerschlagen und zerstreut hätten, damit wir sie wieder zusammenflicken. Wissen Sie, daß von Ihren mykenischen Scherben noch nicht ein Fünfzigstel klassifiziert und geordnet ist? Und das in acht Jahren! Nun haben wir schon wieder elf neue Kisten randvoll. Soll die Archäologische Gesellschaft die nächsten hundert Jahre bloß Ihre Scherben bearbeiten? Sie haben hier die tonnenschweren Mauerblöcke, was brauchen Sie da alle kleinen Scherben? Natürlich, von den guten Bruchstücken rede ich nicht, aber das ganze wertlose unverzierte Zeug brauchen wir doch nicht wie Kostbarkeiten zu behandeln.«

»Wer hat Sie bloß zum Doktor gemacht, Herr Philios? Die Fakultät müßte man noch nachträglich dem Scharfrichter da drüben überantworten! Die Topfscherben sind das Füllhorn archäologischer Weisheit und die Leitmuschel in der Chronologie der Altertümer! Ohne sie hat man nicht den geringsten Anhalt für eine Datierung, denn Inschriften, die sie ermöglichen könnten, haben wir doch erst aus viel späterer Zeit. Scherben werden in meiner Hand zu Gold. Ich würde in Troja noch heute im ausweglosesten Dunkel tappen, wenn ich nicht vom ersten Tage an jede Scherbe aufbewahrt hätte mit Fundtiefe und allem, was dazu gehört. Damals haben mich alle ausgelacht, so wie Sie es heute tun. Heute aber kann ich lachen, denn jetzt machen es alle so wie ich, die Deutschen und die Amerikaner und die Franzosen und stellenweise sogar schon die Griechen. Sie wollen es nur nicht zugeben, daß sie es von mir gelernt haben. Ich gebe Ihnen einen Rat, Philios: Mischen Sie sich nicht in Dinge, für die Sie zu dumm sind. Suchen Sie sich einen andern Beruf, und lassen Sie mich in Frieden meine Arbeit tun!«

Philios ist zutiefst beleidigt, und das nicht ohne Grund. An anderen Tagen ist er empört, denn da glaubt er, daß Schliemann und Dörpfeld lauter Unsinn machen. Dürfen sie die byzantinischen Gräber einfach beseitigen? Dürfen sie die angeblich späteren Mauern niederlegen? Dürfen sie um der, zugegeben, sehr schönen Treppe zur runden Bastion willen eine andere Mauer einfach durchbrechen? Als wenn die fünfundsechzig Stufen noch immer nicht ausreichten! Dürfen sie so knapp und barsch sagen, meine schönen Sesselstandplätze im Megaron seien bloß Eindrücke von Pithoi, wo doch Sessel viel dekorativer wären und viel besser in den Männersaal passen würden?

Da gibt es nur eines, denkt Philios: protestieren! Natürlich nicht bei Schliemann. Das ist durchaus zwecklos und macht nichts als Ärger. Bei der Archäologischen Gesellschaft, beim Minister. Aber ach, die schönen Tage der Proteste von Mykene sind zu Ende. Die Archäologische Gesellschaft stützt ihren Ephoros nicht, nicht einmal als er schreibt: »Ich bin krank. Ich muß fort von hier. Ich kann es nicht mehr aushalten.« Und der Minister? Vulpiotes telegraphiert an den Präfekten von Argos nur einen kurzen Satz: »Sie müssen alles tun, was Schliemann will.«

2 Würde die Burg von Tiryns nur aus Mauern bestehen, so wäre die Arbeit an ihr wohl physisch schwer, gäbe auch wohl manche Überraschungen, klärte unendlich viele Fragen, die selbst den gescheitesten Homerinterpreten der letzten zweitausend Jahre dunkel geblieben sind. Aber sie würde kaum neue stellen, die man nicht durch weitere Grabungen – denn auch das Jahr 1885 gehört noch Tiryns – lösen könnte.

Aber in Tiryns sind nicht nur Mauern. Zwischen den Mauern lag Schutt und unter dem Schutt der Fußboden, der an mehr als einer Stelle Reste farbfroher Bemalung zeigt, und zwischen dem Schutt Scherben. Scherben, so bunt wie der Regenbogen, bemalt in Schwarz, Weiß, Blau, Gelb, Rot. Grün ist noch unbekannt, und nirgends kommt es vor. Spiralen, Rosetten, Blumen, Blätter, Kraniche, Schwäne, Pferde und seltsame Flügelwesen, eine Mischung von Sphinxen und Greifen, Wellen, Schnecken, Muscheln, Seesterne, Purpurschnecken. Alles also Muster, wie sie schon in Mykene – und vereinzelt in Troja – vorgekommen sind und wie man sie, nach frischer, aber allmählich überall durchgreifender Benennung, »mykenisch« nennt.

Fast alle diese Figuren sind stilisiert, und es kann wieder einmal nicht den geringsten Zweifel geben, daß sie nicht am Anfang – wo wäre dann die Fortsetzung? In den geometrischen griechischen Vasen bestimmt nicht! –, sondern am Ende einer langen Kunstentwicklung, einer eigenen Schule stehen. Aber wo ist ihr Anfang?

Und mehr als das: die Burg von Tiryns gibt nicht nur Vasenscherben und heile Gefäße mykenischen Typs her, sondern noch etwas, was Mykene nicht gab (oder was man dort nicht beachtete) und was Orchomenos nur andeutete: die Gewißheit, daß die Wände, von denen nur noch armselige Stümpfe aus dem Boden ragen, einst reich geschmückt waren.

»Hier beginnt eine neue Welt«, schreibt Schliemann wieder einmal, und noch den Zügen der Feder sieht man die Erschütterung des Schreibenden an.

An der Westwand der Vorhalle des Megarons findet sich der Rest eines Frieses von Alabasterplatten, Großmütter der Triglyphen und Metopen des späteren griechischen Tempels. Alle sieben noch vorhandenen Platten sind durch den Brand und spätere Erdfeuchtigkeit sehr stark beschädigt, die linken so, daß nichts mehr auf ihnen zu erkennen ist, die rechten am besten erhalten. In den Alabaster sind Ornamente skulptiert, in die schmaleren Zwischenplatten Rosetten, deren Mittelstück, der Kelch der Blume gleichsam, aus blauem Glas ist, und in die Ränder sind regelmäßig kleine rechteckige blaue Glaspasten eingesetzt. Die breiteren Stücke zeigen Palmetten in überhöhtem Halbkreis, von Spiralen umgeben, die wieder von rechteckigen Pasten eingefaßt werden und deren Zentren ebenfalls runde Knöpfe aus blauem Glas sind.

Einen ähnlichen Fries, nur kleiner, gab es schon in Mykene,

aber er war nicht so reich, und vor allem fehlte ihm das, was das Wichtigste ist, das blaue Glas.

»Eherne Wände liefen an jeglicher Seite des Hauses
Tief hinein von der Schwelle, gekrönt mit blauem Gesimse«,

sagt Homer vom Palaste des Phaiakenkönigs. Nun wird es klar: des Dichters »kyanos« ist nicht blauer Stahl, wie manche Ausdeuter fabelten, sondern entweder der echte Lasurstein, der Lapislazuli – und man erinnert sich der Prunkaxt aus Lapislazuli, die zu einem der trojanischen Schatzfunde gehörte –, oder sein Ersatz, das gefärbte Glas. Eine chemische Prüfung ergibt, daß die Pasten von Tiryns aus Calciumglas bestehen, das mit Kupfer, nicht mit Kobalt, gefärbt wurde.

Im Megaron kommen Bruchstücke aus hellem grünem Stein ans Licht: ein Sims mit einem einfachen mäandrischen Spiralband. Aber noch bedeutsamer sind andere Dinge, die man im Schutt findet – hundert und hundert Bruchstücke vom Putz der Wände, die meisten von ihnen ausgelaugt durch bald dreieinhalb Jahrtausende Regens und natürlicher Zersetzung des Bodens, ein paar Hundert besser erhalten, in den Farben verblaßt die einen, frisch und kräftig die anderen, ein paar Dutzend auch aus Stücken und Stückchen zusammensetzbar zu deutlichen Gebilden. Einige wenige Reste finden sich auch noch in situ, an Ort und Stelle, an den Wänden des Frauensaals.

Die Farben sind die gleichen fünf wie auf den Gefäßen, die Motive dieselben oder ihnen ähnlich. Ein Ornament, aus vier Fragmenten zusammengesetzt, wiederholt die Decke der Grabkammer von Orchomenos, über einem Rand von blauen und schwarzen Rosetten mit rotem Mittelkreis auf gelbweißem Grund in einer gelben Spiralenschlange die blauen, schwarzen und roten Blüten mit dem spitzen Griffel.

Ein anderes Stück hat den bunten phantastischen Flügel eines Fabelwesens bewahrt, das ganz so ausgesehen haben wird wie ein Goldtier aus dem dritten Grab von Mykene. In einem dritten windet sich auf Schwarz ein roter und blauer Seestern, der mit gelben Punkten bedeckt ist. Ein viertes zeigt über drei farbigen Friesbändern, von denen das unterste am reichsten und seltsamsten ornamentiert ist, auf blauem Grund sechs weiße, schwarzhufige Stierfüße.

Das größte von allen aber, aus sieben Bruchstücken zu einer Länge von siebenundvierzig, einer Höhe von neunundzwanzig und einer Dicke von zwei bis vier Zentimetern zusammengeflickt, ist auch das merkwürdigste. Auf dunkelblauem Grunde rennt – fast möchte man sagen: fliegt – ein mächtiger rotgefleckter Stier, in nichts stilisiert, vollkommen realistisch gezeichnet. Wildheit funkelt aus seinem kreisrunden Auge, aus dem hoch über den Rücken gebogenen Schwanz, aus den in den abschließenden oberen Rand vorstoßenden geschweiften Hörnern. Die Brust ist sehr steil, die dicken kurzen Vorderbeine zum Sprung vorgestreckt, die Hinterbeine weit zurückgestemmt. Ebenfalls in scharfem Profil, nach links gewendet, stützt ein nackter, auffallend schmalhüftiger Mann sein rechtes Knie auf den Rücken des Stieres, während das linke Bein weit zurückgestreckt fast den oberen Bildrand berührt. Die linke Hand ruht unterhalb der Brust, mit der rechten hält er ein Horn des Stieres. Ein Stierkämpfer? Ein Stierbändiger? Ein Stiertänzer? Wer will das sagen.

Eine fast magische Gewalt geht von diesem Fresko aus, und immer wieder steht Schliemann davor und rätselt an ihm herum.

Als er im zweiten Jahre der Grabung (in dem übrigens Philios abgelöst und durch den sehr entgegenkommenden Phylax der Ausgrabungen, Georgios Chrysaphis, ersetzt ist) für einige Zeit die Leitung an Dörpfeld übergeben hat, um in London die ihm von der Queen verliehene Große Goldene Medaille des Royal Institute of British Architects zu empfangen, kommt Ernst Fabricius nach Tiryns, um in dieser Zeit die Vasenfunde zu bearbeiten. Er kennt diesen Stier schon, den doch noch niemand sah: aus kretischen Vasen und Steinen.

»Überhaupt«, so sagt er zu Schliemann, »ist das Museum von Kandia voll von Vasen, deren Ornamentik eine verblüffende Ähnlichkeit mit Ihren Funden hier und in Mykene hat.«

Kreta – sollte dort, wohin die Sage das ausweglose Labyrinth verlegt, gerade der Ausgang aus dieser Weglosigkeit sein, in die die Funde der letzten Jahre geführt haben?

Dörpfelds Schwiegervater, der Geheime Baurat Professor Adler, findet dagegen überall ägyptische Quellen, und in Ägypten gibt es den blauen Glasfluß, der in dem Kyanosfries ist. Sayce möchte nach Assur und Babel führen – denn dort hüten Fabelwesen wie die hiesigen die Häuser der Könige und die Tempel der Götter –, andere noch woandershin.

Die Münze von Tenedos trägt die Doppelaxt, die sechsundfünfzigmal aus den Gräbern von Mykene und einmal, in prachtvoller scharfer Bronze, aus dem Boden von Tiryns kam. Aber Tenedos kann kein Ziel sein, könnte höchstens ein Schrittstein im Meere werden.

Mykene, das Wort stammt wahrscheinlich von dem Verbum mykasthai, brüllen, dem Brüllen der Hera geheiligten Kühe, deren Köpfe dort so zahlreich waren ... Oder wenn es gar nicht Kühe wären, sondern Stiere wie auf dem Fresko von Tiryns?

Die Etymologie von Tiryns dagegen? Certant philologi. Ernst Curtius will tyrris darin finden, turris, den Turm. Mahaffy in Dublin meint, es müsse ursprünglich Tirys heißen, Sayce vermutet das gleiche, aber bei ihm soll es dann aus dem prähellenischen Tirynth kommen und semitischen Ursprung haben. Eine verschollene Göttinger Dissertation von einem gewissen Ahrens weist auf den kretischen Ursprung des Wortes hin. Das würde also ebendorthin deuten, wohin die Vasenmalerei zeigt, und nicht nur die Malerei, sondern auch die Form einzelner Gefäße wie die Bügelkanne und der Trichterbecher.

Von den Kyklopen sei Tiryns gebaut, meldet die Sage. Die Kyklopen aber, noch einmal sei es durchdacht, sind die Kinder Poseidons. Poseidon aber bedeutet immer einen Zusammenhang mit den Phoinikern, der durch die Ähnlichkeit der Galerien und Kammern der Mauer mit Karthago noch deutlicher wird. Tiryns ist die Stadt des Herakles, Herakles aber ist der phoinikische Melkart. Auch Nauplios, der Gründer von Nauplia, ist ein Sohn Poseidons, und sein Sohn Palamedes erfand das Alphabet – das doch nach den Philologen phoinikischen Ursprungs ist. Die ganze Küste, bis hinunter nach Kreta, wimmelt von Namen, die phoinikische Stämme haben. Selbst Scheria, der Name der Phaiakeninsel, ist ein phoinikisches Wort und heißt soviel wie

Kaufplatz. Und war nicht auch Alkinoos ein Enkel Poseidons, und sollte nicht Phaiekes, Phaiaken, auch nur eine Korrumpierung von Phoinikes, Phoinikern, sein? Ob Korfu denn überhaupt die Phaiakeninsel ist? Nicht vielleicht Kreta? Reisende haben berichtet, daß auch dort überall kyklopische Mauern zu finden sind, die wie die Mauern des Berges Eryx in Sizilien und der Unterbau des Tempels von Baalbek phoinikischen Ursprungs sein sollen.

Kreta – dort wurde Zeus geboren. Nabel der Welt, Nabel des Mittelmeers, von drei Erdteilen gleich weit entfernt. Insel der Sagen und der Zauber, Insel des Totenrichters Minos – Minos, der den Minotaur in seinem Labyrinth hatte, das stierähnliche Ungeheuer. Ja, es ist fast klar: viele Spuren weisen nach Kreta, und zuletzt nun der rote Stier mit dem Springer oder Tänzer, der einmal an der Wand der Burg von Tiryns war. Das kann kein Zufall sein, kein beliebiger Künstlereinfall. Alles hat einen tieferen Sinn.

Das neue Ziel muß Kreta sein. Kreta kann – muß! wird! – den gordischen Knoten der Fragen lösen!

Das Labyrinth

Τηλέμαχ' ἦ τοι ταῦτα θεῶν ἐν γούνασι κεῖται.
Od. I, 400

Dies, Telemachos, ruht im Schoße der seligen Götter.

Kreta, die Insel der Geheimnisse und des idäischen Zeus, ist das Ziel. Jahrelang gehen Verhandlungen hin und her. Der Generalgouverneur der Hohen Pforte, Photiades Pascha, ist Schliemann seit langem bekannt, fast befreundet. Das wird ein gewaltiger Pluspunkt sein. Aber wie man erfährt, liegt Photiades mit der Kammer, dem kretischen Parlament, im Streit. Da ist es empfehlenswert, sich auch noch mit den Leitern der Parteien bekannt zu machen, um sie günstig zu stimmen für den vielleicht nahen, vielleicht noch fernen Tag, an dem man in aller Form den Antrag auf Überlassung des Ausgrabungsgeländes stellen wird.

Die Arbeit an den Büchern drückt schwerer als je, denn längst schon sind sie nicht mehr mit leichter Hand und jagender Feder hingeschrieben. Schliemann ist ein anderer Mensch geworden. Daß eine Akademie nach der anderen ihn unter ihre Mitglieder aufnimmt, daß Dutzend gelehrter Gesellschaften sich um seine Vorträge reißen und daß seine Reisen zu erstaunlichen Triumphzügen durch Europa werden, daß Oxford ihm – gleichzeitig mit dem König von Holland – seine Ehrendoktorwürde verleiht und daß er Fellow des Queen's College wird, das streichelt alles die Eitelkeit und das Geltungsbedürfnis, die in niemandem stärker sein können als in einem Manne, der alles, was er wurde, nur sich selbst und seiner eigenen Arbeit verdankt, aber das verleitet doch niemals zu billigem Ruhen auf den schwer erkämpften Lorbeeren. Das macht nur immer mehr klar, was alles noch fehlt, um wirklich ein Gelehrter, wirklich ein Archäologe zu sein.

Es ist ruhiger um ihn geworden, und er selbst ist ruhiger geworden. Die deutschen Professoren haben sozusagen mit schweren Hämmern auf ihn losgeschlagen – nicht, solange das Eisen glühte, sondern bis es glühte. Und diesen glühenden Schliemann haben Liebe, Freundschaft, Verehrung geformt, die die Namen Sophia, Virchow, Dörpfeld tragen. Wenn jetzt ein neues Buch aus seiner Feder erscheint, hat er nicht mehr den Zorn oder den Spott der Fachleute zu fürchten. Aber dazu braucht es verzehnfachte Arbeit an sich selbst, an seinem Thema, an seinen Fundstücken.

Die Gesundheit beginnt allmählich nachzulassen. Die Gehörstörungen sind schon zur Regel geworden. Die Malaria der Troas hat die besten Kräfte verbrannt. Immer häufiger kommt der zehrende, niederdrückende, lähmende Gedanke an den nahen Tod.

Fabricius, der Mitarbeiter an den Vasen von Tiryns, kommt wieder aus Kreta zurück: dort hat er mit dem italienischen Forscher Federigo Halbherr die Gesetzesinschrift von Gortyn aufgenommen und Näheres über die Versuchsgrabungen von Minos Kalokairinos im Gebiet des alten längst versunkenen Knossos erfahren. (Merkwürdig, daß das Verbum knossein schlummern bedeutet!) Er ist ganz voll von Kreta und bestärkt die Vermutungen, die Schliemann hatte, die auch der so ruhige und phantasielose Dörpfeld teilt.

Inzwischen hat sich herausgestellt, daß Photiades Pascha die Erlaubnis zum Graben keinesfalls von sich aus geben kann: alles hängt von der Provinzialversammlung ab, die von April bis Juni zu ihren Sitzungen zusammentreten wird. Herr von Radowitz zweifelt nicht am Gelingen. Der Generalgouverneur ist optimistisch. Jedenfalls wird er beim Parlament alles ihm mögliche tun. Es muß gelingen, meint er, wenn Schliemann die gleichen Bedingungen vorschlägt, die Deutschland in Olympia hatte. Schliemann macht einen Gegenvorschlag, läßt hier etwas ab, wünscht dort etwas mehr, nämlich die Dubletten und Schädelfunde: welche Freude wird das für Virchow und welche Bereicherung für das Berliner Museum sein!

Nun müßte man sofort nach Kreta reisen, mit Sophia, Dörpfeld, Fabricius, müßte ein paar Wochen lang die Herren Parlamentarier in ungezählten Gesprächen überzeugen, müßte ein paar Wochen lang die Insel durchforschen, um den richtigen Platz zu finden. Da kommt aber eine Hinderung: die Goldene Medaille der Queen, die persönlich entgegengenommen werden muß. Schon ist der Sommer damit in Stücke geschlagen, und die Reste reichen nicht aus, die kretische Reise sinnvoll zu Ende zu führen.

Und der Sommer endet nicht, ohne daß er noch mehr zerschlägt. Plötzlich wird Photiades Pascha abgesetzt. Alles, was durch ihn eingeleitet war, gerät ins Stocken, und das Parlament antwortet gar nicht erst auf den Antrag. Aber das ist das wenigste. Er zerstört nämlich auch etwas, was nicht nur für das eigene Leben, sondern auch noch für das Leben der Kinder wohlgegründet schien: die Freundschaft mit Virchow. Während eines Kongresses in Karlsruhe fällt ein unbedachtes Wort. Schliemann beschuldigt Virchow, vor ihm trojanische Schädel publiziert zu haben. Virchow hält das für unerheblich, zumal Schliemann von Anthropologie ja doch wirklich nichts verstehe. Beleidigte Eitelkeit, gekränktes Besserwissen, und zwei weltberühmte Männer schelten einander wie zwölfjährige Dorfjungen oder wie die homerischen Helden. Ein Wort nach dem andern entflieht, wie Homer sagt, dem Gehege der Zähne, bis es zu spät ist, bis eines gesprochen wird, das nicht wiedergutzumachen, nicht zu vergessen ist. Wie ein glasglatter Berg steht das Wort zwischen ihnen, und keiner kann mehr zu dem anderen hinüberkommen. Nun ist das Echo verstummt, das mehr als zwei Lustren auf jeden Fund, jeden Plan, jeden Gedanken antwortete, und an seiner Stelle gähnt ein eisiger luftleerer Raum, in dem alle großen Vorhaben ersticken, die einen langen Atem verlangen. Da reicht es nur mehr zu Kleinigkeiten, die thematisch eigentlich zu den uninteressanten »modernen« Dingen gehören, der Suche nach dem Polyandrion in den Thermopylen (mit dem Herodot in der Hand), der Erforschung des Grabes der Athener aus der Schlacht von Marathon (mit Thukydides), der Auffindung des archaischen Aphroditetempels auf Kythera, von dem bei Homer und Pausanias zu lesen ist, und zu dem Plan, noch einmal in Orchomenos zu suchen und dann die ganze Burg von Mykene sorgfältig auszugraben. Das wird etwa vier Jahre dauern, und mit einem Leben über diesen Zeitraum hinweg rechnet Schliemann nicht mehr.

Aber dann rafft er sich auf, und da er in Europa nicht einen Tag ungestörter Ruhe für sich haben kann, fährt er kurz entschlossen für ein paar Monate nach Kuba. Er will nicht mehr an treulose Freunde, neidische Kollegen, letztlich unfruchtbare Kleinarbeit denken. Er sucht nur eines: Gesundheit und Erholung. Dieser Plan gelingt auch. Gesund und frisch wie je kommt er zurück. »Sorgen Sie für Schautische und Schränke«, schreibt er dem Generaldirektor der Museen in Berlin. »Wenn Sie zuviel davon bestellen, so gehen sie Ihnen ja nicht verloren, denn solange ich lebe, werde ich ausgraben und Ihnen neue Sachen senden.«

In Mykene buddeln die Griechen selbst mit ganzen zehn Arbeitern, aber erstens finden sie nichts, zweitens verlieren sie doch bald die Geduld oder müssen sparen. Dann werden sie sich freuen, wenn der alte Schliemann für sie einspringt und bereit ist, das Verpfuschte wieder in Ordnung zu bringen. Aber bis sie so weit kommen, wird noch Zeit vergehen. Und diese Zeit könnte man für Kreta verwenden.

Einen Tag nach seiner Rückkehr aus Mittelamerika fährt er schon, von Dörpfeld begleitet, nach der Insel des Minos.

Langsam schaukelt das Schiff auf Herakleion zu, das auch noch Megalokaston genannt wird oder Kandia. Aus der Ferne schon grüßt der Löwe San Marcos von den Zinnen der großen venezianischen Mauer. Das Spitzenwerk mittelalterlicher Paläste, wie auf der Lagune gebaut, legt sich um steile türkische Minaretts und geschwungene Moscheenkuppeln. Wild und zackig blauen die Berge des kretischen Ida über steilen Schluchten hinter dem zärtlichen weißen Sandstreifen der Küstenlinie. Nördlich vom Hafen liegt der Berg Juktas, das Grab des Zeus, und vom Meere aus nimmt er das Profil des Göttervaters mit Locken und Bart an, und dort hinten muß die Grotte der Eileithyia liegen, wo Zeus geboren wurde, wie Hesiod es besang.

Die Reisenden sind an Land gestiegen, haben sich durch die finsteren engen Gassen zwischen den Festungsmauern der Venezianer durchgewunden, reiten aus der Stadt im trockenen bergummauerten Tal, das sich wie ein Spiralornament von Mykene oder Tiryns durch die Kalkfelsen, über alte Brücken, einen kleinen Fluß windet. Plötzlich springt Schliemann vom Pferd und spricht eine Bäuerin an, die ihnen entgegenkam und vor den Pferden auf die Seite trat.

»Was für Steine sind das in der Halskette?«

»Milchsteine, Effendi. Die tragen wir, wenn wir Kinder zu nähren haben oder in Erwartung sind. Sie haben einen kräftigen Zauber in sich und sorgen für gute und reichliche Milch.«

»Sehen Sie, Dörpfeld«, hastet Schliemann heraus – »Gemmen der gleichen Art, wie wir sie in Mykene fanden!« Und zu der Bäuerin: »Woher bekommt ihr diese Steine?«

»Wir finden sie auf den Feldern, überall auf der Insel.« Ein paar Türken haben sich neugierig zu der kleinen Gruppe gesellt und bestätigen die Worte der Frau. Die Insel ist voll von solchen Dingen. Da fällt Schliemann in den Staub der Straße auf die Knie, hebt die Hände zum Himmel und dankt dem idäischen Zeus, daß er ihn hierher geführt hat. Beleidigt tritt die Frau einen Schritt zurück, empört schelten sich die Türken weiter. Dörpfeld verzieht den Mund.

Dann sind sie in Kephala Tschelebi, wo angeblich vor Jahrtausenden die Hauptstadt des meerbeherrschenden Minosreiches lag. 1877 hat hier ein Kreter, der spanischer Konsul war, Minos Kalokairinos, an fünf Stellen Versuchsgrabungen gemacht und ist an allen fünf Stellen auf Gebäudereste gestoßen. Obendrein hat er eine Fülle von Scherben und Gefäßen, darunter auch von den bekannten Riesenpithoi, gefunden, die nun im Museum von Herakleion stehen.

Obenauf finden die Reisenden spärliche Reste eines großen

Baus aus römischer Zeit. »Das wird wieder so eine Zwiebel wie Hissarlik«, sagt Dörpfeld befriedigt. »Eine Schicht unter der anderen. Das gibt eine Prachtgrabung, Herr Schliemann.«

»Ich glaube auch«, antwortet Schliemann zerstreut und kriecht durch das Buschwerk von Myrten, Lorbeer, Erdbeerbäumen und Terebinthen, biegt Grasbüschel beiseite, reißt ein Stück Opuntienhecke aus. »Stehen Sie doch nicht in der Gegend herum wie ein Denkmal, Herr Dörpfeld! Suchen Sie lieber mit – vielleicht bauen Ihnen die Kreter dann einmal eines. Sehen Sie, hier läuft die Grenze. Drüben überall römische Topfware, und hier mykenische! Stellen Sie sich vor: wenn schon auf der Oberfläche die vorgeschichtlichen Reste der homerischen Zeit liegen, wie mag es dann in den untersten Schichten aussehen! In welche graue Vorzeit mögen sie uns zurückführen!«

»Ich habe keineswegs bloß herumgestanden, Herr Schliemann«, entgegnet Dörpfeld lächelnd. »Ich habe mich umgeschaut. Sehen Sie, was ich dabei entdeckt habe: mehrmals ein, nun sagen wir, Steinmetzzeichen auf dem alten Mauerwerk. Und was stellt es dar? Die Doppelaxt, die labrys, die wir in Mykene hatten. Aber außerdem habe ich noch ein paar seltsame Übereinstimmungen mit dem Baugrundriß von Tiryns entdeckt. Doch das ist natürlich noch ganz unsicher und bedürfte einer gründlicheren Untersuchung.«

»Großartig! Wissen Sie was, Herr Dörpfeld? Heute haben wir den zwölften Juni, nicht wahr? Am fünfzehnten Oktober fangen wir hier zu graben an.«

»Wenn wir bis dahin die Erlaubnis haben!«

»Ach, müssen Sie denn unbedingt ein schlechtes Omen provozieren? Macht es Ihnen eigentlich Spaß, mir immer Wasser in meinen Wein zu schütten?«

»Die homerischen Helden tranken bekanntlich niemals unvermischten Wein, und das bekam ihnen ausgezeichnet.«

Versöhnt lacht Schliemann und streckt seinem Mitarbeiter die Hand hin, etwas schmutzig von der Erde Kretas. Dieser umfaßt sie mit festem Griff.

Dörpfeld soll recht behalten, aber das Hindernis kommt nicht vom kretischen Parlament, sondern aus dem Lande der wärmsten Verteidiger und größten Lobspender Schliemanns. Ein britischer Archäologe, Penrose, der schon vor vierzig Jahren ein berühmtes Buch über die Akropolis Athens schrieb, hat gemeinsam mit einem Times-Korrespondenten, Stillman, Tiryns besucht. Penrose hat (Schliemanns und Dörpfelds Buch war erst im Druck) die noch sorgsam erhaltenen Mauern der byzantinischen Kirche für ein Hauptstück der Grabungen gehalten. Auch an den Palastmauern hat er Kalkmörtel gefunden und sie deshalb ebenfalls dem byzantischen Mittelalter zugeschrieben.

In Gegenwart der Ausgräber findet eine Sitzung der Society for Hellenii Studies in London statt. Niemals war ein Fall erregender aufgezogen, niemals die Beweisführung einfacher. Für das Stehenlassen der Kirchenmauern ist nur Philios verantwortlich, und im übrigen verkalkt ein so starkes Feuer wie das, in dem die Burg zugrunde ging, die Steine, so daß leicht der Eindruck von Mörtel aufkommen kann. Stillman, dem es nur an der journalistischen Sensation, aber nicht an der Wahrheit gelegen war, ist zu der Sitzung nicht erschienen; Penrose erkennt, nach einem neuen Besuch von Tiryns, alle seine Irrtümer an und bittet öffentlich um Entschuldigung.

Aber damit ist die Zeit für Kreta verloren, und erst zu dem Termin, an dem die Ausgrabungen beginnen sollten, kann Schliemann erneut die Insel aufsuchen, um mit dem Besitzer des Hügels von Knossos zu verhandeln. Dieser wittert das größte Geschäft seines Lebens und verlangt schlicht und rund hunderttausend Francs für seinen Acker, der nicht einmal ein Hundertstel des geforderten Preises wert ist. Geduld bringt Rosen, mahnt Schliemann sich wieder einmal mehr, da er ja nun von Grund auf gelernt hat, mit den Türken umzugehen. Als habe er nicht das geringste Interesse an Knossos und ohne auch nur einen Gegenvorschlag zu machen, reist er ab, um den geldlüsternen Mann in seiner Gier schmoren zu lassen und um zu gelegenerer Zeit wiederzukommen.

Dörpfeld ist inzwischen Direktor des Deutschen Archäologischen Instituts in Athen geworden und durch die neuen Aufgaben stärker beansprucht. Ohne ihn etwas Neues zu unternehmen, hat Schliemann keine Neigung. Was soll er also tun? Er wird Kräfte sammeln für den unvermeidlichen Kampf um Kreta und den Winter mit einer Nilreise ausfüllen. Cook wird eine Dahabije besorgen, die bis Wadi Halfa, bis zu den zweiten Katarakten, hinauffahren wird. Aber soll er allein reisen? Nein, keinesfalls. Sophia will nicht, da sie schon auf einer Bootfahrt im Piräus seekrank wird. Pelops muß mit, der Diener; vielleicht kann die gepriesene Luft Ägyptens seine Lungenkrankheit ausheilen. Aber das genügt noch nicht. Natürlich – Virchow! So manches Mal hat man früher schon über eine solche gemeinsame Reise gesprochen. Ach so, man ist ja böse miteinander – nun, gleichviel, tun wir so, als sei nichts vorgefallen, reden wir nicht mehr von dem unseligen Zerwürfnis, laden wir ihn ein. Gedacht – getan. Aber Virchow lehnt ab. Grollt er noch?

»Warum ist er böse mit mir, Sophia?« fragt Schliemann. Sophia zuckt die Achseln. Sie weiß es auch nicht, obwohl sie gerade einen Brief des alten Freundes erhalten hat, der ebenfalls unter dem Zwiespalt leidet und nur nicht weiß, wie er aus der Welt zu bringen ist.

»Meine Vorväter des Altertums«, schreibt sie ihm, »hatten in solchen Fällen eine schöne Sitte: der, der Veranlassung zur Feindschaft gegeben hatte, rief dem andern zwei Verse aus der Odyssee zu, Buch VIII, 408 und 409, worauf dieser, war er der Versöhnung geneigt, mit zwei Versen aus der Ilias antwortete, und damit war dann jede Differenz ausgeglichen und die frühere Freundschaft wiederhergestellt.«

Und Virchow schreibt in seinen kleinen zierlichen griechischen Buchstaben.

»Freue dich, Vater und Gast! Und fiel ein kränkendes Wort hier
Unter uns vor, so mögen es schnell die Stürme verwehen!«

Und Schliemann antwortet, in leicht zitternder eckiger griechischer Schrift:

»Freue dich, Vater und Gast!
Lassen wir ruhn das Vergangne, wie auch gekränkt noch,
Zwingen wir nieder den Zorn mit Gewalt in unserem Busen!«

Damit ist – nach der einsamen vom letzten Jahre – die gemeinsame Nilreise für den nächsten Winter abgemacht. Mit frischer Initiative geht es nun wieder an den Kretaplan. Der Eigentümer hat seine Forderung ermäßigt. Siebzigtausend verlangt er nur noch, besteht aber darauf, daß der Käufer den gesamten Besitz erwirbt, weit zerstreute Ländereien, Häuser und Scheunen, die nur deshalb noch nicht eingestürzt sind, weil sie nicht wissen, nach welcher Seite sie fallen sollen, mehrere Sümpfe. Der Palasthügel macht nur einen kleinen Teil des Ganzen aus.

Fast ist Schliemann schon geneigt zuzustimmen – so magnetisch zieht der Hügel von Knossos ihn an. Aber er zögert noch, von praktischen Bedenken zurückgehalten. Was soll er mit dem ganzen Landgut, wenn er doch nur einen kleinen Teil davon braucht? Es selbst zu bebauen wäre natürlich das einfachste, aber in Kreta würde er stets auf die Türken angewiesen sein, und die bisherigen Erfahrungen haben ihm dazu nicht eben Lust machen können. Es ungenützt liegenzulassen widerstrebt seinem praktischen Sinne, noch mehr aber seine Liebe zu allem Lebenden der Natur, insbesondere zu den Bäumen. Und das Gut hat nicht weniger als zweitausendfünfhundert große gesunde Olivenbäume. Das Überflüssige weiterverkaufen? Das würde das beste sein, aber da gilt es, sich nach einem geeigneten Käufer umzusehen. Vielleicht überlegt es sich der Türke inzwischen noch einmal anders und ermäßigt seinen unverschämten Preis weiter oder läßt sich gar bereitfinden, mir nur den Hügel zu verkaufen ...

Aus Ägypten kommen, Frucht der einsamen Nilfahrt, verlokkende Angebote: Schweinfurth und Brugsch haben konkrete Vorschläge für dortige Grabungen, sei es der Ptolemaierpalast, seien es die Krokodilskatakomben. Vor dreißig Jahren hätte man liebend gern zugegriffen, auch vor zwanzig noch und vielleicht auch vor zehn. Aber jetzt? In Kreta führte Ariadne Theseus mit ihrem Faden aus den gefahrdrohenden Irrgängen des Labyrinths, in Kreta liegt der Schlüssel zu Mykene, Orchomenos, Tiryns und nicht viel weniger auch zu Troja. Kreta würde die Lösung aller Rätsel bringen. Sein Labyrinth würde zugleich der Weg aus dem Labyrinth sein und die Ausgrabung dort die Krönung des Lebenswerkes.

Immer knapper wird die Zeit, immer drängender die Mahnung düsterer Träume und unheimlicher Unsicherheit. Was hat Ägypten mit dem Lebenswerk zu tun? So gut wie nichts, höchstens Randgebiete könnte es streifen. Nein, die letzte Arbeit muß im Bereich der homerischen Geographie liegen, und etwas so Zeitraubendes wie die Krokodilskatakomben darf man nicht beginnen, wenn jeden Tag der Ruf aus Kreta kommen kann, wo das »missing link« liegt, von dem Darwin redete.

Für diesen Ruf muß man sich bereithalten. Nicht, um Wichtiges zu finden, sondern nur, um die zitternde Unruhe um Kreta zu dämpfen, fährt Schliemann nach Sparta, Pharai und Pylos und sucht die Spuren der Städte Nestors und des Menelaos, ohne sie zu finden. Das einzige Nennenswerte besteht in uralten Festungswerken auf der Insel Sphakteria, die die geschichtlichen Spartaner dann vorfanden und benützten.

Ein paar Tage später kommt ein Brief aus Kreta. Der Türke erklärt sich bereit, sein gesamtes Landgut an Schliemann zu verkaufen, und da er sich inzwischen von klugen Leuten habe belehren lassen, ein wie großer Forscher der Effendi sei und wie wichtig seine Ausgrabung von Knossos sein werde, wolle auch er seinerseits der Wissenschaft ein Opfer bringen: der Preis betrage nur noch vierzigtausend Francs. Im übrigen kenne man ja einander und könne sich gegenseitig vertrauen. Deshalb sei es keineswegs nötig, daß der berühmte Effendi bei diesem schlechten winterlichen Wetter die mühsame und unbequeme Reise nach Kreta mache. Er möge nur fünf- oder sechstausend Francs als Handgeld schicken, und damit sei dann alles abgemacht.

Schliemann stutzt. Wer in der Welt, in Pallas' Namen, bringt außer ihm selbst finanzielle Opfer für die Wissenschaft? Das mögen herzlich wenige sein, und sich einen türkisch-kretischen Bauern in ihrer Reihe vorzustellen ist geradezu grotesk, denn die Kreter sind immer Lügner und faule Bäuche, hat schon der Apostel Paulus in seinem Zorn gesagt.

Trotz des Sturms und der scharfen Kälte fährt Schliemann nach Kreta. Fast eine Woche kämpft das kleine Schiff, das zwischendurch in drei Häfen Schutz suchen und abwarten muß, ob sich der Sturm nicht legen will, in Milos, in Syros und endlich in der Bucht von Suda, an Kretas Nordwestzipfel. Der Betrug des

Verkäufers liegt klar zutage: alle guten Äcker hat er anderweitig verkauft. Geblieben sind die Sümpfe und weit verstreute Stücke, die zweitausendfünfhundert Ölbäume sind dabei auf achthundertachtundachtzig zusammengeschwunden.

»Gut, Effendi«, sagt er gleichgültig, als er sich durchschaut sieht. »Dir liegt doch nur an Kephala Tschelebi, dem einen Hügel. Denke nicht mehr an die Äcker und die Oliven, Allah hat es nicht gewollt. Nimm den Hügel allein, auf dem du gern graben willst. Für hunderttausend gebe ich ihn dir.« Schliemann bedauert nichts mehr, als daß das Haus keine Tür hat, die man kräftig hinter sich zuknallen kann. So wird sein Abgang viel weniger effektvoll.

Zwei Stunden später sitzt er bei Nikolakis Pascha Sartinsky, dem neuen Generalgouverneur, und erzählt ihm von seinen Absichten. Der Pascha ist ein feingebildeter Mann und für Altertümer begeistert, also auch von Schliemanns Plan. Aber bedauernd wiegt er seinen Kopf.

»Sie wissen oder wissen nicht, das türkische Gesetz kennt keine Enteignung zugunsten des Staates. Ich sehe unter diesen Umständen nur eine Möglichkeit für Sie: daß Sie den Fall unserm Parlament vorlegen, das ja Ende April wieder zu tagen beginnt. Meiner kräftigsten Unterstützung können Sie sicher sein. Natürlich muß aller Nachdruck darauf gelegt werden, daß Ihre gesamte Arbeit ausschließlich dem Museum von Herakleion zugute kommt. Am besten wird es sein, wenn nicht Sie, sondern das Museum selbst eine entsprechende Bittschrift an mich richtet, mit der ich dann vor das Parlament gehen kann. Können Sie das wohl erreichen?«

»Selbstverständlich, Exzellenz.« Und in der Tat, noch am gleichen Tage wird das Gesuch des Museums geschrieben und am folgenden an den Pascha übergeben. Doch gesetzt den Fall, daß dieser damit die Zustimmung der Volksvertretung erreichte, so würde eine solche Genehmigung nur für andere Gebiete gelten, deren Besitzer sie verkaufen oder zur Verfügung stellen wollen. Jenen einen Hügel, in dem Schliemann den Palast der Inselkönige vermutet, bekäme er damit doch nicht. Er müßte weiter Geduld haben und sich mit anderen Grabungen auf der Insel so durchsetzen, daß die öffentliche Meinung den unverschämten Besitzer von Kephala Tschelebi zum Nachgeben zwänge. Aber vielleicht würde die Habsucht jenen Türken auch von selbst zu Schliemann treiben? Es ist furchtbar, dieses Wartenmüssen, zumal wenn man noch immer nicht genau weiß, ob es sich wirklich lohnt. Gewißheit müßte man haben.

Und deshalb macht sich der Entdecker so vieler verlorener Stätten der homerischen Welt eines späten Abends heimlich von Herakleion auf den Weg. Nachts ist hier keiner zu fürchten, der ihn beobachten könnte, und die Nacht ist hell vom Mond. Da steht er denn nun auf dem ersehnten, auf dem verbotenen Hügel. Fünfundfünfzig Meter ist der Palast lang, notiert er, dreiundvierzig Komma drei breit. Im Westen fällt das Terrain unter einem Winkel von fünfundzwanzig Grad ab, und das muß das ganze Unternehmen wesentlich erleichtern. Er berechnet – und kein Dörpfeld steht warnend neben ihm –, daß er mit hundert Arbeitern das Ganze in einer Woche ausgraben kann.

Befriedigt kehrt er nach Herakleion zurück, schläft eine Stunde, trinkt eine Tasse schwarzen Kaffee und besucht dann diesen und jenen Politiker, der ihm nützlich sein könnte.

»Sie sind in einem Grundirrtum, Herr Doktor Schliemann«, sagt ihm einer, ein Grieche, »und den Besuch beim Generalgouverneur hätten Sie sich ersparen können. Bei uns in Kreta sind zwei Parteien von Einfluß, und von ihnen allein hängt es ab, ob eine Genehmigung erteilt wird oder nicht. Die eine Partei begünstigt alle Grabungen, aber das ist die kleinere von beiden. Wir sind nach Zahl und Einfluß die Stärkeren, und wir widersetzen uns Grabungen bis aufs Blut, weil wir Griechen sind.«

»Gerade als Griechen sollten Sie doch das lebhafteste Interesse für meine Arbeit haben!«

»Das haben wir auch, zweifeln Sie nicht daran. Aber jetzt, zu diesem Zeitpunkt, sind wir gegen Sie, während wir zu einem anderen Zeitpunkt für Sie eintreten würden. Dieser andere Zeitpunkt aber wird dann gekommen sein, wenn wir den Türken los sind, unabhängig geworden oder von Griechenland annektiert. Jetzt dagegen, da Kreta noch den Türken gehört, haben wir keine Sicherheit für die ausgegrabenen Altertümer; denen dagegen, die noch im Boden stecken, kann nichts geschehen. Niemand, auch Nikolakis Pascha nicht, auch nicht der Großwesir selbst, kann uns garantieren, daß wir die Schätze behalten, die Sie finden werden. Auch das feierlichste Versprechen ist schnell gebrochen, und unsere Sammlungen wandern bei Nacht und Nebel nach Konstantinopel. Oder aber: Niemand, auch ich nicht, kann eine Garantie übernehmen, daß es nicht über kurz oder lang zu Unruhen, zu einem Aufstand kommt. Wie würden die Türken darauf antworten? Indem sie unser Museum in Herakleion zerstörten, weil sie wissen, daß wir mit allen Fasern daran hängen, daß sie uns damit am schwersten treffen können. So also liegen die Dinge, Herr Doktor Schliemann. Ich brauche wohl nicht zu sagen, daß meine Worte vertraulich behandelt werden möchten. Aber ich war Ihnen die ganze Wahrheit schuldig, da Sie ein solcher Wohltäter meiner Nation sind. Ich kann Ihnen nur einen Rat geben: warten Sie, bis sich das Blatt wendet. Vielleicht dauert es nicht mehr lange. Und dann werden Sie uns der willkommenste Gast sein!«

Kreta ist eine vulkanische Insel. Vulkanisch ist das Temperament ihrer Bewohner, und vulkanisch ist ihr Boden. Geschichtsschreiber vieler Epochen wissen von schweren Erdbeben zu melden, die sie immer und immer wieder erschütterten und ihre Häuser und Städte in Trümmer warfen.

Aber nicht nur Häuser und Städte schüttelt Poseidon mit seinem Dreizack durcheinander: auch Pläne, und wie die festgefügtesten Mauern stürzen, so fallen auch die besten und gründlichsten Pläne manchmal wie Kartenhäuser durcheinander.

Noch im August nach jenem winterlichen Besuch auf der Insel teilt Schliemann dem wiedergewonnenen Freunde Virchow jubelnd mit: »Im September werden wir in Kreta graben!« Er schreibt aus Paris, wo er die Weltausstellung besucht und, auf der zweiten Terrasse des eben errichteten Eiffelturmes stehend, ausrechnet, daß sie viermal so hoch ist wie der Kirchturm von Ankershagen, den er als Kind für den höchsten Turm der Erde hielt. Die Sehnsucht nach der Kinderheimat wird zurückgedrängt, der fehlenden abschließenden Perle im Kronreif seiner Forschung zuliebe.

Aber im September flammt Kreta von Herakleion bis Phaistos, von Sitia bis Chania im Aufstand. Schliemann kann jetzt nicht mehr nach Kreta gehen.

SIEBENTES BUCH

Die Heimkehr des Odysseus

ἦλθ' Ὀδυσσεὺς καὶ οἶκον ἱκάνεται ὀψέ περ ἐλθών.
Od. XXIII, 7

Odysseus
Ist gekommen, Odysseus! und wieder zu Hause, nun endlich!

Das Schiff der Phaiaken

γήθησέν τ' ἄρ' ἔπειτα πολύτλας δῖος Ὀδυσσεὺς
χαίρων ᾗ γαίῃ, κύσε δὲ ζείδωρον ἄρουραν.
Od. XIII, 351

Siehe, da freuete sich der edle Dulder Odysseus
Herzlich des Vaterlandes und küßte die fruchtbare Erde.

1 Wenn der Hausherr, meist von Frau und Kindern begleitet, von seinem früh um vier, in Herbst und Frühjahr um fünf begonnenen Ritt zum Bade bei Phaleron zurückgekehrt und wenn das Frühstück eingenommen ist, kommt auch, oft beschimpft und doch immer sehnlich erwartet, die Post. Manchmal ist es eine ganze Tasche voll, manchmal, seltener dies, nur zwei Dutzend Briefe und Zeitungen. Kurszettel, nach alter Gewohnheit noch immer gelesen, kommen aus den Hauptstädten der Länder und flattern überall herum.

»Sophidion!« ruft Schliemann und reißt alle Türen auf, bis er sie gefunden hat – »Nachricht aus Ankershagen! Endlich will er!«

Eine lange Vorgeschichte hat dieser Brief, die sich immer dringlicher durch die Jahre hingezogen hat, je stärker in dem Alternden das Heimweh geworden ist. Oft ist Schliemann, seit Virchow ihn dem Vaterlande zurückgewann, in Deutschland gewesen, mindestens ein- oder zweimal im Jahre, aber immer nur für streng bemessene Museumsstudien, Vorträge, den Kurgebrauch. Genausowenig wie sonst in seinem Leben hat er sich ein Verweilen gegönnt, das einmal nicht nötig oder nützlich gewesen wäre.

Aber mit jenem Tag am Ida, an dem der Freund ihm den blühenden Schlehenzweig als einen Gruß aus Ankershagen gab, ist das Bild der Kinderheimat, des Landes der Jugend, nicht mehr von ihm gewichen. Nie, seit er in Amsterdam und St. Petersburg zum Kaufmann wurde, hat der rege Briefwechsel mit den Schwestern und mit den Bekannten von einst geruht, und wenn die Tiefgrabungen die letzte Kraft des Körpers gefordert, wenn das neue Buch oder der Streit die letzte Spannung des Geistes gefressen hatte, so reichte es doch immer noch zu Briefen nach Ankershagen, nach Neustrelitz, nach Fürstenberg, nach Röbel. Seit ein paar Jahren hat diese private Korrespondenz, die weder nötig noch nützlich ist, einen Umfang angenommen, der der Zahl der gelehrten und streitbaren Briefe gleichkommt und sie bisweilen sogar übersteigt.

Es genügt nicht mehr, aus Briefblättern zu erfahren, daß es in Fürstenberg wieder einmal gebrannt hat, daß in Neustrelitz das Schloß umgebaut wurde, daß in Ankershagen ein alter Tagelöhner auf den Tod liegt und daß die große Kastanie am Kirchhofstor noch nie so reich geblüht hat, daß es allen Bekannten – und vielen nur durch die regelmäßigen monatlichen Geldüberweisungen aus Athen – gut und erwünscht geht. Schliemann will selbst in die Heimat fahren und eine unvorstellbar lange Zeit, zwei volle Monate, nicht mehr der weltberühmte Doktor Schliemann sein, sondern nur der Ankershäger Junge, der nach mehr als einem halben Jahrhundert endlich heimkehrt.

Rittergutsbesitzer Winkelmann, dem Ankershagen nun schon lange gehört, hat ihn eingeladen und mehrfach gebeten, mit Frau und Kindern und Gefolge in Henning Bradenkirls Schlosse zu wohnen. Schliemann hat ihm verbindlich gedankt und auf später vertröstet. Das wäre keine Heimkehr für ihn, und so hat er sie sich nicht gedacht. Er will in das alte strohgedeckte Pfarrhaus an dem Viereck der Scheunen und des Witwenhauses um die hohe Esche im Rasenrondell.

Es sieht so einfach aus, nicht wahr, zumal seit einiger Zeit sein leiblicher Vetter Pastor in Ankershagen ist – dessen Vater und die Kalkhorster Tante waren Geschwister. Da hat man also einen dreifachen Grund zur Anknüpfung: die Verwandtschaft, die Bilder des alten Fräulein von Schröder, die nun durch die Loggia auf die Akropolis blicken, die besorgte Anfrage nach einer alten Tagelöhnerfrau, die seit Wochen nichts hat von sich hören lassen.

Pastor Becker antwortet prompt, aber man merkt seinem Brief eine gewisse Befangenheit an, die zwiefach begründet sein mag: einesteils wegen der Verwandtschaft, die man in der vorigen Generation gern vergessen hatte und noch lieber geleugnet hätte, und zum zweiten, weil er, der stille bescheidene Dorfpastor, wirklich nicht recht weiß, wie man mit einem Manne – und obendrein Vetter – umgeht, der alle drei Tage in der Zeitung steht, dem in- und ausländische Universitäten den Ehrendoktorhut aufsetzten, den ein Dutzend und mehr Akademien zum Mitglied ernannten, der mit Königen und Präsidenten und Ministern so selbstverständlich verkehrt wie er mit seinen Tagelöhnern. Aber ganz abgesehen davon – einen Sparren hat der berühmte Vetter doch! Da hat er nun Troja ausgegraben und die goldenen Gräber von Mykene und die Königsburg von Tiryns und hat doch anscheinend keinen größeren Wunsch, als im Hünengrab von Ankershagen nachzuwühlen – kurz, ein unmöglicher Mensch! Schließlich hat er seine Kinder griechisch-orthodox taufen lassen, und das schickt sich auch wahrhaftig nicht für einen lutherischen Pastorensohn, mag der Vater seinen Titel auch noch so wenig verdient haben.

Aus allen diesen Gründen fällt Pastor Beckers Antwort etwas kurz und verlegen aus. Schliemann, sonst so empfindlich für die geringste Wortschattierung, merkt es nicht und ist nur glücklich, daß der Faden wieder geknüpft ist, der nun sein Ariadnefaden werden soll. Kaum hat er die Antwort in Händen, so schreibt er schon zurück, lang und herzlich, und wenig später schickt er dem Vetter sein neues großes Werk über Troja mit einer freundschaftlichen Widmung.

Pastor Becker sitzt in neuen Verlegenheiten. Er ist ein braver, redlicher Mann, auch gescheit, aber Troja hat ihn nie sonderlich begeistert. Er interessiert sich für die Exegese des Neuen Testaments, sogar ein klein wenig für textkritische Fragen, für die vielen sozialen Probleme der Landbewohner, für Bienen und Obstbäume und ganz am Rande noch für Roggen und Weizen und Kartoffeln.

»Stell dir bloß vor«, sagt er kopfschüttelnd zu seiner Frau, »fünfundvierzig Mark nimmt Brockhaus für ein Exemplar dieses Buches! Davon lebt hier eine große Familie über einen Monat lang, und das kostet ein einziges Buch!«

Aber trotzdem tut er sein möglichstes, das kostbare Geschenk lesend zu würdigen und, was fast noch schwieriger ist, nach einigen Monaten seinen Dankesbrief so zu formulieren, daß der Empfänger nicht merkt, wie wenig der Beschenkte mit der Gabe anzufangen wußte.

Freund Rust aus Neustrelitz – seit der Pariser Zeit wieder so eng verbunden wie in den Schultagen, oft der Vermittler der Schliemannschen Zuwendungen an die Landsleute, Vermittler auch aller Nachrichten aus der Heimat – schreibt, daß Pastor Beckers Tochter sich verlobt hat und bald heiraten wird. Schliemann schickt ein Geschenk, bei dessen Ankunft den Pastorsleuten die Augen übergehen.

Schliemann, etwas enttäuscht, daß noch immer keine Einladung aus Ankershagen kommt, wird deutlicher und spricht von seinem Wunsch, Frau und Kindern die geliebte Heimat zu zeigen. Pastor Becker bekommt einen mächtigen Schreck: auch das noch! Den berühmten Vetter würde man ja zur Not noch über das einfache Haus kommen lassen können, wenn es sich nun einmal nicht vermeiden läßt – aber seine exotische Frau auch noch und zwei Kinder mit total verrückten unchristlichen Namen, die wahrscheinlich kein Wort Deutsch verstehen, geschweige denn das heimatliche Platt? Unmöglich. Er ist fest entschlossen – und seine Frau stimmt ihm zu –, für alle solche Anspielungen stocktaub zu sein.

So hat sich der Briefwechsel einige Jahre hingezogen, bis Schliemann die Geduld verliert. »Vetter hin, Vetter her«, sagt er zu Sophia, »wenn er nicht als Verwandter will, will er vielleicht als Familienvater. Ich mache einfach ein Geschäft mit ihm« – und schlägt vor: der Pastor von Ankershagen verzichtet für soundso viel Zeit auf das obere Geschoß seines Hauses und vermietet es samt Beköstigung für vier oder fünf Personen an

Dr. Schliemann und Familie aus Athen. Der Mietpreis beträgt soundso viel.

Pastor Becker traut seinen Augen nicht, als er die Zahl liest, aber sie überwindet den Schrecken vor den Exoten doch nicht, und außerdem kennt er weder Eile noch gar das Ausmaß von des Vetters Sehnsucht. Seine Antwort ist ein halbes Ja, ein halbes Nein und kommt außerdem so spät, daß der Plan nicht vor dem Herbst Wirklichkeit werden könnte, und das ist keine günstige Jahreszeit mehr für an südliches Klima Gewöhnte, ganz abgesehen davon, daß der September schon für eine dringend nötige Kur in Karlsbad vorgesehen ist.

»Im nächsten Jahr *muß* es etwas werden«, sagt Schliemann. »Ich bin so überarbeitet, daß ich durchaus den ganzen Juli hindurch in Ankershagen ausruhen muß, fern von aller Arbeit, sonst bricht die Maschine zusammen«, erhöht sein Mietangebot auf dreitausend Mark für den Monat und fixiert gleich den genauen Termin.

»Es ist Gottes Wille«, meint der Pastor – »für das Geld können wir unseren Ältesten schon studieren lassen, ohne uns Sorgen zu machen, wie wir es schaffen sollen«, und stimmt zu. »Aber fangt gefälligst sofort an, anständig Französisch und Englisch zu lernen, damit ihr in einem halben Jahr nicht wie die Ölgötzen dasteht, wenn unsere exotischen Gäste kommen, und damit sich wenigstens jemand mit ihnen unterhalten kann. Ich kann nicht auch noch für fremde Sprachen aufkommen. Karl, lauf nachher mal gleich zum Hof. Der Rademacher soll kommen und eine Bank unter der großen Linde zimmern und eine Laube vor der Haustür. Oben ist ja doch kein Platz zum Arbeiten. Der hat gut reden von wegen ›keine Umstände machen‹! Wäre nur erst der Sommer wieder vorüber!«

Schliemann dagegen wünscht nichts sehnlicher, als daß dieser Sommer endlich beginne. Dann ist es auch soweit, und mit Frau, Kindern und einer Kinderfrau reist er über Italien nach Deutschland, ohne Pause bis Berlin, zeigt den darob begeisterten Kleinen das Museum, dessen schönste und reichste Säle den Namen des Vaters tragen, hastet wieder zum Bahnhof und fährt nordwärts, ohne selbst Virchow gesprochen zu haben. Er hat jetzt keine Zeit, denn er will nach Hause. Die Heimat wartet auf ihn.

Den ersten Aufenthalt gibt es dann in Fürstenberg. Hückstaedts sind längst tot und können nur mehr auf dem Friedhof besucht werden, aber ihre Tochter – bei deren Tochter Nausikaa er schon Pate stand – hat Herrn Meyer geheiratet, der das Geschäft übernahm und obendrein Senator der kleinen Stadt ist. Gleich neben dem Rathaus wohnt er in einem breiten alten Haus, das auf den weiten leeren Markt und die seltsame Kirche aus gelben Ziegeln sieht, die nun auch schon wieder über ein Menschenalter steht.

Zwei Freunde der Lehrlingszeit halten sich schon bereit, den Gast willkommen zu heißen, Ehrenreich Tiburtius und August Ruthenberg; auch sie haben etwas vor sich gebracht und gebieten über viel Ansehen in der Stadt. Tiburtius, der Baderssohn, hat nun ein gutgehendes Hotel; Ruthenberg ist dem väterlichen Beruf treu geblieben und besitzt ein paar große Schleppkähne, die noch immer mecklenburgische Butter nach Berlin und Obst aus Böhmen verfrachten.

Zu dritt gehen sie durch die Straßen, die Frauen und Kinder hinterher. Diese finden außer dem Schloß und den umwaldeten Seen wenig Sehenswertes und denken, daß Fürstenberg ein richtiges Nest ist, nicht einmal mit Sparta und Nauplia zu vergleichen, und sie verstehen gar nicht, was für ein Aufhebens der Vater von den niedrigen kleinen Häusern und den krummen Straßen macht.

»Jetzt müssen wir aber noch zu Maurer Greuel«, ruft Tiburtius. »Er lebt immer noch, als Kirchhofswärter, und denkt wohl daran, daß du beinah sein Schwiegersohn geworden wärst. Darf deine Frau das hören, Hinnerk, oder wird sie dann eifersüchtig?«

»Erzähl es ruhig«, lächelt Schliemann, »damals war sie ja noch nicht einmal geboren und kann sich also nicht gut zurückgesetzt fühlen.«

»Da waren wir nämlich noch Jungens, richtig dreibastige Jungens in den besten Flegeljahren, Frau Sophia«, plaudert Tiburtius in behaglicher Breite, »und Meta Greuel war ein stattliches

Mädchen, das gern mit uns spazierenging und beim Tanz am Buttertermin schon immer lang um die Ecke guckte, ob Heinrich nicht käme. Aber er kam nicht und ging dann fort, nach Rostock und später nach Hamburg, und Meta nahm einen Förster.«

»Ist sie denn glücklich geworden?« erkundigt sich Sophia.

»Wie man's nimmt. Jedenfalls ist sie ganz zufrieden.« Er lacht dröhnend vor sich hin, und Schliemann fragt verwundert nach dem Grunde seiner Heiterkeit.

»Ach, wegen Meta«, antwortet Tiburtius und erzählt: »Du weißt wohl, daß wir neuerdings im Sommer immer einen Haufen Feriengäste aus Berlin haben. Ein ganzer Schwung wohnt dann auch draußen im Forsthaus und, neugierig wie die Fremden sind, fragen sie dann alles mögliche und unmögliche. ›Ach‹, sagte Meta da, ›manchmal klopft mein Mann ja etwas zu viel auf mir rum, aber meistens sitzt er ganz ruhig und friedlich an der Bäk und angelt. Ich bin ganz zufrieden, daß ich ihn genommen habe und nicht den spirrigen kleinen Schliemann.‹ Na, du kannst dir denken, wie die Berliner hochgingen, denn die wissen doch alle, daß du hier bei uns gelernt hast. Ob sie den berühmten Schliemann meine, fragten sie. Das wußte Meta nicht und brachte dann ein Bild, das du mal aus St. Petersburg geschickt hattest. Einen dicken Pelzmantel hast du darauf an und einen Zylinderhut auf, und auf der Rückseite des Bildes steht eine lange Widmung: ›Zum Andenken an Henry Schliemann, früher Lehrling des Herrn Hückstaedt in Fürstenberg, jetzt St. Petersburger Großhändler Erster Gilde, erblicher russischer Ehrenbürger, Richter im St. Petersburger Handelsgericht und Direktor der Kaiserlichen Staatsbank zu St. Petersburg.‹ Damit war der Fall geklärt. Warum sie den denn nicht genommen habe? Und Meta: ›Nee, wissen Sie, mein Mann war doch anregender. Und was der da auf das Bild geschrieben hat, sind doch wohl lauter Lügen.‹«

»Man gut, Sophia, daß du mich anregend genug fandest«, sagt Schliemann leise und drückt den Arm seiner Frau. Die Freunde haben noch viele Pläne, aber Schliemanns haben keine Zeit mehr. Die gastlichen Meyers gehen vor, und außerdem: die Heimat wartet.

Neustrelitz ist die nächste Station. Wilhelm Rust, seit Jahrzehnten der reichste Kaufmann der kleinen Residenz, empfängt den Freund und die Seinen mit der größten Herzlichkeit. Zwanzig Jahre Briefe und bloß ab und an eine kurze Begegnung sind doch rein nichts, und es beginnt eines jener köstlichen Weißt-du-noch-Gespräche, die nie ein Ende finden. Aber da klopft es, und in der Tür steht ein Lakai – ist es nicht noch die gleiche Montur aus etwas verschabtem Samt, die Vater Rust vor fünfzig Jahren trug? –: die besten Empfehlungen von Ihrer Königlichen Hoheit und Seiner Königlichen Hoheit, und ob der Herr Doktor den hohen Herrschaften nicht die Ehre zum Tee geben möchte.

Schliemann will nicht recht, denn Fürstlichkeiten kann er jeden Tag sehen, den Jugendfreund nicht, aber dieser meint, eine Absage sei unmöglich, und so geht der Heimkehrer denn die Straße entlang und tritt in das Schloß.

Ein Kammerherr und ein Hoffräulein sind einer Ohnmacht nahe, als sie den Gast in seinem hellen karierten Sommeranzug sehen, da für den Tee doch kleine Hofuniform Vorschrift ist. Sie haben es heute überhaupt nicht leicht, denn als man auf dem großen gedeckten Balkon beim Tee sitzt und sich eine plötzliche Gewitterhusche über das auf dem Schloßplatz exerzierende Goldene Bataillon auszuschütten beginnt, sagt die Großherzogin ganz sanft: »Friedrich Wilhelm, willst du dein Heer nicht unter eine Linde treten lassen?« Es war, bei allem Respekt vor Seiner Königlichen Hoheit, nicht richtig, daß er diese großspurige Cambridge heiratete, aber noch falscher war es, daß er diesen taktlosen Mann aus Athen einlud. Seinen verkehrten Anzug hat man schon übersehen müssen, aber seine Worte sind nicht zu überhören, als der Großherzog ihm stolz seine antiken Vasen vorführt und sie, kostbarstes Vitrinengut, den Gast sogar anfassen läßt.

»Die kenne ich schon«, sagt der und lächelt. »Der Vater meines Freundes Rust war Lakai bei Ihrem Herrn Vater und hat sie mir einmal gezeigt. Diese hier ist übrigens eine plumpe Fälschung und die anderen zumeist billigste Massenware. Nur die schwarzfigurige Schale taugt etwas. Aber seien Sie nicht traurig, Königliche Hoheit – als ich sie zum erstenmal sah, waren sie mir ein Abglanz vom Paradies und haben auch zu ihrem Teil mitgeholfen, daß ich meinen Kindheitstraum nicht vergaß, und darum, meine ich, haben sie doch einen großen Wert.« Mit zarter Hand stellt er die Vasen in die Vitrine zurück. »Ich freue mich, daß ich sie noch einmal wiedersah. Aber jetzt entschuldigen Sie mich, bitte, ich habe noch einiges andere vor und will sehen, wer von den alten Bekannten noch lebt, von den Laues und wen ich sonst kannte.«

2 Pünktlich auf die Minute halten die Wagen vor dem Hause, und befriedigt erkennt Schliemann es an, daß der Landesherr seine schönsten Schimmel hergeliehen hat. In dem Landauer nimmt die Familie Platz, in den zweiten Wagen wird ein Gebirge von Koffern geladen. Feierlich, wie es einst in St. Petersburg und Moskau Sitte war, thront der Kutscher, knallt zum immer neuen Erstaunen der herbeigelaufenen Jugend auf unnachahmliche und geradezu raffinierte Weise mit der Peitsche – und ab geht die Fahrt durch die geraden rechtwinkligen Straßen der kleinen Residenz, in den grünen Dämmer der Alleen, in den von hohen Kastanien umsäumten Landweg.

Keine Sekunde kann Schliemann stillsitzen. Seine Augen gehen nach allen Seiten – hier muß ein Dorf kommen, wie heißt es doch nur? – hier eine Windmühle, dort ein Bach im mecklenburgischen Mäander. Ja, hat Agamemnon eben auf den Eichelhäher geachtet und Andromache auf die Rehe? Aber das ist noch gar nichts, meint er, in Ankershagen wird es Igel geben und, wenn sich nichts geändert hat, Steinmarder als ungeladene Gäste im Hühnerstall. Vom Walde her wird der Kuckuck rufen und der Pirol flöten, und im Garten werden die Nachtigallen schlagen.

Dort links! Das ist der Turm von Ankershagen! Aber nur einen Augenblick lang war er zwischen Wiese und Wald zu sehen, und unkundige Augen konnten ihn so schnell nicht erspähen. Eine halbe, dreiviertel Stunde noch, und ihr seht ihn, sobald wir von Penzlin über den Berg sind, den lieben alten Fachwerkturm, der hundertmal schöner ist als der Campanile von Venedig, und in Athen sind schon gar keine Türme. Wie eine ängstliche Glucke sitzt er, ein bißchen schief, auf den starken Felsenmauern der Westseite, die zwar nicht so kunstreich und berühmt, aber hundertmal schöner sind als die Mauern, die die Kyklopen in Tiryns und Mykene bauten.

Da, kiäh kiäh – das ist ein Bussard, und die Dorfkinder, die die Gössel hüten, denken, es ist eine Weihe und rufen:

»Wih, Wih, Wäderhex,
Ick stäk di mit dat blanke Metz . . .«

Könnt ihr das schon übersetzen? Wartet nur, ein paar Tage, und ihr versteht das Platt beinahe schon so gut wie das Griechische!

So, in schneidigem Bogen lenkt der Wagen über den Berg. Rechts unten, in das Tal geduckt um seine Kirche, das ist Penzlin, wo Johann Hinrich Voß aufwuchs – und das ganze Städtchen gehörte bis vor kurzem einem Ritter, dem Herrn von Maltzan, so wie das Städtchen Klütz in der Nähe von Kalkhorst den Grafen Bothmer gehörte. So etwas gibt es auch bloß in Mecklenburg.

»Sophidion, sieh nach links. Hinter den hohen Bäumen liegt ein kleiner eirunder See, rings von Wald umgeben, und unter ihnen, du siehst von hier nur ein paar Katen und Scheunen, das Herrenhaus. Das ist Zahren, wo Minna zu Hause war. Und gerade vor uns ist Ankershagen. Rechts hinten die Kirche, links seitlich das Schloß und der Park. Halt! Zum Donnerwetter, halten Sie doch an, Kutscher, wenn ich rufe! Wohin wollt ihr, Jungens?«

»Vadder dat Äten bringen.«

»Woans heest du?«

»Jochen Barkholtz.«

»Heet din Vadder Jehann un is up'e Möhl wäst?«

»Nee, dat's min Großvadder.«

»Na, denn grüß em man schön, wenn du nah Huus kümmst. Ick bün Pastern sin Hinnerk. He sall mi man hüt abend besöken kamen.«

»Good, Herr.«

»Weiter!« Wie im Fieber sitzt Schliemann im Wagen, ganz Erregung, ganz Spannung. Da sind die ersten Katen. Erstaunte Türen klappen sich auf, und alte Frauen, kleine Kinder an den Schürzen, sehen dem Wagen nach, der die holprige Dorfstraße entlang rollt. Sie winken, denn der Pastor hat überall erzählt, wer zu Besuch kommt, und der, der jetzt vierelang mit den schönsten Schimmeln von Neustrelitz wie ein leibhaftiger Großherzog durch das arme Dorf fährt, ist derselbe, der vor sechzig Jahren barfuß und in geflickten Hosen die gleiche Straße entlang lief und der dann, ein schmaler, blasser, trauriger Junge, in die Fremde hinauszog.

»Soyez les bienvenus«, sagt Pastor Becker, der mit Weib und Kind und Knecht und Magd und Hund und Katze vor der Haustür bereitsteht, als die Kutsche in elegantem Bogen vorgefahren ist.

»Mit mi kannst ruhig Plattdütsch snacken«, antwortet Schliemann, flink aus dem Wagen springend, und schüttelt ihm die Hand. »Daß dies meine Frau ist und dies meine Kinder, kannst du dir wohl denken, Vetter, und deine Frau und deine Kinder erkenne ich ebenfalls ohne Vorstellung. Menschenskind, wie freu' ich mich, wie freu' ich mich! Alles wie einst! Bloß das Strohdach ist erneuert, und die Laube vor dem Hause war auch noch nicht da.«

»Die haben wir eigens für Sie gebaut, Herr Doktor«, betont ein Dreizehnjähriger, aber damit kommt er schlecht an.

»Du siehst doch sonst ganz normal aus, Junge? Warum sagst du dann Sie und Herr Doktor zu deinem leibhaftigen Onkel? Onkel Heinrich und Tante Sophia heißt es, und die Kinder hören auf die Namen Andromache und Agamemnon. Nun, das klingt dir nur heute so fremdartig. Im übrigen, lieber Vetter, damit es nachher keine Verwirrung gibt – eure Namen mag ich nicht leiden, und bei uns gelten nur die altgriechischen. Du bist ja nun von Amts wegen ein großer Redner vor dem Herrn und sollst daher Demosthenes heißen, deine Frau, meine liebe Base, als Königin des Hauses Hekabe. Dies ist eure Tochter, ja? Also Nausikaa, und der junge Mann, der mich titulieren wollte, muß denn wohl Astyanax sein. Un wat makst du hier up'n Pasterhoff?«

»Tje, ick bün bi de Pier, Herr.«

»Schön, also Bellerophontes, und die lieblich errötende Magd – kumm neger, Diern, dat ick di sehn kann –, die uns gewiß immer rufen wird, wenn es die Zeit ist, die Hände zum lecker bereiteten Mahle zu strecken, na, sie soll Kirke heißen. Alles klar?«

Den Pastorsleuten wirbelt der Kopf. Der neue Bellerophontes verdrückt sich eilig zu seinen Pferden; die sind wenigstens stumm und heißen Hans und Liesch und nicht so appeldwatsch, wie es kein Christenmensch versteht. Und Kirke, die bisher Stine hieß, hat den Schürzenzipfel vor ihr purpurn angelaufenes Gesicht geschlagen und weiß nicht, ob sie nun lachen oder weinen muß.

Schliemann ist schon längst im Haus, ist wie ein Junge die breite Treppe mit dem gestabten Geländer hinaufgesprungen und ruft: »Sophidion, komm doch! Wo steckst du denn eine Ewigkeit! Das ist meine Stube, und das Bett steht noch an derselben Wand, und der Efeu ist noch da und der Wein und der Garten unten. Schnell, schnell, laß das Umziehen, wir gehen gleich zu der Linde, ob mein Name noch drinsteht, und zu dem Astrachanapfel, den ich selbst gepflanzt habe, ob er noch da ist. Und da blänkert das Silberschälchen! Siehst du? Warte nur, in ein paar Tagen ist Vollmond, da wirst du es selber sehen, daß es auf der ganzen Welt nichts Schöneres geben kann als unsern kleinen Teich im Mondschein! Nein, warte, nachher gehen wir in den Garten, wenn ich wiederkomme. Leg nur schon ab inzwischen. Hier hast du ja endlich einen Sessel, und was für einen! Da kannst du es dir gemütlich machen, in meiner Stube, in *meiner* Stube, Sophidion!«

In vier, fünf Sätzen ist er dann wieder die Treppe hinuntergestürmt, sieht nicht den Pastor und nicht den Großherzoglichen Kutscher, der die Pferde tränkt, und nicht die Dorfkinder, die die Schimmel und den Wagen mit der Krone bestaunen. Wie ein Junge rennt er über die Straße, klinkt die Lattentür zum Kirchhof auf, läuft den Hügel hinauf – und da, da ist das hohe Kreuz, das er aus St. Petersburg bestellte, da ist das Grab der Mutter.

Tränen stürzen aus seinen Augen, als er über das kühle Eisen tastet, während er in das junihohe Gras kniet und den starken rotadrigen Efeu streichelt, der den eingesunkenen Hügel berankt.

»Mutter . . .«

Niemand stört diese Stunde der stillen Zwiesprache, und selbst der Küster kämpft lange mit seinem Pflichtbewußtsein, bis er dann doch, auf ein energisches Nicken seines Pastors hin, mit großer Verspätung die Betglocke stößt, auf die die Männer auf den Feldern schon lange warten.

Langsam steht Schliemann auf, klopft sich mechanisch einen dürren Grashalm von den Knien und geht, abwesenden und zugeschlossenen Gesichts, in das Pfarrhaus hinüber, wo zur größten Sorge der Pastorin das Huhn auf dem Herde zu verbrutzeln droht.

Aber die Kinder sorgen dafür, daß keine Traurigkeit aufkommt. Die athenischen radebrechen Deutsch, die Ankershäger Englisch und Französisch, und so gelingt die Verständigung denn ganz gut, und gerade die Irrtümer geben dem Mahl die erheiternde Würze. Und da die eingesessenen Kinder die Scheu vor den fremden Verwandten schnell verlieren, haben sie auch bald viel Spaß an den schulmeisterlich prüfenden Fragen des berühmten Onkels, zumal dieser richtigen Antworten sofort seine klingende Anerkennung zollt.

»Ich erkenne deine Bemühungen mit Dank an, Base Hekabe«, sagt Schliemann dann auch nach einer Weile, ganz in das Hier und Heute zurückgekehrt – »aber Huhn auf Reis können wir in Athen oder in Troja oder in London auch essen. Ich bin doch zu euch gekommen, um zu Hause zu sein, und daher möchte ich auch dasselbe essen, was es hier bei uns gab: Buchweizengrütze – dick Grütt möst du äten, Sophia, dat bekümmt di heil good! – oder dicke Bohnen und Zusammengekochtes und Erbsen mit Speck und bei festlichen Gelegenheiten Pfannkuchen. Als Getränk bitte ich mir Milch aus. Der Hof wird uns sicher gern jeden Tag eine Kanne voll verkaufen. Bloß keinen Kaffee oder Tee! Die hat es bei uns nur zu den großen Festen gegeben, und bis Weihnachten sind wir ja leider nicht hier.«

Sophia spürt eine leise Schwäche in der Magengegend: auf den Tee verzichten zu müssen ist nicht angenehm, und die genannten Gerichte kommen ihr einstweilen auch noch recht ungenießbar vor. Aber sonst fügt sie sich leicht in das dörfliche Leben, leichter sogar noch als die Kinder, denn sie ist ja doch im Grunde auf dem Lande aufgewachsen, im Kephissostal, und unter einer bienendurchsummten schwerduftenden Linde sitzt es sich zumindest ebensogut wie unter einem weitschattenden Ölbaum, und die Hühner und Tauben, die Kühe und Pferde sind den griechischen so ähnlich wie ein Ei dem anderen. Und das Essen? Ja, das sind die Gerichte, für die Heinrich zu Hause in Athen oft tausend Drachmen geboten hat, und er hat sie doch nicht bekommen, weil niemand sie zuzubereiten verstand.

Abends sitzt man dann in der Stube. Schliemann liest ein paar Kapitel aus Fritz Reuters »Stromtid« und eine Handvoll »Läuschen«. Er tut das, weil er selbst eine unsagbare Freude daran hat, die er den Seinen weitergeben möchte, und auch, damit die Kinder vom ersten Tage an die Landessprache verstehen lernen; sie kennen sie ja nur aus kurzen Zurufen des Vaters, der, je älter er wird, immer öfter aus dem Griechischen ins Plattdeutsche verfällt. Wenn er mit der »Stromtid« durch ist, soll »Dörchläuchting« drankommen, und alles ist so, als wenn er kaum fortgewesen wäre.

Am anderen Morgen steht er, wie gewöhnlich, um vier auf, kaum daß die Vögel im Efeu zu zwitschern begonnen haben. Leise, um Sophia nicht zu stören, zieht er sich an und geht auf den Zehenspitzen die Treppe hinunter. Wie verabredet, steht Bellerophontes-Jochen bereit und hat dem breiten alten Apfelschimmel des Pastors einen vom Gut entliehenen Sattel aufgelegt, und schon sitzt Schliemann auf dem Rücken des nicht wenig erstaunten Tieres, das sich gutmütig dem ungewohnten Reiter fügt. »Hüh!« ruft der und streicht ihm über die Mähne. Da kann der Alte nicht widerstehen und deutet sogar einen leichten Trab an, als es aus der Einfahrt geht.

Der Bornsee ist das Ziel, das nach einer guten halben Stunde erreicht wird. Ob der alte Fischer Ihlenfeld noch lebt? Nein, das ist natürlich unmöglich, aber sein Sohn könnte noch da sein – und ist es auch. Und fröhlich geht es mit »Korl« und »Hinnerk« im Kahn auf den See, bis sich der Jugendgespiele, zum blassen Entsetzen des Fischers, pudelnackt auszieht und in den See springt, als ob das ein Vergnügen für über Sechzigjährige wäre!

Doch ihm ist es wirklich ein Vergnügen, und so wird für jeden Morgen verabredet, daß der Fischer oder sein Knecht den Gast hinausrudert.

Der Rückweg dauert recht viel länger, denn inzwischen sind die Leute überall aufgestanden, und überall muß man anhalten und einen kleinen Klöhn von alten Zeiten und alten Bekannten machen, von denen freilich die meisten schon gestorben sind.

Ganz ausspannen und nichts arbeiten, das war das Programm gewesen, aber leider läßt es sich nicht durchführen, denn schon am dritten Tage kommt der Briefträger stöhnend und schwitzend aus Penzlin gegangen und bringt einen Haufen Briefe und einen Berg Korrekturen in Deutsch, Englisch und Französisch, die alle schnell gelesen sein wollen, und da seit der Niederschrift des Manuskripts dieses und jenes in der Welt gefunden wurde und da sich dieser oder jener Satz als irrig herausgestellt hat oder mißzuverstehen ist, bedeutet das Korrigieren keineswegs bloß ein Herauspicken und Verbessern der Druckfehler, sondern eine Menge Arbeit. Das heißt mit anderen Worten, daß das ganze Pfarrhaus ab sieben Uhr auf Watte geht und seine Stimmen zum kaum vernehmbaren Flüstern dämpft, um den großen Mann nicht zu stören, der, wie einst als kleiner Junge, in seiner Giebelstube oder in dem neuen Vorbau sitzt und schreibt.

Niemand ist damit zufrieden, er selbst am wenigsten – nur einer macht eine Ausnahme: das ist der Briefträger, denn das, was er in diesen Wochen als Trinkgelder für seine Extrawege erhält, macht allerhand mehr aus als sein mageres Gehalt.

Nachmittags kommen dann die Gäste von außerhalb. An einem Tag sind es die Schwestern, aber gleich zu Beginn kommt es zu einer erregten Szene. Denn Elise, die älteste, hat ihren Tanteninstinkten freien Lauf gelassen und den Kindern einen wahren Jahresvorrat Bonbons mitgebracht und dazu, den Traum ihrer eigenen Jugend erfüllend, Tüten voll Sahnebaisers, als müsse sie ein verhungertes Regiment satt machen. »Willst du die Kinder mit dem Labberkram vergiften?« muß sie sich anschreien lassen. »Dann hättest du lieber zu Hause bleiben sollen!« Und schon fliegen die Tüten in hohem Bogen aus dem Fenster, willkommene Beute für die Hühner und Enten und Gänse der Pastorin, die noch nie Sahnebaisers angeboten bekommen haben und sich geradezu im höchsten Geflügelhimmel fühlen.

Dann kommt Carl Andreß, der ehemalige Kalkhorster Kandidat. Nun ist er ein Männlein von einigen siebzig geworden, noch altfränkischer, noch schüchterner, noch sonderbarer als damals. Ein blauer Schoßrock hängt ihm weit über die Knie, vorn eine Elle länger als hinten, aber aus der rückwärtigen Tasche zieht er ein Sträußchen Schaumkraut und Feuernelken, am Weg in der Wiese gepflückt, und überreicht es Frau Sophia mit einem Kratzfuß, wie er vor hundert Jahren modern gewesen ist.

»Sie müssen so lange bleiben, wie ich selbst hier bin, Herr Andreß«, bittet Schliemann. »Mein Vetter wird schon irgendwie Platz schaffen. Ich bin's zufrieden, wenn wir uns je und dann ein halbes Stündchen unterhalten können, denn Sie sind der gelehrteste Mann, den ich kenne. Sonst sollen Sie nur eines – sich richtig erholen und gründlich ausspannen. Die Bibliothek läuft Ihnen nicht fort, und die Neustrelitzer finden bestimmt niemanden anders, der für hundert Taler im Jahr so viel arbeitet wie Sie.«

»Wenn ich Sie nicht hätte, Herr Schliemann, wäre ich längst verhungert.«

»Tata, dummes Zeug. Von solchen Sachen wollen wir nicht reden. Wissen Sie eigentlich – ja, natürlich, als Bibliothekar müssen Sie es ja wissen –, daß Neustrelitz nicht nur durch mich mit Troja verbunden ist? Kennen Sie das Buch von C. G. Lenz ›Die Ebene von Troja nach dem Grafen Choiseul-Gouffier‹, das siebzehnhundertachtundneunzig dort gedruckt wurde?«

Aber kaum begonnen, wird das Gespräch unterbrochen. Den ganzen Tag und mehr noch des Abends kommen alte Leute aus dem Dorf, aus den umliegenden Ortschaften, um den Heimgekehrten zu begrüßen und Erinnerungen auszutauschen. Denn schnell hat es sich herumgesprochen, daß er weder hochmütig geworden ist noch sein Platt vergessen hat.

Aber auch aus der Ferne kommen Besucher, Hermann Niederhöffer zum Beispiel, der betrunkene Müllergesell von einst. Zehn Jahre ist er im ganzen gewandert, erzählt er nun, bis er doch müde wurde und sich mit seinem Vater aussöhnte. Der besorgte ihm eine brave Frau, die ihm das Trinken abgewöhnte, und einen Posten als Gemeindeschreiber in Wredenhagen dazu, bis er dann vom Röbeler Magistrat zum Chauseegeldeinnehmer gemacht wurde. Nun lebt er, zufrieden und still geworden, im Ruhestand und hat seine Beschäftigung mit Kaninchen und Tauben und Briefmarkensammeln.

Ach, das Feuer von einst scheint erloschen. »Sie sind längst nicht mehr so hübsch wie damals, als Sie in Ihrem blauen Rock mit den blanken Knöpfen bei mir im Laden standen. Das Bild habe ich nie vergessen«, sagt Schliemann, ein wenig enttäuscht.

»Und Sie sind auch nicht mehr ganz so jung und unbedarft wie damals«, antwortet Niederhöffer schlagfertig, und ein Lachen stellt die flüchtige Freundschaft wieder her.

»Bald sind es fünfzig Jahre, Herr Schliemann, und in all der Zeit habe ich meinen Homer immer noch nicht vergessen. Wollen Sie hören?«

Was für eine Frage! Und Niederhöffer steht auf, lehnt sich an den Tisch und beginnt wie in jener unvergeßlichen Nacht:

»Andra moi ennope, Mousa, polytropon, hos mala polla . . .«

Schliemann möchte sich die Ohren zuhalten. Es ist nicht allein das scharfe Skandieren und nicht die falsche erasmische Aussprache: jetzt fehlt ein Wort ganz, jetzt sagt er ein verkehrtes, und das herrliche Griechisch wird grausam verstümmelt. Schliemann hat sehr selten in seinem Leben die Unwahrheit gesagt und schon gar nicht aus Höflichkeit. Jetzt aber kann er nicht anders: sehr, sehr herzlich dankt er dem alten, schon etwas stümperigen Chausseegeldeinnehmer im Ruhestand und bestätigt ihm, wie wundervoll er seinen Homer noch beherrscht. Wie könnte er wohl den kränken, der einst einen Feuerbrand in ihn warf? Der den Abgrund jäh erhellte? Der den schon Verlorenen auf den Weg zurückriß, der ihn in sein weiteres Leben führte?

Und dann, an noch einem anderen Tag, schon neigt sich der Aufenthalt Schliemanns seinem Ende zu, wird noch ein Gast erwartet, aus Friedland. Schon am Vormittag sitzt der Forscher in der Vorlaube statt bei seinen Korrekturfahnen.

»Du hast dir das Neue Testament aus meinem Bücherschrank

geholt?« sagt im Vorbeigehen Pastor Becker erfreut. »Wie schön! Ich wußte gar nicht, daß es dir etwas zu geben hätte.«

»Ja«, antwortet Schliemann, »ich habe immer gedacht, die Koine sei ein besonders schlechtes Griechisch, und habe es deshalb nicht gelesen. Das war ein Irrtum von mir: es ist ein sehr interessanter Übergang vom Klassischen zum Byzantinischen und damit zum Neugriechischen.«

Enttäuscht senkt der Pastor seinen Kopf und will weitergehen, aber sein Gast hält ihn zurück. Ob er nicht die Glocken läuten lassen wolle, fragt er.

»Warum?« fragt der Pastor Becker erstaunt zurück.

»Du weißt doch, wer heute kommt!«

»Nun, das ist wohl kaum ein Anlaß, die Kirchenglocken zu läuten«, antwortet Becker zwischen Ironie und Entrüstung.

»Schade«, meint Schliemann, »ich hatte es mir so schön ausgedacht.«

Aber es geht auch ohne Glocken, als dann am Nachmittag eine klapprige Neubrandenburger Mietdroschke auf den Hof gerumpelt kommt, in dem eine sehr rotgesichtige, sehr dicke alte Frau in unmodernem schwarzem Seidenkleide sitzt. Bevor sie begreifen kann, was vorgeht, hat Schliemann sie aus dem Wagen gehoben und auf beide Wangen geküßt.

»Minna«, sagt er, zutiefst bewegt, und noch einmal »Minna!« Aber die Frau antwortet nicht und möchte vor Verlegenheit in die Erde sinken, als nun eine sehr schöne ernste Frau, dreißig Jahre jünger als sie, aus der Tür tritt und sie herzlich willkommen heißt.

»Komm, Minna«, drängt der Freund ihrer fernen Kinderzeit, »wir gehen gleich in den Garten. Weißt du, daß mein Namenszug, wenn auch dick verwachsen, noch in der Linde zu sehen ist? Und daß das Gebüsch aus Jasmin und Goldregen auch noch hinter dem Teich steht, in dem wir uns einmal versteckt hatten, als deine Mutter uns suchte? Du, und das Neueste, das ich kaum für möglich halten würde, wenn der Pastor mir nicht sein Ehrenwort darauf gegeben hätte. Weißt du, einmal hatte Prange doch erzählt, Henning Bradenkirls Bein sei nicht abhanden gekommen, sondern vor dem Altar begraben worden. Erinnerst du dich?

Und als nun vor zehn Jahren ein neuer Fußboden in der Kirche gelegt wurde, hat man tatsächlich einen Beinknochen, sonst nichts, im Sand gefunden. Was sagst du dazu?«

Minna sagt gar nichts. Und wenn ihre Kinder nicht so auf die Reise in die Vergangenheit zu dem berühmten Freunde gedrängt hätten, wäre sie bestimmt nicht gekommen. Schon all die Geschichten, die vor Jahren in der Selbstbiographie über sie gedruckt standen, waren ihr maßlos peinlich gewesen! Ein Glück nur, daß kein Mensch in Friedland auf den Einfall kommen konnte, das Buch über Troja zu kaufen, in dessen erstem Kapitel diese Biographie stand! Und ihr eigenes Exemplar, aus Athen geschickt, hütete sie sorgsamer vor fremden Augen als ein Drache seinen Schatz.

Aber Heinrich – muß man nicht eigentlich Herr Professor sagen und ihm vor allem einmal dafür danken, daß er Bruder Ernst, mit dem er sich doch immer nur gezankt hat, so reich unterstützt? – ist so munter und fröhlich, als wären nicht fünfzig Jahre vergangen, sondern höchstens fünf, und seine Frau ist auch ganz einfach und natürlich und findet es selbstverständlich, daß man hier zu dritt im Garten auf und ab geht, und so taut denn auch Minna allmählich auf und vergißt beinahe, daß sie seit siebenunddreißig Jahren Frau Richers und, ganz nebenbei, schon mehrfache Großmutter ist.

»So, Minna, und jetzt gehen wir zu unserm Hünengrab.«

Das fehlt gerade noch! denkt Minna. Vor den Augen des ganzen Dorfes auf dem alten dummen Hügel zwischen Brennesseln und Hühnerdreck sitzen! Aber das sagt sie nicht, sondern redet ein Erkleckliches von der sommerlichen Hitze und dem vielen häßlichen Staub auf dem Wege und der Kurzatmigkeit und dem Schlecht-zu-Fuß-Sein und dem schönen Kleid, bis selbst Heinrich versteht und sich still mit ihr an den Tisch setzt, der heute unter der noch immer blühenden Linde gedeckt ist und auf dem zur Feier des Tages zwischen Streuselkuchen und Bienenstich eine mächtige duftende Kaffeekanne steht.

Damit der Zug nicht versäumt werde, muß Minna – oder sollte man vielleicht doch lieber Frau Richers sagen? – bald darauf nach Neubrandenburg zurückkehren.

An diesem Abend wird nicht Fritz Reuter gelesen. Gleich nach dem Abendessen ist Schliemann still aus dem Haus gegangen. Zerstreut nickt er Grüße nach rechts und nach links in die weitoffenen Katentüren beiderseits der Dorfstraße. Dann biegt er hinter der Schnitterkaserne rechts ab und geht, drinnen von einem kläffenden Köter verfolgt, am Hofzaun entlang ein paar Schritte durch die Wiese. Und dann steigt er langsam und etwas schwerfällig wie ein alter Mann zu dem Hünengrab hinauf, das nun nur mehr ihm allein gehört. Wenn Minna geblieben wäre, hätte er es morgen mit ihr und Sophia ausgegraben – die Leute dazu waren schon bestellt. Nun wird es so liegenbleiben und seine goldene Wiege, oder was es sonst für Geheimnisse hütet, auch weiterhin für sich behalten.

Das klare goldene Licht des Mittsommerabends liegt über dem Dorf. Von den Wiesen ringsum duftet das Heu. Hinten vom Gutshof her hört man ein Pferd wiehern, eine Kuh brüllen. Und da sitzt auch irgendwo hinter den Ställen ein Junge und spielt auf seiner Ziehharmonika langgezogene Akkorde, die glücklich und traurig zugleich machen.

Der Küster stößt die Betglocke, und langsam verhallend schwimmt der Schall durch die zärtliche Luft.

Hier oben hat es angefangen im Sichregen der Eichblätter, im bräutlichen Wehen der Birkenzweige. Hier sind die Wurzeln. Wie hat er doch geschrieben? »Hier war es, wo recht eigentlich die Haue und der Spaten zur Ausgrabung von Troja und Mykene geschmiedet und geschliffen wurden.«

Das ist die reine Wahrheit. Hier fing der Traum von Troja an, und eigentlich müßte er auch hier zu Ende gehen, statt in Troja oder Athen oder sonstwo in der Welt. Aber das Leben schreibt keine Romane und hält sich nicht an die Gesetze einer kunstreichen Komposition. Wieviel Umwege, ja auch wieviel Irrwege hat man gehen müssen, durch wieviel Tiefen und über wieviel Höhen, bis man von Ankershagen nach Troja kam und von Troja wieder nach Ankershagen . . .

Der Mann legt seinen Kopf an den Stamm der Birke, und seine Haare sind genauso hell und dunkel gemischt wie die seidenweiche Rinde des Baumes.

Eine Drossel kommt in schnellem Flug vom Kirchhof her, setzt sich auf den obersten schwanken Ast und flötet in den Abend hinein und streicht damit sechzig Jahre aus. Nun gibt es keine Kyklopenmauer mehr, keinen Berg Hissarlik mit sieben oder noch mehr Schichten, kein Gold aus dem Schoße der Erde. Nur das satte Gold des Himmels und das goldene Netz des Drosselsangs.

Unter der Birke liegt ein Junge. Wie lange noch, dann kommt ein Gefährte des täglichen Spiels die Dorfstraße entlanggelaufen und sagt: »Pasterhinnerk, sast nah Huus kamen.« Wie lange noch, dann klingt durch den Abend die Stimme der Mutter, die ihn nach Hause ruft . . .

Der freundliche Aiolos

αὐτὰρ ἐμοὶ πνοιὴν Ζεφύρου προέηκεν ἀῆναι
Od. X, 25

Vor mir ließ er den Hauch des freundlichen Westes einherwehn.

1 Es ist ganz still, und nur das sachte Rauschen des Wassers am Bug der Dahabije und nur das nadelfeine Singen des Frühwinds ist da, der den Sand der Wüste zum Klingen bringt.

Eben ist die Sonne aufgegangen. Schliemann hat schon im Strom gebadet und sitzt nun an Deck und liest. Im Herodot. Sophokles und Homer, Diodoros und Strabon, Ploetzens Geschichte und zwei Reisebücher über Ägypten sind außerdem seine ganze Bibliothek. Mehr braucht man hier nicht. Von ferne mag es so aussehen, als würde man auf der monatelangen Fahrt zu den Katarakten und zurück nach Kairo unendlich viel Zeit haben. Das ist aber ein Irrtum. Genauso ein Irrtum, als wenn man dächte, die Wüste zu beiden Seiten des Nils sei monoton.

Als man ein kleiner Junge war und von Kalkhorst aus an die Ostsee wanderte und unter dem Stranddorn in den Dünen lag, glaubte man am ersten Tage auch, das Meer sei immer gleich und darum auf die Länge recht eintönig. Welch ein Unsinn! Tausend Wellen zählte man, die eine nach der anderen von der holsteinischen Küste her auf den Strand schlugen, und jede war anders als die vorige und als die, die ihr dann folgte. Aber noch viel reicher und abwechselnder als das Meer offenbart sich das Angesicht der Wüste. Sand und Steine hinter einem schmalen grünen Uferstreifen? Der Geologe mag es vielleicht so ansehen und das Schulkind sich hinter der milchiggrünen Breite des Stroms beiderseits ein einförmiges gelbes Meer aus gehügeltem Sand vorstellen. Aber dieses Meer hat tausend Gesichter und wandelt sie unter jedem Blick. Jetzt zum Beispiel ist es rosa wie die Brustfedern eines Flamingos, und die Schattenhänge sind violett, hier wie Veilchen, dort wie Flieder, dort wie Bougainvilleen, drüben wie die Glyzinen an der Gartenmauer von Iliou Melathron in Athen, und gleich daneben wie ein ganz hell durchscheinender Amethyst.

Es ist die dritte Nilreise. Schon vor fast dreißig Jahren, als man sich zum ersten Male vom Geschäft gelöst hatte, denkend, es sei für immer, ist man die gleiche Strecke gefahren, und dann wieder im vergangenen Jahr, 1886 auf 87. Also sollte man annehmen, man kenne die Strecke, das Land, den Strom. Irrtum schon wieder. Jeder Schrittbreit Landes und Wassers ist neu und verwirrend der unendliche Überfluß. Deshalb eben bleiben nur sparsame Viertelstunden für die Lektüre übrig.

Schnell steigt die Sonne hier, nachdem sie mit einem Satz über den Horizont gesprungen ist, und schon hat sich der Himmel aus allen Tönen von Rosa, Rot und Gold in jenes wolkenlose Blau gewandelt, das noch viel tiefer und leuchtender ist als in Attika oder in der Troas. Köstlich ist die Weichheit und Süße der Januarluft, köstlich der stete Wechsel des Ufers, köstlich die Ungebundenheit. Weit vorn kommen, dreiviertel im Sande begraben, Ruinen in Sicht: man wird also wieder einmal anlegen und sie etwas gründlicher ansehen. Einen Korb voll Scherben gibt es bestimmt und vielleicht auch einen Schädel oder ein paar Knochen für Virchow, der dann hoffentlich und endlich einmal aufstehen wird. Wie kann ein Mensch nur den Sonnenaufgang verschlafen, die schönste Stunde des Tages?

Ah, da kommt er ja – »Guten Morgen, lieber Freund. Haben Sie Epaminondas Bescheid gesagt, daß er Ihnen gleich den Kaffee bringt?«

»Alles schon besorgt. Sie haben wahrscheinlich schon wieder stundenlang gelesen?«

»Das Buch festgehalten, wäre richtiger ausgedrückt. Ich habe es Ihnen ja bereits geschrieben: hier braucht man nur ein möglichst dickes Notizbuch.«

»Alle Ihre Ratschläge waren gut, von der Kleidung bis zur Sonnenbrille und der Schachtel Schnupftabak für Sie. Sosehr meine Frau auch auf wollene Wäsche und Strümpfe drängte, haben Sie doch recht behalten. Nur in einem Punkte nicht.« Virchow lächelt. »Mit den Gewebestücken aus einem Grab. Dabei sind Sie einer Fälschung aufgesessen.«

»Das kann mich ebensowenig erschüttern, wie es mich überrascht hat. Ich bilde mir keineswegs ein, auch im Nu die ganze Ägyptologie gelernt zu haben, und deshalb habe ich bei allen verlockenden Angeboten, die mir der Kustos des Bulak-Museums machte, nicht zugegriffen, sondern erst bei Schöne angefragt. Und der brachte mich dann ja auch mit dem sachkundigen Konsularagenten zusammen, der es verstand, die Geschäftemacher unter den Ägyptologen gründlich abzuhängen. Hier traue ich nur dem, was ich selbst ausgrabe. Ich betone: ausgrabe. Denn wer garantiert mir dafür, daß die schönen Scherben, die wir bei den Felstempeln von Abu Simbel sammelten, wirklich dorthin gehören? Sie können auch durch irgendeinen Zufall von einem anderen Orte dorthin gekommen sein. Deshalb sind sie mir von zweifelhaftem Interesse, und deshalb ist der Ertrag unserer Reise für das Museum nicht sonderlich groß.«

»Aber den schönen Marmorkopf bekommt es doch?«

»Nach meinem Tode, also in etwa ein oder zwei Jahren.«

»Aber, lieber Schliemann, nun unken Sie schon wieder! Wie oft soll ich Ihnen sagen, daß Sie nicht den geringsten Anlaß zu so düsteren Gedanken haben?«

»Sie sind der beste Arzt, den ich kenne, aber der Doktor Allwissend sind selbst Sie nicht. In der Wissenschaft hat mich mein Gefühl nicht betrogen, das mich stets dort etwas finden ließ, wo niemand etwas erwartete, und was meine Lebensdauer anlangt, wird es mich auch nicht täuschen. Aber zurück zur Sache. Glauben Sie mir, könnte ich das moderne Alexandrien abreißen, so würde ich auch den Palast Kleopatras und das Grab Alexanders aufspüren, die ich bei dem mehr zufälligen und viel zu kurzen Suchen vor unserer Nilfahrt natürlich nicht fand. Desto mehr freue ich mich über den Kopf, der durchaus von einer der mehreren tausend Bildsäulen Kleopatras stammen könnte, die Plutarch für Alexandrien bezeugt. Aber noch netter als diese Möglichkeit ist mir doch die Erinnerung, wie ich den Kopf trotz seiner achtzig Pfund herausschaffen konnte, ohne daß einer der dutzend Wächter es bemerkte – und die standen um mich herum mit Argosaugen und gingen sogar mit, wenn ich einmal austreten mußte. Ich garantiere Ihnen: ich bringe ihn auch ungesehen durch den Zoll in Alexandrien!«

Weiter fährt das Boot, und weiter geht das Gespräch, das Virchow auf seine ethnologischen Probleme wendet, bis Schliemann ihn plötzlich unterbricht:

»Eigentlich sollten wir uns nicht so ausschließlich mit der Vergangenheit beschäftigen. So lehrreich die Kunstschätze, die Tempel, die Pyramiden, die Mumien sind – im Grunde ist das, was hier lebt, viel interessanter. Sehen Sie unser Schiffsvolk an: sieht Ali dort nicht genauso aus wie der Schreiber im Kairoer Museum und Hassan wie der Dorfschulze? Und die prachtvollen Jungens, die sich dort drüben im flachen Wasser tummeln, könnten sie nicht so, wie sie sind, aus den Wandbildern eines Ramsestempels herabgestiegen sein? Aber sie alle gebe ich für ein einziges von den kleinen, klugen grauen Eselchen. Schade, daß ich immer nur von dem geschrieben habe, was in der Erde steckt. Jetzt lerne ich es nicht mehr, das zu beschreiben, was auf ihr herumläuft, denn, ohne Scherz, sonst wäre mein nächstes Vorhaben ein Buch über die ägyptischen Esel. Übrigens müssen die Alten das auch schon gefühlt haben. Sonst hätten sie den Reitesel der Königin von Punt nicht so wunderschön aus Kalkstein gemeißelt und ihn in Der-el-Bahari in den Tempel gestellt. Oder erinnern Sie sich an den störrischen Esel, den man aus der Steinplatte des Ti-Grabes in Sakkara förmlich herausschreien hört! Nein, nein, ein einziger ägyptischer Esel ist viel klüger als ein ganzes Parlament zusammengenommen!«

»Ich merke es schon, Sie wollen mich wieder einmal an meinen politischen Ohren ziehen!«

»Verzeihen Sie, daran habe ich eben wirklich nicht gedacht –

und Sie wissen, Ironie liegt mir nicht. Halt! Halt!« Plötzlich springt er auf und redet auf Omar ein, den Befehlshaber der kleinen Besatzung. Die Ruinen von Abydos sind aus einem besonderen Grunde wichtig und fordern einen längeren Aufenthalt.

Der Tempel des großen Ramses enthält die Darstellung eines Themas, das schon mehr als einmal in den Forschungen der letzten Jahre angeklungen ist, die Belagerung von Kadesch am Orontes, der stärksten Festung Syriens, die zu jener Zeit im Besitz der Hethiter war. Auch die Dardaner und andere Verbündete aus Kleinasien zogen den Hethitern zur Hilfe. Das geschah wenige Jahre vor dem Trojanischen Krieg, und wechselnd wie dessen Schlachtglück zeigen die uralten Bilder auch das des Pharao vor Kadesch, bis er, fast vernichtet, mit den Resten seines Heeres nach Ägypten zurückzog und seinen Künstlern Weisung gab, seine Heldentaten und seinen Sieg zu verewigen, den er aber doch nicht in eine Eroberung der feindlichen Festung umfälschen konnte.

Trotz aller interessanten Einzelheiten geben die Bilder keine klaren Aufschlüsse über die Dardaner. »Also werde ich Kadesch ausgraben«, sagt Schliemann kurzentschlossen, »sofern ich nicht vorher sterbe und sofern ich nicht in Kreta beginnen kann.«

»Und sofern Ihnen die Pest keinen Strich durch Ihre Rechnung macht«, fügt Virchow hinzu. »Soviel ich weiß, ist sie gerade jetzt wieder in Mesopotamien ausgebrochen.«

»Überall Widerstände«, seufzt Schliemann, als sie den Tempel verlassen, die Taschen und Hände voller Wandstücke, die für die trojanische Sammlung in Berlin bestimmt sind. »In Alexandrien zeterten die Moslems gegen mich, in Kreta sind Unruhen, in Mesopotamien die Pest, in Delphi die Franzosen, die dort alles genauso in Unordnung bringen werden wie hier in Ägypten. Es ist, als sollte ich nichts mehr beginnen. Vielleicht, weil ich es nicht mehr zu Ende führen könnte.«

Ein eingeborener Kustos führt die Fremden zu den Grabfeldern. Schliemann liest die Hieroglyphenaufschriften nur bruchstückhaft und vielleicht auch nicht immer richtig, aber der Kustos hat sich von einem durchkommenden Fachmann alles aufschreiben lassen, so daß es keine Schwierigkeiten bei der Deutung gibt.

Das ist ein ganz anderes Ägypten, als es der gewöhnliche Reisende zu sehen bekommt, der nur die Tempel der Götter und die gigantischen Grabbauten der Könige kennenlernt. Hier sind die begraben, die nicht zum Hofe gehörten. Kleine Beamte, Kaufleute, Künstler, Handwerker, so sagen die Grabsteine, und noch viel öfter steht bei dem Namen nur »Bürger der Stadt« geschrieben, Leute ohne Rang und ohne Titel. Mit der größten Aufmerksamkeit gehen die beiden Freunde durch diese Stadt der Toten. Hier wird der große Wandel im Mittleren Reiche offenbar, das Vorwärtsstreben des Bürgertums.

»Aber«, sagt Schliemann leise und nachdenklich – »wo wurden die Sklaven begraben, die Millionen Namenloser, die durch ihren Ackerbau dem schenkenden Nil erst die Früchte abrangen, die das Land reich machten? Und die, die in Milliarden Arbeitsstunden die ungeheuren Tempel und Paläste und Königsgräber bauten? Herodot berichtet, allein die Errichtung des Steindamms, auf dem man die Steine zum Bauplatz der Pyramide zog, habe zehn Jahre gedauert und ihr Bau selbst zwanzig Jahre hindurch hunderttausend Sklaven beschäftigt. Zwei Millionen dreihunderttausend Steinblöcke enthält sie, von denen jeder durchschnittlich zweieinhalb Tonnen wiegt, wie Flinders Petrie mir gesagt hat. Die Namen der Könige sind von der Geschichte aufgeschrieben und auch manche Namen ihrer Priester, ihrer hohen Beamten, aber keinen einzigen Namen eines aus den Millionen wissen wir, die das Volk ausmachten, die mehr Ägypten waren als der Pharao in aller seiner Herrlichkeit. Der Pharao ist die Spitze der Pyramide, aber was ist der eine Blick ohne die zwei Millionen zweihundertneunundneunzigtausendneunhundertneunundneunzig, die ihn tragen? Ich glaube, Virchow, es ist noch manches schief an unserer Geschichtsschreibung, angefangen bei meinen geliebten alten Griechen. Homer war anders: der überliefert uns auch das Reden und Tun des Namenlosen, Hesiod auch; die Späteren haben es vergessen und wir noch nicht wieder gelernt.«

»Sie haben es wieder getan, lieber Freund, auch darin Ihrem

Homer getreu. Sie haben in Ihren Berichten auch Nikolaos und den Derwisch und wie Sie Ihre Arbeiter alle nannten, und wenn einmal einer von ihnen ernstlich krank wurde, so haben Sie mich so lange mit Telegrammen bombardiert, bis meine Ferntherapie angeschlagen hatte und es dem Manne wieder besser ging.«

»So sehen Sie das? Interessant. Offen gestanden, an eine solche Deutung hatte ich selbst nicht gedacht. Wer denkt denn auch über das Selbstverständliche nach? Genauso steht es mit einer anderen Frage: warum treiben wir überhaupt Archäologie? Ich denke, wenn ich diese Frage stelle, nicht an das Ziel, das ich selbst verfolgte und verfolge. Das kennen Sie, und das kenne ich. Ich meine es im weiteren Rahmen, und da will es mir so scheinen, als ob sich unter unsern Händen die Aufgabe wandelte, als ob es nicht mehr auf die Sachen ankomme, die wir finden und mit denen wir eine verschollene Kultur rekonstruieren, sondern vielmehr auf die Kenntnisse, die wir erst an Hand der Sachen ertasten.«

»Und aus der Kenntnis kommt dann die Erkenntnis.«

Schnell naht der Abend, als die beiden wieder bei ihrer Dahabije angelangt sind. Sie sitzen an Deck und nehmen ihr frugales Mahl ein. Ein Windlicht brennt still und feierlich in seinem gebauchten Glaskelch. Virchow sieht zum erstenmal, daß Schliemanns Hände etwas zittern und daß sein Rücken gebeugter ist als früher. Sollte doch etwas daran sein, wenn er sich dem Tode näher fühlt? Aber dann, wenn das Feuer der Wechselrede sie fortreißt, vergißt er es wieder, denn nun ist der Freund wieder ganz der alte.

Tag um Tag vergeht, und aus der beschaulichen Ruhe wächst eine Unruhe, die immer drohendere Gestalt annimmt. Anfängliche Gerüchte verdichten sich zu Tatsächlichkeiten: wieder einmal tragen Derwische die Brandfackel des Aufruhrs durch das nubische Niltal. Mehr als einmal fallen Schüsse auf die stromaufwärts fahrende Barke, und nur die Geschicklichkeit der Besatzung rettet die Reisenden. Einmal freilich wird es ernster. Nicht weit von Djebel Alagi strecken sich große Sandbänke tief in die Mitte des Stromes hinein, und deshalb muß das Schiff dicht unter den hohen Dünen des östlichen Ufers entlang fahren. Plötzlich, es ist der erste März, knallt es wie in einer Schlacht, und aus einem alten verfallenen Befestigungswerk fällt ein Regen von Kugeln über die Dahabije her. Aufständische Derwische sind dort mit ihren Verbündeten vom Stamm der Ababdeh versteckt und drohen das Schiff zu überfallen. Eine qualvolle Viertelstunde fast dauert das ungleiche Gefecht, bis fern, stromaufwärts, ein Kanonenschuß fällt und die Aufständischen verjagt. Funkenspeiend, von dicken Dampfwolken überweht, kommt ein Kanonenboot stromabwärts, das zum Glück die Schießerei hörte und zur Rettung herbeieilte.

»Sie können unter keinen Umständen weiterfahren«, sagt der blutjunge Leutnant mit der Autorität und Gewichtigkeit eines alten Seemanns und Kriegers. »In ganz Nubien sieht es noch viel fauler aus als hier. Flußaufwärts geht es bis Chartum. Wie war es in Assuan?«

»Vollkommen ruhig.«

»Nun, das war vor ein paar Tagen. Inzwischen hat sich das auch geändert, wie man von dort nach Wadi Halfa telegraphierte. Sie können sich also als blockiert betrachten. Zum Glück ist das linke Ufer völlig ruhig, so daß ich Ihnen rate, dort vor Anker zu gehen und abzuwarten. Nach unseren Erfahrungen werden Sie in ein bis zwei Wochen weiterkönnen.«

»Dann werden wir eben auf dem Landwege am linken Ufer zurückkehren«, entgegnet Virchow ärgerlich. »Meine Zeit ist schließlich nicht unbegrenzt.«

»Sie muß es sein. Höhere Gewalt, Sir. Und einen Landweg, wie Sie so schön sagten, gibt es nicht. Da bleibt Ihnen nur eines: Geduld zu üben und abzuwarten. Ich muß weiter – leben Sie wohl, meine Herren.«

Pustend und knatternd legt das Kanonenboot ab. »Recht haben die Derwische«, sagt Schliemann unmutig. »Schließlich ist es ihr Land, und wenn man es ihnen selbst überließe, gäbe es wahrscheinlich keine Unruhen.«

»Na, sehen Sie!« ruft Virchow erfreut. »Da sind wir ja wieder der gleichen Meinung! Aus diesem Grunde habe ich mich ja im Reichstag den Kolonialforderungen widersetzt!«

Langsam fährt die Dahabije weiter, bis sie die Sandbänke hinter sich gelassen hat und das westliche Ufer ansteuern kann. Nahe einem Dorfe, weiß unter den Palmen und Fruchtbäumen des Uferstreifens und unter den rotgelben abgeschliffenen Sandsteinfelsen des Wüstensaums, legt sie an.

Wie lange? Wer will das sagen. Der Schiffsleutnant hat versprochen, Bescheid zu geben, wann man die Rückfahrt antreten kann. Archäologische Entdeckungen sind hier nach den Büchern nicht zu machen, aber, wie immer: wo Schliemann den Spaten ansetzt und ein Loch in den Sand gräbt, ist etwas. Es ist wie die Sicherheit des Nachtwandlers oder, besser gesagt, wie die Spürnase eines Jagdhundes. Freilich, die Gräber, die er hier findet, sind wie hundert andere und mehr dem Ethnologen wertvoll als dem Ausgräber der Historie, denn es handelt sich um die Anlage einer Zeit, die noch nicht Geschichte war.

Eine Woche vergeht im Glühen der Tage und im leisen Wehen der Nächte. Längst sind die zurückhaltenden Dorfbewohner Freunde geworden und auch Bewunderer. Nur einen Mann gab es bisher weit und breit, der die Kunst des Lesens verstand, den Imam, aber der eine der beiden Fremden, der kleinere mit der schmalen Brille und dem schütteren Schnurrbart, liest nicht bloß Arabisch, sondern schreibt es auch. Viele Briefe zaubert er mit eiliger Hand auf das glatte Papier, an die fernen Söhne des Dorfes, die in Assiut und Kairo und Alexandrien arbeiten, und wenn der Strom wieder frei ist, werden die Blätter mit dem Cookschen Dampfer abwärts fahren und den Toderstaunten geschriebene Nachricht aus der Heimat bringen.

Bei dem Dorfältesten wohnt dieser Zauberer, zusammen mit seinem Freunde, der ein großer Hakim ist und die wenigen Krankheiten, die es hier gibt, im Handumdrehen heilt.

Am Rande des Dorfes steht die Hütte, da, wo eine rotgelbe Zunge sich aus dem unendlichen Rachen der Wüste vorstreckt und gierig nach dem Grün des Grases, des Gartens, der Bäume tastet. Leise, mit kaum vernehmbarem Singen, rollt Körnchen auf Körnchen herab und umspült schon die Stämme der kuppligen Lebachbäume, die sich vor dem Hause zu einem lackgrünen Dach wölben.

Wenn die Sonne gesunken ist und die Männer und Frauen von

ihrer Tagesarbeit zurückgekehrt sind, von dem Hirsefeld und der Baumwolle und den Bewässerungsgräben zum Nil, wenn das Kreuz des Südens sich schräg mit goldenen Nägeln an den Himmel nagelt, dann kommen die Dorfbewohner aus ihren niedrigen Häusern, die noch genauso aussehen wie die, in denen ihre Voreltern wohnten, als der mächtige Ramses den Strom hinauffuhr. Virchow sitzt in der Tür und hört in das große Schweigen hinein. Schliemann aber sitzt mit gekreuzten Beinen inmitten eines weiten Kreises, den die Söhne des Stromes und der Wüste um ihn bilden.

Sein Kopf ist tief auf die Brust geneigt, und er spricht, aus dem Gedächtnis, zu seinen Hörern.

»Die sechsundachtzigste Sure. Von dem Nachtstern. Geoffenbart zu Mekka.

Im Namen Allahs, des Erbarmers, des Barmherzigen.

Was lehrt dich wissen, was der Nachtstern sei? Er ist das mit seinem Strahl durchbohrende Gestirn.

Siehe, jede Seele hat über sich einen Hüter.

Darum schaue der Mensch, woraus er erschaffen ...

Allah ist das Licht der Himmel und der Erde. Sein Licht ist gleich einer Nische, in der eine Lampe steht.

Die Lampe ist in einem Glase, und das Glas ist gleich einem flimmernden Stern. Es wird angezündet von einem gesegneten Stamm, einem Ölbaum, dessen Öl fast leuchtete, auch wenn es kein Feuer berührte – ein Licht über Licht.

Allah leitet zu seinem Licht, wen er will, und Allah macht Gleichnisse für die Menschen, und Allah kennt alle Dinge. In den Häusern preisen ihn des Morgens und Abends Männer, die weder Ware noch Handel abhält von den Gedanken an Allah und der Verrichtung des Gebetes.

Die Werke der Ungläubigen aber gleichen der Luftspiegelung in der Ebene, die der Dürstende für Wasser hält, bis daß, wenn er zu ihr kommt, er nichts findet.

Doch findet er, daß Allah bei ihm ist, und Allah zahlt ihm seine Rechnung voll aus, denn Allah ist schnell im Rechnen.

Sahest du nicht, daß Allah die Wolken treibt und sie dann wieder versammelt und aufhäuft? Allah läßt wechseln den Tag und die Nacht, und er leitet, wen er will, auf den rechten Pfad ...

Er ist's, der gemacht hat die Sonne zu einer Leuchte und den Mond zu einem Licht. Siehe, in dem Wechsel der Nacht und des Tages und in allem, was Allah erschaffen in den Himmeln und auf der Erde, sind wahrlich Zeichen für gottesfürchtige Leute.

Siehe, diejenigen, welche glauben und das Rechte tun, leiten wird sie ihr Herr um ihres Glaubens willen. Eilen werden unter ihnen Bäche in Gärten der Wonne. Ihr Gebet wird sein in ihnen ›Preis dir, o Allah‹ und ihr Gruß in ihnen ›Frieden‹ und das Ende ihres Gebetes ›Das Lob sei Allah, dem Weltenherrscher‹.«

Stumm, Tränen in den Augen, hört Virchow, wie die anfangs dumpfe und eintönige Stimme des seltsamen Freundes immer mehr Klang bekommt, bis sie die Fanfare eines Hingerissenen, eines Begeisterten geworden ist. Ein Gebet, eine feierliche religiöse Handlung ist das, was dort unter den Bäumen geschieht. Wie Blumen, über die ein Wind geht, neigen sich die greisen und dunklen Köpfe seiner Hörer, berühren mit der Stirn den Boden, sooft Allahs Name fällt. Und dann, wenn der Fremde verstummt, nach einer Stunde oder nach zweien, stehen sie still auf, neigen sich tief vor ihm, Herz und Stirn berührend, und tauchen in das Dunkel.

Der Strom rauscht, und der Wind weht, wie er vor Jahrtausenden wehte und wie er nach Jahrtausenden wehen wird.

2 Am neunten Tage des Wartens im nubischen Dorf ertönt endlich das Pfeifen des Kanonenboots. Der Nil ist wieder friedlich, und die Reisenden können aus ihrer Blockade aufbrechen.

»Gerade rechtzeitig!« strahlt Schliemann. »Agamemnon hat morgen Geburtstag. Wie traurig wäre es für den Jungen gewesen, wenn er keinen Glückwunsch von seinem Vater bekommen hätte.« Und als die Dahabije in Wadi Halfa einfährt, bekritzelt er schon das Telegrammformular: »Ich habe zu Zeus dem Vater und zu Pallas Athene gebetet, daß sie Dir diesen Tag noch hundertmal in Glück und Gesundheit verleihen mögen.«

Drei Wochen später sind die Reisenden wieder in Athen und genießen die Schönheit des Frühlings. Vom ersten Augenblick an ist die Ruhe der Nilreise und der Meerfahrt durch die Unruhe abgelöst, die immer um Schliemann ist.

Berge von Post warten auf Erledigung. Sophia wird erst einige Tage später eintreffen, da sie, ihrer stets schwachen Gesundheit halber, zur Kur in Marienbad ist. Es gefällt ihr gut, schreibt sie, und sie hat auch schon ein paarmal die erste Frau Schliemann getroffen, die gleichzeitig dort ist. Erheitert legt sie ihrem Brief die Kurliste bei, die in ein paar Zeilen Abstand zweimal Madame Schliemann aufführt. Schliemann braust auf und findet das gar nicht spaßhaft: es gibt nur eine Frau Schliemann!

Erbost telegraphiert er seiner früheren Frau, er werde ihre Bezüge sperren, wenn sie noch einmal die Frechheit habe, sich am gleichen Orte mit dem gleichen Namen zu nennen wie Sophia. Aber in einem Nachsatz erkundigt er sich nach ihrer Gesundheit und ob ihr die Kur gut getan habe und wie es den Kindern gehe.

Dann warten die Architekten. Schliemann hat mehrere Grundstücke gekauft. Er will Deutschland ein würdiges archäologisches Institut in der Pheidiasstraße bauen und muß nun natürlich jede Einzelheit des Baues bis hin zu den Inschriften bestimmen. Dörpfeld baut in seinem Auftrag eine deutsche Schule für die immer mehr anwachsende deutsche Kolonie. Der Plan ist sehr schön, aber gerade zur rechten Zeit ist der Bauherr zurückgekehrt: dieser Plan darf nicht ausgeführt werden. Mindestens zwei Meter schmaler muß das Haus werden, denn sonst müßte eine prächtige Palme fallen, die auf dem Grundstück wächst. Das darf nicht sein, denn ein Baum ist zu schön und zu lebendig, um toten Steinen weichen zu dürfen.

Eine ganze Schiffsladung von jungen Eukalyptusstämmchen ist im Piräus angekommen. Schliemann fährt mit dem Wagen durch die Stadt und beredet die Hausbesitzer, seine Bäume als Geschenk anzunehmen und zu pflanzen.

Da steht ein Bettler an der Straßenecke und reckt dem reichen Mann seine Hand entgegen. Der kennt Schliemann noch nicht, sonst wüßte er, daß er kein Lepton bekommen wird, denn er ist, wie man sieht, noch gesund und kräftig genug zum Arbeiten. Faulheit zu unterstützen ist Verbrechen. Aber dort steht ein Blinder? Schliemann hält den Wagen an, springt ab und drückt dem Alten die Münzen in die Hand.

»Warum sind Sie so blaß?« fragt er eine junge Frau, die er noch nie gesehen hat. »Sie sollten im Meer baden, das würde Ihnen wieder Kraft geben.«

»Sie werden bald einen Schlaganfall kriegen!« ruft er einem rotnackigen Wanst zu. »Leben Sie gesünder! Baden Sie jeden Morgen im Meer, essen Sie Obst. Sonst werden Sie nicht alt.«

»Halt!« ruft er dann wieder und springt aus dem Wagen. Der Kutscher dort drüben schlägt ohne Grund seine Pferde, die mit gutem Zureden viel leichter die steile Straße schaffen würden. Aber der Kutscher weiß das besser, freilich nur so lange, bis Schliemann ihm selbst ein paar kräftige Hiebe überzieht, unter dem lebhaften Beifall der Menge. »Das merkt er sich«, sagt Schliemann, als er, etwas außer Atem, wieder in seinen Wagen steigt und nach Hause fährt.

Sophia, vor ein paar Tagen zurückgekehrt, wartet schon mit dem Essen. Alle Gerichte werden zugleich aufgetragen, um die Ungeduld des Hausherrn nicht mit Auf- und Abräumen auf die Probe zu stellen. »Was für eine Sprache ist heute dran?« fragt er, als er sich zu Tisch setzt.

»Englisch. Aber wollen wir nicht lieber Französisch nehmen?« schlägt Andromache vor.

»Wenn Englisch an der Reihe ist, nehmen wir selbstverständlich Englisch. Du hast wohl Angst, zuviel Strafe bezahlen zu müssen?« neckt er die Tochter. Denn jedes falsche Wort wird mit zehn Lepta gebüßt. Die Sparkasse steht mitten auf dem Tisch, und die Kinder (und sogar Sophia) müssen ihre Schulden so pünktlich bezahlen wie einst der Kaufmann seine Rechnungen. Einmal im Jahr ist Festtag außer der Reihe des griechischen Kalenders: da wird die Sparbüchse zerschlagen und ihr Inhalt unter die Kinder verteilt.

»Das ist doch nicht etwa ein Huhn?« fragt Schliemann und kaut prüfend.

»Aber nein«, beruhigt ihn Sophia, »— eine Ente.« Er nickt befriedigt und ißt weiter, und Sophia freut sich, daß der alte Trick wieder einmal gelungen ist. Denn die Hühner und Tauben, die in

Hof und Garten herumlaufen, dürfen nicht auf den Tisch kommen. Deshalb werden sie vorher stets zu Enten und Rebhühnern deklariert, und da der Hausherr das Essen nur für ein unvermeidliches Übel hält, das keine Beachtung verdient, merkt er auch nie den Trug.

Nach Tisch zieht sich jeder in sein Zimmer zurück. Die Kinder sind mucksmäuschenstill, denn sie dürfen den Vater beileibe nicht bei der Arbeit stören. Jeder im Haus wahrt ängstlich den Schein, daß er nach Tisch arbeitet wie früher, und nicht einmal sich selbst gibt er es zu, daß er seit einigen Jahren regelmäßig für eine halbe Stunde über seinen Papieren einnickt.

Danach kommen Besucher, die die Sehenswürdigkeit Nummer eins von Athen kennenlernen wollen, oft auch Bekannte aus der Stadt und unter ihnen Dörpfeld. Er ist immer der Willkommenste, auch wenn er je und dann wieder einen Irrtum in einem fast schon wieder vergessenen Buch des Hausherrn entdeckt hat. Mit der pedantischen Gründlichkeit eines deutschen Oberlehrers legt er dann dar, daß der berühmte »Schlüssel« beim Schatze des Priamos kein Schlüssel gewesen ist, sondern ein Meißel und der Schild eine runde Schale und der zerbrochene Helm ein Kupfergefäß und die Lanzenspitzen Dolchklingen und die einhenklige Silbervase eine zweihenklige, an der die Henkel obendrein angenietet und nicht angelötet waren.

»Noch eine Frage, Herr Schliemann«, rüstet er sich heute zu einer neuen Korrektur. »Sie erinnern sich an die kupferbezogenen Holzkistchen in den mykenischen Gräbern, nicht wahr?«

»Die Kopfstützen, meinen Sie?«

»Hmja, so dachten Sie damals. Entsinnen Sie sich noch genau, wo und wie sie im Grabe lagen?«

»Natürlich« – und schon skizziert Schliemann mit hastigen Bleistiftstrichen den Befund von damals.

Zufrieden nickt Dörpfeld, denn das gibt den Ausschlag dafür, daß seine Theorie richtig ist. Lange Jahre haben ihn diese seltsamen und mit Kopfstützen mehr schlecht als recht gedeuteten Kistchen bis in den Traum verfolgt. Nun weiß er es und kann auch den Entdecker leicht überzeugen: sie waren die Enden einer Balkendecke über den geschmückten Leichen der Könige, zum Schutz oder zur Zierde mit Kupfer beschlagen; sie hielten sich, als die Balken selbst längst verfault und mit den Steinen der Decke in das Grab gestürzt waren.

»Gut, daß wir uns zusammengefunden haben«, sagt Schliemann herzlich, als der Gast sich verabschiedet.

Es ist sechs, Zeit also, das Tagestun zu beenden und sich ganz den Kindern zu widmen. Wenn es das Wetter erlaubt – und nur ganz selten tut es das nicht im milden Athener Klima –, spielt man im Garten und verbindet damit gleich die nötige tägliche Kontrolle über das Wachsen und Gedeihen der Büsche und der Obstbäume, und da allein zwanzig verschiedene Sorten von Pfirsichen und Aprikosen angepflanzt sind, damit man möglichst lange Zeit frische Früchte ernte, so ist das keine Kleinigkeit.

Oder man geht auch auf das flache Dach des Hauses, auf das in den heißesten Wochen auch die Betten gestellt werden. Über der letzten Stufe steht in Goldmosaik: »Wie süß ist es, vom festen Lande auf das Meer zu blicken.« Das ist für Sophia gedacht, die soviel Angst vor dem großen Wasser hat und es deshalb lieber von hier oben betrachtet, den Phaleron und den Piräus, Salamis und Aigina und den fern verdämmernden Horizont.

Hier kann man dann auch sitzenbleiben, zu Abend essen und plaudern, bis es Zeit zum Schlafengehen ist. Um zehn Uhr brennt kein Licht mehr im Hause – gelobt sei Pallas Athene, die uns unsere ilische Hütte geschenkt hat . . .

Melantheus, der Hirt

τοὺς δὲ ἰδὼν νείκεσσεν, ἔπος τ' ἔφατ' ἔκ τ' ὀνόμαζεν,
ἔκπαγλον καὶ ἀεικές, ὄρινε δὲ κῆρ 'Οδυσσῆος
Od. XVII, 215

Als sie dieser erblickte, da stieß er mit schreiender Stimme
Freche Schmähungen aus und reizte die Seele des Königs.

1 Als Odysseus in seine Heimat zurückgekehrt war, von seiner Beschützerin Pallas Athene alt und häßlich gemacht, damit niemand ihn erkenne, wurde er von Eumoaios freundlich aufgenommen, dem Schweinehirten, der in Treue und Liebe an seinem fernen und vielleicht schon längst umgekommenen Herrn hing. Von seinen Ställen unter dem Rabenfelsen geleitet er den fremden Bettler auf Telemachs Geheiß in die Stadt zu des Odysseus Palast, wo er unter den Freiern betteln sollte – so befahl es Athene –, um ihre Gesinnung kennenzulernen.

Als sie auf ihrem höckrichten Wege der Stadt sich näherten und dem schöngebauten Brunnen im Hain der wasserliebenden Pappeln und bei dem Nymphenaltar, da trat Dolios' Sohn zu ihnen, Melantheus, Ziegenhirt des Odysseus einst, Parteigänger der Freier nun:

»Als sie dieser erblickte, da stieß er mit schreiender Stimme Freche Schmähungen aus und reizte die Seele des Königs: ›Wahrlich, daß heißt wohl recht, ein Taugenichts führet den andern! Wie gesellet doch Gott beständig Gleiche zu Gleichen . . .‹ Also sprach er und kam und stieß mit der Ferse vor

Bosheit Ihm in die Seit'; allein er wankte nicht aus dem Wege, Sondern stand unerschüttert.«

Schliemanns Melantheus heißt Bötticher, ist königlich preußischer Hauptmann der Artillerie a. D. und sitzt ihm seit Jahren wie ein Gespenst auf dem Nacken, genauer gesagt, seit 1883. Bötticher hat Troja oder die anderen Grabungen Schliemanns nie gesehen, aber er hat seine Bücher gelesen und sich daraus am Schreibtisch ein Bild von Troja zurechtgebaut, das mit dem Schliemanns nichts mehr gemeinsam hat als den bloßen Namen.

»Schliemanns Troja, eine Feuernekropole der Vorzeit« ist sein erstes Pasquill betitelt, dem im Laufe der Zeit fünf »Sendschreiben« folgen. Ein paar neidische Philologen stellen ihnen gern ihre Zeitschriften zur Verfügung, und sogar ein Mann wie Salomon Reinach sitzt ihnen auf und macht sich auf dem Pariser Archäologenkongreß zu Böttichers Wortführer. Die sonderbare Theorie des Herrn Hauptmanns a. D. sieht so aus: die sogenannte Burg von Hissarlik ist keineswegs die alte Ilios, sondern nur, nach assyrisch-babylonischem Muster, ein ungeheures Krematorium. Die Schichten sind nicht durch Wohnsiedlungen, sondern durch jahrtausendelange Leichenverbrennung entstanden. Der sogenannte Palast des Priamos und alle anderen Häuser sind Gebäude, in denen die Leichen verbrannt oder die Knochen aufbewahrt wurden, wie die Tausende von Schädeln und Skeletten beweisen. Zur Aufbewahrung der Brandreste dienten ferner die Gesichtsvasen, von Schliemann anfangs Eulenvasen genannt, die, nach dem Vorbild der ägyptischen Kanopen geformt, dem gleichen Zweck dienten wie diese. Die »großen Mauern« sind Terrassen und die sogenannten Tore Durchgänge. Die Stadt Troja selbst hat an den Ufern des Skamander und ihre Burg wahrscheinlich auf einem Hügel am Hellespont gelegen.

»Was für ein hirnverbrannter Blödsinn ist das!« wettert Schliemann. »Sagen Sie mal, Herr Dörpfeld, hat es in Mesopotamien überhaupt solche Feuernekropolen gegeben?«

»Feuernekropolen ja, solche nicht. Es gibt einige Hügel, die lediglich durch das Anwachsen des Leichenbrands entstanden sind, aber in ihnen gibt es weder Terrassen noch überhaupt Gebäude.«

»Am besten wäre es vielleicht, auf diesen Irrsinn überhaupt nicht zu antworten. Aus meinen Berichten geht ja schließlich klar genug hervor, daß von Aschenurnen keine Rede sein kann, wenn ich sie zuerst auch leider irrtümlich so nannte, und daß ich, wenn ich von den Aschenschichten sprach, Ziegel- und Holzasche meinte. Und genauso klar habe ich gesagt, daß ich in dreizehn Jahren trojanischer Grabungen ganze drei Gerippe und einen Schädel gefunden habe, menschliche Asche nur in zwei Dreifußvasen der untersten Stadt. Und überhaupt, wenn man dieses Gefasel liest – hier, hören Sie nur: ›Ein Jahr ist vergangen, seit meine Feuernekropole in die Lande leuchtet! Die Anerkennung der Nekropole von Troja und Tiryns ist der Beginn einer neuen Epoche der Altertumswissenschaft. Kein Wunder, wenn überlebte und bedrohte Systeme sich dagegen sträuben‹ – nun, das genügt doch wahrhaftig für jeden denkenden Leser und eigentlich auch für die Gummizelle. Mir tut es nur leid, daß ich mich überhaupt auf Entgegnungen eingelassen habe. Wer Dreck anfaßt, besudelt sich, sagte Peter Hüppert immer, und der war ein kluger Mann.«

»Ich meine, Heinrich«, wirft Sophia in das Gespräch, »die beste Methode, Bötticher abzutun, wäre die Veröffentlichung der reizenden Parodie, die dir neulich ein junger Archäologe schickte. Herr Dörpfeld, ich glaube, die kennen Sie noch nicht. Es ist ein prachtvoll aufgebauter Beweis, daß die Akropolis von Athen niemals etwas anderes gewesen ist als ein Böttichersches Krematorium. Die Pansgrotte sei heute noch mit ihren rauchgeschwärzten Wänden und ihrem aschebedeckten Boden als Verbrennungsofen zu erkennen. Die Kanäle, die die törichten Archäologen als Wasserleitungen deuteten, dienten dazu, die Glut überall hinzuleiten. Die Propyläen öffneten mit ihren ernsten Formen einen stimmungsvollen Eingang zum Trauerplatz, und Parthenon und Erechtheion waren ebenso geräumige wie geschmackvolle Beinhäuser. Aber das Beste habe ich Ihnen bis zum Schluß aufbewahrt: um diesen Krematoriumscharakter geschickt und endgültig zu verwischen, hat unser böser Schliemann den großen Schornstein des Krematoriums abbrechen lassen, nämlich den sogenannten Frankenturm.«

»Sehr hübsch ausgedacht«, lobt Dörpfeld. »Aber mit Ironie kommen wir ebensowenig weiter wie mit Totschweigen. Denken Sie, ich lasse es mir gefallen, zu allem Überfluß auch noch als Fälscher angeprangert zu werden? Was ist es denn anders, wenn Bötticher in die Welt hinausposaunt, wir hätten seit Jahren alle Pläne nach unserm vorgefaßten Bild entworfen und Mauern und Häuser und Straßen eingezeichnet, wo faktisch nichts war als die kleinen Wände der Krematoriumsöfen? Und wir hätten obendrein, nur um Bötticher zu widerlegen, in die tatsächlich vorhandenen Mauern Türen gehackt, um so aus geschlossenen Öfen Häuser machen zu können? Auseinandersetzung, ja, auch hart, wenn es sein muß, aber keine Beleidigungen von diesem Gewicht!«

»Lieber Dörpfeld, wissen Sie noch, was Sie mir in unserm ersten gemeinsamen Jahr sagten, als ich mit Stephani aneinandergeraten war? ›Wissenschaftliche Fragen lassen sich nicht durch Schimpfen, sondern nur durch sachliche Beweise entscheiden.‹ Mir scheint, jetzt wollen Sie zu schimpfen beginnen.«

»Aber verstehen Sie denn nicht, Herr Schliemann? Er hat uns tödlich beleidigt, Sie, Virchow, mich und alle anderen, die unsere Ergebnisse akzeptierten. Das können wir nicht auf uns sitzenlassen.«

»Nun gut, wir wollen alle drei darüber nachdenken, wie wir diesem Teufel von Hauptmann das Maul stopfen. Einem von uns wird schon etwas einfallen.«

In der Nacht schrickt Sophia aus tiefstem Schlaf. »Hoch lebe Pallas Athene! Hoch! Und zum drittenmal hoch!« schreit Schliemann neben ihr.

»Um Gottes willen, was ist denn?« fragt sie entsetzt. »Wie spät ist es überhaupt?«

»Eben drei, Sophidion. Ich *habe* den richtigen Einfall!«

»Ja, den hast du manchmal! Mitten in der Nacht so zu schreien! Hoffentlich hast du die Kinder nicht aufgeweckt.«

»Versteh doch! Den Einfall für Bötticher!« Schon sitzt er und schüttelt erregt ihren schlafwarmen Arm. »Ich telegraphiere sofort an Radowitz um einen neuen Ferman für Troja! Ich baue meine Häuser wieder auf, aber erheblich mehr als das letztemal. Überhaupt muß alles ins Große gehen. Es geht um die Wurst, wie Prange sagte. Eine Feldeisenbahn muß auch angelegt werden oder besser gleich zwei oder drei. Stell dir vor, wie das die Arbeit erleichtern und beschleunigen wird! Dann umgeben wir uns mit einem ganzen Generalstab von Naturforschern, Architekten und Archäologen und laden Bötticher ein zuzusehen. Es wäre doch gelacht, wenn dieser unser Generalstab den Hauptmann a. D. nicht kleinkriegt! Außerdem können wir mit dem leider Nötigen gleich das Gute verbinden, die Straßen bis in die Unterstadt freilegen und den noch unberührten Teil ganz langsam nach und nach von oben her und vor den Augen der Welt abtragen.«

»Das ist sicher gut, Heinrich«, antwortet Sophia, »aber mir scheint, dazu wäre in vier oder fünf Stunden auch noch Zeit gewesen.«

»Wo denkst du hin!« Schon springt er aus dem Bett, fischt nach den Pantoffeln und zündet Licht an. »Schlaf ruhig weiter. Ich bereite schon die ganzen Schriftstücke vor, damit sie abgehen können, sobald die Post öffnet.«

Schon fällt die Tür ins Schloß, und seufzend versucht Sophia wieder einzuschlafen.

Dörpfeld stimmt dem Plan begeistert zu und, da er sich am meisten beleidigt und der Fälschung angeklagt fühlt, erläßt er durch die Presse eine Einladung an Bötticher. Gleich geht sein Plan in die Breite: vielleicht bringt der Hauptmann a. D. fertig, was fast zwanzigjähriges Bitten und Rufen nicht zuwege gebracht hat: eine Gelehrtenkommission, die einmal vor aller Welt und mit aller Deutlichkeit sagt, daß Troja Troja ist. Das sollen nicht nur Herren sein, die amtlich von der deutschen Regierung abgeordnet werden, sondern ein internationales Gremium. Einen Gelehrten aus Berlin, einen aus Wien, einen aus London und einen aus Paris, rät er.

»Dann verlangen wir aber von Paris«, ruft Schliemann, »daß Salomon Reinach selbst erscheint!«

Hamdi Bey, der Direktor des Ottomanischen Museums, zufällig in Paris angetroffen, betont, daß kein Ferman mehr nötig sei, sondern nur seine eigene Erlaubnis, die er umgehend zu schicken verspricht. Aber Hamdi Bey ist Orientale, und seine Auffassungen von »umgehend« sind recht anders als die Schliemanns. Briefe und Telegramme bleiben unbeantwortet. Der Fall ist aber dringend und die Rechtfertigung vor der Welt nötiger als je, denn wenn Böttichers Krematorium auch keineswegs über die Lande leuchtet, so stinkt es desto mehr, vor allem nach dem Beifall Reinachs und nachdem er sein Pamphlet auch noch französisch hat drucken lassen.

Wieder soll Radowitz seinen Ruf rechtfertigen, ein Freund Homers und ein Gönner der Wissenschaft zu sein. Aber Radowitz ist nicht nur das, er ist auch kaiserlich deutscher Beamter und würde eher seine geliebten Orden ablegen, als etwas ohne Weisung zu tun. Dringende Briefe an Bismarck, Vater und Sohn: der Botschafter in Konstantinopel möge zu energischem und beeiltem Vorgehen veranlaßt werden. Schöne, Virchow und andere sollen die Bitte bei allen kompetenten Stellen unterstützen. Als Radowitz dann mitteilt, in wenigen Tagen werde er die Genehmigung erhalten und weiterleiten, sind auch schon die Einladungen an die Akademien heraus. Aber auch noch eine andere Einladung.

»Wie kommt es«, hat Schliemann einmal in vertrautem Kreise gefragt, »daß Böttichers hirnverbrannte Leichenbrandeinfälle überhaupt Anhänger finden?«

Man hat hin und her geraten und mancherlei Gründe gefunden, die für einzelne zutreffen und auch für Frankreich allgemein gelten mögen. Aber warum hat Bötticher in Deutschland ein so großes Echo?

»Weil er ein Hauptmann a. D. ist«, findet Schliemann schließlich selbst heraus. »Für den braven Durchschnitt des Volkes und auch der Herren Philologen, die es günstigstenfalls bis zum Leutnant der Reserve bringen, kommt der Hauptmann gleich hinter dem lieben Gott, und wenn der Herr Hauptmann etwas sagt, gibt es nur Strammstehen und ›Jawohl, Herr Hauptmann‹-Sagen.« Ihm fallen seine Erlebnisse im Jahre 1871 ein, und er erzählt sie. Dann fährt er fort: »Leider können wir nun ja den Akademien nicht gut schreiben, sie möchten auf den militärischen Rang ihrer Delegierten achten, ganz abgesehen von meinem lebhaften Zweifel, ob sie in dieser Hinsicht über besonders gute Stücke verfügen. Wie weit haben Sie es übrigens gebracht, Herr Dörpfeld?«

»Vorläufig bis zum Sekondeleutnant.«

»Na, sehen Sie, damit können wir auch keinen großen Staat entfalten. Aber mir ist eine andere Lösung eingefallen – Herr Steffen, der im Auftrag der Zentraldirektion Mykene kartographisch aufnahm, war ein sehr vernünftiger und fähiger Mann, obwohl er schon eine höhere Charge hatte. Wenn ich mich nicht sehr irre, ist er ebenfalls Hauptmann.«

»Gewesen, Herr Schliemann. Er ist Major.«

»Bei Zeus, das ist gut! a. D.?«

»Aktiv, beim Hessischen Feld-Artillerie-Regiment Nummer elf in Kassel.«

»Artillerie auch noch! Etwas Besseres konnten wir uns gar nicht wünschen! Steffen ist der richtige Mann für uns. Ich werde sofort der Berliner Akademie schreiben, daß sie ihm für ein paar Wochen Urlaub erwirkt. Also stellt euch das vor: wenn der aktive Major Steffen sagt ›So ist das‹, kann der Hauptmann a. D. nur noch die Hacken zusammenreißen und ›Jawohl, Herr Major‹ krähen, denn sonst macht er sich einer Todsünde schuldig, die nie vergeben werden kann: der Insubordination!«

Telamon meldet einen Besuch, dessen Namen er nicht verstanden hat. Etwas linkisch und schüchtern tritt ein junges Mädchen in das Zimmer und bleibt an der Tür stehen.

»Nun?« fragt Schliemann freundlich und geht der Besucherin entgegen. »Mademoiselle, Fräulein, Miß, Sie wollen wie alle Reisenden die größte Sehenswürdigkeit Athens betrachten, nämlich mich? Tun Sie es ausgiebig. So, mich kennen Sie nun schon. Dies ist meine Frau, dies der Direktor des Archäologischen Instituts Herr Doktor Dörpfeld, dies Professor Schmidt, der Direktor der Sternwarte, die Sie wahrscheinlich schon von fern auf dem Nymphenhügel gesehen haben. Kommen Sie nur des Namens wegen, oder interessieren Sie sich für die Altertümer? Dann zeige ich Ihnen gern mein Museum.«

»Um Vergebung, Herr Doktor. Ich bin Marie Mellien . . .«

». . . die uns Herr Geheimrat Virchow empfohlen hat? Ausgezeichnet. Wir erwarteten Sie erst morgen und hätten Sie natürlich am Piräus abgeholt. Es spricht sehr für Sie, daß Sie nicht weinend auf ihren Koffern sitzen geblieben sind, sondern sich selbst durchgeschlagen haben. Seien Sie herzlich willkommen in unserm Hause. Wollen Sie sich ein wenig von der Reise ausruhen? Aber nein, Sie kommen bloß von Neustrelitz, das ist ja nicht weit. Hat Ihnen Herr Geheimrat Virchow schon mitgeteilt, daß Sie sich für die Zeit Ihres Aufenthalts einen anderen Namen aussuchen müssen? Marie können Sie hier nicht verwenden, wir leben mit Homer. Also wie ist es? Ikawi ist doch ein schöner Name, nicht wahr? Und Ihnen sicher aus der Ilias vertraut.«

»Ich habe natürlich die Ilias gelesen, Herr Doktor, aber Ikawi kommt doch gar nicht darin vor?«

»Ach so, Sie haben sie mit der falschen erasmischen Aussprache gelesen, die sich die Deutschen nicht abgewöhnen können. Hekabe ist das.«

»Eine so alte Frau, Herr Doktor . . .«

»Aber eine gute Frau und eine Königin obendrein. Nun, meinetwegen können Sie einen jüngeren Namen bekommen – Hippokaste, Laodike, Briseës . . .« Er hält wartend inne.

»Dann nehme ich Briseës«, sagt Marie Mellien errötend und freut sich, daß sich jetzt Sophia ihrer annimmt und sie aus dem Zimmer führt.

2 Schliemanns Plan gelingt. Nachdem die Berliner Akademie zuerst die Wünsche des Forschers kurz und kühl abgelehnt hatte, erfüllt sie sie dann doch auf das Drängen von Ernst Curtius.

Für den fünfundzwanzigsten November 1889 ist die Gelehrtenkonferenz mit Bötticher festgesetzt. Die Berliner Akademie delegiert Major Steffen, die Wiener unter Beifallsstürmen für Schliemann Professor Niemann, den Architekten der Grabungen von Samothrake. Die französische Akademie hat sich unter dem Druck des allgewaltigen Reinach in Schweigen gehüllt.

Schliemannopolis ist wieder aufgebaut, größer als je zuvor.

Die Feldbahnen schwimmen leider noch irgendwo zwischen Marseille und den Dardanellen und werden jeden Tag erwartet. Bis zur Ankunft der Gäste werden keine wesentlichen Arbeiten durchgeführt, damit niemand sagen kann, es sei noch etwas für die Kommission hergerichtet worden. In den Tagen des Wartens legen Schliemann und Dörpfeld genau fest, was noch alles getan werden muß.

Am dreißigsten November treffen Professor Niemann, Major Steffen und Hauptmann a. D. Bötticher in Hissarlik ein. Die Konferenz dauert vom ersten bis zum sechsten Dezember und läßt keine Mauer, keinen Quadratmeter der Ausgrabungen ununtersucht. Bötticher muß – nicht nur des höheren Ranges Steffens wegen – einräumen, daß von Fälschungen der Grabung nicht die Rede sein kann. Er rächt sich, indem er Dörpfeld wie einen dummen Jungen behandelt, doch der läßt sich um des Zieles der Zusammenkunft willen alles gefallen.

Am letzten Tage wird ein Protokoll aufgesetzt, in dem Niemann und Steffen »als unparteiische Zeugen« erklären, daß die Beschuldigungen Böttichers jeder Grundlage entbehrten. Als Schliemann und Dörpfeld darauf von Bötticher verlangen, er möge seine Anschuldigungen öffentlich zurücknehmen und sein Bedauern über seinen Irrtum erklären, lehnt der Hauptmann a. D. das in schroffstem Kasernenton ab und stellt fest, er habe nur der Wissenschaft nützen wollen.

Wortlos gehen die Kontrahenten auseinander, und Schliemann schickt dem besiegten, aber nicht geschlagenen Feind durch einen Diener Bescheid, daß und wann zwei Pferde zu seiner Verfügung stünden, mit denen er sich zur Dardanellenstadt begeben könne.

Aber noch denkt Bötticher nicht an die Abreise. Er hat, ebenso wie die Delegierten der Akademie, von Schliemann ein überreichlich bemessenes Reisegeld, tausend Mark, erhalten und auch prompt bei einer Berliner Bank behoben. Jetzt erklärt er, er verlange siebentausendzweihundert Mark Reisespesen. Erst als der Major ihm klarmacht, daß er bei seinen tausend Mark noch allerhand übrig behalte, verschwindet Bötticher mit einem vergrämten »Jawohl, Herr Major«. Aber von Konstantinopel aus erneuert er brieflich seine Forderung. Sie bleibt natürlich unbeantwortet. In einem weiteren Brief verlangt er wenigstens noch weitere tausend Mark und droht, wenn er die nicht bekomme, werde er Schliemanns »erbärmliche Handlungsweise« in allen Zeitungen publizieren und ihn obendrein wegen finanzieller Schädigung verklagen. Da Schliemann von Erpressern nichts zu fürchten braucht und nach der einen Woche Zusammenseins überzeugt ist, Bötticher sei verrückt, lacht er nur und antwortet wieder nicht.

Böttichers Antwort läßt nicht lange warten: der »Levant Herald« bringt einen Brandartikel von ihm, in dem zu lesen steht, die Prüfung habe seine Krematoriumstheorie an Ort und Stelle voll bestätigt. Bald darauf erscheint auch ein neues Sendschreiben, das den alten Inhalt geschmacklos variiert.

3 Die wegen des früh einsetzenden Winters vorzeitig abgebrochenen Grabungen werden am ersten März wieder aufgenommen und beginnen mit der zweiten internationalen Gelehrtenkonferenz. Aus Deutschland erscheinen Virchow aus Berlin, Grempler aus Breslau, von Duhn aus Heidelberg und Humann, der Entdecker Pergamons, aus Berlin. Aus Konstantinopel kommt der Generaldirektor des Museums, Hamdi Bey, aus der Dardanellenstadt der amerikanische Konsul Frank Calvert. Von der Smithsonian Institution in Washington wird der Direktor der American School of Classical Studies in Athen, Professor Waldstein, delegiert, von der Pariser Akademie der Ausgräber von Susa, Babin.

In einem langen Protokoll stellen sie einmütig fest, daß Böttichers Behauptungen frei erfunden sind und daß die Bücher und Planzeichnungen Schliemanns und Dörpfelds in jedem Punkte der Wahrheit entsprechen.

Kaum sind die Gelehrten abgereist, so beginnen die neuen Grabungen, die sich fünf volle Monate hinziehen. Sie verfolgen das Ziel, die Burg der zweiten Stadt an den Punkten freizulegen, wo sie noch von jüngeren Mauern überdeckt ist. Hierbei fallen den durch Tiryns geschulten Augen sofort die Ähnlichkeiten zwischen der dortigen Anlage der Häuser und den Resten der verbrannten Stadt auf, nur daß die tirynthische wesentlich weiter fortgebildet und erweitert erscheint.

Immer mehr rundet sich das Bild ab, am Ende der Kampagne ist fast die ganze Ummauerung mit zwei Haupttoren und einer kleinen Ausfallspforte freigelegt.

Eine weitere große Aufgabe dieses Jahres besteht darin, eine schichtweise sorgfältige Abtragung der an der West- und Südwestseite des Hügels unangerührt stehengebliebenen gewaltigen Erdklötze vorzunehmen. Dabei zeigt sich zunächst, daß an dieser Stelle nicht mehr alle Schichten vorhanden sind: hier lag die Akropolis der römischen Stadt Novum Ilium, und um eine gute Unterlage für die dort errichteten Prunkbauten zu bekommen, haben die römischen Baumeister offenbar die ganze Mitte des Hügels abgetragen und ein Planum geschaffen; unter den sehr tiefreichenden Fundamenten ihrer Tempel und Hallen kommt gleich die fünfte Schicht, eine der drei armseligen kleinen Ansiedlungen, die sich im Laufe der Jahrhunderte auf den Trümmern der verbrannten Stadt erhoben hatten. Aber vielleicht waren es nicht erst die Römer, denn auch schon bei einem griechischen Autor findet sich die Notiz, daß Archaianax im sechsten Jahrhundert die Mauern Trojas abbrach und damit Sigeion und Achilleion baute.

Die Arbeit geht nur langsam vonstatten, denn der Schutt liegt mehr als sechzehn Meter hoch, und in jedem Augenblick muß vermessen und photographiert werden, bevor man weitergraben kann.

Nebenher läuft noch eine andere Aufgabe: die allmähliche Erforschung der Unterstadt. Versuchsgräben zeigen auch hier eine mehrschichtige Besiedlung, mit der man noch auf Jahre hinaus zu tun haben wird.

Das Kapitel Troja ist noch längst nicht zu Ende geschrieben, das wird mit jedem Tage deutlicher. Zwanzig Jahre lang ist die verbrannte Stadt die homerische Ilios gewesen, aber jetzt erheben sich mit einemmal Zweifel – nicht für die Außenwelt vorerst, aber für die Ausgräber selbst.

Lange Tage kümmern sie sich kaum um das, was ringsum geschieht. Sie fesselt ein Fund schräg oberhalb der großen Rampe am Südwesttor, der hier beim Abtragen eines der riesigen Erdklötze zutage kommt. Die Rampe gehört eindeutig der zweiten Schicht, der verbrannten Stadt, an, denn sie ist seit langem mit allem Zubehör an Häusern und Mauern und Scherben freigelegt. Das kleine Gerümpel im Durchschnitt des Hügels gehört ebenso eindeutig der dritten bis fünften Schicht an, und ganz oben lassen die römischen Baureste auch keinen Zweifel. Aber was für eine Mauer ist das, die über der fünften Schicht mit einer Ecke aus der Erde sieht? Das sind doch auch solche polygonalen Blöcke, wie sie ganz zu Anfang im »Bollwerk des Lysimachos« steckten, das dann leider die Türken wintersüber in Tschiblak verbaut hatten. Und das sind auch solche Blöcke wie die, mit denen in Mykene und Tiryns gebaut war.

Fieberhaft wird das Römische registriert und weggeräumt und ebenso das unbedeutende Griechische, was noch darunter versteckt liegt. Wenige Scherben, ebenfalls frühgriechisch, werden numeriert und in den Korb gelegt, der die unwichtigen Stücke aufnimmt. Jetzt Vorsicht! Ein Korb nach dem anderen, voll von Erde und Schutt, wird zu den Loren der Feldbahn getragen, und mählich schälen sich die Mauern aus dem Boden. Dörpfeld sieht Schliemann an. Schliemann sieht Dörpfeld an. Ohne ein Wort zu sagen. Schliemann reißt einem der Arbeiter die Schaufel aus den Händen. Er kann es nicht abwarten, bis das Bild klarer wird.

Da, die Mauer ist zu Ende. Aber sie hat keinen seitlichen Abschluß, eine Tür kann es kaum sein. Eine Lücke in der Wand nur? Los, suchen, mit eisernen Stangen tasten, mit Spaten und Hacken probieren, ob sie nicht wiederzufinden ist, einen Meter weiter oder zwei oder fünf. Pallas sei Dank, da ist sie wieder! Eine halbe Stunde vergeht in angestrengter Arbeit. Keine Scherbe, keine Werkzeuge, nur Mauer und da – da bildet sie einen rechten Winkel und setzt sich nach links fort.

Einer der Arbeiter läßt seine Hacke fallen und ruft: »Scherben, Effendi, mehr als eine Handvoll!« Mit der Messerspitze lösen die Forscher sie aus dem Boden. In kräftigem Rot und Blau und Schwarz, Weiß und Gold leuchten Spiralen und Rosetten, stilisierte Blätter und Pflanzen, Vögel und Schmetterlinge, Lotos und Seesterne. Die Flosse eines Delphins, der Hals eines Kranichs, das Horn eines Stiers und der überhöhte Halbkreis einer Palmette; ein Stück, das zu einer Bügelkanne gehört haben muß, und der Fuß eines Gefäßes, das ein Trichterbecher gewesen sein könnte, kommen am folgenden Tag noch hinzu, als das Gebäude ganz ausgegraben ist.

Ist es ein Tempel? Vor Tiryns hätte man es gewiß so benannt. Nach den Erfahrungen der dortigen Burg muß es aber wohl ein Megaron sein – eine Vorhalle und dahinter ein Saal, neun Meter breit und elf Meter lang.

»Das ist unleugbar mykenisch«, sagt Schliemann heiser und sieht Dörpfeld an. Noch ist eine kleine Hoffnung in ihm, daß dieser aus der sicheren Erfahrung des hundertfach bewährten Architekten nein sagen und ihm an Hand irgendwelcher übersehener Kleinigkeiten seinen Irrtum nachweisen könnte. Aber Dörpfeld nickt.

»Das muß die Schicht sein, die ich achtzehnhundertneunundsiebzig lydisch nannte«, setzt Schliemann hinzu. Dörpfeld nickt wieder und fügt dann ein mageres »Wahrscheinlich« hinzu.

»Mykenisch ist aber, wie wir nun wissen, dasselbe wie die von Homer geschilderte Zeit. Dann wäre also die verbrannte Stadt vielleicht . . .«

Dörpfeld hebt die Hand und weiß gar nicht, daß er in ihr noch eine besonders große und schöne Scherbe hält. »Keine voreiligen Schlüsse, Herr Schliemann. Es ist nur ein einziges Haus, das wir bisher gefunden haben. In diesem Jahr werden wir schwerlich mehr aufdecken, denn Sie haben schon wieder das Fieber und ein ganzer Haufen unserer Arbeiter gleichfalls. Ein Zeichen, daß wir abbrechen müssen. Es wird dann im kommenden Jahr eine unserer vordringlichsten Aufgaben sein, dieser Spur nachzugehen und eben dieser Schicht nachzuspüren, die wohl die sechste sein muß. Vorläufig steht nur eines fest: daß wir mit diesem Haus eine sichere Datierung für die Schicht haben, und zweitens auch noch, daß die verbrannte Stadt wesentlich älter sein muß, daß noch drei Schichten dazwischen liegen.«

»Außerdem«, ergreift Schliemann einen Strohhalm, der vielleicht – oh, »vielleicht«, dieses Wort, das er nicht weniger gehaßt hat als das Wort »ungefähr«! – Rettungsanker werden könnte, »außerdem bestünde ja die Möglichkeit, daß es sich bei den Scherben um Importware handelt. Die verspätet sich auch heute noch bisweilen ganz beträchtlich, und was an einem Orte Ladenhüter ist, kann woanders neueste Mode sein. Nun, im nächsten Jahre werden wir klarer sehen.«

Er wendet sich und geht mit seltsam schweren Schritten seinem Holzhaus zu. Er weiß, daß er eben Unsinn geredet hat. Rund zwanzig Jahre hat seine Arbeit nun Troja gegolten, und nun sieht es so aus, als sei alles unnütz – nein, das ist wieder Unsinn. Nichts war unnütz, auch die Fehler nicht und nicht die Irrtümer. Als sei alles voller Irrtümer gewesen, muß es heißen, und als komme nun erst die Wahrheit ans Licht.

Er gibt der Müdigkeit nach, die plötzlich seine Schultern nach vorn und seinen Rücken krumm zieht, und lehnt sich an den Türpfosten seines Häuschens. Tief jagen die Wolken über das Meer heran. In seinen Ohren, die sich in den letzten Wochen ein wenig gebessert hatten, rauscht es wieder unerträglich. Einen Augenblick denkt er, er sei wieder ein Kind und stehe beim Fräulein von Schröder und halte eine der großen tigerbunten Muscheln von der hellpolierten Kommode ans Ohr gedrückt. Damals rauschte nur eine unbekannte große Ferne, voller Sehnsucht und Schönheit. In dem Rauschen von heute aber ist ein unerträglicher saugender Schmerz . . .

OPISTHODOMOS

... ἵνα ἦσι καὶ ἐσσομένοισιν ἀοιδή.
Od. VIII, 580

... daß er würd' ein Gesang der Enkelgeschlechter.

1 Die Tramontana hat den Himmel so klar gefegt, daß er sich heute doppelt so hoch wölbt als gewöhnlich, reiner und tiefer Kobalt. Wie von dem feinsten Pinsel eines Vasenmalers sind die langen Rauchäste ausgezogen, die aus dem Krater des Vesuvs wachsen. Sogar Schnee liegt auf der Höhe des Kegels, und der Monte Sant' Angelo, hinten auf dem Sorrentinum, ist ganz verschneit.

Wer heute nicht hinaus muß, bleibt zu Hause und hockt recht nahe an der Kohlenpfanne, und wer über die Straße geht, hat den Kragen hochgeschlagen und die Hände tief in den Taschen. Leer gähnt der sonst so belebte Toledo und ist so still, daß das Tuten eines Dampfers vom Hafen bis weit in die Stadt hinauftönt.

An der Ecke, halb im Eingang eines Palazzos, dessen gute Tage auch schon weit zurückliegen, hat ein Maronenröster sein Öfchen aufgebaut. Je und dann bleibt einer der Vorübereilenden stehen, hebt die klammen Finger aus den Taschen und wärmt sie über den glühenden Kohlen, kauft dann auch wohl für einen Soldo Kastanien, um sich auch innerlich etwas von wohliger Wärme zukommen zu lassen. Zwei halbwüchsige Jungen stehen ebenfalls dort und wärmen sich. Kunden sind sie freilich nicht, und oft genug hat der Händler sie mit kräftigen Worten vertrieben. Aber wer Geduld hat, besiegt jeden Widerstand, und so stehen die beiden nun ungestört ganz dicht am Öfchen und fühlen sich so wohl, wie es Neapler Jungens an einem Wintertag nur können.

Sie stehen mit dem Rücken zur Einfahrt des Palazzos und sehen den Toledo entlang. Dio mio, es passiert ja wirklich nichts an einem solchen Tag, aber vielleicht geht doch einmal ein Pferd durch oder jagt ein Hund eine herumstreunende Katze oder kommt sogar ein Fremder von den großen Hotels der Chiaia, dem man zeigen kann, wo es zum Museum geht.

Ob das wohl ein Fremder ist, der dort näher schlendert, viel zu langsam für die heutige Kälte? Nein, doch wohl nicht, trotz der altmodischen Brille, die er trägt. Immerhin, versuchen kann man sein Glück. »Zum Museum, Herr?«

»Museum«, sagt der verdrießlich – »den Weg zum Museum kannte ich schon, als du in die Windeln machtest!« Das war deutlich, und Italienisch war's auch, sogar mit einem kleinen Hauch Napoletanisch darin. Schade, damit war also nichts.

Aber trotz seiner mißmutigen Antwort ist der Fremde stehengeblieben. Nicht nur das. Die Lippen unter dem dünnen grauen Schnurrbart verziehen sich zu einem kleinen Lächeln, und auch um die hellblauen Augen strahlen freundliche Fältchen auf, so ganz im Gegensatz zu den tiefen Säcken aus Schmerzen und Schlaflosigkeit, die unter dem matten Brillenrand herunterhängen. »Wiederhole, was du gesagt hast!« befiehlt er. Die Augenlider des Jungen flattern. Er tritt einen halben Schritt zurück und wiederholt leise seine Worte.

»Lauter!«

»Zum Museum, Herr?«

»Dank sei dir, Pallas Athene!« ruft der Fremde, und sein Gesicht strahlt wie ein Sommermorgen am Golf. »Nein, nein, mein Junge«, fährt er schnell fort und legt dem Verdutzten die Hand auf die Schulter. »Ich bin nicht verrückt. Weißt du, ich war krank und konnte nicht hören. Ich dachte schon – nun gut. Großartig. Willst du Maronen?«

»Gern, Herr.« Man muß die Gelegenheit beim Schopf ergreifen. »Mein Vetter aber auch.«

»Soll er haben«, lacht der Fremde. »Jedem für vier Soldi. Mir auch ein paar. Nein, nicht so viel! Mehr als fünf oder sechs esse ich nicht.« Er greift eine Handvoll Kleingeld aus der Hosentasche und zählt sorgsam neun Kupfermünzen ab. Dann steht er, wirft wie die Jungens die schwarzen heißen Schalen der Kastanien im Bogen auf die Straße hinaus und kaut.

»Wart ihr denn schon mal im Museum?« fragt er dazwischen.

»Nein«, kommt einstimmig die Antwort. »Das kostet doch Eintritt«, ergänzt der jüngere altklug. »Sehen wir so aus, als wenn wir für so etwas Geld hätten?«

»Hm«, macht der Fremde, »das ist wahr. Eigentlich ist es schlecht, daß man Geld fordert, wenn jemand ins Museum möchte.« Nachdenklich zerbeißt er seine letzte Kastanie und wendet sich dann wieder dem Jungen zu. »Wie heißt du?«

»Ettore, Herr.«

»Ein schöner Name. Weißt du, daß er griechisch ist und daß einmal ein großer Held so hieß?«

»Wie denn nicht, Herr! Hektor hieß er und war der Sohn des Königs Priamos. Und mein Vetter hier heißt Paride, Paris, wie Hektors Bruder.«

»Der Daus«, ruft der Fremde verdutzt und sieht über die Ränder seiner Brille hinweg die beiden genauer an. »Du bist ja ein kleiner Gelehrter. Woher hast du denn deine Wissenschaft?«

»Von meinem Vater, Herr.« Und dann fügt er stolz hinzu: »Sie denken wohl, wir sind Lazzaroni? Nein, wir sind Griechen. Aber wir sind schon lange hier. Schon der Vater meines Vaters ist nach Neapel gekommen und hatte gute Arbeit. Aber dann kamen schlechte Jahre, und nun sind wir arm.«

»So, so, also Griechen seid ihr. Und da schämt ihr euch gar nicht, dieses scheußliche Napoletanisch zu plappern?«

»Herr, Sie beleidigen mich!« ruft der Maronenröster zornig.

»Unsinn!« antwortet der Fremde. »Ich habe kein Wort gegen die Napoletaner gesagt. Das sind Prachtmenschen, wenn man sie richtig kennt. Aber ihr Dialekt ist entsetzlich. Lieber will ich den ganzen Tag Irisch oder Sächsisch hören. Genug! Unterbrich mich nicht, ich rede mit den Jungens. Da schämt ihr euch gar nicht, sage ich, eure Muttersprache, die herrlichste Sprache der Welt, zu vergessen?«

»Menin aeide, thea, Peleiadeo Achilleos
oulomenen, he myri Acheiois alge' etheken . . .«,

deklamiert Ettore statt jeder anderen Antwort, und nach den ersten Worten schon ist Paride eingefallen. Der Maronenröster schüttelt den Kopf und stochert wütend mit der Zange in der Glut. Knisternd platzen die Kastanien.

»Ja, ja«, nickt der Fremde vor sich hin, »der Zorn des Achilleus vor den Mauern Trojas . . . Was wißt ihr von Troja, du, Paride!«

»Alles, Herr, was bei Homer steht. Mein Großvater hat es mir oft erzählt.«

»Das ist eine stolze Antwort, mein Junge. Und du, Hektor?«

»Noch mehr. Ich weiß auch, daß vor zwanzig Jahren ein Mann gekommen ist, der Troja wieder ausgegraben hat. Da hat er das Skaiische Tor gefunden und dicht dabei den Schatz des alten Königs Priamos und den Schmuck der schönen Helena.«

»Großartig!« lobt der Fremde. »Und weißt du vielleicht auch, wie der Mann hieß, der das tat?«

Der Junge denkt nach, angestrengte Falten auf der schmalen braunen Stirn. Dann schüttelt er langsam den Kopf. »Haha«, lacht verschmitzt der jüngere – »aber das weiß ich.« Plötzlich senkt er traurig den Kopf. »Nein, doch nicht. Das ist so ein schwerer ausländischer Name – halt, Simois – nein, aber beinahe so – Simanos – nein, auch nicht . . .«

»Slimanides«, rät Hektor.

»Schliemann«, brummt mürrisch der Maronenröster. »Das weiß doch jedes Kind – und ihr wollt Griechen sein!«

»Sind wir auch! Aber du hast recht: Schliemann heißt er.«

»Nun«, beginnt der Fremde, »ich freu' . . .« Mitten im Wort bricht er ab, beißt in einem jähen Schauer die Zähne zusammen und fährt mit der Hand an das linke Ohr. Ein Stöhnen preßt sich über seine Lippen. Entsetzt, mit großwerdenden Augen, stehen die Jungen. Paris faßt behutsam den Mantelärmel des Fremden und fragt leise: »Sie fühlen sich schlecht, Herr?«

»Nein, nein«, antwortet der nach einer bangen kleinen Weile – »es geht schon vorüber. Aber ich will doch lieber noch zum Arzt gehen, gleich wenn ich im Museum fertig bin.« Er zieht den Handschuh aus und greift in die Tasche. »Hier, Hektor und Paris, ihr habt mir eine große Freude gemacht. Erstens habt ihr mir bewiesen, daß ich wieder hören kann. Zweitens, weil ihr Griechen seid. Drittens, weil ihr so gut im Homer Bescheid wißt, nun, und viertens, weil ihr auch Schliemanns Arbeit in Troja kennt. Teilt euch das redlich. Aber daß ihr mir nicht mehr als zehn Prozent davon verjuxt, verstanden? Neun Zehntel gebt ihr eurer Mutter zum Aufbewahren oder für Kleidung oder was sonst nötig ist. Versprecht ihr mir das?«

»Ja, Herr«, sagen die beiden und sehen, Unglauben und Bestürzung in ihren Gesichtern, wie der Fremde seine ganze Tasche, Kupfer, Nickel, Silber und sogar zwei Goldstücke, in ihre kleinen schmutzigen Hände ausleert. Der Maronenröster schluckt ein paarmal, stößt dann einen Luftstrom durch die Nase, spuckt geräuschvoll in das aufzischende Feuer und stößt lärmend die Zange in die Kohlen. »Nicht ärgern«, sagt der Fremde kühl. »Das ist nicht gut für die Leber. Neid stört den Kreislauf mehr als falsches Essen. Warum neidest du den beiden das Geld? Du hast doch deinen Beruf und dein Auskommen. Mehr als sein Auskommen zu haben, ist nur für Menschen gut, die einen starken Charakter haben. Die andern verfressen's und versaufen's und wundern sich dann, wenn sie den Berg wieder runterrutschen oder auch einen Schlaganfall bekommen. Gesund leben ist das erste Gebot. Richtig, Jungens, baden! Vom März bis in den November jeden Tag im Meer baden. So halte ich's auch. Und noch etwas: außer eurem Zehntel legt ihr noch eine Lira beiseite, und damit geht ihr morgen ins Museum. Da ist noch Feiertag, und es kostet nur den halben Preis.«

Der Fremde klopft ihnen auf die Schulter, zieht seinen Handschuh wieder an und geht eilig die Straße hinauf. Mindestens zwanzig Minuten hat er versäumt; in der Zeit hätte er schon die neuen Vasen ansehen können.

Immerhin, es ist Weihnachten, und da darf man wohl einmal etwas Außerplanmäßiges tun.

»Ewcharisto, Kirie«, ruft es hinter ihm her, »danke, Herr«, und noch einmal, mit einer helleren Stimme »Ewcharisto!«

Der Fremde dreht sich kurz um und hebt winkend die Rechte.

Im eiligen Weitergehen zieht er die Zeitung aus der Tasche, um die ungewöhnliche Leere der Straße und die kostbare Zeit auszunützen. Wahrscheinlich gibt's nichts Neues in der Welt. Höchstens hat der deutsche Kaiser wieder eine unvernünftige Rede gehalten. Hm, vor neun Jahren, als man mit ihm zu Tische saß, wußte er so nett und verbindlich zu plaudern. Nein, in der Tat, die ganze erste Seite der Zeitung ist nicht die Druckerschwärze wert. Sehen wir die Stadtneuigkeiten. Der König trifft demnächst zu einem kurzen Aufenthalt ein. Kardinal Pignatelli ist abgereist. Aha, da steht man selbst – gestern angekommen, auf der Durchreise nach Athen und mit der Absicht – na, das ist doch Unfug! So schnell kann von Kreta doch noch nicht die Rede sein. Aber die Zeitungen sind immer klüger als man selbst. Sagen wir 1891 nochmals eine Kampagne in Troja und 92 wahrscheinlich auch noch, Kreta also keinesfalls vor 93 oder gar 94. Na ja, die Herren Journalisten. Aber laß sie. Sie haben einem zwar manchen Verdruß gemacht, im ganzen aber doch recht gute Dienste erwiesen. Ohne die »Augsburger Allgemeine« und die »Times« hätte der Ruhm wohl noch ein paar Jährchen auf sich warten lassen. Ohne sie hätten die gelehrten Krähen in ihrem giftgelben Neid die Lorbeeren so zerpflückt, daß nur ein paar elende trockene Stengel übriggeblieben wären. Nun gut, der Neapler »Mattino« weiß es also aus bester Quelle, daß man nach Kreta gehen wird, um neuen Ruhm und neue Schätze zu ernten. Blödsinn, Schätze! Als wenn es auf die Schätze ankäme! Wer einige Millionen hat, braucht keine Schätze aus der Erde zu graben wie ein zerlumpter Digger in Kalifornien. Oh, San Francisco, Sacramento – das ist nun runde vierzig Jahre her. Da war man noch ein ganz anderer Kerl. Da schlief man nicht ein nach dem Mittag wie ein Baby, das sich satt getrunken hat. Da brauchte man noch keine Brille. Da waren die Ohren noch in bester Ordnung.

Diese elenden Ohren. Warte mal – ja, Anno 64 machten sie sich zum erstenmal unangenehm bemerkbar, als wir vor Ceylon lagen. Dann gaben sie Ruhe bis November 72, als plötzlich alle beide zugleich taub wurden. Nun, die Ärzte in Würzburg bekamen sie wieder in Ordnung, nur nicht für lange. Immer wieder Schmerzen und Schwerhörigkeit, ja, wohl gar zeitweise Taubheit des einen Ohres. Virchow hatte gut reden, damals, als er sie mitten im Ida-Gebirge untersuchte. Sorgsamste fachärztliche Behandlung, na schön, meinethalben – aber Ruhe auch noch, monatelange Ruhe? Während die Arbeit einem auf den Nägeln brennt? Während sich ein Ossa von Plänen auf einen Pelion begonnener Werke türmt? Während man nie weiß, wieviel Zeit man noch hat?

Beim Zeus, achtundsechzig Jahre, in vierzehn Tagen neunundsechzig, ist doch kein Alter! Vater ist schließlich neunzig geworden und war bis zu seinem Tode wie eine von den Ivenacker Eichen.

Ruhe, sagt Virchow. Aber selbst gönnt er sich auch keine Minute davon mit seinen zehn Ämtern und dreißig Ehrenämtern, und unsereins soll brav stillsitzen und die Hände in den Schoß legen. Na, der alte Nestor – kämpfen konnte er längst nicht mehr, und doch wäre er als erster ins Trojanische Pferd geklettert, wenn der junge Neoptolemos ihm nicht so kräftig abgeredet hätte! Ruhe – später einmal, wenn Troja ganz fertig ist und auch das merkwürdige Kreta, wenn, ja, wenn dann nicht schon wieder eine andere Arbeit wartet. Am Schreibtisch sitzen wie irgendein Professor und gelehrte Bücher schreiben und Pamphlete gegen unsereins – solche Leute können ruhen, wenn ihr Arzt es ihnen befiehlt. Ein Buch mehr oder weniger, davon wird die Welt nicht ärmer und dümmer wahrscheinlich auch nicht. Aber den Spaten in die Hand nehmen und mit jeder Schaufel voll Erde ein paar Jahre tiefer in die wirkliche, in die mit den Händen greifbare Geschichte hineinsteigen, bis man dem Wissen um die Menschheitskultur ein rundes Jahrtausend hinzugefügt hat, das können sie nicht. Das kann wohl bloß –.

Zeus und ihr Olympischen alle – was ist das wieder – – oh, dieses Bohren und Stoßen! Als wenn ein böser Dämon eine Nadel durch das Ohr bohrte, tief in den armen Schädel hinein. Und dann dreht er sie um, langsam, wollüstig, und immer noch einmal mehr und noch etwas tiefer. Aber es geht ja wieder vorüber, ist ja noch immer wieder vorübergegangen.

Van Mellingen in Konstantinopel wollte die Operation. Virchow wollte sie auch und riet zu Schwartze in Halle. Was Virchow rät, ist gut (abgesehen von der Ruhe natürlich!). Aber vierzehn Tage nach der Operation fingen die Schmerzen an, ausgerechnet im linken Ohr, das gerade wieder etwas zu hören begann. In Paris hörte man dann wenigstens wieder rechts. Dann wieder die Taubheit. Nun ja, man hätte gestern bei dem scharfen Wind nicht mit dem Arzt nach Pompeji fahren sollen. Dieser Arzt war überhaupt ein Trottel. Mit einer freundlichen Geste und einem »Ça passe, cher Monsieur« ist's auch nicht getan. Aber eben war's doch wieder ganz gut, bei dem Gespräch mit den kleinen Griechen.

Nette Kerlchen, die beiden. Eigentlich hätte man sie gleich mitnehmen sollen ins Museum, sonst sehen sie sich gerade das Falsche an, den hellenistischen Trödel oder den römischen Schund. Schwachköpfe, diese Römer. Keinen einzigen selbständigen Einfall. Nichts als Organisationstalent. Wie die Preußen. Nein, Hektor und Paris sind Griechen. Man kann sie ruhig allein gehen lassen, sie haben das Gefühl für die wahre Kunst im Blut. Allerdings, Stamatakis war auch ein Grieche. Aber er war von allen Göttern verlassen. Alle sind sie gleich, diese Gelehrten, einer wie der andere. Bloß Dörpfeld ist ein weißer Rabe zwischen ihnen, aber der ist ja auch nie Philologe gewesen.

Und wieder der Schmerz. Er wird noch den Kopf auseinandersprengen. Nicht daran denken, dann vergeht es.

Der Schmerz –

Der Schmerz – –

Der Schmerz – – –

Man wird an der Piazza Dante doch noch einen Wagen nehmen müssen, einen geschlossenen, damit man aus der Tramontana herauskommt. Im Museum wird es dann schnell wieder gut werden. Die Vasen werden heilen. Morelli behauptet, es sei eine mykenische dabei. Blödsinn. Das werden wir ihm schnell nachgewiesen haben. So, da kommt ja schon der Vicolo della Carità, noch ein paar Ecken bis zur Strada dei sette dolori – merkwürdige Straßennamen haben die Neapler manchmal –, und dort stehen bestimmt ein paar Wagen.

Sette dolori. Die haben's gut hier. Bloß sieben Schmerzen. In meinem Ohr sitzen siebentausend. Da – was – ech, feurige Kreise vor den Augen – das hat man auch nicht mehr erlebt seit der tollen Kletterei auf der großen Chinesischen Mauer. Sette dolori, settemila dolori, siebenmal siebentausend Schmerzen. Pallas Athene, hilf!

»Madonna mia«, ruft der Straßenkehrer Gennaro, der mit seinem Gevatter, dem Krämer Mario Sambuco, gerade einen kleinen Schwatz an der Ladentür hält, als ein Passant plötzlich die Arme in die Luft wirft und mit einer schwerfälligen halben Drehung auf das Pflaster schlägt. »Das bedeutet vierundsiebzig fürs Lotto«, sagt Mario bedächtig, indes er sich mit dem Rücken vom Türrahmen abstößt und die paar Schritte zu dem Gestürzten macht. Aus einem benachbarten Laden eilt ein Kunde hinzu, von dem Bäcker in seinem weißen Kittel gefolgt.

»Ist er betrunken?« fragt eine ältliche Frau mit spitzer boshafter Stimme, sie wollte gerade den Platz überqueren, und gesellt sich neugierig der kleinen Gruppe zu.

»Ein Kranker, das sieht man doch«, knurrt Gennaro unwillig, »und ein Herr obendrein. Faß an, Mario, wir bringen ihn in deinen Laden. Vielleicht erholt er sich gleich wieder.«

Sie heben den Gestürzten auf und tragen ihn in den engen Laden, in dem es nach Stockfisch und Petroleum riecht. Auf einen löcherigen Rohrstuhl setzen sie ihn und lehnen seinen Rücken gegen den Rand der weißgescheuerten Verkaufsbank. Die auf der Straße herumstanden, haben sich gleichfalls hereingedrängt, und noch ein paar mehr. Eine Frau hat Riechsalz aus der Tasche gekramt und hält es dem Kranken unter die Nase. Mario besprengt seine Stirn mit eisigem Wasser. Nichts hilft. Der Kopf hängt vornüber. Die Augen sind verdreht und lassen nur das Weiße sehen. Flach und stoßweise geht der Atem. Jemand legt die zerbrochene Brille auf den Tisch.

»Ein Schlag?« fragt schüchtern ein blasser junger Mann, der in der Tür auf den Zehen steht und über die Köpfe der andern hinwegzusehen sucht.

»Möglich«, antwortet einer.

»Man muß einen Arzt holen«, schlägt die Frau mit dem Riechsalz vor.

»Unsinn«, antwortet ihr Gennaro. »Ehi, Giovanotto«, winkt er nach einem prüfenden Blick ringsum den blassen jungen Mann heran. »Ihr seid ziemlich kräftig, scheint mir. Faßt mit an. Wir bringen ihn am besten nach drüben, ins Hospital. Hier hat's keinen Zweck.«

»Aber ich muß . . .«, will der Gerufene Einwendungen erheben.

»Was müßt Ihr? Ist es Christenpflicht oder nicht, einem Verunglückten zu helfen, noch dazu am heiligen Weihnachtsmorgen? Euren Aal zum Feiertag könnt ihr auch später noch einkaufen, und die Lottobank hat heute geschlossen. Los, angefaßt!«

Der junge Mann hebt die Füße des Ohnmächtigen an, Gennaro faßt ihn unter den Achseln, und so tragen sie ihn quer über den Platz der Carità zum Hospital. Jemand zieht die Glocke. Reden werden gewechselt, und schließlich hat der alte krumme Pförtner den Arzt vom Dienst geholt, der nun wie ein weißes Ausrufungszeichen zwischen den schwarzen Flügelhauben der Schwestern in der Tür steht. Der Kranke liegt auf dem schmutzigen Gehsteig zwischen Papier und Zigarrenstummeln, Orangenschalen und Fischgräten. Endlich ist auch ein Polizist aufgetaucht und sorgt dafür, daß die Neugierigen in einen kargen Kreis zurücktreten.

»Was soll's?« raunzt der Arzt. »Wir sind hier ja schließlich keine Unfallstation, sondern ein Krankenhaus!«

»Da sind wir ja an der richtigen Adresse«, ruft Gennaro patzig. »Das sieht doch ein Blinder, daß der Mann krank ist.«

»Krank!« bellt der Arzt zurück. »Ich bin auch krank und muß doch Dienst machen. Krank und krank ist ein gewaltiger Unterschied, mein Guter!«

»Jetzt hat er mit den Augen gewackelt!« kräht ein kleines Mädchen, das an der Hand der Mutter in der vordersten Reihe steht. »Sieh mal, Mama, jetzt bewegt er den Mund.« Interessiert beugt sich alles vor, sogar der Arzt tritt zwei Stufen tiefer. »Na also, dann ist ja alles schon in Ordnung«, sagt er befriedigt. Aber das ist schon als Irrtum erwiesen, bevor er den Satz beendet hat. Wohl bewegt der Liegende den Mund, aber kein Ton kommt über seine Lippen. Dann macht er den Versuch, eine Hand zum Kopfe zu heben, aber welk und wie abgeschnitten fällt sie wieder zurück.

»Los, los, weitergehen!« kommandiert der Polizist, der sich auf seinen Beruf besinnt. »Nehmen Sie ihn nur rein, Doktor, die Leute haben recht, der Mann ist wirklich krank. Scheint auch die Sprache verloren zu haben.«

Ungnädig tritt der Arzt noch eine Stufe tiefer auf den Bürgersteig, nimmt die kraftlose Hand des Liegenden in die seine und fühlt den Puls. »Na ja«, sagt er dann und läßt den Arm achtlos zurückfallen. »Was ist denn das für einer? Wir können ja schließlich nicht jeden nehmen, den man uns anschleppt? Na, wird's bald?« fährt er den Polizisten an – »seht doch nach, ob er Papiere bei sich hat.«

Hastig beginnt der, die Taschen des Liegenden zu durchsuchen. Im Mantel steckt nur ein Schlüsselbund und ein Taschentuch. Die Buchstaben H. S. sind mit roten Fäden in eine Ecke gestickt.

»H – gibt es bei uns nicht! Auch das noch – ein Ausländer!« knurrt der Arzt. »Hat er denn wenigstens Geld?«

»Nichts, Doktor«, antwortet der Polizist. »Weder Geld noch Papiere. Dies ist das einzige . . .«, und damit reicht er dem Arzt ein aus einem Notizbuch gerissenes Blatt, auf dem ein paar flüchtige Bleistiftlinien wie von Hausgrundrissen mit nebengeschriebenen Maßen stehen. Verächtlich läßt der Doktor das Blatt fallen, das ein Windstoß verweht.

»Aber er ist doch krank, Doktor, und ein wirklicher Herr«, sagt Gennaro fast bittend. Der Arzt sieht ihn mit emporgezogenen Brauen an, zieht den linken Mundwinkel nach unten. »Ein wirklicher Herr«, entgegnet er dann, »ohne Ausweise und ohne Geld? Ein wirklicher Herr läuft bei Tramontana nicht mit einem so leichten Mantel herum. Bringt ihn, wohin ihr wollt. Wir sind kein Obdachlosenasyl.«

Durch das dumpfe Murren der Neugierigen steigt er wieder die Stufen zur Tür hinauf und will sie gerade hinter sich schließen, als ein Ruf des Polizisten ihn innehalten läßt. »Hier, Doktor, in der Innentasche steckte noch etwas – ein Brief!« Dienstfertig springt er zum Eingang des Krankenhauses hinauf und reicht dem Arzt das Blatt. Ein Umschlag, aus dem sich Name und Wohnung des Unbekannten ergeben könnte, ist nicht vorhanden.

»Sehr geehrter Herr, ich werde mir erlauben, Sie morgen gegen fünf in Ihrem Hotel aufzusuchen, und bin Ihnen für die hohe Ehre zu größtem Dank verbunden, die Sie mir durch Ihren Ruf erweisen. Mit der größten Hochachtung Ihr sehr ergebener ... Ach!« ruft der Doktor mit kaum verhehltem Erstaunen, »das ist ja die Unterschrift von Professor Cozzolini – nun, das ändert die Sache. Los, schnell jemand zum Professor. Piazza Dante einundzwanzig. Der wird den Mann wohl identifizieren können. Legt ihn inzwischen in den Vorraum.«

Kaum haben Gennaro und der blasse junge Mann den Fremden auf eine Bank des Vorraums gebettet, kaum hat der Pförtner ihm ein abgeschabtes Lederkissen unter den Kopf geschoben, als schon eilige Schritte auf der Straße hörbar werden. Der Polizist hat Glück gehabt und den allbekannten Professor in der Nähe getroffen.

»Um Gottes willen«, ruft der, als er den Kranken sieht, der den vergeblichen Versuch macht, ihm zuzulächeln und ihm die Hand entgegenzustrecken. »Pförtner, sofort einen Wagen!« Er beugt sich über seinen Patienten.

Als er dessen Kopf berührt, geht ein Zucken furchtbarer Qual über das graue, eingefallene Gesicht. Der Professor richtet sich auf und fährt sich mit einem duftenden Taschentuch über die Stirn.

Draußen fährt klappernd eine Droschke vor. Der Professor will schon winken, den Kranken aufzunehmen und hinauszutragen, als er einen Blick aus der Tür wirft. »Seid ihr verrückt geworden?« fährt er hochroten Kopfs den Polizisten an. »So ein schäbiges Wrack zu bringen! Weg damit, aber schnell. Und den besten Wagen her, der aufzutreiben ist!«

»Aber – Professor . . .«, versucht der Gescholtene sich zu verteidigen. »Der Mann hat doch keinen Soldo!«

Der Professor beginnt zu zittern. »Den besten Wagen von Neapel, habe ich gesagt, und wenn er nicht in drei Minuten vor der Tür steht, soll euch der Teufel holen.«

»Ich bitte um Verzeihung, Herr Professor«, murmelt der Arzt des Hospitals, den man inzwischen wieder herbeigerufen hat – »der Mann hat wirklich kein Geld. Und wenn er nicht zufällig Ihre Adresse in der Tasche gehabt hätte, würde ich ihn gewiß nicht aufgenommen haben.«

»Aufgenommen nennen Sie das?« faucht der Professor und deutet auf die rohgezimmerte Bank und die offene Haustür. »Auf dieses Thema kommen wir noch zurück, verlassen Sie sich darauf.« Hastig wendet er sich wieder zu dem Kranken und fühlt dessen Puls. »Seien Sie nur ganz unbesorgt, mein verehrter Herr Doktor«, ruft er dann nahe von dessen rechtem Ohr – »es besteht gar kein Grund zur Beunruhigung. Ein kleiner Ohnmachtsanfall, nichts weiter.« Aber die besorgte Hast, mit der er dabei Mantel, Jackett und Weste des Kranken aufknöpft, straft seine Worte Lügen. Im übrigen scheint es nicht, als ob dieser seine Worte verstanden hätte. Der Professor schiebt das Hemd auseinander, um sein Stethoskop auf die Brust zu setzen. Da liegt, zwischen Hemd und Haut, ein rotseidener Beutel. Mit behutsamen Gesten löst ihn der Professor von der Schnur, an der er hängt, öffnet ihn und schüttet den Inhalt in den Hut des Kranken, der, schmutzig und bestaubt, neben der Bank auf dem Boden liegt.

Singend klirrt ein Bach aus Goldstücken in das Futter.

»Da, sehen Sie es? Der Mann hat kein Geld, sagen Sie Idiot. Wissen Sie, daß er mehr Geld hat als alle Principi Neapels zusammengenommen? Wissen Sie, wen Sie nicht aufnehmen wollten, weil er Ihnen zu schlecht war für Ihr elendes Hospital? Wissen Sie, wer der Mann ist, den Sie hier im Dreck liegenlassen wie einen Bettler?« Er macht eine Pause und betupft wiederum seine Stirn. Mit maßloser Verachtung sieht er den Arzt des Hospitals an. Und dann spricht er, ganz leise, zwei Silben, die wie Felsen in die Stille fallen:

»Schliemann.«

2 Das halbe Stockwerk des großen Hotels, in dem Schliemanns Zimmer liegt, ist geräumt worden. Keiner der Gäste hat sich dagegen gesträubt, sobald er den Grund erfahren hatte. Über die dicken Teppiche der Gänge huscht nur hier und da eine Schwester, wehen nur je und dann mit gedämpfter Gewichtigkeit die Gehröcke der Professoren.

Der Papst hat telegraphisch anfragen lassen, ob er seinen Leibarzt nach Neapel schicken solle. Der Arzt des Königs ist bereits eingetroffen. Die Telephonleitungen zwischen Rom und Neapel sind total überlastet. Die Botschafter und die Gesandten beim Quirinal und beim Heiligen Stuhl erkundigen sich im Auftrag ihrer Souveräne oder ihrer Präsidenten stündlich nach dem Ergehen des Kranken.

Die Auskunft ist bisher immer die gleiche geblieben. Sofort, nachdem man Schliemann in das Hotel gebracht hatte, hat ein Chirurg das linke Ohr wieder geöffnet. Die Entzündung scheint bereits auf das Gehirn übergegriffen zu haben. Der Patient hat die Sprache noch nicht wiedererlangt. Starke Dosen von Narkotika scheinen immerhin die Schmerzen zurückgedämmt zu haben. Bevor man weiteres unternimmt, wird man abwarten müssen, wie die Nacht verläuft.

Draußen hängt der Mond hoch und kalt über dem Golf. Die Tramontana hat das Meer so aufgewühlt, daß man den Wellenschlag bis in das Zimmer des Hotels hört, falls man hören kann.

Schliemann hört nichts. Aber er ist bei voller Besinnung, und wenn nicht gerade eine Woge des nur abgestauten Schmerzes über seinem Kopfe zusammenschlägt, stehen tausend Gedanken um sein Bett und sehen ihn in dem klaren Schein des Nachtlichts an. Sie haben Augen, die von Trauer dunkel sind.

Schliemann rechnet, wie so oft in seinem Leben, dieses Mal aber mit ganz anderen Zahlen. Vater ist neunzig geworden, Großvater aber nur vierundsechzig, Urgroßvater sechsundfünfzig, Ururgroßvater, der Brauer und Reeder in Wismar, gar bloß vierundvierzig. Mutter achtunddreißig. Neunzig und achtunddreißig gibt hundertachtundzwanzig, durch zwei sind vierundsechzig, und der Durchschnitt der Vaterseite macht etwa ebensoviel aus. Da besteht doch wohl keine Wahrscheinlichkeit, über die erreichten neunundsechzig minus elf Tage hinauszukommen.

Wie sagt doch Achilleus zu Priamos?

»Denn wir schaffen ja nichts mit unserer traurigen Klage.
Also spannen die Götter der elenden Sterblichen Schicksal ...
Denn es stehen zwei Fässer dort an der Schwelle Kronions:
Voll das eine von Gaben des Wehs, das andre des Heiles.«

So ist es auch mit meinem Leben gewesen, denkt er weiter. Ganz am Anfang die sorglose schöne Kindheit in Ankershagen und dann das Weh, das Zeus über mich schüttete, eines nach dem anderen. Schon in Ankershagen fing es an, damals, mit dem Tode der Mutter, und dann dem anderen, dem Unaussprechbaren. Daher kam's, daß ich nie ein Gelehrter wurde, und wenn ich nun einundzwanzig Sprachen kann und einen Namen habe, der so hell strahlt wie die der homerischen Helden, so bin ich im Grunde doch bloß ein Halbgebildeter, auf den die Gelehrten mit einer Mischung von Neid und Verachtung herabsehen.

Und doch, ich wollte die schwere Jugend und den noch schwereren Aufstieg nicht missen. Hätte ich schon auf der Schule Homer gelernt und hätte ich nachher studiert, dann wäre ich wohl auch ein Stubengelehrter geworden, ein Schreibtischkosmokrator, dessen Bücher in den Bibliotheken verstauben, den man noch zwanzig Jahre zitiert und widerlegt oder vielleicht gar fünfzig, um ihn dann zu vergessen. Nein, nur das Weh und die Schwere und der Kampf hat das aus mir gemacht, was ich geworden bin, hat bewirkt, daß mein Name solange genannt werden wird, wie die Menschen Homer lesen und die Wurzeln ihres Wissens, ihrer Kultur, ihres Denkens in Hellas suchen. Das ist Unsterblichkeit. Schliemann, weißt du das? Damals, als Sophias Mutter gestorben war und du mit Anastasia, der Schwägerin, am Totenbette standest, hast du es schon gefühlt und ausgesprochen – Anastasia, die Auferstehung, das ist ein Dogma, weiter nichts. Athanasia, Unsterblichkeit – das ist Wirklichkeit, deine Wirklichkeit, Heinrich Schliemann.

Bei allen Göttern, ich schweife ab. Ich werde das, was ich in meinen neunundsechzig Jahren nie war: unordentlich. Also: im

Anfang das Heil, dann das Weh aus Kronions Faß, dann das große Heil, Troja, Mykene und die tausend Jahre griechischer Geschichte, die ich der Welt schenkte. Und zum Schluß nun wieder ein Guß aus dem Fasse Weh? Sei es drum. Alles muß man bezahlen in dieser Welt, und das, was man nicht greifen und fassen und handeln kann, viel teurer als jenes.

Aber daß Pallas mir nicht vergönnt hat, mein Werk zu vollenden ... Das ist das Bitterste. Tausend Jahre Geschichte sind viel, sind mehr, als je einer der Sterblichen vor mir gefunden hat. Aber sie sind nicht alles. Sie sind der Wurzelstock nur, nicht die Wurzeln selbst, aus denen der Baum seine Kraft saugt, die ihn wachsen und blühen und Frucht tragen lassen. Die Wurzeln selbst habe ich noch nicht ausgegraben.

Kreta ... Vielleicht hätte ich sie in Kreta gefunden. Die Kreter sind ein altes Volk und ein kluges Volk, und vielleicht haben die Phaiaken Kreta bewohnt und nicht Korfu. Aber wie die Professoren Helenas Schmuck Helena wegnahmen und wie sie Agamemnon zu Schulze machten, hätte man mir gewiß auch Nausikaas Ringe und den Palast des Alkinoos verekelt. Nein, aber Zeus selbst wurde in Kreta geboren. Und der Totenrichter Minos war König des kretischen Seereichs. Vielleicht sind da die Wurzeln. Bitter ist es, vor der Zeit den Spaten aus der Hand zu legen. Sehr bitter.

Alles habe ich längst vergessen, was mein Vater in der kleinen Kirche von Ankershagen gepredigt hat. Ich glaube, ich habe nicht einmal zugehört, wenn's auch mein Vater war. Aber eine Predigt weiß ich noch. Das muß im Sommer gewesen sein. Bis in die Kirche hörte man die Bienen draußen in den Linden summen, und bis in unsern Stuhl wehte der Duft. Da hat er von Moses' Tod gepredigt und von der erschütternden Tragödie seines Lebens gesprochen – Himmel ja, was die guten Tagelöhnerseelen von Ankershagen wohl mit der erschütternden Tragödie angefangen haben? –: auf dem Berge zu stehen und das gelobte Land zu sehen und dann doch sterben zu müssen, ohne es zu betreten, ohne es von nahe gesehen zu haben. Geht es mir nicht ähnlich wie Moses?

Oder wie Odysseus, der auf seiner Fahrt schon fast die geliebte Heimat erreicht hat –

»Schon durchsegelten wir neun Tag' und Nächte die Wogen,
Und in der zehnten Nacht erschien uns das heimische Ufer,
Daß wir schon in der Nähe die Feuerwachen erblickten . . .«,

und da binden die neidischen Gefährten den Gabensack des Aiolos auf und entfesseln die Stürme, die das Schiff weit aufs wilde Meer zurückschleudern, tief hinein in die jahrelangen Irrfahrten.

Wenn ich doch nur sprechen könnte. Was will die Schwester dauernd, und was weht sie mit ihrer albernen Haube um mich herum? Man soll mich in Ruhe lassen. Ich bin doch nicht krank. Nein. Höchstens muß ich sterben. Was dachte ich doch gerade? Natürlich, Maria heißt diese Parze wahrscheinlich, die mir den Gedankenfaden glücklich abgeschnitten hat. Maria hieß auch die gute Mieken Mellien aus Neustrelitz, die bei uns dann zur Briseïs wurde. Neustrelitz. Schön wär's heute am Zierker See. Da könnte ich mit Wilhelm Rust Schlittschuh laufen. Ob er meinen Rat wohl befolgt und zum Nutzen seiner Gesundheit das Schlittschuhlaufen gelernt hat? Ich fürchte, nein. Wahrscheinlich sagt er, das schicke sich nicht für einen Geheimen Kommerzienrat, oder er sei zu alt dafür. Na ja, er ist über die Siebzig – aber zum Lernen wird der Mensch nie zu alt. Der Zierker See – wenn man da in die eine Bucht kommt – da ist sie schon wieder, die Parze, und hat einen Arzt mitgebracht. Noch ein Nachtwächter mehr. Wenn Virchow käme – der würde mich dem Tode noch aus dem Rachen reißen. Er ist doch der Doktor Allwissend. Aber wie soll er's erfahren, daß ich hier liege? Schreiben kann ich nicht, und stumm bin ich und taub.

Aber morgen steht's in allen Zeitungen, daß Doktor Heinrich Schliemann krank ist. Wenn Virchow sich dann sofort in die Bahn setzte, natürlich, der Kaiser könnte ihm einen Extrazug geben, den werd' ich Deutschland wohl noch wert sein – laat man, min Jung – – – er käme wohl doch nicht mehr zur Zeit.

Gut nur, daß ich zur rechten Zeit vorbereitet habe. Oft ist das Testament geschrieben und umgeschrieben, bis alles seine Richtigkeit hatte. Sophidion wird meine Lebensarbeit wohl fortführen und wenigstens die trojanischen Fragen lösen. Schön wär's, wenn Andromache oder Agamemnon ihr dabei helfen würden. Sie haben ja auch Dörpfeld. Ob der sich über das Legat freuen wird, das ich ihm ausgesetzt habe? Und Virchow? Katharina wird sich wundern, wie reich ich sie bedacht habe. Vielleicht sieht sie dann doch noch ein, daß ich nicht so schlecht war, wie sie manchmal gedacht hat. Und Sergej und Nadja stehen sich genausogut wie meine griechischen Kinder. Die Sorgenkinder, die grauhaarigen, sind auch alle mit Legaten bedacht, so daß sie die monatlichen Zuwendungen nicht vermissen werden. Auch an die Enkel von Prange und Wöllert ist gedacht. Nun, das ist in Ordnung. Aber vielleicht ist es ja doch nicht so eilig mit dem Sterben?

Diese scheußliche Operation. Vielleicht hätte man sie doch unterlassen und lieber taub bleiben sollen. Taubsein ist schlimm, aber besser noch taub als tot. Doch wer denkt denn heutzutage gleich an solche Möglichkeiten, wenn man sich operieren läßt, noch dazu von einer Kapazität, die nicht nur Virchow, sondern noch ein Dutzend anderer wohlmeinender Berater empfohlen hatten.

Das war ein schwerer Sommer in Troja, wohl der schwerste von allen und auch sehr lang, weit noch über die gute Jahreszeit hinweg. Zweiundzwanzig Meter tiefen Schutt wegräumen, das will schon etwas heißen. Schön war das erste zusammenfassende und sachlich anerkennende Buch über alle meine Grabungen von Schuchhardt. Gut auch, daß der junge Brückner der richtige Mann zu sein scheint, die Millionen Scherben schichtweise zu sichten und endlich eine chronologische Ordnung in den Wirrwarr zu bringen. Dann, nach der Kampagne in Troja, der Ärger mit den Neubauten in Athen und als Begleitmusik des ganzen Jahres die Geschichte mit den Ohren. Den vollen Mai und den halben Juni taub, dann plötzlich nur mehr die Schwerhörigkeit und das störende Sausen im Ohr. Dann, im Herbst, der schwierige Bericht über die diesjährigen Grabungen und anschließend, Anfang November, die Abreise aus Athen.

Elften November in Halle. Am dreizehnten die Operation. Die Wahrheit zu sagen, verheißungsvoll sah die Sache gleich nicht aus. Nein, bei den Olympischen! Dieses schmale hochbeinige Gestell war doch genauso eines wie die, auf denen Leichen seziert werden! Das einzig Gute an der ganzen Geschichte – neben dem kleinen goldenen Hoffnungskerzchen – die Narkose. Ein schnurriges Gefühl, wenn man sich selber zählen hört, ganz weit weg, akustisch das gleiche wie optisch der Blick durch ein umgekehrtes Fernrohr. Und dann die großen blauen warmen weichen veilchenduftenden Wellen, auf denen man lag wie auf lauter Hexametern.

Eindreiviertel Stunden hat die Operation gedauert, sagte Professor Schwartze. Rechts soll sie gar nicht so schwierig gewesen sein, und die Exostosen waren einfach durch den Gehörgang zu beseitigen. Aber links. Na ja, Mellingen in Konstantinopel hatte von der Operation des linken Ohrs ganz abgeraten, weil hier ein besonders großer Auswuchs – siehst du, das ist doch ein gutes deutsches Wort! Warum soll man pompös Exostose sagen, was kein Mensch versteht –, also, weil hier ein besonders großer Auswuchs mit dem Schädelknochen verwachsen war. Schwartze dachte, es ginge doch, und er schien ja zunächst auch recht zu behalten. Ob es nötig war, daß er dabei die ganze Ohrmuschel abschnitt und nachher wieder annähte? Na, das muß er ja wissen. Die Knochen aus meinen Ohren kann Schwartze sich nun in die Vitrine stellen und so auch seinerseits ein Schliemann-Museum eröffnen.

Operation gelungen, Patient tot. Nein, du darfst nicht ungerecht werden. Vielleicht hast du selbst mehr schuld an diesem Ende als der brave Professor in Halle. Zuerst war's ja doch wirklich gut, wenn ich auch anderthalb endlose Tage liegen mußte, ohne einen Finger zu rühren, stocktaub wie die alte Suhrweyern in Ankershagen und den Kopf in dicke weiße Bandagen gewikkelt wie eine Mumie. Immerhin, am Fünfzehnten konnte ich schon wieder ein paar dringende Briefe schreiben und die Korrekturen für Brockhaus lesen.

Ich kann nicht hören und nicht sprechen und rede trotzdem wie ein Buch. Merkwürdig.

Wo war ich stehengeblieben? Richtig, noch immer bei der Operation. Gut, daß meine Gedanken kein Buch sind. Das würde keiner mehr lesen wollen. Schliemann ist alt, würden sie sagen, und wird das, was er nie war: langweilig. Also, Operation.

Zuerst zeigten sich links Spuren des wiederkehrenden Gehörs, aber als es dann auch rechts klarer wurde, kamen links die Schmerzen. Und nichts half, nicht das, was Schwartze versuchte, und nicht das, was Virchow anriet. Aber schließlich konnte ich doch wirklich nicht noch länger als einen Monat in Halle festsitzen! Was war nicht alles zu tun! Berlin. Nachprüfen, ob die neuen Stücke gut aufgestellt waren. Paris. Meine Finanzangelegenheiten. Athen. Die Neubauten. In der günstigen Verkehrslage werden sie sich gewiß mit fünf Prozent verzinsen. Ein Jammer, daß so viel Platz verlorengeht, weil jede Familie ihre eigene Haustür und ihre eigene Treppe haben will. Dann die Weihnachtsvorbereitungen. Nun ist der erste Festtag vorbei, und ich habe nicht einmal beim Nüssevergolden helfen können. Ob meine Kiste zu Hause angekommen ist?

Das war Halle. Dann beim Verleger in Leipzig. Dann in Berlin. Das eilige Treffen mit Virchow und die gemeinsame Wanderung durch meine Sammlung. Und die schönen Pläne – erst einmal für die neue und letzte Kampagne in Troja und im Winter dann die gemeinsame Reise mit dem gelehrten Freund nach den Kanarischen Inseln und nach Mexiko. Bei den Inkas und Mayas müßte auch allerhand zu erforschen sein. Unser Wissen ist doch recht bruchstückhaft. Vielleicht ist Atlantis nicht bloß Phantasie.

Dann nach Paris. Es mußte doch alles schnell gehen, trotz Schwartzes und Virchows Protesten, wenn ich Weihnachten zu Hause sein wollte. Weihnachten muß man einfach zu Hause sein und mit Frau und Kindern unter dem Tannenbaum sitzen. Wie einst in Ankershagen.

Scheußlich, Paris mit achtzehn Grad Kälte. Die haben meinem Ohr bestimmt nicht wohlgetan. Aber in Paris kam gerade das rechte Ohr ganz gut wieder. Am fünfzehnten Dezember Abfahrt. Zwei Tage Neapel für die neuen Vasen, zwei Tage Palermo für die merkwürdigen Sachen, die Orsi gefunden hat und die er den alten Sikulern zuschreibt. Ob ich das noch zu sehen bekomme? Vielleicht gäbe es auch da eine verbindende Linie zu meinem Mykene. Mykene ist doch überall Angelpunkt.

Aber dann kam's anders als geplant. Neapel hat noch immer meine Pläne über den Haufen geworfen. Cozzolini hätte freilich nicht so höflich um die Sache herumzureden brauchen. Hätte mir ruhig sagen dürfen, daß ich ein Trottel war. Wer vor vier Wochen an den Ohren operiert wurde, *darf* nun einmal nicht vergessen, daß draußen achtzehn Grad minus sind und daß Zugluft Gift ist und daß man dieses Gift ganz einfach dadurch von sich abschließt, indem man Watte in das Ohr steckt und vielleicht noch einen Schal darüber bindet. Noch dazu, wenn man eigens für diese Verwendung ein Paket Watte in Paris gekauft hatte! Übrigens eine Frechheit von dem Apotheker, dafür so viel Geld zu nehmen. Bei jedem anderen hätte ich einen Franc weniger bezahlt oder wenigstens fünfundsiebzig Centimes. Arme Leute brauchen doch auch Watte – wie sollen die solche Preise bezahlen! Na ja. Hätt' ich's nicht so eilig gehabt, zur Bahn zu kommen. Nun, lassen wir das. Ich hätte die Watte wahrscheinlich trotzdem zu benutzen vergessen. Schließlich hätte ja auch der Kondukteur darauf achten können, daß ich nicht gerade mit der linken Seite zum Fenster saß. Die arabischen Märchen waren so entzückend. Viel früher hätte ich sie schon lesen sollen. Aber ihretwegen dachte ich dann eben nicht an die Watte und daß ich im Zug im Zuge saß. Haha, das ist ein Wortspiel. Ich glaube, das erste in meinem Leben.

Ja, in Neapel war es dann zu spät, und in dem Zustand die Seereise anzutreten, war unmöglich. Sophia, ob sie wohl sehr traurig war, als ich ihr telegraphierte, wir müßten Weihnachten um eine Woche verschieben. Sophidion, du köstlichstes Geschenk der Götter, ach, ich gelob' es dir, auch im nächsten Leben will ich wieder nur dich zur Frau haben ...

Morgen – oder ob es schon nach Mitternacht ist? Jetzt sitzt die alte Schleiereule natürlich baumstill in der Ecke und knetet ihren Rosenkranz, statt mir die Uhr zu zeigen. Morgen oder heute ist nun schon der zweite Feiertag und damit Dörpfelds Geburtstag. Der Arzt hätte mir auf keinen Fall erlauben dürfen, bei dieser scharfen Tramontana nach draußen zu gehen. Statt dessen fuhr er selbst mit mir nach Pompeji. Ob er wenigstens Freude an den neuen Grabungen gehabt hat? Fiorelli ist doch ein ganzer Kerl, und wenn ich damals, nach dem Ärger mit den Griechen, nach Italien gegangen wäre, hätten wir vielleicht gut miteinander arbeiten können. Fiorelli hat auch nicht diesen Gelehrtendünkel. Nun, er ist ja auch Italiener, kein deutscher Professor.

Die Professoren –.

Jäh reißt der langhingesponnene Faden ab. Von neuem wühlt ein wilder, grausamer Schmerz tief im Ohr. Die Schwester läßt ihren Rosenkranz sinken und eilt an das Bett. Lautlos huscht sie in das Nebenzimmer und weckt den Arzt.

Schliemanns Augen brennen dem durch alle Bedenken hindurch einen Befehl ins Hirn. Gut so, er soll seinen Willen und seine Ruhe haben. Kurz blinkt eine Kanüle auf, und blasse Nebelstreifen legen sich zwischen die Gedankenbilder und den Kranken. Er schläft ein.

3 Als er mit einem Gefühl erwacht, als stürze er von einem Turm in eine bodenlose purpurne Tiefe, ist es heller Tag. Schliemann hat einen häßlichen bitteren Geschmack im Munde, als hätte er geraucht oder unreife Schlehen gegessen, als Junge, am Wege nach Rumpshagen oder zur Mühle. Der Kopf ist voll von einem dumpfen Brausen wie vom Sturm bei Biarritz oder von den Nilkatarakten. Und zwischen dem Brausen stehen wie St.-Elms-Flämmchen spitz und blau mit gelben Rändern häßliche Traumbilder.

Träume sind keine Schäume. Das hat die Mutter schon manchmal gesagt, und das steht ja auch immer und immer wieder bei Homer geschrieben. Im Traum hat er auf der zuletzt ausgegrabenen großen Mauer gestanden, als von links her ein riesiger schwarzkrächzender Schwarm von Vögeln mit roten Augen und nackten Hälsen geflogen kam. Das ist ein sehr schlechtes Zeichen.

Aber er kann diesem Zeichen nicht weiter nachgehen, denn nun kommt Professor Cozzolini und mit ihm ein ganzer Trupp von Ärzten. Dicke und dünne, alte und etwas jüngere, alle in feierlichen Röcken und weißen Westen und die meisten von ihnen mit langen Ordenskettchen unter den Aufschlägen.

Tief verbeugen sie sich wie am Krankenbett einer Majestät. Natürlich. Diese Ehre kommt dem König der Ausgräber zu. Dann fühlen sie den Puls und lassen das Thermometer herumgehen und sehen aus wie eine Versammlung von Marabus. Dann betasten sie den Kopf. Steinern sind ihre Mienen wie bei Statuen. Der eine sieht wirklich aus wie König Minos, wenn der neben Rhadamanthys im Hades thront und die Taten der Toten richtet. Einer –.

Da gehen sie alle in den Salon nebenan. Nun werden sie beraten. Ob sie noch etwas tun können? Ob vielleicht noch eine Trepanation helfen kann?

Das Gericht hat sich zur Beratung zurückgezogen, wie damals, Anno dreiundsechzig, in St. Petersburg. Werden sie den Angeklagten freisprechen oder ihn zum Tode verurteilen?

Is all' man'n Öwergang, säd de Voß, dunn treckten's em dat Fell öwer de Uhren.

Schliemann muß lächeln. Wie roh und fast zynisch wäre das auf hochdeutsch, aber platt ist es gemütlich und voll von resignierendem Humor. Vielleicht ist Plattdeutsch sogar noch schöner als Griechisch . . .

Wie gut war es, daß er noch einmal mit Frau und Kindern in der alten Heimat gewesen ist, wenn es diesen auch nicht so besonders gefallen zu haben scheint. Gesagt haben sie natürlich kein Wörtchen, dazu haben sie zuviel Respekt vor dem Herrn des Hauses und vor seinen Wünschen und Neigungen. Aber gedacht mögen sie es doch wohl haben.

Wie schön war es, endlich wieder einmal Platt to snacken. In der Schule in Neustrelitz haben wir untereinander auch bloß Platt gesprochen. Wieviel von denen mögen noch am Leben sein? Man müßte im nächsten Brief einmal Wilhelm Rust fragen, der weiß es wahrscheinlich. Jürgens lebt sicher noch und Klemm und Hacker. Und vielleicht – ja, wie hieß der Junge doch? August vielleicht oder – nein, Fiete war es. Aber der Familienname fällt mir nicht mehr ein. Kelpien müßte sich wohl noch erinnern können. Grüne Haare hatte Fiete, das heißt, in Wirklichkeit waren sie natürlich nicht richtig grün, aber wenn wir ihn damit aufzogen, kam er immer mächtig in Fahrt. Maikäferjäger hieß er nebenher auch noch.

Maikäfer. Weißt noch, das eine Jahr in Ankershagen, als die Bäume so voller Maikäfer saßen, dicker als im April von Blüten?

Das ist kein Flugjahr, sondern ein Fluchjahr, sagte Vater, und Mutter war abends nicht einmal mehr in den Garten zu kriegen. Ob der jetzige Pastor meine Linde auch wohl gut pflegt? Als ich dort war, mußte das Dach gedeckt werden. Ob man das inzwischen gemacht hat?

Wenn es regnete, war's am schönsten in meinem Versteck auf dem Kirchenboden, unterm Eulenloch. Das hat nie einer gewußt, nicht mal Mutter. Wenn dann der Regen so sacht auf die alten Dachsteine trommelte und unten in den Linden des Kirchhofs rauschte, las es sich noch einmal so gut. Da hab' ich zum erstenmal die Ilias gelesen, von meinem Landsmann Johann Hinrich Voß. Und die Odyssee auf dem Hünengrab. Meinem Hünengrab. Das habe ich nun doch noch immer nicht ausgegraben und war doch mein erster Ausgrabungsplan. Vielleicht wird's, wenn ich wieder nach Ankershagen . . .

Wieder? Wer weiß . . . Ist doch der Mensch gleich wie nichts, seine Zeit fähret dahin wie ein Schatten. Was ist das? Das ist doch nicht Homer. Das ist eine andere Stimme, die von weither kommt. Du lässest sie dahinfahren wie einen Strom; sie sind wie ein Schlaf, gleichwie ein Gras, das doch bald welk wird . . ., und wenn's köstlich gewesen ist, so ist's Mühe und Arbeit gewesen; denn es fähret schnell dahin, als flögen wir davon.

Ach so. Natürlich. Das kommt ja aus der Kirche. Die Türen stehen offen, denn der Sommermorgen ist sehr schön. Der ganze Himmel hängt voller Lerchenjubel, und hinter dem Silberschälchen lockt der Pirol. Ich – ist das Wirklichkeit? Kann das sein? Ich höre ja wieder! Vagel Bülow flötet er, Vagel Bülow. Und im Korn ruft der Wachtelkönig.

Oh, warum singen sie denn mit einemmal so traurig in der Kirche? Aber es geht so zu Herzen, und wenn ich auch niemals habe richtig singen können, muß ich doch ganz leise mitbrummen:

». . . so scheide nicht von mir,
wenn ich den Tod soll leiden,
so tritt . . .«

Da fängt doch mitten in der Strophe Wöllert an zu läuten, als wenn es Altjahrsabend wäre, und ist doch ein Sonntagmorgen im Mai.

Ja?

Ja!

Wer ruft denn da? Mach doch die Augen auf, du Traumjochen. Da steht sie ja unter der Linde und hat ihr schönstes weißes Kleid an mit den Rosenranken und den Spitzen an den Ärmeln und am Halse.

Ich komm' schon, Mutter . . .

4 Schliemann ist tot.

Das Telegraphenamt Neapel tickt es in die Welt hinaus, an diesem späten Vormittag des sechsundzwanzigsten Dezember 1890.

In St. Petersburg liest ein backenbärtiger Beamter den Streifen ab. Dann reißt er ihn von der Rolle, steht auf, zieht das gelbe Band hinter sich her wie ein Kind sein Spielzeug, geht nach nebenan und bleibt neben einem jüngeren Kollegen stehen.

»Du«, sagt er und atmet schwer, »Schliemann ist tot. Unser Petersburger Schliemann.« Und nach kurzer Pause fährt er fort: »Ich habe ihn noch gut gekannt. Mein Vater wohnte damals eben um die Ecke von Schliemanns Haus. Einen Wagen hatte er wie ein Kammerherr und Traber wie ein Graf, und einen dickeren Kutscher hatte bloß der Zar. Immer war er in Eile, nie hatte er Zeit. Aber nie kam er bei uns vorüber ohne ein freundliches Wort. ›Na, Petja, wie geht's?‹ sagte er zu meinem Vater. ›Hast du auch schon daran gedacht, deinem Mütterchen einen Brief schreiben zu lassen? Sonst komm zu mir, und ich schreibe ihn dir heute abend.‹ Und mir hat er einmal eine Taube geschenkt, ganz weiß und mit Höschen an den Beinen.«

Nebenan tickt der Apparat. Mit einem dicken Seufzer geht der Mann zu seiner Arbeit zurück.

Schliemann ist tot, tickt es von Neapel aus durch die Welt. Überall rufen die Nachrichtenagenturen bei seinen Freunden an, der »Herold« bei Geheimrat Virchow, »Reuter« bei der Royal Society, »Havas« bei der Akademie: ist die Meldung bestätigt und als wahr anzusehen? In den letzten zwanzig Jahren hat es so viel Sensationen um Schliemann gegeben und so viel Falschmeldungen, daß es kein Wunder wäre, wenn diese ganz unbegreifliche nicht stimmte. Schließlich kamen ja vorgestern noch Berichte aus Neapel über die neuen Pläne des Unermüdlichen.

Aber sie wird bestätigt. Schon fahren von Rom aus die Sonderzüge der Botschafter und Gesandten, die im Auftrag ihrer Völker und Regierungen dem Toten in Neapel die letzte Ehre entbieten wollen. Schon packen Abgesandte der Akademien und Universitäten und gelehrten Gesellschaften ihre Koffer, in Deutschland, in England, in Rußland, in Frankreich, in Italien, in Belgien und Holland, um rechtzeitig zu der Beisetzung in Athen eintreffen zu können. Schon reist ein Bruder der Witwe mit Dörpfeld nach Neapel, um den Toten heimzuholen. Noch einmal, wie so oft seit 1871, schreien die Zeitungen aller Länder in breiten Schlagzeilen über die erste Seite Schliemanns Namen hinaus. Aber dieses Mal ist nicht von Funden die Rede, die alle bekannten wissenschaftlichen Tatsachen und Meinungen über den Haufen werfen könnten. Diesmal ist es nur eine kurze Meldung: Heinrich Schliemann ist in Neapel plötzlich gestorben, von wo er am Dienstag nach Athen abreisen wollte. Der Tod trat infolge einer Hirnhautentzündung ein, während seine Ärzte gerade im Nebenzimmer eine Konsultation abhielten und die Trepanation beschlossen.

An diesem Tag wird das britische Weltreich nicht regiert, denn »the grand old man«, William Ewart Gladstone, sitzt in seinem langgestreckten niedrigen Arbeitszimmer in Downing Street und läßt jeden Besucher abweisen, und selbst die wichtigsten Akten des Foreign Office kommen nur bis zu seinem Sekretär in das Vorzimmer. Gladstone trauert um den Toten, der ihm, bei allen Gegensätzen, Freund war, und der Achtzigjährige schreibt der Witwe: »Feindseligkeit traf ihn und Schweigen, aber beide mußten zerfließen wie Nebel vor der Sonne, als Wucht und Wert seiner Entdeckungen deutlich wurden. Die Geschichte seiner Kindheit und Jugend scheint nicht weniger seltsam als die seines späteren Lebens: sie gehören zusammen, denn sie verband ein Ziel.«

An diesem Tage überlegt so mancher Lehrer voll tiefer Bewegung, wie er nach den Ferien vor seine Klasse treten soll, und die Primaner und Sekundaner spüren, daß dieser Tag dunkler ist als andere Trauertage. Schliemann war es ja doch gewesen, der die Lektüre des Homer aus dem öden Grau des Versmaßes und der Grammatik erlöst hatte, der ihr – er als erster und einziger – Farbe und rotes springendes Leben gegeben hatte.

An diesem Tag atmen aber auch nicht wenige Professoren auf, weil endlich keine Störungen ihrer ruhigen und fleißigen Schreibtischarbeit mehr zu befürchten sind, wie sie dieser Homo novus, dieser Parvenü der Wissenschaft, dieser blutige Außenseiter rücksichtslos in ihre trümmerfernen Studierstuben getragen hatte. Doch es gibt auch andere Professoren, die die jähe Lücke schmerzlich empfinden, und mehr als einer von ihnen und von den Museumsdirektoren fragt sich: wird es jemals wieder einen Menschen geben, der sich mit fünfundvierzig Jahren unter die Studenten setzt, um das nachzuholen, was ihm in der Jugend zu lernen verwehrt wurde, der dann, statt sich mit seinem riesigen Vermögen alle Bequemlichkeiten und jeden Genuß zu kaufen, zwanzig Jahre hindurch Tag und Nacht schuftet wie ein Taglöhner, nur um den Traum seiner Kindheit Wirklichkeit werden zu lassen, und der dafür, ohne Titel und Orden oder irgendeine andere Entschädigung anzunehmen, Millionen hingibt?

An diesem Tage sitzt irgendwo in Mecklenburg eine alte Frau und weint. Sie hat mit Schliemann nichts anderes gemein, als daß ihr Sohn mit ihm gleichaltrig war und einmal mit ihm »Griechen und Trojaner« spielte. Und dafür hat er ihr, als der Sohn früh starb und sie in Elend und Hunger saß, jeden Monat einen Betrag schicken lassen, der sie davor bewahrte. Sie weiß es nicht, daß sie mit dieser Sorge und dieser Trauer nicht allein ist. Sie weiß es nicht, daß Schliemann seit vierzig Jahren in Hamburg ein Kapital von 70 000 Dollar in Gold stehen hatte, dessen Zinsen ausschließlich an notleidende Mecklenburger gingen.

Wenn ein Staatsoberhaupt stirbt, so läuten alle Glocken, so donnern alle Kanonen, so wehen alle Fahnen auf Halbmast. Und dann leben nur noch seine Jahreszahlen im Gedächtnis der Schulkinder, solange die Politik es gebietet. Dann wird er vergessen wie seine Vorgänger.

Nun ist Schliemann gestorben, und es wehen keine umflorten Fahnen, krachen keine Trauersalute, läuten die Glocken nicht. Aber die Welt hält einen Tag den Atem an, wie sie es 1873 und 1876 angesichts seiner augenfälligsten Funde getan hatte, und dann schreibt sie seinen Namen in ihr Gedächtnis. Könige werden vergessen, Bahnbrecher leben weiter.

Nein, auch für ihn läuten Glocken, in einem abgelegenen Winkel der Welt. Kleine, arme Glocken sind es. Sie hängen auf dem dürftigen Fachwerkturm des Kirchleins von Ankershagen im Mecklenburgischen.

NACHBEMERKUNG DES AUTORS

Die nachstehenden Bemerkungen sind für diejenigen Leser bestimmt, denen über der Lektüre des Buches Schliemann und sein Werk so nahegerückt sind, daß sie noch mehr und Näheres darüber erfahren möchten.

Die erste Frage, die ein solcher Leser dem Autor stellen wird, dürfte dem Verhältnis von Dichtung und Wahrheit im Text dieses Buches gelten, das heißt, wieweit der Roman mit der historischen Wirklichkeit übereinstimmt. Sie ist leicht zu beantworten: der Autor hat in seinem Buche das Bild Schliemanns, soweit das nur immer möglich war, direkt nach den beglaubigten authentischen Quellen gezeichnet.

Es gibt wenig Fälle, in denen ein so reiches Quellenmaterial für das Studium und die Darstellung einer geschichtlichen Gestalt vorhanden wäre. Bekanntlich stellte Schliemann 1880 seinem »Ilios« eine Selbstbiographie voran, die dann ab 1891 mehrfach in Einzelausgaben erschien. Aber sie ist mit einer gewissen Vorsicht aufzunehmen, und schon der Titel ist irreführend; die echte Selbstbiographie aus »Ilios« wird nämlich mit der Beendigung der kaufmännischen Tätigkeit 1866 abgebrochen und nimmt nur ein Fünftel des Buches von 1891 ein, aber schon dieses Fünftel ist streckenweise gekürzt, und den Rest stückte im Auftrag der Witwe Alfred Brückner aus Schliemanns Büchern mit vielen eigenen Zwischentexten an. Der Herausgeber der 2. (1936) und der folgenden Auflagen, Dr. Ernst Meyer, kürzte aus politischen Gründen noch mehr. Die einzige authentische Neuausgabe seit 1881 stellt der Neudruck des Autors in »Abenteuer meines Lebens. Heinrich Schliemann erzählt«, Selbstzeugnisse, Leipzig 1958 und 1960, dar.

Die erste von Schliemann geschriebene Selbstbiographie, das Vorwort zu »Ithaka, der Peloponnes und Troja«, 1869, ist spontaner als die aus »Ilios« und noch nicht von der Höhe des Ruhmes und als »Beweis« dafür geschrieben, daß alles Erlebte und Erreichte von Anfang an vorgezeichnet war, woraus sich unstreitig nicht wenige romantische Verklärungen ergeben haben.

Für das Lebenswerk Schliemanns, seine Ausgrabungen, haben wir ebenfalls ein reiches Quellenmaterial: seine Bücher nämlich, deren Titel man im Literaturverzeichnis nachschlagen möge. Dr. Ernst Meyer hat in der Nachfolge einiger Gelehrter des 19. Jahrhunderts den tagebuchartigen Charakter der ersten Bücher Schliemanns bemängelt und eine zusammenfassende Verarbeitung des gesamten Materials einer Grabung vermißt. Eine solche Charakterisierung ist zweifellos richtig, aber der Tadel erscheint uns unberechtigt. Für den damaligen wie für den heutigen Leser haben diese Bücher in ihrer Unmittelbarkeit einen größeren und instruktiveren Wert, als eine »zusammenfassende Verarbeitung« ihn haben könnte. Außerdem dürfen wir nicht vergessen, daß Schliemann nicht nur als Ausgräber, sondern auch als Beschreiber seiner Grabungen Pionier ist. Die zusammenfassenden Darstellungen einer Grabung gehören im allgemeinen erst einer Zeit an, die mit den neunziger Jahren des neunzehnten Jahrhunderts beginnt.

Außer den zehn Büchern Schliemanns liegt eine Reihe von Artikeln, Aufsätzen und Reden in deutscher, englischer, griechischer und französischer Sprache vor, die wir, weil sie schwer zugänglich sind, nicht wieder in das (auch sonst gekürzte) Literaturverzeichnis aufnahmen. Eine Schliemann-Bibliographie zu geben, ist nicht unsere Aufgabe.

Dieser Teil des Quellenmaterials, die gedruckten Publikationen Schliemanns, ist aber nur ein sehr schmaler Ausschnitt aus der Fülle des gesamten Materials. Der zumeist ungedruckte handschriftliche Nachlaß Schliemanns an Briefen, Tagebüchern, Sprachlernheften, Rechnungen und dergleichen – in etwa 12 Sprachen! – ist so groß, daß sein Gesamtbestand bis zum heutigen Tage nicht bekannt ist.

Emil Ludwig zählte um 1930 allein 150 Tagebücher und verwandte autobiographische Aufzeichnungen. Ernst Meyer, der ab 1937 auf drei Jahre für je vier Monate durch den mecklenburgischen »Reichsstatthalter« von seinem Studienratsdienst in Neustrelitz freigestellt wurde, beziffert die Tagebücher auf nur 18, also wohl nur die, die es im strengsten Sinne sind. Die Briefe, die Schliemann schrieb und von der Petersburger Zeit an fast ausnahmslos selbst kopierte, und die, die er empfing, beziffern sich auf 60 000. Es steht zu hoffen, daß diese Schätze, nachdem die griechischen Enkel sie vor einigen Jahren verkauft haben, endlich ganz ausgewertet werden können.

1936 erschien, von Ernst Meyer herausgegeben, ein sehr guter Auswahlband von Schliemann-Briefen, die er bei den Nachkommen der Empfänger oder in staatlichen Archiven mit großem Fleiß aufgespürt und kommentiert hatte. 1953 gab Meyer einen Band Heinrich Schliemann, Briefwechsel, I (1842–1875), 1958 Band II (1876–1890) heraus. Der Autor publizierte 1958 den Komplex von 69 Briefen an den Jugendfreund Rust und 1959 den Briefwechsel mit Großherzog Friedrich Franz II. von Mecklenburg-Schwerin. Etliche Dutzend Briefe wurden nach Schliemanns Tode von den Empfängern oder deren Nachkommen in Zeitungen und Zeitschriften gedruckt. Das ist angesichts der Masse und trotz Berücksichtigung der Tatsache, daß Schliemann gleich anderen eifrigen Briefschreibern in mehreren an einem Tage geschriebenen Briefen dasselbe mitteilte, immer noch ein Minimum.

Zahlreiche Auszüge aus Schliemanns schriftlichem Nachlaß sind in der Biographie enthalten, die Emil Ludwig 1932 herausgab. Soweit diese Auszüge für den vorliegenden Roman wichtig waren – und das waren viele von ihnen –, wurden sie gern und dankbar übernommen. Da Ludwig jedoch seine Quellen nicht im einzelnen nachwies, muß die Verantwortung für die Richtigkeit und Korrektheit dieser Auszüge ihm überlassen bleiben. Das Gleiche gilt leider für Ernst Meyers abschließende Biographie »Heinrich Schliemann, Kaufmann und Forscher«, die 1969 nach dem Tode des Verfassers in Göttingen erschien.

Weiteres authentisches Material fand sich in Goeßlers Dörpfeld-Biographie, in Veröffentlichungen Virchows und bei Nachkommen von Schliemanns Freunden in Mecklenburg, ferner im Archiv der Universität Rostock und in der Landesbibliothek Schwerin. Die neunundsechzig erhaltenen Briefe Schliemanns an Rust werden vom Landeshauptarchiv Schwerin verwahrt und wurden vom Autor in seinem schon genannten Band »Abenteuer meines Lebens« erstmals selbständig publiziert und kommentiert.

Wertvolles Quellenmaterial bieten die beiden Bände mit ausgewählten Briefen von und an Schliemann, die Ernst Meyer (Verlag Gebrüder Mann, Berlin 1953 und 1958) herausgab, obwohl man über Auswahl und Editionstechnik sehr viel anderer Meinung sein kann als Meyer. Darauf hier des näheren einzugehen, erscheint dem Autor überflüssig, da er seine Bedenken an anderem Orte bereits ausgesprochen hat.

Kurzum: das, was auf diese Weise aus direkten Quellen geschöpft werden konnte, würde ausgereicht haben, mehrere Bände über Schliemann zu schreiben. Dank dieses Reichtums war es möglich, die volle Wirklichkeit zu geben, soweit wir sie bisher kennen. Instruktiv mag es in diesem Zusammenhang sein, daß der Autor bei der Überarbeitung seines 1955 geschriebenen Buches seine Änderungen fast ganz auf das Propylaion und dieses Nachwort beschränken konnte, während im eigentlichen Text nur an zwei Stellen wesentliche Veränderungen nötig waren. Es handelt sich dabei um die Darstellung der ersten Ehe Schliemanns und um das zeitweilige Zerwürfnis mit Virchow. Im ersten Falle half das Bekanntwerden mit einer damals in Prag wohnhaften, inzwischen verstorbenen Enkelin Schliemanns aus erster Ehe und der Kontakt mit zwei ihrer Geschwister in Paris und Bratislava, Kindern von Schliemanns Tochter Nadeshda. Ihre Erinnerungen bewirkten eine gerechtere Sicht, desgleichen ein noch unpublizierter, sehr ausführlicher Brief Schliemanns an Katharina, der sich seit fünfzehn Jahren im Besitze des Autors befindet. Im zweiten Falle brachte der im Literaturarchiv der Akademie der Wissenschaften der DDR bewahrte Briefwechsel Schliemann—Virchow die Aufklärung.

Fassen wir zusammen: Der Autor brauchte in seinem Buche kein Geschehen zu erfinden, denn das Leben Schliemanns ist so reich an Begebenheiten und selbst an Abenteuern, daß sie ein Romanschriftsteller nicht erfinden dürfte, ohne dem berechtigten Vorwurf der Unglaubwürdigkeit zu verfallen. Erfunden hat der Autor lediglich einige wenige Episoden, die zur Abrundung oder Überbrückung notwendig waren. Auch keine der handelnden Personen wurde erfunden, abgesehen von nebensächlichen episodischen Gestalten wie zum Beispiel von Napoletanern des

Schlußkapitels. Selbst die Gespielen der Ankershäger Kindheit tragen ihre richtigen Namen. Die Schilderung folgt mit der Genauigkeit einer Chronik dem tatsächlichen Lebenslauf und weicht nur an einer Stelle davon ab: um die Schilderung der wissenschaftlichen Arbeiten Schliemanns an Troja, Tiryns und Kreta nicht unübersichtlich zu machen und den sie verbindenden logischen Faden nicht zu zerreißen, wurden sie in einem, dem sechsten Buch des Romans, zusammenhängend dargestellt, obwohl die Reise in die Heimat chronologisch mitten in die Arbeit an Troja und die Nilreise in die Verhandlungen um Kreta gehören. Diese Abänderung bedarf keiner Entschuldigung, und außerdem kann sie jeder Leser mühelos an Hand der beigegebenen Zeittafel richtigstellen.

Soweit es anging, kam in der direkten Rede wie im Ablauf der Gedanken Schliemann selbst zu Wort, und das so textgetreu wie möglich, ebenso natürlich Dörpfeld, Virchow und die anderen handelnden Personen, soweit Überlieferungen vorliegen. Diese Stellen alle besonders zu kennzeichnen, erschien nicht erforderlich; es wäre ungerecht, Tausende von Lesern durch immer wechselnden Druck oder Zitatennachweis zu verwirren und zu verärgern, um dafür *einem* Philologen Freude zu machen. Dieses Buch will ja doch ein Roman sein und kein Quellenwerk zum Gebrauch des Forschers. Dem Leser dürfte es genügen, wenn der Autor versichert, nichts in Schliemann oder dessen Arbeiten hineingelegt zu haben, was nicht tatsächlich in ihnen lag. Seine Funde und Ausgrabungen betreffend, ist es natürlich jedem Gelehrten unbenommen, anderer Meinung zu sein und die Dinge anders zu sehen, als der Autor sie sah.

Mit voller Absicht wurden auch einige Zitate in den Text aufgenommen, die überzeugende Beispiele für die naive Gläubigkeit sind, mit der Schliemann seine Forschungen begann, und die seine Art, die Dinge zu sehen, charakterisieren. Die Wissenschaft sprach in solchen Fällen geringschätzig von seinem Köhlerglauben, wie er sich etwa in der Lokalisierung der Grotte Polyphems oder in der Frage der Eulenvasen (= Gesichtsurnen) offenbarte, von anderen Exempeln zu schweigen.

Da wohl nicht zu Unrecht behauptet wird, bei einer langen

ausschließlichen Beschäftigung mit einer Gestalt der Geschichte färbten ihre Eigenschaften und Neigungen unwillkürlich ein wenig auf den sie Studierenden ab, mag man dem Autor vielleicht vorwerfen, er habe sich von Schliemanns Manie des Messens und Wiegens, von seinem Zahlenspleen anstecken lassen. Der Autor wagt das nicht zu bestreiten, aber wenn in seinem Buche, und zwar in den Kapiteln über die Grabungen, so viel von Maßen und Gewichten die Rede ist, so hat das auch noch einen anderen Grund. Er hat sein Schliemann-Buch schließlich nicht in erster Linie für die Fachgelehrten geschrieben. Die kennen Schliemanns Grabungen und Funde so gut wie der Autor. Wie viele Leser, die auf dem Fachgebiet der Archäologie nicht vorgebildet sind, kennen sie aber? Und wie viele von ihnen wissen etwas von der Technik einer Ausgrabung? Fast keiner. Deshalb mußte der Autor den Wunsch hegen, möglichst wenig der Phantasie des Lesers zu überlassen. Ein Phantasiebild entfernt sich notwendig zu sehr vom Bilde der Wirklichkeit, das vermittelt werden sollte, selbst dann noch, wenn Dutzende von Photographien beigegeben werden könnten. Bilder können allenfalls die Phantasie unterstützen und sie in eine erwünschte Richtung lenken. Die, zugegeben, langweiligen und eintönigen Zahlenangaben ermöglichen dem Leser dagegen, sich eine sehr konkrete Vorstellung der Dinge zu machen.

Eine nicht geringe Schwierigkeit erwuchs der Darstellung aus Schliemanns widerspruchsvollem Charakter. Schon das Kind ist beides, voll Phantasie und doch auch zugleich voll Wirklichkeitssinn: unbesehen glaubt es das Märchen des Küsters vom aus dem Grabe wachsenden Raubritterbein, aber den mitwachsenden Strumpf lehnt der Wirklichkeitssinn des Knaben ab. Der erfolgreiche Kaufmann widmet seine Freizeit der klassischen Lektüre (die ihm nichts einbringt) und denkt darüber nach, wie und wann er seinen Traum verwirklichen wird, aber der erfolgreiche Forscher liest eifrig die Kurszettel und zählt die Ölbäume auf dem zu kaufenden Grundstück. Der Verschwender knausert zuweilen, und der große unermüdliche Schenker kann zu Zeiten geradezu geizig sein. Er ist keineswegs stets sympathisch, beispielsweise in seinen Auseinandersetzungen mit Gegnern oder Menschen, die er als Gegner empfand. Er ist dann alles andere als objektiv; er ist ein Autokrat, der nur schwer und langsam einsieht, daß auch einmal ein anderer als er selbst im Rechte sein könnte. Wenn er es dann aber eingesehen hatte, gab er es auch mit aller Offenheit zu; es ist erschütternd zu lesen, wie er nach der Operation in Halle, kurz vor seinem Tode, er, der weltberühmte Mann, an den noch nicht sehr bekannten, um zweiunddreißig Jahre jüngeren Anfänger Dörpfeld einen langen Brief schreibt, weil ein Mißverständnis das Einvernehmen getrübt hat: »Selbst ein Schatten von Zwiespalt muß auf ewig zwischen uns ausgeschlossen sein. Und sollten Sie je Ursache haben, zu glauben, mir böse zu sein, müssen Sie es mir frei ins Gesicht sagen, und stets werden Sie mich freudig bereit finden, zu tun, was recht und billig ist. Vor allem muß nun das jetzige Mißverständnis behoben werden, und muß das augenblicklich geschehen, denn ich leide schwer dabei.« Schliemann ist eben kein konstruierter, sondern ein wirklicher, sehr lebendiger Mensch mit seinen Widersprüchen und Fehlern. Deshalb wäre es eine Fälschung des geschichtlichen Schliemann, wollte man seine Widersprüche glattschminken, seine Fehler verschweigen, seine Irrtümer bagatellisieren oder zu rechtfertigen und zu entschuldigen suchen.

Zu diesem Punkt tritt ein weiterer, sehr wichtiger: Jeder Mensch ist in erster Linie aus der Zeit und der Umwelt zu verstehen, in die er hineingeboren worden ist, in denen er lebt. Es wäre unbillig, von Schliemann zu verlangen, daß er nicht ein Kind seiner Zeit hätte sein sollen, daß er nicht unter dem Einfluß der in ihr herrschenden Anschauungen hätte stehen sollen. Gerade in diesem Zusammenhang sei aber mit Entschiedenheit darauf hingewiesen, daß so manche humanitären und im heutigen Sinne fortschrittlichen (zu Schliemanns Zeit oft geradezu revolutionären!) Züge in Schliemanns Gedanken, Äußerungen und Handlungen – wie zum Beispiel die Schenkung seiner Sammlung nicht an »Kaiser und Reich«, sondern an das deutsche Volk, die Stellungnahme zur Negeremanzipation und zur Sklavenfrage (in Kuba so gut wie in Mykene oder Ägypten) und dergleichen – nicht etwa vom Autor in ihn hineinprojiziert wurden, um ihn etwas »zeitgemäßer« zu »frischen«, daß eben gerade sie, sosehr sie im einzelnen vielleicht den Leser überraschen mögen, sicher verbürgt sind. Freilich: einen Menschen aus seiner Zeit und Umwelt heraus verstehen zu wollen, heißt noch lange nicht, diese Zeit und die Lebensäußerungen dieses Menschen kritiklos hinzunehmen. Daß davon in diesem Buch keine Rede sein kann, wird der Leser sehr bald gespürt haben.

In einem Punkte war der Autor allerdings darum bemüht, für die Leser die Ereignisse sich so abwickeln zu lassen, wie sie sich Schliemann selbst darstellten, und zwar bei seinen Grabungen. Wer heute den Boden von Hissarlik betritt, wird wissen: Das homerische Troja lag in Schicht VI, beziehungsweise in Schicht VII a. Schliemann wußte dies keineswegs, wußte es noch nicht einmal mit Sicherheit, als er starb, und als er die Grabung begann, wußte er noch nicht einmal etwas von Schichten. Wer also seine Grabungen in ihrem Werden und konkreten Geschehen nur vom Standpunkt der heutigen Wissenschaft aus beurteilen und darstellen wollte, könnte dabei ausgezeichnet sein besseres Wissen und seine Überlegenheit über Schliemann an den Mann bringen, würde aber kein wahres Bild vom Ausgräber Schliemann entwerfen. Gerade das anfängliche Tasten, die Unsicherheit, die vielen ungelösten Fragen, die zahlreichen Irrtümer und Fehlurteile mußten dem Leser Schritt für Schritt klarwerden, wenn er darauf das von Schritt zu Schritt wachsende Erkennen und schließlich das gesamte Lebenswerk des Forschers in seiner vollen Bedeutung würdigen sollte.

Damit wären wir zu einem weiteren klarzulegenden Punkte gekommen. Nicht wenige Zeitgenossen haben Schliemann vorgeworfen, er habe, in seinem Irrtum befangen, den größten Teil der wirklich homerischen Reste Trojas vernichtet, um möglichst schnell zu seiner vermeintlichen Stadt des Priamos zu gelangen. Diesen Vorwurf hört man bisweilen noch heute. Er ist in dieser Form nicht berechtigt. Gewiß, der unglückselige Nordsüdgraben hat manches zerstört. Das soll und muß zugegeben werden. Aber es war längst nicht so viel, wie behauptet wurde – und wird –, denn in der ganzen Mitte der Akropolis waren die Reste von Schicht VI schon durch die Planierung der Römer vernichtet worden. Gewiß, ein heutiger Student der Archäologie bekommt einen Schüttelfrost, wenn er von Schliemanns anfänglichen Grabungsmethoden liest. Mit den heutigen Methoden würde man wahrscheinlich hundert Jahre zu tun haben, bis man zur verbrannten Stadt vordränge. Aber wir dürfen zweierlei nicht vergessen. Erstens war Schliemann ein Pionier. Vor ihm hatte niemand Ausgrabungen dieser Art und dieses Ausmaßes gemacht, und nur durch Lernen aus den gemachten Fehlern kann man zur Vollkommenheit gelangen. Zweitens: ohne Schliemanns ungebändigtes Drängen in die Tiefe, in der er sein homerisches Troja vermutete, wäre man vielleicht nie über die römische und griechische Siedlung hinausgekommen, da kaum jemand die Verantwortung für die rücksichtslose Beseitigung dieser Baureste übernommen haben würde.

Was sodann die irrige Deutung einzelner Funde anlangt, so hat es bisher noch keinen Archäologen gegeben – und wird auch in Zukunft keinen geben –, der unfehlbar wäre und niemals etwas falsch datiert oder eingeschätzt hätte. Nicht wenige Irrtümer hat Schliemann selbst erkannt und in späteren Büchern korrigiert. Andere sind entsprechend dem ständigen Fortschreiten der Wissenschaft später bemerkt und richtiggestellt worden. Wer allerdings behaupten wollte, daß unsere heutigen Erkenntnisse der Weisheit letzten Schluß darstellen, ist überheblicher, als einem Gelehrten zukommt.

Was nun die Funde Schliemanns betrifft, so sind die griechischen nach wie vor in Athen – die mykenischen im Ethnikon Museion –, einige weniger wertvolle Stücke noch an Ort und Stelle. Die trojanischen Fundstücke, die bei der Teilung der Türkei zufielen, sind im Museum von Istanbul. Die Trojanische Sammlung, die Schliemann dem deutschen Volke schenkte und die seit 1881 in drei Sälen des baulich mit dem Völkerkunde-Museum verbundenen Museums für Ur- und Frühgeschichte in der Prinz-Albrecht-Straße (jetzt Westberlin) ausgestellt war, hat zum größten Teil den zweiten Weltkrieg überstanden. Die sensationell aufgemachte Erklärung Cerams (Götter, Gräber und Gelehrte), daß diese Sammlung von leichtfertigen und unwissenden Händen an ihrem Auslagerungsort Lebus zu Polterabendscherzen zerschlagen worden sei, entspricht, wie wir von Anfang an betonten, nicht den Tatsachen, und die an anderer Stelle von Ceram erwähnte namenlose »Wissenschaftlerin«, die 1945 gegen 50 Pfund Bonbons viel Keramik zurückerwarb, ist 1. ein Widerspruch zu seiner vorigen Meldung und 2. ein noch größerer Widerspruch zur Situation des Jahres 1945: welche »Wissenschaftler« hatten damals einen halben Zentner Bonbons? Wahr hingegen dürfte seine Angabe sein, daß die Keramik in Schloß Lebus, in Schloß Petruschen bei Breslau, in Schönebeck ausgelagert gewesen ist.

Laut freundlicher Auskunft des Herrn Generaldirektors der Staatlichen Museen zu Berlin wurden 1958 etwa 2000 bis 2500 Stücke der Trojanischen Sammlung aus der Sowjetunion in die DDR zurückgeführt. Zur Zeit befinden sie sich in den Depots des Museums für Ur- und Frühgeschichte auf der Berliner Museumsinsel und warten auf geeignete Ausstellungsräume. Der in der heutigen BRD (Celle und Wiesbaden) ausgelagert gewesene Teil der Sammlung befindet sich mit etwa 1150 Stück im Westberliner Museum für Vor- und Frühgeschichte, Schloß Charlottenburg. Dadurch ist Schliemanns Bedingung bei der Schenkung, daß die Sammlung nie geteilt werden dürfte, nicht mehr erfüllt. Der sogenannte Schatz des Priamos scheint allerdings verlorengegangen zu sein. Zunächst war er während des Krieges in die Preußische Staatsbank, sodann in den Zoobunker ausgelagert. Vom Kriegsende an fehlt jede Spur. Hiermit werden endlich die Briefe ungezählter Leser beantwortet, die den Autor 1956 nach dem Verbleib der Troja-Sammlung befragten.

Weiterhin. In den Jahrzehnten seit Schliemanns Tod sind die Forschungsarbeiten auf allen seinen Arbeitsgebieten weitergegangen. Zunächst grub Dörpfeld in *Troja*, 1891 im Auftrag und auf Kosten Sophia Schliemanns, dann im Auftrag des Deutschen Reiches.

Was sich als besondere Tragik in Schliemanns Leben schon bei seiner letzten eigenen Grabung angedeutet hatte, erwies sich hierbei mit Sicherheit: Das homerische Troja entsprach nicht der zweiten Schicht, sondern vielmehr der sechsten, der mykenischen. Dörpfeld kam in seiner Grabung von 1894 zu dem Ergebnis, daß der Hügel Hissarlik nicht sieben Schichten aufeinanderfolgender Besiedlung enthielt, wie er bisher mit Schliemann angenommen hatte, sondern neun, nach genauer Rechnung sogar dreizehn. Aber um keine noch größere Verwirrung anzurichten, beließ er es bei der Neunteilung, die er folgendermaßen ansetzte (die Jahreszahlen bezeichnen natürlich nur annähernde Werte):

I.	Uralte Siedlung	3000–2500
II.	Prähistorische Burg (Schliemanns »Verbrannte Stadt«)	2500–2000
III. IV. V.	Drei prähistorische Dörfer	2000–1500
VI.	Das homerische Troja	1500–1000
VII.	A und B. Zwei vorgriechische Ansiedlungen	1000–700
VIII.	Das griechische Ilion	700–0
IX.	Das römische Ilium	0–500

Aber auch das ist noch nicht der heutige Stand der Forschung. 1931 begannen die Amerikaner unter Leitung von Carl W. Blegen erneut mit Grabungen in Troja und führten sie bis zur Schwelle des zweiten Weltkrieges weiter. Die Gesamtveröffentlichung über diese Grabung ist nunmehr abgeschlossen und liegt in sechs Bänden vor (»Troy«, Cincinnati 1950 ff.). Blegen kam durch verfeinerte Grabungsmethoden auf insgesamt 46 Siedlungsschichten und setzt das homerische Troja nunmehr in die Schicht VII A, die er etwa 1300–1200 datiert.

Als Kuriosum sei angemerkt, daß es seit einigen Jahren ernsthafte Gelehrte gibt, die wieder einmal behaupten, der Trojanische Krieg habe nie stattgefunden.

Seitdem wurden keine weiteren Grabungen in Troja durchgeführt, und selbst ein Besuch der Stätte ist nicht erlaubt, da wieder einmal ein Großmeister des Artilleriewesens – mit zeitgemäß modernisiertem Titel – die ganze Küste als fortifikatorisch wichtig gesperrt hat.

Entsprechende Fortschritte hat die Archäologie auch anderswo gemacht. Der Palast von Knossos auf *Kreta* wurde von Sir Arthur Evans in drei Jahrzehnten – man erinnere sich an Schliemanns »eine Woche«! – ausgegraben und erwies sich, entsprechend Schliemanns Vermutung, als Schlüssel des ganzen Fragenkomplexes, als Ausgangspunkt und Zentrum der dann kretisch-mykenisch genannten Kultur. Bei aller Achtung und Verehrung, die der Autor dem Werk von Sir Arthur Evans entgegenbringt, muß er in diesem Zusammenhang doch eine Äußerung desselben richtigstellen. Evans gab in seinem Vorwort zu Emil Ludwigs Schliemann-Biographie dem Zweifel Ausdruck, ob Schliemann bei seinen Grabungsplänen wirklich die Stelle im Auge gehabt hätte, an der Evans dann den Palast des Minos fand. Er sagt, »eine seltsame Unsicherheit herrscht über die Stelle, an der er mit seinen Grabungen beginnen wollte«, und argumentiert mit einem Satz aus einem Briefe Schliemanns an Sayce, wo von zu enteignenden Bauernhöfen, Sümpfen und wertvollen Olivenhainen die Rede sei; demgegenüber stellt er fest, daß auf dem Hügel von Kephala weder Bauernhöfe noch Ölbäume, noch Sümpfe vorhanden waren. Dieser Einwand von Evans ist nicht stichhaltig. Die von Schliemann ausersehene Stelle ist in seinen Briefen so genau und eindeutig bezeichnet worden, daß nicht der geringste Zweifel an der Identität erlaubt sein kann. Die erwähnten Höfe, Oliven usw. erklären sich sehr leicht aus den in unserem Text briefgetreu geschilderten Verhandlungen mit jenem Türken, der die Gelegenheit nützen und Schliemann seinen gesamten Besitz anhängen wollte. Der zweite Einwand von Evans richtet sich gegen Schliemanns »summarische Methode«, die die Grabung von Knossos »zu einem unentwirrbaren Trümmerhaufen« gemacht haben würde. Wie bedauerlich es ist, daß ein so bedeutender Gelehrter wie Evans sich zu einer derartigen Verdächtigung hinreißen lassen konnte, die den Schliemann der ersten tastenden Anfänge mit dem Schliemann der achtziger Jahre verwechselt, der obendrein einen Dörpfeld zur Seite hatte, hat Dörpfeld selbst schon in seinem Vorwort zu Meyers Briefpublikation festgestellt. Seinen Worten haben wir nichts hinzuzufügen.

Ithaka wurde mehrfach durchforscht, ohne daß dabei irgendwelche überraschenden Ergebnisse erzielt worden wären, die etwa den Palast oder das Grab des Odysseus – oder überhaupt wesentliche Reste seiner Zeit – aufgedeckt hätten. Dörpfeld sah dann das homerische Ithaka in der nördlich gelegenen Insel Leukas. Zusammenfassend trug er seine Theorie in »Alt-Ithaka« 1927 vor. Hier darf wohl auch die Bemerkung Platz finden, daß Dörpfelds späteres Leben viele Ähnlichkeiten mit dem Schliemanns bekam – der fast hoffnungslose Kampf um sein Ithakabild wie um seine Homerauffassung gegen die wortreiche Übermacht der Zunftgelehrten. Zur Stützung seiner Leukas-Theorie machte Dörpfeld nicht nur zahlreiche topographische Übereinstimmungen zwischen der Schilderung Homers und der Wirklichkeit von Leukas geltend; es gelang ihm auch, bei Nidri Gräber der mykenischen Zeit aufzufinden. Andererseits haben neuere Ausgrabungen auf Ithaka beachtliche mykenische Funde ergeben sowie vom 9. vorchristlichen Jahrhundert an Weihgaben für Odysseus, die beweisen, daß die ganze griechische Antike Ithaka für seine Heimat hielt.

Die Grabung in *Orchomenos* ist ab 1903 vom Deutschen Archäologischen Institut weitergeführt worden (vgl. »Orchomenos« in den Abhandlungen der Kgl. Bayrischen Akademie der Wissenschaften 1906 ff.). Da die Fortsetzung sich in erster Linie die Erforschung der Burg und der prähistorischen Besiedlung zum Ziele gesetzt hatte, konnte sie die Ergebnisse Schliemanns nicht korrigieren oder erweitern. Aber interessant an ihnen war, daß sie in der größten Tiefe Rundbauten der Jungsteinzeit, darüber Ovalbauten, darüber eine Nekropole der mykenischen Zeit und noch weiter oben Palasträume mit Freskenresten der mykenischen Zeit zu Tage brachten.

In *Tiryns* grub das Deutsche Archäologische Institut unter Georg Karo in mehreren Perioden. Kurt Müller befaßte sich dabei mit der Architektur und Baugeschichte der Festungsanlage (»Tiryns«, 3. Bd., Text- und Tafelbd., Augsburg 1930), Gerh. Rodenwaldt mit den Fresken und der Ausstattung des Palastes (»Tiryns«, 2. Bd., Text- und Tafelbd., Athen 1912). Bei der Suche nach noch älteren Schichten nahm man Tiefgrabungen vor, die noch unter das Niveau des von Schliemann freigelegten Palastes führten, aber keine zusammenhängenden Ergebnisse lieferten, da der jüngere (Schliemanns) Palast geschont werden mußte. An dieser Grabung, 1910/11, nahm auch Dörpfeld teil. Als wichtigstes Ergebnis erwies sich das Fundament eines Rundbaus in der Mitte der Burg, der mit einem Sockel von dreißig Metern Durchmesser wohl der erste Monumentalbau auf griechischem Boden gewesen ist und dem dritten Jahrtausend angehören dürfte. Um diese Zeit war das Stiertänzerfresko – im übrigen stellten Reichel und Rodenwaldt fest, daß es eine Tänzerin sei – schon von einer schmutzigen Sinterschicht überzogen, die die Farbe des linken Teils zerstört und der ganzen Oberfläche eine gelbliche Tönung gegeben hatte. Ein Vergleich der Stuckfragmente aus Tiryns, Mykene und Orchomenos ergab bei einigen eine so starke stilistische Verwandtschaft, daß man dazu neigte, den gleichen Maler für alle drei Burgen anzunehmen.

Beim Fußboden des Megarons hatte Schliemann bereits die Einteilung in Quadrate bemerkt; es war ihm aber, da diese von einer etwa einen Zentimeter dicken, sehr widerstandsfähigen Sinterschicht bedeckt waren, entgangen, daß der Fußboden bemalt war. Zwischen blauen und roten Bändern mit blauen Rosetten fanden sich in den Quadraten Tintenfische und Delphine. Auch der Fußboden des kleinen Megarons erwies sich als farbig; die Quadrate sind abwechselnd blau, hellrot, blau, gelb bemalt.

Mykene ist der Punkt, der auch nach Schliemann die meisten Überraschungen brachte. Griechische, englische, deutsche Archäologen arbeiteten hier (vgl. Georg Karo, »Die Schachtgräber von Mykene«, 1930). 1952/54 entdeckte der griechische Archäologe J. Papadimetriou hundertfünfzig Meter westlich des Löwentors einen zweiten Kreis von Schachtgräbern. Die Grabstelen fand er noch in situ. Der Kreis hatte, ähnlich dem von Schliemann gefundenen, einen Durchmesser von siebenundzwanzig Metern. Es scheint, daß diese Gräber aus nur wenig älterer Zeit stammen als die von Schliemann gefundenen, daß es aber mehr sind. Als Beigaben fand man bisher Vasen aus Bronze und Silber, goldene Becher, goldenen Kopfschmuck, eine Gesichtsmaske aus Elektron, Waffen aus Bronze, Schwertknäufe aus Alabaster und Elfenbein und viel Keramik, deren jüngste

Vase man in das Jahr 1550 datiert hat. Nach dem Tode Papadimetrious nahm G. E. Mylonas 1973 die Grabung wieder auf, über die erst nach Abschluß zusammenfassend berichtet werden kann.

Schließlich mag dem Autor noch ein Wort über die Schliemann-Literatur erlaubt sein. Schon zu Schliemanns Lebzeiten hatte seine Arbeit über hundert Bücher allein über Troja hervorgerufen; die Zeitschriften- und Zeitungsartikel zu zählen, wäre ein müßiges Beginnen. Was später über ihn geschrieben worden ist, füllt eine ganze Bibliothek. Vieles davon wäre besser nicht geschrieben worden, denn es hat oft nur dazu gedient, das Bild des wirklichen Schliemann gründlich zu entstellen.

Die umfänglichste »Biographie« schrieb Emil Ludwig: ein spannend gestaltetes, elegantes Lebensbild. Aber abgesehen davon, daß es nicht wesentlich auf die Grabungen eingeht, ist es keineswegs der historische Schliemann, den er geschildert hat, sondern ein Abenteurer und Goldsucher, und beides war Schliemann am wenigsten, obwohl ihm die Abenteuer ebenso zahlreich zustießen, wie ihm die Schätze zufielen. Es ist kein Wunder, daß manche Indiskretionen und privateste Dinge, die die fast 80jährige Witwe aus sich herausfragen ließ, zu einem nie wieder beigelegten Zerwürfnis mit dem Sohn Agamemnon geführt haben. Bedauerlicherweise stellt die schon erwähnte abschließende Schliemann-Biographie von Ernst Meyer eine Enttäuschung dar. Die seltsame Disposition der Kapitel I, VI–IX (Homer, Die Fremdsprachen, Kaufmann in Rußland und Amerika, Die Frauen: Minna, Katharina, Sophia, Reisen, Ausgrabungen, Helfer und Freunde) bewirkt eine peinliche Zersplitterung samt zahlreichen Überschneidungen und Wiederholungen. Die Unkontrollierbarkeit der Zitate und die aus Meyers Briefausgaben hinreichend bekannte Unzuverlässigkeit seiner Abschriften nehmen dem Buch den Rang einer wissenschaftlichen Biographie. Anzuerkennen bleibt allerdings die Fülle neuen Materials, vor allem auf dem kaufmännischen Sektor und hinsichtlich der Reisen.

Obwohl das Buch im ganzen veraltet ist, verdient als gute und brauchbare Zusammenstellung das Werk Carl Schuchhardts Erwähnung »Schliemanns Ausgrabungen in Troja, Tiryns, Orchomenos, Ithaka im Lichte der heutigen Wissenschaft«, 2. Aufl., Leipzig 1891. Die Epigonen Ludwigs, die seine Irrtümer vergröbert weitertragen, sind in der Literatur besonders reichlich vertreten und verraten sich meist schon in den Titeln ihrer Schriften.

DER TRAUM VON TROJA
Ein Nachwort

1. Schliemanns Traum

Selten ist ein Buchtitel so gut gewählt wie bei diesem biographischen Roman über Heinrich Schliemann, da er nicht nur das Leben Schliemanns für die Nachwelt bestimmt, sondern auch den Standpunkt des Verfassers, Heinrich Alexander Stoll, der mit seinem Ideal dem alten Glauben lebte, die Homerischen Sagen über Troja seien Originalberichte über den Krieg der Achäer gegen die Stadt der Trojaner, und jeder Zweifel daran wäre kurios. Stoll träumte selbst den »Traum von Troja«.

Sein Werk durchzieht die Polemik gegen die »Schreibtischgelehrten« und die sachlichen Feststellungen der Wissenschaftler, die wie der Historiker Grote (1) schon vor über 100 Jahren nachgewiesen hatten, daß die gesamten Berechnungen des »trojanischen Krieges« auf den Homerischen Epen beruhten und keinen Anspruch auf Historizität erheben können.

Charakteristisch für Stolls Verteidigung seines Traums von Troja sind die Passagen der Einleitung: »Schliemanns Lebenswerk dagegen galt einem Gebiet, das der Allgemeinheit vertraut war. Selbst in entlegenen Dorfschulen war um jene Zeit vom Trojanischen Krieg die Rede gewesen, von dem heldenhaften Kampf einer überfallenen Stadt, die sich zehn Jahre lang gegen erdrückende Übermacht hielt und schließlich nur durch eine List überwältigt werden konnte, von Hektor und Achilleus und der schönen Helena, von Agamemnon und Klytaimestra und wie die Gestalten der griechischen Sage alle heißen. Und das alles, so bewies Schliemann durch seine Funde, war eben keine bloße Sage, sondern Tatsache. Was Wunder also, daß sich das Volk für diesen Mann begeisterte, zumal sich dann schnell genug herumsprach, daß die Fachgelehrten ihm seine Beweise nicht glauben wollten.« Hier spricht der Mann des 20. Jahrhunderts, in dem die Wissenschaftsfeindlichkeit als Folge der Bewußtseinskrise der bürgerlichen Welt um sich greift und zu Extremen wie Erich von

Däniken treibt, dem dann ein Schliemann mit ähnlichen Argumenten zum Kronzeugen seines Kampfes gegen die Wissenschaft wird. Wie Schliemann erweise Däniken die Unfähigkeit der Wissenschaftler, die in Sagen und Legenden steckende wahre Geschichte der Menschheit zu erkennen. Man muß aber Heinrich Schliemann vor Däniken in Schutz nehmen – und leider auch in dieser Hinsicht vor seinem Verehrer H. A. Stoll, der den »deutschen Professor« als Schliemanns »Charybdis«, seinen naturgegebenen blindwirkenden Feind, verketzert.

Schliemanns Größe bestand in der Erkenntnis der eigenen Fehlbarkeit, der Selbstüberwindung, mitten in der Arbeit in »Troja« einzugestehen, daß sein Enthusiasmus und seine enorme Energie nicht ausreichten, um die selbstgestellte Aufgabe allein zu bewältigen und Wilhelm Dörpfeld als Grabungsarchitekten hinzuzuziehen. Im Kontakt mit Virchow und dem Generaldirektor der Berliner Museen Richard Schöne wurde Schliemann in einem endlosen Bemühen um Erkenntnis zum Wissenschaftler – er stellte sich nicht gegen oder über die Wissenschaft, sondern er reihte sich in die Wissenschaft ein. Ihn vor der Wissenschaft zu verteidigen, ist unnötig und leitet nur Wasser auf die Mühlen jener, die ihn zum Kampf gegen die Wissenschaft mißbrauchen wollen.

Daher muß diese Einschränkung gegenüber Stolls Werk erhoben werden, da H. A. Stoll den falschen Feind bekämpft. Aber konnte er als Enthusiast anders, er, der selbst noch im hohen Alter von geistigem Feuer sprühte und eine an Schliemann erinnernde Energie aufwies? Nur ein derartiger Enthusiast konnte die vorliegende Biographie eines Enthusiasten schreiben, die vor allem die verwandte Geisteshaltung beider – Autor wie Romangestalt hervorragend gestaltet. Da zudem die Mehrheit der Leser ihr Weltbild aus Romanen schöpft, begrüßt der Verfasser dieses Nachworts den Roman, so wie er ist, als Mittel der Volksbildung, da er in der Tat einen großen Menschen lebendig werden läßt, einen Mann, der in allem, was er tat, bemüht war, dies vollkommen und konsequent zu tun, der keine Kopie eines Stars sein, sondern als Mensch leben wollte.

Rudolf Virchow, eine Persönlichkeit, die eines ähnlichen Biographen wert wäre, gab ihm den auch vom Verfasser des Nachworts voll geteilten Nachruf:

»Er hat Großes gewollt und Großes vollbracht. Er hat die Ungunst der äußeren Umstände durch treue und umsichtige Arbeit zu überwinden gewußt und in aller Bedrängnis des geschäftlichen Lebens die Ideale nicht aufgegeben, welche in die Brust des Knaben gepflanzt waren. Was er erreicht hat, ist von ihm durch eigene Kraft erzwungen worden. Unter allen Wechselfällen ist er sich selbst treu geblieben. Seine einzige Sorge war das Streben nach höherer Erkenntnis.«

H. A. Stoll hat es verstanden, diesen Sinn des Lebens seines Heroen anschaulich zu gestalten. Dies ist für den Betrachter das wesentliche, nicht, daß die Gestalt des Helden etwas zu progressiv, etwas zu modern geraten ist. Schliemann war ein so energischer und rücksichtsloser Geschäftsmann und Bourgeois, wie er ein nach Erkenntnis strebender Wissenschaftler wurde. Als Kind seiner Zeit muß er sowohl als Händler mit Kriegsmaterial während des Krimkrieges wie als Ausgräber in Griechenland gesehen werden. Sein Wert als Charakter, als denkender Mensch der Tat, sollte der Nachwelt bedeutender sein als seine zahlreichen Irrtümer.

Völlig enthusiastisch ist Stolls Überschätzung der Rolle und Bedeutung Schliemanns für die Archäologie, besonders, wenn historische Abläufe dem »Was wäre gewesen, wenn« unterworfen werden. Dies ist eine dem Dichter erlaubte, dem Wissenschaftler aber abstruse Fragestellung. Es wird besonders deutlich, wenn wir zu einer Kritik Schliemannscher Vorstellungen zur Geschichte kommen, seinen Motiven und Ideen, die sich doch wesentlich von seinen bleibenden Leistungen unterscheiden, und diese Kritik darf auch vor Stolls Ansichten nicht haltmachen.

Schliemanns bleibendes Verdienst ist das, einer der Initiatoren der Ausgrabungstätigkeit in Griechenland und Kleinasien gewesen zu sein. Es gab schon lange vor ihm Grabungen, auch auf dem Hügel von »Troja«, aber er wirkte in einer Phase der Geschichte, in der seine nun auch noch durch reiche Goldfunde um so publikumswirksamer werdenden Entdeckungen, vor allem in

Deutschland zur Sensation wurden. Die Grabung in »Troja«, so primitiv sie für heutige Verhältnisse auch war, trug wesentlich zur Entwicklung der Ausgrabungstechnik großer, vielschichtiger Siedlungshügel bei. Schliemann hat diese Technik nicht entwikkelt, aber er hat in diesem gewaltigen Schutthügel bei der Anlage des Riesengrabens quer durch die Schichten von Jahrtausenden erkannt, daß er hier nicht weiterkomme. Er rief Dörpfeld herbei, der die Schichten der Bauperioden erkannte. Bei den Grabungen in Susa oder in Mohenjo-Daro wurden diese Erkenntnisse und Techniken noch Jahrzehnte danach nicht angewandt, die heute jedoch Allgemeingut sind.

Widersprechen muß man H. A. Stoll, wenn er Schliemanns Verdienst in der Entdeckung Trojas sieht: »Ohne den Traum von Troja, den ein armer kleiner Dorfjunge träumte, gäbe es möglicherweise noch heute kein Troja«, denn ein historisches Troja gab es allem Anschein nach nicht, trotz aller Begeisterung vieler Generationen interessierter Homer-Leser. So müssen wir die folgende Verteidigungsrede Stolls korrigieren, um sie beibehalten zu können:

»Sinkt Schliemanns Bedeutung dadurch, daß er irrte und den Schatz des Priamos in den Händen zu halten glaubte, als er den Schatz eines Herrschers gefunden hatte, der tausend Jahre vor Priamos lebte? Und daß er das Grab Agamemnons und dessen goldene Maske zu finden glaubte, während auch sie um einige Jahrhunderte älter sind? . . . Schliemann bleibt für alle Zeiten der Mann, der Troja fand und der uns ein Jahrtausend griechischer Geschichte oder besser Menschheitsgeschichte schenkte.«

Wir müssen ändern und schreiben: »Sinkt Schliemanns Bedeutung dadurch, daß er irrte, als er glaubte, Troja gefunden zu haben?« – und streichen müssen wir die Passage über das Jahrtausend Menschheitsgeschichte, denn die mythischen Erzählungen über Griechenlands Frühzeit sind zwar ein wertvoller Teil der Kulturgeschichte der Griechen und als solcher ein Teil der Weltgeschichte. Aber sie repräsentieren nicht das Jahrtausend, in dem Homers Epen spielen sollen. Das 2. Jahrtausend v. u. Z. war die Zeit Hammurapis und der großen Pharaonen der XVIII. Dynastie, die Zeit der elamischen Könige und der Shang-Könige Chinas, neben denen die Heerkönige Griechenlands doch nur Lokalherrscher waren.

Stolls Einleitung und seinem Nachwort fehlt eine historische Einschätzung der Archäologie und ihrer Geschichte im vergangenen Jahrhundert und in der Gegenwart. So resultiert Englands Hinwendung zur Archäologie nicht aus dem Zufall der Darstellung von Pferd und Rind auf den »Elgin Marbles« und die Deutschlands nicht aus dem Auftreten Schliemanns. Die Archäologie war und ist eine Funktion des gesellschaftlichen Bewußtseins, das die soziale Realität widerspiegelt und beeinflußt und das zugleich im Laufe der Zeiten andere Ideale in der Geschichte sucht und findet. So begriff sich Luther nach dem Vorbild des Apostel Paulus, und Cromwells Mannen sahen sich als neue Makkabäer. Frankreichs Revolution imitierte zuerst Roms Republik und dann das Kaiserreich mit Legionen, Tribunen und Adlerstandarten. Das aufsteigende Bürgertum der Renaissancestädte Italiens sah in Griechenlands Republiken sein eigenes Urbild. Es folgte die Mystik der Freimaurer mit der Verherrlichung Irans, so z. B. in der »Zauberflöte« mit Sarastro-Zarathustra, der die Lobpreisung Indiens durch Herder und Schlegel folgte, die neben der aufkommenden klassizistischen Verherrlichung Roms und Griechenlands stand, die ja erst jenen Samen auswarf, aus dem auch Schliemanns »Traum von Troja« aufkeimte. Es war das Selbstbewußtsein des europäischen Industriebürgertums, des die Welt unterwerfenden Kapitalismus, das in Griechenlands Sagenhelden seine Vorbilder sah und im Sieg über Troja seine Siege über die Welt feierte.

Auch Schliemann feierte nicht die Trojaner, sondern gab seinen Kindern Namen griechischer Helden, aber wer wollte ihm daraus einen Vorwurf machen? Die Epen Homers sind dem deutschen Bürger des 19. Jahrhunderts ein Heldenlehrbuch gewesen, ein Kriegsbericht vom siegreichen Kampf gegen »Asien«, ein Geist, den der deutsche Kaiser in so vollendeter Form repräsentierte und in der Praxis ad absurdum führte. Unserer Zeit sind die Epen Homers viel zuwenig gegenwärtig, obwohl sich vor allem in der »Ilias« sehr viel Menschliches über Leid und Elend des Volkes im Krieg in künstlerisch vollendete Form gegossen findet, vieles, das in unserer Zeit ganz anders zu lesen ist als im Selbstbewußtsein des aufsteigenden Bürgertums des 19. Jahrhunderts.

Dies führt zum Kern der Kritik an dem »Traum von Schliemann« – der Einschätzung der Epen Homers und ihrer Bedeutung für unsere Tage, denn die Antwort führt auch den »Traum von Troja« auf seine reale Basis zurück. Die Kernfrage ist die nach dem Wert der Epen, sind sie große Dichtungen des 8. Jahrhunderts v. u. Z. oder Kriegsberichte über einen blutigen Kampf, der Jahrhunderte vor ihrer Abfassung abgelaufen ist? Damit zusammen hängt die Wertung der Ausgrabungsergebnisse Schliemanns und Dörpfelds, dienen sie primär der Bestätigung der Angaben Homers, oder ist ihr Wert davon unabhängig, ob Homer ein großer Dichter oder ein zuverlässiger Kriegsberichterstatter gewesen ist?

2. Märchen, Sage und Geschichte

Die griechisch-römische Antike hat uns einige Literaturwerke hinterlassen, die seit dem Altertum umstritten waren, so den politischen Schlüsselroman Platons über Atlantis, das schon Aristoteles als Erfindung seines Autors gekennzeichnet hatte. Nichtsdestoweniger wird er noch heute immer aufs Neue als Geschichtsquelle nicht für die Zeit Platons, sondern für die Zeit, in der der Philosoph seine Geschichte spielen ließ, angesehen. Das trifft in noch größerem Maße für den »trojanischen Krieg« zu, über den wir nur aus der »Ilias« wissen und sonst nichts, denn alle späteren Erwähnungen gehen auf ebendiese Dichtung zurück, wie alle Atlantismythen letzten Endes auf die Dialoge Platons. Aber ungleich jenem politischen Geschichtsroman über das zeitgenössische Athen, das im Gewande einer vor 9000 Jahren untergegangenen Zivilisation kritisiert wurde, ist die dichterische Verklärung des griechischen Adels des 8. Jahrhunderts v. u. Z. bis in unser Jahrhundert fast stets für einen Kriegsbericht gehalten worden, der Tatsachen schildere und damit schließlich auch historische Personen beschreibe. Noch in unseren Tagen ist anscheinend die Mehrheit der Althistoriker und klassischen Archäologen von der Historizität dieses Krieges überzeugt, so daß man Schliemann und Stoll für ihren Glauben an Homer nicht schelten mag, auch wenn kritische Geister seit fast zweitausend Jahren vor so viel Wortgläubigkeit erstaunen. Lucian von Samosata ließ in seinem »Traum« den Helden der Geschichte, Micyllus, den allwissenden Hahn fragen: »Wohl, dann erzähl nur die Geschichte von Troja zuerst. War es alles so, wie es Homer erzählt?« Der Lucian-Hahn erwidert: »Warum? Woher bekam er diese Information, Micyllus? Als all das geschah, war er ein Kamel in Baktrien« (2). 1906 schrieb der Altphilologe Ullrich von Wilamowitz in seiner wenig spaßigen, sondern aristokratisch-hochmütigen Weise: »Es war nicht mehr als billig, daß die Welt dem Entdecker zujubelte, zumindest verzeihlich, daß die Masse, die geschichtliche Wissenschaft nicht fassen kann, die realen Schätze als Beweis für die Realität der homerischen Erzählung nahm. Die Leute werden nicht aussterben, welche den Todeslauf Hektors auf der Karte einzeichnen, und auch die, welche diesen Glauben in Hissarlik bewahren, unbeirrt um das Höhenprofil des Geländes. Darüber ereifert man sich nicht, man nimmt es aber auch nicht ernst« (3).

Schon Lucian sah den Widersinn, daß eine aus dem 8. Jahrhundert v. u. Z. stammende Kunstdichtung kein Bericht aus dem 13. oder 12. Jahrhundert v. u. Z. sein konnte. Für Wilamowitz' Quellenkritik blieb von der Historizität nichts, was es wert wäre, geglaubt zu werden, und es ist in der Tat paradox, wie diese Dichtung in der Vergangenheit wörtlich genommen wurde und auch H. A. Stoll im Vertrauen auf Homer in dem Grabungsort Schliemanns die umkämpfte Stadt der Erzählung sieht.

Gesichert ist, daß die »Ilias« im 8. Jahrhundert v. u. Z. entstand und daß ihr von der Tradition Homer genannter Dichter sie im Bereich des Hissarlik spielen ließ, d. h., wir können ihr unmittelbar über »Troja« soviel entnehmen wie dem Goethischen »Faust« über das mittelalterliche Leipzig, und die Personen Homers sind kaum »historischer« als Faust und Mephisto in Auerbachs Keller. Nun kann man den Homergläubigen die Hypothese zugestehen, daß Homer griechische Sagen und Überlieferungen verarbeitete, muß dann aber die »Ilias« den Erkenntnissen der Sagenforschung unterwerfen, die F. Hampl in seiner Arbeit: »Die Ilias ist kein Geschichtsbuch« (4) folgendermaßen formulierte: »Die Sage kann nicht mit der Geschichte gleichgesetzt werden, und es geht auch nicht an, den historischen Kern einer Sage, falls bzw. wo ein solcher vorhanden ist, in uns bereits von der Antike her bekannter Weise dadurch zu gewinnen, daß man alles Wunderbare und sonst Unglaubwürdige streicht und im verbleibenden Rest Geschichte sucht. Die Sage erhebt zwar ebenso wie die geschichtliche Erzählung Anspruch darauf, geglaubt zu werden, und sie wird auch ... geglaubt, unterscheidet sich aber doch in ihrem Wesen weitgehend von der Geschichte, wurzelt denn auch teilweise in ganz anderen Bereichen menschlicher Natur. Soweit sie darauf abzielt, gewisse auffällige Dinge, die einer erwachenden Vernunft Kopfzerbrechen bereiten, zu erklären, steht hinter ihr wohl eine Art Erkenntnisstreben, der Wunsch, den Dingen auf den Grund zu gehen ... doch fehlt ihr völlig das der späteren Geschichtsschreibung wenigstens theoretisch von Anbeginn ... eignende Bedürfnis, die Kunde von Ereignissen, die sich wirklich zutrugen, kritisch zu überprüfen und damit möglichst unverfälscht einer späteren Zeit zu überliefern. Frei und ungehemmt entfaltet sich in ihr die Phantasie von Generationen von Menschen geistiger Frühzeiten. Unbekümmert werden Personen, die nichts miteinander zu tun hatten und etwa gar in ganz verschiedenen Zeiten lebten, zusammengebracht, darüber hinaus aber stoßen wir immer wieder auf Gestalten, hinter denen sich überhaupt keine historischen Persönlichkeiten verbergen, die vielmehr als Erfindung epischer Dichter oder Produkte der Volksphantasie in die Sage Zugang fanden, wenn sie nicht als ›gesunkene Götter‹ zu ihrer pseudohistorischen Rolle gelangten. Soweit die Namen nicht – im Zug der mündlichen Tradition – in Vergessenheit gerieten und auf diese Weise das entstand, was in unserem Sprachgebrauch unter ›Märchen‹ läuft, haftet die Sage regelmäßig an bestimmten wirklich vorhandenen Örtlichkeiten, womit sie ihren Anspruch auf Glaubwürdigkeit bekräftigt, ohne ihn jedoch, außer bei solchen, die ihn von vornherein anerkennen, auf diese Weise durchsetzen zu können.«

Der Verfasser des Nachworts könnte diese Position kaum anders formulieren.

Ein Musterbeispiel bildet das Nibelungenlied, das die Burgunder mit Gunther zu »Etzel« (Attila) ziehen läßt, dort im Endkampf durch die Ostgoten unter Dietrich von Bern (Theoderich) zugrunde gehen läßt. Attila regierte von 444 bis 453, Theoderich herrschte in Italien von 493 bis 526, und Gundohar, der Burgunder, erlag 436 nicht den Scharen Attilas oder der Goten, sondern den hunnischen Hilfstruppen des römischen Heeres unter Aetius. Die Burgunder wurden am Rhein und nicht in Ungarn geschlagen, und dabei ging nicht Attilas Burg, sondern die burgundische Residenz in Flammen auf. Unhistorisch sind allem Anschein nach Gestalten wie Brynhilde, Siegfried und Hagen, von Alberich ganz zu schweigen.

Aber was schadet diese Feststellung dem Nibelungenlied, das nirgends als Geschichtsquelle benutzt wird?

Seit den Zeiten Niebuhrs, der als einer der ersten die germanischen Sagen einer wissenschaftlichen Kritik unterwarf und sie aus der Reihe der Geschichtsquellen für die von ihnen scheinbar beschriebene Zeit ausschied, ist die »Sagenzeit« der deutschen Geschichtsschreibung zu Ende gegangen. Aber in der »klassischen« Altertumskunde findet diese offenbar immer noch kein Ende, jedenfalls soweit es »Troja« und den »trojanischen Krieg« betrifft – und dies nicht zuletzt auf Grund der von Schliemann ausgegrabenen Schätze von »Troja«, obwohl eigentlich jeder Wissenschaftler weiß, daß kein Stück des »trojanischen« Goldes in die als die Zeit des trojanischen Krieges behauptete Periode gehört – und alle Bezeichnungen des Fundorts als Troja auf Homer zurückgehen, d. h., es liegt ein Kreisschluß vor – ein Fehlschluß, indem mit der Grabung das Epos und die Identität der Grabung durch das Epos »bewiesen« werden. Doch bleiben wir vorerst bei der erfreulicherweise nie abgerissenen wissenschaftlichen Homerkritik (5), in der schon 1916 von Wilamowitz auf das Musterbeispiel des im Epos erzählten Zusammentreffens des Rhodiers Tlepolemos mit dem Lyker Sarpedon verwiesen hat. Einige hundert Kilometer vom angeblichen Kampfplatz entfernt trafen in der Tat Lyker und Rhodier an der Südküste Kleinasiens aufeinander, und die dort entstandene Lokalsage ist hier eingewebt und verlagert. Ähnlich verhält es sich mit dem Kampf des Idomeneus gegen Phaistos – zwei »Nachbarn« auf Kreta, so daß weitere Lokalsagen von der Inselwelt kamen. Hektor, der Hauptheld Trojas, scheint ursprünglich eine Sagengestalt Mittelgriechenlands gewesen zu sein, wo bei Theben später sein Grab gezeigt wurde. Als Götter wurden Agamemnon, Menelaos, Helena und Achilleus verehrt. So war Helena eine Baumgöttin auf Rhodos und eine Vegetationsgottheit. In der Argolis und in Lakonien teilte sie diese Verehrung mit Menelaos. Auch Agamemnon erscheint in dieser Gegend als Gott, als eine lokale Form des Zeus. So viel muß hier zur »Geschichtlichkeit« und der Herkunft der Personen genügen, deren Mangel aber noch wenig über den Krieg besagt. R. Hachmann hat hierzu (6) Feststellungen getroffen, die auch von dem großen Entscheidungskampf wenig übriggelassen. Dem Epos nach sollen die Trojaner Hilfsvölker aufgenommen haben, Truppen in einer Stärke von mehreren zehntausend Mann, aber die Grabung erbrachte für die von den derzeitigen Troja-Gläubigen in Übereinstimmung mit dem amerikanischen Ausgräber Blegen als das homerische Troja angesehene Schicht VIIa eine Burg, in der für einige Hundert Menschen Platz war, aber selbst diese hätten darin keine jahrelange Belagerung durch ein gesamtgriechisches Heer überdauert. Die Hauptfrage bleibt jedoch völlig offen: Weshalb sollten die Aufgebote aller Griechenstaaten zehn Jahre an den Dardanellen Krieg führen, eine Sperrfestung stürmen, um dann einfach sang- und klanglos abzuziehen und den Besiegten eine Rückkehr und Wiederherstellung der Festung zu gestatten? Es gibt keinen Hinweis darauf, daß die Griechen der mykenischen Zeit je versucht hätten, sich an den Meerengen festzusetzen. Zudem beruhen die Berechnungen der Daten des angeblichen trojanischen Krieges auf Homer, da schon G. Grote 1850 nachweisen konnte, daß die angeblich bis in die Zeit des Krieges zurückreichenden Königslisten der Spartaner erst im 6. Jahrhundert v. u. Z. aufgestellt wurden und bestenfalls ab 750 v. u. Z. als authentisch angesehen werden können. Den Zwischenraum bis zum trojanischen Krieg füllte die Phantasie, die mit dem Epos den

Vorherrschaftsanspruch Spartas im Griechenland des 6. Jahrhunderts v. u. Z. untermauern sollte.

Die Unwahrscheinlichkeit, daß diese Dichtung in wenigstens wesentlichen Teilen in das späte 2. Jahrtausend v. u. Z. zurückreicht, zeigt sich auch an der Schilderung der Stämme und Völker, die der Dichter in reicher Zahl zusammenströmen läßt. Es sind alles Namen des 8. Jahrhunderts v. u. Z., doch fehlen die beherrschenden Staaten Kleinasiens des 13. und frühen 12. Jahrhunderts, wie die der Hethiter und ihrer Vasallen bzw. ihrer Feinde. Kein Wort fällt über die großen Völkerbewegungen des 13. Jahrhunderts v. u. Z., die ganz Griechenland, ja die ganze östliche Mittelmeerwelt erschütterten. Eine Historisierung der Homerschen Schilderung in das 13. oder 12. Jahrhundert v. u. Z. ist demnach unmöglich.

Wurde nun durch Schliemann aber nicht der Beweis geliefert, daß es Troja und den trojanischen Krieg gegeben hat?

3. Die Archäologie und »Troja«

Die Grabungen Schliemanns, Dörpfelds und Blegens haben insgesamt 46 Siedlungsschichten freigelegt, die nach Dörpfelds Beschreibung in neun »Städte« gegliedert werden. Die Städte I bis V entstanden, blühten und gingen zugrunde, bevor das 19. Jahrhundert v. u. Z. kam. Die Schicht VI ist durch die sogenannte minyische Keramik gekennzeichnet, mit deren Aufkommen in Griechenland zumindest die Einwanderung der Griechen verbunden wird. Sollte dies zutreffen, so wären auch die Bewohner Trojas Griechen gewesen. In den letzten Phasen (um 1400 bis 1200 v. u. Z.) trat mykenische Keramik auf. Daher hielt Dörpfeld die Schicht VI für das homerischeTroja. Aber »Troja« VI fiel keinem Angriff zum Opfer, und die Kultur von »Troja« VI blieb bis zum Eindringen jener Völkergruppen erhalten, die die »Buckelkeramik« einführten. Die Verfertiger dieser Ware kamen aus dem heutigen Bulgarien, und bisher hat sie niemand für Griechen gehalten. Es waren vermutlich Thraker, die um 1190 v. u. Z. den Bosporus überwanden, deren Eroberung könnte kein Homer-

Enthusiast mit den Griechen in Verbindung bringen. Daher entschied sich Blegen für die Schicht VII a, aber er konnte nur in einem Magazin der Schicht VII a Brandspuren finden. Reicht dies für einen Heldenkrieg? Entscheidend ist jedoch die Keramikuntersuchung. In den Schichten VII a und VII b gab es mykenische Keramik, die nicht notwendigerweise griechischer Herkunft ist, aber es war wesentlich weniger als in der Schicht VI. In der Schicht VII a waren es ganze sechzig Scherben, die nach Furumark (7) zum Teil in die Phase Späthelladisch III C gehören – und damit wird die Angelegenheit kritisch.

Die Kultur der mykenischen Griechen stand auf dem Höhepunkt, als die Keramiken der Typen Späthelladisch III A und B gefertigt wurden. In dieser Zeit wäre es denkbar gewesen, daß die Mykener einen Kriegszug gegen Troja unternommen hätten. Aber die Zerstörung der großen Burgen und Städte von Mykene, Tiryns, Pylos, Gla und Theben muß vor oder zu Ende der Periode III B erfolgt sein. Sie erlagen Angriffen einer Völkerbewegung, die im späten 13. Jahrhundert v. u. Z. Griechenland verwüstete. Schon im frühen 13. Jahrhundert v. u. Z. und um die Mitte des Jahrhunderts hatten die Griechen ihre Siedlungen in Verteidigungszustand setzen müssen. In dieser Zeit sollen nun die Griechen zehn Jahre lang Troja belagert haben? Nach dem Auftreten von III C-Ware in Troja VIII a ist die Eroberung der Stadt nach oder etwa gleichzeitig mit der Zerstörung der mykenischen Hauptsiedlungen erfolgt. Es waren also kaum die Griechen, die »Troja« VII a stürmten, sondern die gleichen Feinde, die auch die mykenischen Städte verwüsteten.

In vielen althistorischen Darstellungen wird vorgegeben, die archäologischen Ergebnisse würden mit der antiken Überlieferung übereinstimmen. So schreibt H. D. F. Kitto (8): »Von den neun übereinandergeschichteten Städten jener Ausgrabung ist Troja VI durch Feuer zerstört worden, und zwar eben zu der von der Überlieferung angegebenen Zeit des trojanischen Krieges (1194–1184).« Hiervon stimmt eigentlich nichts, denn Troja VI zeigt keine Brandspuren, und keine Überlieferung nennt die Jahre 1194 bis 1184 v. u. Z. Selbst in dem Fall, daß wir für das 12. Jahrhundert v. u. Z. auf dem Hügel von Hissarlik einen Zerstörungshorizont nachweisen könnten, wäre dies bei der exponierten Lage der Sperrfestung nicht verwunderlich, eher das Gegenteil wäre erstaunlich, sind doch offenbar viele der 46 aufeinanderfolgenden Siedlungen das Opfer feindlicher Angriffe geworden.

Der Verfasser des Nachwortes schließt sich in seiner Sicht der »Troja«-Problematik einer ganzen Reihe von Archäologen an. So schrieb M. Finley (9): »Blegen und seine Kollegen mögen gelöst haben, soweit derartige Fragen endgültig von der Archäologie entschieden werden können, daß Troja VII a durch menschliche Gewalt zerstört wurde. Jedoch, sie haben nichts gefunden, nicht einen Brocken, der auf eine Achäer-Koalition oder einen als Oberherrn anerkannten König weist oder auf trojanische Verbündete; nichts, das auf jenen hinweist, der Troja zerstörte.« J. L. Caskey schrieb (10): »Wir sind ohne zwingenden Grund gelassen, es auch weiterhin Troja zu nennen.« Der Holländer J. Mellaart äußerte sich dazu: »Ich muß kaum darauf hinweisen, daß ich die traditionellen Berechnungen des trojanischen Krieges für archäologisch und historisch unakzeptabel halte« (11). C. Nylander verweist auf Hachmanns Untersuchung und schreibt: »Die Grabungen auf dem Hügel Hissarlik haben keine Anhaltspunkte für die Historizität des Epos gegeben« (12) und fährt fort: »Sehr wenig gibt es in der Ilias, das direkt auf Mykenisches zurückgeht« (13).

Faßt man das Zitierte zusammen, so hat Homer die Geschichte beträchtlich »korrigiert«, etwa in dem Ausmaß, wie die Tradition oder die Verfasser des Nibelungenliedes die Geschichte umschrieben.

Nach dem Untergang von Troja VII b blieb die Stelle etwa 350 Jahre unbesiedelt, so daß auch keine örtlichen Traditionen überlebt haben können. Erst um 750 v. u. Z. siedelten sich Griechen hier an, und man kann E. Mayer (14) zustimmen, daß keine Ursache besteht, selbst die Namen aus örtlichen Quellen abzuleiten. Erst bei Homer finden wir die Verbindung der Namen Ilion, Troja und Troas mit dem Fundort, dessen bronzezeitlichen Namen wir bisher nicht kennen. Nichts spricht gegen die Annahme, daß der Dichter eine Vielzahl griechischer Sagen und Motive miteinander verschmolz und die Probleme und Ideale seiner Zeit in die Verse der Ilias goß und ihnen ein historisierendes Gewand gab.

Mindert dies nun den Wert des Epos, daß man es nicht als Kriegsbericht zu lesen hat und daß es kaum etwas über die Zeit vor Homer aussagt?

Es ist ein unschätzbares Dokument der gesellschaftlichen Ideale des 8. Jahrhunderts v. u. Z. Tiefe Einblicke erlaubt es in die menschlichen Werte jener Zeit, in der das herrschende gesellschaftliche Bewußtsein die Aristokratie verherrlichte und Normen für die Folgezeit setzte. Gerade wenn man das Epos nicht als einen Kriegsbericht auffaßt, bleibt Raum, es als humanistisches Denkmal der Weltkultur zu begreifen.

4. Homer, Schliemann, Stoll

Die im Vorstehenden geübte Kritik an der historischen Ausdeutung der unsterblichen Dichtung Homers (wie wir den Verfasser jener Versdichtung ruhig nennen können, so wenig seine Historizität als »Homer« belegt ist) richtet sich nicht gegen den Dichter, dessen Genie aus einer Vielzahl von Vorlagen, Anregungen und sicher auch mancher Gestalt eigener Schöpferkraft ein großes Werk schuf. Auch H. A. Stoll fügte seinem sich weitgehend an die historische Realität anlehnenden Roman Phantasiefiguren ein und hat als Schriftsteller dazu zweifellos ein Recht. Er wollte keine Biographie schreiben noch eine Geschichte der archäologischen Arbeiten Schliemanns verfassen.

Sein Ziel war, die Persönlichkeit Schliemanns den Menschen unserer Tage nahezubringen. Er konnte dies als Enthusiast der Antike, als glühender Verehrer Schliemanns und als Humanist, dessen Biographie selbst die Darstellung durch einen Schriftsteller verdiente. Es ist einer der seltenen biographischen Romane entstanden, der dem Gefeierten gerechter wird als eine nüchterne Aneinanderreihung der Lebensdaten über eine widerspruchsvolle Gestalt, die erst in künstlerischer Schilderung Leben gewinnt. Unwesentlich sind die Abweichungen von der historischen Realität, die nur den Wissenschaftshistoriker und Archäologen bewegen. Es bleiben die Worte in Virchows Nachruf, die eingangs zitiert wurden und die darin gipfeln, daß seine »einzige Sorge . . . das Streben nach höherer Erkenntnis« war, das höchste Lob, das einem Wissenschaftler zuteil werden kann.

Burchard Brentjes

Die deutschen Übersetzungen der Originalzitate besorgte der Autor.

ANMERKUNGEN

1) Grote, G.: Geschichte Griechenlands (Deutsch von N. N. W. Meißner), Berlin 1850
2) Nylander, C.: The Fall of Troy. In: Antiquity, Vol. XXXVII, London 1963, S. 6–11
3) Wilamowitz, U. v.: In: Abhandlungen der Preußischen Akademie der Wissenschaften, Jahrg. 1906, S. 60
4) Hampl, F.: Die »Ilias« ist kein Geschichtsbuch. In: Geschichte als kritische Wissenschaft, Band 2, Graz 1975, S. 51–99
5) Wilamowitz, U. v.: Die Ilias und Homer, Berlin 1916
6) Hachmann, R.: Hissarlik und das Troja Homers. In: Vorderasiatische Archäologie (Festschrift für A. Moortgat), Berlin 1964, S. 95 ff, s. S. 103 und 106
7) Furumark, A.: nach C. Nylander: Zur Moortgat-Festschrift, Troja-Philister-Achämeniden. In: Berliner Jahrbuch für Vor- und Frühgeschichte, Bd. 6, Berlin 1966, S. 203–217, S. 205
8) Kitto, H. D. F.: Die Griechen. Von der Wirklichkeit eines geschichtlichen Vorbilds (deutsch von H. v. Hentig), Stuttgart 1957, S. 27
9) Finley, M.: nach R. de Vaux: On right and wrong uses of archaeology in the twentieth century, New York 1970, S. 64–80, S. 73
10) s. Caskey bei R. de Vaux, 1970, S. 73–74
11) Mellaart, J.: bei R. de Vauy, 1970, S. 75
12) Nylander, C., 1966, S. 210
13) Nylander, C., 1966, S. 213
14) Meyer, E.: Gab es ein Troja? Grazer Beiträge, Bd. 4, Graz 1975, S. 157–169

ZEITTAFEL

1822	Heinrich Schliemann am 6. Januar in Neubukow geboren
1823	Mai: Versetzung des Vaters nach Ankershagen
1831	22. März: Tod der Mutter
1832	Januar bis Herbst 1833: Kalkhorst
1833	Herbst bis Ostern 1836: Schulbesuch in Neustrelitz
1836	Ostern bis Sommer 1841: Fürstenberg
1841	Juli bis September: Rostock September bis November: Hamburg 28. November: Abreise 11. Dezember: Schiffbruch
1841–46	Amsterdam; seit 1. März 1844 bei B. H. Schröder & Co.
1842	Schliemann lernt Holländisch, Englisch, Französisch
1843	Schliemann lernt Spanisch, Italienisch, Portugiesisch
1844	Schliemann lernt Russisch
1846	Januar bis 1864 in Rußland, Wohnsitz in St. Petersburg
1850–52	Reise nach Amerika
1852–68	Erste Ehe
1853	Schliemann lernt Schwedisch, Dänisch, Polnisch und Slowenisch
1855	Sergej geboren
1856	Schliemann lernt Neugriechisch
1857	Schliemann lernt Altgriechisch und Lateinisch
1858	Natalia geboren
1858–59	Reise durch Europa und die Mittelmeerländer
1859	Schliemann lernt Arabisch
1859–64	Prozeß und erneute kaufmännische Tätigkeit
1861	Nadeshda geboren
1864–66	Weltreise
1864	Schliemann lernt Hindostani
1866–70	Studium in Paris; Unterbrechung durch Reisen Erlernen des Sanskrit
1867	Erstes Buch: »La Chine et le Japon au temps présent«
1868	Erste Reise nach Griechenland und Troja Natalia gestorben Scheidung der ersten Ehe
1869	Zweites Buch: »Ithaka, der Peloponnes und Troja« Doktordiplom von Rostock Zweite Ehe
1870	Probegrabung in Hissarlik Tod des Vaters Schliemann lernt Türkisch und Persisch

1871	Andromache geboren
1871–73	Erste Grabung in Troja; 1873 »Schatz des Priamos«
1874	Versuchsgrabung in Mykene
	Prozeß mit der Pforte
	Drittes Buch: »Trojanische Altertümer« und »Atlas Trojanischer Altertümer«
1875	Versuchsgrabungen in Italien
1876	Grabung in Mykene
1878	Viertes Buch: »Mykenae«
	Agamemnon geboren
1878–79	Zweite Grabung in Troja; Beteiligung von Virchow und Burnouf
1880	Grabung in Orchomenos unter Beteiligung Dörpfelds
1881	Fünftes Buch: »Ilios« (mit Selbstbiographie)
	Reise in die Troas
	Schenkung der Trojanischen Sammlung an das deutsche Volk
	Sechstes Buch: »Orchomenos«
	Siebentes Buch: »Reise in die Troas«
1882–83	Dritte Grabung in Troja, mit Dörpfeld
1883	Juni/Juli: Besuch in Ankershagen
1884	Achtes Buch: »Troja«
1884–85	Grabung in Tiryns, mit Dörpfeld
1886	Neuntes Buch: »Tiryns«
	Reise nach Mittelamerika
	Reise nach Kreta
	Schliemann lernt Hebräisch
1886–87	Nilreise (allein)
1887–88	Winter in Ägypten; anschließend Nilreise mit Virchow
1889	Dezember: Erste Gelehrtenkonferenz mit Bötticher in Troja
1890	Vierte Grabung in Troja, mit Dörpfeld
	Im März: Große internationale Gelehrtenkonferenz
	Zehntes Buch (postum erschienen): »Bericht über die Ausgrabungen in Troja im Jahre 1890«
	13. November: Operation in Halle
	26. Dezember: Tod in Neapel

HEINRICH SCHLIEMANN UND SEINE FAMILIE

Die Vorfahren Schliemanns in männlicher Linie lebten im 17. und 18. Jahrhundert als Kaufleute, Brauer und kleine Schiffsreeder in Lübeck und Wismar, im 18. und 19. Jahrhundert als Pastoren in verschiedenen mecklenburgischen Dörfern.

Ernst Schliemann (27. 8. 1780–4. 11. 1870) war zweimal verheiratet: in 1. Ehe (23. 11. 1813) mit Luise Therese Sophie Bürger (19. 5. 1793–22. 3. 1831), in 2. ca. 1855 geschiedener Ehe (30. 7. 1838) mit Sophia Behnke (1814–1902).

Kinder 1. Ehe

1. Johann Joachim *Heinrich* (1814–1822)
2. Karoline Luise *Elise* Auguste (1816–1890)
3. Sophie Friederike Anna *Dorothea* (1818–1912) heiratete 1860 den Amtssekretär Johann Petrowski in Röbel (1812–1879).
4. Friederike Juliane *Wilhelmine* (1819–1883) heiratete 1862 den Gymnasialoberlehrer Wilhelm Kuhse in Lyck (1822–1892).
5. Johann Ludwig *Heinrich* Julius (6. 1. 1822, Neubukow, – 26. 12. 1890, Neapel)
6. Karl Friedrich *Ludwig* Heinrich (1823–1850)
7. *Franz* Friedrich Helmut Theodor (1825–1826)
8. Maria *Luise* Helene (1827–1909) heiratete 1859 den Lehrer und Kantor Martin Pechel in Röbel (1821–1895)
9. *Paul* Friedrich Ulrich Heinrich (1831–1852)

Kinder 2. Ehe

1. Karl (1839–1842)
2. Ernst (1841–1899)

Heinrich Schliemann war zweimal verheiratet:

in 1. Ehe (12. 10. 1852, St. Petersburg) mit Katharina Petrowna Lyshina (1826 bis 1892), geschieden 30. 6. 1868 Indianapolis

in 2. Ehe (24. 9. 1869, Athen) mit Sophia Engastromenos* (12. 1. 1852–27. 10. 1932).

Kinder 1. Ehe

1. Sergej, geb. 16. 5. 1855, gest. (an Hunger) mit seinem nach 1880 geborenen Sohn Andrej während der Blockade Leningrads zwischen September 1941 und Januar 1943, Rechtsanwalt

---

* Da sowohl die Namensform Engastromenos als auch die gleichfalls gebräuchliche Kastromenos Spottnamen sind, der reichen Griechenfamilie von den türkischen Machthabern gegeben, nahm später Sophias Bruder, ein namhafter Archäologe, den Namen Kastriotis an.

2. Natalia (1858–1868)
3. Nadeshda, geb. Juli 1861, gest. 1935, heiratete am 26. 7. 1889 den bedeutenden russischen Geologen Nikolai Andrussow, Direktor des Geologischen Museums Odessa, später Professor in St. Petersburg. Fünf Kinder, mehrere Enkel in Praha, Paris, Bratislava.

Kinder 2. Ehe

1. Andromache (7. 5. 1871–26. 2. 1962), heiratete 18. 10. 1892 Leon Melas, Rechtsanwalt, Athen.
   Kinder:
   1. Michel, Offizier, 1. 1. 1895 – (gefallen) 1. 7. 1924, kinderlos
   2. Alex, Oberst a. D., geb. Athen 6. 5. 1897, kinderlos
   3. Leon, 1. 1. 1899–30. 4. 1964, Versicherungsdirektor, Athen, kinderlos
2. Agamemnon, 16. 3. 1879–11. 11. 1954, Athen, kgl. griech. Gesandter in Paris, kinderlos

QUELLEN- UND LITERATURVERZEICHNIS

QUELLEN

Bücher Heinrich Schliemanns

La Chine et le Japon au temps présent; Paris 1867

Ithaka, der Peloponnes und Troja; Leipzig 1869

Trojanische Altertümer; Leipzig 1874, London 1874, Paris 1874

Atlas Trojanischer Altertümer; Leipzig 1874

Mykenae; Leipzig 1878, London 1878, Paris 1878, New York 1878

Ilios; Leipzig 1881, London 1880, Paris 1885, [mit »Troja«] New York 1881

Bericht über meine Ausgrabungen im böotischen Orchomenos; Leipzig 1881, London 1881

Reise in die Troas im Mai 1881; Leipzig 1881

Troja; Leipzig 1884, London 1884, [mit Reise in die Troas] New York 1884

Tiryns; Leipzig 1886, London 1886, Paris 1885, New York 1886

Bericht über die Ausgrabungen in Troja im Jahre 1890; Leipzig 1891

Selbstbiographie, bis zu seinem Tode vervollständigt; herausgegeben von Sophia Schliemann, Nachwort von Ernst Meyer; 3. Aufl., Leipzig 1939

Briefe von H. Schliemann, gesammelt und mit einer Einleitung in Auswahl herausgegeben von Ernst Meyer; Berlin/Leipzig 1936

Heinrich Schliemann, Briefwechsel, herausgegeben von Ernst Meyer,
Band I, 1842–1875; Berlin 1953
Band II, 1876–1890; Berlin 1958

Abenteuer meines Lebens. Heinrich Schliemann erzählt. Selbstzeugnisse, herausgegeben und erläutert von Heinrich Alexander Stoll, 1. Aufl., 1960. (Enthält die Selbstbiographie, das Amerika-Tagebuch 1850–1852, Auszüge des Ostasientagebuchs 1865 und sämtliche Briefe an Rust, 1868–1890.)

H. A. Stoll, Auf den Spuren der Antike. Heinrich Schliemann berichtet über seine Entdeckungen in der griechischen Welt, Berlin 1974

LITERATUR

Augsburger Allgemeine Zeitung; Jahrgänge 1873 und 1876

Carl W. Blegen, Troy. 6 Bde. Cincinnati 1950 ff.

Helmuth Th. Bossert, Altkreta, 3. Aufl., Berlin 1937

Helmuth Th. Bossert, Altanatolien; Stuttgart 1950

Alfred Brueckner, H. Schliemann (Allgem. Deutsche Biographie, Bd. 55; 1910)

Heinrich von Brunn, Nekrolog auf Heinrich Schliemann. In: Sitzungsberichte der K. Bayr. Akademie der Wissenschaften, Philos.-philolog. und hist. Klasse, 21. März 1891; München 1891

Emile Burnouf, Troie d'après les dernières fouilles en Troade. In: Revue des deux mondes; 1874, I, 74ff.

C. W. Ceram, Götter, Gräber und Gelehrte; Hamburg 1949

Ernst Curtius, Ein Lebensbild in Briefen; Berlin 1903

Ludwig Curtius, Deutsche und antike Welt. Lebenserinnerungen; 2. Aufl., Stuttgart 1952

Deutsches Archäologisches Institut in Athen, Tiryns. Hrsg. von Georg Karo; Bd. 1 u. 2, Athen 1912; Bd. 3, Augsburg 1930

Deutsches Geschlechterbuch: Meckl. Geschlechter, Bd. IV; Berlin 1939

Wilhelm Dörpfeld, Troja 1893. Bericht über die im Jahre 1893 in Troja veranstalteten Ausgrabungen; Leipzig 1894

Wilhelm Dörpfeld, Troja und Ilion. 2 Bde.; Athen 1902

Fürstenberg-Heft der Meckl.-Strel. Heimatblätter 1934

Die Gartenlaube; Jahrgänge 1874, 1878, und 1891

Peter Goeßler, Wilhelm Dörpfeld; Stuttgart 1950

E. O. Houtsma, Schliemann en zijne opgravingen te Mycenae; Groningen 1878

David Joseph, Heinrich Schliemann, Grundriß seines Lebens und seiner Ausgrabungen; 2. Aufl., Berlin 1901

Walter Karbe, Heinrich Schliemann und seine Beziehungen zu Mecklenburg (Meckl.-Strel. Heimatblätter 1925)

Georg Karo, Die Schachtgräber von Mykenai; München 1930

P. M. Keller van Hoorn, Redevoering bij de opening van de algemeene vergadering der Hollandsche Maatschappij van Fraaie Kunsten en Wetenschappen; 1874

Robert Koldewey, Heitere und ernste Briefe; Berlin 1925

Emil Ludwig, Schliemann. Geschichte eines Goldsuchers; Berlin 1932

W. J. Manssen, Heinrich Schliemann. (In der Reihe: Mannen van betekenis in onze dagen) Haarlem 1880

Ernst Meyer, Der *›Professor‹* Andreß (Meckl.-Strel. Heimatblätter 1928)

Ernst Meyer, Heinrich Schliemanns Besuch in Ankershagen im Jahre 1883 (Meckl. Monatshefte 1931)

Ernst Meyer, Heinrich Schliemann und seine Heimat (Meckl. Monatshefte 1934)

Adolf Michaelis, Ein Jahrhundert kunstarchäologischer Entdeckungen; Leipzig 1906

Jul. Nelson, H. Schliemann und seine homerische Welt; Leipzig 1900

Giustiniano, Nicolucci, Armi es ustensili in pietra della Troade; Napoli 1879

Joseph Maria von Radowitz, Aufzeichnungen und Erinnerungen. 2 Bde.; Stuttgart 1925

Friedrich Schlie, Über die wissenschaftliche Bedeutung der Funde Schliemanns auf Hissarlik; Schwerin 1876

Karl Schmidt, Geschichte des Sternberger Schulwesens (Jahrbücher für Meckl. Gesch., LVII, 1892)

Carl Schuchardt, Schliemanns Ausgrabungen in Troja, Tiryns, Mykene, Orchomenos, Ithaka im Lichte der heutigen Wissenschaft; 2. Aufl., Leipzig 1891

Heinrich Alexander Stoll, Der altsprachliche Unterricht in Schliemanns Praxis und Theorie, in: Das Altertum, Bd. 4, H. 1, 52 ff.; Berlin 1958
Heinrich Alexander Stoll, Die Heliosmetope; Ein unveröffentlichter Briefwechsel zwischen Schliemann und Friedrich Franz II. von Mecklenburg, in: Klio, Bd. 37, 273 ff.; Berlin 1959
Heinrich Alexander Stoll, Schliemann und die Ausgrabung von Knossos, in: Minoica und Homer, 51 ff.; Berlin 1961
Rudolf Virchow, Deutung von Hissarlik als Feuernekropole (In: Verhandlungen der Berliner Anthropol. Gesellschaft, 16. Febr. 1889)
Rudolf Virchow, Reden am 7. Juli 1881 und am 1. März 1891 (In: Gedächtnisfeiern für Heinrich Schliemann im Festsaale des Berlinischen Rathauses ...; Berlin 1891)
Rudolf Virchow, Erinnerungen an Schliemann; Gartenlaube 1891
Carl Watzinger, Theodor Wiegand; München 1944
Ulrich von Wilamowitz-Moellendorff, Erinnerungen; Leipzig 1928

Zitate aus den antiken Schriftstellern wurden, soweit Vorlagen vorhanden waren, in der Übersetzung Schliemanns, andernfalls in der des Romanautors gegeben. Die Verse des Euenos (S. 11) wurden in der Übersetzung von Stowasser, die im Text stark gekürzten Worte Klytaimestras zum Chor aus Aischylos' Agamemnon wurden in der Übersetzung von Ulrich v. Wilamowitz-Moellendorff wiedergegeben.

Dem Koranzitat, aus verschiedenen Suren zusammengestellt, liegt die deutsche Übertragung von Max Henning, Leipzig 1905, zugrunde.

Die Verdeutschung der Homerstellen ist immer die von Johann Heinrich Voß, und zwar im allgemeinen nach dem Text der Erstausgabe. In einzelnen Fällen wurden Vossens Korrekturen aus späteren Ausgaben berücksichtigt.

Dies Register will weder ein Nachschlagewerk ersetzen noch einen wissenschaftlichen Apparat darstellen. Es hat lediglich die Absicht, dem Verständnis der im vorliegenden Buch dargestellten Zusammenhänge zu dienen.

Zum Trojanischen Kriege und zu einzelnen Personen oder Ereignissen der griechischen Sage überhaupt sei auf Homer in der Vossischen Übersetzung oder auch auf Gustav Schwabs »Die schönsten Sagen des klassischen Altertums« verwiesen, die H. A. Stoll im Kinderbuchverlag, Berlin 1955 ff., in drei Bänden neu herausgegeben hat.

Die Schreibung griechischer Eigennamen ist ebenso umstritten wie die Aussprache, da seit Jahrhunderten die lateinische Namensform die gebräuchliche ist. In diesem Buche, das nach Griechenland selbst führt und den griechisch sprechenden Schliemann zu Worte kommen läßt, mußte nach Möglichkeit auf die griechische Form zurückgegangen werden. Die übliche lateinische Form wird nachstehend jeweils in Klammern beigefügt.

Achaia, Achaier (Achäa, Achäer): Nordküste der Peloponnes und ihre Bewohner; bei Homer aber schon Synonym für Griechenland und Ehrenname aller Griechen.

Achatschieber: Die einzelnen eckigen Glieder eines Hals- oder Armbandes heißen Schieber, im Gegensatz zu runden oder ovalen Gliedern, die man Kugeln oder Perlen nennt.

Achilleus (Achilles): der tapferste und gewaltigste Held der Griechen vor Troja; besiegte Hektor im Zweikampf

»ad kalendas graecas« (lat.): »zu den griechischen Kalenden«. Im römischen Kalender bezeichnen die Kalenden die Monatsersten. Die Zeiteinteilung der Griechen kannte diesen Termin nicht, so daß es keine griechischen Kalenden gibt. Die Redewendung entspricht also etwa unserem St. Nimmerleinstag.

»aere perennius« (lat.) »dauerhafter als Erz«, Zitat aus Horaz, Od. III, 30

Agamemnon: Bruder des Menelaos, König von Mykene (Mykenai, Mykenä), Anführer der Griechen im Trojanischen Krieg

»Ah, ces sacrés Prussiens!« (franz.): »Ach, diese verdammten Preußen!«

»Ah, mes enfants ...« (franz.): »Oh, meine Kinder ...«

Aias (Ajax): Griechenheld von riesiger Gestalt

Aineias (Äneas): Schwiegersohn des Priamos, Vater des Askanios. Nach der Sage entrann Aineias als einziger dem Untergang Trojas und wurde Stammvater Roms.

Aiolos (Äolus): griechischer Gott der Winde, die er dem Odysseus in wohlverschlossenen Schläuchen zum beliebigen Gebrauch auf die Reise mitgab

Akbar (1542–1605): der bedeutendste Herrscher der Moguldynastie in Indien

Akropolis (griech.): Oberstadt, Burg; insbesondere die Burg von Athen

Alexander der Große (356–323 v. Chr.): König von Makedonien

Alkinoos: König der Phaiaken, Vater der Nausikaa, die den schiffbrüchigen Odysseus am Strande fand und in den Palast ihres Vaters brachte

Altis (griech): ursprünglich der heilige Hain des Zeus, dann der gesamte Weihbezirk in Olympia

Amphiprostylos (griech): Je nach der Anordnung der äußeren Säulen bezeichnet man den griechischen Tempel mit verschiedenen Namen: Tempel mit Säulenvorbau an einer Schmalseite – Prostylos; Tempel mit Säulenvorbauten an beiden Schmalseiten – Amphiprostylos; Tempel mit Säulenvorbauten an allen vier Seiten – Peripteros.
Tempel mit einer doppelten Säulenreihe ringsum – Dipteros.

»Anax Apollon« (griech.): »Edler Apollon!« Anruf Elektras an Apollon in der Tragödie »Elektra« von Sophokles

Antiquarian Society: amerikanische archäologische Gesellschaft, die sich besonders um die Grabungen in Kleinasien verdient gemacht hat

Archipelagos (griech.): Inselgruppe; hier die Kleinasien vorgelagerten Ägäischen Inseln

Architrav (griech.): Quergebälk, das die Säulen des griechischen Tempels verbindet

Ariadne: Tochter des Königs Minos, der in einem Labyrinth ein Ungeheuer, ein Minotaurus, verwahrte und angeblich mit Menschen fütterte. Ariadne ermöglichte es dem Athener Theseus, der in das Labyrinth geschickt wurde, mit Hilfe eines am Eingang befestigten Fadens den Rückweg zu finden.

aristophanisch: Aristophanes (445 bis 388 v. Chr.), griechischer Komödiendichter, schrieb unter anderem »Die Frösche«

Armada: Kriegsflotte Philipps II. von Spanien gegen England. Sie wurde 1588 von den Engländern geschlagen und von einem Nordseesturm zerstreut und größtenteils vernichtet.

Arrianos (Arrianus): griechischer Schriftsteller des 2. Jahrhunderts, der in seinem Hauptwerk »Anabasis Alexandrou« die Feldzüge Alexanders des Großen beschreibt

Asklepios (Äskulap): griechischer Gott der Ärzte und der Heilkunst

Asphodelus: subtropisches, zart violettweiß blühendes Liliengewächs, das schon im Altertum Sinnbild der Trauer war und auf Gräber gepflanzt wurde

Astyanax: Sohn Hektors, Enkel des Königs Priamos

Athene: die Göttin Pallas Athene, Tochter des Göttervaters Zeus

Attalos: Name mehrerer Könige von Pergamon. Auftraggeber des den Gigantenkampf darstellenden Pergamon-Altars war Attalos' Sohn, Eumenes II. (221–159 v. Chr.)

Augustus: römischer Kaiser (63 v. Chr. bis 14 n. Chr.)

Barnum, Phineas Taylor (1810 bis 1891): amerikanischer Schauunternehmer und seit 1871 Zirkusbesitzer

bas bleu (franz.): Blaustrumpf; im 19. Jahrhundert Bezeichnung für eine emanzipierte Frau

»beatus ille ...« (lat.): »Glücklich, wer fern von Geschäften, von jedem Kaufmannssinne frei ...«; Zitat aus Horaz, Epod. 2

Bhogazköj: Stadt im östlichen Kleinasien, im Altertum Chattuscha genannt, Hauptstadt des Hethiterreiches im 2. Jahrtausend v. Chr.

Bougainvillea: ein kletternder Strauch mit rötlichvioletten Scheinblüten

Briseïs und Chryseïs: schöne Jungfrauen, die Achilleus und Agamemnon im Trojan. Krieg als Beute zugefallen waren

Brugsch, Heinrich (1827–1894): deutscher Ägyptologe

Bulak-Museum: Bulak ist der westliche, europäische Stadtteil Kairos, in dem auch das Ägyptische Museum steht

Burnouf, Emile Louis (1821–1907): französischer Schriftsteller und Archäologe

byzantinisch: Das byzantinische oder oströmische Reich entstand 395 n. Chr. durch die Teilung des römischen Weltreiches.
Es ist 1453 mit der Eroberung Konstantinopels durch die Türken untergegangen.

»Ça passe . . .« (franz.): »Das geht vorüber, mein Herr . . .«

Caracalla, Marcus Aurelius Antoninus, römischer Kaiser (211–217 n. Chr.)

Carnarvon, George Edward (1866 bis 1923): britischer Ägyptologe

Carter, Howard (1873–1939): britischer Ägyptologe

Cella (lat.): der Innenraum des antiken Tempels, in dem das Götterbild stand

»Certant philologi« (lat.): »Die Philologen streiten sich.«

Chignon (franz.): im Nacken getragener künstlicher Haarwulst

Clive, Lord Robert (1725–1774): Begründer der brit. Herrschaft über Indien. Die Schlacht von Plassey 1757 leitete mit der Besiegung des Nabobs von Bengalen durch ihn eine Epoche der britischen Herrschaft in der indischen Geschichte ein.

Comédie Française: das 1680 gegründete klassische französische Staatstheater in Paris

Curtius, Ernst (1814–1896): deutscher Philologe und Archäologe. Curtius war der Initiator der Ausgrabungen von Olympia und von geradezu päpstlicher Autorität für die deutsche Archäologie seiner Zeit.

Dahabije: Nilboot

Danebrog: die dänische Flagge

Dardaner: poetische Bezeichnung für die Troer

Dardanos: sagenhafter Ahnherr des Priamos

Darwin, Charles (1809–1882): bedeutender britischer Naturforscher und Biologe, Begründer der Entwicklungslehre. Das »missing link« ist das »fehlende Verbindungsglied« in der Entwicklung vom Affen zum Urmenschen.

Dekara: eine griechische Münze; nach damaliger Währung etwa 6 Pfennige

Delta: vierter Buchstabe des griechischen Alphabets

Demosthenes: der größte und berühmteste Redner Griechenlands (384 bis 322 v. Chr.)

Derwisch: mohammedanischer Bettelmönch. Im 19. Jahrhundert wurden die religiösen Spekulationen der Derwische stark mit politischen Tendenzen vermischt, so daß sie mehrfach Unruhen in den islamischen Ländern hervorriefen.

Dido: die sagenhafte Gründerin und Königin Karthagos, dessen Zitadelle die sogenannte Byrsa war

Digger (engl.): Goldgräber

Dio Cassius (geboren um 155, gestorben nach 229 n. Chr.): römischer Historiker

Diodoros: griechischer Historiker aus Sizilien, der im 1. Jahrhundert v. Chr. lebte

Diomedes: Griechenheld vor Troja, König von Argos

Dom Pedro II. (1825–1891): Kaiser von Brasilien; 1831 zum Kaiser proklamiert, 1889 gestürzt

Dörpfeld, Wilhelm (1853–1940): namhafter Vertreter der deutschen Altertumswissenschaft, wurde zuerst als Mitarbeiter Schliemanns bekannt

Dromos (griech.): offener Gang, der zwischen hohen Steinmauern zum Eingang der antiken griechischen Kuppelgräber führte

Effendi: Herr, auch im Griechenland des 19. Jahrhunderts noch gebräuchliche türkische Anrede

»Eh, la mère!« (franz.): »Hallo, Alte!«

Elektra: Tochter Agamemnons, die nach der Ermordung des Vaters rechtzeitig ihren Bruder Orestes rettete, damit er später an den Mördern des Vaters Rache nehmen könnte

Elektron (griech.): Bernstein; hier ist, wie auch meist bei Homer, eine Metallegierung gemeint, die zu vier Fünfteln aus Gold und zu einem Fünftel aus Silber besteht

Eleusis: Stadt in Attika

Elgin, Thomas Bruce (1766–1841): britischer Diplomat und Sammler, der 1801 den Skulpturenschmuck des Parthenon-Tempels auf der Akropolis von Athen entfernte und ihn 1816 zusammen mit anderen antiken Kunstwerken an das Britische Museum verkaufte. Die gesamte Elginsche Sammlung wird »Elgin Marbles« genannt.

Ennius, Quintus (239–169 v. Chr.): römischer Dichter

Erasmus von Rotterdam (ca. 1466 bis 1536): bedeutender Humanist, legte die Aussprache des Griechischen fest. Danach wurde, im Gegensatz zu der in Byzanz gewahrten Tradition der Griechen, jeder griechische Buchstabe so ausgesprochen wie der entsprechende deutsche.

»Etiam periere ruinae« (lat.): »Selbst die Ruinen sind untergegangen.«

Eumaios (Eumäus): der Sauhirt des Odysseus, der dem abwesenden Herrn treugeblieben war. Ohne ihn zu erkennen, nahm er ihn bei seiner Heimkehr gastlich auf und unterstützte ihn dann beim Kampf gegen die Freier.

Evans, Sir Arthur (1851–1941): britischer Archäologe, Ausgräber des Palastes von Knossos

Fellow (engl.): Gefährte, Mitglied

Ferman (türk.): Erlaß, Urkunde, Erlaubnisschein, Paß

Fiorelli, Giuseppe (1823–1896): italienischer Archäologe, Leiter der Ausgrabungen von Pompeji. Er vermittelte nach dem Zerwürfnis Schliemanns mit der griechischen Regierung 1873 Schliemanns Vorschläge an die italienische Regierung, nach Neapel überzusiedeln, die trojanische Sammlung dort auszustellen und in Italien Ausgrabungen großen Stils zu beginnen. Die italienische Regierung lehnte die Vorschläge ab.

Fustanella (türk.): der weiße Faltenrock der neugriechischen Volkstracht

Fuß: altes Längenmaß, 30,5 cm; in der angelsächsischen Welt noch heute gebräuchlich

Giaur (türk.): Ungläubiger, türkischer Schimpfname für die Nichttürken

Gladstone, William Ewart (1809 bis 1898): liberaler britischer Politiker, zugleich namhafter Homerforscher; zwischen 1865 und 1894 mehrfach Premierminister

Glykisma: eine Art Konfekt türkischer Herkunft, auch eine Art Marmelade, die neben Kaffee jedem Gast als erstes angeboten wird

Goj (hebr.): Heide, von den Juden als Bezeichnung für Nichtjuden gebraucht

Gortyn: antike Stadt in Südkreta bei dem heutigen Dorfe Hagioi Deka. 1884 fanden der Italiener Federigo Halbherr und der Deutsche Ernst Fabricius das »Recht von Gortyn«, einen auf zwölf Steine gemeißelten Kodex des Stadtrechts.

Grabstele: Die Stele (griech.) ist ein Pfeiler oder eine Platte. Als Grabstele bezeichnet man eine hohe und schmale Platte, die das Grab nicht bedeckt, sondern auf ihm steht.

Gran (lat.): Apothekergewicht, 0,06 g

Großherr: Sultan es Salatim (Sultan der Sultane), Titel des türkischen Herrschers

Groß-Logothet: von den Türken übernommener byzantinischer Rang; etwa Staatssekretär, oberster Leiter der Staatskasse

Großwesir: der höchste Staatsbeamte in der Türkei

Hades: Unterwelt in der griechischen Mythologie, Aufenthaltsort der Toten

Hadrian(us), Publius Älius (76–138 n. Chr.): römischer Kaiser, der in den Jahren 121–134 ausgedehnte Fußreisen durch seine Provinzen unternahm

Hakim (arab.): Arzt

Hekabe (Hakuba): Gattin des Königs Priamos

Hekate: uralte Göttin der Unterwelt, der in Troja ein Tempel geweiht war

Hekatombe (griech.): Massenopfer; ursprünglich im alten Griechenland ein Opfer von 100 Stieren

Hektor: Sohn des Königs Priamos und der Hekabe, Hauptheld der Trojaner

Hellanikos: griechischer Historiker aus Mytilene im 5. Jahrhundert v. Chr.

Hephaistos (Hephästus): Sohn des Zeus und der Hera, Gott des Feuers und des Schmiedehandwerks

Herodianus (170–240 n. Chr.): griechischer Historiker

Herodot: griechischer Historiker (ca. 484–425 v. Chr.), der »Vater der Geschichtsschreibung«

Hesiod: griechischer Dichter (um 700 v. Chr.)

Hieroglyphen (griech.): altägyptische Bilderschrift

Hippopotamos (griech.): Nilpferd

Hohe Pforte: amtliche türkische Bezeichnung für die oberste Regierungsbehörde

Homer: der größte griechische Dichter, Verfasser der beiden Epen

»Ilias« und »Odyssee«. Er lebte vermutlich im 9. Jahrhundert v. Chr.

homo novus (lat.): »neuer Mann«, Emporkömmling, Außenseiter

Humann, Karl (1839–1896): deutscher Ingenieur, der zum Straßenbau nach Kleinasien kam. Widmete sich seit 1878 der Erforschung von Pergamon.

Hybris (griech.): Übermut, tragische Selbstüberhebung

Hymettos: Berg südöstlich von Athen

Iatros (griech.): Arzt

Igumen (neugriech.): Abt

Ikone: Heiligenbild der orthodoxen Kirche

Imam: Vorbeter, der Geistliche einer mohammedanischen Gemeinde

in absentia (lat.): in Abwesenheit

Intaglio (ital.): eingeschnittener figürlicher oder ornamentaler Schmuck in Metall oder Edelsteinen. Edelsteine mit Intaglio heißen Gemmen.

Irade: persönlicher Erlaß des Sultans

Ivanhoe: Roman von Walter Scott (1771–1832), der 1819 erschien

Jupiter tonans (lat.): »Jupiter, der Donnerer«, poetische Bezeichnung für den Göttervater, weil Blitz und Donner die Attribute seiner Macht sind.

Kadmos: sagenhafter Gründer Thebens; angeblich Erfinder der Buchstaben

Kanope: altägyptischer Krug mit Menschen- oder Tierkopf als Deckel, zur Beisetzung der Eingeweide von einbalsamierten Toten

Karnies (lat.): Schmuckleiste von S-förmigem Querschnitt

Kassandra: Tochter des Priamos, eine Seherin, die durch ihre Gesichte kommenden Unheils die Trojaner sehr erschreckte und nach der Eroberung der Stadt Agamemnon als Beute zugeteilt wurde.

kaudinisches Joch: Bei der samnitischen Stadt Caudium wurde das römische Heer im Jahre 321 v. Chr. von den Samnitern geschlagen und mußte zum Zeichen der Ergebung unter einem aus drei Lanzen gebildeten Joch hindurchziehen. Das galt als unauslöschbare Demütigung.

Keilschrift: Schrift der Sumerer, Assyrer, Babylonier, Hethiter und anderer vorderasiatischer Völker des frühen Altertums, die aus winkligkeilförmigen Zeichen besteht.

Kekrops: sagenhafter Stammvater der Athener und Gründer der Burg und Stadt Athen

Kenotaph (griech.): leerer Grabhügel, ein von vornherein leeres Grab, entweder ein reines Ehrengrab oder ein Denkmal für Tote, deren Leichnam man nicht besaß

Kladderadatsch: 1848 begründete satirisch-polit. Wochenschrift, die zeitweise von größerem Einfluß auf die öffentliche Meinung war als seriöse Zeitungen und Zeitschriften

Klytaimestra (Klytämnestra): Frau des Agamemnon. Während des Kampfes um Troja wurde sie ihrem Manne untreu und lebte mit dessen Vetter Aigisthos. Zusammen mit diesem ermordete sie Agamemnon, als er heimkehrte, im Bade.

Knossos: antike Stadt im Norden Kretas, südlich der Hafenstadt Herakleion, Zentrum der minoisch-kretischen Kultur, von Evans seit 1899 ausgegraben

Koedukation (lat.): gemeinsame Schulerziehung von Knaben und Mädchen.

Koine (griech.): »die gemeinsame«, zu ergänzen: Sprache. Bezeichnung der spätgriechischen Volkssprache, die die verschiedenen Dialekte der klassischen Zeit verdrängte und ersetzte; Sprache und Schrift des jungen Christentums und des Neuen Testaments.

Kolonos (griech.): Hügelgebiet nördlich von Athen, in der Antike eine selbständige Gemeinde, jetzt Vorort Athens

Konfuzius: latinisierter Name des chinesischen Philosophen Kung-fu-tse (551–478 v. Chr.)

Konstantin: römischer Kaiser (306 bis 337 n. Chr.)

Kosmokrator (griech.-byzant.): Weltbeherrscher

Kossuth, Ludwig v. (1802–1894): ungar. Staatsmann; Führer der demokrat. Unabhängigkeitsbewegung von 1848/49

Kronide (griech.): Beiname des Göttervaters Zeus, der ein Sohn des Kronos war

Kwannon: japanische buddhistische Erlösergöttin, auch Göttin der Notleidenden und des Kindersegens

kyklopisch: Bezeichnung für die Mauern von Tiryns und anderer archaischer Burgen, die aus gigantischen, unbehauenen, aber geschickt aneinandergepaßten Steinblöcken errichtet waren. Im Altertum nahm man an, diese Bauwerke seien von den Kyklopen, einem Volk von Riesen, geschaffen worden.

Kyme (Cumä): älteste griechische Ansiedlung in Italien, die schon im 9. Jahrhundert v. Chr. gegründet wurde; Ausgangspunkt der gesamten griechischen Kultur auf italienischem Boden und Fundort alter Vasen, die zur beschriebenen Zeit als die ältesten erhaltenen galten.

Laërtes: Vater des Odysseus, der sich aus Trauer über den vermeintlichen Tod seines Sohnes auf das Land als Bauer zurückgezogen hatte

Laistrygonen (Lästrygonen): Fabelwesen, zu denen Odysseus während seiner zehnjährigen Irrfahrten auf der Heimreise von Troja verschlagen wurde

Lazzaroni (ital.): Bettler, Herumtreiber; abfällige Bezeichnung für die Napoletaner

Lechevalier, Jean Baptiste (1752 bis 1836): französischer Reisender und Archäologe

Leitfossil: Versteinerung einer Pflanze oder eines Tieres, die nur in einer ganz bestimmten geologischen Schicht gefunden wird. Die Leitfossilien dienen dem Geologen zur relativen Altersbestimmung der Erdschichten. Hier im übertragenen Sinne auf die Archäologie angewendet.

Lekythos (griech.): altgriechische Flasche mit engem Hals, meist Ölbehälter

lernaiische (lernäische) Schlange: ein neunköpfiges Ungeheuer, das bei der Quelle Lerna hauste und von Herakles getötet wurde.

Les Aventures de Télémaque (franz.): »Die Abenteuer Telemachs«: pädagogisches romanähnliches Werk des Erzbischofs Fénelon von Cambrai (1651–1715)

Leukas: ionische Insel, die Dörpfeld für das odysseeische Ithaka hielt. Der Sapphofelsen ist nach der griechischen Dichterin Sappho (um 600 v. Chr.) benannt, die sich von ihm ins Meer gestürzt haben soll.

Levant Herald: in Konstantinopel erscheinende englischsprachige Zeitung

Lotophagen: »Lotosesser«; bei Homer ein Volk, das von den Früchten des Lotos lebte und zu dem Odysseus auf seinen Irrfahrten verschlagen wurde.

Lustrum (lat.): Sühneopfer, das alle fünf Jahre dargebracht wurde. Im übertragenen Sinne Bezeichnung für den Zeitraum von fünf Jahren.

Lykabettos: steiler Bergkegel nordöstlich von Athen

Lysimachos (ca. 360–281 v. Chr.): Feldherr Alexanders des Großen, später König von Thrakien. Das sogenannte Bollwerk des Lysimachos wurde nach Schliemanns Tode von Dörpfeld als eine Mauer von Troja VI, dem homerischen Troja, erwiesen. Schliemann hatte also intuitiv die Wahrheit erfaßt.

Maiandros (Mäander): ein im Altertum wegen seines gewundenen Laufes berühmter Fluß in Kleinasien, jetzt Menderes; im übertragenen Sinne ein Ornamentband der antiken Kunst

Marathon: Ebene in Attika, Ort der Schlacht vom Jahre 490 v. Chr., in der die Athener die Perser schlugen.

Medjidje: türkische Silbermünze, 20 Piaster

Megaron (griech.): Hauptraum des Hauses, von J. H. Voß irrig als »Männersaal« übersetzt

Melkart (phoinik.): Stadtkönig, Stadtgott von Tyrus, von den Griechen Herakles gleichgesetzt

Menelaos: König von Sparta, Mann der Helena

Meng-tse: chinesischer konfuzianischer Philosoph (372–289 v. Chr.)

»Menin aeide . . .« (griech.): »Den Zorn besinge . . .«, Anfangsworte der Ilias

Metope (griech.): rechteckige, mit Reliefs gezierte Platte am Fries des dorischen Tempels zwischen den Triglyphen

Midas: in der griechischen Sage König von Phrygien. Als Dionysos ihm die Erfüllung eines Wunsches zusagte, wünschte er, daß sich alles, was er anrührte, in Gold verwandele.

Minos: sagenhafter König von Kreta, nach dem Sir Arthur Evans den von ihm ausgegrabenen Palast von Knossos benannte

Mittleres Reich: die Forschung gliedert die Geschichte des alten Ägypten in drei Hauptabschnitte: das Alte Reich (von den Anfängen bis zur 6. Dynastie um 2500); das Mittlere Reich (11.–13. Dynastie, 2160 bis 1750); das Neue Reich (18. bis 20. Dynastie, 1580–1090). Dazu kommen die sogenannten Zwischenreiche.

Mogul: die Dynastie der Mogule bezeichnet die 1526 beginnende mohammedanische Herrschaft über Indien

Müller, Max (1823–1900): Sprachforscher und Sanskritist

Murray: Verleger in London

Nargileh (türk.): orient. Wasserpfeife.

Neoptolemos: Sohn des Achilleus, der nach dem Tode des Vaters vor Troja kämpfte. Alexander der Große betrachtete ihn als seinen Vorfahren.

Nestor: griechischer Held vor Troja, der wegen seines hohen Alters nicht mehr am Kampfe teilnahm, aber in langen Reden die Weisheit und Erfahrung seiner Jahre zu jedem Geschehen beisteuerte.

Niebuhr, Barthold Georg (1776 bis 1831): deutscher Historiker und Diplomat

Nofretete: Gattin des Pharao Echnaton (1375–1358 v. Chr.)

Nugget (engl.): Goldklumpen

Obsidian: vulkanisches, glasiges Gestein

Odysseus: König von Ithaka, einer der Helden des Trojanischen Krieges; seine Irrfahrten auf der Rückreise in die Heimat nach der Eroberung Trojas besingt Homers »Odyssee«

Oka: griechische Gewichtseinheit, 1280 g

Olymp: Berg in Thessalien, der sagenhafte Wohnsitz der griechischen Götter

Olympia: altgriechische, in der Landschaft Elis gelegene Kultstätte des Zeus, der Schauplatz der Olympischen Spiele des alten Griechenland; seit 1874 von deutschen Archäologen, vor allem Curtius und Dörpfeld, ausgegraben

Opisthodomos (griech.): hintere Halle des griechischen Tempels, hier analog zu Propylaion gebraucht

Orsi, Paolo (geb. 1859): namhafter sizilianischer Vorgeschichtsforscher

Ossa-Pelion: Gebirgszüge an der Ostküste Thessaliens
Als in der Urzeit der Kampf der Giganten gegen die Götter entbrannt war, sollen die Giganten den Ossa auf den Pelion getürmt haben, um den Olymp angreifen zu können.

Palamedes: Freund des Odysseus, der diesen durch eine List zur Teilnahme am Trojanischen Krieg bewog

Palmette (franz.): palmblattähnliches Ornament

Para: alte türkische Münze; 40 Para = 1 Piaster; 1 Piaster war etwa 18 Pfennige wert

Parnes: Gebirgszug im nördlichen Attika

par nobile fratrum (lat.): »ein edles Brüderpaar«, ironisch gemeint; Zitat aus Horaz, Sat. II, 3, 243

Pascha: Titel der obersten türkischen Beamten und Militärs, vergleichbar unserem »Exzellenz«

Patroklos: Griechenheld, Freund des Achilleus

Paul et Virginie: ein in der Zeit der Empfindsamkeit sehr weit verbreiteter Roman von Bernardin de Saint Pierre (1737–1814)

Pausanias: griechischer Schriftsteller, der etwa zwischen 160 und 180 n. Chr. Reisebeschreibungen verfaßte; der »Baedeker der Antike«

Peloponnesischer Krieg: eine Reihe von Feldzügen, die zwischen Athen und Sparta um die Vorherrschaft in Griechenland geführt wurden (431–404 v. Chr.)

Pelotonfeuer: Salvenfeuer

Penelope: Frau des Odysseus, die, von zahlreichen Freiern umworben, Odysseus die Treue hielt, bis er nach zwanzig Jahren heimkehrte

Pergamos (griech.): Burg, Stadtburg, insbesondere die Burg von Troja

Peträisches Arabien: der südlich des Toten Meeres gelegene Teil Arabiens um Petra, in dem sich frühzeitig griechischer Einfluß bemerkbar machte

Phaiaken (Phäaken): sagenhaftes Seefahrervolk des Altertums mit sehr hochstehender, geradezu luxuriöser Kultur. Homer läßt sie auf einer nicht näher lokalisierten Insel namens Scheria wohnen, die bis zum 19. Jahrhundert allgemein mit Korfu gleichgesetzt wurde, sofern man die Phaiaken nicht gleich ganz als dichterische Erfindung betrachtete. Die bei den Ausgrabungen auf Kreta wiederentdeckte kretisch-minoische Kultur läßt vermuten, daß Homer die minoischen Kreter als Vorbild für seine Phaiakenschilderung benutzt hat.

Phaleron: der älteste Hafen Athens

Phallos (griech.): das männliche Glied als Symbol zeugender Kraft. Priapos (Priapus), der griechisch-römische Gott der Fruchtbarkeit, wurde mit riesigem Phallos abgebildet

Pheidias (Phidias): größter griechischer Bildhauer der klassischen Zeit (etwa 500– nach 438 v. Chr.). Die Skulpturen des Parthenon stammen nur zum Teil von ihm selbst, doch war er der Leiter des gesamten Baues.

Phoiniker (Phönizier): semitisches Volk von Seefahrern und Kaufleuten, das als kultureller Vermittler zwischen Orient und Okzident große Bedeutung gewann

Phorkys: griech. Meergott, nach dem ein Hafen Ithakas benannt ist

Phylax (griech.): Wächter; Bezeichnung für Subalternbeamte

Piräus: Hafen Athens

Pithoi (griech.): mannshohe Krüge oder Fässer aus Ton, die zum Aufbewahren von Getreide, Wein, Öl und dergleichen dienten

Plataiai (Plataä): Stadt in Boiotien (Böotien). Dort schlugen 479 v. Chr. die Griechen ein Perserheer.

Plinius, Gaius Pl. Secundus, genannt Plinius der Ältere (23–79 n. Chr.): römischer Verwaltungsbeamter, Befehlshaber der Flotte und Naturforscher; Verfasser einer umfangreichen Naturgeschichte »Naturalis historia«.
Das aus ihr zitierte Wort bezieht sich auf Troja: »Von hierher rührt aller Ruhmesglanz der Dinge.« Es stellt zugleich ein Wortspiel Schliemanns dar, denn »claritas« bedeutet nicht nur Ruhm, sondern auch Helligkeit, Klarheit; »obscuritas« ist der Gegensatz: Dunkelheit, Unklarheit.

Plutarch (46–120 n. Chr.): griechischer Historiker und Philosoph

Polis (griech.): Stadt

Polyandrion (griech.): Begräbnisplatz, insbesondere das Grab der beiden Thermopylen gefallenen »heiligen Schar«

Poseidon (Neptun): Gott des Meeres, Bruder des Zeus

Präfekt (lat.): in Mittelmeerländern oberster Beamter einer Provinz

Priamos (Priamus): König von Troja. Zur Ergänzung des im Text über den Schatz des Priamos Gesagten sei noch bemerkt: die Kettchen des ersten Diadems sind insgesamt aus 12271 Ringen zusammengefügt, an denen 4660 Goldblätter hängen. Die seitlichen Ketten sind je 30 cm lang, die daran hängenden Idole 3 ¼ cm. Die Kettchen am Stirnband sind 10 cm, ihre Doppelblätter 2 cm lang. – An kleinen Gegenständen wurden insgesamt 8750 Stück gefunden.

Proitos (Prötus): sagenhafter König von Tiryns

Propylaion (Propyläen): Vorhalle, Vorhof, Prachteingang (Begriff der altgriechischen Baukunst)
Ptolemaier (Ptolemäer): Herrscherdynastie in Ägypten (323–30 v. Chr.)
Purgatorium (lat.): Fegefeuer
Pylades: Freund des Orestes, mit dem er zusammen aufgewachsen war

Queen's College (engl.): Institut der Universität Oxford

rabies theologorum (lat.): »Streitwut der Theologen«
Ramadan (arab.): mohammedan. Fastenmonat
Ramses II.: ägyptischer Pharao der 19. Dynastie, regierte von 1292 bis 1225 v. Chr.
Reinach, Salomon (1858–1932): französischer Archäologe
Renan, Erneste (1823–1892): franz. Sprachforscher und Philosoph
Reuter, Fritz (1810–1874): plattdeutscher Dichter
Rhadamanthys: sagenhafter König von Kreta und Bruder des Minos, Schöpfer der kretischen Gesetze. Man dachte ihn sich nach seinem Tode als Totenrichter in der Unterwelt.
Royal Society (engl.): »Königliche Gesellschaft«, britische gelehrte Gesellschaft, etwa gleichbedeutend mit einer Akademie der Wissenschaften
Rumelien: Balkanlandschaft, damals das Gebiet des türkischen Vilajets Monastir, später unter Griechenland, Türkei, Bulgarien und Serbien aufgeteilt.

Saba: südarabische Landschaft, deren Königin nach alttestamentlichem Bericht als unermeßlich reich galt
San Marco: gleichbedeutend mit der Republik Venedig, die den Markuslöwen als Wappen führt
Sanskrit (»geordnet, geregelt«): die im 5. oder 4. Jh. v. Chr. in Regeln festgelegte Sprache der klassischen altindischen Literatur und Wissenschaft
Säulentrommel: Die Säule ist oft nicht aus einem Stück gebildet, sondern aus »Trommeln« zusammengesetzt
Sayce, Archibald Henry (1846–1933): britischer Sprachforscher und Archäologe, der 1874 die Existenz des Hethiterreiches aufdeckte
Schöne, Richard (1840–1922): Professor der Archäologie, 1880–1905 Generaldirektor der Kgl. Preuß. Museen
Schub-ad: Königin von Ur in Mesopotamien um 3000 v. Chr., deren Grab der britische Archäologe Leonard Woolley (geb. 1880) fand
Schweinfurth, Georg (1836–1925): Afrikaforscher und Ägyptologe
Sekretar: Direktor; die deutschen Archäologischen Institute in Rom und Athen hatten jeweils zwei »Sekretare«
Seleukiden: Könige Syriens, deren erster – Seleukos I. – ein General Alexanders des Großen war. Ihr Reich umfaßte Vorderasien von den Dardanellen bis nach Indien und wurde nach innerem Zerfall 64 v. Chr. von den Römern erobert.
Serai (pers., türk.): alte Sultansresidenz in Konstantinopel
Sikuler: in der Frühzeit Bewohner Siziliens
Skaiisches (Skäisches) Tor: eines der Haupttore Trojas
Skylla und Charybdis (griech.): zwei sagenhafte Meerungeheuer in der

Meerenge von Messina, die den Schiffen des Odysseus mit Tod und Verderben drohten

Sokrates (469–399 v. Chr.): griechischer Philosoph

Soldo: ital. Kleinmünze, 5 Centesimi

Sophidion: Koseform für Sophia; das dem Wort angehängte griechische »-dion« entspricht etwa dem deutschen »-chen«

Sophokles: griechischer tragischer Dichter (497–406 v. Chr.). Er schrieb 123 Dramen, von denen 7 erhalten sind, darunter »Antigone«, »Elektra«, »Oidipus«.

Stadion (griech.): altgriechisches Längen- und Wegemaß, nach Ort und Zeit verschieden, im Durchschnitt 180 m

Strabon (Strabo): griechischer Geograph und Historiker (63 v. Chr. bis 19 n. Chr.)

Stratum (lat.): Schicht

Swastika (altindisch): als Verzierung seit dem 3. Jahrtsd. bekannt, wahrscheinlich glückbringendes Zeichen oder auch Symbol des Sonnenrades, »Hakenkreuz«; vom Hitlerfaschismus als politisches Symbol und Abzeichen des Antisemitismus mißbraucht.

Talent: urspr. Gold- und Silberbarren; im alten Griechenland höchste Einheit für Gewicht und Geld, bes. Silbergeld (1 Talent = 6000 Drachmen)

Talthybios: Herold Agamemnons vor Troja

Tantalos (Tantalus): Gestalt der griech. Sage. Zur Strafe, daß er die Allwissenheit der ihm befreundeten Götter versuchte, steht er in der Unterwelt bis an die Brust im Wasser, das vor ihm zurückweicht, wenn er trinken will. Über ihm hängen fruchtschwere Zweige, die im Winde hochwehen, wenn er hungrig nach ihnen greift. Daher der Ausdruck Tantalosqualen.

Telemachos (Telemachus): Sohn des Odysseus und der Penelope. Pallas Athene kam in Gestalt seines Erziehers Mentor zu ihm und führte ihn von Ithaka fort.

Télémaque: siehe »Les Aventures de Télémaque«

terra incognita (lat.): unbekanntes Land

Terrakotta (ital.): »gekochte Erde«; gebrannter Ton

Terra sigillata (lat.): »Siegelerde«; moderne Sammelbezeichnung für antikes Geschirr aus roter Tonerde mit Relief-Figürchen und Ornamenten; im römischen Imperium fabrikmäßig hergestellte Massenware

tertium non datur (lat.): »Eine dritte Möglichkeit gibt es nicht.«

Tetradrachme (griech.): Silbermünze des Altertums

Thalamos (griech.): Gemach, Kammer

Theophrastos (Theophrastus) (372 bis 287 v. Chr.): griechischer Philosoph und Naturwissenschaftler

Thermopylai (Thermopylä): Paß mit heißen Quellen zwischen Mittel- und Nordgriechenland, Ort der berühmten Schlacht zwischen dem Spartanerkönig Leonidas und seiner Schar und dem Heer des Perserkönigs Xerxes im Jahre 480 v. Chr.

Thersites: Gestalt aus der »Ilias«. Thersites wird als der häßlichste und frechste Grieche von Troja geschildert, der allgemein sehr verhaßt war.

Theseion (griech.): der am besten erhaltene antike Tempel in Athen, ein Heiligtum des Hephaistos (Hephästus)

Thukydides: griechischer Historiker (etwa 460 bis nach 400 v. Chr.)

Torso (ital.): ursprünglich nur der allein erhaltene Rumpf einer Statue, dann allgemein: Bruchstück

Tramontana (ital.): der Wind, der »über die Berge« kommt, Nordwind

Trepanation (lat.): Schädelbohrung, medizinischer Fachausdruck

Triglyphe (griech.): Dreischlitz; dreiteilige Zierplatte am Gebälkfries des dorischen Tempels

Trull und Kuhlsäg: alte, jetzt vergessene Kinderspiele in Mecklenburg

Tussaud, Marie (1760–1850): Begründerin eines berühmten Wachsfigurenkabinetts in London

Tut-ench-Amun: Pharao der 18. Dynastie, der um 1350 v. Chr. regierte

Unze: Gewichtseinheit der angelsächsischen Welt = 28,35 g; als Gewicht für Edelmetall 31,1 g

urbi et orbi (lat.): »der Stadt und der Welt«; dem Sprachgebrauch der katholischen Kirche entnommen

Vicar of Wakefield: Roman des englischen Schriftstellers Oliver Goldsmith (1728–1774)

Vilajet (türk.): Provinz, an deren Spitze der Mussetarif oder Generalgouverneur steht

Virchow, Rudolf (1821–1902): deutscher Arzt, Forscher und liberaler Politiker; enger Freund Heinrich Schliemanns

Voß, Johann Hinrich (1751–1826): der bis heute beste und getreueste Übersetzer Homers (»Odyssee« 1781, »Ilias« 1793). Voß lebte von 1769–1771 als Hauslehrer in Ankershagen.

Winckelmann, Johann Joachim (1717 bis 1768): Begründer der Kunstwissenschaft und der Archäologie. Sein Hauptwerk »Geschichte der Kunst des Altertums« erschien 1764.

Wolf, Friedrich August (1759 bis 1824): Philologe, der die Existenz des Dichters Homer bestritt und behauptete, die homerischen Epen seien aus verschiedenen älteren epischen Gesängen von unbedeutenden Kompilatoren zusammengestellt worden.

Xenophon (etwa 430–354 v. Chr.): griechischer Historiker und Politiker

Xerxes: Perserkönig (485–465 v. Chr.), dessen Feldzug gegen Griechenland 480 v. Chr. scheiterte

Yedo: japanische Stadt; wurde 1869 Hauptstadt Japans und erhielt den Namen Tokio (= östl. Hauptstadt)

Zentral-Direktion: oberste Leitung des Deutschen Archäologischen Instituts in Berlin

Zeuxis und Apelles: berühmte Maler des griechischen Altertums, die im 5. und 4. Jahrhundert v. Chr. lebten. Von ihren Werken ist nichts erhalten geblieben.

Zisterne (lat.): Auffangbehälter für Regenwasser, noch heute in quellenlosen oder wasserarmen Gebieten des Südens gebräuchlich

BILDNACHWEIS

Archiv der Universität Rostock: 8, 9, 10, 11; Bildarchiv Foto Marburg des Kunstgeschichtlichen Seminars der Universität Marburg: 21; H. Th. Bossert, Altkreta (Verlag Ernst Wasmuth GmbH, Berlin 1937): 23; Deutsche Fotothek, Dresden: 1, 22, 38; Deutsches Archäologisches Institut, Athen: 12, 20, 36, 37, 41; E. R. Eggers, Hamburg: 5, 6; W. Eschenburg, Warnemünde: 2, 3; P. Goeßler, W. Dörpfeld (Verlag W. Kohlhammer, Stuttgart 1951): 39; G. Karo, Die Schachtgräber von Mykenai (Verlag F. Bruckmann, München 1930): 24, 25, 26, 27, 28, 29, 30, 31, 32, 33; Landesbibliothek Schwerin: 16; H. Luckenbach, Kunst und Geschichte, I. Teil (Verlag R. Oldenbourg, München 1913): 35; Museum für Hamburgische Geschichte: 4; Privataufnahmen: Frontispiz, 7, 19, 42, 43; H. Schliemann, Atlas Trojanischer Altertümer (Verlag F. A. Brockhaus, Leipzig 1874): 15, 18; Zentral-Bild, Berlin: 17, 40. Die Karte der Troas im Nachsatz stammt aus H. Schliemann, Ilios (Verlag F. A. Brockhaus, Leipzig 1881).

Autor und Verlag danken allen an der Bildbeschaffung beteiligten Persönlichkeiten und Institutionen für ihre freundliche Unterstützung und für die Erteilung der Reproduktionsgenehmigungen.

INHALT

ZWEITES BUCH
DER SCHIFFBRÜCHIGE ODYSSEUS

DRITTES BUCH
DIE GOLDENEN STUFEN

VIERTES BUCH
BILANZ EINES KAUFMANNS

FÜNFTES BUCH
DER TRAUM WIRD WAHRHEIT

SECHSTES BUCH
DER FADEN DER ARIADNE

Geschenkt von Verwandten
von Frau Ullmann aus der DDR
am 15.3.88

Karte der
TROAS
Nach der Aufnahme von Graves und Spratt (1840)
Revidiert und vervollständigt von
EMILE BURNOUF 1879
Maßstab in englischen Meilen
0 1 2
Erklärung:
B. Brunnen
F. Friedhof
M. Mühle
Q. Quelle
Ru. Ruinen
T. TUMULI
Alte Straßen
Sumpf u. Gebüsch
Höhen in engl. Fuß 62
Die modernen Namen fein, die Alten fett gedruckt
N
CHERSONESOS
Eski Hissarlik
C. Helles
Seddul Bahr
HELLESPONT
(DIE DARDANELLEN)
Kum Kaleh
Wahrscheinliche Baustelle von Achilleion
Achilleus
T. 108
Patroklos
62
Sigeion Prom.
Jeni Schehr
Baustelle von Sigeion
252
Baustelle einer alten Stadt
Kapelle des St. Demetrios
Ru.
10
Stomalimne
Steinerne Br.
Hölzerne Br.
Weg
In Tepeh Asmak
Rhoiteion Prom
Karanlik
Tumulus
Tumuli
168
Aias
131 In Tepeh
Rhoiteion
Landgut
Ophrynion
Palaco Kastro
Ru.
Ebene
26
23
Ilos
Tumulus
34
Kum Kioi
Kalifatli
46
49
TROIA
Theater
Halil Eli
Simoeis Fl. (Dumbrek Fl.)
Neuer Skamander
ER